Hans Otto Meissner · Alatna

Hans Otto Meissner

ALATNA

Roman

C. Bertelsmann Verlag

© Verlagsgruppe Bertelsmann GmbH / C. Bertelsmann Verlag,
München, Gütersloh, Wien 1972
Gesamtherstellung Mohndruck Reinhard Mohn OHG, Gütersloh
ISBN 3–570–00321–3 · Printed in Germany

1

Am 18. Juni 1942 fiel im Schulhaus von Attu der Unterricht aus, obwohl es ein Donnerstag war und die Sommerferien noch nicht begonnen hatten. Die Kinder der Insel, allesamt eingeborene Aleuten, hielten sich ängstlich daheim. Andere, die sich schon auf den Weg gemacht hatten, kehrten eilig um, als sie die seltsamen Geräusche vernahmen. Noch niemand hatte dergleichen je gehört, auch die älteren Leute konnten nicht erklären, was es damit auf sich hatte. Die Furcht griff um sich, wie früher in der heidnischen Zeit, als noch Dämonen die Luft regierten. Im dichten Nebel, so wie heute, fühlten sich die am wohlsten.

Es gab nur einen weißen Mann auf der Insel, Hector McGilroy. Er war gleichzeitig Lehrer, Wetterwart und Funker und lebte mit seiner Frau auf einem Hügel, der sich gleich hinter dem Dorf erhob und bei gutem Wetter weite Sicht bot. Man konnte von dort, wenn es klar war, die ganze Bucht mit ihrem flachen, kiesigen Strand überblicken. Gleich neben dem Schulhaus, in dem sich auch die Wohnung des Lehrerpaares befand, stand der bescheidene Funkmast aus Stahlgitter und Draht, die dazugehörigen Geräte waren in einem Nebenraum untergebracht.

Betty McGilroy hatte das merkwürdige Sausen in der Luft zuerst gehört, als sie noch vor dem Frühstück hinausging, um die Hühner zu füttern. Es klang wie das Rauschen von riesengroßen Vogelschwingen. Aber sehen konnte man nichts, weil Himmel, Land und Meer voller Nebel waren. Als ihr Mann hinauskam, der sich erst fertig angezogen hatte, glaubte er an ein Flugzeug, das mit havariertem Motor über die Insel dahinstrich.

»Die sind bei dem Wetter verloren«, sagte er zu seiner Frau, »können ja nirgendwo landen... gleich werden sie abstürzen!«

Beide lauschten angestrengt in die Wolken hinein, doch das erwartete Unglück blieb aus. Die sausenden Schwingen entfernten sich, nicht aber das Unbehagen des Lehrers. Sein Gefühl sagte ihm, daß es heute nicht mit rechten Dingen zuginge.

Während seine Frau hineineilte, um das Kaffeewasser aufzusetzen, blieb er im Regen stehen, der nun in dünnen Fäden auf die Insel rieselte. Man war an solches Wetter gewöhnt, in Attu regnete es fast täglich, und der Wind hörte eigentlich niemals auf. Das schmale, messerscharfe Aalgras hob und senkte sich im Winde wie die Wogen einer grünen See. Attu war der letzte Ausläufer der aleutischen Inselkette, ein unwirkliches Eiland ohne Baum und Garten. Solange sich die Bewohner zurückerinnerten, war hier nichts von Bedeutung geschehen. Das Leben konnte kaum eintöniger sein. Dieser Morgen jedoch sollte eine Veränderung bringen, das unerklärbare Sausen im Nebel hatte sie angekündigt.

McGilroy ging zur Fahnenstange am Ende des Schulhofes, nahm die Flagge aus dem weißen Kasten und hängte sie in die Ösen. Es gehörte zu seinen Pflichten, sie jeden Morgen aufzuziehen und bei Anbruch der Dunkelheit wieder einzuholen. Dabei empfand McGilroy immer wieder ein Gefühl des Stolzes, obwohl er sonst gewiß nicht viel von seiner Stellung hielt. Um den Posten eines Schulmeisters auf dieser ewig nassen Insel und die Gesellschaft von so unsauberen Menschen konnte ihn gewiß niemand beneiden. Aber wenn er dann die Sterne und Streifen hochsteigen ließ, geschah das immerhin auf dem fernsten Stück Land, das die Vereinigten Staaten besaßen. Keine andere Insel lag so weit entfernt im Pazifischen Ozean, und keine andere war von solch wildem Meer umgeben. McGilroys Flagge wehte auf vorgeschobenem Posten, das konnte man wohl sagen. Erst recht, seit wieder Krieg ausgebrochen war, diesmal auch gegen die Japaner.

Als das Fahnentuch in Wind und Regen klatschend um den Mast schlug, fühlte sich der Schulmeister fast wie ein Soldat, der weit draußen auf Wache stand. Er verweilte daher länger als nötig bei dem Mast und überhörte das Rufen seiner Frau, die schon heißen Kaffee mit Pancakes und Sirup auf den Tisch gestellt hatte. Erst als sie strenger mahnte, endlich zu kommen, wandte McGilroy seiner Fahnenstange den Rücken und wollte ins Haus gehen.

Da erhob sich von neuem das seltsame Brausen. Es kam nun von der See und schwoll immer stärker an. Ein rätselhafter Lärm rückte in breiter Front auf die Küste zu, doch war nicht auszumachen, wer ihn verursachte. McGilroy hörte hundert Pferde stampfen, das Gerassel schwerer Ketten und den dumpfen Aufprall großer Hohlkörper. Es knatterte im Nebel wie aus tausend Auspufftöpfen und klirrte von Metall wie eine emsige Schmiede. Wellen klatschten gegen Bootswände, ein Gepolter sondergleichen spielte sich da draußen ab.

Betty McGilroy hörte nichts davon. Sie hatte ihr Radio auf volle

Lautstärke geschaltet, um nichts von »Meinem Tag« zu versäumen, über dessen Verlauf die Gattin des Präsidenten um diese Zeit ins Mikrophon plauderte. Als jedoch McGilroy noch immer nicht erschien, warf sich die Hausfrau einen Wollschal um die Schultern und lief fröstelnd hinaus, um nach ihm zu sehen. Wie es oft bei Menschen geschieht, die in einsamer und reizloser Umgebung leben, überkam nun auch sie ganz plötzlich das Gefühl bevorstehenden Unheils. Sie eilte daher viel schneller über den Schulhof, als es sonst ihre Art war.

Ihr Mann hatte seine Hände auf das Geländer gestemmt und blickte angestrengt zur Küste hinunter. Er bemerkte gar nicht, wie seine Frau neben ihn trat und seinen Arm ergriff.

Als Mrs. McGilroy dem Blick ihres Mannes folgte, schrie sie auf. Aus der Nebelwand, die sich nun bis ans Meer zurückgezogen hatte, kroch in breiter Front eine große Menge von Ungeheuern hervor. Sie strebten dem Land zu und machten sogleich den Eindruck feindlicher Gewalt. Nichts konnte ihren Anlauf hemmen, sie stießen ohne weiteres durch die Brandungswellen und schoben sich klirrend über das Kiesgeröll auf den Strand.

Nun erst sah man, daß ihre stahlgrauen Seiten ein flammendes Zeichen trugen, den strahlenden Sonnenball auf weißem Grund.

»Japaner...«, stöhnte McGilroy, »es sind Japaner!«

Im gleichen Augenblick öffneten sich die Luken der seltsamen Fahrzeuge und viele kleine Leute in erdbraunen Uniformen sprangen heraus.

Von seiner Frau mit wehendem Schal gefolgt, lief McGilroy ins Haus, um die letzte Aufgabe zu erfüllen, die ihm noch blieb. Er stürzte über einen Stuhl, der im Wege stand, raffte sich auf und erreichte durch die Küchentür den Senderaum. Aus praktischen Gründen war die Wellenlänge seines Apparates stets auf die Zentrale des Wetterdienstes in Dutch Harbor eingestellt. Auch wenn der Lehrer von Attu sonstige Anliegen hatte, wie etwa bei der Schulbehörde, bediente er sich der Vermittlung seiner Freunde vom Wetterdienst. Die gaben dann alles schnell und hilfsbereit an die gewünschte Stelle weiter, es gehörte zu den üblichen Gefälligkeiten der Außenposten untereinander. Bisher hatte aber McGilroy noch nie Veranlassung gehabt, eine Meldung von besonderer Wichtigkeit durchzugeben.

Als er seinen Funktisch erreichte, zwang er sich zur Ruhe. Die komplizierte Technik in dem Kasten hatte er nie so recht begriffen, auch bei den gewöhnlichen Sendungen stets befürchtet, durch einen ungestümen Griff das Schaltsystem durcheinanderzubringen. Trotz eisiger Kälte im Nacken bediente er deshalb die Knöpfe auch jetzt mit gewohnter Sorgfalt. Die Verbindung war sogleich hergestellt.

»Die Japaner landen auf Attu«, rief er ins Mikrophon, »es sind viele... sehr viele...!«

Da er als ungedienter Mann nichts von militärischen Operationen verstand, konnte McGilroy weiter keine Einzelheiten melden. Er wiederholte nur den gleichen Satz ein zweites und dann noch ein drittes Mal. Die Bestätigung konnte er aber nicht mehr abwarten, da ein gewaltiger Schlag erfolgte, der alle Scheiben zerspringen ließ. Er wurde vom Stuhl gefegt und mit tausend Glassplittern überschüttet. Draußen hörte er seine Frau aufschreien. Eilends kroch er durch die aufgesprengte Tür und sah, wie der Sendemast einknickte, sich zur Seite neigte und kraftlos zusammenfiel.

Eine Menge von Soldaten, die runde netzbespannte Stahlhelme trugen und kurze Gewehre in der Hand hielten, stürmten den Hügel herauf. Man hörte das Bellen von Befehlen und Geschepper von Panzerketten.

Die Fremden brachen ins Haus, ohne vorerst das Ehepaar zu beachten. Sie stießen alle Türen auf, riefen durcheinander und warfen verschiedene Möbel um. Dann hatten sie den Sender entdeckt. Einige der Gestalten stürzten sich auf den Schulmeister und dessen Frau. Betty und Hector McGilroy sahen die Mündung vieler Schußwaffen auf sich gerichtet, zum erstenmal in ihrem Leben waren sie der Gewalt hilflos überliefert. Aus schmalen Augenschlitzen brannte ihnen tödliche Feindschaft entgegen.

Ein Anführer, vor Erregung keuchend, schob sich mit herrischer Geste durch den waffenstarrenden Kreis. Über seine scharfkantigen Backenknochen spannte sich die braunrote Haut. Sein Englisch klang hart und abgehackt.

»Wieviel Amerikaner... jetzt auf Attu?« wollte er wissen.

McGilroy schluckte, nahm sich aber zusammen.

»Wir sind hundertfünfundsechzig Personen auf der Insel einschließlich der Kinder«, gab er Auskunft.

»Nicht meine ich... Eingeborene«, hackte der Japaner, »spreche ich nur von richtige Amerikaner.«

McGilroy hatte seine aleutischen Schüler viel zu lange gelehrt, daß sie allesamt amerikanische Bürger seien, um nun gleich den anderen Sinn der Frage zu begreifen.

»Ja, alle sind Amerikaner«, sagte er, »hier lebt kein Ausländer.«

Der Offizier trat näher und riß an des Lehrers Jacke.

»Sind noch Weiße hier«, schrie er, »andere Europäer?«

»Nein, meine Frau und ich sind die einzigen. Ich bin der Lehrer...«

»Wer hier macht am Sender...?«

McGilroy gab ihm Bescheid. Er versehe auch den Wetterdienst und sei selber der Funker.

Der Japaner trat noch näher. Seine schrägen, stechenden Augen mit den wenigen Wimpern darüber waren nur noch eine Handbreit von McGilroys Gesicht entfernt.

»Hast du gesendet, daß ... daß wir sind gekommen?«

Der Lehrer nickte und erhielt sogleich einen heftigen Stoß vor die Brust. Er wäre hintenübergefallen, hätten ihn nicht die Soldaten festgehalten.

Man führte die beiden Gefangenen den Schulweg hinab zum Strand. Es ging durch einen Schwarm erregter Soldaten, die sich mit großer Eile nach allen Seiten hin ausbreiteten. Immer neue Landungsboote stießen ans Kiesufer und glitten, von ihrem Schwung getrieben, bis hoch auf den Strand.

Der Nebel hatte sich weiter gelichtet, wie das in den Aleuten nach vollem Aufgang der Sonne oft geschieht. Er gab eine japanische Kriegsflotte frei, die in großer Macht und mit tausend Geschützen vor der Insel im Meere stampfte. McGilroy hatte ein solches Aufgebot noch nie gesehen, wußte also auch nicht, was davon Transporter, Kreuzer und Zerstörer waren. Er sah nur, daß sich auch ein Flugzeugträger unter ihnen befand, über dem aufsteigende und einfallende Maschinen wie Hornissen schwärmten. Einer solchen Macht hätte es wahrlich nicht bedurft, dachte der Schulmeister bei sich, um die wehrlose Insel zu überfallen. Aber das war wohl nur ein Anfang, der Feind hatte sicher noch mehr vor.

Tatsächlich war dies Unternehmen nur der erste Stoß gegen die Hintertüre Amerikas. Nach dem Plan und Willen der Angreifer sollte zu gegebener Zeit von hier aus der Feind in seinem Mutterland direkt bedroht werden.

McGilroy wurde mit seiner Frau auf eines der Schiffe gebracht und nach Japan verschleppt. Von dort sind die beiden nicht zurückgekehrt. Auch die eingeborenen Aleuten kamen in japanische

Gefangenschaft, die sie jedoch, dank ihrer kräftigen Konstitution, meist überstanden. Sie wurden aber nach ihrer Befreiung auf einer anderen Insel untergebracht. Attu selber ist heute unbewohnt, durch McGilroys Schule bläst der Wind.

2

Alles hatte man den Japanern zugetraut, nur nicht einen Vorstoß gegen die Aleuten. Nach dem heimtückischen Überfall auf Pearl Harbor, der ein halbes Jahr zuvor ohne jede Kriegserklärung erfolgt war, hatte man eine baldige Landung japanischer Truppen auf Hawaii erwartet. Doch sie war ausgeblieben. Statt dessen hatte sich das Inselreich nach Osten gewandt und mit erstaunlicher Schnelligkeit Singapur, Niederländisch-Indien und die Philippinen besetzt. Schon seit längerer Zeit standen die Japaner auch tief in China. Während der letzten Monate waren sie in Burma vorgedrungen und bedrohten bereits die indische Grenze. So schien denn alles darauf zu deuten, daß Japan in erster Linie seine Macht über Asien und die Südsee auszubreiten gedachte. Die Vereinigten Staaten hatten sich, wie schon im ersten Weltkrieg so auch im zweiten, darauf eingestellt, ihre Kämpfe in Übersee zu führen. Niemand, auch nicht die vorsichtigsten Strategen im Pentagon, hatte jemals eine Bedrohung des amerikanischen Festlandes in Erwägung gezogen. Zunächst hielt man daher die aufgeregte Meldung des Schulmeisters von Attu für einen Ausbruch des bekannten »Nebelkollers«, dem die einsamen Vorposten auf den windgepeitschten Inseln hin und wieder zum Opfer fielen. Schon ganz andere Leute hatten Marsmenschen im eigenen Hinterhof landen sehen!

Doch zwei Tage später schwieg auch die Funkstation von Kiska, vierhundert Kilometer westlich von Attu. Trotz anhaltend schlechten Wetters gelang es der Luftwaffe, einen starken japanischen Konvoi festzustellen, der von den Aleuten heimwärts strebte. Nun war in der Tat nicht mehr zu bezweifeln, daß die Japaner ein paar Flecken amerikanischen Bodens besetzt hatten.

Gewiß, die Inselgruppe lag viereinhalbtausend Kilometer weit von der nächsten großen Stadt in den USA entfernt, doch das amerikanische Selbstbewußtsein war erschüttert. Seit über hundert Jahren hatte kein Feind mehr das Territorium der Vereinigten Staaten betreten. Nun war gerade das geschehen, und kein General wußte zu sagen, wie man diesem Schlag begegnen konnte. Die Kräfte in Alaska waren viel zu schwach, es stand ihnen auch kein Flottenverband zur Verfügung. Nur wenige Amerikaner hatten sich bis dahin für Alaska interessiert. Erst jetzt, da jedermann hinreichend Grund hatte, einen Blick auf die Karte zu werfen, entdeckte man mit Bestürzung, daß es überhaupt keine Straße und erst recht keine Bahnlinie dorthin gab. Eine Wildnis von zweitausend Kilometer Breite trennte die eigentlichen USA von ihrem Territorium im hohen Norden. Bisher war fast der gesamte Verkehr über See dorthin gegangen, Personen und leichte Fracht konnten allenfalls auf dem Luftwege befördert werden. Eine Armee mit all ihrem schweren Material nach Alaska zu schaffen und dort mit Nachschub zu versorgen, war also ein gewaltiges Problem. Ungeschützt lag der hohe Norden im Bereich der neuen, gänzlich unerwarteten Stoßrichtung des Feindes.

Vergeblich bäumte sich die nationale Propaganda gegen so pessimistische Darstellungen auf. Es sei weder ein japanischer Sieg, wurde erklärt, noch eine amerikanische Niederlage. Kein Schuß war gefallen, nur wehrlose und an sich ganz wertlose Inseln waren durch feindliche Verbände besetzt worden. Dies kam normalerweise in jedem Kriege vor. Sobald jedoch ernsthafte Interessen der Nation bedroht würden, sähe die Sache gleich ganz anders aus. Bis dahin stünden die notwendigen Kräfte schon längst bereit.

»Nichts steht bereit«, erklärte dagegen Brigadegeneral Hamilton den Herren seines Stabes, »wir können sie weder von Attu und Kiska vertreiben noch eine massive Landung an der Küste verhindern.«

Der Oberkommandierende von Alaska hatte knapp dreitausend Mann zu seiner Verfügung, eine zusammengewürfelte Truppe aus älteren Jahrgängen und frischen Rekruten. Die Leute waren mehr zu ihrer Ausbildung hier als zu kriegerischen Zwecken. Es fehlte an moderner Bewaffnung und Flugzeugen mit weitem Aktionsradius, nirgendwo war die Küste befestigt.

Die Offiziere des Stabes hatten sich bisher nur als Ausbilder von Reserven betrachtet, ihre Umgebung hielten sie für einen Übungsplatz am Ende der Welt und hatten nie damit gerechnet, daß sie hier vom Kriegsgeschehen berührt würden. Sie saßen nun auf den grünbezogenen Polsterstühlen ihres Sitzungsraumes dem General gegenüber und suchten Klarheit über die völlig neue Lage zu gewinnen. Eine Karte Alaskas bedeckte die linke Wand, eine Spezialkarte der aleutischen Inselkette war gegenüber aufgehängt.

»Ich kann mir nicht denken, daß sie wirklich aufs Festland wollen«, meinte Colonel Henley, Chef des Stabes, mit der flachen Hand auf den Tisch schlagend. »Sie kommen ja doch nicht weiter nach Süden hinunter, und hier ist kaum was zu holen ... abgesehen von uns natürlich!«

Der General sah hinüber zu Major Shelling, er hielt ihn für hinreichend intelligent, um ohne Vorurteil zu denken.

»Finden Sie das auch?«

»Gewiß, Sir, die Karte an der Wand beweist das ja. Zwischen Alaska und den Staaten liegt die ganze weglose Breite Kanadas. Die Berge, die Sümpfe und die Wälder des Nordens, dazu noch unser besonders schlechtes Wetter versperren den Weg zu den wirklich bewohnten Gebieten. Von Oktober bis Mai verschwindet alles unter tiefem Schnee. Für größere Truppenverbände ist es völlig ausgeschlossen, durch eine solche Landschaft vorzustoßen. Im Frühjahr wird's noch schlimmer, über die reißenden Flüsse kommt niemand hinüber, in den Sümpfen versinkt jede Bewegung ...«

Shelling wollte mitten im Satz aufhören, weil ihm nun doch einfiel, daß er ja nur erzählte, was jedem seiner Zuhörer wohlbekannt war.

»Macht nichts, reden Sie weiter«, sagte der General.

»Was hier jeder Schuljunge weiß, das wissen natürlich auch die Japaner. Also was nützt ihnen Alaska, weshalb sollten sie auf dem Festland Fuß fassen? Hier gibt's keine Industrie zu zerstören, auch keine wichtigen Rohstoffe zu verschleppen. Wir haben in ganz Alaska weniger Menschen als in einem New Yorker Vorort mittlerer Größe. Also was sollte eine Landung praktisch bezwecken...? Es gibt für die Schlitzaugen wirklich keinen einzigen Grund, uns hier zu besuchen.«

Hamilton hatte ihm zugehört, schweigend und mit halbgeschlossenen Augen. Er war von Major Shelling enttäuscht. Hatten diese jungen Leute erst mal das Abgangszeugnis der Kriegsschule in der Tasche, gab es für sie keine Zweifel mehr. Ihr Gedankengang paßte haargenau in die allgemeine Schablone.

Der General selbst hatte jedoch die Erfahrung gemacht, daß sich nur die Strategie großen Stils nach den überlieferten Gesetzen der Kriegskunst richtet. Dagegen machten Kommandeure selbständiger Verbände, die beweglich operieren konnten, gerne den Versuch, ihre Gegner durch eine Taktik zu verblüffen, die scheinbar aller militärischen Logik widersprach. Im ersten Weltkrieg hatte es Hamilton selber erlebt, daß die Deutschen einen Fluß an seiner breitesten Stelle überschritten, weil sie mit Recht annahmen, daß man sie gerade dort am wenigsten erwartete.

Er wandte sich zu Oberstleutnant Hagerty.

»Was meint die Luftwaffe?«

Hagerty sang gleich sein gewohntes Klagelied.

»Die Luftwaffe kann dazu gar nichts sagen, ihre Flügel sind gelähmt. Sie wissen doch, Sir, die besten Leute hat man uns weggenommen, bald danach auch noch die zweitbesten. Praktisch haben wir überhaupt keine Kampfkraft. Wir können nur ein bißchen aufklären, ein bißchen transportieren und jungen Leuten auf alten Drachen die Anfangsgründe der Fliegerei beibringen.«

Der General schien gelangweilt.

»Der sattsam bekannte Jammer, mein Lieber, aber keine Antwort auf meine Frage. Ich wollte wissen, was die japanische Luftwaffe von hier aus unternehmen kann, falls die Küste Alaskas vom Feind besetzt wird. Davon wird's doch abhängen, ob eine Landung für die Gelben sinnvoll erscheint oder nicht.«

Hagerty lehnte sich zurück und verschränkte die Arme.

»Ich hab' mir das überlegt, bin aber zu einem durchaus negativen Ergebnis gekommen... ich meine, negativ für die Gelben. Das Beste, was die an Langstreckenbombern haben, sind ihre neuen, viermotorigen Tsurugas. Und was die schaffen, wissen wir ziemlich genau. Mit ihren Tsurugas könnten die Gelben... gutes Wetter vorausgesetzt... ohne weiteres von hier aus die ersten lohnenden Ziele in den Staaten erreichen und danach wieder zurückkehren. In der Luftlinie sind das nach Seattle oder Portland etwas über zweitausend Kilometer. Umwege eingerechnet, damit sie nicht gleich entdeckt werden, kommt dabei insgesamt eine Flugstrecke von fünftausend Kilometern heraus. Na ja, und das könnten sie gerade noch machen...«

»Also wäre das ein Grund«, unterbrach ihn der Major Weatherby, dem das Meldewesen unterstand, »dann lohnt sich's also doch, daß sie herüberkommen!«

Auf diese voreilige Feststellung hatte Hagerty nur gewartet.

»Nicht so schnell mit dem neuen Mädchen...! Das schaffen die Tsurugas nämlich nur, wenn sie zusätzliche Brennstofftanks bekommen, bis hinein in die letzte Spitze von Schwanz und Flügel. Dann aber, meine Herren, können sie keine einzige Bombe mitschleppen. Ja, ich glaube sogar, die gesamte Bewaffnung muß hinaus. Damit verwandelt sich der bedrohliche Bomber in einen ziemlich harmlosen Aufklärer... ich wüßte nämlich nicht, was er in all dieser menschenleeren Wildnis aufklären sollte.«

»Sie meinen also, es lohnt sich unter gar keinen Umständen?« fragte ihn der General.

Woraus sich ergab, daß der Oberstleutnant sein Pferd von hinten aufgezäumt hatte.

»Erst mal müßten ja die Gelben ihre Bomber nach Alaska bringen. Von einem Flugzeugträger können diese schweren Dinger nicht starten, das wissen Sie ja selber, Sir. Die Tsurugas brauchen eine betonierte Startbahn von gut und gerne drei Kilometer Länge. Uns am nächsten liegt der große Flugplatz von Haneda bei Tokyo, also in Japan selbst... Sehr nah ist das aber auch nicht. Fast sechstausend Kilometer weit müßten sie von dort aus herfliegen... meine Herren! Dazu ist bis auf den heutigen Tag keine japanische Maschine in der Lage...«

»Aber von Attu aus?« fragte Captain William dazwischen.

»Sie sollten doch wissen«, antwortete ihm Hagerty, der ohnehin auf den Musterschüler von Westpoint eifersüchtig war, »die Betrachtung einer simplen Karte dieser Insel sollte Ihnen bereits sagen, daß man dort nicht mal Fußball spielen kann. Alles Berg und Tal, tiefe Schluchten und hohe Gipfel dicht nebeneinander und dazu das schlimmste Wetter der Welt. Wem es gelingt, unbeschädigt mit einem Hubschrauber von Attu hochzukommen, der hat schon Glück gehabt!«

Der Captain nickte entwaffnet.

»Sie entschuldigen, Sir, ich war nur der Ansicht, daß auch die Japaner denken können... also müssen sich die Leute bei ihrer Landung auf Attu etwas gedacht haben. Ein Plan... eine bestimmte Absicht muß dahinterstecken!«

Der General lächelte flüchtig, endlich hatte jemand an den Kern der Sache gerührt. Er beugte sich höflich zu einem älteren Offizier. Hier war der Mann nur Major, im Zivilberuf jedoch ein bekannter Historiker an der Universität von Oregon. Zu seinem Arbeitsgebiet gehörte auch die Entwicklungsgeschichte Japans, und er hatte mehrere Jahre an den Hochschulen von Kyoto und Sapporo verbracht. Daher galt er im Stabe des Generals Hamilton als Fachmann für alle japanischen Fragen.

»Sie wissen ja, was das für Leute sind«, sprach ihn Hamilton an, »aber für uns ist es schwer, sich in das krause Gehirn von Japanern hineinzudenken. Was glauben Sie, Professor, aus welchem Grund haben uns die Gelben Attu und Kiska weggenommen...?«

Webster brauchte nicht lange zu überlegen.

»Meiner Ansicht nach spielen dabei militärische Erwägungen überhaupt keine Rolle. Das haben die Japaner nur für ihr Prestige getan... grenzenlose Ruhmsucht geht dem Japaner über alles. Mit den Begriffen eines normalen Verstandes kann man diesen maßlos übersteigerten Nationalismus gar nicht erfassen. Wir suchen nach dem Sinn der Sache und nach praktischen Gründen... finden aber keine. Ob Sie es glauben oder nicht, meine Herren, die Japaner haben Attu und Kiska nur sich selber zuliebe besetzt... nur um den köstlichen Triumph zu genießen, daß sie auf amerikanischem Boden stehen. Ein wunderbarer Erfolg für das japanische Selbstgefühl... eine großartige Propaganda für den Eigenbedarf. Die Stimmung steigt in Japan, und die Massen jubeln. Das ist der ganze Zweck, Sir, gar nichts anderes... und dabei bleibt's auch, weiter geht die Sache nicht. Alles, was man gewollt hat, waren ein paar Jubeltage für die breite Masse!«

Der General nickte Webster zu und dankte mit einer Handbewegung.

Es trat nun eine Pause ein, weil jeder erwartete, der Brigadier würde noch weitere Ansichten einholen. Von den anwesenden Offizieren waren ja noch lange nicht alle befragt worden. Als er jedoch die Sitzung schließen wollte, erkundigte sich Colonel Henley, was denn seine eigene Meinung sei.

»Ich habe keine«, sagte Hamilton aufstehend, »bin jedoch auf Überraschungen gefaßt.«

3

Erst zwei Jahre nachdem die Japaner Attu besetzt hatten, wurde die Insel zum Ausgangspunkt einer weitreichenden Aktion bestimmt. Ob der kaiserliche Generalstab diesen Plan schon bei der Wegnahme Attus vorgesehen hatte oder seinen Entschluß erst viel später faßte, gehört zu den ungelösten Fragen des letzten Krieges. Jedenfalls stand im Zusammenhang damit eine der kühnsten Unternehmungen, die jemals von den Japanern im Rücken des Feindes geplant wurden. Hierfür den geeigneten Kommandeur auszuwählen, erschien der Operationsabteilung so wichtig, daß Oberst Hanto

Nagai, der Chef des Personalamtes, persönlich damit beauftragt wurde.

In keiner Armee der Welt führte man über die aktiven Offiziere so eingehende Personalakten wie in der japanischen. Deren Umfang erschwerte aber auch die allgemeine Übersicht. Wenn es sich, wie in diesem Falle, um eine Suche nach ganz bestimmten Qualitäten handelte, die ein bisher noch unbekannter Offizier alle in sich vereinigen sollte, bedurfte es hierzu der tagelangen Vorarbeit eines größeren Stabes. Die nähere Stiftung allerdings hatte sich Oberst Nagai persönlich vorbehalten. Anders ging das nicht, weil er ja nur sich selber die Fähigkeit zutraute, aus dem jeweiligen Personalakt den dazugehörigen Menschen echt und wirklich zu erkennen. Danach war des Obersten vielgerühmte Menschenkenntnis durchaus imstande, ein abschließendes Urteil über dessen Persönlichkeit zu fällen.

Dennoch nahm der Chef des Personalamtes die Auswahl keineswegs auf die leichte Schulter. Als Japaner vom alten, echten Schlage war sich Hanto Nagai stets seiner Verantwortung für die Nation bewußt. Und hier besonders, da die Anforderung sehr hoch geschraubt und demgemäß die Wahl sehr schwierig war. Er legte seine Telefone still und ließ durch sein Vorzimmer alle Besuche und Sitzungen absagen.

Der Oberst war ein methodischer Mann, der auch seinen Schreibtisch, von dem so viele Schicksale abhingen, zu organisieren wußte. Als ihm die Personalakten der vorgewählten Offiziere gebracht wurden, ließ er den Stapel zu seiner Linken aufschichten. Von dort zog er nun nacheinander jede Akte zu sich, um sie zwar rasch, doch mit geübtem Blick für die wesentlichen Punkte durchzublättern. Was eine nähere Prüfung zu lohnen schien, legte er auf seine rechte Seite. Was ihm weniger gefiel, schob er auf einen Nebentisch zur Ablage. Als der Vorrat links erschöpft war, machte sich Nagai an die etwas eingehendere Sichtung der Vorwahl zu seiner Rechten. Und so ging das weiter, von einer Seite zur anderen, wobei die Auswahl immer kleiner und der Oberst immer kritischer wurde. Dem Ende zu mußte er schon fürchten, daß es einen solchen Mann, wie ihn die Operationsabteilung wünschte, in der japanischen Armee gar nicht gab.

Der Offizier sollte nicht zu jung und nicht zu alt sein, so ungefähr zwischen sechsundzwanzig und dreiunddreißig. Er sollte Erfahrung im Kleinkrieg haben, mit der Fähigkeit, zwar überlegen zu handeln, aber doch schnell zu entscheiden. Trotz schneidiger Kühnheit durfte er nicht tollkühn sein. Ein Offizier wurde verlangt, der schon kraft seiner Persönlichkeit zur Führung prädestiniert war. Einen vorbildlichen Chef wollte man haben, für den seine Leute durch Eis und Feuer gingen. Er sollte ein Patriot reinsten Wassers sein, gewissermaßen der Typ eines modernen Samurai, stets bereit, sich für die ihm gestellte Aufgabe zu opfern.

All das war unter japanischen Offizieren nicht schwer zu finden, dafür hätte man den Personalchef nicht selber bemüht. Aber es ging noch weiter und wurde von Punkt zu Punkt problematischer. Der Gesuchte mußte die englische Sprache vollkommen beherrschen. Es wurde eine Ausbildung im Fallschirmsprung verlangt, dazu beste körperliche Gewandtheit sowie höchste Ausdauer und Zähigkeit bei langen physischen Anstrengungen. Er sollte in der Lage sein, monatelang im Rücken des Feindes zu operieren und ohne jeden Nachschub auszukommen. Er war zum Einsatz in einer nicht näher bezeichneten nordischen Wildnis bestimmt, wo er von der eigenen Truppe nichts mehr erwarten konnte. Er mußte sich und seine Leute aus dem Lande ernähren. Weshalb nur ein Mann in Frage kam, der all dies schon hinreichend bewiesen hatte und der auch mit allen Listen vertraut war, um sich feindlichen Suchkommandos zu entziehen.

Wirklich, es wurde dem Oberst nicht leichtgemacht. Solche Leute waren nicht eben zahlreich in Japan, wo die meisten Menschen in Städten dicht beisammen wohnten. Zum einsamen Leben in wilden Wäldern gab es da nicht viel Gelegenheit. Hinzu kam noch die Forderung nach Wetterkunde, Funktechnik und gewissen medizinischen Kenntnissen. Der Mann sollte auch ein erstklassiger Skiläufer und Bergsteiger sein, er durfte sich durch strenge Kälte nicht beeindrucken lassen. Damit nicht genug, wurden auch noch eine ganze Reihe charakterliche Eigenschaften verlangt und waren in dem Suchbefehl einzeln aufgeführt.

Zum Schluß lagen nur noch drei Personalakten auf des Obersten Tisch. Keine davon entsprach sämtlichen Anforderungen, eine Vorbedingung fehlte bei jedem dieser Offiziere. Aber diesen drei letzten gingen nur solche Fähigkeiten ab, die sich in einigen Wochen noch ergänzen ließen. Bei Oberleutnant Ikeda fehlte es an der Funktechnik, Hauptmann Hidaka war noch nie mit dem Fallschirm abgesprungen, und Hauptmann Nogi hatte keinen Sanitätskurs mitgemacht. Wie gesagt, all das konnte man nachholen.

Unter diesen drei ausgezeichneten Männern mußte nun der

Oberst seine Auswahl treffen. Er las nochmals sehr sorgfältig ihre Lebensläufe und wog sie, gewissermaßen mit Fingerspitzengefühl, gegeneinander ab. Alle stammten sie aus unbedingt kaisertreuen Familien, Ikeda und Hidaka waren ihrer Herkunft nach Samurai, ihre Vorfahren gehörten zum alten japanischen Kriegsadel. Hauptmann Nogi, ein Großneffe des Nationalhelden aus dem Russisch-Japanischen Krieg, hatte seinerzeit schon die Kadettenanstalt mit Auszeichnung absolviert, von seinem zehnten Lebensjahr an war er Soldat gewesen. Für Oberst Nagai war die Herkunft aus soldatischer Familie immer die beste Empfehlung, denn solche Leute pflegten gradlinig in der gewünschten Richtung zu denken. Ihre ganze Erziehung war von früher Kindheit an darauf ausgerichtet, nur für die Größe Japans zu leben und im Kaiser den göttlichen Sohn der Sonne zu verehren. Für solch moderne Ritter galt das gleiche Dogma wie seinerzeit für ihre gepanzerten Vorfahren.

Oberleutnant Ikedas Vater war im ersten Weltkrieg beim Sturm auf Tsingtau gefallen, als man gegen die Deutschen focht, mit denen man heute verbündet war. Er hatte sich schon gleich von der Schule weg zum aktiven Heeresdienst entschlossen.

Anders der Hauptmann Hidaka, der ursprünglich nicht gesonnen war, Soldat zu werden. Er hatte nach seiner zweijährigen Militärzeit zunächst Geographie und Geometrie studiert und dabei verlauten lassen, daß er am liebsten nach Korea oder Mandschukuo zum staatlichen Vermessungsdienst gehen wollte. Er war nämlich, wie aus dem Bericht des Geheimdienstes in Toyohara hervorging, schon mit jüngsten Jahren ein leidenschaftlicher Buschläufer gewesen, wozu ihm die Insel Sachalin, auf der sein Vater nach der Entlassung aus dem Heeresdienst als Unterpräfekt amtierte, reichlich Gelegenheit bot.

Die körperliche Gewandtheit Enzo Hidakas, der aus zahlreichen Sportveranstaltungen in Toyohara, der Hauptstadt Sachalins, als Sieger hervorgegangen war, hatte ihn schon früh zu einer lokalen Berühmtheit werden lassen. Als sich der junge Mann auch bei den Ausscheidungskämpfen in Tokyo bewährte, hatte man ihn der japanischen Nationalmannschaft zugeteilt, und er konnte bei der folgenden Olympiade den zweiten Platz im Zehnkampf gewinnen.

Was nun die Aufmerksamkeit des Obersten in besonderem Maße erregte, war der Verzicht Hidakas auf weitere olympische Ehren. Statt sich für die nächste Olympiade ausbilden zu lassen, wobei ihm nach menschlichem Ermessen die Goldmedaille im Zehnkampf zugefallen wäre, hatte er sich um Aufnahme in die Offiziersschule beworben und war danach, mit den höchsten Qualifikationen ausgezeichnet, dem Stabe der Kwantung-Armee in Mandschukuo zugeteilt worden. Und zwar, wie es in der Kommandierung hieß, für besondere Aufgaben.

Das gab den Ausschlag. Dieser freigewählte Entschluß eines jungen Menschen, den Ruhm und das Rampenlicht der Öffentlichkeit mit der Anonymität im straffen militärischen Dienst zu vertauschen, war ebenso erstaunlich wie lobenswert. Einer sportbegeisterten Welt, die ihre olympischen Helden wie Halbgötter verehrt, den Rücken zu kehren, um sich ganz dem soldatischen Dasein zu verschreiben, bewies dem Oberst nicht nur Hidakas Idealismus, es zeugte auch für seinen völligen Verzicht auf persönliches Eigenleben. Demnach war er gänzlich frei von allen Versuchungen des Individualismus, den Hanto Nagai für geradezu staatsgefährlich hielt. Die zersetzenden Einflüsse des dekadenten Westens hatten Hidaka auch bei seinen Reisen im Ausland nicht im geringsten angekränkelt. Im Gegenteil, wie die militärische Geheimpolizei zu berichten wußte, hatte er sich darüber sehr abfällig geäußert. Welch ein Unterschied zu den langhaarigen, ewig debattierenden Studenten, die sich mit ihren neuen, liberalen Ideen an den Universitäten Japans breitmachten! Viel zu spät erst hatte man diesen respektlosen Leuten den Mund gestopft und sie unter strenge Aufsicht gestellt. Selbst in den Nachwuchs des Offizierskorps war dieser Ungeist stellenweise eingedrungen, solche Leute konnte man zu keiner verantwortlichen Aufgabe mehr gebrauchen. Aber für einen Mann wie Enzo Hidaka würde der Oberst seine Hand jederzeit ins Feuer legen.

Er warf die Papiere Ikedas und Nogis auf die Ablage, rief nach seinem Adjutanten und ließ den nicht mehr benötigten Papierberg fortbringen. Die Personalakte Hauptmann Hidakas nahm er unter den Arm und begab sich damit zum Chef des Generalstabes.

4

Ganz unberührt von dem mörderischen Turnier, das sich die Großmächte der Welt nun schon seit Jahren lieferten, stand am Nunaltosee ein Mann vor seiner Hütte und sah den Wolken zu, die hinter den White Mountains aufstiegen.

Dieser Mann hieß Allan McCluire, war etwa dreißig Jahre alt und von hoher, geschmeidiger Gestalt. Nur wirkte er nicht so groß, da es seine Gewohnheit war, vor sich auf den Boden zu blicken, wie es die meisten Waldläufer tun. Denn für sie ist der Boden ein aufgeschlagenes Buch, worin sie auf allen ihren Wegen unermüdlich lesen. Auch jetzt ließ der Mann seine Umgebung nicht aus den Augen. Er sah den Tannenhäher am Fuße der Pechföhre, wie er Schritt für Schritt näherhüpfte, um bis an die Reste der Haferflocken zu gelangen, die Harry Chiefson verschüttet hatte. Allan McCluire bemerkte ein Erdhörnchen, das mit seiner Beute davonhuschte, und hörte die Wildenten im Schilf. Der regelmäßige Takt eines Paddels auf dem See, obwohl noch weit entfernt, verriet ihm, daß sich sein Gefährte auf dem Rückweg befand. Von Osten her wehte ein leichter Wind, und da ihm die Luft etwas schwerer schien als heute morgen, rechnete Allan für den kommenden Tag mit Regen.

Er war Beamter des Wildschutzes und zur Zeit damit beauftragt, eine Anzahl von Bibern zu fangen, die man auf die Insel Afognak verpflanzen wollte. Dort gab es diese nützlichen Tiere noch nicht, obwohl sich das Gelände für sie eignete. Allan selber hatte es eingehend geprüft. Die Tiere waren dort vor Stürmen recht gut geschützt, und die Wälder bestanden aus Eschen, mit Erlen gemischt, für Biber also die beste Umgebung. Es regnete viel auf der Insel, die Niederschläge sammelten sich in einer Unzahl von Bächen, die eilig der Küste zuströmten. Zu eilig sogar, denn wenn die Schneeschmelze kam oder es tagelang gegossen hatte, riß der ungehemmte Lauf der Wildbäche das schwerste Geröll mit sich und ließ die Böschungen am Ufer einstürzen. So lag denn entlang der Wasserläufe ein Windbruch neben dem anderen, weil ja alles Wurzelwerk unterspült war. Weshalb der Gamewarden vorgeschlagen hatte, daß man die Biber zu Hilfe rief, um die Natur auf ganz natürliche Weise zu verbessern. Geburtenfreudig, wie sie waren, würden die fleißigen Nager bald über genügend Arbeitskräfte aus den eigenen Reihen verfügen, um die wilden Bäche durch Dämme aufzustauen und sie in eine Kette von harmlosen Teichen zu verwandeln.

Es kam nur darauf an, den Kolonisten einen Baumeister mitzugeben, der sich hierauf besonders gut verstand. So ein wirklicher Könner ist nicht bei jedem Bibervolk vorhanden, solche Fertigkeiten entwickeln sich nur dort, wo es strömende Bäche zu bezwingen gilt.

Was an Bibern hier im Nunaltosee herumschwamm, war für eine Verpflanzung nach Afognak kaum zu brauchen, sie waren vom immer gleichen Wasserstand ihres Sees zu sehr an bequemes Leben gewöhnt. Allan McCluire hatte einen weit besseren Stamm an jenem kleinen Fluß entdeckt, der sich drüben am Westufer in den Nunalto ergoß. Wenige Meilen stromauf hauste ein Bibervolk, das sich ganz ausgezeichnet auf die hohe Kunst des Dammbaues verstand. Alle Jahre wieder mußten sie nach der Schneeschmelze ihre Anlagen erneuern. Bessere Strombezwinger als diese tüchtigen Kerle konnte man sich gar nicht wünschen. Nie trat ihr Fluß über die Ufer, so geschickt hatten sie seine Strömung reguliert. Man würde sich in Afognak auf sie verlassen können.

Auch ohne Fernglas sah Allan nun, daß sein Gefährte draußen auf dem See das Paddel beiseite gelegt und die Grundangel ausgeworfen hatte. Es konnte Abend werden, bis er heimkam. Harry hatte immer große Geduld beim Angeln, eine so beschauliche Geduld, wie sie eben nur Indianer haben.

Der Wildhüter ließ sich auf der Bank nieder, die sich ans Blockhaus lehnte, und nahm seine Arbeit wieder auf. An der Kastenfalle hatte sich die Schnur zum Auslöser verklemmt. Die Klappe war nicht heruntergefallen, als der Biber hineinlief. Und so war er wieder entwischt. Gerade jenes große, ganz dunkle Tier, auf das es Allan so ankam. Er hielt diesen Bibermann für den besten Baumeister am Fluß, für eine Art von Deichgraf, dem die Planung aller Dammarbeiten oblag. Ganz gleich, ob durch Instinkt oder Intelligenz, dieser Meister verstand mehr als nur sein Handwerk. Er vermochte anscheinend statistische Berechnungen anzustellen und wußte schon, bevor der Fluß zu steigen begann, wie hoch der Wasserdruck später sein würde. Sobald er zu werken begann, folgten die Genossen seinem Beispiel. Wo er angefangen hatte, machten sie weiter. Und wenn sie damit fertig waren, eilten sie ihrem Vorarbeiter nach und halfen bei der nächsten Baustelle.

Ihn vor allen wollte Allan noch fangen, dieser Biber mußte unbedingt mit nach Afognak. Ohne den erfahrenen Baumeister war die Gruppe der Auswanderer nicht komplett. Die anderen Umsiedler saßen bereits hinter Gittern, neben Jungtieren beiderlei Geschlechts auch eine fünfköpfige Familie. Nur noch der große Techniker fehlte, die Gruppe konnte dann geschlossen in ihre neue Heimat abfliegen.

Schade, daß gestern die Falle versagt hatte. Der Gamewarden kerbte nun die Rolle tiefer ein und sorgte dafür, daß sie mehr Spiel erhielt. Er bestrich die Hanfschnur mit Fett und beschlug auch die beiden Kanten, über die sie lief, mit Weißblech, um so die Reibung zu vermindern. Viel mehr konnte er im Augenblick nicht tun, vom geschickten Einbau der Falle hing es nun ab, ob der Biber hineinging oder nicht. Allan mußte sie mit noch größerer Sorgfalt tarnen als bisher. Der Biber war ja nun gewarnt und würde vorsichtiger sein.

Der Mann stand auf und trug die Kastenfalle in den Schuppen, wo die Käfige mit den schon gefangenen Bibern standen. Als sie den Menschen hörten, wichen sie in die hintere Ecke ihrer Behälter zurück. Aber er sprach zu ihnen mit leiser, beruhigender Stimme. Die Worte waren dabei gleichgültig, nur auf den Klang kam es an. Den verstanden sie und begriffen, daß keine Gefahr damit verbunden war. Im Gegenteil, wenn man diese Stimme hörte, hatte es angenehme Bedeutung. Man bekam etwas zu beißen.

Allan McCluire ging zu einem Haufen frischer Espenzweige, die Harry heute morgen geschnitten hatte, nahm davon einen Armvoll und schob sie, jede hastige Bewegung vermeidend, durch den Futterschlitz in die Käfige. Die Biber zogen die Espen gleich an sich und begannen sie abzunagen. Ihre großen, gelben Schneidezähne arbeiteten mit unglaublicher Schnelligkeit, die Zweige rotierten in ihren Pfoten, als würden sie maschinell gedreht.

Soweit konnte der Gamewarden mit dem Erfolg zufrieden sein. Neun gesunde Tiere hatte er schon beisammen, einmal ausgesetzt, würde sich ihre Zahl bis zum nächsten Herbst verdoppeln. In ein paar Jahren schon waren es dann über hundert Tiere, die nach allen Seiten hin die feuchten Täler von Afognak besiedelten.

Es blieb noch lange hell um diese Jahreszeit. Die Luft war schwer und sommerlich warm. Der See schimmerte wie ein samtweiches, meilenweit gespanntes Tuch. Dunkler Wald umfaßte ihn von allen Seiten, zog sich an den Hängen hinauf und reichte an einigen Stellen bis zum Fuß der felsigen Wände. In deren Spalten hing noch alter Schnee, in den Schluchten weit droben glänzten die Gletscher. Wie die Finger einer reglosen Riesenhand zeigten die fünf Felsspitzen gen Himmel, von ewigem Eis gepanzert. Im Licht der sinkenden Sonne glühten sie nun auf, erst in glitzerndem Weiß, dann in schillerndem Gold und schließlich so rot wie Höllenglut. Noch niemand hatte sie bestiegen, wahrscheinlich auch niemand an ihrem Fuß gestanden. Denn dies war ein unbewohntes Land, herrenlose Wildnis nach jeder Seite hin. Jahre konnten vergehen und waren auch vergangen, ohne daß ein Mensch an den See kam.

Im vorigen Jahrhundert, da die meisten indianischen Stämme,

noch ganz auf Fischen und Jagen angewiesen, als Nomaden durch ihr weites Land zogen, war das anders gewesen. Damals hatte der Nunalto viel häufiger Besuch gehabt. Denn hier war eine gute Gegend, um sich mit Wintervorräten einzudecken. Im Herbst lagen Singschwäne, Wildenten und Odinshühner zu Tausenden auf dem See. Kam der Winter, überquerten große Herden von Karibu, die nach Süden zogen, die Eisdecke des Nunalto. Auch stand sein Gewässer im Ruf, eine unerschöpfliche Menge von Lachsen, Elritzen und Forellen zu beherbergen. Gar mancher Elchwechsel führte an seine Ufer, drüben an den Bergen lebten die großen, schneeweißen Wildschafe. Und die Schwarzbären waren hier, bevor sie in den Winterschlaf gingen, besonders fett.

Damals hatten im Herbst die Wigwams der Kutchin, eines Stammes der Athabasken, am Nunaltosee gestanden. Allenthalben lagen federleichte Kanus im Schilf, steinbeschwerte Netze aus Tiersehnen hatte man ins seichte Wasser gehängt. Kinder waren es, die darauf achten sollten, sich aber lieber mit den jungen Hunden im Laub herumrollten. Für die Männer ging die Jagd auf den Feistelch allem anderen vor, denn er war eine Beute, die das meiste Fleisch ergab, den halben Winter lang konnte eine Familie davon leben.

Jetzt lebten nur zwei Menschen am See, Allan McCluire und sein indianischer Gehilfe. Die nächste Siedlung lag drei Tagereisen entfernt, hieß Raffles und bestand aus sechs oder sieben Blockhäusern mit Schuppen. Am besten erreichte man den Ort auf dem Raffles River, der im Nunalto seinen Anfang nahm und in den Yukon mündete. War er von Eis bedeckt, so diente der Strom als Straße. Raffles war eigentlich nur eine Landestelle am mächtigen Yukon, wo sich seinerzeit die Flußdampfer ihr Holz für die Heizkessel geholt hatten. Das geschah jetzt nur noch selten. Dafür besaß der Ort eine Funkstelle, wurde auch gelegentlich angeflogen. Die wenigen Trapper aus der weiteren Umgebung brachten ihre Felle nach Raffles und kauften im Laden von Pete O'Hara, was sie in der Wildnis brauchten. Der Händler betrieb auch das behelfsmäßige Postamt, doch wann ein Postsack abging oder eintraf, war sehr ungewiß.

Allan hatte keine Sehnsucht nach Raffles, für ihn war der Platz mit seinem geschwätzigen Posthalter schon ein Anfang der Außenwelt. Wenn schlechte Nachrichten kamen, konnten sie eigentlich nur über Raffles an den Nunalto gelangen. Nichts fürchtete Allan mehr, als dort einen Bescheid vorzufinden, der ihn zum Leben unter vielen Menschen zwang, etwa gar in Anchorage oder Fairbanks.

Sein Chef war Wilfrid Frazer, Leiter des Wildlife-Service von Alaska, an sich ein umgänglicher Mann. Aber schon mehrfach hatte er angedeutet, daß Allan McCluire beruflich sehr viel weiterkäme, wenn er für einige Jahre in der Zentrale Dienst täte, am Schreibtisch und Telefon natürlich. Allan war schließlich ein Collegeman, seine Vorbildung lag erheblich über dem Durchschnitt eines schlichten Gamewarden. Was ihm fehlte, war nur noch die Erfahrung im Betrieb des Hauptbüros, um eines Tages Wildkommissar zu werden.

Aber gerade diesen Ehrgeiz hatte er nicht, genaugenommen hatte er überhaupt keinen Ehrgeiz. Sein ungebundenes Leben in den großen Wäldern hatte ihn so frei gemacht, daß er weder gehorchen noch befehlen wollte. Sich in das Schema einer Behörde zu fügen, schien ihm unerträglich. Auch das Leben in einer Stadt mit all seinen Rücksichten nach rechts und links, mit all den täglichen Verpflichtungen hätten ihn eingeengt wie eine ständige Zwangsjacke.

Jedesmal, wenn Harry von Raffles zurückkam, bangte der Gamewarden um seine Freiheit. Er war fest entschlossen, sich mit allen Mitteln zu wehren. Lieber wollte er den Dienst quittieren und sich als freier Trapper seinen Unterhalt verdienen.

Als das Boot herankam, mußte er sich einen Ruck geben, so sehr fürchtete er schlechte Nachrichten. Die letzten Schritte lief er dem Indianer entgegen.

»Sollen uns mit den Bibern beeilen«, rief Harry, noch bevor das Kanu auf den Strand stieß, »war ein Anruf von Frazer da! Er möchte wissen, wann er das Flugboot schicken kann, die Biber abzuholen. Später braucht er's nämlich für einen Schub von Schneeziegen, die 'rauf nach Chichagoff sollen.«

Allan fühlte sich erleichtert.

»Sonst nichts von ihm ... kein Brief oder so?«

»Nein, aber wir sollen uns beeilen und Bescheid geben.«

Doch der Indianer machte irgendwie einen unzufriedenen Eindruck. Sein Kupfergesicht ließ das breite Grinsen vermissen, mit dem er sonst seinen Chef begrüßte.

»Hast du was, Harry?« wollte Allan wissen. »Alles Geld versoffen oder wieder Krach mit Pete?«

Der Indianer schüttelte den Kopf.

»Sag' dir doch, Boß, wir haben keine Zeit, der letzte Biber muß möglichst bald in den Kasten!«

»Wenn's weiter nichts ist...«, zuckte Allan mit den Schultern, »wird sich schon machen lassen.«

Harry Chiefson war recht verschieden von den romantischen Vorstellungen, die man sich im allgemeinen von einer wirklichen Rothaut macht. Er war klein und breit, sein runder Schädel schien unmittelbar auf den Schultern zu sitzen. Aber die physischen Kräfte in seinem gedrungenen Körper waren kaum zu überbieten. Schon äußerlich wirkte der kleine Mann wie eine geballte Ladung, man traute ihm ohne weiteres zu, daß er Bäume ausreißen konnte. Auch sein Gang und die Muskelpanzer an seinen Schultern verrieten, daß er gewohnt war, schwerste Lasten zu tragen. Das struppige, strähnige Haar hatte er sich vor längerer Zeit selber geschnitten. Es hing nun in schwarzen Fransen über seine Stirn und in den Nacken hinab. Seine Vorfahren, einst große Krieger und Anführer bei den Kutchin, hatten es ganz lang getragen, mit einer Adlerfeder darin. Sicher war das sehr viel eindrucksvoller gewesen.

Allan half ihm die Vorräte ins Haus tragen.

»Hab' unterwegs noch ein paar Forellen gefangen, ist auch ein Zehnpfünder dabei.«

»Warum denn so ein Riesentier«, mißbilligte Allan, »die kleinen schmecken viel besser.«

»Mir macht das nichts... Fisch ist Fisch, meinetwegen kannst du die Babys haben. Und wie war's hier... der Baumeister will noch immer nicht auswandern?«

Allan erzählte ihm von seinem Pech mit der Falle.

»Hab' das Ding aber in Ordnung gebracht, geht jetzt wie geschmiert. Hoffentlich ist der dicke Kerl nicht umgezogen. Bis wir ihn dann wiederfinden...«

»Boß, in dieser Woche müssen wir ihn noch kriegen!«

Allan begann sich über sein Drängen zu ärgern.

»Ja... natürlich, aber wenn's Wetter umschlägt, kann ich Frazer auch nicht helfen. Von mir aus soll er in seinen Hut beißen...!«

Inzwischen war der Kaffee heiß, beide saßen sie vor den dampfenden Tassen an ihrem Tisch. Es war schön, den Gefährten wieder hier zu haben. Mit Harry brauchte man nicht immer zu reden, sie verstanden sich auch in aller Ruhe sehr gut. Was zu tun war, wußte jeder von selbst. Die Haushaltung in der einsamen Hütte hatte sich schon lange eingespielt. Für jedes Ding gab es einen bestimmten Platz, jede Handreichung war Gewohnheit.

Sie hatten schon die dritte Tasse getrunken, als Harry plötzlich den Kopf hob und seinen Gefährten mißmutig anblickte.

»Es war gar nicht wegen Frazer, daß wir den Biber... ich meine den Baumeister noch in dieser Woche brauchen. Das ist... eigentlich wegen mir.«

»Wegen dir, Harry...?«

»Ich möcht' nämlich noch dabeisein...«

Allan mußte lachen.

»Aber du bist doch dabei!«

»Nein, Boß, wenn's noch länger dauert, bin ich weg... nächste Woche bin ich nicht mehr da!«

Allan verstand ihn nicht.

»Sag das noch mal...«

»Stimmt schon, Boß, ich muß wirklich weg.«

»Wieso denn... gefällt's dir nicht mehr?«

Allan sah auf einmal in den dunklen, etwas schrägen Augen des Indianers, wie verzweifelt er war. Schlimmes mußte geschehen sein.

»Harry... nun sag schon, was ist los?«

Der mußte erst ein paarmal schlucken.

»In Raffles... wie ich zu Pete in den Laden kam, da war gleich so 'ne komische Stimmung. Standen vier oder fünf Leute herum, die allerhand fluchten. Mit dem Krieg soll was passiert sein. O'Hara sagt, sie hätten Angst, daß die Japaner kommen... ja, und für mich hatte er auch so einen Brief, und ich... ich muß Soldat werden.«

Er suchte im Anorak, der neben ihm auf der Bank lag, nach seiner Einberufung und reichte sie Allan über den Tisch.

»Am Montag kommt eine Maschine nach Raffles, mit der soll ich... mit der muß ich dann weg.«

5

Auf Attu hatte sich manches verändert. Keiner der Aleuten war auf der Insel geblieben, schon längst hatte man sie auf große Schiffe gebracht und ins Land der Feinde verschleppt. Die Insel wimmelte nun von Japanern, die kleinen Soldaten gruben sich in die Erde und Felsen. Sie waren so zahlreich wie Mäuse und drangen in alle Spalten ein. Sie bauten Nester für ihre Maschinengewehre und sprengten Höhlen ins Gestein für ihre Geschütze. Im Laufe der Zeit hatten sie das ganze gebirgige Land mit einem System von Gräben und Gruben durchzogen, worin sie in Sekundenschnelle verschwinden konnten. Attu war eine Festung geworden.

Marquis Saito, Oberst im Kaiserlichen Generalstab, der neue

Herr von Attu, erwartete noch immer den Gegenangriff des Feindes. Die Besatzung der Insel hatte Befehl, sich hier festzukrallen, jedes Loch und jeden Stein zu verteidigen. Was man herbeigeschleppt hatte, war von der Oberfläche verschwunden, die Waffen und die Munition, alles Material und die Verpflegung. Viertausend Mann hatten sich ins Gestein genagt, die Hütten abgetragen und mit deren Gebälk die unterirdischen Gänge abgestützt.

Nur das Schulhaus war an seinem Platz geblieben, als Quartier des Kommandeurs mit den Büros für seinen Stab. Doch hatte man den Boden von Mrs. McGilroys Küche aufgerissen, um in den Leib des Hügels zu gelangen. Bergleute aus Hokkaido, die besten Pioniere der japanischen Armee, hatten darin ein Labyrinth von Kammern und Korridoren angelegt, das auch die schwersten Bomben und Schiffsgeschütze nicht durchschlagen konnten.

Am Fahnenmast des Lehrers hing nun schon lange die Kriegsflagge eines fremden Volkes. Wenn der Wind hineinfuhr, blähte sich das Tuch und zeigte die aufgehende Sonne im weißen Feld. Blutrote Streifen, die bis zum Rande liefen, stellten ihre Strahlen dar. Oberst Saito sah darin ein Symbol der japanischen Ausbreitung über alle Länder und Meere, die vom Sonnenball bestrahlt wurden. Wer im Schutz der Götter stand, dem war kein Ding auf Erden unmöglich. Und Japans vornehmste Göttin war Amateras, die Sonne selbst. Das japanische Volk war ihr eigenes Volk, regiert und geführt vom Sohn des Himmels. Davon war der Marquis zutiefst überzeugt und zweifelte nicht, daß auch der letzte seiner Soldaten an des Kaisers göttliche Sendung glaubte. So war es gelehrt worden, so war das immer gewesen. Niemals in seiner langen Geschichte hatte Japan die bittere Frucht der Niederlage gekostet, in allen Kriegen war Nippon am Ende siegreich geblieben. Doch Opfer mußten gebracht werden, Amateras schenkte ihren Kindern nichts. Nur wenn sie Helden waren und über jede menschliche Schwäche erhaben, blieb ihnen die Gnade der Göttin erhalten.

Die Wegnahme von Attu war kein Heldenstück gewesen, der Oberst wußte es wohl. Aber doch eine Meisterleistung japanischer Organisation. Die Insel unter allen Umständen zu halten, darauf kam es nun an. Saito und sein Stab sahen dem Feind mit fanatischer Begeisterung entgegen. Einmal mußte er ja kommen, auf die Dauer konnte doch der amerikanische Generalstab keine japanischen Truppen vor der Küste des eigenen Festlandes dulden. Hatten die Amerikaner nur noch einen Funken von Stolz, mußten sie doch alles daransetzen, um sich nun endlich Attu und ihr Selbstgefühl wiederzuholen.

Weiter zu denken lag außerhalb Saitos Bereich. Den Handstreich gegen die kleine, an sich ja wertlose Insel im Gesamtrahmen der großen Strategie zu sehen vermochte der Oberst nicht. Er war viel zu sehr Japaner der alten und ältesten Tradition, um sich in die Mentalität eines ganz anderen Volkes zu versetzen. Also konnte er nicht einsehen, daß es doch für den Feind gar keinen Sinn hatte, von einer anderen, vielleicht entscheidenden Front starke Kräfte abzuziehen, nur um am Ende der Welt eine winzige Insel wiederzuerobern. Und das noch unter so schweren Verlusten, wie sie bei der Erstürmung von gutbefestigten japanischen Stellungen unvermeidbar waren. In den Augen des Kommandeurs von Attu stand nationaler Stolz so hoch, daß er jedes Opfer dafür gebracht hätte. Er jedenfalls würde Attu halten, bis zum letzten Funken im letzten Mann. Wenn die Insel dennoch fiel, durfte auf Attu kein Japaner mehr am Leben sein.*

Demnach war die Besatzung auf alles vorbereitet, aber es erfolgte kein Angriff, tatenlos ließen es die USA geschehen, daß die Aufgehende Sonne über einem Flecken ihres eigenen Landes wehte. Für die Japaner war das unbegreiflich.

»Ihr Stolz ist gebrochen, sie geben uns den Weg zum Festland frei«, schwärmte der Marquis vor seinen Offizieren, »schon in grauer Vorzeit sind kühne asiatische Stämme über diese Inselkette nach Amerika vorgestoßen. Ihr Mut hat alle Stürme besiegt, die in diesem wilden Meer zu Hause sind. Heldenhafte Männer bezwangen sie und sprangen aus ihren gebrechlichen Booten ans neue Land. Unsere Rasse ist es gewesen, Mina-san, die den neuen Kontinent gefunden und sich von Norden her über ihn ausgebreitet hat. Jedem Eskimo und jedem Indianer steht noch heute im Gesicht geschrieben, woher seine Vorfahren kamen. Wir stehen am Beginn einer neuen Bewegung, Tomodachi-san, wir werden dem Zug unserer Vorväter folgen. Uns ist es beschieden, die Tore wieder zu öffnen, durch die unser Volk schon einmal nach Amerika gekommen ist. Bald werden wir seinen Vormarsch wiederaufnehmen.«

So phantastisch die Vision des Obersten auch war, sie entflammte

---

* Als die Insel Attu am Ende des Krieges von den Amerikanern gestürmt wurde, gerieten von etwa viertausend Japanern nur achtzehn Schwerverletzte in Gefangenschaft. Alle übrigen waren tot.

doch seine Zuhörer. Das Ausbleiben eines Gegenstoßes hatte sie verwirrt, offenbar mußte der Feind schon sehr geschwächt sein. Einseitig im Bewußtsein ihrer Unbesiegbarkeit erzogen, hielten der Marquis und seine Kameraden den moralischen Zusammenbruch einer weißen Großmacht durchaus für möglich. Stand doch die Sonnengöttin selbst auf der japanischen Seite.

Im Bewußtsein eigener Stärke wurden sie noch durch einen Funkspruch bestätigt, der eine weitere Flotte ankündigte, die sich auf dem Marsch nach Attu befand. Das konnte eigentlich nur die Vorbereitung zur Landung auf dem Festland bedeuten, die schon besetzte Insel sollte dafür das Sprungbrett sein.

Zunächst war es aber nur ein Schnellboot, das aus dem Nebel auftauchte. Mit ihm traf zur allgemeinen Überraschung der Admiral Takado Yamada ein, dessen Ruhm seit der raschen Einnahme von Burma jedem Japaner wohlbekannt war. Oberst Saito hatte gar keine Zeit, ihn mit den üblichen Ehren zu empfangen, der Admiral watete formlos an Land und grüßte nur flüchtig. Die Ankunft des Siegers von Burma, für jeden Soldaten der Besatzung eine Sensation, hatte sich schon bis zum letzten Erdloch herumgesprochen, bevor sich Yamada selber dazu äußerte.

Das geschah im Schulhaus McGilroys, nachdem die Ordonnanzen Tee serviert hatten und auf einen Wink des hohen Besuchers schleunigst verschwunden waren. Der Admiral nahm Platz neben dem Pult des Lehrers. Allein schon seine Haltung drückte aus, daß er wichtige und geheime Befehle mitbrachte. Nur die Stabsoffiziere waren zugelassen und harrten in diszipliniertem Schweigen der Dinge, die sie nun erfahren sollten.

Takado Yamada war klein, plump und hielt sich schlecht, war also genau das Gegenstück zu dem schlanken, feingliedrigen Marquis, der seine überaus lange Reihe edler Ahnen vollendet darstellte. Yamada stammte von den Fischern der Insel Kiushu ab, in seiner Familie gab es keinen Mann, der nicht von Jugend an zur See gefahren war, vom Fischkutter angefangen bis zum schweren Schlachtkreuzer. Aber grobknochig waren sie immer geblieben, auch dem Admiral war die Abstammung aus dem breiten Volk noch deutlich anzusehen. Da er zudem keine Orden trug und die goldenen Tressen seines Ranges verblaßt waren, konnte er eigentlich nur durch den Nimbus wirken, den sein Rang und sein Name bedeutete. Doch kam noch eine eisenharte Energie hinzu, deren Ausstrahlung sich niemand entziehen konnte.

Der berühmte Mann begann ohne Einleitung. Er sprach nur halblaut, aber in erstaunlich kultiviertem Tonfall, oft unter Verzicht auf militärische Fachausdrücke.

»Shokun, der Geleitzug bringt Ihnen keine Verstärkung... weder an Menschen noch an Feuerkraft. Sie brauchen das auch nicht, weil der Gegner vorerst in diesem Raum nichts unternimmt. Er ist anderweitig gebunden, weshalb der eintreffende Konvoi nur von zwei Zerstörern geschützt wird. Auch sonst muß ich Ihre Erwartungen auf unmittelbares Anpacken des Feindes enttäuschen. Sie bleiben Etappe...«

Er unterbrach sich kurz, um dem Oberst Saito ein halbes Lächeln zu gönnen.

»Tut mir leid, Marquis, aber die Insel wird vorerst zu einem Bauplatz degradiert. Ich führe eine große Menge schweren Materials herbei, vor allem Baumaschinen, Traktoren und Feldbahnen, ebenfalls zwei Schiffsladungen Zement und dreitausend Tonnen Sprengstoff. Habe auch technisches Personal an Bord, das allen Anforderungen genügt. Aber die Masse der Arbeitskräfte wird von der schon vorhandenen Besatzung gestellt.«

Er machte eine kurze Pause, damit sich seine Zuhörer von der Ankündigung erholen konnten, die sie nun, statt sich mit dem Feind zu schlagen, in den ruhmlosen Staub einer riesigen Baustelle verbannte.

»Unter gründlicher Nutzung aller Möglichkeiten«, fuhr der Admiral mit gehobener Stimme fort, »wird binnen denkbar kurzer Frist auf dieser Insel ein Flugfeld entstehen, das für Landung und Start eines Geschwaders von großer Reichweite geeignet ist. Als Mindestlänge der betonierten Piste sind dreitausend Meter zu fordern. Die Flugzeuge selbst werden in den Bergen untergebracht, ebenso alle Einrichtungen, die zu ihrem Betrieb gehören. Das Vorhaben ist für unsere Kriegführung von großer Bedeutung und sehr dringend. Es muß beendet sein, Mina-san, bevor der Feind in der Lage ist, uns bei dem Großbau zu stören. Dazu bedarf es ungewöhnlicher Anstrengungen von allen Beteiligten.«

Yamada bat nicht um Fragen, schien aber darauf zu warten, da er sich nicht vom Stuhle Hector McGilroys rührte.

Nach einer Weile betroffenen Schweigens erkundigte sich der Oberst, welche Zeitspanne für das Unternehmen vorgesehen sei.

»Keine bestimmte Zeit«, erwiderte der Admiral, »es wird jedoch schneller geschehen, als Sie zunächst für möglich halten.«

»Man muß Berge abtragen, die aus Quarz und Granit bestehen«, gab der Pionierchef zu bedenken, »nach jedem Regen schwellen die Bäche zu reißenden Flüssen an.«

Yamada zuckte ärgerlich mit den Schultern.

»Die topographischen Verhältnisse der Insel sind mir bekannt, vermutlich besser als dem Gegner. Schon vor dem Kriege war eine Gruppe unserer Fachleute hier, die sich Attu sehr genau angesehen haben... natürlich waren sie getarnt, und zwar als Enthomologen der Universität Sapporo. Weil ja solche Käfersammler überall herumklettern können, ohne Mißtrauen zu erregen. Sie haben gut gearbeitet, unsere Kameraden, wir kennen Attu von innen wie von außen. Ich bin mit allen Unterlagen versehen, die Pläne sind bis zum letzten Detail ausgearbeitet.«

Trotz persönlicher Enttäuschung war Oberst Saito sehr stolz auf die Weitsicht der japanischen Führung.

»Wir werden die Aufgabe erfüllen, Kekka, jede Hand werde ich dafür einsetzen.«

Der Admiral erhob sich.

»Die Verantwortung dafür liegt bei mir, Shokun, ich selber werde die Arbeiten leiten.«

6

Der Hochsommer lag auf Alaska, und da es vollkommen windstill war, herrschte eine drückende Hitze. Die Wälder knisterten vor Trockenheit und überall war das Gras dürr wie Zunder. Aus Fort Yukon wurden vierzig Grad Hitze gemeldet.

Es war eine gefährliche Zeit, jetzt genügte schon der kleinste Funke, um verheerende Waldbrände zu entfachen. Solche Brände sind die Geißel Alaskas, sie vernichten Landstriche von der Ausdehnung europäischer Provinzen und noch mehr. Sie verbrennen bei lebendigem Leibe alles Getier, das nicht fliegen oder mit Windeseile flüchten kann. Hütten, Häuser, ganze Siedlungen verkohlen. Mit ihnen die Menschen, wenn sie nicht rechtzeitig gewarnt werden. Nichts kann in den trockenen Wäldern, nichts kann in der ausgedörrten Steppe die stürmenden Flammen aufhalten. Gewaltige Rauchwolken verdunkeln den Himmel, der strahlende Tag wird zur Nacht, und die beißende Luft ist kaum zu atmen. Überall im Unterholz ist Bewegung. Kleines Getier sucht seine Rettung in eiliger

Flucht, aber die Flammen sind rascher und lassen es nicht entkommen. Eher schon das große, viel schnellere Wild. Von Panik erfaßt, brechen Elche und Karibu abgehetzt durch Busch und Gestrüpp. Wölfe, Luchse und Bären rennen um ihr Leben. Hinter ihnen zucken die roten Blitze, glühende Blätter und brennende Zweige segeln der Feuerwalze voraus, um eilfertig neue Brandherde zu legen. So überquert das Unheil auch Bäche und Flüsse. Ein heißer Sturmwind, von der gewaltigen Hitze erzeugt, braust der großen Vernichtung voran. Hundertjährige Baumriesen lodern wie Pechfackeln, alles vor sich und neben sich verheerend, wälzt sich die Feuerwand weiter und weiter. Wenn kein breiter Strom oder Sumpf oder See, wenn keine Gebirgskette aus kahlem Gestein oder die Meeresküste selbst das Flammenheer aufhält, rollen die Brandwogen so lange, bis sie schließlich von einem Gewitterregen gelöscht werden. Der kann letzten Endes nicht ausbleiben, das Riesenfeuer selber verursacht ihn durch seine Hitze und die Masse geballter Rauchwolken.

Nur selten hat ein Blitz oder die Reibung trockener Bäume das Feuer entzündet, meist sind leichtsinnige Menschen daran schuld. Solche nämlich, die noch nicht wissen, welche Katastrophe ein schlecht gelöschtes Lagerfeuer, die fortgeworfene Zigarette oder auch eine andere Unvorsichtigkeit auslösen kann. Von den Alaskanern selbst ist nichts dergleichen zu befürchten, denn ihnen sind die Gefahren der sommerlichen Dürre wohl bekannt. Die Neulinge im Land müssen aber erst darüber belehrt werden.

Und hier war es nun, wo der General Hamilton seinen Drang zu verantwortlicher Tätigkeit voll entfalten konnte. Es bedurfte gar nicht erst einer Vorsprache der Leute vom Amt für Waldbrandbekämpfung. Der Oberkommandierende von Alaska wußte schon selber, wie ahnungslos die meisten seiner jungen Rekruten gegenüber den Gefahren der Wildnis waren. Wer von ihnen aus den großen Städten kam, für den war Alaska eine völlig neue Welt. Wenn man da nicht gleich und sehr gründlich aufpaßte, konnte durch die grünen Jungen das größte Unheil entstehen.

Schub auf Schub waren sie angekommen, aus San Francisco und Los Angeles, aus Portland, Seattle und San Diego. Alle frisch eingezogen, alle aus den volkreichen Städten der Westküste, weil von dort die Verschiffung nach Alaska am einfachsten war. Das Pentagon fing an, sich um Alaska zu kümmern, es schickte nun laufend Verstärkungen zum Norden hinauf. Noch mehr und dazu noch ausgebildete Truppen sollten vor Beginn des Winters den General instand setzen, wenigstens Anchorage mit Umgebung wirksam zu verteidigen.

Zunächst jedoch kam es Hamilton darauf an, Alaska gegen seine eigenen Leute zu verteidigen. Er ließ Merkblätter über Brandverhütung drucken und überall anschlagen, Belehrungen wurden abgehalten und jedem erhebliche Strafen angedroht, der solche Warnungen nicht befolgte. Vor allem hatte es der General auf Glasscherben abgesehen, weil ja von den Neuen kaum jemand wußte, wie gefährlich die sein konnten, und zwar feuergefährlich! Wollte es der Teufel, daß ein Sonnenstrahl besonders unglücklich auf eine zerbrochene Flasche blitzte, konnte deren Glas wie ein Brennglas wirken, und schon war das schlimmste Unheil im Gange. Es ließ sich gar nicht ausdenken, was eine rasche Feuerwelle, die im Bereich des Fort Richardson um sich griff, alles anrichten konnte. Unaufhörlich rollte Munition und Brennstoff vom Hafen ins Militärlager, genügend Bunker und Benzintanks waren vorerst nicht vorhanden, um gleich alles vorschriftsmäßig unterzubringen. Die hölzernen Bauteile für Schuppen, Baracken und Fertighäuser, eben aus den Staaten herangeschafft, lagen überall zuhauf, und bergehoch türmten sich die Kisten. Für einen Riesenbrand gerade das gefundene Fressen. Hamilton ließ jeden Mann, der in so feuergefährlicher Umgebung einen Scherben fortwarf, durch die Militärpolizei festnehmen.

Rings um dieses große, staubige, turbulente Lager dehnte sich das Übungsgelände, mit kniehohem Riedgras, Zwergbirken und Wacholder bedeckt. Für gewöhnlich war das alles grün, jetzt aber grau, gelb und rascheldürr. Ein Fünkchen genügte, in ein paar Augenblicken stand sogleich das weite Feld in hellen Flammen. Eben deswegen hatte der Kommandeur das »Unternehmen Scherbe« befohlen.

Fast tausend Mann waren dafür eingesetzt. Sie gingen auf Tuchfühlung und mußten alles durchkämmen, jeden Busch und jedes Grasbüschel. Keine Flasche und kein Stück Glas sollte übersehen werden, keine Scherbe durfte liegenbleiben. Und deren gab es genug. Weil man in dem eingezäunten Lager keinen Alkohol trinken durfte, war es bisher zwar nicht erlaubt, aber allgemein üblich gewesen, daß sich die Leute nach Dienstschluß im Gelände verteilten, um in voller Deckung die Kehle zu berieseln. Denn wo durstige Soldaten sind, finden sich schnell geschäftstüchtige Zivilisten ein, die den nötigen Stoff zu liefern bereit sind. Bier aus der Büchse war im Krieg nicht mehr zu haben, man trank wieder aus Flaschen. Und die lagen nun, ganz oder in Scherben, allenthalben im Gestrüpp.

Es war ein heißes, staubiges und sehr langweiliges Geschäft, dieses Scherbensuchen. Kaum einer von den neuen Rekruten glaubte an die feuergefährliche Tücke alter Bierflaschen. Der General sah die gelangweilten Gesichter und konnte sich den Rest dazu denken. Nicht einmal alle seine Offiziere glaubten an die brandgefährlichen Flaschen. Deshalb mußte er die Scherbenjagd selber leiten, unter jeder anderen Führung wäre das Unternehmen durch lustlose Aufsicht bald ermattet. So stand er nun aufrecht im Jeep und ließ sich unermüdlich an der Kette seiner Leute vorbeifahren.

»Alte Bierflaschen sind immer noch besser als frische Tellerminen«, rief er den Männern zu.

»Aber volle Bierflaschen sind noch besser, Sir!« rief einer der Rekruten zurück. Der Kommandeur lachte nur, vor vierzehn Tagen war der Mann ja noch in Zivil gewesen. So schnell hatte er den Respekt vor goldenen Sternen noch nicht gelernt.

Er ließ sich an den linken Flügel zurückbringen, wo er ein paar Leute anpfiff, die ihre Sammelsäcke fast leer hinter sich herschleiften. Sie wurden wieder zurückgejagt, um das gleiche Gelände nochmals zu durchsuchen.

»Weiß schon, daß heute ein ziemlich warmer Tag ist«, gab Hamilton zu, »aber wenn das ganze Lager brennt, wird's euch noch viel wärmer.«

Dann sah er jedoch ganz am Schluß der Kette einen breiten, kleinen Mann, der ihm gefiel. Der suchte tatsächlich mit Eifer, und sein Scherbensack schien prall gefüllt.

Der Kommandeur ließ sich hinfahren und sah, daß es ein Indianer war.

»Sie halten das nicht für Blödsinn, wie?«

Harry Chiefson sah auf und versuchte, in sichtlich ungeübter Weise, Haltung anzunehmen.

»Ist doch klar, hätte man schon längst machen müssen!«

»Sir ...«, ergänzte Hamilton das fehlende Wort.

»Wie bitte?«

»Der Soldat sagt *Sir*, wenn er mit einem Vorgesetzten spricht«, erklärte ihm der General mit Nachsicht.

»Ach so ... entschuldigen Sie.«

»Sir ...«, ergänzte Hamilton abermals.

»Sicher doch ... ich werd's schon lernen ... Sir!«

»Na also, geht ja schon. Seit wann dabei ... ich meine beim Militär?«

»Drei Tage ... Sir.«

»Sind aus Alaska, nehme ich an, und woher da?«

Harry überlegte eine Weile, denn richtig zu Hause war er ja nirgends.

»Zuletzt war ich am Nunalto ... Sir, das ist drei Tage von Raffles weg, wenn man mit dem Boot fährt.«

»Sind da noch viele Indianer?«

»Nein, ich war der einzige ... Sir.«

»Trapper von Beruf, oder was?«

»So ähnlich ... Sir, oder eigentlich nein. Trapping kann man's nicht nennen. Hab' meinem Boß geholfen, Biber zu fangen.«

»Aber das ist doch Trapping, Mann.«

»Nein, denn wir lassen ihnen ja den Pelz, wir lassen sie überhaupt am Leben, Sir.«

»Wozu denn das?«

»Unsere Biber werden woanders wieder ausgesetzt, Sir ... man nennt so was Transplant«, erklärte ihm Harry bereitwillig.

»Und für wen machen Sie das?«

Die richtige Antwort wäre gewesen, daß es im Auftrag des Wildschutzes geschah. Aber für den Indianer hatte eine Behörde kein Gesicht, auch Wilfrid Frazer nicht, weil der für ihn viel zu hoch schwebte.

»Ich mach' das mit Allan McCluire.«

Harry konnte sich nicht denken, daß es in Alaska einen Menschen gab, der von seinem Boß keine Ahnung hatte.

»Und wer ist das?« wollte Hamilton wissen, dem es immer noch rätselhaft vorkam, daß man Biber einfing, um sie wieder loszulassen.

»Ein feiner Kerl, Sir, einer von den besten ... oder genauer gesagt, ist mein Boß überhaupt der feinste Kerl von Alaska.«

Dabei strahlte er, daß sich seine Kupferhaut über den starken Backenknochen spannte und fast sein ganzes, blitzendes Raubtiergebiß entblößte.

»Sind ja sehr begeistert von Ihrem Chef ...«, meinte Hamilton und dachte sich, daß seine Leute wohl kaum so begeistert von ihm waren.

»Wenn Sie den kennen würden, Sir, wären Sie's auch«, bekräftigte der indianische Rekrut.

»Wo kommt er denn her, dieser... dieser McCluire, was ist er von Beruf?«

»Gamewarden ist er, könnt' es aber viel weiter bringen, wenn er nur wollte. Aber das will er nicht... und er hat recht, Sir, das können Sie mir glauben. Hat's ja viel besser so.«

»Na, wie denn... erzählen Sie doch mal.«

Und Harry Chiefson erzählte von Allan. Ganz ohne Scheu vor dem goldbesternten Zuhörer und mit aller Bewunderung, die er für seinen Boß empfand. Der General hörte mit wachsendem Erstaunen zu. Denn er selber, der leidenschaftlich gern jagte, hatte in seinen jungen Jahren gelegentlich von solch einem Leben geträumt. War natürlich Unsinn, er stammte aus einer alten Soldatenfamilie, und sein Beruf war ihm vorbestimmt. Aber die Passion für Wild und Wildnis war ihm geblieben. So interessierte ihn besonders die Geschichte von Allans großer Wolfsjagd, auf die nun der rotbraune Rekrut mit wachsender Begeisterung zu sprechen kam. Das Raubtier sollte droben am Tenana ein kleines Kind gerissen haben. Irgendwie hatte Hamilton schon davon gehört oder gelesen, es kam ja nur ganz selten vor, daß Wölfe wirklich über einen Menschen herfielen. Dem erstaunlichen Gamewarden war es, obwohl er viel zu spät gerufen wurde, tatsächlich noch gelungen, dem schuldigen Wolf zu folgen und ihn zu erlegen.

»Woher hat denn Ihr Wundermann gewußt«, zweifelte der Kommandeur, »daß es auch wirklich der richtige Wolf war. In der Gegend gibt's doch 'ne ganze Menge von Timberwölfen?«

»Da war doch die Fährte, Sir...«

Hamilton schüttelte den Kopf.

»Nach ein paar Tagen, Mann, kann doch niemand mehr einer ganz bestimmten Fährte über Stock und Stein fünfzig Meilen weit folgen!«

»Allan kann das«, beharrte der Indianer.

»Na, ich weiß nicht... und dann sehen ja alle Wolfsfährten so ziemlich gleich aus.«

»Nicht für meinen Boß, das dürfen Sie ihm gar nicht erst sagen! Wirklich, Sir... Sie müßten ihn mal kennenlernen, dann werden Sie das schon glauben. Na, und dann erst die Sache mit dem Gletscherbären...«

»Augenblick...«, unterbrach ihn der General, »da werd' ich anscheinend gesucht!«

Von einer langen Staubfahne gefolgt, preschte ein schwerer Geländewagen über das Feld. Seine wilden Sprünge im Gestrüpp und den Grasknollen ließen deutlich erkennen, daß er weit schneller fuhr, als erlaubt war.

»Der Idiot ruiniert mir ja den ganzen Karren«, schimpfte der Kommandeur.

Mit knirschenden Bremsen stoppte das Fahrzeug vor Hamilton. Es war Oberst Henley, der hinaussprang.

»Endlich, Sir, hab' Sie schon eine halbe Stunde lang gesucht.«

Der General stieg gleichfalls aus.

»Was ist denn explodiert...?«

»Ein paar tausend Tonnen Sprengstoff, nehm' ich an!«

Harry Chiefson hatte sich schon taktvoll entfernt und suchte wieder nach den gefährlichen Scherben.

»Gestern konnten wir aufklären über Attu, und da ist allerhand los, Sir...! Unsere Leute haben 'ne ganze Menge Luftbilder mitgebracht. Sedgewick hat sie schon ausgewertet... danach scheint festzustehen, das heißt... es steht schon fest...«

Henley war ganz außer Atem, er mußte erst wieder Luft schöpfen.

»Nur mit der Ruhe, Menschenskind, ich lauf' Ihnen ja nicht weg.«

»Also... die Japaner bauen da einen regelrechten Flugplatz. Sie schaffen Tag und Nacht... Sie sprengen riesige Löcher in die Felsen, es kracht und blitzt, als wäre eine große Seeschlacht im Gange!«

»Schöne Bescherung, Henley...!«

»Kann man wohl sagen, Sir, die Gelben müssen da gewaltiges Material hingeschleppt haben... es wimmelt nur so von Traktoren und Lastkarren. Eine Feldbahn haben sie auch schon... füllen mit dem Schutt ein ganzes Tal aus. Überall haben sie Flaks eingebaut, die haben unsere Vögel nicht schlecht angespuckt... Übrigens, wir haben eine Maschine verloren, Sir.«

»Schlimm, Henley, wo wir schon so knapp damit sind. Aber das andere ist noch schlimmer... jetzt muß was geschehen, und zwar sofort! Ich werd' gleich nach Washington fliegen... am Draht hört ja doch keiner so richtig hin. Sehen Sie zu, daß ich möglichst bald wegkomme, und machen Sie mir die Unterlagen fertig. Werd' sie dann unterwegs studieren.«

Trotz der bestürzenden Nachrichten wandte sich der General, bevor er davonbrauste, noch mal an den indianischen Rekruten.

»Danke für die Unterhaltung...«

»Gern geschehen«, gab Harry zurück und rief noch ein verspätetes »Sir« hinterher.

7

Hauptmann Enzo Hidaka befand sich zur Zeit noch in Mandschukuo bei der Kwantung-Armee. Er war von seinem Divisionskommandeur beauftragt worden, Fühlung mit den Oschonen aufzunehmen, einem freien, von den neuen Zeiten noch kaum berührten Jägervolk, das jenseits der Khingan-Berge nomadisierend durch die Taiga zog. Hidaka sollte feststellen, ob sie Verbindung zu den Vorposten Tschiangkaischeks hatten oder ob gar die Sowjets über den Amur hinweg mit Patrouillen bis dorthin vorgedrungen waren.

Der Hauptmann wurde nur von einem mandschurischen Dolmetscher und seinem Pferdeburschen begleitet, die beide keine Uniform trugen. Zu seinem Trupp gehörten noch drei Packpferde mit Geschenken. In der Hauptsache waren das Kochtöpfe aus Aluminium, japanische Messer und chinesischer Ziegeltee. So ausgerüstet, konnte Hidaka wie eine Handelsmission auftreten, die scheinbar nichts weiter wollte, als das Pelzgeschäft wieder in Gang zu bringen. Den Oschonen mußte einleuchten, daß die japanischen Soldaten für den kommenden Winter Pelzfutter brauchten. War ein Gespräch erst mal im Gange, würde man schon weiter sehen und die wirklichen Fragen nebenbei aufklären.

Am elften Tage endlich war die Verbindung hergestellt. Ein Dutzend der blanken und blitzenden Kochtöpfe, die man hier und da an einem Pfad der Waldmenschen aufgehängt hatte, überzeugten sie von den guten Absichten der so überraschend aufgetauchten Fremden. Erst hatte man ein paar alte Frauen vorangeschickt, dann waren auch die Männer erschienen. Bald darauf sah sich der Hauptmann als willkommener Gast im Hauptlager der Taigaleute.

Schon dessen Anlage bewies dem Offizier, daß sich seine Gastgeber, was ihre Furcht vor Überfällen betraf, vor allem auf den Wald verließen. Niemand außer den Oschonen kannte dort die Pfade, niemand außer ihnen konnte sich in dem grünen Labyrinth zurechtfinden. Auch wenn sie keine Wachen aufstellten, einem solchen Naturvolk verriet schon flüchtiges Wild oder das Aufsteigen der Enten am Fluß, daß fremde Menschen durch ihre Taiga zogen. Aus dem Dickicht heraus konnte man den eingedrungenen Feind dann viel leichter vernichten als im offenen Gefecht.

Der Hauptmann Hidaka ließ sich Zeit. Es war bei so einfachen Leuten immer das beste Mittel, um Vertrauen zu gewinnen. Auch mit der Fortgabe seiner Geschenke war er wählerisch, da man ja erst wissen mußte, bei welchem der Männer sich Freigebigkeit lohnte. Leider war Hidakas Dolmetscher unzureichend, seine Kenntnis der Oschonensprache beschränkte sich auf jene wenigen Worte, die er beim Tauschhandel gelernt hatte. Der Hauptmann mußte sich selber bemühen, in die Sprache seiner Gastgeber einzudringen.

Er ließ sich Gegengeschenke machen, um den Wert seiner Gaben zu erhöhen. Was das äußere Auftreten seiner Handelsmission anging, war man schon bald im besten Einverständnis. Dann fand sich für Hidaka auch die erhoffte Gelegenheit, bei den Waldleuten noch viel mehr Einfluß zu gewinnen.

Das war einem Tiger zu verdanken, der es sich zur Gewohnheit gemacht hatte, den Schleifspuren erlegten Wildes zu folgen, das die Oschonen hinter sich her ins Lager zogen. Weil aber der Tiger dort den Rauch, den Lärm und die vielen Menschen fürchtete, überfiel er die Jäger, bevor sie das Lager erreichten. Und zwar so schnell und völlig unerwartet, daß sie ihm weder ausweichen noch ihn abwehren konnten. Zwei Leute waren dabei schwer verletzt worden und einer umgekommen.

Wie man weiß ist der mandschurische Tiger der stärkste seiner Art. Dem einzelnen Menschen geht er nicht aus dem Weg, hält ihn vielmehr für unerwünschte Konkurrenz in seinem Revier und erschlägt ihn bei passender Gelegenheit. Nicht etwa, um sich danach an seinem Opfer zu sättigen, denn Menschenfleisch behagt ihm nicht. Nur alte oder sonstwie behinderte Tiger sehen sich mitunter gezwungen, ihren Hunger an zweibeinigem Wild zu stillen, weil es am leichtesten zu erjagen ist.

Dennoch wirkte jenes Exemplar, das im Revier der Oschonen aufgetaucht war, sehr beängstigend. Einzeln wagten sich die Jäger nicht mehr weit vom Lager fort, und man dachte schon daran, in eine andere Gegend abzuwandern.

Nun war schon wieder ein Überfall geschehen, und gerade dem besten Fallensteller hatte ein Prankenschlag das Genick gebrochen. Aber keiner der Oschonen wollte der Tigerfährte nachgehen. Gegen einen so mächtigen Feind war das Waldvolk zu schlecht bewaffnet, solche Verluste ließen sich eben nicht vermeiden. Das war immer so gewesen, es gehörte zu den Gefahren ihres Daseins. Nichts konnte daher die Oschonen mehr verpflichten, als wenn es Hidaka gelang, sie von dieser Plage zu befreien. Es wäre ihm gewiß nicht schwergefallen, das Raubtier früher oder später an einen geschickt ausgelegten Köder zu locken. Doch hielt Hidaka seine eigene Wirkung auf das Jägervolk für sehr viel nachhaltiger, wenn er ihnen bewies, daß nicht seine moderne Büchse, sondern seine List und Waidkunst die gefährliche Bestie zur Strecke brachten.

Er beschloß daher, ein Springgun zu bauen, und es gelang ihm, drei junge Leute zu gewinnen, die im Vertrauen auf sein Militärgewehr bereit waren, ihn zu begleiten. Auf die Kunst des Fährtenlesens verstanden sich seine Begleiter ebenso gut wie er selber. Im Verlauf der Nachsuche mußte er sogar zugeben, daß sie es noch besser konnten. Vor allem Noboru, der Gewandteste von ihnen, bewies dabei einen bewundernswerten Scharfblick. Als Hidaka die Suche schon abbrechen wollte, da die Fährte in sumpfiges Gelände führte, ging der Oschone unbeirrt weiter. Der Hauptmann vermochte nichts mehr zu erkennen, weil sich in dem weichen, feuchten Boden die Halme längst wieder vom Druck der Tigertatze erholt hatten. Wenn dieser Waldmensch dennoch eine Spur ahnte, mußte er für Wildfährten einen sechsten Sinn haben.

Gegen Mittag kamen sie zu einem Wechsel, den das Raubtier häufig begangen hatte, weshalb man einigermaßen sicher sein konnte, daß über kurz oder lang der Tiger wieder auftauchen würde. Hier beschloß Hidaka, seine Falle anzulegen, deren großer Vorteil es war, daß sich der Tiger darin selber erschoß. Und zwar mit dem altertümlichen Gewehr des Oschonen Noboru. Keiner der Waldmenschen hatte je gehört, daß dergleichen möglich war.

An sich war das Springgun eine recht einfache Sache. Es bestand aus armdicken Ästen, die man in den Boden trieb und mit einem starken Dach aus Holz und Steinen beschwerte. Vorne blieb die Falle offen, nach hinten war sie abgeschrägt und endete in einem spitzen Winkel. Darin lag eine Wildschweinkeule, die man zuvor, um eine Duftspur zu legen, weit und breit durchs Gelände gezogen hatte. Sie war durch eine biegsame, dünne, aber feste Fadenwurzel mit dem Abzug von Noborus alter Büchse verbunden, die draußen hinter der Falle fest eingebaut wurde. Ihre Mündung zeigte durch eine kleine Öffnung genau eine Handbreit über die Lockspeise hinweg. Um an dies Fleisch zu gelangen, mußte sich der Tiger mit dem Kopf in das Ende der Falle hineinzwängen. Riß er nun an dem Köder, löste sich der Schuß und das gehackte Blei traf mitten in seinen Schädel. Denn dieser befand sich ja, wegen der Enge in dem kleinen, niederen Raum, unweigerlich in der Schußlinie.

Die drei Oschonen bestaunten zwar alle diese Vorbereitungen, wollten aber doch nicht glauben, daß man ein so gewaltiges Tier wirklich umbringen konnte, während man sich selber fernab vom Schuß befand.

Und doch gelang die List des japanischen Offiziers, alles vollzog sich genauso, wie er gesagt hatte. Schon bald nach Anbruch der dritten Nacht hörte man im Lager der Oschonen den Widerhall eines Schusses. Als man am frühen Morgen mit allen Frauen und Kindern zum Springgun eilte, lag der gefürchtete Tiger leblos ausgestreckt in der Falle.

Für Hidaka war dies der Durchbruch in die Herzen der Oschonen, der Erfolg seiner Mission war damit gesichert. Um den Dank und die Bewunderung, die er nun genoß, konnte ihn selbst der Schaman beneiden. Vor allem die jüngeren Leute hefteten sich nun an seine Fersen, um noch mehr solcher Wunderdinge von ihm zu lernen. Für sie besaß dieser Japaner übernatürliche Fähigkeiten, obzwar in Wahrheit die meisten seiner Jagdkünste lediglich auf besonders eingehender Beobachtung der Natur beruhten. Es waren nicht einmal seine eigenen Beobachtungen, vielmehr sehr alte Listen und Erfahrungen, die sich schon andere Naturvölker seit urdenklichen Zeiten nutzbar zu machen wußten. Vieles davon hatte Hidaka während seiner Streifzüge auf Sachalin den Ainu, den Giljaken und den Tungusen abgeschaut. Auch sie waren kluge Fallensteller, ein jeder Stamm hatte im Lauf der Zeiten seine eigenen Methoden entwickelt. Aber noch mehr als den Waldleuten in Sachalin verdankte Hidaka dem leidenschaftlichen Studium einer heute fast vergessenen Fachliteratur, worin Forscher und Entdecker des vorigen Jahrhunderts über die jagdliche Kunst von Völkerschaften berichtet hatten, die damals noch ganz darauf angewiesen waren, sich mit naturgemäßen Mitteln aus ihrer Wildnis zu ernähren. Seitdem waren fast alle diese Naturmenschen mit fremder Zivilisation in Berührung gekommen, schon die nächste Generation hatte die Waldkunst ihrer Vorfahren vergessen. Sie schlummerte jetzt nur noch in den Berichten ihrer ersten Entdecker. Weil man aber damals sehr sorgfältig berichtete, die Erklärungen auch meist noch mit anschaulichen Zeichnungen versah, hatte es ein Mann von Hidakas großer Begabung unschwer verstanden, jene alten Fertigkeiten wieder in die Praxis umzusetzen. Seine besonderen militärischen Aufgaben boten ihm dazu häufig Gelegenheit. Denn oft war er bei Erkundungen jenseits der japanischen Linien wochenlang auf sich selber angewiesen. Darin hatte er ein Geschick erworben, über das seine oschonischen Freunde das Staunen nicht mehr verlernten.

Gleichzeitig aber lernte er von ihnen. Denn auch sie kannten Jagdkniffe, von denen selbst Hidaka nichts gehört hatte. Besonders Noboru war ein Meister im Nachahmen von Tierstimmen. Mit dem Ruf eines jungen Hasen konnte er Füchse heranholen, und wenn er verlockend gurrte, flogen ihm die Wildtauben auf den ausgestreckten Arm. Nach einiger Mühe gelang es auch dem Japaner, solche Kunststücke nachzumachen. So war sein Aufenthalt jenseits der Khinganberge in mehrfacher Hinsicht ein guter Erfolg.

Einem so wertvollen Freund, wie es der fremde Offizier für die Oschonen geworden war, wollte man auch im Rate der Alten nichts mehr abschlagen. So konnte der Hauptmann mit ihnen vereinbaren, daß sie sogleich dem nächsten japanischen Posten meldeten, wann immer Fremde in der Taiga auftauchten. Gegen besondere Belohnung natürlich. Am besten sei es für sie, schärfte er ihnen ein, wenn sie solche Leute sogleich umbrächten. Denn das alles wären böse Menschen, die vorhatten, das Wild zu vergiften, um damit die Oschonen aus ihren Wäldern zu vertreiben. So überzeugend trug er seine Greuelmärchen vor, daß ihm die Waldleute blindlings glaubten. Aber zum Glück hatte man jetzt die freundlichen Japaner zu Beschützern, von denen man die neuen Wunderwaffen bekam, die siebenmal hintereinander feuerten, ohne daß man vor dem einzelnen Schuß erst wieder laden mußte. Hidaka versprach ihnen, daß sie für jeden abgeschnittenen Kopf der fremden Giftleger ein Gewehr bekämen. Da konnten die Oschonen nur hoffen, daß sich die bösen Leute recht bald zeigten, und möglichst viele davon. Für die Menschenköpfe wollte man dann schon sorgen. Auf so leichte Weise war bisher noch kein Oschone zu einem guten Gewehr gekommen.

Der Hauptmann konnte sich beglückwünschen. In den dunklen Wäldern hinter dem Khingan würden feindliche Patrouillen nicht mehr sehr weit gelangen, auch jeder politische Agent war ein toter Mann, noch bevor er den ersten Eingeborenen zu Gesicht bekam. Dafür im wahrsten Sinne des Wortes einen Kopfpreis zu bezahlen, fand Hidaka weder ungewöhnlich noch gar unmenschlich. Auch die chinesische Gendarmerie hatte in der Mandschurei zum Beweis ihrer Tüchtigkeit stets die Köpfe hingerichteter Räuber zum nächsten Statthalter geschickt. Ohnehin war ja alles in bester Ordnung, was den japanischen Interessen diente.

Fast vier Wochen waren vergangen, als sich Enzo Hidaka wieder auf den Rückweg machte. Der Oschone Noboru war nicht nur bereit, ihn zu begleiten, er hatte selber darum gebeten. Dieser Wundermann im Fährtenlesen war für weitere Aufgaben in diesen oder anderen Wäldern gewiß sehr gut zu gebrauchen.

Erst am vierten Tage lichtete sich das grüne Dickicht. Die große Taiga war zu Ende, man ritt auf die Steppe hinaus und kam nun schneller vorwärts. Bis gegen Abend hoffte Hidaka Nenchiang zu erreichen, die kleine altertümliche Stadt im Grasland, wo sich die erste japanische Garnison befand.

Die Kolonne der sechs Reiter zog durch ein Meer von gelbem Gestrüpp. So weit man sah, auch mit dem zehnfachen Armeeglas sehen konnte, schien die Steppe kein Ende zu nehmen.

Es war um die Mittagsstunde, als sich der Hauptmann plötzlich zurückwandte, um Noboru heranzuwinken. Er hatte Rauch in der Ferne gesehen und wollte wissen, was der Oschone davon hielt. Das wäre kein Rauch, sondern Staubwolken, gab der ihm Bescheid, Wagen ohne Pferde führen durch die Steppe.

Hidaka ritt eine Bodenwelle hinauf und sah durchs Glas. Es waren sechs oder sieben Fahrzeuge, die von Westen kommend gleichfalls auf Nenchiang zuhielten. Ein Panzerspähwagen fuhr voran und einer hinterher, vermutlich waren wieder chinesische Partisanen in der Gegend. Die Wagen rollten in Schlangenlinie, um den Unebenheiten im Gelände auszuweichen. In der flimmernden Hitze waren sie bald verschwunden.

Hidaka trieb sein Pony zur Eile, die müden Leute hinter ihm schlossen sich schweigend an.

Es war schon dunkel, als man die Lichter von Nenchiang erblickte. Der Ort war von einer Mauer aus Lehmziegeln umgeben. Sie diente nun der japanischen Besatzung zur Abwehr chinesischer Partisanen, von denen man nie so recht wußte, ob Tschiang oder der rote Mao sie geschickt hatte, ebenso konnten sie auf eigene Rechnung räubern. Ein Verhau von Stacheldraht und Sandsäcken, mit zwei MG bestückt, sicherte das einzige Tor der umwallten Stadt.

Hidaka ritt auf den Posten zu, stieg ab und trat ins Licht. Beim Anblick seiner Uniform, obwohl sie verstaubt und stark abgenutzt war, salutierte die Wache.

Dennoch gab der Posten das Tor nicht frei.

»General Matsunami ist vorhin eingetroffen, jeder Ankommende muß ihm zuerst gemeldet werden.«

Die Anwesenheit seines Kommandeurs war Hidaka sehr willkommen. Von ihm war er ja ausgesandt worden und konnte nun unmittelbar berichten. Er ließ einen Offizier rufen und vertraute ihm seinen Oschonen an.

»Sorgen Sie dafür, daß dieser Mann nur den besten Eindruck von uns bekommt.«

Er selber wollte sich, bevor er seine Meldung machte, erst in Ordnung bringen. Doch hatte er kaum das Tor passiert, als ihm ein Leutnant nachlief.

»Matsunami-san wünscht Sie sofort zu sehen, Taija-Dono!«

Hidaka folgte ihm durch die enge, übelriechende Gasse, die sich nach mehreren Windungen zu einem kleinen Platz hin öffnete. Ein konfuzianischer Tempel mit rotbemaltem First und glasiertem Ziegeldach diente als Kommandantur. Ein Doppelposten präsentierte, als Hidaka eintrat.

Im offenen Hof waren Tische aufgestellt, um die einige Offiziere standen und im Schein einer grellen Lampe Kartenblätter studierten. Aus ihrer Mitte löste sich der General.

»Hidaka-san, Sie haben uns nervös gemacht, schon seit Wochen wartet man auf Sie.«

Hidaka verbeugte sich, die Hand an der Mütze.

»Ich bitte um Verzeihung...«

»Machen Sie weiter, Mina-san«, rief Matsunami zu den Leuten am Tisch, »ich muß Hidaka allein sprechen.«

Er führte den eben Eingetroffenen zu einem kahlen Raum im Hintergrund des Tempels und bot ihm dort den einzigen Stuhl. Selber nahm er auf dem Feldbett Platz.

»Darf ich vom Ergebnis meines Auftrages berichten, Taisho-Dono?«

»Hat später Zeit, jetzt geht's um wichtigere Dinge... Sie werden für eine andere Aufgabe gebraucht und müssen sofort nach Tokyo.«

»Nach Tokyo...?« wiederholte Hidaka völlig überrascht.

Matsunami fingerte ein zerdrücktes Päckchen Asahi-Zigaretten aus seiner Rocktasche. Hidaka bediente sich, suchte nach Streichhölzern, fand aber keine. Der General reichte ihm Feuer.

»Zunächst werden Sie am Fallschirm ausgebildet... das fehlt Ihnen noch. Sie werden's aber brauchen.«

»Habe ich die Erlaubnis, zu fragen, wofür ich es brauche, Taisho-dono?«

Matsunami wischte ein paar Reiskörner vom Tisch.

»Ja... Sie sollen es sogar wissen. Ich bin beauftragt, es Ihnen zu sagen, Hidaka-san. So bald wie möglich werden Sie im Hinterland des Feindes abgesetzt, zusammen mit zehn bis zwölf Mann, die Sie selber auswählen. Halte das auch unbedingt für richtig. Die Operationsabteilung hat Sie mit einem Auftrag von großer Wichtigkeit betraut. Man hält Sie für geeignet... übrigens auch nach meiner Ansicht... weil Sie vermutlich länger ohne Nachschub im Rücken des Feindes aushalten als jeder andere Offizier. Einmal abgesetzt, wird es schwer sein, Sie noch weiter zu unterstützen. Schon deshalb nicht, weil Sie ständig Ihre Position wechseln, sonst kann man Ihre Funksprüche anpeilen. Sinn des Unternehmens ist nämlich, daß Sie zuverlässige Wettermeldungen durchgeben... und zwar nach Attu.«

»Nach Attu...?« fragte Hidaka noch überraschter als zuvor. Denn natürlich hatte er angenommen, daß man ihn jenseits der japanischen Linien in der Mandschurei absetzen würde. »Attu ist doch eine Insel, die wir den Amerikanern weggenommen haben, drüben vor der Küste von Alaska.«

Matsunami zerdrückte seine Zigarette und lächelte.

»Ja, Hidaka-san, von dort werden Sie mit Ihren Leuten starten. Ob es Ihnen jemals gelingt wiederzukommen, scheint nach der Art Ihres Auftrages sehr fraglich. Ich soll Ihnen das ausdrücklich sagen. Es wird Ihnen zuvor noch ein kurzer Urlaub gewährt, um Ihre persönlichen Angelegenheiten zu regeln.«

Hidaka nickte, sagte aber nichts. In der japanischen Armee war es üblich, sich bei Erfüllung von Sonderaufträgen zu opfern, wenn es die Umstände so verlangten.

Hidaka war in diesem Geist aufgewachsen, zeigte daher keine Bewegung.

»Auf den Urlaub kann man verzichten, Taisho-dono, bin ja nicht verheiratet, und mein Vater begreift natürlich...«

»Gewiß, Hidaka-san, habe von Ihrem ehrenwerten Vater gehört. Er wird stolz sein... aber kommen wir zurück auf Ihre Mission. Entscheidend ist dabei, daß Sie so lange wie nur möglich aktionsfähig bleiben. Und zwar im Herzen von Alaska, in einem ähnlichen Gelände, wie Sie es hier schon kennen. Nur sind dort die Gebirge höher und die Winter noch länger. Das Land soll da oben ganz unbewohnt sein, auch der Gegner hat davon nur recht oberflächliche Kenntnisse. Sie werden sich durch Ihre Meldungen verraten... zwangsläufig der Funkpeilung verraten. Der Feind wird alles daransetzen, Ihren Trupp zu finden und zu vernichten. Es ist Ihre Aufgabe, Hidaka-san, das so lange wie möglich zu verhindern... in erster Linie durch raschen Wechsel Ihres Standortes. Sie sollen also dem Feind keine Gefechte liefern. Sie werden ausweichen, die Verfolger irreführen ... sie auf falsche Spuren lenken. Ihre beste Waffe wird immer die List sein. Sie haben ja in dieser Hinsicht schon manch eindrucksvolle Probe Ihrer Fähigkeiten abgelegt. Zu meiner vollsten Befriedigung übrigens. Nehme an, Sie werden das drüben in Alaska genauso machen.«

Hidaka nickte wieder.

»Taisho-dono ... Sie sagten, daß ich mir meine Leute aussuchen darf?«

»Ja, das dürfen Sie, man läßt Ihnen völlig freie Hand. Aber bei einigen dieser Leute müssen bestimmte Voraussetzungen gegeben sein, zwei Funker und zwei Meteorologen werden verlangt. Sonst kommt's eben auf Zähigkeit an, auf allerbeste körperliche Verfassung. Jeder einzelne Ihrer Begleiter muß auch die psychische Kraft haben, unter schwersten Anforderungen unbedingt durchzuhalten. Das wird weitgehend von Ihrem Vorbild abhängen, Hidakasan, von Ihren Eigenschaften als Führer. Sie können nur Leute gebrauchen, die ganz unter Ihrem Einfluß stehen ... ich möchte fast sagen, die Ihrem Einfluß erliegen. Wie Sie wissen, Hidaka-san, sind einfache Menschen dazu besser geeignet. Die lassen sich leicht überzeugen, ihr Glaube ist beständiger. Natürlich brauchen Sie einen Stellvertreter, der die Truppe weiterführt, wenn Sie ausfallen. Nur der sollte in der Lage sein zu denken ... sogar recht gut zu denken. Aber sonst, Hidaka-san, dulden Sie keinen zu großen Intellekt unter Ihren Leuten. Die Nachdenklichen halten zuviel vom Wert ihres Lebens und suchen es womöglich zu retten. Jeder muß sich, wenn es die Lage erfordert, bedenkenlos für die Aufgabe opfern. Wie lange Sie aktionsfähig bleiben, wird von der Härte und Hingabe Ihrer Leute abhängen. Sie selber, Hidaka-san, haben die Verantwortung, jeden einzelnen Mann richtig zu wählen!«

Matsunami sah ihn an.

»Ich werde mit Sorgfalt wählen, Taisho-dono.«

»Dazu bietet man Ihnen die beste Möglichkeit, Oberst Nagai wird Ihnen alle gewünschten Personalakten zur Verfügung stellen ... auch die Berichte der Kempetai.«

Erst diese letzte Bemerkung bewies dem Hauptmann, wie sehr man ihm vertraute. Denn nichts war in Japan so geheim und auch so gefürchtet wie das verborgene Wirken der Militärpolizei. Sie war der unsichtbare Staat im Staate, das allmächtige, allgegenwärtige

Instrument im Hintergrund der Nation. Die Kempetai wußte alles und überwachte alles, ihre Gunst ließ den einen steil emporsteigen und ihre Mißgunst den anderen still verschwinden. Niemand wußte, wer an ihrem Schalthebel saß, niemand ahnte, wie er selber beurteilt wurde. Wenn man nun dem Hauptmann Hidaka Einblick in die Geheimberichte geben wollte, war das ein beispielloses Zeichen für den Glauben an seine unbedingte Zuverlässigkeit. Dennoch behagte es ihm nicht, er hätte vorgezogen, von dem düsteren Wirken der Kempetai keine Kenntnis zu erlangen.

Er ging also nicht darauf ein, fragte den General statt dessen, ob er seinen Oschonen mitnehmen könne.

»Warum nicht, wenn er die ärztliche Prüfung besteht und am Fallschirm eine gute Figur macht. Hauptsache, der Mann ist absolut in Ihrer Hand.«

»Er gehört zu einem primitiven Volk, Taisho-dono, in dessen Augen stehen wir Japaner hoch droben am Himmel. Doch wird er mir auf der Erde sehr nützlich sein.«

»Bin sehr einverstanden mit ihm, Hidaka-san, nur müssen Sie die nötige Ergänzung finden... bestens bewährte Einzelkämpfer. Irgendwann wird's ja doch mal Zusammenstöße geben. Und natürlich die Techniker... sportgestählte Techniker, wenn so was existiert.«

»Sie werden sich finden lassen, Taisho-dono.«

Matsunami nickte, er war zufrieden mit dem Hauptmann Hidaka. Mit ihm hatte der Personalchef wirklich einen guten Griff getan, überhaupt den einzig richtigen. Es lag ja auch nahe, den Mann für ein solches Unternehmen in seiner Division zu vermuten. Die stand nun seit Jahr und Tag im schwierigsten Terrain, das japanische Truppen je besetzt hielten.

Erst jetzt fiel ihm ein, daß ja Hidaka gerade aus der Taiga zurückkam, und er bat ihn zu berichten. Während der Hauptmann sprach, hatte sein Kommandeur alle Muße, ihn eingehend zu betrachten. Bisher hatte Matsunami das kaum getan. Bisher war dieser Offizier für ihn nur einer von vielen tüchtigen Offizieren gewesen, die man aus reiner Zweckmäßigkeit hier und dort auf dem militärischen Schachbrett einsetzte. Soldaten taten ihre Pflicht, bis sie verbraucht waren oder sich aus sonstigen Gründen ihr Verbrauch erübrigte. Alle waren sie nur Räder, größere und kleinere und ganz kleine Räder im Millionengetriebe der mächtigen Kriegsmaschine, gemeinsam dazu bestimmt, der Ausbreitung ihrer Nation zu dienen. Der einzelne Mann war belanglos, nur auf die Gesamtfunktion des riesigen, über halb Asien verteilten Apparates kam es an. Immerhin ... dieser Hauptmann sprang nun aus dem Rahmen, ihm war eine separate Rolle zugewiesen. Er würde abseits der Masse operieren ... als Voraustrupp in einem Kontinent, den Japan noch nicht berührt hatte. Er war auserwählt, ein Bahnbrecher in ganz neuer Richtung zu sein.

Enzo Hidaka war nicht groß, doch gewiß zäh und kräftig. Die Muskeln der Arme und Schultern spannten sich unter seiner Uniform. Dennoch bewegte er sich mit Leichtigkeit, seine Art zu gehen und zu grüßen hatte sogar Eleganz. Bei aller Strafheit war er nie verkrampft, gewissermaßen der geborene Offizier.

Sein Gesicht war nicht so rund und flach wie bei den meisten Japanern. Seine scharfe Intelligenz blieb auf den ersten Blick noch verborgen, war also kaum das Erbe geistig hochbegabter Ahnen. Eher ein Naturtalent ... ursprünglich wohl eine Art von Bauernschläue, an der sich Hidaka dann selber in die feineren Sphären des Intellekts hinaufgerankt hatte. Wenn er sprach, so wie jetzt bei seinem wohlüberlegten Bericht, sprühten seine Augen sehr lebendig und mußten jeden Zuhörer beeindrucken. Doch wenn er selber zuhörte oder schwieg, hielt er sie halb geschlossen, und sein Ausdruck schien teilnahmslos. Er wirkte dann mehr wie ein simpler Reisbauer während der Mittagsrast.

Der General dankte für den ausführlichen Bericht, sprach jedoch keine Anerkennung aus. Die kam in die Personalakten. Für den Offizier selbst war die Erfüllung seines Auftrages einfache Pflicht. Er wies den Hauptmann an, bis morgen früh eine schriftliche Ausfertigung zu machen.

Dabei wußte der Kommandeur sehr wohl, daß Hidaka eigentlich Ruhe verdient hatte. Aber der nickte nur. Wenn es so befohlen wurde, schrieb er auch drei Nächte hindurch.

»Kann Sie leider nicht schlafen lassen, Hidaka-san, denn um acht Uhr früh fliegen Sie mit einer Kuriermaschine nach Harbin und dann gleich weiter nach Tokyo.«

Ganz gegen seine Gewohnheit fügte er noch hinzu:

»Wünsche Ihnen viel Glück!«

Hidaka verbeugte sich und salutierte.

8

Es war die Zeit der hellen Nächte, die Sonne versank nur noch für wenige Stunden. Die Luft stand still, und kein Hauch rührte an den Blättern, sogar im Schilf hatte es aufgehört zu wispern. Schon seit Wochen war der Himmel blaß und ganz wolkenlos. Alle Tiere bargen sich im tiefen Schatten und verschliefen die heißen Stunden.

Unter Allans Füßen knisterte das Laub, und sein Gesicht glänzte von Schweiß. Die Kastenfalle drückte schwer auf seine Schultern, er fühlte schmerzhaft ihre scharfen Kanten. Der Biber war unruhig, polterte und versuchte noch immer, seine Nagezähne in das Weißblech zu schlagen, mit dem sein Gefängnis von innen verkleidet war. Allan mußte die Falle mit beiden Händen festhalten. Das Tier tat ihm leid, gerade weil ihm dieser Biber so viel Mühe gemacht hatte. Wochen hindurch hatte er vergeblich versucht ihn zu fangen. Dabei war der Baumeister immer vorsichtiger geworden, hatte wohl begriffen, daß die Nachstellung ihm persönlich galt. Er war aus seiner Stammburg ausgezogen, es hatte viel Zeit gekostet, sein neues Quartier zu finden. Solange Harry noch hier war, hatten sie einander abgewechselt, um die Teiche zu beobachten. Doch erst am letzten Tage, als der Indianer eine Schierlingstanne bestieg, deren Äste über den Stausee reichten, war eines Abends der unter Wasser dahingleitende Schatten sichtbar geworden und hatte den Heimweg des Tauchers verraten. Seine Zuflucht lag in einer längst verlassenen Burg, die schon ganz von Schilfgras überwachsen war. Allan hatte sie behutsam aufgegraben, die Falle in den trockenen Abschnitt der Röhre versenkt und danach den Hügel wieder so umsichtig geschlossen, daß auch für bessere Augen als die eines Bibers der fremde Eingriff unsichtbar blieb. Und so konnte er nun den Deichgrafen heimtragen.

Allan hielt inne, um den Kasten auf die andere Schulter zu nehmen. Er sprach zu seinem Gefangenen, hoffte, ihm durch seine Stimme die Angst zu nehmen. Schon oft hatte er die Erfahrung gemacht, daß auch Tiere der freien Wildnis einen bestimmten Tonfall der Menschenstimme als beruhigend empfinden. So erzählte Allan von den guten Absichten, die man mit ihm und seinen Gefährten vorhatte. Schon bald würden sie alle wieder in Freiheit entlassen, für ihn selber ständen verantwortliche Aufgaben bevor. Nicht jeder Biberfamilie wurde Gelegenheit geboten, zu den Stammeltern eines neuen Geschlechts zu werden, ja ein Reich zu begründen, um das sie so manches Menschenvolk beneiden konnte. Auf der Insel Afognak sollten sie in ewigem Frieden leben, von keinem Fallensteller gestört.

Entweder hatte der Baumeister eingesehen, daß er die Blechwand doch nicht durchnagen konnte, oder Allans Stimme beschwichtigte ihn tatsächlich. Er hörte auf, in seinem Kasten zu rumoren. Dieser lag nun ruhig auf Allans Schultern, und der konnte schneller ausschreiten. Bald gelangte er wieder an den See, hob die Biberkiste behutsam ins Boot, nahm ganz hinten Platz und griff zum Paddel. Der See war glatt wie Seidenhaut, man konnte heute sehr tief hinabsehen. Im Dämmerlicht da unten lag überall Gesperr von längst abgesunkenem Schwemmholz, wehendes Seegras hing von den alten Ästen, blinkende Fische huschten hindurch. Dort lebten die Aale und Welse, vielleicht auch noch anderes Getier, das niemand je gesehen hatte.

Er hatte keine Eile, niemand wartete mehr auf ihn bei seiner Hütte. Über eine Woche war Harry Chiefson nun schon fort. Allan vermißte den Gefährten mehr, als er sich zugeben wollte. Dabei war er doch gewohnt, für Monate allein zu leben. Damals in den Endicottbergen hatte er den ganzen langen Winter ohne Begleiter verbracht, sich aber nie so verlassen gefühlt. Die Einsamkeit allein war es auch jetzt nicht, die seine Stimmung überschattete und ihn die Freude am heutigen Erfolg nicht so recht empfinden ließ. Das ganze Vorhaben mit den Bibern war etwas Gemeinsames gewesen, sie hatten es zu zweit geplant und bis vor ein paar Tagen alles gemeinsam unternommen. Auch wenn gelegentlich jeder für sich unterwegs war, es galt doch immer der gleichen Aufgabe. Danach traf man sich wieder und tauschte die Erlebnisse aus. Wer zuerst in der Blockhütte war, machte Feuer im Ofen und stellte Wasser auf.

Das war nun vorbei, Allan mußte den Fang allein zu Ende bringen. Wie zufrieden wären sie beide gewesen, daß nun auch der Baumeister wohlbehalten zur Verfügung stand. Aber Allan hatte ja schon seit einiger Zeit die Vorahnung gehabt, daß sie die Außenwelt nicht für immer in Ruhe ließ. Nun war es geschehen, hatte man ihre Zweisamkeit zerrissen. Fremde Gewalt hatte sich das Recht genommen, über ihr Leben und ihre Freiheit zu verfügen. Dagegen völlig hilflos zu sein, war für Allan erschütternd. Was ging denn sie beide am Nunaltosee das ferne Schlachtfeld der Großmächte an? Über die blauen Berge und über die weglosen Wälder hinweg konnten sie das Geklirr der Waffen nicht vernehmen, sie selber wurden von niemandem bedroht.

Das eben war eine Täuschung gewesen, man war nirgendwo mehr sicher vor fremden Gewalten. Auch in ihre Einsamkeit hatte nun ein Blitz des großen Krieges hineingeschlagen. Die bisher nie gespürte, auch von Allan nie begriffene Allmacht des Staates hatte sich bis in seine Wildnis hinein ausgedehnt. Nie wieder würde sie so herrenlos sein wie bisher. Sein freies, unberührtes Reich war von einem Befehl getroffen worden, der blinden Gehorsam verlangte.

Was mochten die Leute da draußen wohl mit Harry anfangen? Schießen konnte er natürlich, da kam von den uniformierten Scharfschützen so leicht keiner mit. Aber sonst würde es ihm nicht so gut gehen. Allein schon der Gedanke, daß Harry Chiefson im gleichen Schritt und Tritt marschieren sollte, war schwer vorzustellen. Sich inmitten vieler Menschen einzuordnen, sich auf Befehl gleichzeitig mit einer Masse zu bewegen, mußte jedem Waldläufer schwerfallen, einem Indianer ganz besonders. Selbst die Militärs mußten das einsehen, womöglich waren sie gar so einsichtig, den Harry wieder wegzuschicken!

Das Kanu bog um eine Landzunge, in einer halben Stunde würde er daheim sein. Allan hielt jedoch inne und ließ das Boot lautlos gleiten. Eine Elchkuh, die ihr Kalb mit sich führte, stand im seichten Wasser. Er wollte das schöne Bild nicht stören, der Schlag seines Paddels verstummte. Die Elchin spreizte ihre Vorderläufe, um mit dem schweren Haupt ins Wasser zu tauchen. Als sie es triefend wieder hob, hatte sie ein Büschel Schilfkraut im Maul. Das Junge tapste ungelenk näher und fraß davon, die Alte und ihr Kind kauten gemeinsam.

Der Mann im Boot schaute und wartete geduldig, bis sich die beiden Tiere mit Geplansche wieder dem Ufer zuwandten und im Erlenbruch verschwanden.

Er griff wieder zum Paddel und hatte die große Bucht schon fast überquert, als ihm plötzlich einfiel, wie denn überhaupt Harry zu seiner Einberufung gekommen war. Die Alaskan Scouts waren daran schuld. Seinerzeit hatte sich Harry geradezu danach gedrängt, bei ihnen mitzumachen. Einmal, als man die verlorenen Bergsteiger am Mount McKinley suchte, und dann noch ein zweites Mal bei der Rettung eines Buschpiloten, der oben in den Barren Grounds mit seiner Maschine heruntermußte. Die Scouts waren ja auch prächtige Leute, Allan ließ das ohne weiteres gelten. Sie taten bestimmt viel

Gutes, alle waren sie freiwillig bei der Sache, wenn es galt, Verirrte zu finden. Und Harrys indianische Spürnase konnten sie dabei recht gut brauchen. Soviel sich Allan erinnerte, hatten die Scouts Harry auch zu ihrem Ehrenmitglied oder etwas Ähnlichem gemacht. Damit war dann wohl sein Name auf eine Liste gekommen. Und als man die Scouts zum Militär holte, hatte man ihn gleich mitgeholt.

Allan selber hatte Glück gehabt, seinerzeit dem Militärdienst zu entgehen. Sie hatten ihn, als er wehrpflichtig wurde, einfach vergessen, weil er so lange ohne greifbare Anschrift war. Niemand hatte später mehr danach gefragt. Es galt eben zu vermeiden, daß man irgendwo auf eine von diesen verdammten Listen kam. Nur beim Wildschutz wurde er geführt, aber das war ungefährlich, Wilfrid Frazer hütete seine Leute. Von ihm würde man keinen Gamewarden bekommen, er hatte ohnehin viel zuwenig Personal.

Allan zog sein Paddel ein und ließ das Kanu mit eigenem Schwung ans Ufer gleiten. Als der Blechboden knirschend über den Kies strich, regte das metallische Geräusch den gefangenen Biber mächtig auf. Er warf sich so heftig in seinem Gefängnis herum, daß die Kiste mit Gepolter auf die Seite fiel. Allan hob sie auf, sprang an Land und trug seine lebende Beute zum Schuppen, wo schon die anderen Käfige mit den früher gefangenen Bibern standen und erstarrte ...

Jemand hatte die Drahtgeflechte gewaltsam aufgerissen, die Biber waren fort.

Im Halbdunkel des Verschlages konnte Allan nicht sogleich erkennen, wie die Tat geschehen war. Er zerrte die erbrochenen Kästen hinaus ins Freie. Nicht nur das Holz, sogar die innere Blechverkleidung war zerbissen und mit Blut verschmiert.

Da wußte er, daß es ein Wolverin gewesen war, der sich die Biber geholt hatte. Denn nur ein Vielfraß vermag Blech zu zerbeißen, nur er tötet, solange noch ein Opfer zum Töten greifbar ist. Kein anderes Tier der Wildnis wird so gefürchtet und auch vom Menschen so gehaßt wie dieser Teufel.

Allan McCluire stand lange vor den zerstörten Kästen und schaute in sie hinein. Es war seine Schuld ... nur seine Schuld, daß er an diesen blutgierigen Räuber nicht gedacht hatte.

Seit er mit Harry an den Nunalto gekommen war, hatten sie nirgendwo die Fährte eines Wolverins gespürt. Und sie waren doch wirklich weit umhergezogen. Es gab Bären, Wölfe und Luchse in der Gegend, an Füchsen und Mardern fehlte es auch nicht. Aber keines von diesen Raubtieren kam gern in die Nähe einer Behausung, die so frisch und scheußlich nach Menschen roch. Daß er dennoch hätte an die Vielfraße denken müssen, wurde Allan nun erst klar. Während er hilflos dastand, brannte sich Scham und Schuld immer tiefer in sein Gewissen.

Erst der Baumeister in seinem Kasten weckte ihn aus dem tatenlosen Herumstehen. Das Tier hatte den Blutgeruch seiner Artgenossen gespürt und gleichzeitig die Witterung ihres Mörders. Mit allen Kräften der Todesangst wollte sich der Gefangene befreien.

Allan riß den Behälter mit dem tobenden Tier an sich und eilte wieder zu seinem Boot.

Hatte er sonst fast vier Stunden bis zum Biberteich gebraucht, so kam er diesmal, obwohl durch die schwere Falle behindert, schon nach der halben Zeit dort an. Noch keuchend von seinem langen Dauerlauf, öffnete er das enge Gefängnis und gab den Baumeister frei. Wie ein Geschoß flog der hinaus, warf sich in den Teich und tauchte weg.

Als der Mensch noch einmal zurückschaute, war der Biber wieder hochgekommen und schwamm im Kreise umher. Sein Befreier glaubte allen Ernstes, daß die Ehrenrunde für ihn gemeint war.

Wieder in seiner Hütte angelangt, warf sich Allan aufs Bett und begann seine Rache zu planen.

9

Jedermann war vom Ernst des Augenblicks ergriffen. Zum erstenmal seit vielen Wochen ruhte jede Arbeit auf Attu. Die Preßluftbohrer waren verstummt, die Planierraupen standen still, keine Sprengung zerriß die ungewohnte Stille. Auf ihr Werkzeug gestützt oder mit schlaff herabhängenden Armen, den Rücken noch von Überanstrengung gekrümmt, blickten viertausend japanische Soldaten auf das Rollfeld, wo die zweimotorige Hondo bereitstand.

Noch lange war das Werk nicht vollendet, vorerst gab es nur diesen schmalen Startstreifen aus grauem Schotter, von Erdhaufen und Steinhalden umgeben. Doch für eine Hondo genügte es, der Transporter verlangte nicht mehr als siebenhundert Meter Bahn. Er war für Feldflugplätze gebaut, kam zwar schnell in die Luft und hatte eine erhebliche Reichweite, jedoch keine Bordwaffen.

Platz für seinen Start zu schaffen war schwer genug gewesen. Man hatte dafür eine Schlucht ausfüllen müssen, der Bach darin war umgeleitet worden. In drei Schichten hatten die kleinen Soldaten pausenlos daran gearbeitet, den drohenden Schatten des Admirals im Rücken. Sie alle fürchteten seine unbeugsame Energie, niemand vermochte mit so wenig Schlaf auszukommen wie Yamada. Auch konnte ihn niemand an rücksichtsloser Ausbeutung menschlicher Kräfte übertreffen. In seinem Totalanspruch verkörperte sich der Geist, wie er nun über Japan und die von Japan bezwungenen Völker herrschte. Jeder Atemzug und auch jeder Gedanke hatte nur dem Kriege zu dienen. Ausgeschaltet waren alle menschlichen Belange, der einzelne galt nichts, nur sein Beitrag zur Gesamtaufgabe. Schwäche wurde mit Härte bezwungen, ein Versagen beim Dienst unbarmherzig bestraft. Wer vor Erschöpfung einschlief, kam vors Standgericht, bei Wiederholung des Vergehens wurde er kurzerhand erschossen. In jeder Unterkunft, an jeder Baustelle hatte die Kempetai ihre Ohren. Wo ein falsches Wort fiel, ein Mann über das verfluchte Tempo klagte, verschwand er im Verlauf des nächsten Tages. Es gab Stollen im Berg, wo die Strafkompanie schuftete, sechzehn Stunden lang, ohne das Licht des Tages zu sehen und ohne Verbindung nach draußen.

Selbst Oberst Saito, der eigentliche Kommandeur von Attu, vermochte nicht, die Strenge des Admirals zu mildern. Yamada hatte unbegrenzte Vollmachten. Er war dem General Tojo, seit langem diktatorischer Ministerpräsident Japans, direkt unterstellt. Saito konnte bei dem Admiral kaum noch zu Wort kommen. Seine Befehle sollte er ausführen, aber nicht mit ihm darüber diskutieren. Diese Haltung war neu und fremd für den Marquis, unter höheren Offizieren war man sich sonst mit ausgesuchter Höflichkeit begegnet. Gewiß, die Armee verlangte straffe Disziplin, das stimmte schon, aber doch nur, soweit das sinnvoll war. Auch der einfachste Mann hatte Anspruch auf Achtung und gewisse Rücksichtnahme, schon deshalb, weil er ein Japaner und Soldat des Kaisers war. Yamada schien das zu vergessen. Viel war beim Militär immer verlangt worden, aber auf Hochspannung war stets die Entspannung gefolgt. Hingabe für die vaterländische Sache sollte die Truppen mitreißen, nicht aber jener verschärfte Zwang, mit dem Yamada auf die Dauer allen Idealismus erdrückte. Auch der beste Motor mußte bei ständiger Überhitzung versagen, so hatte man das früher auf den Offiziersschulen immer gelehrt. Und der Marquis entsann sich seiner fürstlichen Vorfahren, die bei ihrem ständigen Kampf mit benachbarten Standesgenossen im gegenseitigen Einvernehmen hin und wieder eine längere Pause machten, damit ihr Kriegsvolk ruhen und sich pflegen konnte. Doch hatte Yamada diesen Hinweis auf japanische Tradition kurzerhand abgetan; das seien überholte Gewohnheiten der Feudalzeit. Nun wehte ein anderer Wind aus Tokyo. Es ging jetzt um die Zukunft des ganzen Volkes, nicht mehr um die ritterlichen Spielereien von Landesfürsten. Und man mußte zugeben, wenn der Wettertrupp des Hauptmann Hidaka heute ins Hinterland des Feindes starten konnte, so war dies Yamada um gut zehn Tage früher gelungen, als der Pionierchef errechnet hatte. Kostbare Zeit war damit gewonnen.

Die Front der Offiziere stand schon bereit, als der Admiral heranfuhr. Mit seinen kurzen Schritten ging er vom Wagen direkt auf den Oberst zu.

»Überanstrengte Motore halten nicht lange aus, das haben Sie uns doch gesagt, Saito-san?«

Der Oberst nickte nur.

»Stimmt auch«, lächelte Yamada, »nur sind eben unsere Männer besser als jeder Motor, sie halten viel mehr aus... das Rollfeld ist startklar, wie Sie sehen!«

Damit wandte er seinen Offizieren den Rücken und grüßte mit einer weiten, überraschend kameradschaftlichen Geste die Masse seiner erschöpften Soldaten. Nur der Stab hatte sich in militärischer Haltung und Rangfolge aufgebaut, die Truppe selbst trug ihre zerschlissene Arbeitskleidung und hielt keine Ordnung ein. Es hätte zuviel Zeit gekostet, sie umzukleiden und in Formation aufzustellen.

Am Rande des Rollfeldes hatte man einen neuen Fahnenmast aufgerichtet, woran das Sonnenbanner hochgezogen war. Mit tiefer Freude sah nun jeder, daß der frische Wind, der das Fahnentuch bewegte, von Westen kam, wo ihre Heimat lag und der Kaiser über sie regierte. Vor der Maschine, deren Tür weit geöffnet war, stand Hauptmann Enzo Hidaka, hinter ihm seine elf Begleiter mit dem Leutnant Yoshi Tojimoto an der rechten Flanke. Obwohl sie alle schwer bepackt waren und dazu noch den gebündelten Fallschirm an ihrem Gesäß trugen, hatten sie Haltung angenommen und blickten auf den Admiral, der sich anschickte, sie feierlich zu verabschieden.

Die Offiziere des Stabes waren bewegt, zeigten es aber nicht. Die linke Hand am Griff ihrer altmodischen Säbel, die Augen geradeaus gerichtet und die Hacken geschlossen, erwiesen sie dem abfliegenden Kommando die herkömmliche Ehre.

Es war vermutlich die letzte Ehre, die ihnen eine japanische Truppe erweisen konnte. Dennoch wurde Hidaka von all seinen Kameraden um diesen Einsatz beneidet. Seine Aufgabe war faszinierend; wenn er dabei zugrunde ging, blieb doch sein Name ruhmreich in der Geschichte Japans erhalten. Alle sonstigen Gefallenen dieses verlustreichen Krieges würden in der Masse seiner Opfer bald vergessen sein.

Der Admiral gab durch eine kurze, herrische Geste zu verstehen, daß alles Gemurmel verstummen sollte.

»Omaé-tachi (meine Kameraden)«, rief er mit seiner scharfen, abgehackten Stimme über den Platz, »noch bevor die Sonne sinkt, werdet ihr abspringen und im Land des Feindes alleine sein. Jeder von euch ist durch die Wahl zu diesem kühnen Unternehmen ausgezeichnet. Was ihr tun sollt, ist wichtig für Japan. Von euch hängt es ab, daß wir den ruchlosen Feind in seinem eigenen Hause treffen. An euch werden wir denken, wenn die amerikanischen Städte brennen. So tief im Lande des arroganten Gegners ist noch kein japanischer Soldat gewesen, ihr seid die ersten. Euer Führer hat Befehl, bis zum letzten Mann auszuhalten, niemand kann euch helfen, nur ihr selber. Fliegt nun ab, meine Freunde, die Segenswünsche Seiner Erhabenen Majestät fliegen mit euch. Wir warten auf eure Berichte aus Alaska.«

Admiral Yamada salutierte mit einer ruckartigen Verbeugung, wie sie bei japanischen Militärs üblich ist. Die Reihe der Offiziere hinter ihm tat das gleiche. Und Hidaka mit seiner Gruppe antwortete entsprechend.

So verharrten sie für eine volle Minute, um sich dann in gleicher Automatik wieder aufzurichten.

Auf der Insel gab es kein Musikkorps, für solch Gepränge fehlte es an Zeit, Personal und Instrumenten. Oberst Saito hatte statt dessen einen Lautsprecher montieren lassen, dessen Quelle ein Grammophon im Schulhaus war.

Beim ersten Takt der Nationalhymne machten alle Offiziere und Soldaten Front nach Westen, wo man den Kaiser wußte, den Sohn der Sonne und das lebendige Symbol der japanischen Nation. Die Männer auf dem Rollfeld, Hidaka mit seinen Leuten und alle khakifarbenen Gestalten im weiten Umkreis erwiesen dem Tenno die übliche Reverenz. Den Oberkörper fast waagerecht vorgebeugt, in regloser Haltung und die Augen zu Boden gerichtet, harrte die Besatzung von Attu so lange aus, wie die feierlichen Klänge der Nationalhymne anhielten. Für die Japaner war das uralte Tradition, sie empfanden dabei eine für uns nicht definierbare Verschmelzung mit ihrem Herrscher und seinen göttlichen Ahnen, deren Geschlechterfolge über zweieinhalb Jahrtausende weit in den Mythos geschichtloser Zeit zurückreicht.

Die Hymne erlosch, alle viertausend Mann erhoben sich wieder und blickten zum Admiral.

»Hidaka–taiji, übernehmen Sie Ihr Kommando.«

Dieser machte kehrt und gab seinen Leuten Befehl, in die Maschine zu klettern. Die zuvor schon angewärmten Motore heulten auf.

Als letzter begab sich der Hauptmann selber ins Flugzeug. In der offenen Tür blieb er stehen und grüßte noch einmal hinaus.

Yamada riß seine Admiralsmütze vom Kopf und schrie mit rauher Stimme den Siegesruf:

»Tenno heika ... banzai ... banzai ... banzai ...!«

Viertausend Stimmen brüllten es ihm nach, alle Mützen flogen in die Luft.

»Banzai ... banzai ... banzai ...!«

Es brauste von allen Seiten, auch die zwölf Mann in der Maschine schrien mit. Doch konnte man sie im Lärm der Motore nicht mehr hören.

Die Hondo rollte an, die Tür wurde von innen zugeschoben. Der Propellerwind blies den Stabsoffizieren ins Gesicht.

Alle Augen schauten der Maschine nach, die sich erst ganz am Ende der provisorischen Startbahn vom Boden erhob.

Die Hondo stieg nun schnell, das graue Bergland von Attu sank tiefer, und bald glitt auch die ganze Insel zurück. Das Beringmeer, tief dunkelblau und von weißen Wellenkämmen bepunktet, spannte sich über die Erde. Die Maschine flog gradlinig auf nordöstlichem Kurs, ihrem weitgesteckten Ziel entgegen.

Drinnen war es nicht möglich, miteinander zu sprechen; das Gedröhne war viel zu laut. In einem fliegenden Transporter gibt es keine Vorkehrungen, um die Motorengeräusche abzudichten. Alles dient nur der Zweckmäßigkeit, für Passagiere hat man nicht viel darin übrig. Wo man hingreift, laufen Kabel und Röhren, die Wände sind nur mit Blech beschlagen, überall stößt man sich an scharfen Ecken und Kanten. Klappsitze aus Segeltuch sind die einzige Ausstattung für etwa mitgenommene Leute. Zur Kanzel der Piloten führt eine Sprossenleiter, eiserne Ringe am Boden und Haltetaue dienen zum Festzurren der fliegenden Fracht. Sie wird durch eine breite Klappe im Rumpf verladen, die während des Fluges natürlich dicht geschlossen bleibt. Aber später würden sie alle durch diese Öffnung herausspringen, noch in Japan waren sie dafür trainiert worden.

In der Mitte des Frachtraumes türmte sich das Gepäck, die vollständige Ausrüstung der kleinen Truppe für unbestimmte Zeit. Da sie hernach jedes Stück tragen mußten, über Berge und Flüsse, durch Wälder und tiefen Schnee, war die Zuladung nicht so umfangreich, wie es dem Fassungsvermögen der Hondo entsprach. Dafür hatte man sie noch mit weiteren Tanks für Brennstoff versehen können. Alles war unzählige Male überlegt worden, jede Kleinigkeit hatte man gewogen und immer wieder auf ihre absolute Notwendigkeit hin geprüft. Viele Dinge, die an sich wichtig waren, hatte man zurückgelassen, um nur das Allerwichtigste mitzunehmen. Was übrigblieb, war nun bruchsicher in Lastbomben verpackt und sollte am Ziel mit eigenen Fallschirmen die Menschen begleiten.

Dieses Ziel war von den Meteorologen der Yasuda-Universität in Tokyo bestimmt worden, nach eingehender Besprechung mit der Operationsabteilung im Generalstab. Es sollte ein Vorgebirge in der Brookskette sein, fast sechshundert Kilometer von der Südküste Alaskas entfernt. Das Zielgebiet hatte keinen Namen, lag es doch in einer Region, die amerikanische Kartographen bisher noch nicht vermessen hatten. Deren Landkarten, die natürlich in Tokyo zur Verfügung standen, beruhten lediglich auf Luftbildern. Sie zeigten wohl die Verteilung von Flüssen, Seen und Bergen, auch die ungefähre Ausdehnung der Wälder, trugen aber keine Höhenangaben und ließen die Unterschiede im Niveau kaum erkennen. Gewiß hatten auch die Japaner, weit vorausschauend, wie das stets ihre Art war, das Hinterland von Alaska schon in Friedenszeiten kreuz und quer überflogen, doch dabei keinen besseren Überblick gewonnen, als ihnen von den Amerikanern durch deren frei verkaufte Karten geboten wurde. Hidaka wußte also nur in großen Zügen, was er vorfinden würde.

Immerhin gab es, auf den Luftbildern deutlich erkennbar, überall Wasser und Wald, demnach auch sicher genügend Wild. Man konnte also vom Lande leben, sich im Winter erwärmen und im dichten Gehölz gute Deckung finden. Es war auch richtig gewesen, ein Vorgebirge zu wählen, das im Rücken durch die hochgetürmte Felsenkette der Brooks geschützt war. So konnten sich an der Südseite die Stürme aus dem eisigen Norden nicht mit ihrer vollen Kraft entfalten. Man würde ausreichende Höhen vorfinden, um von dort zu senden, unbehindert durch noch höhere Gebirgszüge im Südwesten. Es kam ja darauf an, möglichst klar die Funkstation auf Attu zu erreichen.

Der eigene Sender war leider nur schwach, was sich aus der Zwangslage ergab, sein Gewicht in Grenzen zu halten. Er mußte ja getragen werden, über jedes Gelände und sicherlich auch oft unter schwierigsten Umständen. Natürlich war er das kostbarste Stück der ganzen Ausrüstung. Ging er verloren, hatte das ganze Unternehmen sein Ende erreicht. Das Gerät mußte so lange funktionieren, wie noch ein Mann imstande war, es zu bedienen. Es wurde mit einer Handkurbel betrieben, was seine Leistung gewiß nicht verstärkte. Doch anders ging das nicht. Der Wettertrupp durfte nicht noch mit einem Stromaggregat belastet werden, für das man ohnehin keinen Betriebsstoff hatte. Für den Handbetrieb stand der Arm eines Mannes immer zur Verfügung.

Man hatte lange überlegt, für den Notfall einen zweiten Sender mitzunehmen, war aber nach Hidakas eigenem Vorschlag wieder davon abgekommen. Er wollte so leicht beweglich sein wie irgend möglich. Statt dessen hatte man alle nur denkbaren Ersatzteile mitgenommen, zusammen ergaben sie nur den Bruchteil vom Gewicht eines kompletten Gerätes. Der Feldwebel Kurakami, einer der besten Funktechniker in der Armee, würde damit in der Lage sein, jede Reparatur schnell und gründlich durchzuführen. Und wenn er ausfiel, konnte Unteroffizier Lonti seine Aufgabe übernehmen. Gerade auf die Auswahl seiner Funker hatte Hidaka die größte Mühe verwandt. Gleichzeitig mußten sie ja auch Fronterfahrung haben und körperlich jeder Anstrengung gewachsen sein.

Hidaka betrachtete seine Leute, die stumm wie Wachsfiguren ihm gegenüber saßen, angeschnallt und ihre Fallschirme unter sich. So fremdartig wie Menschen von einem anderen Stern sahen sie aus. Über ihren Feldmützen trugen sie klobige Sturzhelme für den Absprung. Schon heute abend konnte man die wieder fortwerfen. Alle Taschen der elf Leute waren prall gefüllt, vor ihrer Brust hingen Proviantbeutel und Feldgeschirr. Jeder trug an seinem Gürtel eine Axt oder den kurzen Feldspaten, das breite Messer, Fernglas und

Verbandzeug. In der wattierten Jacke steckte noch ein halbes Dutzend Handgranaten. Die Männer konnten sich kaum rühren, so eng preßten sie gegeneinander.

Über ihnen schwankten die Gurte, an denen man sonst das kleine Gepäck festband. Sie sahen jetzt aus wie Galgenstricke, die schon für jeden Hals darunter bereithingen. Sterben werden wohl die meisten von uns, dachte Hidaka, aber gewiß nicht auf ehrlose Art. Unsere Seelen wird man im Yasukuni-Schrein gen Himmel schicken, der Tenno selber wird kommen und vor unseren Tafeln zur Allmutter Japan beten, daß sie uns aufnimmt in den Kreis der unsterblichen Krieger. Es liegt nur an uns, daß wir dieser Ehren würdig sind.

Der Hauptmann glaubte von jedem seiner Leute, daß er genauso fühlte. Yoshi Tojimoto, ihm direkt gegenüber, war von allen Gefährten der einzige, mit dem er sich durch private Gefühle verbunden wußte. Sie kannten sich seit ihrer ersten Schulzeit und waren weitläufig miteinander verwandt. Hidakas Vater, der Land bei Toyohara besaß, hatte Yoshi das Studium ermöglicht, der schon als Schüler leidenschaftlich an Botanik interessiert war. Später, als Yoshi Tojimoto gleichfalls im aktiven Militärdienst stand, hatte ihn Hidaka zu sich nach Sachalin geholt, wo die Truppenversorgung einen tüchtigen Botaniker für den Anbau winterharter Feldfrüchte suchte. Yoshi hatte ihn oft zu Vermessungen ins Hinterland begleitet und dabei verstanden, allenthalben eßbare Pflanzen und Flechten zu finden, denen sonst niemand ansehen konnte, daß sie genießbar waren. Das war eine unerhört wichtige Sache für den Ernstfall. Ein Spähtrupp, der um solch eßbare Pflanzen wußte, konnte viel länger unterwegs sein. Natürlich hatte er gleich an Yoshi Tojimoto gedacht, als er seine Leute zusammenstellte. Schneid und Zähigkeit hatte der Freund genug, man konnte sich in jeder Lage auf ihn verlassen.

Neben ihm saß der Feldwebel Kurakami, verantwortlich für den Sender und auch sonst ein bewährter Mann. Er hatte schwere Zeiten im Gebirgskrieg hinter sich, gegen die Partisanen in Korea. Wochenlang war er allein in den Diamantbergen gewesen, mitten im Winter, um einen Stützpunkt der Rebellen zu beobachten. Pünktlich waren jeden Abend seine Funksprüche in Hungnam eingegangen.

Dann kam Tsunashima, ebenfalls im Rang eines Feldwebels, der Meteorologe seines Kommandos. Hidaka kannte ihn vom Training zu den Olympischen Spielen. Er hatte mit ihm zur Mannschaft der

Zehnkämpfer gehört, war aber wegen eines Unfalls ausgeschieden. Neben seinem fachlichen Können hatten Tsunashimas physische Leistungen die Auswahl bestimmt. Als Gehilfe und Ersatzmann war ihm der Unteroffizier Watanabe beigegeben. Bei der letzten japanischen Expedition in den Himalaya hatte er als Funker und Bergsteiger mitgemacht. Es war Hidaka vom Leiter dieser Expedition versichert worden, einen zäheren Menschen als Watanabe könne es gar nicht geben.

Auch den Feldwebel Suda hatte man ihm als Bergsteiger gerühmt. Er war lange Zeit Ausbilder bei der Gebirgstruppe gewesen. Im Chinakrieg hatte er sich zu einer gewagten Patrouille durch die feindlichen Linien gemeldet und war, als man ihn schon längst verloren glaubte, mit wertvollen Meldungen zurückgekehrt. Im Notfall konnte er die Stellung des Leutnant Tojimoto übernehmen, also auch die Vertretung Hidakas selber, da er ganz offenbar die Qualitäten zu selbständiger Führung besaß.

Inaki und Inoué waren nur Gefreite, aber in der besten Truppe Japans. Sie gehörten in Friedenszeiten zur Wachkompanie der Kaiserlichen Garde, die für den unmittelbaren Schutz des Tenno bestimmt war. Um in so ehrenvollen Dienst zu gelangen, hatten sie alle nur denkbaren Proben bestanden. Hidaka wußte bestimmt, daß sie jeden Posten, auf den man sie stellte, bis zum letzten Atemzug hielten, notfalls mit den bloßen Händen.

Vor allem seiner robusten Natur wegen hatte er Sinobu mitgenommen, einen Holzfäller aus Hokkaido. Sein ganzes Leben hatte dieser Mann in den Wäldern verbracht, oft monatelang in selbstentdeckten Höhlen der Arashiberge. Sinobu war nur einfacher Soldat, seiner Beförderung standen mehrfache Vorstrafen wegen Wilderei entgegen. Doch hatten gerade diese Vergehen Hidakas Interesse erweckt. Im Laufe der Zeit hatte Sinobus rascher Arm ein halbes Dutzend Schwarzbären mit der Axt erschlagen. Leider sagte man ihm auch einige Viehdiebstähle nach. Wieder einmal ergriffen, war er aus der Haft entwischt und hielt sich den Winter über in den schroffsten Schluchten verborgen. Erst der Krieg, an dem er unbedingt teilnehmen wollte, hatte den flüchtigen Bärentöter wieder hervorgelockt. Ein solcher Mann mußte auch in fremder Wildnis sehr nützlich sein. Die Ehre, nun Hidakas Gruppe anzugehören, konnte Sinobu kaum fassen. Jeden Augenblick war er bereit, für seinen Hauptmann in lodernde Flammen zu gehen. Nur ihm verdankte er ja die Beförderung vom Sträfling zum künftigen Helden.

Was Sinobu noch an Feinheiten der Waldkunst fehlte, konnte der Oschone ersetzen. Für Noboru hörte auch im Kiesbett eines Flusses die Spur nicht auf. Er wußte, seit wann ein fremder Fuß den Grashalm geknickt hatte und wo das Wild aus seiner Deckung trat. Er vermochte, Feuer zu reiben und Fische mit der Hand zu fangen. Mit bloßem Auge sah er besser als die meisten Menschen mit einem guten Fernglas. Niemals schien er zu ermüden. Ein Nachteil war nur, daß sich der Oschone allein Hidaka verpflichtet fühlte. Niemandem sonst konnte man ihn unterstellen, jedenfalls nicht für längere Zeit. Man mußte das in Kauf nehmen, Noboru war nicht zu ersetzen.

Alle seine Gefährten blickte der Hauptmann Hidaka noch einmal der Reihe nach an. An keinem konnte er eine Schwäche finden, alle schienen für ihre Aufgabe voll geeignet. Für jeden war ein Ersatzmann vorhanden. Nach menschlichem Ermessen konnte das Kommando auch dann noch seine Pflicht erfüllen, wenn nur noch die Hälfte der Männer übrig war.

Hatte man zu Anfang des Fluges noch die Höhenkälte gespürt, war es nun in dem Stahlgehäuse sehr heiß geworden. Die Hondo wurde durch ein paar Röhren erwärmt, die ihre Hitze von den beiden Motoren bezogen. Allen Männern tropften Schweißperlen vom Gesicht, in der dicken Verpackung schwitzte jeder wie im Dampfbad. Aber keiner verlor ein Wort darüber.

Der Hauptmann befreite sich aus seinem Sitzgurt und stieg über das Gepäck zur Pilotenkanzel, um für die Abstellung der Überwärme zu sorgen. Danach blieb er, hinter den beiden Piloten eingezwängt, in der Kanzel. Denn nun sah man bereits am grauen Horizont die Küste von Alaska auftauchen.

Die Hondo schwenkte etwas nach Süden, um nicht in Sicht und Hörweite von Nome und Unalakleet zu gelangen. Auf der Karte konnte Hidaka sehen, daß man sich in der Mitte über dem Nortonsund hielt. An dessen Küste gab es nur kleine Siedlungen der Eskimo, sie würden ein japanisches Flugzeug kaum von einem amerikanischen unterscheiden können. Um die Abzeichen der Hondo zu sehen, den roten Sonnenball auf weißem Feld, waren dreitausend Meter viel zu hoch.

Die Meeresbucht blieb zurück, man flog nun über das Festland von Nordamerika, als erster feindlicher Spähtrupp, der dort zu landen gedachte. Die Gegend drunten schien völlig flach zu sein, eine sumpfige Tundra, von vielen Flüssen und tausend Teichen zersetzt.

Jetzt im Hochsommer war alles grün und grau, sonst aber von Eis und Schnee bedeckt.

Allmählich stieg das Gelände an, die Gewässer wurden geringer und die Höhen gänzlich kahl. Es waren Bergzüge, die auf der Karte noch keinen Namen trugen.

Wenig später fiel das namenlose Gebirge wieder ab, und eine weite Ebene mit ewiggrünen Wäldern tauchte auf. Eine Taiga war das, ebenso wild und weit wie die Heimat der Oschonen jenseits der Khinganberge im fernen Mandschukuo. Mitten hindurch wand sich ein breiter, blaßblauer Strom, der zwischen vielen flachen Inseln auseinanderfloß.

Hidaka wußte, daß es der Yukon war, der mächtigste Strom im Nordwesten Amerikas. Auf seinem Rücken waren vor bald hundert Jahren die Russen, damals noch Besitzer von Alaska, bis tief in das unbekannte Innere ihrer pelzreichen Kolonie eingedrungen. Zwei Menschenalter später, um die Jahrhundertwende, war der gewaltige Strom die Wasserstraße der amerikanischen Goldsucher gewesen, die seinem Lauf zu Tausenden und zu Zehntausenden folgten, bis hinauf zum Klondike und Tenana. Kaum eine Handvoll alter Leute war heute noch von ihnen übriggeblieben. Schon längst hatte der Yukon seine große, aber nur kurze Rolle ausgespielt, kein Schaufelrad pflügte mehr durch seine Wellen, er war wieder so verlassen wie ehedem. Erst viel weiter oben, fast eine Flugstunde nach Nordwesten, lagen die ersten Indianerdörfer. Auch ihnen wich die Maschine aus, der Pilot hielt vom Lauf des großen Stromes ab und schwenkte ganz nach Norden.

»Noch etwa dreißig Minuten...!« rief der Chefpilot durch den Lärm.

Der Hauptmann nickte, er hatte sich das schon errechnet.

Die Fichtenwälder wurden lichter, das Gelände hob sich wieder. Aus vielen Tälern schimmerten die Spiegel schmaler Seen. Davon waren nur der Lake Selby, der Cliftonsee und der Avaterat auf der Karte vermerkt.

Eine gebrochene Linie, weit voraus am Horizont, war die erste Andeutung eines langhingezogenen Gebirges. Mit brausenden Motoren flog die Hondo darauf zu. Wie eine Reihe blendendweißer Zähne glänzten in der Ferne die Spitzen der Felsenkette. Eis mußte wohl all diese Gipfel umhüllen, Gletscher all jene Schluchten füllen. Das waren die Brooks, eine auf- und absteigende Folge bislang noch unbestiegener Zinnen, länger als die Alpen Europas und so einsam wie die Berge auf dem Mond. Weltenfern und geheimnisvoll, noch gänzlich unberührt von Menschenhand, durchzieht dieses Bergland achthundert Kilometer weit, genau von Ost nach West verlaufend, das innerste Alaska. Es trennt die endlose Tundra im Norden von den endlosen Wäldern im Süden. Nur wenige Goldsucher hatten dieses unermeßliche Reich bisher durchquert, nur der eine oder andere Fallensteller jemals dort getrappt. Niemand konnte sagen, ob in alten Zeiten indianische Jäger bis zu diesen Bergen gelangt waren. Von der Eismeerküste herab zog auch kein Eskimo so weit ins unbekannte Land hinein. Nur dunkle Gerüchte hatte Hauptmann Hidaka aufgespürt, die von einer isolierten Gruppe steinzeitlicher Rentierjäger sprachen. Scheu wie flüchtiges Wild und fremd aller übrigen Welt sollten diese Schattenwesen auf ewiger Wanderschaft im vergessenen Lande umherziehen.

»Noch ungefähr zehn Minuten...«, rief der erste Pilot.

Die Maschine senkte sich tiefer und folgte dem Lauf eines Flusses, der von Norden kam. Sie brauste über dichtbewaldete Höhen dahin, die einander folgten wie die wolligen Rücken einer dichtgedrängten Schafherde.

Hidaka versuchte, sich deren Lage und Richtung einzuprägen; es konnte ja sein, daß er sich später daran erinnern mußte. Die Rücken wölbten sich allmählich höher, wurden zu einem Waldgebirge und boten die Blöße ihrer kahlen Kämme. In den tiefgrünen Tälern dazwischen rieselten weiße Gewässer. Quer über Hidakas Kartenblatt gedruckt stand für dieses Gebiet der Name Schwatkaberge. Und er konnte sehen, daß sie wie Fischgräten vom mächtigen Massiv der Brooks abgespreizt waren.

Hier also, dachte Hauptmann Hidaka voraus, würde sich ihr Schicksal erfüllen, in diese namenlose Welt würden sie nun hineinspringen.

Beide Piloten wandten sich nach ihm um. Der Flugzeugführer deutete mit kreisender Handbewegung an, daß er zunächst passendes Gelände erkunden wollte. Auf was es dabei ankam, hatte man schon zuvor eingehend besprochen.

Hidaka glitt zurück in den Frachtraum, hielt sich an einer Schlaufe fest und sah sogleich die Blicke all seiner Männer auf sich gerichtet.

Der große Moment stand unmittelbar bevor, jeder Griff und jede Bewegung war hundertmal geübt worden. Wenn er jetzt den entscheidenden Befehl gab, auf den sie mit Spannung all ihrer Nerven und Muskeln warteten, begann das große Abenteuer.

Hidaka sah das rote Licht am Ende des Raumes aufglühen. Einmal... zweimal... ein drittes Mal. Unwillkürlich straffte er sich.

Nun ein scharfer, summender Ton. Die elf Gefährten starrten auf den Mund ihres Kommandeurs.

Langsam hob er die Hand.

Die Ladeluke im Heck begann sich knarrend zu verschieben. Sogleich strich eisige Luft in den Raum.

»Sitzgurte lösen...«

Die Klappe öffnete sich zu gähnender Weite. Kalter Sturm wirbelte in alle Gesichter.

Nun das Gerassel einer scharfen Glocke.

»Fertigmachen zum Absprung!«

10

Strömender Regen verhüllte die Sicht. Dazu wehte noch ein stürmischer Wind, der alle Wipfel am Rande des Flugplatzes niederbog. Die Startbahn von Elmendorf war nur noch eine große Pfütze.

»Kein Wetter für Generale«, meinte der Platzkommandant zu Hendrik Henley, »würde mich nicht wundern, wenn's dem Alten in seiner Kiste mulmig wird.«

General Hamilton war auf dem Rückweg von Washington. Man hatte ihm den Wettersturz durch Funk gemeldet, rechtzeitig genug, um noch an sicherem Ort zu landen. Doch hatte er in seinem Starrsinn auf dem direkten Durchflug bestanden. Seit einer halben Stunde schon war die Funkverbindung mit ihm abgerissen. Es konnte an Störungen in der Atmosphäre liegen, die man ja in Alaska gewohnt war, konnte aber auch Schlimmeres bedeuten.

Oberst Henley stand mit dem Kommandanten oben im verglasten Turm der Flugsicherung, wo sie beide versuchten, mit ihren Feldgläsern Nebel und Regen zu durchdringen.

»So ein Blödsinn, bei diesem Schandwetter weiterzufliegen«, schimpfte der Major, »so eilig kann's doch niemand haben... für die Schlitzaugen von Attu lohnt sich's wirklich nicht!«

»Für die Japaner tut er's auch nicht«, knurrte Henley, »nehme an, er ist mehr gegen sie eingestellt!«

»Wenn er abschmiert, ist das aber doch ein Gewinn für die Gelben. Der Schwung vom Alten würde uns, verdammt noch mal, fehlen.«

»Reden Sie keinen Unsinn, Mensch«, ärgerte sich der Oberst, »so weit sind wir noch lange nicht! Ich geh' jetzt mal 'runter und beruhige mir die Nerven mit heißem Tee.«

Sogar in der Cafeteria hing die Bedienung aus dem Fenster. Alles, was im Fluggelände von Elmendorf beschäftigt war, hatte schon gehört, daß die Dakota des Generals vermißt wurde. Nun, da er sich zweifellos in Gefahr befand, genoß Herbert Hamilton allgemeine Sympathie. Es hatte schon schlechtere Chefs gegeben als ihn, sonderlich unangenehm war er ja im Grunde nicht.

Der Kommandant hatte alle Lichter aufblenden lassen, für den Piloten konnte es doch eine Hilfe sein. Etwas hatte sich der Nebel gelichtet, der Wind trieb ihn davon.

Da rauschte ganz dicht über dem Wald die Dakota heran. Es sah aus, als müsse jeden Augenblick das schon ausgefahrene Laufwerk die Wipfel streifen, doch ging alles gut. Einen Schweif sprühenden Wassers hinter sich herziehend, setzten die Räder auf und pfiffen über die Zementbahn. Nur ganz behutsam wagte der Pilot zu bremsen, erst am Ende der Piste rollte die Maschine aus und blieb quer zum Walde stehen.

General Hamilton wartete nicht, daß man erst die Treppe anlegte. Wo immer sich Gelegenheit bot, seine Jugendfrische zu beweisen, machte er davon Gebrauch. Mit einem eleganten Sprung war er draußen.

»Miserables Wetter, Sir...«, begrüßte ihn Henley.

»Hatte hinreichend Zeit, es zu bemerken.«

Der General, blasser als sonst, schüttelte seine Glieder und zog sich die Feldmütze tief ins Gesicht.

»Tüchtig durchgeschaukelt, nehme ich an«, erkundigte sich der Oberst teilnehmend.

»Habe regelrecht gekotzt, Hendrik, aber sachgerecht in die Tüte. Ist doch nichts so beruhigend wie fester Boden.«

»Schlage vor, in meinem Karren heimzufahren, Sir... möchte ja gleich hören, was Sie mitbringen.«

Hamilton hatte nichts dagegen, bedankte sich aber erst bei dem Piloten für die glatte Landung. Stieg dann schweigend in Henleys Jeep, dessen Blechtür er mit einem Knall zuschlug, der übers ganze Rollfeld hallte.

»Damit haben Sie schon das Wesentliche gesagt«, meinte Henley und klemmte sich hinters Steuer, »also nichts Gutes vom Pentagon?«

»Fahren Sie los, Henley, Sie hören's noch früh genug.«

Der Wagen planschte durch die Pfützen, passierte das schnell geöffnete Tor im Gitter, wo ein verregneter Posten nur lässig grüßte. Dann ging es auf geteerter Straße dahin, vorbei an Bauschutt und abgestellten Traktoren. Der Oberst wagte nicht mehr, seinen Chef zu drängen. Der würde schon von selber berichten und tat es schließlich.

»Also gut, Hendrik... oder vielmehr schlecht, die hohen Herren wollen nichts unternehmen!«

»Nichts unternehmen...?«

»Absolut nichts, mein Bester! Es sei denn, sie halten es für ausreichend, daß man zwei magere Zerstörer in die aleutischen Gewässer schickt, um... man kann's kaum aussprechen... um damit den Bau dieses verdammten Flugplatzes auf Attu zu verhindern.«

Henley hielt das nicht für ausreichend.

»Aber so ist das, Hendrik, mehr war einfach nicht 'rauszuholen.«

Der Oberst schaute durch die Windschutzscheibe geradeaus.

»Dann werden wir also in Ruhe abwarten, Sir, daß die gelben Ratten Flügel bekommen und die Gegend hier mit ihren Bomben bedienen?«

Der General hatte sich erkältet und mußte heftig niesen.

»Stimmt, Verehrter, so ungefähr ist die Lage. Weil man angeblich nicht anders kann... so jedenfalls haben sie mir das auseinandergesetzt. Alles, was des Schwimmens und Fliegens fähig ist, wird anderswo gebraucht.«

Der Oberst mußte lachen, um nicht zu fluchen.

»Ja, ich weiß... um die fernsten Inseln der Südsee wird erbittert gekämpft, aber die eigene Hintertür läßt man offen...«

»Das ist eben höhere Strategie, mein Bester«, spottete Hamilton verbittert, »man muß nämlich wissen, Hendrik, daß zu viele Siege den Sieger erschöpft haben... von wegen der langen Nachschubwege, die er nunmehr hat. Es heißt, wir hätten die Gelben ganz schön weggelockt von ihrer Basis und würden sie demnächst irgendwo in der Südsee zerschmettern!«

Der Regen prasselte so heftig gegen die Scheibe, daß der Wischer kaum noch mitkam. Henley mußte langsamer fahren.

»Und wann soll die Zerschmetterung stattfinden, Sir?«

»Wurde mir nicht verraten, man gibt sich da sehr geheimnisvoll. Doch will mir scheinen, daß die Herren mit den vier und fünf Sternen es selber am wenigsten wissen. Warten wohl erst ab, bis sie groß und stark genug sind, um den entscheidenden

Schlag zu befehlen. Für die großen Geister im Pentagon ist Attu nur ein winziger Splitter in der Walroßhaut von Onkel Sam, und nicht gerade im edelsten Teil seines Körpers.«

»Höchst schmeichelhaft für uns«, erboste sich der Oberst, »demnach beschützen wir nur den Arsch der USA...!«

»Selbst dieser ist ein Teil vom Ganzen, ohne ihn kann man nicht leben. Aber hören Sie, Hendrik... meinetwegen können Sie auch staunen über die Ratschläge aus höchster Hand. Wir sollen die Sonnensöhne ruhig machen lassen, in Attu, meine ich. Je mehr Japaner dort am Werke sind, desto besser ist das fürs Ganze. Wenn's soweit ist, fehlen die nämlich dort, wo es dann für Japans Kriegsgötter am brenzligsten wird. Wie ich unseren Strategen aufgezählt habe, was die gelben Ratten alles nach Attu schleppen, war man geradewegs entzückt, es zu hören. Wunderbar... ist ja großartig, soviel Schiffsraum fehlt ihnen dann für andere Zwecke! Ganze Geleitzüge scheppern nach Attu, gedeckt von Kreuzern und Zerstörern... ausgezeichnet für uns! Was sie so eifrig zu den Aleuten schaffen, werden sie später vermissen. Unsere Führung glaubt ganz sicher zu wissen, daß die gehetzte Industrie der Japse schon jetzt in allen Fugen ächzt. Dem Tenno gehen die Rohstoffe aus, seine Produktion kann einfach nicht mehr mit. Aber bei uns, da läuft alles jetzt erst so richtig an. Im Grunde genommen kann schon... ich meine, es wäre schon denkbar, daß die Rechnung tatsächlich aufgeht.«

In den Regen hatten sich noch Hagelkörner gemischt, wie MG-Salven prasselten sie auf den Wagen. Henley mußte auf den dritten Gang herunter, weil er kaum noch die Straße erkannte.

»Und wie ist das mit jenem Krümel, der sich Attu nennt? Wenn die Gelben nun doch früher mit ihrem Flugplatz fertig werden, als uns lieb ist... haben sich die großen Strategen herbeigelassen, auch diese Möglichkeit zu bedenken?«

»Sie haben...«, sagte Hamilton unter wiederholtem Niesen, »sie haben mir versichert, das könnte gar nicht sein. Bis dahin wäre der Krieg bestimmt zu Ende...«

»Schön wär's ja, Sir... aber wenn's nicht so kommt?«

Hamilton schlug sich den Mantelkragen hoch.

»Die Heizung war ausgefallen in dem verfluchten Drachen«, erklärte er seinen Zustand, »von unten zog mir dauernd eisige Luft in die Hosen. Hab' schon richtigen Schüttelfrost.«

Henley empfahl ihm ein heißes Bad, sobald er nach Hause kam, hinterher Bettruhe mit steifen Getränken.

»Aber darf ich auf die Möglichkeit zurückkommen, Sir, daß japanische Bomber von Attu starten, bevor die gelbe Macht zerschmettert ist. Auf welche Hilfe haben wir dann zu rechnen?«

»Auf die Hilfe unserer Bundesgenossen, mein lieber Hendrik, darauf wurde ich hingewiesen. Im Ernstfall brauchten wir selber gar nicht viel zu tun, unser bester Bundesgenosse würde schon dafür sorgen, daß die japanischen Bomber allesamt zugrunde gehen oder... wenn sie Glück haben, schleunigst wieder umdrehen.«

Der General genoß das Erstaunen seines Stabschefs.

»Und darf man fragen, Sir, wer dieser große Unbekannte sein soll?«

Hamilton lachte laut.

»Na, Sie sehen's doch... das Wetter, das Sauwetter von Alaska!«

Wie um dies zu bekräftigen, rauschte nun eine Lawine von Schlamm, Geröll und Wasser den Hang herunter auf die Straße. Eine zerzauste Pechföhre, ihres Halts im Boden beraubt, folgte mit Geprassel.

Mit dem Antrieb aller vier Räder seines Geländewagens konnte der Oberst das Hindernis umrunden. Über bemooste Steine und durch Gestrüpp kam der Wagen drüben wieder auf die Straße.

»Na schön, das wäre geschafft«, gab der Befehlshaber von Alaska zu, »aber das schlimmste Wetter genießen wir hier trotzdem. Hab's ja heute wieder erlebt, wie unberechenbar die Lüfte bei uns sind. Sonnenschein und schönste Aussicht beim Abflug, Nebel und Nieselregen auf halbem Wege, zum Schluß dann Sturm, Schnee und keine Funkverbindung mehr. Dabei haben wir überall Wetterstationen und Meteorologen, die Millionen kosten...«

»Eben nicht überall, Sir! Meist hängen sie an der Küste und wo man's sonst noch einigermaßen gemütlich hat. Aber dort, wo sich das Übel zusammenbraut, am klimatischen Scheitel im tiefen Herzen unseres rauhen Landes, dort hat sich noch kein einziger Wetterfrosch niedergelassen.«

»Weil sich's nicht lohnt, Hendrik, unsere Piloten drehen eben um... normalerweise meine ich, wenn vor ihnen solch eine Wetterwand auftaucht. Wüßte auch nicht, warum heutzutage jemand ins wilde Hinterland zu fliegen hat. An der Küste hinunter führt der schnellste Weg in die gesegnete Zivilisation Amerikas.«

Der prasselnde Regen hatte nachgelassen, dafür lagen nun allenthalben Steinbrocken auf dem Weg. Die Wildbäche fanden keinen Platz im Durchlaß unterhalb der Straße, weshalb sie darüber hinwegströmten. Immer wieder mußte Henley den Antrieb auf alle vier Räder umschalten. Seine Gedanken jedoch blieben bei der Insel Attu.

»Tatsache ist nun mal«, fuhr er fort, »daß dort ein paar tausend schlitzäugige Ameisen Tag und Nacht emsig dabei sind, eine riesengroße Startbahn mit allem Drum und Dran in die Felsen zu nagen. Womit's noch immer bei der Frage bleibt, was sie damit bezwecken. Lang genug haben diese Giftzwerge während der scheinbar so friedlichen Zeit hier in Alaska herumspioniert... ohne Scham und Scheu vor unseren eigenen Augen. Dabei dürfte ihnen kaum entgangen sein, wie schnell sich das Wetter hier ändert. Trotzdem sprengen sie einen meilenweiten Flugplatz ins Gelände... bestimmt nicht zu ihrem Vergnügen, Sir!«

Es war die gleiche Frage, an der Hamilton schon lange herumkaute. Seit er die Luftbilder von dem aufgewühlten Gelände in Attu gesehen hatte, plagte ihn das Rätsel, was denn nur der praktische Zweck des mühevollen Unternehmens sein könnte. Doch war er zu keinem Ergebnis gelangt, das seiner eigenen Kritik standhielt. Auch jetzt zuckte er nur mit den Schultern.

»Haben Sie noch nie gehört, Hendrik, daß vom grünen Tisch her Sachen befohlen werden, die Millionen verschlingen und nachher doch nichts nützen? Einen größeren Verschwender als das Militär gibt's bekanntlich nirgendwo. Im Krieg ist das noch viel schlimmer, weil sich ja hinterher doch keiner verantworten muß. Was werden da nicht für Genieblitze aus höchstem Hirn in die Gegend gefunkt, um dann kläglich zu verglühen. Hab' es ja im ersten Krieg selber erlebt, als sie im Hinterland noch gewaltige Stellungen ausbauten, während wir vorne die deutsche Front schon längst durchbrochen hatten. Alle machen sie im Krieg solchen Unsinn, nur weil sich mal irgendein großer Denker so was ausgedacht hat. Wird bei den Gelben nicht anders sein, zumal die an moderne Großkriege gar nicht gewöhnt sind. Da hat eben mal so ein großer Löwe in Tokyo geknurrt, daß es gut wäre, auf Attu eine Startbahn zu haben... und schon stürzen sich eine Unmenge eifriger Leute gehorsam auf die sinnlose Arbeit!«

Eine Weile sagte Henley nichts, weil er wieder bis zu den Radachsen durch Wasser mußte.

»Das ist eine Erklärung, Sir«, stellte er danach fest, »die Sie ebensowenig befriedigt wie mich.«

Der General sah verbissen ins graue Wetter. Erst als die Häuser von Anchorage auftauchten, ließ er wieder von sich hören.

»Weiß Gott, man kommt sich vor wie ein Karnickel, das die Schlange anstarrt und warten muß, bis sie zubeißt... ich meine, wie sie zubeißt und wo zuerst.«

Die breite Straße war menschenleer, nur geparkte Autos standen vor den Gehsteigen. Bei schlechtem Wetter machte Anchorage immer einen trostlosen Eindruck, heute ganz besonders. An den meisten Häusern war die Farbe heruntergewaschen. Allmählich wurde es fühlbar und sichtbar, daß so viele Männer fehlten. Alles war jetzt ungepflegt, die Vorgärten voller Abfall und viele Geschäfte schon lange geschlossen.

»Hendrik, meine Frau braucht nicht zu wissen«, bat der General, »daß der Rückflug ein bißchen... wie soll ich sagen, eben ein bißchen riskant war.«

Da auch der Oberst eine Frau hatte, verstand er seinen Chef recht gut.

»Wenn die Leute wüßten«, lachte Hamilton, »vor wem wir die größte Angst haben!«

Das stattliche Heim des Generals befand sich nicht im Bereich des Fort Richardson, lag vielmehr auf jenem lang hingestreckten Hügel, wo sich, der schönen Aussicht wegen, die wohlhabenden Leute von Anchorage angesiedelt hatten. Viele waren das nicht, kaum zehn oder zwölf Familien. Sie hatten es nicht ungern, wenn man die von ihnen bewohnte Anhöhe in gutmütigem Neid den »Snob Hill« nannte. Genau genommen gehörte der General gar nicht dorthin, sondern ins militärische Gelände, wo dem Befehlshaber von Alaska ein recht ansehnlicher Bau zur Verfügung stand. Aber doch nicht ansehnlich genug für Mrs. Hamilton, die von Hause aus sehr vermögend war und auf feine Lebensart ausgesprochen Wert legte. Diese inmitten eines Truppenlagers zu pflegen hätte ihrem Sinn für guten Takt widersprochen und zu viele Kommentare ausgelöst. Da war es schon besser, den gewohnten Luxus abseits vom allgemeinen Einblick zu entfalten. Und weil es in dem offiziellen Kommandantenbau auch für den General nicht genügend hohe Wände gab, an denen er all seine Trophäen aufhängen konnte, die ihm auf weltweiten Jagdreisen zugefallen waren, hatte er sich dem Wunsch seiner Frau gebeugt.

Doch konnte sich Hamilton gerade heute, wo es ihn so sehr nach einem heißen Bad in der übergroßen Wanne aus grünglasierten

Kacheln verlangte, nicht der Wohltaten seines kultivierten Heimes erfreuen. An eben jener Straßenkreuzung, wo man zum »Snob Hill« abbiegen mußte, stand nämlich ein Motorradfahrer in schlammbespritzter Uniform und hob, als sich Henleys Wagen näherte, eine Kelle mit Stoppschild.

Der General kurbelte das Fenster herunter und beugte sich hinaus.

»Warten Sie etwa auf mich?«

Mit der einen Hand hielt der Mann das Motorrad, mit der anderen seine Kelle, trotzdem gelang ihm die militärische Haltung.

»Jawohl, Sir ... Colonel Pollock läßt bitten, daß Sie sogleich nach Richardson kommen, Sir.«

»Was Besonderes passiert?«

»Weiß ich nicht, Sir«, meinte der Meldefahrer, »soll aber sehr dringend sein...«

»Schon gut, danke Ihnen...«, resignierte der General, das Fenster wieder schließend.

»Ich fluche und gehorche... mit über fünfzig Grad Fieber im Gebein. Hendrik, Sie sorgen dafür, daß meine Beisetzung mit allen militärischen Ehren stattfindet!«

Der Oberst grinste nur.

Als der Befehlshaber von Alaska, laut hustend und sein Taschentuch demonstrativ an die Nase haltend, in sein Büro stürmte, waren dort bereits die Offiziere seines engeren Stabes versammelt.

»Verzeihen Sie den Überfall, Sir«, begann Oberstleutnant Hagerty, »ich weiß, Sie hatten einen üblen Flug, aber...«

Der General winkte ab.

»Müssen wohl Ihre Gründe haben, mich herzuhetzen. Also, was ist los...?«

Er nahm gar nicht erst hinter seinem riesigen Schreibtisch Platz.

»Pollock hat da was aufgefangen, Sir, Funksprüche am laufenden Band...«

Dem Oberst Pollock unterstand das gesamte Nachrichtenwesen, darunter auch die Funkpeilung.

»Zeigen Sie her«, der General griff nach dem Stück Papier, das Pollock wie ein Corpus delicti zwischen spitzen Fingern hielt.

Hamilton sah darauf nur fünfzehn Buchstaben, die keinerlei Sinn ergaben.

»Kodesprüche zu entziffern ist Ihre Sache, Pollock, ich werde nicht dafür bezahlt.«

»Das ist aber keiner von unseren Kodes, Sir, die Chiffreure haben alles durchprobiert.«

Hamilton zuckte mit den Schultern.

»Die Luft ist voll mit fremden Kodes, wir sind ja nicht allein auf der Welt! – Was ist denn an der Geschichte so besonderes?«

»Das kommt nun schon seit drei Tagen, Sir, regelmäßig genau um 18 Uhr 15 ... immer die gleiche Anzahl von Buchstaben. Und rasend schnell durchgegeben ...«

Auch darin sah der General noch keinen Grund zur Aufregung.

»Wird vom Schiffsverkehr im Pazifik sein, die Kapitäne funken ja täglich ihre Position irgendwohin.«

»Jawohl, Sir, ist ja bekannt. Aber wenn das hier von einem Schiff kommt, dann fährt es mitten durch die Berge von Alaska!«

Endlich war auch der General verblüfft. »Wie kommen Sie denn darauf?«

Der Oberst zeigte auf einen Vermerk oben in der linken Ecke.

»Wir haben den Standort angepeilt ... zwar nicht sehr genau, muß ich zugeben. Aber so ungefähr kommen diese kurzen Sprüche aus der Gegend 66,8 Nord und 156 Länge.«

Alle blickten sie nun zur großen Karte, die hinter Hamiltons Schreibtisch fast die ganze Wand bedeckte.

»Hier etwa wäre das, Sir, zwischen den Lockwood Hills und den Schwatkabergen, im Quellgebiet des Kobuyuk. Ziemlich unbekannte Gegend, von den Flüssen da oben ist noch keiner getauft, jedenfalls nicht auf der Karte. Wenn Sie den Maßstab berücksichtigen, Sir, sind's aber doch recht beachtliche Gewässer, sehen nur auf unserem Papier wie kleine Bächlein aus. Die Karte beruht nur auf Luftbildern, richtig vermessen ist da oben noch gar nichts. Was es der Peilung gewiß nicht leichter macht, den Ort zu bestimmen, von dem gesendet wird.«

»Wer hat denn überhaupt was von dort zu senden?«

Pollock zog die Augenbrauen hoch. Hagerty und Captain Williams zuckten mit den Schultern.

»Also hat niemand die geringste Ahnung, wer das sein kann«, stellte Hamilton fest und warf das Blatt auf seinen Schreibtisch.

»Nein, keine Ahnung«, gab der Chef des Meldewesens zu. »Das war es ja eben, Sir, weshalb wir Sie alarmiert haben. Irgendwas stimmt da nicht. Alle Versuche, dahinterzukommen, waren umsonst ... absolut umsonst.«

Der General warf nun doch den Mantel ab, fiel schwer in seinen

Sessel und bat mit einer Handbewegung, allgemein Platz zu nehmen.

»Also nun mal der Reihe nach, meine Herren. Wie ist das mit der Polizei, haben die so weit im Hinterland eine Station oder sind die Alaskan Scouts dort zugange?«

Captain Shelling, der Vertreter Pollocks, hatte sich darum gekümmert.

»Nein, Sir, nördlich vom Yukon gibt's im Lande drin keinen Polizeifunk mehr. Nur an der Küste, wie Sie wissen... aber die waren's nicht. Auch von den Scouts ist zur Zeit kein einziger Trupp unterwegs, außerdem würden die im Klartext senden.«

Der Kommandeur von Alaska trommelte mit harten Fingern auf die Tischplatte. »Wie wär's dann mit einer wissenschaftlichen Expedition ... Geologen, Zoologen, Petrologen, Mineralogen oder sonstwelche Logen, haben Sie an so was gedacht?«

Oberst Pollock sah auch da keine Chance.

»Alles seit gut einem Jahr gestoppt, Sir, nichts dergleichen im Lande. Sogar Touristen scheiden aus. Sie selber haben ja verboten, Sir, daß die noch herkommen, solange Krieg ist.«

Der General entsann sich.

»Nun gibt's aber noch Amateure«, meinte er, »die aus lauter Freude am Spaß in der Weltgeschichte herumfunken. Das hat sich ja zu einem beliebten Sport entwickelt, wie ich höre.«

Der Nachrichtenchef beugte sich vor, um zu widersprechen.

»Weiß schon, Pollock«, hielt ihn der General zurück, »daß jetzt im Krieg der ganze private Funkbetrieb verboten ist. Soll aber Leute geben, die sich den Teufel um Verbote scheren... gerade in Alaska tut doch jeder, was er will.«

»Wenn er kann, Sir, aber die Amateurfunker können's nicht... schon zu normalen Zeiten war jeder registriert. Auch zieht keiner von ihnen jemals mit seinem Sender so weit weg vom nächsten Ort.«

Hamilton wurde merklich ernster.

»Und einsame Trapper, irgendwelche Goldsucher, halten Sie auch das für ausgeschlossen?«

»Ganz ausgeschlossen, Sir, und bestimmt würde von denen keiner einen Kode benutzen. Von jeder Stelle, die es wissen müßte, wird uns gleichermaßen erklärt, daß absolut niemand da oben wohnt, nicht mal Eingeborene. Seit Jahr und Tag ist keine Menschenseele mehr so weit ins Hinterland vorgestoßen. Wirklich eine

Terra incognita, kann man sagen, Sir, ein großer, weißer Fleck im Herzen Alaskas.«

Ob er wollte oder nicht, der General mußte sich damit zufriedengeben.

»Also ist kein Zweibein da oben zu vermuten, meine Herren?«

»Wirklich nicht, Sir«, wiederholte Pollock nochmals.

Eine Weile herrschte völliges Schweigen. Hamilton schaute über die Köpfe seiner Offiziere hinweg, scheinbar ganz in den Anblick des Sternenbanners versunken, das in schönem Faltenwurf über dem Bild des Präsidenten Roosevelt hing.

»Glauben Sie an Geister, meine Herren?« fragte er ganz plötzlich.

Nur sein Stabschef antwortete, daß man unter den gegebenen Umständen fast daran glauben könne.

»Nein, man kann's nicht«, sagte der General so sachlich, als sei er auf Grund nüchterner Überlegung zu dieser Feststellung gelangt. »Falls es Geister geben sollte, was ich nicht zu beurteilen vermag, bedienen sich dieselben zur Weitergabe von Nachrichten der Gedankenübertragung. Dagegen werden Morsetasten ausschließlich von den Fingern sterblicher Wesen manipuliert. Womit meines Erachtens geklärt ist, daß sich am Ort der Tat eben doch Menschen aus Fleisch und Blut befinden... von denen wir bisher nichts wußten und trotz all Ihrer Bemühungen, meine Herren, auch jetzt noch nichts wissen. Eben deshalb nicht, weil diesen Leuten sehr daran liegt, sich unserem Wissen zu entziehen. So kann es sich denn nur um Personen handeln, die ganz bewußt Verbotenes treiben. Und da wir uns im Kriege mit zwei Großmächten befinden, von denen uns Japan am nächsten gerückt ist, liegt die Vermutung nahe, daß es sich um Japaner handelt. Schließlich weiß doch inzwischen jedes Kind, welchen Wert gerade die Sonnensöhne auf Spionage legen und welch unheimliches Geschick sie dabei entwickeln.«

Der Captain William widersprach ihm sofort.

»Wir haben daran gedacht, Sir, natürlich waren die Japaner unser erster Gedanke. Aber wir ließen ihn gleich wieder fallen, denn was sollen die Japaner dort? In einem ganz und gar menschenleeren Gebiet, viele hundert Meilen von jedem militärisch bedeutsamen Punkt entfernt, da gibt's doch gar nichts, wofür sich Spionage lohnt. Kein Motiv ist denkbar, das den Feind veranlassen könnte, täglich zu bestimmten Zeiten von dort eine verschlüsselte Meldung zu senden.«

Der Kommandeur schlug mit der flachen Hand auf den Tisch.

»Aber es wird gemacht, William, also gibt's auch Gründe dafür.«

Er bewegte seinen Drehstuhl im halben Kreis und sah dabei jeden seiner Herren forschend an.

»Eigene Spione könnten es sein«, fiel es dem Oberst Pollock plötzlich ein, »ich meine Verräter aus dem eigenen Land, die mit dem Feind draußen in Verbindung stehen. In der weltfernen Wildnis können sie ganz ungestört arbeiten...«

Das brachte Captain William auf einen zusätzlichen Gedanken.

»Aus der dortigen Gegend selbst gibt's zwar nichts zu verraten, Sir, aber vom Süden her, aus den Staaten... der Sender meldet nur weiter, was ihm von anderer Stelle zugeht!«

»Ein Relais...«, rief Pollock geradezu begeistert, »eine Zwischenstation, die von irgendeiner Zentrale Nachrichten empfängt, um sie weiterzuschicken.«

»Wie empfängt?« wollte der General wissen. »Haben Sie etwa die gleiche Art von Funksprüchen auch noch aus anderer Gegend aufgefangen, aus dem Süden vielleicht?«

Sogleich erlosch wieder die Freude des Nachrichtenchefs an seiner Entdeckung.

»Nein, Sir, das haben wir nicht«, mußte er zugeben.

Aber Hagerty kam ihm zu Hilfe.

»Die Meldungen werden hingeflogen, um erst von dort in den Äther zu gehen. Der Luftweg von den Staaten herauf wird nicht kontrolliert, auch kleine Maschinen können die Strecke in Etappen zurücklegen... und die gibt's massenhaft. Jeder Händler, jeder Sportsmann darf fliegen, wohin er will. Im ganzen wilden Norden hat sich während der letzten Jahre der Verkehr weitgehend auf die Luft umgestellt. Sie wissen es ja, Sir, mit Piper Cubs und Gipsy-Motten fliegen schon die Frauen zum Friseur. So braucht jetzt nur noch im Eismeer oder in der Beringsee ein U-Boot herumzukurven, dann hat der Feind seine Verbindung.«

Der General schwang seinen Stuhl wieder zurück, um auf die Karte zu schauen.

»Kann mich Ihrer These noch nicht anschließen, meine Herren«, meinte er nach einer Weile, »obwohl sie manches für sich hat. Was jedoch im Prinzip ganz gleichgültig ist. Fest steht jedenfalls, daß dort ein feindlicher Sender steckt, der Schweinereien macht oder... dazu die Vorbereitungen trifft.«

Dem Oberst Henley kam es so vor, als habe sein Chef schon eine Ahnung von des Rätsels Lösung, wollte sie aber nicht aussprechen, weil ihm hinreichende Beweise dafür fehlten.

»Pollock, Sie schicken diese Funksprüche sofort nach Washington zum kryptographischen Büro«, ordnete Hamilton an, »vielleicht bringen's die Neunmalklugen dort fertig, den Kode zu knakken.«

Der Chef des Nachrichtenwesens nickte.

»Hab' zwar nicht viel Hoffnung, Sir, aber versuchen muß man's natürlich.«

Der General wandte sich an Henley.

»Traf da neulich einen Indianer... beim Unternehmen Scherbe, Sie kamen ja selber hinzu. Ist ein neuer Rekrut, von hier aus dem Lande. Scheint beim Wildlife beschäftigt... für einen Gamewarden namens McCluire oder so ähnlich. Habe keine Ahnung, wie sich die Rothaut nennt... muß aber zu finden sein.«

Der Oberst notierte.

»Wir haben nicht viele Indianer, Sir, der Mann ist schnell festzustellen. Was soll er...«

»Zu mir kommen, Hendrik, und zwar sofort!«

11

Ein Rudel Schneeschafe zog dem Wind entgegen, der von Südosten wehte. So trug ihnen die Luft alle Witterung aus dem Gelände zu, das vor ihnen lag. Schon aus zwei bis drei Meilen Entfernung konnten sich die Wildschafe gegen Feinde absichern. Solange der leichte Wind auf ihre Nüstern zustrich, warnte er sie vor Überraschungen. Nach seinem Weg war auch ihr Weg ausgerichtet, nur eben in der entgegengesetzten Richtung. Gefahr konnte nur von rückwärts drohen, wohin ihre eigene Witterung getrieben wurde. Aber das alte Geltschaf, ganz am Ende des Rudels, kannte seine Pflichten und sicherte getreulich zurück.

Sie wanderten einen Hang hinauf, der keine Deckung bot. Es gab da nur blühendes Heidekraut, tiefgrünes Moos und zwischen dem Gestein krüppeliges Erlengestrüpp. Wegen ihrer schneeweißen Decke waren die Bergschafe weithin sichtbar, nur im Winter verschmolz ihre Tarnfarbe mit der weißen Landschaft. Der Sommer jedoch war für sie eine gefährliche Zeit, vor allem wegen der Luchse und Wolverin, die außer ihrer guten Nase auch noch scharfe Augen hatten. Daher war die Vorsicht, mit der sich das Rudel bewegte, lebenswichtig für sie alle.

Der alte Widder schritt voran, dicht hinter ihm sein Adjutant. Dieser war ein jüngerer Bock, der die Aufgabe hatte, des Anführers große Erfahrung durch die Schärfe seines Gehörs, seines Gesichtes und auch seiner feinen Witterung zu ergänzen. Denn hiermit war es bei dem Alten nicht mehr so gut bestellt. Seine Augen hatten nachgelassen, und er vernahm nicht mehr so gut wie einst. Dafür besaß er die Weisheit eines langen, ewig bedrohten Lebens. Jeden Wechsel kannte er und die beste Äsung im Umkreis wochenlanger Wanderung.

Ins jenseitige Tal wollte der alte Widder sein Rudel hinüberführen, wo zu dieser Jahreszeit an bestimmter Stelle ein Kraut gedieh, das die Schneeschafe besonders liebten. Die Natur hatte es für ihren Geschmack so reizvoll gemacht, weil es Salze enthielt, die ihr Körper unbedingt brauchte. Der Chef kannte einen Sattel in der Bergkette, dessen tiefer Einschnitt den Übergang wesentlich verkürzte.

Leider war nicht zu vermeiden, daß man beim Durchqueren dieser Senke für kurze Zeit aus dem guten Wind kam. Der alte Widder beschloß deshalb, sie im Sturmlauf zu durcheilen. Er selber hatte nicht mehr die Fähigkeit, auch im Seitenwind eine fremde Witterung sogleich zu spüren. Das war Aufgabe seines Adjutanten, ihm selber fiel zu, für die gefährliche Strecke den schnellsten Weg zu weisen. Daher zog er noch so lange dem Wind entgegen, bis er dicht unter dem Paß anlangte. Nach einem kurzen Stillstand, der jedes Tier im Rudel wissen ließ, daß sogleich volle Kraft voraus befohlen würde, bog er rechtwinklig ab und eilte in scharfem Trab zum Sattel hinauf.

Das Getrappel der hundert Hufe dröhnte wie Getrommel über den Boden. Schottersteine spritzten und das Heidekraut rauschte.

Das Rudel war noch gut hundert Schritt vom Scheitelpunkt entfernt, als der Adjutant plötzlich innehielt. Sogleich blieb mit einem Ruck auch das gesamte Rudel stehen. Nur der alte Widder stürmte weiter, da er weder die bedrohliche Witterung erkannt noch den erschrockenen Stillstand seines Begleiters bemerkt hatte. Denn all das geschah ja hinter ihm. Erst als das ganze Rudel auf einen Schlag kehrtmachte und mit Gepolter den Hang wieder hinabjagte, merkte er die Gefahr und wollte ebenfalls umspringen. Jedoch um den Bruchteil einer Sekunde zu spät! Er fühlte nur noch einen heftigen Stoß gegen die Schulter und knickte sogleich zusammen.

Hauptmann Hidaka glitt aus dem Gestein und lief in großen Sprüngen zu seiner Beute. Er wollte keine Patrone mehr verschwenden, als unbedingt nötig war, sondern das Tier mit dem Messer abnicken. Doch sah er schon, daß sich dessen Leib nicht mehr bewegte. Er winkte nach oben, wo seine Gefährten lagen. Zwei Gestalten kamen aus ihrer Deckung hervor.

»Hinunter ins Lager mit dem Tier«, wies er sie an, »erst dort wird's ausgenommen... hier darf nichts bleiben, was die Raubvögel anzieht!«

Er selber eilte wieder zum Sattel hinauf. Dort hatten sie ihren Sender verborgen, nach allen Seiten hin durch Gestein abgedeckt und dazu noch mit einem Tarnnetz überspannt. Nur die Antenne ragte darüber hinaus. Die Feldwebel Kurakami und Tsunashima kauerten neben dem Apparat. Der Platz war gut gewählt. Nach Süden hin lag das Gelände offen, keine Berge erhoben sich davor, die den Richtstrahl behindern konnten.

»Leider nur ein alter Bock... wird verdammt zäh sein«, berichtete Hidaka seinen beiden Leuten, wurde aber gleich wieder dienstlich. »Habt ihr die Meldung beisammen?«

Tsunashima zeigte ihm das Blatt mit der fertigen Messung:

Windstärke	6–7
Windrichtung	WSW
Wolkenhöhe	1 500–2 000
Temperatur	11,5
Luftfeuchtigkeit	86,3

Der Ablauf jeder Sendung war bereits Routine geworden, eine Woche im Lande hatte dafür genügt. Etwa dreißig Minuten vor der Meldezeit machte der Meteorologe seine Messungen, bei gutem Wetter war das sehr einfach. Das Ergebnis schrieb er auf einen Block, den nun Kurakami übernahm, um die Meldung nach dem Marinekode zu verschlüsseln. Schon zuvor war das Gerät ausgerichtet und sendefertig. Da es immer auf die Wellenlänge von Attu eingestellt war, ging das sehr schnell. Jeden Griff hatte man schon in Japan viele hundertmal geübt.

»Haben noch Zeit«, beruhigte Hidaka den Eifer seiner Gehilfen, »ist ja erst 6 Uhr 6.«

Mit der Station in Attu war vereinbart worden, jeweils um 6 Uhr 15 zu senden. Für die isolierte Gruppe im tiefen Alaska war es ein gutes Gefühl zu wissen, daß zumindest einmal am Tage ihre

Kameraden auf der fernen Insel nur für sie bereitstanden. Trotz der weiten Distanz, die dazwischenlag, war man einander eng verbunden. Bis jetzt hatte sich alles gut entwickelt, der Kontakt war klar und Yamada vorerst zufrieden. Schon am ersten Tag hatte Hauptmann Hidaka angeordnet, daß sich die Funker und Wetterleute ablösten. Der erste und der zweite Fachmann durften nicht gleichzeitig am Sender sein, damit notfalls immer noch einer von den beiden Experten übrigblieb. Für gewöhnlich war es Sinobu, der das Gerät trug, und Inoué, der ihn dabei ablöste. Die Handkurbel mit dem großen Schwungrad aus Leichtmetall wurde getrennt vom Sender transportiert. Sie war dann in einem Segeltuchfutteral verpackt, das Inaki in Obhut hatte. Bei längeren Märschen löste ihn der Feldwebel Suda ab. Die Leitung des Funktrupps, der somit aus jeweils fünf Mann bestand, übernahm entweder Hidaka selber oder Leutnant Tojimoto.

Was die Form der Meldung betraf, folgten sich die fünf Angaben stets in der gleichen Ordnung. So war nicht erforderlich, noch eigens darauf hinzuweisen, worauf sich die einzelnen Ziffern bezogen. In Attu war das ohnehin klar. Auf die Windstärke folgte immer die Windrichtung, dann die Wolkenhöhe und so weiter. Es galt also nur, die Angaben selber zu chiffrieren, wofür jeweils drei Buchstaben genügten. Die letzte Null bei der Wolkenhöhe konnte man sich in Attu dazudenken.

Kurakami, der im Verschlüsseln solcher Funksprüche langjährige Übung besaß, war schnell damit fertig. Er schob das Kodeheft zurück in eine wasserdichte Tasche und versenkte sie in seinem Brustbeutel. Weil nun heute die beiden Träger mit dem Wildschaf ins Lager abgestiegen waren, übernahm es Hidaka selber, die Kurbel in Schwung zu setzen. Sie lief sehr leicht und machte fast kein Geräusch. Schon nach wenigen Umdrehungen glühte am Gerät ein Lämpchen auf und zeigte an, daß nun genügend Energie für die Sendung erzeugt wurde. Kurakami hatte sich den Kopfhörer schon übergezogen, er hielt nun die Augen halb geschlossen, seine Finger drehten behutsam an den Knöpfen. Der Hauptmann blickte auf seine Uhr und gab fortlaufend die Zeit.

»18 Uhr 14 ... noch fünfzig Sekunden ... noch vierzig ... noch dreißig ... noch zwanzig ... zehn ... fünf ... drei ... los!«

Die Männer verhielten den Atem.

Kurakami beugte sich vor und schloß seine Augen ganz. Da wußten seine Gefährten, daß sich Attu gemeldet hatte.

Der Funker ließ nun von seinen Knöpfen ab und griff zur Taste. So schnell bewegte er sie, daß man ihm kaum zu folgen vermochte. Wartete hinterher noch auf die Bestätigung, nickte und schaltete ab.

»Gut gemacht, Kurakami«, lobte ihn der Chef, »nur sechseinhalb Sekunden. Versuch aber, noch schneller zu werden, es hängt ja so viel davon ab.«

Kurakami wußte es wohl. Je kürzer die Sendezeit war, desto geringer auch die Gelegenheit für den Feind, sie aufzufangen. Wenn es den Amerikanern trotzdem gelang, sich einzuschalten, hatten sie damit allein den Standort noch nicht gefunden. Dafür brauchte man längere Zeit, und es mußten erst zwei, besser noch drei Peilstationen zusammenwirken. In so wenigen Sekunden war das kaum zu erreichen.

Sogleich wurde der Sender wieder verpackt, zunächst in einem Aluminiumkasten, der mit Schaumgummi gepolstert war. Den versenkte Kurakami in einen Gummisack, der seinerseits in einem wasserdichten Rucksack verstaut wurde. Dessen doppelte Seiten konnte man aufblasen, die Last war unsinkbar, falls sie jemals ins Wasser stürzte. Insgesamt wog das verpackte Gerät etwa sechzig Pfund. Weil heute kein Träger mehr da war, buckelte sich Kurakami den Rucksack selber auf. Der Meteorologe versorgte die große Kurbel, und Hidaka rollte das Netz ein.

Bevor sie über den freien Hang hinabliefen, prüfte der Hauptmann nach allen Seiten hin das Gelände. Zwar hatten sie während all der Tage nie das geringste Anzeichen von Menschen erblickt, aber aus Prinzip lag Hidaka daran, seine Leute schon jetzt an das höchste Maß von Vorsicht zu gewöhnen. Und sich selber auch. Lange konnte es ja nicht mehr dauern, daß man sie suchte. So sah er mit Befriedigung, daß auch die beiden Feldwebel angestrengt lauschten. Streng hatte er seiner Mannschaft befohlen, niemals eine Deckung zu verlassen, ohne vorher auf das Geräusch von Flugzeugen zu hören. Eine Suche aus der Luft würde das erste sein, was die Amerikaner gegen die Sendungen unternahmen.

»Los, hinunter in den Wald... so schnell wie möglich!«

Alle drei liefen sie in gerader Linie den Hang hinab auf die Baumgrenze zu. Dabei folgten sie einer Halde von Schottergestein, um nach Möglichkeit keine Fußspur zu hinterlassen. Ganz ließ sich das nicht vermeiden, als sie in Heide und Moosbeerenkraut gelangten. Aber dann erreichten sie einen Bach, stiegen in sein Bett und schritten im sprudelnden Wasser weiter bergab.

Eigentlich war das japanische Camp erst zu erkennen, wenn man sich schon darin befand. Es lag in einer Mulde zwischen Gestein und Bergtannen, das Unterholz hatte man noch durch eingesteckte Zweige verstärkt. Überhängende Äste schützten das Lager gegen Einsicht von oben. Auch hier wollte Hidaka unbedingt, daß man sich schon jetzt gegen jede Art von Luftaufklärung zu decken verstand. Ob alle seine Leute das einsahen oder nicht, war ihm gleichgültig. Sie mußten sich daran gewöhnen.

Die Feuergrube war schon ausgehoben, Sinobu hatte einen guten Stapel Fallholz gesammelt. Auch war der alte Widder bereits ausgenommen und abgezogen, Tojimoto selber hatte das Wildbret fachmännisch zerlegt.

»Hab' euch da keinen besonderen Leckerbissen angeliefert«, meinte Hidaka, »aber besser als gar nichts ist auch der älteste Bock! Das Fell wird abgeschabt, ausgespannt und morgen mitgenommen, können später mal Taschen draus machen.«

»Shoshi itachimashta...«, murmelten seine Leute gehorsam.

»Na, was gibt's hier an Neuigkeiten?«

Grinsend vor Stolz zog Sinobu ein Schneehuhn hinter seinem Rücken hervor.

»Mit 'nem Stein totgeworfen, Taiji-dono, ... die Biester lassen einen ganz nah herankommen.«

»Du hast eben so eindrucksvolle Augen«, witzelte der Hauptmann, »vor deinem scharfen Blick muß ja so ein armes Huhn erstarren... auch wenn's mal lange Haare hat!«

Darüber wurde mit dem schuldigen Respekt allseits dröhnend gelacht.

»Für so nette warme Sachen ist unser Oschone nicht, Taiji-dono«, rief nun der Feldwebel Suda, »Noboru ist ein richtiger Kaltblüter, der greift lieber nach kühlen Fischen.«

»Hast du wirklich was gefangen, Noboru?«

Mit feierlicher Geste legte der Oschone drei Forellen vor dem Hauptmann nieder. Obwohl der schon wußte, daß Noboru die Fische mit der bloßen Hand geschnappt hatte, gab er sich sehr überrascht, als ihm Suda und Watanabe gleichzeitig von dieser wunderbaren Methode erzählten.

»Muß man sich merken, daß es manche Tiere so gern haben, wenn sie am Bauch gekitzelt werden«, amüsierte Hidaka seine Leute weiter. »Vielleicht geht's auch beim nächsten Grisly; nehme an, Leutnant Tojimoto will's dann versuchen.«

»Aber sicher«, gab der schnell zurück, »ich folg' ja immer dem guten Beispiel unseres Hauptmanns.«

Alle elf Mann schüttelten sich vor Freude. Als sie ausgelacht hatten, wollte Hidaka wissen, ob man die Amerikaner nach allem, was sie anderen Völkern getan hatten, eigentlich noch als Menschen betrachten könnte. Allein schon durch die grausame Ausrottung der Indianer seien sie doch mehr zu Tieren geworden.

»So ist es, Taijo-dono, Tiere sind das, raubgierige und gefräßige Tiere...«, war bei bester Laune die allgemeine Antwort.

»Na schön, Omaé-tachi, dann werden wir halt unsere Taktik ändern und sie gleich bei der ersten Begegnung am Bauche kitzeln...«

»Und danach, Taiji-dono, werden wir sie auf einem Stock ordentlich durchbraten!«

Hidaka fing den Blick seines Freundes auf, dem diese Albernheiten peinlich waren.

»Sinobu, mach jetzt das Feuer an«, rief er dem Holzfäller zu. »Du weißt ja... viel Hitze ohne Flammen!«

Ganz ohne Flamme ging das natürlich nicht, doch der einstige Wilderer wußte, wie der Befehl gemeint war. Er hatte ja selber lange genug sein Feuer verbergen müssen. Dafür war das harte Holz alter Fichten am besten geeignet, wenn man zuvor die Rinde und angefaulte Stellen entfernte. Weil nach Möglichkeit zu vermeiden war, daß Spuren der Axtschläge im Walde die Anwesenheit von Menschen verrieten, kam fürs Feuer der Japaner nur Fallholz in Frage. In einem Urwald ist das ja immer reichlich vorhanden, nur mußte man darauf achten, daß es vollkommen trocken war. Es durfte nicht am feuchten Boden liegen oder bemoost sein, weshalb Sinobu immer nur solche Äste von gestürzten Bäumen riß, die frei hinausragten. Sie brannten nur mit kleiner, bläulicher Flamme und gaben schnell eine starke Hitze. Die Richtung der Feuergrube, dem vorherrschenden Luftzug angepaßt, sorgte für den nötigen Zug.

Zu sehen war das Feuer von draußen nicht, schon die halbmetertiefe Grube begrenzte seinen Schein auf die allernächste Umgebung. Den Rest allen Schimmers verschluckte das Unterholz. Nur der Rauch war nicht zu vermeiden, obwohl das trockene Hartholz nur wenig davon erzeugte. Zu bemerken war nichts von der dünnen Rauchfahne, die jetzt durch die Wipfel in den Nachthimmel stieg. Aber sie war zu riechen. Sicher nicht von einem Stadtmenschen, dessen Nase tagtäglich von tausend ganz verschiedenen Düften betäubt wird und längst ihre ursprüngliche Feinheit verlor. Wer jedoch ein Leben in der Wildnis gewohnt ist, vermag den Rauch eines Lagerfeuers auf kilometerweite Entfernung zu spüren, besonders wenn ihm der Wind dabei entgegenkommt. Herrscht gar eine feuchte Witterung und wurde frisches Holz verbrannt, dann kriecht der Rauch weithin am Boden entlang und bleibt noch nach Tagen im Unterholz spürbar.

»Weiß nicht, wie lang wir uns den Luxus warmer Mahlzeiten noch leisten können, das Risiko ist zu groß«, warnte Hidaka, »es genügt ja schon, daß wir irgendein Stück Wild durch den Rauch in die Flucht schlagen. Wer damit Bescheid weiß, hat dann gleich Verdacht. Ist gar nicht nötig, daß uns eine Menschennase wittert, flüchtige Tiere sagen einem erfahrenen Manne genug.«

Der Leutnant war weniger ängstlich.

»Enzo, ich glaube, du übertreibst. Das Land ist so menschenleer, wie ich noch keins gesehen habe, nicht mal im tiefsten Sachalin.«

Hidaka griff nach seinem Arm und beugte sich zum Ohr des Freundes.

»Sag so was nie wieder, Yoshi, nie wieder! Ich weiß, die meisten von unseren Leuten denken genau wie du, aber das ist falsch ... ist sündhafter Leichtsinn!«

Er sprach leise, aber mit leidenschaftlichem Ernst.

»Wir müssen zu Geistern werden, Yoshi, zu unsichtbaren Geistern. Die Erde darf uns nicht spüren, die Vögel dürfen uns nicht sehen. Wir müssen diese Art zu leben in unsere Männer hineindrillen, in Fleisch und Blut muß ihnen das übergehen. Keinen Schritt darf man hören, keine Spur darf bleiben. Glaub mir, Yoshi, wir werden das noch brauchen, nötiger als Schlaf und Nahrung. Ich bitte dich, denk immer daran und vergiß es keinen Augenblick!«

Der Leutnant war so beeindruckt von Hidakas Willen zur Perfektion, daß er ihm alles versprach. Er begann auch zu begreifen, weshalb es dem verantwortlichen Führer darauf ankam, sein System schon gleich zu Beginn ihrer Mission mit solcher Strenge einzuführen. Was jetzt durch Befehl erzwungen wurde, sollte nach und nach jedem Manne selbstverständlich werden. Damit der Hauptmann die leichtfertige Bemerkung schneller vergaß, teilte ihm Tojimoto mit, daß er schon verschiedentlich eßbare Pflanzen gefunden hätte.

»Besonders im Winter kann uns das helfen«, meinte er, »man muß nur wissen, was mit dem Zeug zu machen ist. Da gibt's eine grauschwarze Steinflechte, die Umbilicaria. Hat man genug davon abgeschabt, wird sie getrocknet und dann langsam gekocht. Schmeckt zwar ziemlich bitter, ist aber doch ein nahrhaftes Kraut. Und dann der Salix, ein gewöhnlicher Weidenstrauch. Unten im Boden hat er frische Schößlinge, die man sogar in rohem Zustand essen kann. Steckt eine Menge Vitamine darin, etwa siebenmal mehr als in Orangen. Sogar über Winter hält sich das im steinhart gefrorenen Boden. Außerdem meine ich, wir sollten Preiselbeeren sammeln. Man kann sie trocknen und nachher wie Rosinen essen. Sie wären gut bei großen Märschen, viel Nährstoff bei wenig Gewicht. Das Land hat viel zu bieten, Enzo, müssen uns nur entsprechend darauf einstellen.«

Hidaka war tief befriedigt von seinen Entdeckungen und lobte den Freund mit Eifer. Genau das hatte er sich von ihm versprochen. Sicher gab es nur wenige Japaner, die so viel von der Flora im hohen Norden verstanden. Was deren Nährwert im Notfall betraf, war wohl Tojimoto der einzige Experte. Schon möglich, daß später die Existenz der ganzen Gruppe davon abhing, seinem Ratschlag zu folgen. Allein von Wildbret und Fisch konnten sie auf die Dauer nicht leben, sie brauchten auch Pflanzenkost.

»Es werden Zeiten kommen«, sagte Hidaka voraus, »da wir's nicht mehr wagen können, einen Schuß abzugeben... müssen ja auch die Munition für den Feind sparen. Um Fallen zu bauen, Schlingen zu legen und so weiter, braucht man immer ein paar ruhige Tage. Die werden wir nicht mehr so oft haben, Yoshi, dann helfen uns nur deine Wurzeln und Knollen.«

Tojimoto versicherte ihm, daß es in Alaska nicht weniger als zweiundsiebzig eßbare Pflanzen gab, einige davon würden sie immer finden.

Aber Hidakas Gedanken waren nicht mehr bei den eßbaren Pflanzen.

»Wir dürfen uns da nichts vormachen, Yoshi, die Amerikaner werden uns eines Tages finden. Wenn sie erst merken, um was es bei unseren Meldungen geht, werden sie Himmel und Hölle in Bewegung setzen. Dann müssen sie uns zum Schweigen bringen, zuviel steht für sie auf dem Spiel. Brandbomben und Sprengbomben auf ihre eigenen Städte... für die Yankis eine entsetzliche Vorstellung! Die sind ja nur gewohnt, das Land anderer Leute zu bombardieren. Sein ganzes, verwöhntes Volk würde den General von Alaska verfluchen, wenn er's nicht fertigbringt, uns rechtzeitig auszulöschen. Im großen Stil können sie nicht gegen uns operieren, das Gelände und die Entfernung lassen das nicht zu. Kleine Trupps werden sie abschicken, natürlich durch die Luft heranbringen. Und mit denen stoßen wir über kurz oder lang zusammen... Wir müssen sie zuerst spüren, Yoshi, unbedingt zuerst!«

Tojimoto wußte das natürlich und hatte keinen Zweifel, was sie am Ende erwartete.

»Es wird eine lange Jagd geben, Enzo, solange wie nur möglich... zum Schluß bleibt keiner übrig... niemand kommt mehr aus diesem Land heraus. Wir sind wie die Kamikazé... wir haben uns freiwillig zum ehrenvollen Tode bestimmt! Wenn der Sender nicht mehr funkt und die letzte Patrone verschossen ist, haben wir ausgedient und verlassen die Welt.«

Statt ernst und schweigend in erhabene Gedanken zu versinken, wie das sonst nach solch würdigen Worten üblich ist, lächelte Hidaka.

»Nein, Yoshi, durch eigene Hand fallen, wenn der Sender schweigen muß, das wäre ein großer Fehler... auch dann haben wir noch eine Aufgabe. Nur weißt du sie noch nicht.«

Der Leutnant war über alle Maßen erstaunt.

»Noch eine andere Aufgabe... wie meinst du das?«

Bevor ihn Hidaka darüber aufklärte, prüfte er die Verteilung der Holzspieße ums Feuer. Das Fett tropfte schon von den Hammelkeulen und verzischte in der Glut. Der Hauptmann ließ die Stöcke wenden, damit nicht die Unterseite am Fleisch zu sehr verkohlte.

Als er sich Tojimoto wieder zuwandte, senkte er die Stimme.

»Der Admiral hat mir vor dem Abflug ausdrücklich anbefohlen, erst hier an Ort und Stelle mit dir davon zu sprechen. Nur der Chef unserer Gruppe und sein nächster Nachfolger dürfen davon wissen. Also wenn ich ausfalle... sagst du es Suda. Und der muß wissen, an wen er's weitergibt, wenn du nicht mehr führen kannst. Ist das vollkommen klar...?«

Der Leutnant nickte nur.

Hidaka griff nach seiner Kartentasche und zog aus deren innerstem Fach eine mehrmals gefaltete Karte. Als sie ausgebreitet am Boden lag, enthüllte sich im schwachen Licht des Feuers der Nordwesten von Alaska. Der Hauptmann zeigte auf den gekrümmten Lauf eines großen Stromes.

»Der Noatak ist das, kaum bekannt und von den Yankis nie befahren. Dieser Strom sammelt alle Zuflüsse aus den Brooksbergen und zieht dann träge durch die Tundra ins Eismeer. Er mündet im Kotzebuesund, wie du siehst. Mit einem Floß wird man ganz bequem auf ihm hinabfahren können, nur im Sommer natürlich, so etwa von Anfang Juni bis Ende September. Und das wäre es, Yoshi, was wir zu tun haben, wenn eines Tages mit den Sendungen Schluß ist.«

Der Leutnant starrte auf die Mündung des Noatak, verstand jedoch nicht, was man im gegebenen Fall dort sollte.

»Nach Attu... oder gar nach Japan kommen wir damit noch lange nicht.«

»Aber zunächst mal nach Igilchik.«

Hidaka zeigte auf eine kleine, hier nur als Punkt angedeutete Insel, die vor dem Auslauf des Noatak im Meere lag.

»Die Strömung, hat mir Yamada gesagt, würde ein Boot oder Floß dorthin tragen. Igilchik ist kahl und trostlos, den Winden der Arktis schutzlos preisgegeben. Dennoch von großem Wert für die Yankis, weil nämlich ein paar hunderttausend Pelzrobben dort leben... Sealpelze werden aus ihrem Fell gemacht, für die Luxusweiber auf der ganzen Welt.«

Er schaute Tojimoto an und lachte über dessen Staunen.

»Sollen wir die Luxusweiber um ihre Pelze bringen, Enzo, gehört das auch zu den Kriegszielen unserer Führung?«

»Sicher nicht, die Robben von Igilchik haben für uns nur ganz indirekt eine Bedeutung. Damit sie nicht, wie das früher immer geschah, von wilden Pelzräubern erschlagen und allmählich ausgerottet werden, hat der amerikanische Wildschutz dort eine Station eingerichtet. Drei Mann hausen auf der Insel, zwei Eskimo und ein weißer Postenchef. Die sollen aufpassen, daß sich der Bestand ungestört vermehrt. Später wollen dann die Yankis alle Jahre ein Teil von den armen Tieren für die Pelzmäntel ihrer Weiber umbringen. Sind ja weitsichtige Geschäftsleute...«

Der Hauptmann mußte abbrechen, da Sinobu die Keulen des Widders zerteilt hatte und den beiden Offizieren ihren Anteil brachte. Hidaka lobte geflissentlich, daß sie schön gleichmäßig durchbraten waren, und wünschte allseits guten Appetit.

Die Japaner rissen das Fleisch nicht mit den Zähnen ab; solch barbarische Sitten weißer Waldläufer waren ihnen unbekannt. Sie zerteilten es mit dem Messer in sehr kleine Stückchen und führten sodann die Brocken mit zwei Stäbchen in den Mund. Diese zierlichen Werkzeuge hatten nur die beiden Offiziere aus

Japan mitgebracht, ihre Gefährten begnügten sich damit, sie an Ort und Stelle aus frischem Weidenholz zu schnitzen.

»Aber die Geschäfte der Yankis brauchen uns nicht zu interessieren«, kehrte Hidaka wieder nach Igilchik zurück, »worum es geht, das ist jener Weiße, der dort das Robbenvolk überwacht. Dieser Mann, Yoshi, ist sehr wichtig für uns. Er ist russischer Abstammung, während der Revolution mit seinen Eltern aus Sibirien geflohen. Erst kam er nach Japan und blieb ein paar Jahre bei uns, dann ging er hinüber nach Alaska. Er ist Zoologe von Beruf und amerikanischer Bürger geworden. Für uns heißt er Nischinski, Boris Nischinski.«

»Wieso für uns?«

»Weil er japanischer Agent ist, Yoshi, schon seit vielen Jahren. Seine Frau und die Kinder leben bei uns in Hokodate. Nischinski hat demnach allen Grund, vertrauenswürdig zu sein, solchen Leuten gegenüber ist ja die Admiralität sehr großzügig. Boris verdient sein japanisches Gehalt sozusagen im Schlaf, hat weiter keine Pflichten, als bereit zu sein, falls wir ihn mal brauchen. Und er ist nun bereit, Yoshi, der Mann wartet auf uns ... auf den Rest von uns, falls jemand übrigbleibt.«

Tojimoto mußte erst nachdenken. Eine so weitgehende Vorsorge für die etwa Überlebenden von dieser Mission paßte nicht so recht in die herkömmliche Konzeption japanischer Militärs.

»Ich kann das nicht verstehen, Enzo, was hat unsere Führung schon davon, wenn jemand von uns bis zu diesem Boris durchkommt?«

»Was man zu Hause davon hat, sind eingehende Berichte aus dem unbekannten Hinterland von Alaska. Unser Generalstab möchte alles wissen und kann alles brauchen, Yoshi. Das ist ja seine Stärke, ohne die Menge seiner guten Informationen könnten wir diesen Krieg gar nicht führen ... und auch den nächsten nicht! Wenn nur einer von uns durchkommt, ist er eine lebendige Fundgrube für wichtigste Informationen. Er kann berichten, wie man in diesem Land zu leben vermag und was man beim nächsten Mal besser machen muß. Da wir nun schon einen Geheimagenten auf der Insel haben, soll er sich auch nützlich machen! Hat keinen Zweck, uns darüber den Kopf zu zerbrechen, es ist ein Befehl, Yoshi! Fällt aus irgendeinem Grunde der Sender aus, so haben wir ... so hat der Rest von uns ganz einfach die Pflicht, bis nach Igilchik durchzukommen. Ich hab's dir nun gesagt, und du wirst immer daran denken. Wenn es gelingt, diesen Boris zu erreichen, besteht eine gute Chance, auch nach Attu zu kommen. Der Mann hat einen starken Sender, natürlich von den Yankis. Wenn die See ruhig ist, kann er von Attu ein Flugboot verlangen. Yamada wird alles tun, damit er einen Augenzeugen von dieser Mission zurückbekommt... natürlich auch mehrere, wenn sich das machen läßt.«

»Damit sieht alles wieder anders aus«, meinte Tojimoto, nachdem er diese Aussichten durchdacht hatte, »unsere Aufgabe ist noch schwerer geworden. Sogar sterben dürfen wir nicht mehr, wenn unsere Kraft erschöpft ist.«

Hidaka ging nicht darauf ein.

»Das Kennwort für Nischinski ist sehr einfach, Yoshi. Du fragst ihn, wie viele Pelzrobben auf seiner Insel leben, worauf er die Zahl 319 156 nennt. Das kannst du leicht behalten, weil es das Datum meiner Geburt ist... von hinten nach vorne gelesen. Also der 6. Mai 1913, anscheinend hat man damit gerechnet, daß wir schon ziemlich schwach im Kopf sind, falls wir dort ankommen.«

»Wenn's überhaupt jemand schafft, Enzo... wie lange soll der Mann denn warten?«

»Bis Kriegsende und noch länger, er kann's ja gut aushalten... man muß schon bewundern, wie weit die Führung bei uns vorausschaut. An alles denkt sie und plant jede Möglichkeit ein.«

Tojimoto war derselben Meinung.

»Sogar die Möglichkeit, daß wir am Leben bleiben!«

12

Unterdessen hatte der Feldzug Allan McCluires gegen den Vielfraß bedeutende Fortschritte gemacht. Wider Erwarten muß man schon sagen. Denn wer die Wolverine kennt, sei es auch nur vom Hörensagen, weiß ja, daß ihnen kaum beizukommen ist. Doch wer andererseits den Gamewarden McCluire kannte, wußte, daß dessen Ausdauer überhaupt kein Ende hatte. Vor allem nicht dann, wenn es darum ging, ein jagdliches Unternehmen erfolgreich abzuschließen. Hier ging es dem Wildschützer um noch viel mehr. Eine Rache war zu vollziehen, die Todesstrafe für heimtückischen Mord mußte vollstreckt werden. Neun harmlose Tiere, die gefangen saßen und die sich nicht im geringsten wehren konnten, hatte der mordgierige Vielfraß grausam umgebracht.

Allan gab zu, daß ein jedes Geschöpf der Wildnis durchaus berechtigt war, sich nach allen Regeln der Natur die nötige Nahrung zu verschaffen. Selbst dem Menschen, einem Wesen, das nach Allans Überzeugung zu den Raubtieren gehörte, war es gestattet, sich mit Messer, Falle und Kugel am Getier zu vergreifen, wenn er dafür hinreichende Gründe hatte. Nur durfte er nicht den Bestand an sich in Gefahr bringen.

Aber der Vielfraß verletzte die Gebote der Wildnis. Nicht allein um seinen Hunger zu stillen, jagte er, eine schreckliche Lust am Töten trieb ihn dazu, viel mehr Leben zu vernichten, als er für seine Sättigung brauchte. Gewiß, ohne Hunger zu leiden, den er ja anderswo sehr viel leichter befriedigen konnte, hatte er sich an die eingeschlossenen Biber herangemacht und sie, während die noch lebenden Tiere hilflos in den Käfigen tobten, der Reihe nach getötet.

Ein Widerspruch zur Natur war dieser wilde Würger, der schlimmste Schädling im Walde, eine Geißel aller warmblütigen Geschöpfe. Zumindest dies Exemplar auszulöschen war ein Gebot und ein Verdienst. Das zu tun, hielt Allan jetzt für seine vordringliche Pflicht. Unzähligen anderen Tieren wurde damit das Leben gerettet.

Zunächst war frisches Fleisch zu beschaffen, was durch Abschuß einer alten Elchkuh schon am nächsten Tag gelang. Deren Eingeweide, vor allem den halbentleerten Magen, verstaute McCluire in einem großen, mehrfach durchlöcherten Beutel. Anders verfuhr er mit den festen Teilen des Wildbrets. Die wurden in kleine Scheiben oder Würfel zerschnitten und in den Rucksack gepackt. Danach begann eine Vielzahl von langen Wanderungen, wobei Allan den übelriechenden Beutel an einem festen Strick hinter sich herzog. Der Sinn dieser vielen Wege war es, eine weithin wahrnehmbare und möglichst lange haltbare Duftspur durch den Wald zu legen. Wo immer der Wolverin in deren Nähe kam, mußte ihn seine Beutegier veranlassen, dem vielversprechenden Gestank zu folgen. Dies würde er so lange tun, bis der verlockende Geruch aufhörte oder zu einem Ergebnis führte. Dieses waren dann die Fleischbrocken, die vorerst noch in des Gamewarden Rucksack verpackt lagen. Allan hatte vor, sie an geeigneten Stellen auszulegen, um dann abzuwarten, bis sein Feind sich verlocken ließ, den Köder irgendwo anzunehmen.

Doch bis dahin war noch ein weiter Weg, sowohl an Zeit wie an Schritten. Nur dann bestand eine gewisse Aussicht auf Erfolg, wenn jede nur denkbare Maßnahme ergriffen wurde, um dem äußerst empfindlichen Mißtrauen des Vielfraßes zu begegnen. Dazu gehörte in erster Linie das Verwischen der menschlichen Fußspur. Weil nun die meisten Tiere, im Gegensatz zum Menschen, eine Fährte nicht mit den Augen, sondern mit ihrer feinen Nase erkennen, kam es für Allan nicht so sehr darauf an, seine Spur unsichtbar zu machen, als deren Geruch zu verändern. Hier ging es um ein wildes Tier, das schon auf den geringsten Hauch einer ungewohnten Witterung mit sofortigem Alarm all seiner Vorsicht reagiert. Statt menschlicher Witterung mußte seine Fährte einen Duft verbreiten, der jedem Wolverin harmlos und alltäglich erschien. So schnitt Allan ein paar dichtbehaarte Fetzen aus der Elchdecke und ließ sie über Nacht in einem Haufen frischer Elchlosung liegen. Die solcherart präparierten Fellstücke band er sich mit einigen Tiersehnen unter seine ältesten Stiefel.

Während der nächsten Tage legte er hundert Meilen und mehr zurück. Planmäßig zog er die Duftspur in Linien, von denen jede zu einem Halbkreis hinführt, der wieder andere Linien schnitt.

Dies System der Schleifspuren hatte nur den einen Zweck, den gierigen Räuber im Verlauf seiner Suche dorthin zu lenken, wo die Köder lagen. Dafür hatte der Gamewarden bestimmte Stellen am Ufer der Bäche ausgewählt, Stellen, die es ihm später erlaubten, bei seinen Kontrollgängen im seichten Wasser zu waten. Alle paar Tage mußten diese Kontrollen geschehen, weil ja ständig zu prüfen war, ob und wo der Vielfraß die Lockspeise angenommen hatte. Gerade hierbei zeigte sich die Vorsicht des Tieres in besonderem Maße. Bevor sich der Wolverin an den Köder heranschlich, prüfte und beroch er den Boden mit der größten Sorgfalt. Nur ein Gang durchs Wasser konnte also ein vorzeitiges Vergrämen des Raubtieres wirklich vermeiden.

Allan hatte gar nicht erst die Absicht, die Vernichtung seines Gegners mit Fangeisen zu versuchen. Nach seiner Erfahrung, ebenso nach allen Berichten, die beim Wildlife-Service vorlagen, führte auch die noch so gut getarnte Falle nur zum Ergebnis, jeden Wolverin augenblicklich in die Flucht zu schlagen. Auf geheimnisvolle Weise brachten es die Vielfraße fertig, derartige Listen untrüglich zu erraten. Entweder witterten sie das Metall unter Laub und Erde oder erkannten trotz aller Kunst geschickter Tarnung, daß die Stelle auf unnatürliche Weise verändert war. Es gab für Allan nur die Möglichkeit, seinen Feind zu erschießen.

Nach elf Tagen war zum erstenmal ein Köder weggenommen, bald darauf erschien der Vielfraß wieder am gleichen Platz, wo er natürlich neue Fleischbrocken vorfand. Drei Tage später sah Allan auch diese nicht mehr und legte weiteren Vorrat aus. Schon am übernächsten Morgen war wiederum alles verschwunden.

Jetzt kam es darauf an, ja keinen Fehler zu machen. Allan McCluire wußte das aus mancherlei Erfahrung. Statt in seiner Sorgfalt nachzulassen, verfeinerte er noch seine Methode. Nur noch gegen den Strom schritt er im Bach hinauf. Falls ein Blatt im Wasser an ihm vorbeistrich und dabei einen Hauch seiner Witterung annahm, trug es die Strömung fort aus der empfindlichen Nähe des Köderplatzes. Nur noch am frühen Nachmittag unternahm er seine Kontrollgänge, zur wärmsten Stunde des Tages, da kein Wolverin unterwegs ist.

Dann war es soweit, der Räuber kam nun fast täglich an seinen Futterplatz! Allan konnte sich daranmachen, den Schlupfwinkel zu bauen, aus dem heraus er seinen Feind abschießen wollte. Etwas über hundert Schritt flußabwärts lag eine Geröllbank im Gewässer, von dort bis zur Lockstelle hatte man freies Schußfeld. Es galt, den Ansitz zu tarnen und für längeres, lautloses Verweilen herzurichten. Um keinen Verdacht zu erregen, nahm sich der Jäger Zeit dafür, nur wenige Äste jeden Tag wurden eingesteckt. So entstand eine Laube, die von außen nicht einzusehen war, aber innen eine Schüttung von Moos erhielt, auf der man bequem liegen konnte. Nur eine schmale Schießscharte blieb offen, geradewegs auf den Köderplatz gerichtet. Wenn sich Allan still verhielt, konnte selbst der Vielfraß seinen Atem und die Bewegung seiner Kleider nicht vernehmen. Um ihn herum murmelte ja das Wasser.

Am frühen Morgen war die Stunde, da der Wolverin zu erscheinen pflegte. Allan hatte diese Zeit am Knick in den Grashalmen festgestellt, die das Tier an der Uferböschung niedertrat. Gegen Mittag war die feine Bruchstelle noch nicht vergilbt, nur etwas heller als das gesunde Grün daneben. Allan hatte das sichere Vorgefühl, seine Sache könnte gar nicht besser stehen. Noch in dieser Nacht würde er sich in seinen Ansitz begeben, mit dem Tag kam der Tod für den Vielfraß.

Wenn, wie nicht anders zu erwarten stand, morgen in der Frühe das Teufelsvieh wieder genau an der gleichen Stelle erschien, hielt es wie auf dem Präsentierteller vor Allans Büchse.

Während der Gamewarde guter Dinge seiner Hütte zuschritt,

steuerte hoch über ihm ein kleines Flugboot zum Nunaltosee, dessen einziger Passagier der Captain William war. Im Auftrage des Militärkommandeurs von Alaska hatte er mit Allan McCluire zu sprechen. Dieser jedoch konnte beim Rauschen des Baches und dem Platschen seiner eigenen Stiefel das Summen in der Luft nicht hören.

Erst als der Jäger den Bach verlassen hatte und vom letzten Hügel zum See hinabstieg, sah er das leichte Flugzeug. Es lag wie eine Libelle auf dem Wasser, leise schaukelnd und die Stelzen über den beiden Schwimmern ausgespreizt. Zunächst meinte Allan allen Ernstes, es habe wohl seinen Gefährten mitgebracht. Auch mochte Wilfrid Frazer gekommen sein, um sich nach den Bibern zu erkundigen, die ja schon längst nach Afognak sollten. Es würde nicht leicht sein, ihm das ganze Unglück zu erklären, fast ein halbes Jahr war nutzlos vertan. Doch mußte es auch für Frazer ein gewisser Trost sein zu hören, daß der Mörder kurz vor dem Abschuß stand.

Als der Gamewarden eilig hinablief, sah er zu seinem Erstaunen einen uniformierten Mann, der sich von der Bank beim Blockhaus erhob und ihm entgegenkam.

Es war der erste Fehler des Captains gewesen, daß er nicht in die Hütte getreten war. Deren Gastlichkeit frei in Anspruch zu nehmen, gehörte einfach zu den guten Sitten der Wildnis. Auch wenn der Hausherr abwesend ist, macht es sich der Fremde gemütlich in dessen Heimstatt. Ein Besucher, der draußen bleibt, nur weil der Hüttenherr gerade nicht da ist, bezweifelt die Gastfreundschaft des Abwesenden. Wie peinlich ist es dann für jeden braven Mann, wenn ein Fremder hungrig, vielleicht gar frierend vor seiner Tür steht.

Allan McCluire schloß daraus, daß es sich bei dem Uniformierten nur um einen Menschen handeln konnte, dem die Lebensformen in Alaska noch völlig fremd waren. An sich sah der Offizier nicht schlecht aus, obwohl er eine Uniform nach Maß trug und sie mit zwei Reihen kleiner Ordensbänder geschmückt hatte. Allan bemerkte sogleich, daß sein linkes Auge aus Glas war. Vom Haaransatz bis zum Kinn zog sich eine schmale, gezahnte Narbe, gewiß eine Verwundung aus dem Kriege. Der Blick aus seinem lebenden Auge sprach für Energie und Kühnheit. Kommt zwar aus einer ganz anderen Welt, dachte sich der Jäger, sieht aber aus wie ein scharfes Messer. Das gefiel ihm, und er zeigte dem Fremden ein freundliches Grinsen.

»Mr. McCluire, wie ich vermute«, rief der Offizier schon auf zehn Schritt Entfernung, statt ihn wie hierzulande üblich mit einem »Halloh ... Allan!« zu begrüßen, um anschließend seinen eigenen Vornamen zu nennen. Statt dessen stellte sich der Captain förmlich vor, mit seinem Rang, Truppenteil und ganzem Namen. Dem Waldmenschen lief geradezu ein Schauer über den Rücken, so ungewohnt war ihm diese Art.

»Nett, Sie zu sehen, Captain, könnten wohl beide eine heiße Tasse brauchen!«

Er stieß die Tür zu seiner Hütte auf und ließ den Gast eintreten.

»Wo ist der Pilot«, fragte er beiläufig, »oder kommen Sie allein?«

»Nein, Mr. McCluire, aber der Pilot wollte gerne ein paar Forellen angeln. Hat sich dazu Ihr Boot genommen, was ... ja ... was ich zu entschuldigen bitte.«

Der Offizier bewies einen Mangel an Lebensart, der kaum zu überbieten war. Wenn jemand hier fischen wollte, nahm er sich doch, was er dazu brauchte. Kein Wort verlor man darüber. Fehlte nur noch, daß der Fremde gleich damit herausplatzte, was er eigentlich wollte.

»Mein Besuch wird Sie überraschen, Mr. McCluire, aber ...«

»Einen Drink vor dem Kaffee«, unterbrach ihn Allan, »oder erst hinterher?«

»Aber bitte, machen Sie doch keine Umstände ...«

Der Hausherr stellte Flasche und Gläser auf den Tisch. Ein Streichholz genügte, schon begann das Feuer im Herd zu knistern.

»Gutes Flugwetter heute«, bemerkte Allan. »Vorgestern hatten wir noch üblen Sturm. Droben in den White Mountains ist sogar Schnee gefallen.«

So gehörte sich das, Gespräche mit Fremden begann man stets übers Wetter!

Der Offizier erinnerte sich daran und berichtete von einer Wolkendecke, die man über den Chugashbergen angetroffen hatte. Erwähnte auch, daß der Pilot dem Lauf des Raffles River gefolgt war, um den Nunaltosee zu finden.

»Wie wär's mit 'nem saftigen Steak, Captain, von einem jungen Elch – und gut abgehangen?«

Soviel Gastfreundschaft war dem Fremden peinlich, weshalb er vorgab, keinen Hunger zu haben.

»Meinerseits hab' ich einen Bärenhunger«, versicherte ihm der Jäger, »hoffe doch, Sie lassen mich nicht alleine schmatzen?«

»Natürlich leiste ich Ihnen gerne Gesellschaft, Mr. McCluire... Sie haben heute schon einen weiten Marsch hinter sich, nehme ich an?«

Allan holte seine große Bratpfanne vom Nagel, warf ein pfundschweres Stück Speck hinein und schob sie auf den Herd.

»Nein, ein großer Marsch war's nicht, mehr so eine Art strategisches Manöver, wie Sie's wohl nennen würden.«

Gleich fühlte sich der Offizier auf festerem Boden.

»Und darf man fragen, welchen Gegner Sie bekämpfen?«

»Gut durchbraten oder innen noch blutig«, gab Allan zurück, »ich meine Ihr Steak?«

William mußte lachen.

»Ach so, ja es kann ruhig etwas roh bleiben... soll ja gesünder sein.«

Der Hausherr ging hinaus zu seiner Speisekammer und kam gleich wieder mit den Steaks zurück. Sie hatten die Größe einer Bärentatze und waren gut zwei Finger dick. Er legte sie in die Pfanne und häufte eine Handvoll geschnittener Zwiebeln darüber.

»Welchen Gegner ich habe, wollten Sie wissen?« kam Allan auf die Frage zurück. »Einen ganz üblen Patron, kann ich Ihnen sagen, einen Wolverin nämlich, der hier so was wie der öffentliche Feind Nummer eins ist...!«

Und während er sich an seinem Herd zu schaffen machte, berichtete Allan dem Besucher, was es mit dem Vielfraß auf sich hatte und wie er ihm nun morgen ans böse Leben wollte.

Sein Ton war zwanglos. Allan erzählte die Sache, wie er sie jedem anderen Manne auch erzählt hätte. Die Untaten der Wolverine waren ja überall in Alaska ein anregender Gesprächsstoff, zumal wenn die Hoffnung bestand, solch Untier zu erlegen. Jedermann hörte gerne, auf welche Art und Weise es gelingen sollte. Weil der Captain das spürte, gab er sich alle Mühe, durch Zwischenfragen sein Interesse zu bekunden. Er war ein guter Zuhörer, und allmählich erwärmte sich die Stimmung zwischen ihnen.

Auch der Ofen wurde warm und füllte die Hütte mit Behaglichkeit. Die Steaks in der Pfanne begannen zu duften.

»Noch mehr Zwiebeln darüber?« erkundigte sich der Hüttenkoch.

»Soviel wie möglich, wenn ich bitten darf.«

Allan nickte befriedigt, sein Besucher begann aufzutauen.

»Wie es scheint, haben Sie das Leben der Vielfraße recht eingehend studiert, Mr. McCluire?«

Wenn er bloß nicht immer »Mister« sagen würde, dachte Allan, nur im Scherz oder Streit war es hierzulande üblich, sich so offiziell zu nennen.

»Über das wahre Wesen dieser Scheusale weiß man noch viel zuwenig, Captain. So richtig studiert hat sie wohl niemand, sein ganzes Leben würde man dazu brauchen. Selber hab' ich mir da nur eine graue Theorie zurechtgemacht und war dann ganz erstaunt, wie sie tatsächlich funktionierte. Aber ich glaube, die Steaks sind nun soweit...«

Er kam gleich mit der zischenden Pfanne an den Tisch.

»Sie halten mich ja für den Goliath persönlich«, staunte der Gast, als er seine Portion erhielt. Das mächtige Steak hing beiderseits über den Teller hinaus.

»Wieso denn, wird man beim Militär so knapp ernährt?«

»Sicher nicht, aber es kommt alles aus der Büchse.«

»Die Zahnärzte wollen auch leben«, grinste Allan, »aber für unsereinen wäre das nichts... wir wollen kein Fleisch mit Blech rundherum.«

Während des Essens wurde nicht viel geredet. Dann jedoch, als man auch den Nachtisch aus Moosbeeren vertilgt hatte, schob Captain William entschlossen seinen Teller zurück und kam zur Sache.

»Ich soll Sie von General Hamilton grüßen, Mr. McCluire.«

Ganz in Ordnung, dachte Allan, nach entsprechender Bewirtung sagt der Gast, weshalb er sich eingefunden hat.

»Kenne den hohen Herrn zwar nicht«, lachte er gut gelaunt, »außer vom Hörensagen natürlich. Freu' mich aber immer über Grüße von anderen Leuten und bitte, sie freundlichst zu erwidern.«

Der Offizier überwand einen Anflug von Verwirrung. Es war wohl am besten, wenn er gleich aufs Ganze ging.

»Der General läßt Sie bitten, Mr. McCluire, sich einer Gruppe von Alaskan Scouts anzuschließen, die demnächst auf die Suche nach einem Geheimsender in den Schwatkabergen zieht. Man möchte gerne, daß Sie die ehrenvolle... und auch sehr verantwortungsreiche Aufgabe eines Chief-Scout übernehmen. Die Stellung scheint wie für Sie geschaffen, wir konnten uns keinen besseren Mann dafür denken!«

Allan gab zu, daß er nicht begriff, was gemeint war.

»So ganz begreifen wir auch nicht, was es für Leute sind, die sich dort herumtreiben. Mit rechten Dingen geht's nicht zu, das steht immerhin fest.«

In allen Einzelheiten berichtete William nun von dem rätselhaften Sender, der täglich Punkt 18 Uhr 15 seine Meldungen machte, in einem völlig unbekannten Kode. Zunächst hätte man japanische Spionage vermutet.

»Was sollten denn die Japse in so einer menschenleeren Gegend ausspionieren?« unterbrach ihn Allan, was den Captain befriedigte.

»Eben das frag' ich mich auch, Mr. McCluire, es wäre kein Sinn dabei. Aber gesendet wird von da oben, und außer allem Zweifel von Leuten, die als Feinde zu betrachten sind. Es können auch Feinde aus dem eigenen Land sein... Spione oder Agenten einer fremden Macht. Sie müssen weg, ganz gleich, was es für Halunken sind.«

Allan sah das vollkommen ein, stellte dazu noch eigene Überlegungen an.

»Wie wär's denn mit den Sowjets, Captain? Die sind ja nicht gerade unsere Bundesgenossen aus herzlicher Zuneigung. Könnte mir schon denken, daß die hinter unserem Rücken ganz schön was auskochen.«

Der Captain war überrascht, daran hatte im ganzen Stab des Generals noch niemand gedacht. Obwohl man doch wußte, wie gespannt mitunter die Beziehungen waren.

»Gar nicht so abwegig, Mr. McCluire, aber dagegen spricht das gleiche Argument wie gegen die Japaner. Was könnten schon die Russen in den Schwatkabergen wollen?«

»Die suchen vielleicht nach Rohstoffen oder so was...?« meinte Allan.

»Könnte schon mal sein«, gab der Captain zu, »aber nicht jetzt im Kriege. Zur Zeit haben die Russen anderes zu tun, der Feind steht zu tief in ihrem eigenen Land. Im übrigen hat's auch gar keinen Zweck, sich weiter den Kopf zu zerbrechen, wer hinter dem verdammten Sender steckt. Von hier aus können wir das Rätsel doch nicht lösen. Man muß schon hingehen, um an Ort und Stelle zu sehen, was los ist. Vorläufig wissen wir nur, daß ein Feind im Lande steht und irgendwelchen Unfug treibt. Dem muß schleunigst ein Ende gemacht werden, das ist doch klar?«

Allan nickte, mußte aber nun Stellung nehmen zu dem Angebot des Generals, diese Suche zu führen.

»Vollkommen klar, Captain, aber mich brauchen Sie nicht dazu. Die Scouts werden das schon machen, haben schon ganz andere Sachen gemacht. Eine Funkstation zu finden, die sich alle Tage von selber meldet, ist bestimmt nicht so schwer, wie verschollene Bergsteiger aufzuspüren.«

»Doch, es ist sehr viel schwerer, weil der Sender dauernd seinen Standort wechselt. Außerdem wird er von Leuten bedient, die alles daransetzen, um nicht gefunden zu werden. Dagegen versuchen Menschen in Not alles, um sich bemerkbar zu machen!«

Das stimmte, Allan konnte es nicht bestreiten.

»Bedenken Sie doch, Mr. McCluire, daß wir nur eine ungefähre Ahnung haben, wo sich der Sender verbirgt. Jeder Funkspruch dauert nur ein paar Sekunden, wie ich schon sagte. Bevor unsere Peilgeräte richtig arbeiten, schweigt das fremde Ding schon wieder. Wir müssen im Umkreis von etwa fünfzig Meilen danach suchen...«

Dann allerdings sei eine Nadel im Heuhaufen leichter zu finden, meinte Allan.

»Von dieser Nadel sprach auch der General, und weil man sie nur mit Überlegung finden kann, eben deswegen läßt Hamilton Sie bitten, dabei mitzumachen...«

»Wieso kommt er gerade auf mich?«

»Durch Ihren Indianer, Mr. McCluire, geradezu Wunderdinge hat Harry Chiefson von Ihnen erzählt. Nach seinem Bericht verfügen Sie über einen phänomenalen Spürsinn... sollen ja als Fährtensucher schon die unmöglichsten Dinge vollbracht haben!«

Die Erwähnung seines Gefährten riß Allan aus allen Wolken.

»Harry... wie kommt denn Harry dazu, solchen Blödsinn herumzuquatschen?«

Captain William lachte vergnügt.

»Eine großartige Type, dieser Mann, unterhält sich mit dem General wie sein alter Kumpel!«

»Wie denn... Harry unterhält sich mit dem General?«

»Schwer zu glauben?« meinte auch der Captain. »Aber Sie müssen wissen, unser Kommandeur ist nun mal passionierter Jäger. Und wie er da zufällig auf Ihren Indianer stieß, wurden die gemeinsamen Interessen gleich offenbar. Und so kam denn bald die Sprache auf Sie, Mr. McCluire. Einen besseren Propagandaredner konnten Sie gar nicht finden...«

»Seinen Hals werd' ich dem Großmaul umdrehen!« rief der Gamewarden voller Entsetzen.

»Warum denn, Mr. McCluire? Der brave Kerl wollte ja nur Ihr Bestes... bestehen Sie doch nicht so darauf, im Verborgenen zu blühen! Vor dem ganzen Stab hat Ihre Rothaut die tollsten Sachen von Ihnen berichtet, die halbe Nacht hindurch. Unser General hat sich gleich mit Ihrem Chef in Verbindung gesetzt, mit Wilmut Frazer oder wie er heißt. Der hat ihm die reine Wahrheit in allen Einzelheiten bestätigt. Hamilton weiß schon genau, was Sie wert sind... wir haben da gewissermaßen einen Goldklumpen gefunden. Übrigens ein Ausdruck, der vom General selber stammt. Und selbstverständlich war Frazer gleich damit einverstanden, daß Sie hier mit Ihren Aufgaben vorläufig Schluß machen.«

Der Gamewarden sagte zunächst einmal nichts. Er mußte den Tisch abräumen und das gebrauchte Geschirr in eine Bütte mit heißem Wasser stellen. Der Captain wollte ihm helfen, wußte aber nicht, wo alle Sachen hingehörten.

»Sie würden uns mit Rat und Tat die wertvollsten Dienste leisten«, fuhr der Offizier fort, »Ihre Aufgabe wäre es, Mr. McCluire, aus dem Terrain und allen sonstigen Umständen die entsprechenden Schlüsse zu ziehen. Dafür haben Sie ja einen sechsten Sinn, wie Harry Chiefson ständig versichert. Niemand kann aus kleinsten Anzeichen so gut kombinieren wie Sie... auch keiner von den Scouts, obwohl sie doch alle erfahrene Waldläufer sind. Aber die Synthese fehlt den Leuten, die geistige Gabe, um aus erkannten Details die Lage zu ermessen und Vorschläge zu machen. Daß wir Sie unbedingt brauchen, hat sogar der einfache Verstand Ihres Indianers begriffen. Ohne Ihren Kopf ginge das nicht, hat er dem General versichert. Sie würden beim Nachdenken viel mehr sehen als andere Leute mit tausend Augen. Gerade danach verlangt das Unternehmen... Sie werden von den besten Scouts in Alaska der Chief-Scout sein. Auch ich selber würde mich weitgehend nach Ihnen richten, Mr. McCluire.«

Daß diese letzte Bemerkung entscheidend war, fühlte Allan sogleich.

»Demnach steht die Gruppe unter Ihrem Befehl, Captain, die Suche nach dem Sender ist ein militärisches Unternehmen?«

Der Offizier spürte den Widerstand und versteifte sich.

»Ist doch selbstverständlich, Mr. McCluire, wir sind schließlich im Kriege. Kann doch sehr gut sein, daß wir's mit einem regulären Feind zu tun haben. Da können wir auf keinen Fall Zivilisten einsetzen, es wäre gegen jedes Völkerrecht. Solange die Sache dauert, werden die Scouts formell in die Armee übernommen. Soldaten kann man nur durch Soldaten bekämpfen.«

»Ich bin aber keiner.«

Der Hauptmann zuckte sichtlich zusammen.

»Dem läßt sich abhelfen, Mr. McCluire, Sie melden sich als Freiwilliger und haben schon am nächsten Tag die Uniform mitsamt Ihren Papieren!«

»Nehmen Sie's mir nicht übel, Captain, aber was mich betrifft, möchte ich lieber meine Hände weglassen davon.«

Dem Captain verschlug es die Sprache. Er brauchte einige Zeit, um entsprechend zu antworten.

»Die Hände davon lassen ... Sie können das nicht im Ernst meinen, Mr. McCluire? Habe ich denn keinen Amerikaner vor mir?«

Allan legte erst Holz nach, bevor er sich wieder umdrehte.

»Gewiß bin ich nicht der schlechteste Amerikaner, ebenso gewiß nicht der beste«, sagte er ruhig, »jedenfalls habe ich nie gedient, wäre daher für Ihr militärisches Unternehmen nur eine Belastung. Für wilde Tiere bin ich zuständig, nicht für fremde Menschen. Lassen Sie mich lieber bei meinem Privatkrieg gegen den Vielfraß.«

Beide schauten einander an, der Gamewarden mit sicherer Gelassenheit, der Captain mit bitterer Enttäuschung und steigendem Zorn.

»Sie lehnen tatsächlich ab, Mr. McCluire?«

Allan versuchte zu lächeln.

»Ja, das tue ich, Captain, auch wenn Sie aussehen, als wollten Sie mich gleich mit Haut und Haar vertilgen.«

Tatsächlich machte William nun diesen Eindruck. Noch nie hatte jemand vor ihm gewagt, sich mit so bedeutungslosen Gründen seiner Pflicht zu entziehen. Er war grauweiß im Gesicht, nur seine Narbe flammte als roter Streifen mitten hindurch. Allan glaubte, daß auch sein Glasauge versuchte, drohend zu blitzen.

»Tut mir leid für Sie, Captain, und auch für den Herrn General, aber mir liegt so was nicht. Sie werden bestimmt jemand anders dafür finden.«

Der Offizier hatte aber seinen Entschluß bereits gefaßt und griff in die innere Tasche seiner Uniform.

»Mr. McCluire ...«, sagte er mit nüchterner Kälte, »da wir jede Möglichkeit voraussehen mußten ... auf Grund eines Gesprächs mit Wilfrid Frazer sogar Ihre Weigerung, sich freiwillig zu stellen, habe ich für alle Fälle Ihre Einberufung veranlaßt ...«

Er legte das gestempelte Papier vor Allan auf den Tisch.

»Das hier ist Ihr Gestellungsbefehl, McCluire, von jetzt an stehen Sie unter Kriegsrecht und haben sich als Soldat zu betrachten.«

Der Gamewarden gab ihm keine Antwort. Er hatte diesen Schlag weder geahnt noch für möglich gehalten. Er war betäubt davon.

»Packen Sie Ihre Sachen, McCluire, und machen Sie Ihre Bude dicht. In einer halben Stunde fliegen wir nach Richardson. Alle weiteren Befehle erhalten Sie vom General persönlich.«

Im Augenblick konnte Allan nichts weiter denken, als daß nun doch der Wolverin am Leben blieb. Merkwürdigerweise war es ihm ein gewisser Trost.

13

Admiral Yamada hatte Sorgen. Aber noch mehr Sorgen hatten die Leute unter seinem Befehl. Dreizehn Stunden waren sie täglich bei der Arbeit, ohne Ruhetag und ohne jede Entspannung. Doch es genügte ihrem Antreiber noch immer nicht. Unablässig eilte der beleibte Mann von einer Arbeitsstelle zur anderen, bemängelte den langsamen Fortschritt und machte seinen Offizieren die heftigsten Vorwürfe. Alle wußten es, nur er selber wollte nicht einsehen, daß die Grenzen der Leistungsfähigkeit längst überschritten waren. Mehr ließ sich aus den menschlichen Ameisen nicht herausholen.

»Man kann's nicht mehr mit ansehen, wie er die Leute erschöpft«, vertraute Marquis Saito dem Major Ushiba an, »bald werden wir den Flugplatz nach denselben Methoden bauen wie die alten Ägypter ihre Pyramiden, alles mit Menschenkraft... mitten im zwanzigsten Jahrhundert!«

»Nur mit dem Unterschied«, sagte ihm Ushiba, »daß die Pharaonen nicht unter Zeitdruck standen.«

Der Admiral hatte Sorgen, weil der Sprengstoff zur Neige ging, weil es allenthalben an Ersatzteilen fehlte und die Lebensmittel auf der Insel nur noch für drei Wochen genügten. Feindliche Zerstörer hatten daran die Schuld, die seit kurzem in der Beringsee operierten. Aus dem letzten Geleitzug hatten sie zwei schwerbeladene Frachter herausgeschossen und zwei andere so stark beschädigt, daß ein großer Teil der Ladung durch eindringendes Seewasser verdorben wurde. Nur plötzlich einbrechender Nebel hatte den Rest des Konvois vor seiner gänzlichen Vernichtung bewahrt. Er war ohne jeden Schutz gefahren, weil sich bisher feindliche Kräfte auf der ganzen Strecke nicht hatten sehen lassen. Mit dieser Sorglosigkeit war es nun vorbei, der Gegner hatte sich aufgerafft und begann die Verbindung nach Attu nachhaltig zu stören.

Für die Japaner wurde damit die Lage sehr schwierig. Ihre Seestreitkräfte waren überlastet, das Gros mußte sich für entscheidende Kämpfe in der Südsee bereithalten. Zu lang waren die Verbindungen nach den besetzten Gebieten, die Truppen brauchten Nachschub in unvorstellbaren Mengen. Hinzu kam noch die Versorgung der japanischen Garnisonen im südlichen Pazifik. Einen großen Teil der polynesischen Inseln hatte Japan erobert, in Neuguinea wurde erbittert gekämpft. Jeder Rückschlag war gefährlich, überall verlangten die Kommandeure noch Verstärkung.

Yamada war gut über die Lage informiert und wußte, wie wenig Aussicht bestand, daß sein nächster Geleitzug hinreichend durch die Marine geschützt wurde. Dennoch trieb man ihn an, seine Startbahn auf Attu schleunigst zu beenden. Er hatte die Rationen gekürzt und mit Treibstoff gespart. Viele Arbeitsgänge, die bisher Maschinen besorgten, wurden nun mit Muskelkraft getan. Hacke und Spaten traten an Stelle der Schaufelbagger, menschliche Schultern schafften das Gestein aus den Stollen. Dabei war die Ernährung schlecht und die Arbeitszeit länger denn je.

Aber die Startbahn wurde nicht fertig, noch immer waren die Hangars nicht tief genug in den Felsen getrieben. Unmöglich, den Sprengstoff für die Stollen durch Menschenhände zu ersetzen, die Preßlufthämmer brauchten ihren Strom. Nicht alle Planierraupen und Zementmischer durften ausfallen. Der Admiral konnte ihren Verbrauch an Brennstoff nur strecken, aber nicht gänzlich einstellen. Dringend war er darauf angewiesen, daß möglichst bald ein neuer Geleitzug kam. Die Durchführung aller weiteren Pläne hing davon ab. Das Geschwader der Langstreckenbomber stand in Japan auf Abruf bereit. Um anzufliegen, fehlte ihm nur noch die fertige Zementbahn auf Attu. Auch das Unternehmen Hidaka war geglückt, die Meldungen trafen regelmäßig ein. Damit hatten die schnellen Wetterwechsel in Alaska ihre abschreckende Wirkung verloren. Die Stürme und Schneetreiben waren für die japanische Luftwaffe nicht mehr so unberechenbar wie zuvor, Hidakas Berichte würden sie beizeiten ankündigen. Sobald hier alles bereit war, konnte man geeignetes Flugwetter abwarten und sicher sein, daß die bombenbeladenen Tsurugas bis zu den ersten Großstädten in den USA vorstießen.

Um so mehr verwünschte der Admiral die Verzögerung auf seiner Insel. Zuvor hatte er kaum noch mit einer Bauzeit von zehn bis vierzehn Tagen gerechnet, doch ohne weiteren Nachschub würde es nun vier bis fünf Wochen dauern. Wenn die Leute überhaupt so lange durchhielten! Dabei war jeder Tag kostbar, je mehr Zeit verging, desto eher war eine Störung bei Hidaka zu befürchten. Inzwischen mußte ja der Feind von dem fremden Sender erfahren haben und alles versuchen, ihn ausfindig zu machen. In Zukunft war der Wettertrupp gezwungen, seinen Standort viel öfter zu verlegen, er würde verfolgt werden und tagelang schweigen. Wenn es dem Gegner gelang, die Gruppe zu vernichten, bestand kaum noch Möglichkeit, sie durch andere Leute zu ersetzen. Auf entsprechende Anfrage hatte Oberst Nagai vom Personalamt in Tokyo wissen lassen, daß bei der jetzigen überaus weiten Verteilung aller Kräfte nicht mehr daran zu denken sei, passende Nachfolger für Hidaka und seine Spezialisten aufzutreiben.

»Wäre es da nicht besser, daß wir ihn zum Schweigen auffordern, solange wir hier noch nicht fertig sind«, hatte Oberst Saito dem Admiral vorgeschlagen, »das gibt ihm größere Sicherheit, ein stiller Sender dürfte kaum zu finden sein.«

»Denke ja nicht daran!« hatte Yamada zurückgebellt. »Wir brauchen seine durchgehenden Nachrichten, weil man daraus bestimmte Schlüsse ziehen kann. Fällt der Sender eines Tages aus, dann können wir uns... dann müssen wir uns nach den Angaben richten, die wir bis dahin von ihm haben. Ich hoffe, so ungefähr läßt sich daraus die allgemeine Wetterlage ersehen.«

Marquis Saito war nicht davon überzeugt, aber Ansichten des Admirals konnte niemand erschüttern.

Um dem Hauptmann in den fernen Bergen seine Anerkennung zu beweisen, hatte Yamada durch besonderen Funkspruch in Tokyo darum ersucht, ihm die Zweite Klasse des »Ordens der Aufgehenden Sonne« zu verleihen. Eine Antwort war bisher nicht eingegangen, doch würde sie bestimmt positiv lauten. Denn nur noch formell wurden solche Ehrungen durch den Kaiser verliehen, in Wirklichkeit aber schon seit langem durch den Kriegsminister. Dem Tenno selber blieb lediglich das Signum überlassen. Dennoch hatte eine Geste, die scheinbar vom Sohn des Himmels kam, für japanische Offiziere noch immer die größte Bedeutung.

Dem Admiral war es gleichgültig, ob er von seinen Untergebenen verstanden wurde oder nicht. Er beriet sich mit niemandem, weil er von niemandem auf der Insel Hilfe erwarten durfte. Was er brauchte, befand sich an Bord der sechs Transporter, die noch immer auf der Reede von Hakadate lagen. Der Konvoi lief nicht aus, weil es am Geleit der Kriegsmarine fehlte. Schon mehrfach waren Torpedoboote oder Zerstörer zugesagt worden, aber jedesmal hatte man sie im letzten Augenblick für andere Zwecke abgezogen. Den Konvoi ohne Bedeckung zu lassen, wollte man andererseits auch nicht wagen.

Yamada konnte diesen Zustand nicht länger ertragen, weshalb er sich entschloß, der Admiralität von sich aus einen Vorschlag zu machen, dessen Gefahren ihm wohl bewußt waren. Im Kriegshafen von Kure bei Kobe lagen einige U-Boote älterer Bauart, die nur noch Ausbildungszwecken dienten. Die sollte man wieder bemannen und in aktiven Dienst stellen, so riskant das womöglich auch sein konnte. Da ihr Fahrbereich nicht genügte, den Zickzackkurs des Geleitzuges ständig zu begleiten, schlug Yamada vor, sie auf direktem Wege in die aleutischen Gewässer zu entsenden. Denn erst dort lagen seiner Meinung nach die amerikanischen Streitkräfte auf der Lauer. Wenn es gelang, auch nur ein feindliches Boot zu torpedieren, mußte der unerwartete Überfall den Gegner so weit ablenken, daß zumindest ein Teil des Konvois Attu erreichte.

Eine andere Möglichkeit sah der Admiral bei der gegenwärtigen Lage nicht. Der Versuch mußte gewagt werden, sonst entging der Nation ein Prestigeerfolg größter Bedeutung, und all die kostspieligen Vorbereitungen dazu waren umsonst. Auch Attu selbst konnte ohne Nachschub auf die Dauer nicht mehr gehalten werden.

Yamadas starke Worte wie auch sein burmesischer Ruhm setzten sich durch. Schon am übernächsten Tag kam aus Tokyo der Bescheid, zwei der alten U-Boote seien bereits auf dem Weg. Gleichzeitig hatte sich der Geleitzug von Hakodate aus in Marsch gesetzt.

Der Admiral atmete auf, nicht ahnend, daß er damit ein Unglück ausgelöst hatte, das im weiteren Verlauf des Krieges wesentlich zur Niederlage der kaiserlichen Flotte beitrug.

Am frühen Morgen des sechzehnten Juli sichtete der Aufklärer eines amerikanischen Flugzeugträgers im nördlichen Pazifik ein feindliches U-Boot älterer Bauart, das reglos auf den Wellen trieb. Kein Schuß aus dessen Bordkanone löste sich, als der Amerikaner tiefer ging. Auch machte das Boot keinen Versuch zu tauchen. Der Pilot umkreiste es, sah den Turm geschlossen und erkannte, daß die Schraube stillstand. Niemand zeigte sich an Deck. Der Aufklärer meldete seinen seltsamen Fund, nur wenige Stunden später legte sich ein amerikanischer Zerstörer neben das schweigende U-Boot.

Als man die Turmluke öffnete, war das Rätsel schon gelöst. Eine Wolke giftigen Kohlendioxyds stieg aus dem Innern hoch. Irgendwie mußte sich das Gas im Boot entwickelt und so schnell verbreitet haben, daß die gesamte Besatzung sogleich daran erstickte. Die Toten lagen mit blauen Lippen und aufgetriebenem Gesicht an ihren Posten. Der Kommandant war am Periskop zusammengesunken, woraus man schließen konnte, daß sich sein Boot noch auf Sehrohrtiefe unter Wasser befand, als sich das Unglück so plötzlich ereignete.

Unter den Papieren, die das Prisenkommando sicherstellte, befand sich auch die letzte Ausgabe des japanischen Marinekodes. Schon an Bord des Zerstörers wurde erkannt, um was es sich handelte, denn es gab unter dessen Besatzung einige Leute aus Hawaii, die japanischer Abstammung waren und die Schriftzeichen lesen konnten. Bereits am nächsten Tag gelangte das kostbare Material nach Washington.

Während der folgenden Monate war somit die amerikanische Führung in der Lage, den gesamten Funkverkehr der japanischen Marine zu entziffern. In Tokyo ahnte niemand, welch furchtbare Waffe der Gegner nunmehr in Händen hatte. Zahlreiche Einheiten der japanischen Flotte liefen dem Feind geradezu in die Arme. Von langer Hand vorbereitete und streng geheimgehaltene Operationen endeten mit einer Katastrophe. Erst als die japanische Admiralität im Zuge der üblichen Routine das Chiffresystem änderte, verlor der aufgefundene Kode seine Bedeutung. Doch war bis dahin die Entscheidung bereits gefallen.

Welchen Umständen die USA ihre Siege zur See weitgehend zu verdanken hatten, wurde erst nach dem Kriege enthüllt. Würde Yamada seine Mitschuld nach Kriegsende noch erfahren haben, bestimmt hätte er sich deshalb erschossen. Doch hatte er dies bereits getan, als die Insel Attu fiel.

14

Seit drei Tagen war der bisherige Gamewarden in Fort Richardson untergebracht. Er lag Block VI, Baracke E, Stube 36. Um ihn herum wimmelte es von Leuten in Uniform, ständig kamen aus dem Süden neue Transporte an. Das weite Lager war ein Ameisenhaufen geworden, der sich ständig vergrößerte. Zerlegbare Unterkünfte wurden über See herangeschafft und in wenigen Stunden aufgeschlagen. Es roch nach Benzin, Leder und Waffenöl. Lastwagen und Jeeps rumpelten über die zerfahrenen Wege. Beißender Staub zog durch Fenster und Fugen, nichts konnte man sauberhalten. Panzerketten rasselten, Motore dröhnten, und allenthalben wurde herumgeschrien. Von den frisch Eingezogenen fand sich noch niemand in diesem militärischen Labyrinth zurecht.

Viele tausend Mann hatten die USA nach Alaska in Bewegung gesetzt, begleitet von dem ganzen gewaltigen Troß, der dazugehörte, um die Masse der Rekrutierten in schlagkräftige Einheiten zu verwandeln. Das Territorium sollte auf jeden Fall verteidigt werden, die Bürger der Vereinigten Staaten hätten es nicht ertragen, den mehr und mehr verhaßten Feind auf dem eigenen Festland zu wissen. Schlimm genug, daß er schon vor der Küste saß, weiter durften die gelben Ratten auf keinen Fall kommen!

Anchorage war der entscheidende Punkt von Alaska, hier lag die größte Stadt, der beste Hafen und Ausgang der einzigen Bahn und Straße ins Hinterland. Wer Anchorage hatte, besaß den Schlüssel für das gesamte Territorium und kontrollierte ein Gebiet, viel größer als Texas. Alles lief hier zusammen, alles ging von diesem Zentrum aus. Wenn der Feind eine Landung plante, konnte sie nur gegen Anchorage gerichtet sein. Jeder andere Stoß führte ins Leere, würde nur ein Nadelstich sein, der keinen Nervenstrang verletzte. Und wenn der Feind, was ja demnächst zu erwarten stand, mit einem Bombengeschwader von Attu kam, nur über Anchorage würde er versuchen, seine Last abzuwerfen. Irgendwo anders, so glaubte man, hatte es gar keinen militärischen Sinn.

Flakbatterien waren aufgefahren. Splittergräben hatte man ausgehoben. An den Eingängen der Fjorde bei Seward, Valdez und Cordova waren nun Geschütze eingebaut. Tag und Nacht kreuzten Schnellboote im Cook Inlet. Größere Einheiten der Kriegsmarine standen allerdings nicht zur Verfügung. Wie man dem Kommandeur von Alaska schon in Washington gesagt hatte, wurden Flotte und Luftflotte für kommende Dinge in der Südsee dringender benötigt. Nur mit den Bodentruppen und ihrem Gerät konnte man großzügiger umgehen. Weil aber die meisten Zugänge nur geringe oder gar keine Ausbildung hatten, standen dem General und seinem Stab die größten Aufgaben erst noch bevor. Es fehlte an der nötigen Zahl von Ausbildern, nur die wenigsten hatten schon Kriegserfahrung. An allen Ecken und Enden mußte man improvisieren, um erst mal Ordnung in die Leute und das Lager zu bringen. General Hamilton hatte von früh bis spät so viel zu tun, daß er sich nicht sogleich mit Allan McCluire beschäftigen konnte.

Dieser neue Rekrut saß auf seinem Feldbett und starrte mit halbgeschlossenen Augen vor sich hin. Der beständige Lärm, von draußen wie von drinnen, riß an seinen Nerven. Er stand noch immer unter der gleichen Betäubung wie an jenem Abend in seinem Blockhaus am Nunaltosee, als ihn Captain William beschlagnahmt hatte. Von der geschäftigen Masse der zahllosen Menschen, die ständig um ihn herum waren, fühlte er sich bis auf die nackte Haut bedrängt. Der hin und her wogende Trubel seiner näheren und weiteren Umgebung war ihm eine Qual. Weder konnte McCluire die einzelnen Stimmen noch die Gesichter aus der Menge herauslösen. Für ihn war alles der gleiche, unerträgliche Brei von Getrampel, Geschrei und Geruch.

Allan steckte noch in seinen Zivilkleidern. Seit er aus Williams Händen in andere gelangt und von diesen hier auf der Stube abgeliefert worden war, hatte sich nichts mehr ereignet. Wenn er zum Essen ging oder zum Waschraum, hatte ihn zuvor jemand angestoßen und dazu aufgefordert. Den Weg zur Latrine zeigte deren Geruch. Allan wußte nicht und fragte auch nicht danach, zu welcher Einheit er gehörte. Nur die Kameraden seiner Stube wunderten sich, daß er nicht eingeteilt wurde. Ihm selber war es gleichgültig.

»Mensch, kümmer dich doch um deine Klamotten«, sagte ihm jemand, »wenn sie uns antreten lassen, gibt's Klamauk, weil noch einer in Zivil herumsteht!«

Allan hob den Kopf und zuckte mit den Schultern. Nein, er holte sich keine Uniform, hatte ja nie eine gewollt.

»Wach doch auf und troll dich zur Schreibstube«, riet ein anderer, »da müssen sie doch wissen, was du hier sollst.«

Weil das von einem freundlichen Puff begleitet war, versuchte der Zivilist zu grinsen.

»Aber ich will's nicht wissen...«

Seine Stube lachte, der komische Kerl machte ihnen Spaß.

»Hat doch keinen Zweck, so herumzuhocken, draußen ist viel mehr los...«

Ein junger Mensch zog Allan hoch, schob ihn zur Tür hinaus und lieferte ihn bei einer Schlange anderer Leute ab. Als die Reihe schließlich an ihn kam, brauchte er seinen Namen gar nicht zu nennen. Der Sergeant hinter dem breiten Tisch und die beiden Korporale wußten ohne weiteres, wen sie vor sich hatten.

»McCluire, gehen Sie wieder auf Ihre Stube, ... wenn's soweit ist, werden Sie schon gerufen!«

Ein anderer hätte gemerkt, daß der Ton nicht unfreundlich war, sogar eine gewisse Höflichkeit des Sergeanten verriet, der für McCluire eine Sonderbehandlung ahnte. War ihm doch gesagt worden, dieser Mann sei ein Experte für irgend etwas.

Also schlenderte Allan zurück in die Stube 36, warf sich aufs Bett und griff nach einer von den grellbunten Zeitschriften, die haufenweise herumlagen. Auf dem Titel war eine zartblonde Frau zu sehen, deren volle Bluse ein gierig grinsender Japaner soeben aufriß. Das arme Geschöpf war auf einem Stuhl festgebunden, dahinter standen andere Japankerle mit Teufelsfratzen und hielten Bajonette auf die schreiende Frau gerichtet. Doch wurde sie, wie der weitere Inhalt des Heftes ergab, im letzten Augenblick von einem tollkühnen Burschen gerettet. So einfach wird Propaganda gemacht, dachte Allan, und griff schon zum nächsten Heft.

»Mr. McCluire ... General Hamilton möchte Sie sprechen.«

Ein Leutnant in makelloser Uniform stand an der Tür und rief zu ihm hinüber. Er mußte seine Aufforderung wiederholen, bis Allan verstand, daß man tatsächlich nach ihm verlangte.

Seine Stubengenossen, von Hamiltons Rang und Namen beeindruckt, halfen Allans Jacke finden.

»Mensch, mach schon«, flüsterte ihm einer zu, »der Chef kann nicht weiter, hilf ihm den Krieg gewinnen!«

Allan knöpfte sein Hemd zu und zog sich den Rock über. Dann folgte er dem Offizier, der ihm schnell vorausging. Erst draußen wartete der Leutnant, bis der Abgeholte neben ihm war.

»Sie werden verstehen, der Chef war dieser Tage sehr beschäftigt«, machte er Konversation, »all die neuen Zugänge und nicht genug Platz für die Leute ...«

»Wo gehen wir hin?« fragte ihn Allan.

»Zur Stabswache, Mr. McCluire, von dort wird Sie ein Wagen zum General bringen, der Chef erwartet Sie in seinem Privathaus.«

Ein Straßenkreuzer von beachtlicher Länge rollte heran. Obwohl er die olivgrüne Bemalung aller Militärfahrzeuge trug, hatte der Wagen private Eleganz. Ein tiefschwarzer Sergeant mit wuchtigem Schädel saß steif hinter seinem Steuer.

Also war nun der Augenblick gekommen, da Allan seine Anweisungen vom Befehlshaber Alaskas direkt erhalten sollte. Gegen die Einberufung konnte er sich nicht mehr wehren, das war ihm klar. Sein eigener Chef, Wilfrid Frazer, hatte ihn preisgegeben. Trotzdem, mehr als die Pflichten eines gewöhnlichen Soldaten konnte man nicht von ihm verlangen. Die wollte er auch erfüllen, es mußte ja sein. Andere Leute zu führen kam aber nicht in Frage, Verantwortung würde er in jedem Falle ablehnen. Daraus konnte Schuld entstehen, falls er einen Fehler machte und Menschen verlor.

Sanft gebremst hielt der Wagen vor dem Portal einer großen weißen Villa. Mit ihren Säulen und dem Giebeldach erinnerte sie Allan an die alten Landhäuser in den Südstaaten, auf deren vornehme Vergangenheit man in Amerika so stolz war. Der schwarze Butler im blauen Rock mit Silberknöpfen paßte gut dazu. Nur paßte das Ganze nicht nach Alaska.

Der Diener führte ihn sogleich in die große Halle.

»Der General bittet um Entschuldigung, Sir... der General muß sich erst noch umziehen.«

Überrascht blieb Allan in der Mitte des Raumes stehen. Eine solche Sammlung jagdlicher Trophäen aus allen Teilen der Welt hatte er noch nie gesehen. Überall, wo es starkes Wild auf Erden gab, mußte der Hausherr gejagt haben.

Gesagt hatte man ihm schon, daß Hamilton ein passionierter Nimrod sei. Hatte auch nicht vergessen, darauf hinzuweisen, daß ihm nur seine Heirat mit einer texanischen Öltochter den Luxus erlaubte, seiner Passion in so großem Stile nachzugehen.

Stoßzähne von Elefanten, ansehnliche Geweihe von Hirsch, Elch und Wapiti bedeckten die Wände. Löwen schauten herab und fauchende Tiger. Gemsen aus Europa, Yakschädel aus dem Himalaya, Kudus, Elen und Kaffernbüffel aus Afrika gehörten zu der stolzen Sammlung. Steinböcke gab es da, Bighorns und Marco-Polo-Schafe. Sogar die seltene Bongo-Antilope und Sittatunga waren vertreten. Der Gamewarden kannte all das Getier und wußte die Stärke seiner Hörner, Schnecken und Geweihe zu schätzen. In Freiheit hatte er das exotische Wild zwar nie gesehen, doch in Wort und Bild eingehend studiert.

Felle von braunen, schwarzen und weißen Bären bedeckten den Boden. Am linken Türpfosten hing das meterlange Horn eines Rhino, vom rechten starrten mächtige Walroßzähne. Im Hintergrund erhob sich ein lebensecht präparierter Gorilla.

Beim Anschauen dieser Schätze drehte sich Allan langsam um die eigene Achse, bis er zum Schluß den General selber sah, der die Treppe herunterkam. Er war in Zivil und wirkte eher wie ein erfolgreicher Geschäftsmann.

»Wenn man den ganzen Tag nur Uniformen sieht«, sagte er zur Erklärung, »freut man sich abends, mal wieder Mensch zu sein.«

Er schüttelte dem Gast herzhaft die Hand und bat zu entschuldigen, daß er ihn warten ließ.

»Sie haben sich doch nicht gelangweilt, Mr. McCluire?«

Er gab sich in einer Weise, die jeden Besucher erquicken mußte, was durchaus den Absichten des Hausherrn entsprach. Seine Fähigkeit, sich von Fall zu Fall auf die Wesensart der Menschen einzustellen, mit denen er gerade zu tun hatte, war des Generals große Stärke.

»Mir blieb keine Zeit, mich zu langweilen, Sir«, gab Allan erleichtert zurück, der eine ganz andere Begrüßung erwartet hatte, »Ihre Trophäen könnte ich stundenlang betrachten!«

»Ja, Mr. McCluire...«, lachte der General gemütlich, »in gewisser Hinsicht sind wir Kollegen. Nur haben Sie den richtigen Beruf für die Jagd und ich den falschen. Was nehmen Sie, Scotch, Kognak oder lieber ein schlichtes Bier?«

Der Butler hielt auf einem Silbertablett all diese Möglichkeiten zur Auswahl hin. Da Hamilton einen Zinnbecher mit dunklem Bier ergriff, tat Allan das gleiche.

»Freue mich mächtig, Sie endlich mal zu sehen«, rief der Hausherr nach dem ersten Schluck, wobei seine Stimme etwas lauter klang, als nötig war, »nur tut mir leid, daß man Sie mit dieser hirnverbrannten Einberufung so verschreckt hat. War natürlich Blödsinn erster Klasse... ganz ohne mein Wissen geschehen. Leider erfuhr ich erst heute davon, kein Wunder bei dem großen Durcheinander...«

Er unterstrich noch mit abschließender Handbewegung, daß die Sache restlos erledigt war.

»Am besten nehmen Sie den Sessel hier, Mr. McCluire, da haben Sie einen guten Anblick von meinem stärksten Tiger.«

Den Zinnbecher in der Hand, stand Allan wie angenagelt.

»Würden Sie bitte wiederholen, Sir, was Sie... was Sie grade gesagt haben.«

Hamilton tat, als müsse er sich erst besinnen.

»Ach so, Ihre Einberufung... ein totaler Fehlgriff, wie ich schon betonte, mein Lieber. Der falsche Eifer eines sonst sehr tüchtigen

Offiziers. Sicher hätte ich einen Mann wie Sie gerne dabeigehabt, Mr. McCluire, aber doch nur ganz freiwillig... mit grenzenloser Begeisterung sozusagen. Kann aber verstehen, warum Sie nicht wollen. Ausgemachte Individualisten sind nun mal nicht für Teamarbeit, das ist mir psychologisch vollkommen klar!«

Allan murmelte undeutlich seinen Dank für so viel Verständnis.

»Wo käme ich denn hin, wenn ich so was nicht verstehen würde!« rief Hamilton jovial, »bei der Sache, die wir da vorhaben, muß schon jeder mit dem letzten Nerv dabeisein, sonst kann er ja kaum was ausrichten. Trotzdem, Mr. McCluire, ich bin nicht traurig darüber, daß die Panne passiert ist... bietet mir jedenfalls die willkommene Gelegenheit, Sie in Fleisch und Blut bei mir zu haben. Wollte ich schon immer, seit mir Ihre brave Rothaut so tolle Dinge von Ihnen erzählt hat.«

Er strahlte seinen Gast so freundschaftlich an, daß dieser nichts zu entgegnen wußte.

»Aber was stehen wir herum?« forderte Hamilton zum Sitzen auf. »Der Abend wird hoffentlich noch lang!«

Allan sah sich in einen tiefen Sessel gedrängt, dessen Lehnen beiderseits mit der Schwanzquaste von Zebras verziert waren.

»Macht Ihnen doch nichts aus, mir diesen Abend zu opfern, Allan McCluire? Wenn ich schon selber nicht auf die Pirsch kann, möchte ich wenigstens darüber reden. William hat mir von dem Vielfraß berichtet, hinter dem Sie her waren. Habe noch nie gehört, daß man die Biester anködern kann, erzählen Sie doch mal!«

Allan erzählte ihm die ganze Geschichte, angefangen vom Verlust seiner Biber bis zu jenem Tage, da an der Erlegung seines Feindes kaum noch Zweifel bestanden. Der General unterbrach des öfteren durch Fragen, die sein reges Interesse zeigten und auch bewiesen, daß er von Wald und Wild einiges verstand. Es kam eine gute Stimmung auf zwischen ihnen, schon in den ersten Minuten hatte Hamilton viel erreicht.

»Und wie war das mit dem Timberwolf im Denali?« wünschte der Hausherr zu wissen. »Glauben Sie wirklich, er hat das Kind gerissen? Kann mir's eigentlich kaum denken... den Wölfen wird ja so manches angehängt, was gar nicht stimmt.«

In diesem Fall, meinte Allan, stimme das schon. Ungewöhnliche Veranlagung gab es hin und wieder auch bei den Tieren. Er mußte also dem General auch diese Geschichte in aller Ausführlichkeit berichten.

»Tolle Leistung, Allan, tolle Leistung!« rief der Hausherr in ehrlicher Begeisterung.

Der schwarze Butler brachte eine Platte mit Sandwiches und kaltem Fleisch.

»Nach so starken Trophäen verlangt Ihr Herz wohl nicht?« meinte Hamilton mit umfassender Geste, die zu seinen reichbestückten Wänden wies, »dabei hat doch gerade Alaska an Bär, Elch und Schneewidder das Beste auf der ganzen Welt zu bieten!«

Allan zögerte, bevor er seiner Ansicht die passenden Worte gab.

»Für Jäger von Ihrer Klasse, Sir, ist die Jagd ein Sport, wenn man so sagen will, natürlich ein sehr edler Sport. Aber wer ständig hier lebt, immer weit weg von der nächsten Siedlung, der jagt fast nur für seine Versorgung.«

»Aber Ihr Elchgeweih, Allan, das Wilfrid Frazer ins Museum nach New York geschickt hat, soll doch fast der Weltrekord sein?«

»Damals war's tatsächlich der Weltrekord«, gab der Gamewarden zu, »und damit eine Besonderheit, die man einfach erbeuten mußte.«

Der Hausherr schenkte wieder ein und trank mit Genuß.

»Es sind also Besonderheiten, die Sie reizen, außergewöhnliche Exemplare und neue Erkenntnisse auf der Jagd?«

»Ja, so ungefähr, Sir. Weshalb ich schon verstehe, daß andere Jäger auf starke Trophäen erpicht sind. Irgendwie liegt's ja auf einer ähnlichen Linie.«

Der General nickte befriedigt, genauso dachte er auch.

»Wie beim Gletscherbären zum Beispiel; auf solch ein merkwürdiges Fell wäre ich genauso scharf gewesen wie Sie!«

»Warum sollten Sie selber keines erbeuten, Sir? Das läßt sich schon machen.«

»Wenn Sie mich führen, Verehrter, wäre ich mit Begeisterung dabei!«

Allan war gern dazu bereit, er fühlte sich dem General verpflichtet. Nur seinem Verständnis verdankte er ja die wiedergewonnene Freiheit.

Aber der Hausherr entsann sich seiner beruflichen Pflichten.

»Wenn nur dieser verdammte Krieg nicht wäre. Ich fürchte, wir müssen unseren Ausflug noch einige Zeit verschieben.«

»Haben Sie denn keinen Urlaub...?«

»Hab' ich schon, mein Lieber, aber was für einen miserablen Eindruck würde es machen, wenn ich auf die Suche nach blauen Bären ginge, wo wir doch so dringend was anderes suchen müssen!«

Das hat man von einer hohen Stellung, dachte Allan, je mehr Verantwortung dazu gehört, desto schärfer wird man von allen Seiten beobachtet und kritisiert. Sein eigener Beruf war eben doch der beste.

»Immer geht mir dieser verdammte Sender im Kopf herum«, gestand der General mit Absicht, »komme beim besten Willen nicht davon los!«

Sein Gast konnte es gut verstehen.

»Würde mir genauso gehen, Sir! Als wir damals die Moschusochsen auf Nunivak ausgesetzt hatten und es immer weniger wurden statt mehr, konnte ich auch an nichts anderes mehr denken...«

»Und wie war des Rätsels Lösung?«

»Ein Wilderer trieb sich auf der Insel herum, von dem wir zunächst keine Ahnung hatten.«

Gleich schien Hamilton den Sender wieder zu vergessen.

»Haben Sie ihn bekommen, erzählen Sie doch!«

Allan tat ihm den Gefallen recht gern, war es doch eine aufregende Geschichte gewesen.

»Hätte nie gedacht«, sagte Hamilton zum Schluß, »daß sich ein weißer Mensch dort oben so lange halten kann. Nunivak ist doch eine grausame Gegend!«

»Sagen Sie das nicht«, widersprach ihm Allan, »überall im hohen Norden gibt's mehr gute Dinge, als man zunächst mal glaubt. Für Leute, die Bescheid wissen, ist das kein schlechtes Land, sogar ein nahrhaftes Land. Schneehasen sind überall zu bekommen und noch mehr Schneehühner. Lachse und Forellen wimmeln in jedem Tümpel, zeitweilig lassen sich Wildenten und Wildgänse zu Zehntausenden dort nieder. Zum Hüttenbau und Heizen gibt es Treibholz genug. Ein tüchtiger Mann findet dort immer sein tägliches Auskommen!«

»Aber noch besser in den Schwatkabergen, nehme ich an?«

»Viel besser natürlich, in Wahrheit sind ja die nordischen Wälder eine recht freundliche Gegend, Sir. Nur wissen das die Leute von draußen nicht... auch solche nicht, die mal ein paar Wochen hineinriechen. Weil sie eben alles selber mitbringen, was sie dort brauchen... zu brauchen glauben! Natürlich lernt man auf so bequeme Weise die gastfreie Wildnis nie richtig kennen. Tatsächlich hat sie alles zu bieten, was unbedingt nötig ist. Wer sich darauf versteht, braucht die Außenwelt nicht, er kann's jahrelang aushalten.«

»Sie können das, Allan«, rief Hamilton überzeugt, »aber wer sonst kann das noch heutzutage?«

»Noch viele, Sir. Alle Trapper verstehen sich darauf, natürlich die Scouts noch viel besser. Gehört ja zu ihrer freiwilligen Ausbildung.«

Im Gesicht des Generals standen gewisse Zweifel.

»Ja, ich hab' davon gehört, aber wie das bei einem wirklichen Ernstfall aussieht, muß sich erst beweisen. Auf der Gegenseite scheinen die Leute ihr Geschäft zu verstehen!«

Allan mußte erst überlegen, wen er meinte.

»Sie sprechen von dem feindlichen Sender in den Schwatkabergen?«

»Von wem denn sonst?« knurrte der General. »Ganz gerissene Burschen müssen das sein, die berühmte Nadel im Heuhaufen kann man leichter finden als diese Schufte!«

Sein Gast war der Ansicht, er brauche da nicht so pessimistisch zu sein.

»Muß ich aber sein, Allan ... diese Banditen sind jeden Tag woanders. Wenn sie trotzdem einer findet, werden sie ihn abknallen. Bei aller Überlegenheit an Zahl und Material sind wir eben doch im Nachteil!«

Er forderte Allans Widerspruch mit Vorbedacht heraus.

»Diese Leute dürfen gar nicht merken, daß man sie sucht«, ging sein Gast auf die Verführung ein, »noch weniger dürfen sie es merken, wenn man ihre Spur gefunden hat. Den Rest besorgt dann eine geschickte Überraschung ...«

Hamilton wollte es nicht glauben.

»Wilde Tiere können Sie auf diese Weise überlisten, Allan, aber keine denkenden Menschen!«

»Kommt eben darauf an, wer besser denkt!«

»Dann versuchen Sie's mal«, meinte der General ironisch, »die Nadel im Heuhaufen durch bloßes Denken zu finden!«

»Der Vergleich paßt nicht, Sir, weil es keine Nadeln sind. Eben haben Sie doch selber gesagt, daß wir's mit menschlichen Wesen zu tun haben. Die müssen essen, trinken, schlafen, sich erwärmen und vor der Witterung schützen. Außerdem müssen sie noch mit ihrem Sender alle Tage um die gleiche Zeit ihr Sprüchlein herausfunken. Und weil man sich so ungefähr denken kann, wie und wo sie das alles machen, braucht man sie nur an ganz bestimmten Stellen zu suchen.«

Der General war sichtlich verblüfft.

»Verstehe ich nicht, mein Bester, das müssen Sie mir erklären.«
Der Gamewarden überlegte, wie das einem Laien am besten beizubringen war.

»Die Brooksberge liegen wie ein Fischgrätenmuster quer durch das nördliche Alaska. Das Rückgrat der großen Gräte stellt dabei den durchgehenden Rücken der höchsten Berge dar. Die kleinen Gräten rechts und links sind die seitlichen Ausläufer. Und dazu gehören im westlichen Bereich auch die Schwatkaberge... da sollen doch die Leute stecken?«

Hamilton nickte, so hatte man ihm versichert.

»Soviel ich vom Funken verstehe, Sir, dürfen sich doch zwischen dem jeweiligen Standort des Senders und seinem Empfänger keine höheren Berge befinden?«

»Offenbar nicht, sonst wäre auch der Empfang bei uns schlechter und schwächer.«

»Demnach kann sich also die Suche auf eine besondere Art von Gelände beschränken... das Lager dieser Leute liegt stets am Waldrand, etwa auf halber Höhe des Berghangs.«

»Wieso denn das, wie kommen Sie gerade auf die halbe Höhe... dann müssen die ja alle Tage erst wieder ganz hinauf?«

»Ja, das müssen sie, aber sie müssen auch alle Tage wieder hinunter zum Fluß...«

»Wo ist denn da ein Fluß?«

»In jedem Tal von Alaska fließt Wasser, Sir, und als Jäger wissen Sie bestimmt, daß großes Wild am Morgen und Abend die Wasserläufe im Talboden aufsucht, um davon zu schöpfen. Auch das Gras ist dort am saftigsten. Wer sich aus dem Lande ernähren muß, sucht sich daher am besten seine Beute unten im Tal... erst recht, wenn man dabei heimlich vorgehen muß, also ohne herumzuknallen. Geschickte Waldläufer bauen da schnell eine Falle oder Grube, legen vielleicht auch Schlingen. All das kann bei Dämmerung oder Dunkelheit geschehen, aber natürlich nur im Tal, Sir, und nicht auf der Höhe!«

»Vollkommen klar«, sagte Hamilton sehr zufrieden.

Allan nickte seinerseits, so weit war ihm der General gefolgt.

»Man muß schon annehmen, Sir, die Leute wissen das alles. Sonst würde sich ja niemand auf solch ein Unternehmen einlassen. Dabei stehen sie unter dem doppelten Zwang, täglich hinauf- und hinunterzumüssen. Sie werden das mit verteilten Rollen machen, die einen kümmern sich um das Sendegerät, die andern um die

Versorgung. Am Lager in der Mitte trifft man sich und ruht im Verborgenen aus.«

»Und was meinen Sie, Allan, wie viele Leute das sein können?« forschte der General mit Spannung.

»Da müßte ich erst wissen, was so ein Funkgerät ungefähr wiegt und ob ein Mann zu seiner Bedienung genügt.«

Hier konnte Hamilton helfen.

»Zur Bedienung genügt ein Mann, aber zum Hinauftragen des Gerätes am steilen Berg müßte man ihn schon mal ablösen. Betrieb mit Batterie oder gar mit Generator kommt wohl nicht in Frage, ihren Strom müssen sich die Leute schon selber erzeugen. Das geht mit einem Tretrad oder mit einer Kurbel. So was wiegt zwar nicht viel, muß aber geschleppt werden. Also meine ich... mit insgesamt drei Mann am Sender müßten wir schon rechnen.«

»Nehme ich auch an, Sir, dazu noch zwei bis drei Leute zur Versorgung im Tal, ein bis zwei Mann als Wache im Lager und außerdem noch den Führer des Ganzen... dazu sicher noch ein paar Ersatzleute, macht alles zusammen zehn bis zwölf Leute.«

»An Ihnen haben wir einen guten Mann für die Feindlage verloren«, stellte Hamilton fest, »aber wie wär's jetzt mit einem besseren Scotch?«

Er drückte auf eine Klingel, doch niemand erschien.

»Wenn unsere Freunde ihren Standort wechseln«, fuhr Allan fort, »ziehen sie droben am Waldrand entlang. Selber haben sie dort noch Deckung, können aber das Gelände nach oben frei übersehen. So beschränkt sich unsere Suche auf diesen Streifen am Berg. Dabei kommen nur solche Berge in Frage, vor denen nach Süden keine höheren liegen.«

»Ja, soweit bin ich auch...«, meinte der Hausherr und klingelte abermals.

Statt des schwarzen Butlers erschien ein junges Mädchen.

»Sam wird schon schlafen, Dad, kann ich etwas tun?«

Der Gast war überrascht, eilfertig stand er auf. Von einer Tochter des Hauses hatte er nichts gewußt. Sie war schlank, sehr gepflegt und sah fabelhaft aus.

»Gwen, das ist Allan McCluire, der klügste Jäger von Alaska«, stellte ihn Hamilton vor.

»Wie geht's, Mr. McCluire...«

Ihr kurzes Lächeln schien Allan etwas spöttisch, aber der feste Druck der Hand gefiel ihm.

»Wie geht es Ihnen, Miß Hamilton?« fragte er formeller, als sonst seine Art war.

Einer jungen Dame, im vollkommenen Sinne des Wortes, war er noch nie begegnet. In Alaska gab es dergleichen nicht. Dazu fehlte es am gehörigen Rahmen, außer in diesem Hause natürlich.

»Wir wollten einen Scotch, Gwen, wenn du so lieb bist. Auch Eis brauchen wir noch.«

Gwen ging hinaus zur Küche, um es zu holen.

»Sie ist erst dieser Tage aus den Staaten gekommen«, erklärte ihr Vater, »soll morgen in Richardson als Telefonistin anfangen. Finde ich sehr nett von ihr, daran zu denken, daß man als Kommandeurstochter mit gutem Beispiel vorangehen muß.«

Allan fand das auch.

»Na, schön und gut, die Leute ziehen also an der Baumgrenze entlang«, kam der Hausherr auf sein Thema zurück, »das Gelände, worin wir sie suchen müssen, ist damit klar. Aber von diesen Streifen gibt's eine schöne Menge im fraglichen Bereich, ein paar hundert Kilometer, denke ich mir...«

Das junge Mädchen kam zurück und stellte eine Schale mit Eiswürfeln auf den Tisch.

»Wo hast du deinen Whisky, Dad?«

»Im Bücherschrank, Gwen, hinter Chaucer und Milton. Dort hält er sich am längsten, weil ihn Sam nicht findet.«

Seine Tochter mußte lachen, und so gefiel sie Allan noch besser.

»Du kommst aber auf Ideen, Dad, eine hochgeistige Verstärkung deiner Bibliothek!«

Hamilton war sehr stolz auf seine Findigkeit.

»Hinter Büchern ist für so was immer der sicherste Platz, vor allem hinter Klassikern, da greift bestimmt keiner hin...«

Gwen hatte gleich eine der Flaschen gefunden und brachte sie an den Tisch.

»Halten Sie das auch für ein gutes Versteck?« fragte sie Allan. »Mein Vater sagt, Sie hätten einen ganz fabelhaften Spürsinn.«

»Offen gestanden... dort hätte ich zuerst gesucht.«

»Und warum, Mr. McCluire?«

»Weil der Hausherr den Whisky verborgen hat! Nur Männer wissen, daß hinter Büchern für so etwas Platz ist. Frauen verstecken ihre Geheimnisse im Wäscheschrank, sie kennen sich dort viel besser aus!«

Gwen strich sich die Haare aus der Stirn.

»Tatsächlich ... Sie haben recht, ich muß mir was ausdenken, das nicht so gewöhnlich ist.«

Sie räumte die Zinnbecher fort und stellte Whiskygläser hin.

»Ein brauchbarer Mann, wenn jemand etwas sucht«, lachte der General zufrieden, »aber als Feind um so gefährlicher!«

»Dann will ich es lieber nicht mit Ihnen verderben, Mr. McCluire!«

Sie war ungezwungen, ihrer selbst ganz sicher. Gewiß hatte sie die Gabe oder Erziehung, sich in jedem Kreis richtig zu bewegen. Allan war beeindruckt, fühlte sich aber nicht mehr gehemmt.

»Wenn Sie mal etwas verlieren, Miß Hamilton, vielleicht kann ich helfen, es zu finden.«

»Vorläufig hilft er mir etwas zu finden«, betonte der General, »bin gerade dabei, seine Ratschläge zu verdauen.«

Gwen schien interessiert.

»Es geht wohl um die fremden Leute, die sich da oben irgendwo verstecken?«

»Ja, im Geist sind wir schon dabei, sie zu verhaften.«

Sie hatte noch zwei Flaschen Sodawasser geholt.

»Ich finde das wahnsinnig aufregend, darf ich zuhören, Mr. McCluire?«

»Aber natürlich... Miß Hamilton.«

»Natürlich nicht«, sagte ihr Vater, »das gehört zu den Geheimsachen, und du bist noch nicht vereidigt.«

»Aber Dad, wegen eines Tages...?«

Sie bekam keine Antwort und gab ohne weiteres nach. Im Hause Hamilton schien man zu wissen, wo der Vater aufhörte und der General begann.

»So ist das in militärischen Kreisen ... Mr. McCluire«, sagte sie enttäuscht, »ich muß mich verabschieden. War aber riesig nett, Sie kennenzulernen.«

Etwas ungelenk machte Allan eine knappe Verbeugung, weshalb er den sehr wohlwollenden Blick nicht mehr sah, der ihn streifte.

»Man muß konsequent sein«, sagte ihm der General, als man wieder unter sich war, »kann doch nicht andere Leute verdonnern, weil sie mit Unbefugten über dienstliche Belange reden, und bei mir daheim dasselbe machen!«

Sein Gast hielt es für richtig, hierüber keine Meinung zu haben.

Der General schenkte wieder ein. Das Eis klingelte im Glas, die kleinen Sodaperlen sprühten.

»Na denn«, hob der Hausherr sein Getränk, »auf guten Erfolg bei allen Jagden. Aber nun weiter... mit welcher List fangen wir den heimlichen Sender?«

»Mit gar keiner, Sir, wir versetzen uns nur in die Lage der Gesuchten und überlegen, was die von uns erwarten.«

»Auf jeden Fall erwarten sie, daß wir etwas tun...«, stellte der General fest.

»Ganz gewiß, Sir, als erstes erwarten sie natürlich eine Luftaufklärung von uns... die jedoch ausbleibt. Weiter erwarten sie ein Massenaufgebot von Truppen, die alles durchkämmen. Weil ja naheliegt, daß wir unsere Überlegenheit an Menschen und Möglichkeiten des Lufttransportes ausnutzen. Aber auch das machen wir nicht und stiften damit Verwirrung.«

»Stiften damit Verwirrung...«, wiederholte Hamilton ohne Kommentar.

»Ja, Sir, alles mögliche haben sie erwartet, nur das nicht! Sie stehen vor einem Rätsel, wissen überhaupt nicht, was los ist. Und das ist eine Lage, in der man nervös wird und leicht Fehler macht...«

»Welche zum Beispiel?«

»Man hält uns für allzu langsam, fühlt sich vorläufig sicher und bleibt in der gleichen Gegend. Früher oder später werden wir dann auf ihre Spuren stoßen.«

»Genausogut können diese Leute auf unsere Spuren stoßen«, glaubte Hamilton einen Denkfehler zu entdecken.

»Nicht ebensogut, Sir! Wir haben ja den Vorteil zu wissen, wo ungefähr die Linien des Gegners liegen...«

Hamilton nickte befriedigt und widmete sich seinem Glas.

»Mit regulären Soldaten läßt sich eine solche Suche natürlich nicht machen«, betonte Allan recht deutlich, »man braucht dazu Leute mit Luchsaugen und lautloser Beweglichkeit. Sie sollen ja Spuren entdecken, ohne selbst entdeckt zu werden. Das können nur geschickte Waldläufer, die von Kindesbeinen daran gewöhnt sind, auf scheues Wild zu pirschen. Nur die besten Alaskan Scouts kommen dafür in Frage... und wie mir Captain William damals sagte, haben Sie auch schon selber an die Scouts gedacht!«

»Ja, ich hab' daran gedacht... trotzdem, ich weiß nicht, ob man wirklich Menschen finden kann, die doch alles tun, um ja nicht gefunden zu werden?«

Allan sah sich in die Lage gedrängt, dem General wieder Mut zu machen.

»Es gibt viele Dinge, Sir, wodurch sich Menschen verraten... oder verraten werden. Unsere Nase reicht zwar nicht weit, doch das Wild kann meilenweit wittern und zieht eilig davon, wenn fremde Gerüche in der Luft sind. Vielleicht sehen wir das und ziehen daraus unsere Schlüsse.

Wenn jemand gejagt hat, bleiben immer Abfälle zurück. Der Fuchs gräbt sie wieder aus und schleppt den Fund in seinen Bau. Wenn man seine Spur kreuzt, kann man auch die Spur des Jägers finden. Wo ein Tier erbeutet wurde, kreisen Raubvögel... die verletzten Tiere werden von anderen Tieren verfolgt. Auf irgendeine Weise macht sich die Anwesenheit von Menschen bemerkbar... niemand kann das ganz vermeiden.«

»Also gut, bleiben wir bei den Scouts«, beschloß der General, »aber ein paar tüchtige Soldaten als Korsettstangen müssen wir denen schon einziehen.«

»Müssen wir nicht, Sir, das würde die Sache nur erschweren. Die Scouts wissen besser Bescheid und sind aufeinander eingespielt. Menschensuche ist ihre hauptsächliche Aufgabe... ein paar hundert Verschollene und Verunglückte haben sie im Lauf der Zeit schon gefunden. Lassen Sie die Sache von den Scouts allein machen, ohne Soldaten!«

Der General bereitete seinem Gast und sich selber frische Getränke, wobei er überlegte, wie nun weiter vorzugehen war.

»Was die reine Nachsuche betrifft«, sagte er nach geraumer Weile, »bin ich dazu bereit. Doch für den Fall, daß es zu Gefechten kommt, brauchen wir Leute, die schon öfter im feindlichen Feuer standen. Sind die unter Ihren Waldläufern zu finden?«

Der Gamewarden sah sich außerstande, ihm auch nur einen Namen zu nennen.

»Dann möchte ich Ihnen mal was aus meinen ersten Kriegstagen erzählen... aus dem Weltkrieg Nummer eins natürlich, als wir frisch von Hause weg an die Front kamen. Ich hatte die beste Kompanie, die es jemals gab... fabelhafte Kerle, die nachher mit Begeisterung durchs Trommelfeuer sprangen. Aber beim ersten Mal, Allan, als da plötzlich feindliches Feuer aus den Büschen zischte und Handgranaten zwischen uns krepierten... jawohl... da sind meine Helden davongelaufen wie gescheuchte Hasen, und ich selber am schnellsten vorneweg!«

Allan staunte ihn an, nie hatte er für möglich gehalten, daß ein hoher Offizier solch Versagen offen zugab.

»Kann diese Reaktion gut begreifen, Sir, bestimmt wäre ich mitgelaufen!«

»Kann sein, Allan, vorher weiß man das nie. Bestimmt war's eine Schande... hundertfach haben wir sie nachher wiedergutgemacht. Aber den Schock, diese kopflose Flucht im ersten Feuer... so was vergißt man nie!«

»Es wird noch vielen Leuten so gegangen sein«, meinte Allan, »und sicher auf der anderen Seite auch.«

Eben das wollte Hamilton hören.

»Ganz gewiß, bei Leuten, die zum erstenmal ins Feuer kommen, ist stets damit zu rechnen. Auch Sie können mir von den Scouts nicht das Gegenteil versichern... oder etwa doch?«

Nein, das konnte Allan natürlich nicht, der General hatte ihn planmäßig zu diesem Eingeständnis gebracht.

»Im entscheidenden Augenblick, mein Bester, kommt alles auf den Führer an. Der muß die richtigen Nerven haben und vor allem Erfahrung in solchen Situationen. Wenn's dann wieder mal knallt, so ganz plötzlich aus dem Hinterhalt... reagiert der Mann wie ein gutgeölter Automat, wirft sich beiseite und führt blitzschnell den Gegenstoß. Haben wir so einen Mann bei den Scouts?«

Die Frage war schon beantwortet, ihre Wiederholung hatte nur noch rhetorischen Wert.

»Sie wissen's ja, Allan, die Scouts haben keinen solchen Mann... also müssen wir einen stellen!«

»Ich weiß, Sie haben ihn schon bestimmt, Sir... den Captain William...«

»Ja, das habe ich«, sagte der General mit Nachdruck, »weil sich in ganz Alaska kein besserer Mann für diese Aufgabe finden läßt. Sie hatten Ärger mit ihm... aber dieser Mißgriff lag auf ganz anderer Ebene und ist nun erledigt!«

Ein Mißgriff war es in Wirklichkeit nicht gewesen, der General selber hatte für alle Fälle die Einberufung McCluires angeordnet. Weil ihm so sehr daran lag, dieses Gespräch mit ihm zu führen.

»Einen besseren Offizier gibt's in ganz Alaska nicht«, fuhr der General fort, »William hat Verstand und Mut zugleich, der ideale Mann für solche Sachen, oft bewährt und hoch dekoriert.«

Die Richtigkeit seiner Wahl bewies Hamilton durch Aufzählung einer Reihe von erstaunlichen Leistungen, die Captain William hinter den feindlichen Linien vollbracht hatte. Überfälle im Dschungel gehörten dazu, gewagte Spähtrupps und die Sprengung eines feindlichen Munitionslagers. Eine ganze Woche hatten ihn die Japaner durch die tropische Wildnis gejagt. Doch er kam mit den meisten seiner Leute zurück, wenn auch schwer verwundet und auf einem Auge blind.

»Meinen Sie nicht, verehrter Gamewarden, so ein Mann wäre auch für die Scouts der richtige Führer?«

»Sicher, wenn es zu Schießereien kommt«, mußte Allan zugeben, »aber auch sonst müßte er den richtigen Ton bei unseren Scouts finden...«

»Den müssen alle Beteiligten finden!« verlangte der General mit gewisser Strenge. »Wir haben's mit ausgewachsenen Männern zu tun, und schließlich geht's ja nicht um einen Pappenstiel!«

Allan sah das vollkommen ein, hoffentlich würden es auch die Scouts einsehen.

»Es ist die beste Lösung, das meinen Sie doch auch?« nahm Hamilton seinen Vorteil wahr. »Aber die Scouts sollen beileibe nicht glauben, man will sie herumkommandieren. Die haben ja als eigenen Boß ihren Chiefscout, der ist allein maßgebend für die Suchaktion. Captain William richtet sich nach seinen Ratschlägen. Nur wenn geschossen wird... ganz gleich, wer damit anfängt, hat er das Kommando. Vernünftiger kann man's wirklich nicht machen... oder wissen Sie was Besseres?«

Allan sah erst auf die Kappen seiner Schuhe, dann ins Gesicht des Generals.

»Nein, Sir, ich wüßte nichts Besseres...«

Nun mußte wohl die Frage kommen, ob er nicht doch die Rolle des Chiefscout übernehmen wollte. Alle seine Argumente waren nach und nach ausgeräumt, jedenfalls mochte Hamilton das denken.

Allan dachte anders. Nur dem Plan des Generals hatte er zugestimmt, in rein theoretischem Sinn. Ihn selber betraf es aber nicht, er war kein Mann für gemeinsame Aktionen. Schwierig würde nur sein, das dem General hinreichend klarzumachen.

»Na schön, Allan McCluire, das alles hat ja für Sie keine praktische Bedeutung. Eines Tages werden Sie dann hören, wie die Sache ausging. Mir war's aber doch eine wesentliche Hilfe, das Vorhaben mit Ihnen durchzusprechen. Sie haben gesehen, ich bin nicht ganz so unbelehrbar, wie man's oft von Generalen glaubt.«

Von dieser Wendung war Allan nicht nur überrascht, sondern auch beschämt. Hamiltons vornehme Gesinnung lehnte es offensichtlich ab, die Haltung seines Gastes auf Umwegen zu erschüttern.

»Wenn ich sonst noch zu irgendeiner Frage beitragen kann, bitte, verfügen Sie...«

Der General winkte freundlich ab. Er warf ein paar Scheite ins Feuer, um mehr Licht zu haben. Die Funken stoben, ihr Flackerschein ließ die Glasaugen des toten Tigers beweglich glühen.

»Sieht aus, als würde er zum Leben erwachen.«

»Lieber nicht«, warnte sein Überwinder, »der war ein Maneater und hat bei Lebzeiten eine ganze Provinz entvölkert!«

Der Gamewarden hatte jägerische Übertreibungen zur Genüge gehört, aber eine so große wie diese noch nie.

»Alle Achtung vor so viel Appetit!«

»Sie glauben's mir nicht, Allan, aber es ist die reine Wahrheit... hab' ja nicht gesagt, daß ihm die Bewohner jener Provinz allesamt zum Fraße dienten. Aber er hat sie vertrieben, die Angst vor seinen gierigen Zähnen hat die Leute von Haus und Hof gejagt.«

»War es eine große Provinz?«

»Nein, ich gebe zu, sie war klein und nur dünn besiedelt. Lag in den Shanbergen am äußersten Ende von Thailand, wo noch ganz primitive Stämme leben. Pro Woche mindestens ein Mensch, das braucht so ein Maneater schon, um satt zu werden. Etwa dreißig Opfer sind der Bestie nachzuweisen, soweit hat's noch kein Wolf in Alaska gebracht!«

»Bestimmt nicht, in dieser Hinsicht haben's die Leute hier besser.«

Hamilton schüttelte den Kopf.

»Für gewöhnliche Leute mag das besser sein, aber nicht für leidenschaftliche Jäger. Denn so ein menschenfressendes Untier ist nun mal die Krone aller Jagd, nichts anderes läßt sich damit vergleichen. Das Risiko ist der Reiz dabei, Allan, je größer, desto besser... möchte ich fast sagen!«

Der Hausherr konnte seinem Gast ansehen, wie sehr ihn das Thema erregte.

»Habe darüber schon viel gelesen, Sir, aber wie das wirklich ist... kann einem ja doch kein Buch erklären.«

»Wenn Sie's hören wollen, bin ich Ihnen das wohl schuldig, mein Lieber, habe Sie ja meinerseits stundenlang ausgepumpt.«

»Sie fragen noch... Sir?«

»Nur der Form halber, Allan McCluire; höre mich ja selber immer wieder so gern davon reden. Aber erst mal die Feldflasche füllen, im Tigerdschungel plagt einen der Durst.«

Hamilton versorgte die Gläser sehr großzügig, nur war inzwischen das Eis fast ganz geschmolzen.

»Damals war ich Militärattaché bei unserer Botschaft in Bangkok... schon mal kein schlechter Posten für eine gelegentliche Tigerjagd. Dazu kannte ich noch recht gut den Gouverneur von Chieng-Mai, wo es die meisten Tiger gibt. Sonst wär' ich gar nicht zu einem Maneater gekommen. Aber mein verständnisvoller Freund hatte dafür gesorgt, daß ich Bescheid bekam, als wieder mal so ein Untier in seinem Bereich auftauchte. Maneater sind ja sehr selten, wie Sie wissen, nur vielleicht jeder fünfzigste oder hundertste Tiger sinkt so tief, daß er Menschen frißt. Hat sich aber so ein Tiger erst mal daran gewöhnt... meist wegen einer Verletzung, die ihn am richtigen Jagen hindert, bleibt er auch bei Menschenfleisch, wenn's ihm wieder besser geht. Und das macht eben diese Exemplare so lästig, sie wollen gar nichts anderes mehr, nur noch Menschen. Demnach versagt auch die gewöhnliche Methode der Tigerjagd, wobei man den großen Kater mit Büffel, Schwein oder sonstwas vor seine Büchse lockt. Als Köder braucht man für den Maneater einen Menschen... möglichst einen lebendigen!«

»Und so einen menschlichen Köder haben Sie gefunden, Sir?«

»Jawohl, in meiner Person... sonst war ja niemand bereit, mir diesen Gefallen zu tun!«

Der General ließ das große Abenteuer so packend abrollen wie den besten Film. So eingehend beschrieb er jedes Detail, die Landschaft und das jeweilige Wetter, wie nur ein Mann es vermochte, der sich ganz an die Tatsachen hielt oder die Begabung eines außerordentlich phantasievollen Erfinders besaß. Allan McCluire war fasziniert von seiner Erzählung, die er allmählich in jeder Phase miterlebte. Er fühlte förmlich die Hitze, empfand die Ermüdung, die Furcht und die kaum noch erträgliche Spannung. Wer das erlebte, hatte wirklich gejagt! Da wurde die List von Gegenlist überspielt, dem Vorteil einer Schußwaffe stand die vorteilhafte Erfahrung einer Bestie gegenüber, die gewöhnt war, auf Menschen zu pirschen. Die Verfolgung war gegenseitig, der Wille zu töten gleichmäßig verteilt.

Das Holz im Kamin brannte herunter, Gastgeber und Gast konnten einander kaum noch sehen.

»Ich war wirklich am Ende, Allan, lange konnte ich das nicht mehr aushalten. Wenn ich einschlief, war's um mich geschehen... die Kraft, auf einen Baum zu steigen, um mich dort für die Nacht festzubinden, brachte ich nicht mehr auf. Der Tiger schien das zu wissen... hielt sich stets in der Nähe, kam aber nie auf Schußweite heran. Nirgends war ich vor ihm sicher. Das mörderische Tier wartete nur darauf, daß mir mal die Augen zufielen...«

»Warum taten Sie nicht so, als würden Sie schlafen?«, unterbrach Allan erregt, »um ihn endlich vor die Büchse zu locken?«

Hamilton fand seinen Einwand sehr richtig.

»Genau das hab' ich getan, aber es war nicht so einfach... denn zu leicht konnte ich dabei wirklich einschlafen. Wie gesagt, hatte sich das schreckliche Tier schon längst an menschliche Lagerfeuer gewöhnt... von dort holte es sich ja seine Opfer, mitten aus dem Dorf heraus. So habe ich mir denn schließlich in der nächsten verlassenen Siedlung so ein Feuer gemacht und meine bloßen Füße so nahe daran gehalten, daß sie mir höllisch weh taten. Aber das mußte sein... sonst wäre ich sofort entschlummert und die Bestie hätte mich gehabt. Diese schmerzvolle List war meine letzte Chance, Allan, was anderes fiel mir nicht mehr ein... Ihnen wär vielleicht noch was Besseres eingefallen, mein Lieber, mir aber nicht. Na, und so hat's ja denn auch geklappt... bis auf ungefähr zehn Schritt ließ ich den gestreiften Teufel heran... dann krachte ihm die Kugel zwischen die grünen Augen...!«

Allan schaute zu den gläsernen Augen hinauf, im verglimmenden Licht hatten sie auch jetzt noch einen grünlichen Schimmer.

»Trotz allem, Sir... ich wäre gern an Ihrer Stelle gewesen!«

»Keinem anderen würde ich's glauben... nur Ihnen, Allan, wirklich nur Ihnen.«

Hamilton konnte nun zuversichtlich hoffen, daß ihm sein Gast in die Falle ging.

»Seit jenem Tag in den Shanbergen wußte ich, daß ein persönliches Risiko dabei sein muß, um der Jagd die letzte Vollendung zu geben. Aber leider... von allen Raubtieren in der wilden Welt kann nur der menschenfressende Tiger das ganz große Erlebnis bieten. Nur ein Maneater ist zur planmäßigen Verfolgung seines Verfolgers fähig und nimmt die Forderung an, sich mit ihm auf List und Gegenlist zu duellieren.«

Allan wußte sehr wohl, wie recht er hatte. Weder Löwe noch Büffel noch Elefant spüren dem Jäger mit Ausdauer nach. Sie wehren sich oder machen einen kurzen Gegenangriff, handeln aber nicht nach Plan und raffinierter Überlegung.

»Es hat mich nie mehr losgelassen«, bekannte der General, »von der Pirsch auf einen Menschenfresser träum' ich noch immer. Der damalige Gouverneur, von dem ich sprach, ist nun Polizeiminister von Thailand. Ihm wird jeder Maneater im ganzen Lande gemeldet, und wir hatten fest vereinbart, daß er mir gleich telegrafiert, wenn mal wieder so ein Untier auftaucht. Aber dann kam der Krieg... es wurde nichts mehr draus!«

Der Krieg werde eines Tages vorbei sein, meinte Allan.

Sehr behutsam, um sein Opfer nicht zu verschrecken, zog der Fallensteller an seinem Faden.

»Sicher geht er mal vorbei... doch man wird nicht jünger. Ich bin gut über Fünfzig, allein traue ich mir das nicht mehr zu... aber vielleicht mit Ihnen!«

Das Angebot verschlug seinem Gast den Atem, darauf zu antworten fand er nicht gleich die richtigen Worte. Der General wollte sie auch gar nicht hören. Der Köder lockte bereits, seine Beute bewegte sich darauf zu.

»Mein Maneater hängt schon an der Wand«, sagte der Hausherr, als käme ihm soeben eine neue Idee, »mir genügt's wenn ich beim nächsten Mal nur dabei bin... als sachkundiger Genießer aller spannenden Momente. Hören Sie zu, Allan, ich schlage Ihnen ein Geschäft vor... Sie verhelfen mir zu meinem Gletscherbären, und ich sorge in Thailand für Ihren Menschenfresser... wäre Ihnen das recht?«

»Muß ich erst noch darauf antworten, Sir?«

»Nein, Sie müssen's nicht, Allan... die Sache ist abgemacht. Sobald dieser verdammte Krieg zu Ende ist, fliegen wir nach Thailand...«

Allan dankte ihm von Herzen.

»Aber der Gletscherbär, Sir, braucht nicht zu warten, bis alles vorüber ist. Wie gesagt, der Spätherbst ist dafür die beste Zeit!«

Aber der General wollte sich vor Ende des Krieges keinen Jagdausflug leisten.

»Nur vergessen Sie es nicht, Allan, das große Abenteuer mit dem Tiger hat seinen Preis, man riskiert immer sein Leben dabei!«

Seine Falle lockte den Jäger mit unwiderstehlicher Kraft.

»Aber es lohnt sich«, rief Allan wie erwartet, »es lohnt sich bestimmt! Ein Wild, das sich zu wehren weiß und den Spieß herumdreht... das ist die einzig richtige Jagd, ich kann mir nichts Besseres vorstellen!«

Man könne es wirklich nicht, bekräftigte Hamilton.

»Ist schon zum Kotzen mit diesem elenden Krieg, stiehlt uns die schönsten Jahre, mein Bester. Aber eines Tages ziehen wir los, es wird die größte Jagd Ihres Lebens, Allan! Kein Wild läßt sich denken, das noch aufregender wäre oder... was meinen Sie?«

Der General vertiefte sich in sein Glas, der Verführte sollte ihm die Spannung nicht anmerken.

»Nein, da gibt's wohl keine Steigerung mehr!«

Hamilton legte seinen Kopf etwas zur Seite.

»Na ja...«, sagte er gedehnt, »eine Art von Jagd gibt's vielleicht doch noch, ein Jagdwild, das sogar den menschenfressenden Tiger übertrifft. Da stehen die Chancen fünfzig zu fünfzig, die Verfolger jagen einander mit gleicher Kraft und Intelligenz. Hätten Sie auch dazu noch Lust?«

Der General schaute ihn schneidig an.

»Bedenkenlos, Sir... um was würde es gehen?«

Nun vermochte das Opfer seinem Schicksal nicht mehr zu entrinnen.

»Kommt's denn so darauf an, was das ist?« fragte Hamilton sichtlich begeistert, »Hauptsache, der Jäger hat's mit dem gefährlichsten Wild auf Erden zu tun. Aber vorsichtig, Mann, die Sache ist verdammt riskant...!«

»Um so besser«, rief Allan, außer sich vor Jagdfieber, »ein handfestes Risiko ist mir gerade recht!«

Die Falle war zugeschnappt, der Jäger konnte nicht mehr heraus.

»Also gut... dann gehen Sie auf Menschenjagd, Allan McCluire. Hier in Alaska treibt sich Ihr gefährliches Wild herum... auf das Ende des Krieges brauchen Sie nicht zu warten, ganz im Gegenteil!«

Der Hausherr füllte sich ein neues Glas, trank aber nur einen kleinen Schluck.

»Da bin ich nicht sehr klug gewesen, Sir...«, sagte Allan langsam, »Sie haben mich glänzend hereingelegt!«

»Nein, mein Lieber, das nicht... ich hoffe nur, Sie überzeugt zu haben!«

»Überzeugung würd' ich es nicht nennen... nur die Brille haben Sie mir gewechselt. Ich sehe das jetzt mit anderen Augen... es können aber die falschen sein!«

»Seit wann haben gute Jäger falsche Augen...?«

Er ging zu ihm hinüber.

»Ich möchte nicht, Allan, daß Sie gegen Ihre Natur entscheiden«, bat Hamilton der Form halber, »aber ich glaube fest, daß gerade diese Aufgabe Ihrer Natur entspricht.«

Allan war gleichfalls aufgestanden, in dem Sessel war es ihm zu eng geworden.

»Vielleicht haben Sie recht... fast glaub' ich's schon selber.«

Der General trank ihm zu.

»Freut mich, Sie kennenzulernen, Chiefscout McCluire...!«

Der Neuernannte war so verlegen, daß er lachte.

»Sind schon ein guter Trapper, Sir, fangen sogar einen Gamewarden in Ihrer Falle. Hätte ich vorher gewußt, was mir an diesem Abend geschehen würde...«

Der General machte ein freundlich erstauntes Gesicht.

»Habe es Ihnen doch gleich gesagt, Chiefscout McCluire... über die Reize der Jagd wollten wir sprechen, andere Themen haben wir auch nicht berührt.«

15

Die schönste Zeit des Jahres war angebrochen, der frühe Herbst mit der ergreifenden Schönheit seiner Farben. Deren Pracht und Vielfalt, von der Schöpfung in vollendeter Harmonie aufeinander abgestimmt, machte auf Hauptmann Hidaka und seinen Wettertrupp einen tiefen Eindruck. Wie alle Japaner, deren Shintoglauben ja auf einer Beseelung der Natur beruhte, waren sie für deren Wandlung sehr empfänglich und sahen darin den unmittelbaren Ausdruck göttlichen Waltens. Daheim feierten sie den Frühlingsanfang mit dem Fest der Kirschblüte und die Verfärbung der Ahornblätter als den Beginn des Herbstes. Doch eine solche Variation von den stärksten und den feinsten Schattierungen, wie sie nun in der alaskanischen Wildnis erschien, hatte noch keiner von ihnen erlebt. Der Phantasie an Farben schien keine Grenze gesetzt. Die Skala reichte vom blassen Grün der Pappeln bis zum dunkelsten Grün der Schwarzfichte. Schneeweiß schimmerte das Wollgras am feuchten Boden, hellgelbe Glöckchen hingen an der Schneeheide. Noch blühten die Weidenröschen, waren die Berghänge von dunkelroten Moosbeeren bedeckt. Vergißmeinnicht betupften den Waldrand, silbergraue Flechten überzogen das Gestein. Jeder Atemzug war ein Genuß, alles duftete nach Herbst und feuchter Erde. Alle Vögel des Waldes waren eifrig beim Sammeln, Rosenfink und Rotkehlchen, Ziegenmelker und Zaunkönig. Bis ins Lager der Japaner hüpften die Waldhäher, über ihnen saßen die Kreuzschnäbel in den Ästen.

Sechsmal hatten die Japaner ihr Lager gewechselt, sechsmal von einem anderen Punkt aus gesendet. Mehr oder weniger waren es die gleichen Meldungen gewesen, jedesmal hatte ideales Flugwetter geherrscht. Aber in Attu war man noch immer nicht fertig, alles hing dort von der Ankunft jenes Geleitzuges ab, der sich seit einer Woche auf dem Weg befand. Wenn er durchkam, wenn nur ein Teil seiner Fracht anlangte, hoffte Yamada seinen Flugplatz in wenigen Tagen startklar zu haben. Der Admiral hatte den Hauptmann Hidaka davon informiert.

»Ich hoffe, das Wetter wird noch solange halten«, meinte der Meteorologe, Feldwebel Tsunashima, »aber schon bald, Taiji-dono, kommt die Zeit der Äquinoktialstürme, und das Barometer kann von einer Stunde zur anderen tief hinabstürzen. Dann müssen wir zweimal am Tage melden.«

Sie saßen wieder hoch droben unter ihrem Tarnnetz und warteten auf die Sendezeit.

»So wunderbar ruhig, wie es nun schon seit Tagen ist«, gab der Hauptmann zurück, »kann man kaum die schrecklichen Geschichten glauben, die uns vom Wetter Alaskas erzählt werden. Da hab' ich in Tokyo schlimmere Tage erlebt.«

Auch Tsunashima hatte als Kind das furchtbare Erdbeben von 1921 erlebt, bei dem hundertfünfzigtausend Menschen erschlagen wurden oder verbrannten. Dabei war auch das alte Tokyo mit seinen winkligen Gassen und romantischen Holzhäusern in Schutt und Asche gesunken. Nach ihrem Wiederaufbau sah die Hauptstadt in ihrem Kern nun mehr wie eine amerikanische City aus.

»Wenn uns die Yankis zu nahe kommen«, überlegte Hidaka, »etwa so nahe, wie Attu bei Alaska liegt, werden sie unsere Städte noch schlimmer heimsuchen, als Tokyo damals von dem Erdbeben zerstört wurde.«

Watanabe, der heute als Funker amtierte, war entsetzt.

»Aber wir sind doch überall im Vorgehen, Taiji-dono...!«

»Ja, das sind wir... sonst wäre es schlimm. Wir dürfen ja nicht vergessen, Omaé-tachi, was die Yankis für Leute sind. Am liebsten führen sie Krieg gegen Frauen und Kinder, weil das am leichtesten ist. Sie starten von ihren Flugzeugträgern und werfen Bomben in friedliche Dörfer... aber wir werden's ihnen heimzahlen! Wenn erst mal ihre Städte brennen und die toten Kinder auf der Straße liegen, spüren sie selber, wie das ist! Vielleicht hören sie dann auf, den Krieg gegen uns mit so schrecklichen Mitteln zu führen!«

Tsunashimas dunkle Augen flackerten.

»Ja, Taiji-dono, das muß man ihnen zeigen...«

»Und wir helfen dabei«, stellte Sinobu fest und war stolz darauf.

Der Hauptmann konnte mit seinen Leuten zufrieden sein, jedem war die Wichtigkeit der gemeinsamen Aufgabe bis ins Herz hinein bewußt.

»Kein anderes Land hat solche Helden wie unser Land«, fuhr Hidaka fort, ihre Seelen zu massieren, »oft weilen meine Gedanken bei jenen Männern, die todesmutig bereitstehen, unsere Bomber ins Kernland des Feindes zu steuern. Ihr Leben wird verlöschen, aber ihr kühner Geist zu den Göttern emporsteigen.«

Alle vier Japaner schwiegen, um ehrenvoll an sie zu denken. Nur der Oschone begriff nicht, um was es ging.

»Die Herren nicht fliegen sie zurück?« fragte er.

»Nein, Noboru«, gab ihm Hidaka gemessen Bescheid, »der Weg ist viel zu weit. Sie werfen ihre Bomben in die Yankistädte... dann zerschmettern sie ihre Maschine und sich selbst inmitten der Häuser.«

Noboru konnte das nicht glauben.

»Aber so... japanischer Kamerad muß tot werden, Hidaka-san?«

»Sie müssen nicht, Noboru, sie wollen sterben, diese Japaner. Aber erst werden sie den Yankis einen furchtbaren Schaden zufügen, auf den alle Japaner stolz sind... die ganze Welt wird davon sprechen. So sind die Japaner, Noboru, sie freuen sich, für das Glück ihres Volkes zu sterben.«

Der Mann aus der fernen Taiga hatte dafür kein Verständnis.

»Aber danach Kameraden sein nicht da in Glück von Japan...?«

Der Holzfäller Sinobu mit seinem einfachen Glauben erklärte ihm, daß die Helden dann oben in der Sonne wären, mit der Göttin selber würden sie dort ihr Siegesfest feiern. Das sei viel schöner als drunten auf der Erde.

»Wenn Oschone tot... er ist ganz tot«, meinte Noboru traurig.

»Du nicht«, versicherte ihm der Hauptmann, »du bist bei uns Japanern. Wenn du hier sterben mußt, Noboru, dann nehmen wir dich mit hinauf in unseren Himmel.«

Hidaka wußte nicht, ob er das selber glaubte. Aber sicher war es das beste Mittel, den Oschonen noch fester an ihre Sache zu schmieden. Eine unfaßbare Freude verklärte dessen Gesicht. Er bückte sich schnell, ergriff die Hand seines Herrn und küßte sie.

»Morgen haben wir einen schweren Tag«, kündigte der Hauptmann an, »wir müssen auf andere Höhen hinüber. Von diesem Rücken haben wir schon dreimal gesendet, das ist mehr als genug!«

»Shoshi itashimashta«, murmelten seine Leute aus Gewohnheit.

»Da drüben ist ein schöner Geröllstreifen, man sieht's von hier mit bloßem Auge... da steigen wir im Dunkeln hinauf, kein Schatten einer Spur bleibt zurück.«

»Verstehe eigentlich nicht«, wunderte sich Tsunashima, »daß uns die Yankis so ganz in Ruhe lassen.«

»Je länger es dauert, desto gründlicher sind ihre Vorbereitungen«, warnte sein Chef, »mich wundert nur, daß sie gar nicht versucht haben, aus der Luft aufzuklären. Das lag doch zuerst mal am nächsten...«

»Sie haben wohl gedacht«, meinte Watanabe, »daß es doch nichts nützen wird.«

»Kann auch sein, sie wollten uns nicht warnen... aber gerade das ist eine Warnung für uns. Wir sollen glauben, daß sie gar nichts von uns wissen... aber darauf fallen wir nicht herein. Im Gegenteil, Omaé-tachi, wir werden noch vorsichtiger!«

Mit einem Blick, der bat, seinen kühnen Einwand zu entschuldigen, meinte der Holzfäller, daß man schon vorsichtig genug sei.

»Bisher hat's genügt, Sinobu, da hast du recht. Aber wir dürfen nicht so lang in derselben Gegend bleiben. In den nächsten Tagen müssen wir ganz woanders hin, ich denke, fünfzig Kilometer Luftlinie sollten wir zumindest hinter uns bringen!«

Seine Begleiter hatten keine Einwände. Der Kommandeur war ihr Kopf. Was er beschloß, schien jedem unfehlbar. Wenn Hidaka dennoch mit seinen Leuten darüber sprach, wollte er nur ihre Anstrengung durch verständliche Gründe fördern.

Er sah wieder auf seine Uhr, allmählich wurde es Zeit. Nur mit den Augen brauchte er zu winken, sogleich begab sich jeder auf seinen Posten am Gerät.

»Sinobu, du kannst drehen!«

Das Schwungrad kam in Bewegung, schon nach wenigen Umdrehungen glühte das Lämpchen auf.

Hidaka verfolgte den Sekundenzeiger. Vor Watanabe lag schon der Zettel mit Tsunashimas chiffrierter Meldung. Noboru schob die Antenne über das Tarnnetz hinaus.

Der Chef begann zu zählen.

»Fünf... vier... drei... zwei... eins!«

Des Funkers Taste klickte so rasch wie noch nie, in knapp sechs

Sekunden war die Meldung hinaus, Watanabe wartete nur noch auf die Bestätigung.

Statt dessen kam von Attu eine längere Mitteilung. Der Funker füllte zwei Seiten seines Blocks mit dem verschlüsselten Text. Die Spannung seiner Zuschauer stieg um so mehr, je länger er mitschrieb.

Endlich war Attu fertig. Watanabe bestätigte den klaren Empfang und griff zum Chiffrierbuch.

Zu viert saßen sie um ihn herum, schweigend und geduldig. Endlich hob er den Kopf.

»Lies vor, Watanabe, deine Schrift ist mir zu schlecht.«

»Vom Kaigun-Taisho selber, Taiji-dono ... der Admiral hat unterzeichnet!«

Der Funker gab sich Bedeutung und las mit rollendem Ton.

GELEIT EINTRAF FAST VOLLZÄHLIG STOP START SIEBEN TSURUGAS NACH SECHS BIS SIEBEN TAGEN

Hidaka warf seine Mütze neben sich.

»Sie haben's geschafft, Kimi-tachi ... endlich haben sie es geschafft!«

Auch seine Begleiter strahlten und freuten sich.

»Es geht los, Taji-dono, die Yankis werden brennen und heulen!«

Sie sahen nicht, daß sich Watanabe wieder über sein Chiffreheft beugte. Die Durchgabe von Attu war noch nicht zu Ende gewesen.

Hidaka merkte es schließlich.

»Kommt noch was, Watanabe?«

»Ja, Taiji-dono ... bin gleich fertig.«

Als der Funker das Kodeheft schloß, zeigte sein Gesicht tiefe Bewegung. Statt gleich zu sagen, was der Klartext weiterhin noch ergab, stand er vom Boden auf und nahm militärische Haltung an. Die geschlossenen Finger korrekt an der braunen Mütze, blickte er straff ins Gesicht seines Kommandeurs.

ERHABENE MAJESTÄT VERLEIHEN HAUPTMANN HIDAKA HOCHEHRENWERTEN ORDEN AUFGEHENDE SONNE KLASSE ZWEI ... MIT GLÜCKWUNSCH ÜBERMITTELT VON YAMADA ADMIRAL ...

Tsunashima und Sinobu, dann auch Noboru sprangen auf.

»Tief ergebene Freude, Taiji-dono.«

Niemand von uns vermag sich vorzustellen, was eine solche Auszeichnung damals für jeden japanischen Offizier bedeutete. Die Ehrung kam vom Tenno selber, einem Sproß der Götter. Sie erhob Hidaka schlagartig zu den Auserwählten seiner Nation. Der Beliehene fühlte sich von den Schwingen des Himmels berührt, den hier auf Erden Kaiser Hirohito vertrat.

»Ganz unwürdig der hohen Gnade...«, versuchte der Hauptmann Hidaka die hergebrachte Formel zu stammeln, »tiefe Beschämung wird empfunden... grenzenloser Dank an Seine Majestät.«

Er wandte sich gen Westen, wo in weiter Ferne der Kaiser lebte, hob seine Rechte zur Stirn und legte die Linke an den Platz, wo er normalerweise den Griff seines Schwertes trug. Dann warf er mit heftigem Ruck seinen Oberkörper waagerecht nach vorn.

Die Gefährten folgten seinem Beispiel, alle verharrten sie reglos volle drei Minuten in dieser anstrengenden Haltung. Selbst der Oschone machte mit, obwohl er nicht begriff, welchem Zweck die überraschende Gymnastik diente.

Als erster richtete sich Hidaka wieder auf, erlöste seine Leute aus ihrer Starrheit und schaute sie durchdringend an.

»Es wird verstanden«, sagte er in jener abgehackten Weise, wie sie bei feierlichen Worten der Brauch ist, »daß Tenno-heika damit zu jedem Mann unter meinem Kommando gesprochen hat... Verdienst ist noch nicht erworben... müssen gute Leistung erst vollbringen..., danken Erhabener Majestät mit ganzer Hingabe!«

»Wir danken... wir danken...«, murmelten sie bewegt und empfanden den Schauer ihrer Ergriffenheit.

»Alles einpacken und hier auf mich warten«, kehrte Hidaka zu den Pflichten des Augenblicks zurück, »ich gehe weiter hinauf, um mir für morgen das Gelände anzuschauen... Noboru kommt mit!«

In einer Rinne, die verworrenes Gestrüpp fast gänzlich füllte, stiegen sie lautlos zum nächsten Gipfel. Für den Japaner war das steile Steigen keine sonderliche Anstrengung, da er sein Tempo in Einklang mit der Atmung hielt. Was bei ihm langes Training erreicht hatte, war dem Oschonen angeboren. Die Menschen seines Stammes bewegten sich nie schneller, als es ihrer Ausdauer entsprach.

Droben fanden sie ein kleines Plateau, mit einer Mulde in der Mitte, worin man sich ausstrecken konnte. Ringsherum hatten sich Moosbeerensträucher angesiedelt. Hidaka schob den Kopf hindurch, um freie Sicht zu haben.

Im Liegen zeichnete er die Konturen der nördlichen Hänge nach und machte sich Notizen. Am himmelhoch aufstrebenden Hang der Brooks Range schien es eine Kluft zu geben, die weit ins Felsenmassiv hineinreichte. Die mußte man sich merken, falls es eines Tages zur Zwangslage kam, mit dem gesamten Trupp im Hochgebirge zu verschwinden. Vielleicht führte diese Schlucht ganz hindurch. Hidaka trug einige markante Punkte, nach denen man sich später richten konnte, auf seiner Skizze ein. Eben war er damit fertig, als ihn Noborus Hand berührte.

»Ich glaube Flugvogel hören...«

Der Hauptmann war sogleich alarmiert.

»Tiefer ins Gebüsch... Noboru!«

Ihre Körper glitten flach zwischen das braunrote Kraut.

»Du hören... Hidaka-san?«

Der Hauptmann schloß die Augen und verhielt den Atem.

»Klingt eher wie ein Insekt, Noboru, zu hell für einen Motor.«

Sie lauschten weiter. Doch meinte nun der Japaner, sich getäuscht zu haben, er konnte gar nichts mehr hören.

»Ist Flugvogel«, beharrte der Oschone, »Flugvogel weit weg.«

Hidaka entspannte sich und lockerte seine Muskeln. Das Summen tauchte wieder auf, sehr dünn und weit entfernt. Es hielt sich auf gleicher Tonhöhe, schwoll nicht an und wieder ab wie bei den meisten Insekten.

»Ist Flugvogel«, bestand Noboru auf seiner Diagnose, »ist sehr sicher Flugvogel.«

Weil Hidaka schon erfahren hatte, daß der Naturmensch weit besser hören konnte als jeder Japaner, glaubte er ihm.

»Wo ist es... zeig mir die Richtung...«

Noboru streckte seine Hand genau nach Süden aus.

»Flugvogel gehen dort... Hidaka-san.«

Wenn das stimmte, kam die Maschine von der Küste, aus der Richtung von Anchorage.

»Du hast recht, Noboru, es ist ein Flugvogel.«

Sie hatten beide den Kopf gehoben und lauschten mit größter Anstrengung. Aus dem Summen wurde ein sanftes Gebrumm.

»Kommen näher... kommen zu uns!«

Hidaka war nun sicher, daß die Maschine zwei Motore hatte, vielleicht sogar vier. Schnell war sie aber nicht... vermutlich eine Transportmaschine. Schon möglich, daß sie nach Point Barrow zum Eismeer unterwegs war, um dort die Küstenwache zu versorgen.

Doch nun sank das Geräusch plötzlich ab... schwoll kurz wieder stärker an, um gleich darauf gänzlich zu verstummen.

»Nicht mehr hören...«, sagte der Oschone, »Flugvogel ganz still.«

»Er ist gelandet, Noboru... wahrscheinlich auf einem See.«

»Was... Flugvogel dort machen?« fragte Noboru, der seinen Herrn für allwissend hielt.

»Er hat ein paar Yankis gebracht... die wollen uns suchen.«

Der Oschone schlug vor, sie sogleich zu töten.

»Vorläufig ist es klüger, sie zu täuschen, als zu töten«, sagte ihm der Hauptmann.

Aber Noboru verstand ihn nicht.

16

Captain William und der Chiefscout McCluire waren sich einig gewesen, ihr Unternehmen vom Cliftonsee aus zu beginnen. Er lag zwischen den Ausläufern der Schwatkaberge und bot auch einem großen Flugboot genügend Fläche, um darauf zu wassern. Man wollte den gesamten Transport auf einmal durchführen, weil so die Gefahr, vom Gegner erkannt zu werden, am geringsten war. Wenn feindliche Horchposten das Geräusch der Motore nur einmal vernahmen, mochten sie glauben, es handle sich um einen gewöhnlichen Versorgungsflug zur Eismeerküste.

Der See war von Lärchenwäldern eingerahmt, die Schutz vor Wind boten und auch fremde Einsicht unmöglich machten. Noch während das zweimotorige Flugboot auf dem Wasser schwamm, hatte man die Zelte aufgeschlagen und das Gepäck darin untergebracht. Davon sollte der größte Teil an Ort und Stelle verbleiben, nur die allernotwendigste Ausrüstung wollte man mitnehmen. Nach Bedarf konnte man später eine Abteilung zurückschicken, um Ergänzung nachzubringen.

Allan McCluire hatte von den Alaskan Scouts, die zur Verfügung standen, die zwölf besten ausgewählt. Sie waren sämtlich Freiwillige und sahen dem großen Abenteuer mit Begeisterung entgegen. Zum ersten Male sollten sie Menschen suchen, die alles daransetzten, nicht gefunden zu werden. Hier war auch zum erstenmal damit zu rechnen, daß sich die heimlichen Leute kräftig zur Wehr setzten. Für die Scouts war gerade das ein besonderer Anreiz, zumal sich ihr Land im Kriege befand und sie auf diese Weise Hoffnung hatten, als Teilnehmer daran zu gelten. Noch wußte man nicht, wer die Gesuchten waren. Doch hatte General Hamilton hinreichend klargemacht, daß sie die Sicherheit der USA bedrohten und gefährlich waren. Jeder der Scouts fühlte sich durch die Wahl ausgezeichnet, an diesem großen Abenteuer teilnehmen zu dürfen. Deshalb konnte die Stimmung der Truppe kaum besser sein.

»Hey, Hank, vergiß die Kneifzange nicht«, rief Jim O'Hara einem schlaksigen Hünen zu, der eben die letzte Kiste ins Proviantzelt trug, »die brauchen wir dringend, um den Banditen ihre Giftzähne zu ziehen!«

Hank Fortier machte sich die wallendrote Mähne O'Haras zunutze.

»Wenn sie dich erblicken, Jimmy, mit deinem Feuer auf der Birne, kippen sie gleich aus den Pantinen!«

»So schnell werden wir niemanden sehen«, dämpfte Allan die Erwartungen, »wochenlang kann's dauern, bis wir sie finden.«

»Um so besser, bis dahin hängt dem Jim ein Fußsack aus dem Gesicht, und er wirkt noch schrecklicher!«

Der Chiefscout zählte die Kisten und verglich ihre Bezeichnung mit seiner Liste.

»Ein halbes Hospital haben sie uns mitgegeben«, meinte er zu Slim Wortley, »hoffe nur, du kannst damit umgehen...«

Wortley war Mediziner im letzten Semester, einer der Besten seines Fachs an der nagelneuen Universität von Fairbanks. Der Chiefscout hatte den Studenten einem ausgelernten Arzt vorgezogen, weil sich Wortley schon bei der Rettung von Bergsteigern am Mount McKinley ausgezeichnet bewährt hatte.

»Deinen Kopf kann ich nicht wieder annähen, Allan, wenn er dir mal abhanden kommt. Aber sonst flick' ich schon so manches zusammen!«

Fast die gesamte medizinische Ausrüstung mußte hierbleiben, Wortley sollte nicht mehr mitnehmen, als er selber tragen konnte.

»Wollen hoffen, daß ich damit auskomme.«

»Hauptsache, du bist zur Stelle, wenn was passiert. Ein Arzt, der mit seinem vielen Geraffel steckenbleibt, nützt uns gar nichts!«

Harry Chiefson schleppte ein Bündel Schlafsäcke herbei.

»Wo sollen die hin, Boß?«

»Verteil vierzehn Stück auf die Zelte, der Rest kommt in die große Blechkiste.«

Jeder hatte zu tun, doch nur scheinbar herrschte großes Durcheinander. Das Standlager hatte man schon in Fort Richardson vorgeplant, die Aufgaben waren im einzelnen verteilt.

»Mr. McCluire, was haben wir noch in der Maschine?« wollte der Captain wissen.

»Nur noch das Sendegerät mit dem Aggregat, am besten bleibt's wohl in seiner Verpackung.«

Der Chiefscout ging selber hin, um mitzuhelfen. Der Pilot hatte schon lange auf die Gelegenheit gewartet, ihn unter vier Augen zu sprechen.

»Für Sie hab' ich noch was, Allan, scheint von zarter Hand zu sein...«

Das konnte nicht stimmen. Allan wußte von keiner zarten Hand, die sich für ihn rührte.

»Scheint aber doch so. Das Ding wurde mir persönlich anvertraut, nur ganz diskret soll ich es übergeben!«

Der Pilot griff in seine Tasche und holte eine samtbezogene Schachtel heraus, worin eine sehr kleine Pistole lag. Sie schien mehr ein Schmuckstück zu sein als eine Waffe, alle Stahlteile waren vernickelt und der Griff mit Schildpatt bezogen. Die beiden Buchstaben G und H waren, anscheinend aus Gold, darin eingelegt.

Allan hatte gar nicht gewußt, daß es solche Dinge gab.

»Was soll ich damit... ist doch nur ein Spielzeug?«

Der Pilot zuckte mit den Schultern.

»Angeblich schießt der Firlefanz wie 'ne richtige Pistole... hier sind die Patrönchen dazu.«

»Aber, ich begreife nicht...«

»Menschenskind... Sie stellen sich aber an! Das kommt doch von des großen Generals bildschöner Tochter... Gwen Hamilton mit Namen. Ist aber nur eine Leihgabe, soll ich Ihnen sagen, zum Schutze Ihres kostbaren Leibes und Lebens. Hinterher müssen Sie das niedliche Ding zurückgeben, und zwar persönlich. Darauf wurde ganz besonderer Wert gelegt...«

Der Pilot grinste über Allans sichtliche Verwirrung.

»Von Frauen scheinen Sie nicht gerade viel zu verstehen«, sagte er.

»Hatte bisher nur wenig Gelegenheit für eingehendes Studium«, mußte der Chiefscout zugeben.

»O Mann, was haben's doch manche Mädels schwer, sich verständlich zu machen! Ihre goldhaarige Dame will doch nur... daß

Sie so bald wie möglich wieder bei ihr aufkreuzen. Jeder andere wäre darüber schon längst aus allen Nähten gesprungen vor Begeisterung... aber Sie stehen da wie ein vergammelter Totempfahl!«

Allan schob das Pistölchen in seine Brusttasche.

»So was kann man... kann ich nicht gleich begreifen.«

»Aber jetzt haben Sie's begriffen, Allan?«

»Nicht ganz... aber ich werd's versuchen.«

Er wandte sich ab und ging schnell zurück ins Lager. Die Scouts hatten das Sendegerät schon hingebracht und ins Zelt geschoben.

»Ist jetzt alles heraus?« erkundigte sich der Captain.

Der Chiefscout bejahte, aber William stieg selber noch einmal in den Laderaum, um sich zu vergewissern. Ihm lag daran, daß die Maschine möglichst bald wieder verschwand, auf dem See war sie fremden Blicken meilenweit ausgesetzt.

»Den steifen Bock hätten wir nicht gebraucht«, brummelte Charley Stewart hinter ihm her, »schaut einen manchmal so an, als wäre man aus Luft!«

»Jeder hat seine Art, Charley, man muß sich daran gewöhnen...«

Der Pilot war nun soweit, er konnte starten.

»Die letzte Luftpost geht ab!« rief Allan in das geschäftige Treiben.

Ein paar Briefe wurden der Besatzung noch zugesteckt. Aber sonst hatte man sich schon von allem gelöst, was in weiter Ferne zurücklag. Die kommenden Dinge nahmen die Gedanken voll in Anspruch.

»Ab mit den Herren von der Luftwaffe in die warmen Betten von Elmendorf!« rief Will Branson im Namen seiner Gefährten, die herbeiliefen, um den heimfliegenden Leuten die Hand zu drücken.

Die Besatzung kletterte an Bord, die vierflügeligen Luftschrauben begannen sich zu drehen. Bis zum Gürtel im kalten Wasser stehend, halfen die Scouts das Flugboot drehen. Der Propellerwind fauchte in ihre Gesichter. Mit Gedonner glitt die Maschine, zwei glitzernde Streifen hinter sich herziehend, zum Nordende des Sees, um Anlauf zu nehmen. Die vierzehn Männer am Ufer winkten noch eine Weile, dann war der große graue Vogel über dem Wald verschwunden.

»Weiß der Teufel«, fragte sich Ted Miller, »wann die häßliche Ente wieder über den Tümpel heranschwimmt?«

Der Chiefscout zuckte mit den Schultern.

»Werden sie nicht mehr wiedersehen, schätze ich ... eine Maschine mit Schneekufen wird uns holen, wenn der See gefroren ist!«

»Bist du aber ein Pessimist!«

»Im Gegenteil, ein Optimist bin ich. Könnte ja auch sein, daß gar keiner mehr zum Abholen da ist.«

Bert Hutchinson, ein Trapper von vierzig Jahren und damit der älteste unter ihnen, kam herangeschlendert.

»Der Captain will den ganzen Haufen sprechen.«

Ohne besondere Eile ging man zum Zelt des Kommandeurs. William sah die Scouts herankommen und gab sich eine straffe Haltung.

»Alle Leute da?« fragte er Allan.

Der Chiefscout fand seine Frage überflüssig, bis dreizehn konnte wohl jeder zählen. Er wußte eben nicht, daß der Captain von seinem Stellvertreter eine Meldung der angetretenen Mannschaft gewohnt war.

Allan sagte ihm nur, es fehle niemand.

»Also, ich hab' da noch eine Überraschung für euch«, begann William und gab sich Mühe, einen kameradschaftlichen Ton zu finden, »der General wollte nicht, daß die Sache vorher bekannt wird. War vielleicht übertrieben, so verschwiegen zu sein, aber ich habe nun mal Anweisung, das große Geheimnis erst nach Abflug der Maschine zu lüften. Im übrigen hat's auch der General erst gestern erfahren ...«

Er machte eine Pause, um die Wichtigkeit der kommenden Mitteilung und seine eigene gebührend zu unterstreichen.

»Na, sagen Sie schon, was los ist«, drängte Dick Hamston, der wie Allan McCluire bisher Gamewarden gewesen war, »wir werden's schon verdauen.«

Der Captain war solche Umgangsformen noch nicht gewohnt, jedoch bereit, sich nach Möglichkeit anzupassen.

»Dann verdaut zunächst die Neuigkeit, daß wir's mit Japanern zu tun haben!«

»Dachte ich's doch«, rief Randall, »hab' ich's nicht immer gesagt?«

»Japaner sollen's sein, wer hat denn das behauptet?« fragte Mike Herrera, der allem mißtraute, was er nicht selber gesehen hatte.

»Behauptet hat das niemand«, erklärte ihm William, »es steht einwandfrei fest. Irgendwie hat man den japanischen Marinekode erbeutet und kann nun alle Funksprüche des Feindes entziffern.

Natürlich nur, sofern man sie auffängt. Aber was zwischen Attu und den Schwatkas hin- und hergeht, hat man aufgefangen...«

»Nicht schlecht, Captain. Gut für uns, das zu wissen!«

»Tja, meine Herren, jetzt wissen wir Bescheid. Der reguläre Feind steht im Lande... richtige Soldaten unter Führung eines Hauptmanns der japanischen Armee...«

»Wie viele sind's denn?«

»Darüber wurden wir nicht informiert«, mußte William bekennen, »wir schätzen, zehn bis zwölf Mann könnten's schon sein. Sicher gut ausgesuchte, erstklassige Leute... dafür spricht schon die Person ihres Führers. Den kennen wir sogar mit seinem Namen, Enzo Hidaka heißt er...«

»Sehr erfreut«, rief Randall dazwischen, »wird mir ein Vergnügen sein!«

»So groß wird das Vergnügen nicht sein, Randall, das ist nämlich ein ganz besonderer Mann.«

Dick Hamston schaltete sich ein.

»Hidaka, sagten Sie, Captain, hat der nicht was bei der letzten Olympiade gemacht?«

»Sehen Sie, Randall, einer von uns kennt ihn schon!« freute sich William. »Dem Namen nach kennen ihn überhaupt die meisten Sportsleute der Welt. Dieser Mann hat nämlich bei der Olympiade die Silbermedaille im Zehnkampf gewonnen. Und das will schon was heißen, Leute, dazu gehört eine fabelhafte Ausdauer und ein verdammt gut trainierter Körper... übrigens auch die beste Treffsicherheit beim Schießen. So ein Mann nimmt bestimmt keine Schlappschwänze mit nach Alaska. Weshalb ich glaube, daß wir's mit tüchtigen und gefährlichen Burschen zu tun haben!«

Jim O'Hara trat vor die Scouts und fragte, ob nicht lieber der eine oder andere unter diesen Umständen verzichten wollte. Natürlich war das nur als Spaß gemeint, Gelächter aus rauhen Kehlen antwortete darauf. Der Chiefscout lachte nicht mit, dachte vielmehr an jenes gefährliche Wild, das ihm Hamilton versprochen hatte. Ein olympischer Zehnkämpfer war in der Tat kaum noch zu übertreffen.

Der Captain hatte inzwischen ein Blatt mit Notizen aus der Tasche gezogen.

»Ich bitte um Ruhe, Scouts! Aus dem Archiv unseres Olympiakomitees haben wir noch Näheres über diesen Mann erfahren. Enzo Hidaka ist jetzt einunddreißig Jahre alt, einen Meter siebzig groß, war damals noch unverheiratet und stammt aus Hakodato auf der Insel Hokkaido. Er spricht ausgezeichnet Englisch und ist gelernter Kartograph...«

»Kann sich also zurechtfinden, der Mensch«, rief jemand dazwischen.

»Hidaka ist aktiver Offizier«, fuhr William fort, »sein Vater war das auch und dessen Vater zuvor... eine militärische Familie, kann man wohl sagen! Über seine Begleiter war nichts zu erfahren, weil eben in den Funksprüchen nur der Name Hidakas auftaucht. Übrigens hat der General Yamada auf Attu den Sonnenorden für ihn beantragt, eine enorme Ehre für jeden Japaner. Daraus ergibt sich, welch große Stücke man auf ihn hält...«

»Und ich will den Mondorden, wenn wir den Kerl kriegen!« rief Jim O'Hara.

»Und was treiben die Ratten hier bei uns?« wollte Branson wissen.

»Ja natürlich, das ist die Hauptsache«, bestätigte der Captain, »es handelt sich um einen Wettertrupp, vermutlich aus der Luft abgesetzt. Jeden Tag funken sie das Wetter nach Attu. Von dort wollen die Japaner ein Geschwader von Langstreckenbombern losschicken. Sie warten nur noch, bis sie mit ihrer großen Startbahn fertig sind, Tag und Nacht arbeiten sie daran. Wenn wir's nicht fertigbringen, den Sender zu zerschlagen, hageln demnächst die Bomben...«

»Wo, Captain, wohin sollen sie hageln?«

»Wie soll ich das wissen, Leute, wenn's auch der General nicht weiß.«

Die gute Stimmung war verflogen, echte Sorge breitete sich aus.

»Anchorage ist nun mal die größte Stadt von Alaska«, meinte Pete Randall, dessen Familie dort lebte, »Anchorage kommt wohl zuerst in Frage?«

»Jeder Ort kommt in Frage, wo sie hinlangen können.«

Dick Hamston dachte noch weiter.

»Alle Wälder Alaskas sind in Gefahr, mit ein paar Brandbomben kann man Tausende von Quadratmeilen in Flammen setzen. Dagegen ist gar nichts zu machen. Die Siedlungen, die Trapper, das Wild, alles können die Brände vernichten.«

Die Scouts wußten, daß er nicht übertrieb. Was schon eine weggeworfene Zigarette auslösen konnte, mußte durch massenhafte Brandstiftung zu einer Verheerung unvorstellbaren Ausmaßes werden.

»Alles ist denkbar, jede nur mögliche Schweinerei werden sie machen«, bekräftigte der Captain, »schon längst haben sich diese Banditen ausgerechnet, was für Alaska am schlimmsten ist. Sonst würde sich das gelbe Pack ja nicht so viel Mühe darum geben. Wenn wir ihren Sender nicht zerschlagen, bricht im ganzen Lande die Hölle los. Wir müssen's verhindern, Leute, das ist wohl jedem klar!«

Ein ganz neues Gefühl ergriff die Scouts, das Bewußtsein der großen Bedeutung ihrer Aufgabe. Sie waren zu Männern geworden, die schwere Verantwortung trugen.

Captain William begriff das sehr wohl.

»Eine Speerspitze sind wir, die den Feind an seiner empfindlichsten Stelle treffen muß!« stieß er nach. »Wir sind im Augenblick die einzige Waffe im Land, die das Unheil abwehren kann. Hier in den Brooks braut sich das Wetter für ganz Alaska zusammen. Ohne zu wissen, was der Himmel losläßt, schicken auch die Japse kein kostbares Bombengeschwader davon. Der Sender muß weg... und wir bringen ihn weg!«

Seine kurze Ansprache stieß auf Beifall und Entschlossenheit. Jeder Scout war bereit, für diese Aufgabe seine Knochen zu riskieren. Zum erstenmal gefiel ihnen der Offizier, ein schneidiger Bursche, der sicher vor nichts zurückschreckte! Seine lange Narbe im Gesicht und das gläserne Auge waren dafür der beste Beweis.

»Das war alles«, sagte er, »morgen um sechs brechen wir auf.«

Der Captain wollte nicht ins Kreuzfeuer vieler Fragen und noch mehr Meinungen geraten. Er zog sich schnell in sein Zelt zurück, um dringende Beschäftigung mit seinen Papieren vorzutäuschen. Damit ließ sich der Eindruck erwecken, daß sie noch weiteres Wissen enthielten, das allein für ihn bestimmt war. Als Geheimnisträger zu gelten mußte seine Bedeutung erheblich aufwerten.

Das war auch, vermutete Allan, die Absicht des Generals gewesen, als er dem Captain ohne ersichtlichen Grund die Weisung gab, seine Enthüllungen erst hier und nach Abflug der Maschine von sich zu geben. Ihn selber hatte man zuvor nicht informiert, um allein Frank William mit dem Nimbus des Eingeweihten zu versehen.

Hamilton war ein schlauer Fuchs, noch aus der Ferne vermochte er die Stellung seines Offiziers bei den Scouts zu festigen.

Doch war nun der Chiefscout am Zuge. Die Planung der Nachsuche hatte Hamilton ausdrücklich ihm überlassen. Wie er sich das für die nächsten Tage dachte, wollte er zunächst mit den Scouts besprechen, danach erst dem Captain das Ergebnis mitteilen.

»Alles sieht jetzt furchtbar eilig aus«, sagte er zu seinen Freunden, »aber wenn wir gleich mit zu viel Begeisterung loshetzen, bekommen wir von den Japsen keinen einzigen zu fassen. Die warten ja nur darauf, daß wir uns durch Ungeduld verraten. Wir haben's vom General selber gehört, die lange Startbahn auf der Insel ist noch gar nicht fertig.«

Die Scouts wußten bereits, daß man in kleinen Gruppen operieren wollte. Das war schon in Richardson so besprochen worden. Nochmals setzte ihnen Allan auseinander, warum sich der Gegner an die Baumgrenze halten würde. Jedermann sah das ein, Waldläufer brauchten dafür keine lange Erklärung.

»Morgen wird's noch nicht interessant«, fuhr der Chiefscout fort, »da bleiben wir noch beisammen. Erst übermorgen, bei Anbruch der Dunkelheit, werden wir uns teilen...«

»Wieso erst abends, Allan, da sind wir doch schon in den Bergen?«

»Weil wir die Dunkelheit brauchen, um weiterzugehen. Wenn's Wetter so bleibt, hilft uns der zunehmende Mond. Haben ihn auch nötig, müssen ja die meiste Zeit im Wasser laufen.«

Niemand hatte etwas dagegen. Wer in den Wäldern Alaskas zu Hause ist, hat sich daran gewöhnt, die Bäche als Wege zu benutzen. Oft ist das sehr viel einfacher, als sich mühsam durchs Dickicht zu plagen.

»Im Wasser bleibt keine Spur, im Dunkeln werden wir nicht gesehen. Allerdings können wir auch selber nichts sehen. Das müssen wir eben bei Tage besorgen, die Nacht soll nur dazu dienen, einen guten Aussichtspunkt zu erreichen. Wo der ist, Coppers, und wie man am besten hinkommt, ohne aufzufallen, muß jeder selber herausfinden. Irgendeine Felsnase oder so was Ähnliches wird sich schon dazu hergeben. Hauptsache, man hat von dort einen möglichst weiten Ausblick. Die Berghänge über der Baumgrenze müssen eingesehen werden und die freien Ufer am Fluß. Wenn's hell wird, sitzt jeder schon auf seinem Posten und bleibt dort, bis es wieder dunkel ist. Auf keinen Fall darf bei Tage jemand weg von seinem Platz. Nur keinen Stellungswechsel bei Helligkeit, sonst kommt Wild in Bewegung. Müssen ja damit rechnen, daß der Feind genauso schlau ist wie unsereins. Immer nach Rauch riechen, immer auf Axtschläge hören und aufpassen, was das Wild macht, wo die

Enten hochgehen ... Schaut euch um, Leute, laßt keinen Fleck aus dem Fernglas! Einmal am Tag müssen die Gelben auf die Höhe hinauf, um zu senden, und danach wieder herunter. Auch im Talgrund werden sich die Leute rühren, wenn sie in der Nähe sind. Sucht die Ufer ab mit dem Glas, manchmal sind Fährten aus der Ferne besser zu sehen als aus der Nähe ... besonders im hohen Gras und Gestrüpp.«

»Auch im Kies«, rief Randall dazwischen, »hab's schon oft erlebt, daß man von weitem im Kies eine Spur ausmacht, die man dicht dabei kaum wiederfindet!«

»So ist es, Pete, genau so! Jeder von uns weiß, daß mehr Wild ersessen als erlaufen wird. Bei Menschen muß das genauso sein, die Japaner können nicht immer still sitzen. Früher oder später müssen sich die Kerle mal verraten!«

Es wäre das beste, zwei kleine Suchgruppen in jedes Tal zu schicken, schlug Allan vor, die sich an verschiedenen Stellen ansetzten. Sonst wäre es kaum möglich, das ganze Gelände zu übersehen. Am oberen Ende der abgesuchten Täler würde man sich dann wiedertreffen.

»Nach wieviel Tagen soll das sein, Allan, darauf kommt's doch an?«

»Natürlich kommt's darauf an, Coppers, aber wir können's erst ausmachen, wenn das Gelände übersichtlich vor uns liegt. Zu knapp darf die Zeit nicht sein, die Wege sind ja verschieden lang. Immerhin können wir dabei vier Täler gleichzeitig schaffen.«

Wie er denn gerade auf vier Täler käme, wollte Hamston wissen.

»Einfache Rechnung, Dick! Vierzehn Mann sind wir im ganzen. Davon kommen zunächst mal zwölf Leute auf drei Täler, nämlich zwei Gruppen zu je zwei Mann für jedes Tal. Bleibt noch ein Restbestand von zwei Leuten übrig. Die nehmen ihren Weg durchs kürzeste Tal ...!«

»Was meinst du mit dem kürzesten Tal?« fragte Ted Miller.

»Am kürzesten wird der Weg durch jenes Tal sein, das beim Aufbruch direkt vor uns liegt. Die anderen Gruppen müssen ja zum Eingang ihrer Täler erst einen Umweg machen. Am besten wird's sein, wenn der Captain und ich den kurzen Weg übernehmen. Weil wir dann wahrscheinlich die ersten am Ziel sind. Außerdem kann William dabei lernen, wie sich unsereins im Gelände benimmt. Ist ja hier ein bißchen anders als in seinem Dschungel auf den Philippinen!«

»Das hab' ich bereits gemerkt, Chiefscout«, ließ sich zur allgemeinen Überraschung der Captain selber vernehmen, »hoffentlich werden Sie mit dem Lerneifer Ihres Schülers zufrieden sein.«

Niemand von den Scouts hatte gesehen, daß er hinter sie getreten war. Dabei hatte William schon den größten Teil der Besprechung mit angehört. Allan konnte es nur recht sein.

»Hat noch jemand eine Frage?«

»Ja, ich hätte eine«, sagte der Captain, »warum sprechen Sie immer von Zweiergruppen, Mr. McCluire? Wenn jeder alleine pirscht, könnten wir doch in der gleichen Zeit ein viel größeres Areal erkunden? Von unseren Männern wird sich bestimmt keiner fürchten, wenn er mal alleine ist!«

Das wurde ihm von allen Seiten versichert.

»Damit hat's auch nichts zu tun«, stellte Allan fest, »aber was geschieht, wenn einer von uns nicht beim Treffpunkt erscheint? Dann kann doch niemand ahnen, was ihm passiert ist.«

»Bei zweien auch nicht!«

»Doch, Captain, wenn alle beide nicht erscheinen, hat sie vermutlich der Feind geschnappt, und man weiß, wo die Japaner stecken.«

»Erklären Sie mir das«, forderte William.

»Die Erfahrung hierzulande hat uns gelehrt, daß normale Unfälle... Knochenbrüche, Steinschlag oder Wegreißen durch die Strömung fast immer nur einen Mann betreffen. Sein Kamerad kann ihm helfen oder Hilfe herbeiholen. Auch wenn der eine Mann tödlich verunglückt ist, bringt uns der zweite Gewißheit über sein Schicksal. Finden sich jedoch alle beide nicht bei der Sammelstelle ein, dann sind sie nach menschlichem Ermessen dem Feind in die Hände gefallen.«

William hatte mitgedacht und gab dem Chiefscout vollkommen recht.

»Sie sehen, Mr. McCluire, ich lasse mich belehren. Ihre Argumente leuchten mir ein.«

Es gefiel den Scouts, daß sich William durch so einfache Vernunft überzeugen ließ.

»Nochmals möchte ich betonen, Mr. McCluire, daß unter keinen Umständen geschossen wird. Außer natürlich, wenn's um das eigene Leben geht. Was wir jetzt machen, ist nur eine Aufklärung, jede Berührung mit dem Feind muß vermieden werden. Haben wir's heraus, wo sich die Bande versteckt, machen wir die Kerle gemeinsam fertig. Bis dahin bleiben wir unsichtbar... absolut unsichtbar.«

Allan war es peinlich, daß sich der Captain eine solche Blöße gab. Kein Scout würde je daran denken, sich unnötig bemerkbar zu machen, schon gar nicht durch weithin hallende Schüsse. Das betretene Schweigen der Leute zeigte William, wie sehr er ihren Verstand unterschätzt hatte. Er wechselte sogleich den Ton.

»Finde Ihren Plan ganz ausgezeichnet, Chiefscout, besser können wir bestimmt nicht vorgehen. Nur mit dem Sender, das macht mir noch Sorgen. So ganz ohne Verbindung zur Außenwelt...«

Es war der wunde Punkt zwischen Allan und ihm, schon in Richardson hatte man heftig darüber diskutiert. Allan wiederholte vor den Scouts die gleichen Gründe, mit denen er William schon vor Tagen widersprochen hatte.

»Glauben Sie mir doch, Captain, der Sender wäre nur eine Belastung für uns. Er müßte abwechselnd getragen werden, die Beweglichkeit der ganzen Gruppe würde darunter leiden. Immer wird das Tempo vom langsamsten Mann bestimmt!«

»Zuviel Technik macht uns konfus«, rief Charley Stewart dazwischen, »wir sind's nicht gewohnt, wenn da noch Anweisungen aus weiter Ferne kommen.«

»Wir könnten aber mal Hilfe brauchen, die aus weiter Ferne kommt«, warnte der Captain.

»Werden uns schon selber helfen...«, meinte Fortier.

»Verstehen Sie doch«, beharrte Allan, »so ein unsichtbarer Draht nach draußen, das hemmt nur die eigene Initiative...«

Die Scouts waren einstimmig seiner Meinung.

»Wir haben's immer alleine geschafft, auf gute Ratschläge vom grünen Tisch können wir verzichten.«

Die Ablehnung war so allgemein, daß sich William damit abfinden mußte. Wie die Nachsuche vonstatten ging, hatte der General ausdrücklich dem Chiefscout überlassen.

»Na schön«, stimmte der Captain zu, »hoffentlich wird hinterher niemand bereuen, daß wir ohne Verbindung sind.«

17

»Taiji-dono, sieh die Vögel dort drüben!«

Der Feldwebel Suda wies auf einen Buckel im Tal, über dem zwei Weißkopfadler kreisten.

Es war ungewöhnlich, daß sich die Adler über dem Tal hielten.

Für gewöhnlich waren die Höhenzüge ihr Revier, wo die Lemminge und Schneehühner leben.

Hidaka befahl seine Leute ins Gestrüpp und legte sich nieder, um die Vögel durch das Glas zu betrachten.

»Haben sicher was gefunden ... trauen sich aber nicht heran!«

Die Adler glitten mühelos durch die Luft, ihre Schwingen zeigten keine merkliche Bewegung. Sie zogen ihre Kreisbahn jedesmal enger und kamen allmählich tiefer hinab.

»Da muß Fallwild liegen ...«, meinte der Feldwebel.

Der Hauptmann schob ein paar Steine vor sich zusammen, um für sein Glas eine feste Auflage zu haben. Die Raubvögel waren ihm nicht so wichtig wie das, was sie entdeckt hatten. Wenn es ein Stück Wild war, mußte es noch leben. Sonst würden die Adler schon längst auf seinem Kadaver herumhacken. Vielleicht konnte man ihnen den Fund abnehmen und selber verwenden.

»Warum stoßen sie nicht ganz hinunter, Taiji-dono?« fragte Inaki. »Auf was warten die Vögel?«

Hidaka starrte weiter durchs Glas.

»Sicher bewegt sich die Beute noch, oder sonst etwas stört die Adler.«

Er wandte sich zu seinen Leuten um.

»Inaki, lauf hinunter ins Lager und laß dir von Leutnant Tojimoto das Spektiv geben ...«

Inoué mußte das Tarnnetz wieder auswickeln und über die Büsche ziehen. Hidaka fühlte sich erst ausreichend gedeckt, wenn selbst aus nächster Entfernung nichts von ihm zu sehen war.

Die beiden Vögel schienen mehr Mut zu fassen. Ihre Schwingen fächerförmig gespreizt, strichen sie nun dichter über den grünen Buckel hin, kehrten zurück und blieben, in der Luft flatternd, darüber stehen.

Der Leutnant brachte das Fernrohr selber, Inaki kam mit dem Dreifuß hinterher.

»Möchte wissen, Yoshi, was da drüben los ist«, erklärte ihnen Hidaka, »kann ein Elch sein, der von seinem Rivalen geforkelt wurde.«

Inaki spreizte den Dreifuß auseinander und drückte ihn fest auf den Boden, die sechzigfache Vergrößerung verlangte eine sichere Stütze. Der Ausschnitt im Glas war nur klein, man mußte die gesuchte Stelle ähnlich wie beim Zielen mit Gewehr regelrecht anvisieren.

»Ziemlich hohes Gras mit Büschen dazwischen«, berichtete Hidaka.

»Kein Tierkörper zu sehen?«

»Nein, Yoshi, muß verdeckt sein. Aber die Adler werden uns die Stelle schon zeigen.«

Er glitt zurück und legte den Kopf in seine Feldmütze, um die Augen auszuruhen.

»Einer der Vögel stößt herunter, Enzo!«

Als Hidaka wieder hinsah, ging drüben auch der zweite Adler zu Boden.

»Sie zerren etwas aus dem Busch... einen weißen Körper!«

»Kann nur eine Schneeziege sein oder ein Bergschaf«, glaubte der Leutnant, sonst gab es zur Zeit kein weißes Tier in diesem Teil Alaskas.

»Muß erst den Kopf sehen, Yoshi, tot ist es bestimmt... rührt sich nicht mehr.«

Hidaka straffte sich plötzlich.

»Was ist, Enzo... was Besonderes?«

Der Hauptmann gab keine Antwort, aber seine Spannung ergriff auch die Gefährten. Sie rückten lautlos näher an ihn heran. Aber lange Minuten vergingen noch, bis sich Hidaka zurückwandte.

»Hat niemand einen Schuß gehört?« fragte er zum Erstaunen seiner Leute.

Keiner hatte das geringste vernommen.

»Das Haupt ist abgetrennt, ein Tier hat das nicht gemacht!«

Alle fünf Männer starrten ihn an.

»Ein Mensch... ein Jäger hier in unserer Gegend?«

Hidaka richtete sich auf.

»Ganz sicher, das Tier ist erlegt worden.«

»Aber den Schuß hätten wir hören müssen!«

Der Wind ginge nach Osten, meinte Kurakami, und wäre so lebhaft, daß er auch den Hall eines Schusses davontrüge.

»Eine Schlagfalle wäre auch möglich...«

»Niemand stellt seine Falle auf einen Hügel«, widersprach Tojimoto.

»Ist auch gleichgültig, wie das Tier umgebracht wurde«, sagte Hidaka, »ein Mensch hat es getötet.«

Der Leutnant wollte nicht an einen Menschen glauben.

»Auch der Luchs schärft manchmal das Haupt seiner Beute ab und schleppt es weg.«

»Ich weiß, Yoshi, aber dann hätten die Adler nicht so lange gewartet. Sie haben ein Wesen gesehen, das sie nicht kennen... deshalb waren sie so mißtrauisch. Aber ich verstehe nicht, warum ein Mensch das Haupt abtrennt und den besseren Teil seiner Beute liegenläßt.«

Gleichzeitig versicherten ihm Suda und Tojimoto, es müsse eben ein Trophäenjäger gewesen sein. Sicher hatte das Tier ein besonders starkes Gehörn gehabt.

»Natürlich ging's um die Trophäe, das weiß ich auch. Dann kann's aber keiner von den Yankis sein, die hinter uns her sind. Es wäre ja heller Wahnsinn von ihnen, hier herumzuschießen. Und bestimmt würden sie nicht auf das Wildbret verzichten.«

Als Lösung blieb nur übrig, daß ein regelrechter Sportjäger im Tal war, einer, der sich seine Verpflegung mitgebracht hatte und nichts vom Wildbret wissen wollte.

»Sehr unwahrscheinlich«, zweifelte Hidaka, »ein Trophäenjäger in dieser Gegend? Wie soll der Mann denn hergekommen sein, was trieb ihn so hoch in den Norden? Ebenso gute und noch bessere Jagdgebiete sind viel leichter zu erreichen!«

»Ein Trapper könnte doch auch mal...«, vermutete Suda.

»Ja, er könnte sich mal eine gute Trophäe holen, wenn sie ihm der Zufall in den Weg führt. Aber bestimmt hätte er auch für das Wildbret Verwendung, zumindest als Köder für seine Fallen.«

Tojimoto schlug vor, hinunterzusteigen und sich alles in der Nähe anzusehen. Am Fährtenbild konnte man auch feststellen, ob der Jäger allein gewesen war.

»Nein, Yoshi, es könnte eine Falle sein, die uns die Yankis stellen. Wir müssen weg von hier, so weit wie möglich!«

Die Japaner warteten auf die Dunkelheit, bevor sie ihre Tarnung aufgaben und im schwachen Sternenlicht geräuschlos zu ihrem Camp hinabstiegen. Hidaka verbot, daß Feuer gemacht wurde.

»Wir werden erst morgen, bei frühester Dämmerung, aufbrechen«, teilte er seinen Leuten mit, »im Dunkeln könnten wir fremde Spuren kreuzen, ohne sie zu erkennen.«

Der Leutnant drängte, daß man dem unbekannten Jäger nachspüre, um ihn zu erledigen.

»Nein, das lassen wir bleiben! Dieser Mann sucht uns nicht und weiß noch nichts von uns. Viel besser, wir weichen aus. Unsere Aufgabe ist es nicht, fremde Jäger umzubringen. Wir haben andere Pflichten.«

Damit jedoch niemand denken solle, er nehme humanitäre Rücksichten, fügte er noch hinzu: »Und wenn's mehrere Leute sind, bekommen wir möglicherweise nicht alle auf einmal. Entwischt uns einer, sind wir verraten!«

Tojimoto sah das ein, auch die anderen waren überzeugt. Ihr Kommandeur hatte eben doch den klügsten Kopf.

Vor dem Aufbruch wurden alle Spuren verwischt. Hidaka wachte selbst darüber, daß man nicht die geringste Kleinigkeit übersah. Die Reste der kalten, nächtlichen Mahlzeit und alle sonstigen Abfälle wurden einen halben Meter tief vergraben, damit nicht hungrige Füchse den Platz verrieten. Noboru richtete das Gestrüpp wieder auf und streute Laub über den Platz, wo sie gelegen hatten.

Der Hauptmann ging voraus, wandte sich jedoch oft zurück, um sich zu vergewissern, daß seine Leute alles taten, um eine sichtbare Fährte zu vermeiden. Man trat auf Fallholz und kahle Steine, ging über Teppiche aus Tannennadeln und folgte den Kiesstreifen ausgetrockneter Bäche. Besser noch konnte man seine Spur natürlich im Wasser verbergen. Doch nicht immer führten die kleinen oder großen Bäche in der gewünschten Richtung.

Noboru folgte am Schluß. Er war vom ganzen Trupp am sorgfältigsten, wenn es darum ging, abgestreifte Blätter aufzuheben oder Erdkrumen fortzuwischen, die ein Stiefel auf den Steinen hinterlassen hatte. Die Kunst, seine Fährten zu verwischen, wird jedem Oschonen von Kindheit an gelehrt. Noboru war ein Meister in dieser Fertigkeit, nur mußte man ihm Zeit lassen. Die Kolonne kam nicht so schnell voran, wie es ihr Führer wünschte. Nach jeder Stunde wurde gerastet, bis der Oschone nachkam. Alles vollzog sich schweigend, man hatte sich daran gewöhnt, nur miteinander zu flüstern.

Die Japaner folgten zunächst dem Rand des Waldes. Zu ihrer Rechten lag die Anhöhe, zur Linken senkte sich der Hang ins Tal hinab. Schwieg der Wind, konnte man drunten das Rauschen des Flusses hören. Je weiter die Kolonne vorstieß, desto schwächer wurde sein Gemurmel, obwohl die Entfernung mehr oder weniger die gleiche blieb. Aber die Wassermenge hatte abgenommen, aus dem Fluß war ein Bach geworden, der nicht mehr viel zu sagen hatte.

Die Region der Rottannen blieb zurück, allmählich verschwanden auch die Erlen. Ein zerzauster Birkenwald trat an ihre Stelle, mit viel lockerem Gestein dazwischen, das die Frühjahrsschmelze jährlich aufs neue hinabrollte. Danach gelangte man in dichtverfilztes Weidengestrüpp, das Fortkommen wurde immer schwieriger. Vor jedem Schritt mußten die elastischen Zweige geteilt werden. Kaum hatte man sich hindurchgewunden, federten sie zurück und hemmten das Nachziehen der Traglast. Nun machten die Japaner auch ihre ersten Erfahrungen mit dem Teufelskolben, dem Schrecken aller Bergjäger in Alaska. Sie wachsen auf starken, mannshohen Stielen, meist im feuchten Schatten der Weiden. Die Frucht ähnelt in der Form einem Maiskolben und erscheint dem Kletterer als willkommener Griff, sich daran hochzuziehen. Aber in der samtweichen Hülle verbergen sich unzählige Dornen, die sogleich in die Haut dringen. Es ist mühsam und auch schmerzhaft, sie wieder zu entfernen, da jeder Dorn mit Widerhaken gespickt ist.

Einige Male stieß man auf Elchwechsel, sogar auf frische Losung. Doch konnte man den Weg der Tiere nicht als eigenen Weg benutzen, weil sich das biegsame Gestrüpp ebenso dicht darüber schloß wie überall sonst.

Gegen Mittag wurde es lichter in der graugrünen Wildnis, man war am Ende der Weiden angelangt. Noch in deren Schutz befahl Hidaka eine längere Rast. Der Himmel hatte sich bedeckt. Kaum daß die Leute nicht mehr zu keuchen brauchten, fühlte jeder, wie kühl es seit dem Morgen geworden war.

Hauptmann Hidaka bog die letzten Zweige auseinander und zeigte denen, die neben ihm saßen, das Ziel ihres heutigen Marsches. Es lag am Fuß der Felsenberge, dort, wo jene Umgehung begann, die er vor Tagen durchs Glas erkundet hatte. Vor ihnen lag offenes Gelände, das bis zu den Steilwänden hinaufführte. Die weißen Gipfel darüber hüllten sich in wallende Wolken.

Hidaka betrachtete sie mit Befriedigung.

»Besser könnten wir's nicht haben. Es sieht aus, als würden die Wolken tiefer kommen. Sie werden uns den schönsten Schutz bieten. Wir steigen bis zu der Kante hinauf, die im Profil aussieht wie ein Hundekopf. Hoch genug sind wir dann, um von dort zu senden. Morgen früh marschieren wir unter der Wand hinüber ins nächste Tal und verschwinden wieder im Wald.«

Tsunashima wußte von seinem Barometer, daß die Zeit der ungetrübten Herbsttage fürs erste vorbei war. Zur Tarnung ihres Marsches waren die sinkenden Wolken gewiß sehr nützlich. Aber wenn in der nächsten Woche Yamadas Flugplatz fertig wurde, brauchte man wieder klares Wetter.

Als die grauen Schwaden tief genug waren, brachen die Japaner wieder auf. Man ging nun sehr viel leichter. Das sperrige Gestrüpp aus verschlungenen Weiden lag hinter ihnen. Der Boden war nur noch mit kniehohen Stauden bedeckt.

»Geht mit schlurfenden Schritten«, verlangte Hidaka, »nicht auf die Halme treten, schiebt sie mit den Füßen beiseite!«

Da von seinen Leuten nicht alle diese Gangart kannten, zeigte er ihnen, wie es gemacht wurde. Weil dabei kein Stengel zerbrach oder abknickte, richtete sich das Kraut sogleich wieder auf. Die Japaner marschierten in Fächerform, um kein Büschel mehr als einmal zu berühren. Der Erfolg war verblüffend. Wo die elf beladenen Menschen hindurchzogen, war schon nach wenigen Augenblicken nichts mehr zu sehen.

Nach einer Weile hörten auch Kraut und Gräser auf, von Nebelstreifen umweht, schritten sie über weiche Moospolster. Sie gaben den Stiefelsohlen nach wie ein Schwamm, gleich darauf hob sich das Gewebe wieder. Hidaka verbot, auf hinausragende Steine zu treten, damit nicht kleine Moosteile, die beim Gehen abgestreift wurden, daran haftenblieben.

Schon am frühen Nachmittag war der »Hundekopffelsen« erreicht. Aus verschiedenen Richtungen liefen hier Elchwechsel zusammen, denn hinter dem Moränengeröll lag eine sumpfige Mulde, die dem Wild als Suhle diente. Unter überhängenden Felsen fanden die Elche Schutz vor scharfem Wind und hatten diesen Platz fußhoch mit ihrer Losung bedeckt.

»Die braven Tiere haben für Heizmaterial gesorgt«, stellte Hidaka fest und gab Anweisung, möglichst viel von dem trockenen Dung zu sammeln. Ähnlich dem ausgedörrten Mist der Kamele gibt die Losung des Schalenwildes starke Hitze und brennt nur mit kleiner, kaum sichtbarer blauer Flamme. Auch der beizende Geruch ihres Lagerfeuers konnte die Japaner nicht verraten, die Luft zog steil an den Wänden empor.

Hauptmann Hidaka ließ die Bergzelte aufschlagen und gab Tojimoto Weisung, bis Anbruch der Dunkelheit niemand außer Deckung zu lassen. Am Tage zuvor hatte Noboru in der Schlinge zwei Wildgänse gefangen, die nun mit einigen Erdhörnchen als Mahlzeit dienten. Für den folgenden Tag war die Ernährung noch nicht gesichert, doch machte sich niemand Sorgen darüber. Moosbeeren und Wolkenbeeren bedeckten fast alle Hänge.

Da nach Südwesten hin kein Bergrücken die Sendung störte,

konnte man die heutige Meldung aus unmittelbarer Nähe des Lagers abgeben. Vom Nebel wurde ohnehin jede Bewegung getarnt.

»Das Barometer ist gefallen, und die Luft ist sehr feucht geworden«, meinte der Meteorologe, »das Tief wird aber vorübergehen, nehme ich an. Einen richtigen Wettersturz würden die Instrumente drastischer ankündigen!«

Der Hauptmann war nicht so zuversichtlich.

»Erfahrungen aus anderer Gegend haben hier nichts zu sagen, Tsunashima, wir sind in der schlimmsten Wetterküche der Welt.«

Kurakami hatte die Meldung bereits chiffriert und bemühte sich, die Verbindung herzustellen. Es dauerte etwas länger, bis sich die Station von Attu meldete. Bei den Aleuten schien sich ein Gewitter zu entladen, der Empfang war nicht sehr gut.

Auch heute hatte Attu selber noch etwas zu sagen. Kurakami lauschte mit größter Anstrengung, er mußte mehrfach um Wiederholung bitten. Während Lonti an der Kurbel drehte, hielt der Hauptmann den Block des Funkers, der scharfe Wind hätte ihm sonst die Seiten verblättert.

»Wir entziffern im Camp«, sagte Hidaka, als das Schlußzeichen kam, und ließ zusammenpacken.

Das Feuer verbreitete einen starken, übelriechenden Rauch, doch es war sehr heiß, und die Mahlzeit in dem rußigen Topf begann schon zu kochen. Tojimoto warf noch ein paar Kräuter hinein, um der Fleischbrühe die rechte Würze zu geben.

»Was hat Attu gesagt?« drängte Hidaka den Funker.

Der hatte mit dem Entziffern sehr viel Mühe, weil einige Stellen verstümmelt waren. Aber seinem Geschick gelang es, die Lücke zu schließen.

»Gute Nachrichten, Taiji-dono!«

Der Hauptmann überflog den Klartext und las ihn dann vor:

»DREI STAFFELN TSURUGAS HIER STARTBEREIT STOP BEI GÜNSTIGEM WETTER ERSTER ANGRIFF AB ÜBERMORGEN MÖGLICH STOP ERWARTE MELDUNG ZWEIMAL TÄGLICH STOP YAMADA.«

Die elf Japaner brachen in Jubel aus. Endlich stieß der große Krieg bis in die Heimat des Feindes vor. Sie selber wiesen ihm den Weg dorthin!

Als der Captain und Allan McCluire am Treffpunkt der Scouts anlangten, waren sie dort die ersten. Sie hatten es nicht anders erwartet und machten sich daran, in der Nähe einen geschützten Platz fürs Lager zu finden.

Das Gewässer, dem sie zwei Nächte hindurch gefolgt waren, hatte sich schon bald zu einem schäumenden Wildbach verengt und nahm hier seinen Anfang. Von den Höhen herab stürzte sich ein Schleier von Schmelzbächen in eine klaftertiefe, grün bemooste Schlucht. Eine Wolke aus sprühendem Dunst lag darüber, von Millionen und aber Millionen kleiner Tröpfchen gebildet. Diese Nebelglocke, aus weiter Ferne gut sichtbar, war es gewesen, die Allan veranlaßt hatte, die Stelle als Sammelplatz zu bestimmen.

»Dort wäre es nicht schlecht«, rief der Captain durchs Geprassel des Wassers, »ist zwar ziemlich naß, könnten uns aber ein Feuer leisten. In dem Dunst wird aller Rauch verschluckt.«

Der Chiefscout war einverstanden.

»Werden ein paar Blöcke zusammenrollen und Moos dazwischenstecken, damit der Schein nicht zu sehen ist.«

Beide mußten laut schreien, um sich zu verständigen.

Sie ließen die Tragbretter von den Schultern und packten kräftig zu. Das Gestein lag lose herum, war jedoch von schlüpfrigen Flechten bedeckt und glitt oft unter ihren Händen weg. Sie lachten darüber und preßten sich mit dem ganzen Körper gegen die Blöcke. So ging es besser, und schon nach kurzer Zeit entstand ein Halbkreis, anderhalb Meter hoch, der die Flammen ausreichend schützte.

Sie waren gut miteinander ausgekommen während dieser Tage und Nächte. An körperlicher Ausdauer hatte es dem Offizier nicht gefehlt, nur an die beschwerlichen Märsche im glatten Geröll der Bäche mußte er sich noch gewöhnen. Er war mehrmals gestürzt und bis auf die Haut naß geworden, hatte aber deshalb keinen Augenblick nach Rast verlangt.

Gesehen hatten sie nichts, keine menschliche Fährte und auch nirgendwo beunruhigtes Wild. Dieses Tal hatte schon seit langem keinen fremden Besuch mehr gehabt, schon möglich, daß sie überhaupt die ersten Menschen waren, die es jemals aus der Nähe sahen.

»Guter Platz so neben einem Wasserfall, das muß man sich merken«, schrie der Captain dicht an Allans Ohr, »der Rauch verschwindet, und niemand kann einen hören!«

Der Chiefscout war nicht ganz seiner Meinung.

»Gleiche Vorteile auch für den Gegner«, rief er zurück, »kann im Dunst nahe herankommen und ist ebenfalls nicht zu hören!«

William nahm die Belehrung gutwillig hin.

Sie trennten sich, um am Rand des Waldes trockenes Holz zu sammeln. Seit sie beide allein waren, hatte sich William ganz anders gezeigt als zuvor unter den Augen und Ohren der Scouts. Er verbarg nicht seinen Eifer, die Künste alaskanischer Waldläufer von Allan zu lernen. Zu Anfang hatte er noch immer hinzugefügt, wie man dies oder jenes im tropischen Dschungel mache, um zu unterstreichen, daß er in anderer Landschaft auch seine Erfahrungen besaß. Doch schon am zweiten Tag hatte er dies unnötige Bemühen von selber aufgegeben.

Mit dem Holz trafen sie beide fast gleichzeitig wieder am Lagerplatz ein.

»Was ich noch sagen wollte«, rief der Captain, als sei es ihm gerade eingefallen, »ich heiße Frank für meine Freunde!«

Allan war beschäftigt, das Feuer zu entfachen. Nur kurz konnte er zu William aufschauen.

»In Ordnung, Frank... wie ich richtig heiße, brauche ich dir ja nicht zu sagen.«

»Sicher nicht, Allan.«

So formlos wurde das erledigt. Sie hatten sehr eifrig zu tun oder taten jedenfalls so.

»Ob heute noch einer kommt?« fragte William etwas später.

»Glaube kaum, vielleicht morgen in der Frühe.«

Das Feuer brannte nun, doch aus gewohnter Vorsicht sorgte der Chiefscout dafür, daß es nicht zu hoch flammte.

Der Captain nahm Eipulver, Mehl und Fett aus seinem Tragbrett, um Pancakes zu machen.

»Sollten wir das nicht lieber sparen, Frank? Bin sicher, wir könnten ein paar Fische bekommen.«

»So weit hier oben?«

»Sicher, die Lachse kommen schon herauf.«

»Können ja morgen Angel oder Netz auswerfen.«

»Das ist besser als jede Angel«, sagte ihm Allan und holte eine weiche, knollige Frucht aus seiner Tasche, »damit braucht man nicht lange auf seine Fische zu warten.«

»Was ist das für ein Ding?«

»Die Wurzel einer sogenannten Mönchskappe, ziemlich giftig,

aber doch eine gute Sache für hungrige Waldläufer. Man zerdrückt sie nur und wirft die Krümel in den nächsten Tümpel. Im Umkreis von zehn bis zwanzig Metern werden gleich alle Fische davon betäubt und schwimmen leblos auf der Oberfläche. Das Gift schadet weiter nichts, man kann sie trotzdem gut essen.«

Der Captain betrachtete die kleine, beutelförmige Wurzel.

»Macht einen harmlosen Eindruck...«

»Auch Kurare sieht nach gar nichts aus, ist aber so ungefähr dasselbe, es lähmt auch die Muskulatur. Die moderne Medizin hat das Kurare den Indianern vom Amazonas abgeschaut, um das hier haben sich die Gelehrten noch nicht gekümmert.«

Sie zogen ihre Tragbretter neben das Feuer und begannen sie aufzuschnüren. Allan hatte das Gepäck der Scouts zusammengestellt, auf Grund von Ratschlägen und Erfahrungen, die jeder einzelne dazu beitrug. Nichts durfte sich hernach als überflüssig erweisen, alles war zum langen, selbständigen Ausharren in der Wildnis bestimmt. Jeder Scout trug eine kurze Axt bei sich und sein Jagdmesser, jeder dritte einen Feldspaten. Die Schlafsäcke, wasserdicht bezogen, waren mit federleichten Daunen gefüllt. Man konnte auch bei tiefsten Temperaturen wohlgewärmt darin liegen. Der Chiefscout hatte darauf gedrungen, daß jeder Mann sein Zelt für sich besaß. So war niemand abhängig vom andern, jeder einzelne Scout konnte, falls es nötig wurde, allein kampieren. Allerdings waren die Zelte so eng, daß neben dem Mann gerade noch sein Gewehr und Gepäck Schutz darin fanden. Nicht die Waldläufer, sondern die Armee hatte das leichte Gebilde für arktische Aufgaben entwickelt. Es wog nur fünf Pfund, war jedoch unzerreißbar und sollte den heftigsten Stürmen gewachsen sein.

Die Scouts hatten auf ihren eigenen Büchsen bestanden. Sie trugen Zielfernrohre und waren bedeutend länger als die Militärgewehre, weil die Jagd in Alaska oft sehr weite Schüsse erfordert. Erst nach gutem Zureden war es William gelungen, den Scouts auch noch vier Maschinenpistolen aufzudrängen. Obwohl sich jeder damit eingeschossen hatte, hielten die Waldläufer nicht viel von den ungewohnten Waffen. Deren Reichweite war nur gering und die Streuung groß. Für einen plötzlichen Überfall mochten sie ja gut sein, wie der Captain sagte, aber für die Jagd taugten sie gar nichts. Drei Handgranaten trug jeder im Gürtel. Vor dem Abflug zum Cliftonsee war ihr Gebrauch im scharfen Wurf ausgiebig geübt worden.

Alle Scouts hatten ihr privates Fernglas bei sich, dazu in wasserdichter Büchse ein Paket Sturmstreichhölzer. Abgesehen vom Eßgeschirr der Armee war auch jeder mit seiner eigenen Bratpfanne ausgerüstet, ohne die sich kein Waldläufer in die Wildnis begibt. Die meisten führten eine Rolle Feindraht mit, der für Schlingen und Fallen gebraucht wurde. Angelzeug war vorhanden und leichte Netze für den Fischfang. Man hatte Nähzeug im Gepäck, einige Scouts sogar Ahle mit Pfriem, um sich notfalls ein zweites Sohlenpaar unter die Stiefel zu heften. Regenhaut und Regenhut gehörten zur normalen Ausrüstung, dazu Pelzmütze und viele wollene Sachen für die kalte Zeit.

Nur Allan und William hatten Rasierzeug mitgenommen, die Scouts legten Wert darauf, mit einem möglichst üppigen Bart heimzukehren.

Die eiserne Ration, in Aluminiumbüchsen verpackt, bestand aus Rosinen, zerlassenem Fett und dehydriertem Fleisch, insgesamt ein Gewicht von zehn Pfund. Sie durfte nur im äußersten Notfall verbraucht werden.

»Je leichter wir tragen«, sagte Allan am Feuer, »desto mehr Vorteile haben wir. Der Feind muß seinen Sender schleppen und wir nicht! Zu uns hätte so ein Funkgerät einfach nicht gepaßt. Keiner, der das Ding gerade tragen muß, hätte sich über den Zupack gefreut!«

William zuckte mit den Schultern.

»Kann schon sein, aber ich bin's halt nicht gewohnt, so ganz ohne jede Verbindung...«

»Du wirst dich dran gewöhnen und bald merken, daß es seine Vorteile hat. Niemand kann uns mehr hereinreden und sagen, was wir als nächstes tun sollen.«

»Was für dich entscheidend war, Allan...!«

Der Chiefscout schwieg erst, mußte aber dann zugeben, daß William recht hatte.

»Auf uns allein gestellt fahren wir besser. Nur an Ort und Stelle kann man die Lage richtig beurteilen.«

»Kommt darauf an, ob...«

Allan sprang auf und griff zu seiner Waffe. Er hatte nichts gesehen und nichts gehört, nur gefühlt, daß Menschen in der Nähe waren.

Doch waren es Freunde, die erschienen, Jeff Pembroke und Mike Herrera.

»Kommen wohl gerade fürs Abendessen zurecht, was gibt's denn Gutes?«

Sie warfen ihr Gepäck ab und ließen sich am Feuer nieder. Beide schienen erschöpft zu sein. Allan reichte ihnen die Pfanne, der erste Eierkuchen war eben fertig geworden.

»Erst mal 'ne Stärkung, dann berichten.«

»Ist nicht viel zu berichten, Allan, absolut gar nichts...«

William meinte, kein Ergebnis sei auch eines. Wenn die Japaner dort nicht waren, mußten sie eben woanders sein.

»Ist schon ein verdammt weites Gebiet, Captain, und nicht leicht zu begehen«, sagte Pembroke, »kann Wochen dauern, bis wir was finden.«

»So hab' ich mir's gedacht, ihr etwa nicht?«

»Doch natürlich, Geduld haben wir schon...«

Allan übernahm die erste Wache und William die zweite. Die beiden Scouts hatten den längeren Weg hinter sich und sollten sich ausruhen. Das Feuer wurde gelöscht.

Am Morgen kamen Stewart und Fortier, bald danach Will Branson und Slim Wortley. Gegen Mittag fehlten nur noch Hutchinson und Ted Miller. Niemand hatte eine fremde Spur entdeckt, nicht das geringste Anzeichen verriet die Nähe anderer Menschen.

»Sind ja erst vier Tage unterwegs«, dämpfte Allan die Erwartung, »so schnell kann's nicht gehen. Laßt erst mal vier Wochen vorbei sein...!«

Er nahm Herrera mit und stieg durch den Wald hinab, um stehendes Wasser zu finden. Er wollte versuchen, mit seinem Giftkraut Fische zu fangen. Ein Teich fand sich nicht, nur ein stiller Arm des Baches. Der Chiefscout zerrieb die Knolle zwischen seinen Fingern und streute ihre Krümel ins Gewässer.

»Stell dich an den Abfluß, Mike, damit sie nicht entwischen.«

Herrera nahm einen Zweig und schlug damit aufs Wasser. Es war kaum nötig, da die Fische ohnehin im Kreis schwammen, um verzweifelt weiter oben einen Ausweg zu finden. Der aber war ihnen durch Geröll versperrt.

Schon nach wenigen Minuten trieben die ersten Lachse an der Oberfläche. Das Flattern ihrer Flossen wurde schwächer und hörte bald ganz auf.

»Ist schon gut, Mike, wir können ernten.«

Ihre Beute ließ sich mit den Händen greifen. Die Fische schienen tot zu sein, doch hatte sie das Gift nur gelähmt. Es waren genug, um vierzehn Mann für einen Tag und noch länger zu ernähren. Allan schnitt ein paar Weidenruten zurecht und zog sie den Lachsen durch die Kiemen. So konnte man die Fische am besten transportieren.

Kurz vor dem Lager stießen sie auf Miller und Hutchinson, die recht sorglos daherkamen.

»Ihr seid die letzten«, rief ihnen Herrera entgegen, »wir hatten schon Angst um euch.«

»Sonst habt ihr aber keine Angst«, grinste Hutchinson vergnügt, »schaut mal, was ich hier habe!«

Er drehte sich um, damit sie das Haupt einer Schneeziege sehen konnten, das auf seinem Packboard befestigt war.

»Was hältst du davon, Allan, haben deine staunenden Augen schon mal was Besseres erblickt?«

Das Gehörn war einmalig, an Stärke und Auslage kaum zu übertreffen.

»Großartig, Bert, ein richtiger Rekordbock«, mußte der Chiefscout zugeben. »Wo hast du ihn gefunden?«

»Gefunden ... Mensch, du machst mir Spaß! Was hätte ich schon von einem gefundenen Gehörn? So was wird doch gar nicht bewertet! Bert Hutchinsons anständiger Name soll als Erleger drunterstehen, wenn das prächtige Ding im Museum hängt ...«

Der Chiefscout war entsetzt.

»Was, du hast den Bock geschossen?«

»Na klar, hab' ich das! Erst gut erkannt, dann sachte angepirscht und mit sauberem Blattschuß umgeworfen!«

»Bert war einfach nicht zu halten«, meinte Ted Miller zur Erklärung.

»Du bist verrückt, Bert, es war doch ausdrücklich verboten, ohne zwingenden Grund zu schießen.«

Hutchinson ließ sich nicht beeindrucken.

»Mach dir doch nicht in die Hose, Allan, einen so tollen Bock läßt doch kein Jäger stehen. Kommt bestimmt an den Rekord heran ... Und da hast du meinen zwingenden Grund. Auf der Stelle wär' ich tot umgefallen, wenn ich mir das hätte entgehen lassen. Also ging's sozusagen um mein Leben. Und wenn's darum geht, darf jeder schießen ..., hat der Lametta-Heini ausdrücklich gesagt!«

»Laß Allan erst mal mit ihm sprechen, Bert ...!«

»Ich brauche niemanden, der bei fremden Leuten guten Wind für mich bläst!«

Der Chiefscout war schon gegangen. Er wußte, daß William einen so krassen Fall von Ungehorsam nicht dulden konnte. Das Schußverbot bestand zu Recht, es war von allen Vorsichten die wichtigste.

Der Captain saß zwischen den Scouts am Feuer und hielt eine Blechtasse in der Hand.

»Miller und Hutchinson sind gekommen, Frank, ich möchte dir aber vorher noch was sagen.«

William begriff sogleich, daß die Mitteilung nur für ihn gemeint war, und stand auf.

»Ich wollte dich bitten, Frank, es bei einer Verwarnung zu belassen ... mit Hutchinson ist das Jagdfieber durchgegangen.«

Allan erklärte ihm den Schuß und auch die Gründe dafür. Bert war nicht nur ein erstklassiger Trapper, sondern auch ein Trophäenjäger aus Leidenschaft. Er hatte schon ein paar kapitale Gehörne erbeutet und der Sammlung in Fairbanks gestiftet. Eine gute Portion Geltungstrieb war natürlich dabei, seinen Namen wollte er allen Jägern der Welt bekannt machen. Und da war ihm gestern ein Schneebock in den Weg gelaufen ...

Leider kam nun Hutchinson selber heran und wurde sogleich von den Scouts umringt. William konnte selber sehen, was er mitbrachte.

Hilfreiche Finger schnürten das Haupt vom Packboard. Es ging von Hand zu Hand und wurde mit Staunen betrachtet.

»Schaut's euch an, Coppers«, rief der Erleger so laut, daß auch der Captain ihn hören mußte, »niemanden gibt's, der so was hätte stehen lassen!«

Trotzdem versuchte Allan nochmals einzugreifen.

»Bert muß sich erst beruhigen, Frank, dann wird er schon einsehen ...«

Aber der Captain ging schon zu dem Schuldigen hinüber.

»Scout Hutchinson«, rief er mit so schneidender Stimme, daß alles Gemurmel sofort verstummte, »unter normalen Umständen gehörten Sie jetzt vors Kriegsgericht! Durch Ihren verdammten Schuß haben Sie das ganze Unternehmen gefährdet ...!«

»Ist doch keine japanische Ratte weit und breit in der Nähe«, rief Jim O'Hara dazwischen.

»Sie schweigen gefälligst!« fuhr ihm der Captain scharf über den Mund. »Wenn's zum Schießen kommt, führe ich hier das Kommando ... und niemand sonst!«

Er ging mitten in die Gruppe der verblüfften Scouts hinein.

»Jeder von euch steht unter Kriegsrecht, der Feind kann überall sein! Wer es noch mal unternimmt, dem Gegner unsere Position zu verraten... den schieße ich auf der Stelle nieder!«

Ob er hierzu das Recht hatte oder nicht, wußte im Augenblick niemand. Doch ließ die kalte Energie seines Vorgehens jeden Protest verstummen.

Captain William nahm dem sprachlosen Hutchinson das Gehörn aus der Hand. Von den Augen aller Scouts gefolgt, trug er die einmalige Trophäe zum Wasserfall und warf sie mit Schwung in den Strudel.

19

Hauptmann Hidaka hatte sich lange überlegt, ob er wagen dürfe, so nahe am Fluß zu kampieren. Aber er mußte sich für mehrere Tage verproviantieren, und hier bot sich dafür die beste Gelegenheit.

»Eine solche Menge von Fischen habe ich in einem Gebirgsfluß noch nie gesehen«, sagte er zu Tojimoto, »es übertrifft alle Vorstellungen, die man sich gemacht hat.«

»Nicht meine Vorstellung, Enzo; es heißt doch, die Lachse würden sich gegenseitig aus dem Wasser drängen. Das stimmt nun doch nicht!«

»Amerikanische Übertreibung, die muß man natürlich erst abziehen!«

Während der nächsten Tage wollte er seine Taktik ändern. Das Barometer stieg wieder, und in Attu standen die japanischen Bomber zum Einsatz bereit. Wenn sich das Wetter so weit besserte, daß sie für die lange Strecke starten konnten, mußten die Wettermeldungen nicht nur zweimal täglich hinausgehen, sondern im Abstand weniger Stunden. Jeder Wechsel war sofort zu berichten, erst recht, wenn das Geschwader in der Luft war. So schien es für die nächsten Tage angebracht, daß der Wettertrupp am geeigneten Ort stationär blieb, dabei aber nichts unternahm, was ihn verraten konnte.

»Hier werden wir uns auf bequemste Weise für eine ganze Woche mit Nahrung versorgen. Dann rücken wir ab, ins nächste Tal hinüber und suchen uns ein gutes Versteck. Der Sender kann während der kritischen Zeit ständig auf der Höhe bleiben, der Rest unserer Leute im Wald.«

Der Leutnant begriff die Notwendigkeit seiner Taktik, fürchtete aber, es würde zu lange dauern, bis man eine so große Menge von Lachsen geangelt hatte.

»Ein Netz hätten wir mitnehmen sollen, Enzo!«

»Wir haben es mitgenommen... wir können dafür unser Tarnnetz gebrauchen!«

»Tatsächlich... auf den Gedanken war ich nicht gekommen!«

Auch die Mannschaft war von der Findigkeit ihres Chefs begeistert. Sie wußten nicht, daß er schon bei der Zusammenstellung ihrer Ausrüstung an den doppelten Zweck des Netzes gedacht und daher eines mit sehr engen Maschen gewählt hatte.

»Mit dem Netz können wir auch bei Nacht fischen, in ein paar Stunden haben wir genug beisammen. Die Fische werden gleich ausgenommen und über einem guten Feuer geräuchert.«

Schon am Nachmittag wurden alle Vorbereitungen zu dem großen Fischzug getroffen. Hidaka ließ eine Grube ausheben und darüber einen Rost aus frischem Weidenzweigen errichten. Für die Feuerung wurde trockenes Fallholz gesammelt.

»Ziemlich riskant, hier ein so großes Feuer zu machen«, mußte Hidaka zugeben, »wir werden aber gleich danach verschwinden und alles tun, um keine Spur zu hinterlassen.«

Es war nun ein Vorteil für die Japaner, daß sie von Hause aus vorwiegend an den Verzehr von Fischen gewöhnt waren. Einem Weißen hätte man nicht zumuten können, wochenlang nichts anderes zu essen. Inaki und Inoué waren in einem Fischerdorf bei Shimoda zu Hause, der Umgang mit Netzen war ihnen von frühester Jugend vertraut. Ihnen übertrug Hidaka den Fang im Fluß, Sinobu und der Oschone sollten dann gleich die Beute nach jedem Zug ins Lager bringen. Das Ausnehmen und das Räuchern der Fische war für Japaner eine gewohnte Arbeit, bis zum Morgen würden sie damit fertig sein. Ein Posten flußabwärts und ein zweiter höher am Fluß mußten zur Sicherung des Fischfangs genügen. Gleich danach konnte man die beiden Leute wieder zurückziehen.

»Zehn bis zwölf Pfund pro Mann werden ausreichen«, sagte Hidaka seinen Leuten. »Damit sind wir für eine ganze Woche unabhängig von aller Versorgung. Die Lachse werden in ein Bündel aus Zweigen und Blättern verpackt, dann auf den Rucksack geschnürt. Jeder trägt seinen eigenen Vorrat.«

Besonders zufrieden mit des Hauptmanns Plänen war der Feldwebel Tsunashima. Je öfter er das Wetter messen und es melden konnte, desto geringer wurde die Gefahr, daß Attu bei schnellem Wechsel nicht rechtzeitig genug davon erfuhr. Hidakas Vorhaben garantierte ihm eine durchgehende Beobachtung, man konnte den Admiral sofort von jeder Änderung informieren. Auch wenn sich die Bomber schon in der Luft befanden, war es im Notfall noch möglich, sie über die Funkstelle von Attu vor einer plötzlich auftauchenden Gefahr in der Atmosphäre zu warnen.

Kaum war die Dunkelheit angebrochen, machten sich die Fischer auf den Weg zum Fluß. Daheim gewohnt, beim Einziehen des Netzes kaum ein halbes Dutzend Fische geringen Gewichts herauszuziehen, waren sie hier überrascht, wie zahlreich und schwer schon beim ersten Male die Beute war. Als Sinobu damit im Lager erschien, war die Freude groß.

Der erste Fang wurde roh verzehrt, wie das in Japan üblich ist. Danach begann man die Fische zu räuchern, ihr Duft verbreitete sich schnell.

»Auf der Ginza müßt ihr eine Menge Geld für frischen Lachs bezahlen«, erinnerte Hidaka, »hier wird euch der feine Fisch umsonst geliefert.«

»Ein gutes Land, Taiji-dono, wir sollten es behalten!«

20

Über Nacht war der Spätherbst gekommen, man spürte seine Herbheit im rauhen Wind, fühlte sie aus dem Boden steigen und erkannte sie am raschen Verfall der Blätter. Die Wolken ballten sich und zerflossen, Erdhörnchen und Chipmunks eilten, ihre Speisekammern zu füllen. Singschwäne und Graugänse, Kraniche und Wildenten segelten in geschlossener Formation nach Süden. Im Lärchenwald regnete es goldene Nadeln, die Wolkenbeeren färbten sich gelb und die Cranberries dunkelrot. Die Schwarzbären ästen an den Hängen, wo nun alles mit süßen Beeren bedeckt war. Die Grislys machten sich auf den Weg zum nächsten Fluß, um sich dem Fischfang zu widmen.

Vom Meer kamen die Lachse geschwommen. Hinauf ins Quellgebiet der kalten Bäche trieb sie das Gesetz ihrer Natur. Dort waren sie einst geboren, dorthin kehrten sie nun zurück, um zu laichen und zu sterben. Sie nahmen keine Nahrung mehr zu sich, zehrten nur von der Kraft, die sie mitbrachten. Der Zwang, sich fortzupflanzen, dort wo allein das möglich war, erfüllte den Rest ihres Lebens. Sie kämpften erbittert gegen die Strömung, stießen und drängten sich. Sie übersprangen schäumende Stufen im Gestein, überwanden brausende Stromschnellen und sprangen über Hindernisse hinweg. Erst wenn sie im seichten Kies der Laichplätze anlangten, ließ ihre Spannkraft nach. Die Weibchen stießen ihre Eier ab, und die abgekämpften Männchen strichen darüber hin, um sie zu befruchten. Den Rest des Brutgeschäftes übernahm die Natur. Von den Fischen selbst kehrte kaum einer zurück ins große Meer, fast alle starben am Ziel ihrer letzten Wanderung und dienten als Nahrung für wildes Getier.

Die Scouts lagerten in einem Gehölz von Espen und Ebereschen. Einer Insel gleich war es auf allen Seiten von einem Strom aus Schotter umgeben. Die grüne, struppige Insel mitten darin war für die Scouts ein sicherer Lagerplatz. Niemand konnte sich nähern, ohne sogleich gesehen zu werden. Eine bessere Wahl hätte der Chiefscout nicht treffen können. William war so angetan von dem günstigen Platz, daß er beschlossen hatte, hier einen Ruhetag zu verbringen. Dem Gamewarden Dick Hamston war es gestern gelungen, ein Elchkalb in der Schlinge zu fangen. Man hatte genug zu essen und konnte auch während der nächsten Marschtage noch davon zehren.

Nach der ergebnislosen Suche durch die ersten Täler mußte nun eine neue Aktion beginnen. Diesmal in umgekehrter Richtung, vom Fuß der Brooks durch ein anderes Talsystem bis wieder hinab an den Cliftonsee.

Die Scouts hatten sich mittlerweile darauf eingestellt, die Nacht mit dem Tage zu vertauschen. Die meisten schliefen, andere widmeten sich der Pflege ihrer Sachen. Es brannte kein Feuer, da der Wind talab strich. Er hätte den Rauch zu weit nach Süden getragen, in jene gefährliche Richtung, wo sich möglicherweise die Japaner befanden.

»Was ist mit Hutchinson«, fragte Captain William, »hat er sich beruhigt?«

Allan konnte es ihm nicht mit Gewißheit sagen.

»Er ist sehr wortkarg seit dem Vorfall und hält sich abseits von den anderen. Die Sache hat ihn schon sehr getroffen.«

»In einem soldatischen Verband ist das anders«, erklärte ihm

William, »sobald das Donnerwetter verrauscht ist, tritt für alle Beteiligten der normale Zustand wieder ein. Für mich ist alles erledigt, versteht er das nicht?«

»Sicher nicht, Frank, er hat ja so was noch nie erlebt.«

»Dumme Sache, Allan, wir brauchen jeden Mann ... jeder muß mit Leib und Seele dabeisein.«

Das wußte der Chiefscout auch, eben deshalb machte er sich Sorgen.

»Bert war immer sein eigener Herr, viele Jahre hindurch hat er ganz allein getrappt ... das macht einen Menschen sehr unabhängig.«

»Was hättest du an meiner Stelle gemacht, Allan?«

»So wie sich Bert noch hinterher benommen hat ... vermutlich dasselbe.«

Harry Chiefson kam herangeschlendert und ließ sich zwanglos zwischen Captain und Chiefscout nieder.

»Boß, wie wär's heute nacht mit 'nem kleinen Spaziergang?«

Bis morgen früh sollten sich alle ausruhen, sagte ihm William, lange Nachtmärsche stünden bevor.

Der Indianer ließ sich nicht beirren, für ihn war nur Allan maßgebend.

»Die Lachse steigen, Boß, jetzt ist die Zeit, wo alle Leute fischen.«

»Wir haben genug zu essen, Harry. Wenn wir später Lachse brauchen, werden wir sie schon holen.«

»Am einfachsten holt man sie aus dem Fluß im Tal«, fuhr der Indianer beharrlich fort, »man kann das Netz auch im Dunkeln auswerfen, gleich wird's voll sein und schon ist man wieder weg damit!«

»Machen wir, Harry, aber nicht gerade heute.«

»Ich rede ja nicht von uns, Boß, ich mein' doch die Japse ... vielleicht sind die heute nacht beim Fischen!«

»Die Japaner beim Lachsfang erwischen ... könnte schon sein, Harry, keine schlechte Idee!«

»Den Feind bei Dunkelheit suchen«, zweifelte William, »... die Chance scheint mir viel zu gering!«

»Aber nicht ausgeschlossen, Frank, auch gar nicht so schlecht! Bei Nacht fischen, das können sie eigentlich nur am Fluß. Und daß sie jetzt die gute Gelegenheit benutzen, wo jedes Netz gleich ein paar Dutzend Lachse herausholt, das leuchtet mir ein. Man weiß doch, wie versessen die Japaner auf frische Fische sind. Ihr Camp liegt im

Wald, durch den Wald schleichen sie hinunter ans Wasser und sind schon bald wieder mit fetter Beute zurück. Sie werden sich das nicht entgehen lassen!«

Allan war entschlossen, dem Vorschlag seines Indianers zu folgen.

»Ihr könnt mitten in sie hineinplatzen... was dann?«

Harry verzog sein Gesicht.

»Wir platzen nicht, Mister... wir merken sie vorher.«

William war noch immer nicht begeistert.

»Die Nachsuche ist deine Sache, Allan, aber ich hätte Bedenken...«

»Wir haben keine, Frank, es ist immerhin eine Chance.«

»Vielleicht habt ihr recht«, sah der Captain ein, »ohne Risiko geht's nun mal nicht... macht also, was ihr wollt!«

Allan wartete bis zur Dämmerung und machte sich dann mit Harry auf den Weg. Sie überquerten das Geröll, mühten sich durch Gestrüpp und gelangten zur Waldgrenze. Hier fanden sie eine Rinne mit Schotter, die sie hinabstiegen. Es war dunkel geworden, jeder Schritt mußte mit Bedacht gesetzt werden. Sie hatten sich lange Stöcke geschnitten und fühlten damit vor.

Eine Graueule rief im Wald, kleines Getier raschelte vorüber. Irgendwo polterte schweres Wild durchs Gehölz, vermutlich ein Elch, der Witterung von den Menschen hatte.

Allan und der Indianer verhielten ihre Schritte, flüchtige Tiere in der Nacht konnten den Feind alarmieren. Gewiß stand die Möglichkeit nur tausend zu eins, daß sich gerade hier in der Nähe die Japaner befanden, doch hatten vorsichtige Leute mit allem und jedem zu rechnen.

Als sie an den Wildbach kamen, war eben die Sichel des Mondes erschienen. Doch nur für wenige Augenblicke gaben ihn ziehende Wolken frei. Den Spähern genügte es, um sich das Gelände einzuprägen. Sie stiegen ins gurgelnde Wasser und tasteten mit ihren Stöcken langsam stromab. Die Kälte im Bach war betäubend, wurde er doch vom Eis der Gletscher gespeist. Nur dauernde Bewegung konnte die Glieder vor dem Erstarren bewahren. Und doch bot ihnen der Marsch im strömenden Gewässer manche Vorteile. Sein Gemurmel verschluckte alles Geräusch, das man nicht vermeiden konnte. Zwischen den Blöcken hatte sich Treibholz und Gesträuch eingeklemmt, das vom raschen Wasser lebhaft bewegt wurde. So konnte die Bewegung der beiden Menschen nicht auffallen.

Zahlreiche Zuflüsse ergossen sich in den Bach, er wurde breiter, tiefer und reißender.

Die beiden Männer rutschten aus und faßten wieder Fuß, griffen in überhängende Zweige und mußten sich fester auf ihre Stöcke stützen. Beide waren bis zur Hüfte durchnäßt und zitterten vor Kälte, sobald sie stillstanden.

Stunden mühseligen Vortastens waren auf diese Weise vergangen, als sich der Fluß verengte und die Strömung so stark wurde, daß man sich kaum noch darin halten konnte. Allan fühlte nun auch die Fische, die sich mit heftigen Flossenschlägen stromauf kämpften. Ihre glatten Leiber streiften seine Knie und schnellten aus dem Gewässer, um die Klippen im Sprung zu überwinden. Als kurz der Mond hervorkam, sahen die Lachse aus wie fliegende Silberteller.

Es war unmöglich, dem Druck des eingepreßten Wassers noch länger zu widerstehen. Allan fürchtete, sie würden weggerissen.

»Hilft nichts, Harry, wir müssen ans Ufer.«

Sie zogen sich am Gesträuch hinauf und hatten wieder weichen Waldboden unter ihren Füßen.

»Das gibt Spuren, Boß«, rief der Indianer durch das Rauschen des Flusses.

»Müssen die Stiefel ausziehen, dann fällt's nicht so auf!«

Wegen der Kälte im Wasser trugen sie zwei Paar dicke Wollsocken übereinander. Allan stopfte noch eine Handvoll Laub hinein, damit sich seine Fußsohlen breiter abdrückten.

»Mußt du auch machen, Harry, wer noch keine richtigen Bärentatzen gesehen hat, hält uns vielleicht für Jungbären!«

Nur sehr langsam ging es weiter. Oft mußten sie unter Zweigen hindurchkriechen, noch öfter bemoostes Gestein überwinden. Ihre Stiefel hatten sie um den Hals gehängt, wo sie aber ständig im Weg waren. Der Riemen des Gewehrs verfing sich in sperrigen Ästen, ihre Hände schmerzten vom Griff in rissiges Holz.

Am Stamm einer alten Schwarzfichte richtete sich Allan auf und zog den Indianer zu sich heran.

»Bleib mal stehen, Harry!«

Er wandte sein Gesicht dem Walde zu und sog die Luft in sich hinein. Im Dunkeln konnte er nicht sehen, daß auch der Indianer den Mund geschlossen hielt und in tiefen Zügen atmete.

Beide hatten einen bestimmten Hauch gespürt, waren aber ihrer Sache noch nicht ganz sicher.

»Ist das Rauch... oder bilde ich mir's nur ein?« flüsterte Allan schließlich.

»Doch, Boß... scheint Rauch zu sein.«

»Bin nicht überzeugt, müssen noch ein gutes Stück weiter.«

Wieder krochen sie durchs Ufergestrüpp, verhielten jedoch alle paar Schritte und sogen die Luft ein.

»Doch... es ist wirklich Rauch...!«

»Hab' ich ja gesagt, Boß... riecht aber ganz komisch.«

Ein paar Meter noch, dann stießen sie auf einen Nebenbach. Er schoß mit starkem Gefälle aus dem Wald, um sich hier mit dem Fluß zu vereinen.

»Bleib stehen, Harry, hier wird's interessant!«

Der Rauch war nun deutlich zu spüren. Allan glaubte, daß die Gesuchten den Wildbach hier benutzt hatten, um beim Abstieg zum Fluß ihre Spuren zu verbergen. Ihr Lager mußte sich demnach höher am Hang im Wald befinden. Es war nur der feuchten Luft zu verdanken, daß der Rauch hinunterzog.

Die Späher richteten sich auf und lauschten mit angehaltenem Atem. Doch war nichts zu hören als das Geplätscher des Flusses.

»Sie können nicht weit sein«, flüsterte der Indianer in Allans Ohr, »man kann sogar riechen, daß sie Fisch braten.«

»Ja, ich hab's gemerkt... nehme an, sie räuchern die Lachse.«

Harry berührte seinen Arm.

»Boß, laß mich 'ranschleichen... möchte die Leute gerne sehen.«

Allan hielt ihn fest.

»Bist du verrückt? Wenn sie was merken, ist die Chance wieder zum Teufel!«

Der Indianer meinte zwar, sie würden bestimmt nichts merken, gehorchte aber aus Gewohnheit.

»Sie waren vor uns hier am Fluß, der Fischzug ist längst vorbei«, sagte Allan leise, »jetzt räuchern sie die Lachse... legen sich Vorrat an.«

Je länger sie blieben, um so deutlicher war der Fischrauch zu spüren.

»Sie wollen ins Hochgebirge, wo's keine Fische gibt... präparieren sich ihre Verpflegung für unterwegs!«

Mehr war im Augenblick nicht zu erkunden, lautlos glitten die beiden Männer zurück.

»Brauchen jetzt nicht mehr ins Wasser, Harry, können ruhig am Ufer entlang.«

Ohne Geräusch, aber die Stöcke immer voraushaltend, marschierten sie zurück.

»Und der Mister Captain wollte uns nicht weglassen!« sagte der Indianer nach einer Weile.

»War ja auch ein unverschämtes Glück, diese Menschen ausgerechnet heute nacht zu finden. Hab' selber nicht daran geglaubt... wie bist du nur so plötzlich darauf gekommen?«

Das wußte Harry Chiefson selber nicht.

»So ein Gefühl, Boß... mir war so, als müßte etwas sein...«

Allan drängte ihn, weiterzugehen, dachte jedoch an den sagenhaften sechsten Sinn, der in alten Zeiten die Indianer befähigte, mehr zu ahnen, als sich mit dem Verstand erklären ließ.

Der Anfang eines Fadens war nun gefunden, die Nadel im Heuhaufen entdeckt. Ob es gelang, dem Faden zu folgen und den Feind zu fassen, war damit noch nicht entschieden. Ihren Vorteil in klaren Erfolg zu verwandeln, das hing noch von so manchen Listen ab. Entscheidend würde sein, wer diese Listen am klügsten anwandte.

21

Die Scouts marschierten schnell. Nach Allan McCluires Bericht war anzunehmen, daß der Feind vorhatte, aus dieser Gegend zu verschwinden. Alles hing davon ab, dicht hinter ihm zu bleiben. Die Gelegenheit zur plötzlichen Überraschung würde sich ergeben.

»Ganz hübscher Vorteil auf unserer Seite«, hatte der Chiefscout versichert, »jetzt halten wir den Faden in der Hand, an dessen Ende die Japaner hängen. Wir brauchen nur nach vorne achtzugeben, auf unsere Spur kommt's nicht mehr an! Der Feind zieht ja davon...!«

Die Scouts folgten nicht dem Fluß mit all seinen Windungen, sondern machten sich die freien Flächen im Tal zunutze. Alle befanden sich in Hochstimmung. Endlich war der Gegner gefunden, das Herumtappen im ungewissen war vorbei. Über Nacht hatte ein Zufall die große Wende gebracht, aus der Suche war eine handfeste Verfolgung geworden.

Die Engstelle am Fluß, wo in der Nacht zuvor Allan und Harry das Fischlager entdeckt hatten, war bald erreicht. Als der Captain die Stelle sah, an der noch vor wenigen Stunden zehn bis zwölf Menschen gelagert hatten, war von deren emsiger Tätigkeit nichts mehr zu entdecken. Es gab weder Abfall, noch waren Reste des

Räucherfeuers geblieben. Loses Laub bedeckte den Boden, das Gebüsch ringsum schien ungestört.

»Alles haben sie vergraben und den Platz wieder ganz natürlich hergerichtet«, staunte der Captain, »sind schon raffinierte Burschen, das muß man sagen.«

Der Indianer zeigte ihm aber, daß noch Spuren vorhanden waren. Ein Teil des Laubes lag mit der feuchten Seite nach oben, unten dagegen waren diese Blätter noch trocken. Dort, wo einige Äste von den Bäumen abgespreizt über das Lagerfeuer geragt hatten, war ihre Rinde durch die Hitze aufgeplatzt.

»Außerdem riecht man noch, daß hier Fische geräuchert wurden«, fügte Harry hinzu.

»Kann man sehen, wohin sie abmarschiert sind?« wollte William wissen, der auf schnelle Verfolgung drängte.

»Nein, aber man kann sich's denken«, sagte ihm Allan, »wenn ich der Hauptmann Hidaka wäre, den Bach beim Camp hätte ich mir nicht entgehen lassen!«

Also folgten sie dem Gewässer, das in vielen Stufen über Gestein und gestürzte Stämme durch den Wald rauschte. Da man selber nicht gezwungen war, im Wasser zu laufen, kam man schnell voran. Erst weiter oben, als die Region der Weiden begann und der Bach zu einem Rinnsal wurde, mahnte Allan zu größerer Sorgfalt.

»Von hier ab dürfte unser Freund nach einer Stelle ausgeschaut haben, wo er ungefährdet das Wasser verlassen kann.«

Die Scouts prüften auf beiden Seiten die Ufer, um den Ausstieg zu finden.

»Wie wär's mit dem Erdrutsch dort?« schlug Randall vor.

Das Schmelzwasser im Frühjahr hatte ein breites Band der Humusdecke fortgerissen. Das Geröll darunter lag nun frei und war vom Regen blitzblank gewaschen. Niemand, der spurlos wandern wollte, konnte diese Gelegenheit übersehen. Auch ohne Anweisung wußten die Scouts, was zu tun war. Sie verteilten sich am Bach und drehten an seinem Rand die Steinbrocken um. War ein Mann daraufgetreten, hatte sich der Stein tiefer als die anderen in den Boden gedrückt.

Den ersten Erfolg hatte Harry Chiefson. An der Unterseite eines großen Kiesels fand er Blut und winzige Fleischreste.

»Zerquetschter Wurm, Boß ... heute morgen passiert.«

Gleich darauf sah Will Branson ein zertretenes kreisrundes Blättchen im Gestein.

»Winterkresse«, stellte Allan fest, »gedeiht nur im Schatten und Feuchtigkeit, bestimmt nicht hier oben. Jemand hat's an seinen Stiefeln mitgeschleppt.«

Der Captain war verblüfft, wie schnell man den Ausstieg gefunden hatte.

»Wenn man nur einem Mann allein nachläuft, ist das sehr viel schwieriger«, erklärte ihm Allan. »Bei einem Dutzend geht's leichter, die Chance, etwas zu finden, ist zwölfmal größer.«

Soweit der Geröllstreifen reichte, hatte ihn der Feind sicherlich benutzt. Sobald sein Ende abzusehen war, mußte man das Gelände wieder genauer prüfen. Eine Felsrippe, die sich von der Höhe hinabzog, wurde näher untersucht. Hier ein abgetretener Stein, dort leichte Kratzspuren im Fels, es genügte den Waldläufern, um die Fährte zu halten.

Sie erreichten den Grat und betrachteten aufmerksam den Hang auf der anderen Seite. Übung und lange Erfahrung gehörte dazu, um in dem Beerenkraut und struppigen Gras jene schwachen Striche zu erkennen, die vorsichtig schlurfende Stiefel hinterlassen hatten. Wo die Japaner gegangen waren, schien das Blattwerk um eine Schattierung dunkler zu sein.

Der Chiefscout warnte, geradewegs diesen Spuren nachzugehen. Falls sich der Feind unten im Dickicht eingenistet hatte, würde er gewiß den Hang beobachten. Deshalb wichen die Scouts hinter den Kamm zurück, dem sie etwa eine Meile weit nach Süden folgten. Erst dann wagten sie, drüben hinunterzusteigen.

»Haben wir jetzt nicht den Faden verloren?« fürchtete William.

»Bestimmt nicht, Frank, haben uns ja gemerkt, wo die Japaner abgestiegen sind. Tiefer unten nehmen wir ihre Spur wieder auf.«

Wie in allen Tälern der Schwatkas schob sich auch hier zwischen den Wald und freien Hang ein breites Dickicht aus Weiden, Erlen und Zwergbirken. In diesen gelbgrünen Gürtel tauchten die Scouts nun ein, sie blieben darin vor Sicht ebensogut geschützt wie im dichten Wald. Waren sie droben nach Süden gegangen, folgten sie nun der nördlichen Richtung.

Je weiter man gelangte, desto größere Vorsicht war geboten. Die Zweige durften nicht heftig ausschlagen, bei jedem Schritt mußte man darauf achten, daß kein trockenes Holz knisternd zerbrach. Der Chiefscout ging voran, Dick Hamston sicherte nach oben und Harry Chiefson nach unten. Die übrigen Scouts folgten im Gänsemarsch, der Captain als Nachhut. Jeder bewegte sich lautlos, niemand sprach, und kein Zweig rauschte.

Allan hörte den Ruf eines Tannenhähers und blieb stehen, hinter ihm hielt die ganze Kolonne. Der Ruf wiederholte sich, und Allan antwortete mit der Stimme des Weibchens.

Dick Hamston kam leise durchs Gebüsch, um Meldung zu machen.

»Habe die Spur wieder«, flüsterte er, »die Kerle sind in einem trockenen Bachbett gelaufen.«

Erkennen ließ sich die Fährte der Japaner nicht, sicher waren sie nur auf die größten Steine getreten. Ein Rotkehlchen hatte Dick den Weg des Feindes verraten. So eifrig hatte es zwischen dem Gestein gepickt, daß er genauer hinsah und ein Stück geräucherten Lachs entdeckte. Der Fund war nicht größer als ein Zuckerstück, wurde aber bestaunt wie ein kostbarer Edelstein.

Der Captain war sehr zufrieden, ein besseres Beweisstück konnte es kaum geben.

»Steine brauchen wir also nicht mehr umzudrehen!«

Je tiefer sie kamen, desto flacher wurde der Hang. In dem Bachbett sammelte sich Wasser, an die Stelle von Geröll trat sumpfiger Boden. Darin waren die Stiefelabdrücke der Japaner gut zu erkennen.

Als sie die Front der Schwarzfichten erreichten, ließ der Chiefscout haltmachen.

»Kann sein, sie kampieren ganz in der Nähe. Harry und ich werden erst mal vorgehen.«

William wollte ihn gleichfalls begleiten, wurde jedoch abgewiesen.

»Sache der Scouts, Frank, nimm's mir nicht übel. Sind spätestens in einer Stunde zurück.«

Der Captain mußte sich mit seiner Nebenrolle zufriedengeben. Er stellte Wachen auf und ließ den Rest der Scouts ruhen. Allan und der Indianer verschwanden im Wald.

Die Schwarzfichten standen so dicht, daß kein Sonnenstrahl hindurchfiel. Der Boden war feucht und modrig, üppiges Farnkraut reichte bis zur Brust. Das Gelände war flach, um so steiler mußte es später zum Tal hin abfallen. Es machte den beiden Männern keine Schwierigkeit, durch das weiche, nachgiebige Farnkraut zu dringen. Nur an das Dämmerlicht im Urwald mußten sich beide erst gewöhnen.

Sie waren eine halbe Meile weit ins Dickicht eingedrungen, da leuchtete vorn im Wald ein heller Schimmer. Als sie geräuschlos fortschritten, öffnete sich eine Lichtung. In deren Mitte lag ein schilfumsäumter Teich.

Im Schutze der letzten Büsche verbargen sich die Späher, um dieses Fenster im Wald sorgfältig zu betrachten. Aber nichts schien die mittägliche Stille zu stören. Nur eine Schar Wildenten gründelte im Schilf.

»Sollten uns ein paar davon fangen«, flüsterte Harry.

»Bist du wahnsinnig, die Japaner können in der Nähe sein!«

Tatsächlich war die Lichtung ein idealer Ort, um dicht dabei zu kampieren. Der halbdunkle Wald mit dem hohen Farnkraut bot denkbar guten Schutz, der weiche Boden verschluckte das Geräusch von Schritten. Es gab Wasser und sogar die Möglichkeit, mühelos Enten zu fangen. Man brauchte nur ein paar Schlingen im Schilf auszulegen.

Dennoch schien alles unberührt von Menschenhand, kein Rauch war zu spüren, keine Fährte zu entdecken. Wenn der Feind ohne Aufenthalt an diesem günstigen Platz vorbeimarschiert war, mußte sein heutiges Ziel auf der anderen Seite des Tales liegen. Aber Geduld war auf jeden Fall besser, als vorschnelle Schlüsse zu ziehen.

Schade, daß man es so eilig hatte, dem Feind zu folgen. Hier wäre auch für die Scouts ein guter Platz, um die kommende Nacht zu verbringen. Wenn man genügend Schlingen im Schilf verbarg, würden sich bis zum Morgen sicher ein Dutzend Enten oder vielleicht noch mehr darin fangen. Allan sah, daß sie ganz bestimmte Stellen bevorzugten. Und plötzlich sah er noch mehr...

»Eine sitzt schon fest, Harry!«

»Wieso... worin denn?«

»Scheint in einer Schlinge zu sitzen... flattert verzweifelt mit den Schwingen und kommt doch nicht los.«

»Eine Schlinge, Boß... kannst du sie sehen?«

»Nein, auch die Ente nicht... aber ich sehe die Bewegung im Schilf und höre das Flattern.«

Der Indianer hörte es nun auch und wollte näher herankriechen.

»Tu's nicht, der Schlingensteller kann jeden Augenblick kommen!«

Die Japaner hatten sich reichlich mit Proviant versorgt, wie Allan wußte, für die nächste Zeit waren sie nicht auf Jagd oder Fang angewiesen. Wenn sie hier am Teich trotzdem Schlingen gelegt hatten, war das nur geschehen, weil es sie weder Zeit noch Mühe kostete. Also mußte ihr Lager sehr nahe sein, und sie hatten vor, mindestens über Nacht zu bleiben.

Trotzdem lag alles vollkommen still, kein Zweig knackte, kein Schatten war im Wald zu erblicken. Die Augen der beiden Späher hefteten sich an jeden Busch im Unterholz, mit dem Glas prüften sie jeden sichtbaren Halm, um eine Knickstelle zu finden. Aber nichts verriet die Spuren fremder Schritte.

»Sie müssen aber hier sein, Harry, die Ente hat sich nicht von selbst gefangen!«

Sie lagen unbeweglich, mit der Geduld alter Waldläufer. Ihre Augen wanderten um die Lichtung, sie lauschten auf das geringste Geräusch.

Plötzlich sank Harrys Stirn vornüber, mit dem ganzen Körper preßte er sich an den Boden. Allan folgte seinem Beispiel aus Instinkt. Der Indianer schob sich Zentimeter um Zentimeter an den Chiefscout heran, bis er mit seinem Mund an dessen Ohr lag.

»Drüben ... steht ... Mensch ...«

»Wo ...?«

»Andere Seite ... hinter Schilf.«

Dann war es der Schlingensteller, wußte Allan, denn dort hatte sich die Wildente verfangen. Unendlich langsam hob er wieder den Kopf. Dann sah er drüben den Rücken eines Menschen, der sich tief ins Schilf gebückt hatte, um seine Beute an sich zu nehmen. Er trug eine braune japanische Feldmütze mit breitem Sonnenschirm. Das Rangabzeichen auf seinen Schulterstücken besagte Allan nichts, man hatte vergessen, die Scouts darüber aufzuklären.

Jetzt hatte der Japaner die Ente getötet, sehr geschickt und ohne jedes Geräusch. Als er sich erhob, konnte man im Glas sein breites, rotbraunes Gesicht erkennen, mit halb von den Lidern bedeckten, mandelförmigen Augen. Wie ein Indianer sah er aus, dachte Allan, oder noch mehr wie ein Eskimo, der sich mit einer fremden Uniform kostümiert hat.

Der Schlingensteller war nur mit einem kurzen Gewehr bewaffnet, das über seinen Rücken hing. Er trug einen wattierten Anorak in der gleichen Tarnfarbe wie die amerikanischen Fallschirmjäger. Drei Wurfgranaten hatte er an seinem Gürtel und ein breites Messer. Am Hals hing ein Fernglas in grünbezogener Hülle.

Er nahm es zur Hand, die beiden Kundschafter sanken wieder ins schützende Gras.

Als sie nach geraumer Weile wagten, die Köpfe langsam zu heben, sahen sie gerade noch, wie der Japaner im Wald verschwand. Doch es genügte dieser kurze Blick, um die Lage des feindlichen Camps zu erkennen. In einem sumpfigen Arm des Teiches war der Mann bis zu einer Steinplatte gewatet, die ins Wasser hineinragte. Dort hatte er sich hochgezogen und war kriechend zwischen dem Farnkraut verschwunden. Gleich dahinter lag der dunkle Klumpen einer besonders dicht stehenden Gruppe von Pechföhren. Hätte Allan vorgehabt, sich und die Scouts hier am Teich zu verbergen, er würde die gleiche Stelle gewählt haben.

»Trotzdem«, sagte er auf dem Rückweg zu Harry, »dieser Hidaka ist doch nicht so schlau, wie ich dachte.«

Der Indianer wußte schon, was er meinte.

»So ein Leichtsinn, daß er jemand bei Tage aus dem Versteck herausläßt... nur um eine Ente zu holen!«

22

Den Vorwurf der Leichtsinnigkeit hatte Hidaka nicht verdient. Zur Zeit, da der Unteroffizier Lonti seine Schlingen legte, hatte der Hauptmann das Lager längst verlassen und suchte auf der Höhe nach einem geschützten Platz, um sich dort für die nächsten Tage mit dem Funktrupp einzurichten. Bei ihm waren der Meteorologe Tsunashima, der Funker Kurakami sowie Sinobu und Noboru als Träger. Es war also nur die Hälfte seiner Mannschaft mit Tojimoto am Teich geblieben. Der Leutnant hatte Weisung, um vollkommene Ruhe besorgt zu sein, kein Feuer zu entfachen und jede Spur in der Umgebung des Camps zu vermeiden. Als Unteroffizier Lonti um die Erlaubnis bat, einige Schlingen im Schilf auszulegen, schien das nicht Hidakas Befehlen zu widersprechen. Es machte kein Geräusch und blieb auch keine Spur zurück. Außerdem war Lonti ein vorsichtiger Mann, der verstand, sich unauffällig zu bewegen.

Wie lange die Gruppe Hidakas von der Gruppe Tojimotos getrennt bleiben sollte, war vorerst nicht abzusehen. Der Hauptmann wollte auf der Höhe ausharren, bis der erste Bombenflug nach dem Süden vorüber war. Der Funktrupp hatte seine Schlafsäcke und Waffen, ein Zelt und die notwendigste Ausrüstung mitgenommen. Der Proviant an geräucherten Lachsen konnte notfalls für eine Woche reichen. Während dieser Tage sollten der Funktrupp und die

Leute am Teich keine Verbindung miteinander unterhalten. Alles, was ihre Anwesenheit verraten konnte, mußte peinlichst vermieden werden.

Der Bergrücken war schwer zu begehen. Er bestand nicht aus einer Fortsetzung grasbedeckter Buckel wie bisher die meisten Höhenzüge, sondern war ein felsiger Grat mit tiefen Rissen und scharfen Rippen. So war man zu mühevoller Kletterei gezwungen. Erst nach langem Suchen wurde, gar nicht weit vom Ausgangspunkt, eine Stelle gefunden, wie man sich für längeren Aufenthalt keine bessere wünschen konnte. Unter Felsen, die sich vornüberneigten, lag ein trockener Platz, den Geröll und Gestrüpp nach allen Seiten hin verdeckte. In der Schlucht dahinter hatte sich Regenwasser gesammelt, man war also nicht auf den Inhalt der Feldflaschen angewiesen. Der Sender und seine Bedienung konnten sich enggedrängt in der Höhlung verbergen, nur die Antenne mußte im Freien ausgefahren werden.

Tsunashima wartete mit den Messungen bis kurz vor sechs Uhr, um Attu nur den neuesten Stand des Wetters zu geben.

»Es könnte nicht besser sein, Taiji-dono, der Westwind hat sich gelegt, die Luft ist so trocken wie im Hochsommer!«

Hidaka fühlte sich glücklich, der Erfolg so vieler Mühe stand in greifbarer Nähe.

»Wenn es so bleibt, Kimi-tachi, erleben wir morgen einen großen Tag! Die viertausend Männer auf Attu haben hart dafür gearbeitet... aber gewiß nicht umsonst!«

»Auch unsere Flieger werden nicht umsonst verlöschen«, ergänzte Kurakami.

Wieder drehte sich die Kurbel, und das Lämpchen am Sendegerät leuchtete auf. Hidaka kauerte neben dem Funker und schaute zu, wie er die Wettermeldung durchgab.

Alle sahen, wie sich das Gesicht Kurakamis spannte, als die Station von Attu zurückfunkte. Es kamen jedoch nur drei gleichlautende Zeichen.

»T... T... T...«, wiederholte der Funker, »kann nichts damit anfangen, Taiji-dono.«

»Aber ich«, lächelte der Chef, der allein mit Tojimoto dieses Geheimsignal kannte, »wenn das Wetter so bleibt, starten sie in den nächsten vierundzwanzig Stunden.«

23

Die Scouts rückten dicht zusammen, um kein Wort von Allans Bericht zu verlieren. Endlich hatte man den Feind in erreichbarer Nähe, ahnungslos lagen die Japaner in einem Versteck, das keines mehr war.

»So haben wir die Ratten beim Wickel«, rief Hamston, den das Jagdfieber packte, »mit Haut und Haar wird das Ungeziefer zertreten.«

»Nur nichts überstürzen«, warnte Allan, »müssen uns genau überlegen, wie vorzugehen ist...«

Jim O'Hara wollte nichts mehr von Überlegungen hören.

»Zusammengeschlagen wird die Bande, wie der Blitz fallen wir über sie her... lang genug haben wir drauf gewartet!«

Er war aufgesprungen, kaum zu halten vor Tatendurst. Mit Gewalt zog ihn der Captain wieder auf den Boden.

»Sei doch ruhig, Mann... erst mal hören, was der Chiefscout meint.«

Die Erregung war so ungestüm, daß Allan Mühe hatte, sie zu dämpfen.

»Noch stecken die Japse nicht in der Falle«, beschwor er die Ungeduld, »ziemlich schwer an sie heranzukommen. Mit einem wilden Sturm schon gar nicht; natürlich haben sie Wachen ausgestellt.«

»Das schnelle Messer am rechten Platz, schon fallen die Kerle lautlos in sich zusammen!«

»Ruhig jetzt«, befahl der Captain, »Allan soll reden.«

»Wenn sich's machen läßt, soll man versuchen, den Feind getrennt zu schlagen .. das stimmt doch, Frank?«

»Stimmt genau, ist klassische Kriegskunst.«

»Also gut, dann nehmen wir uns erst mal den Funktrupp vor, wenn der am Nachmittag für seine Wettermeldung auf die Höhe steigt. Bestimmt folgen sie wieder dem Bach, erst dem sumpfigen und dann dem trockenen Bett. Haben's ja überall gesehen, wie sehr sie die Wasserwege lieben. Wir können sie also gar nicht verfehlen... sie kommen uns direkt in die Arme gelaufen. Wenn dann vierzehn Mann ganz plötzlich aus dem Busch springen, so wie Teufel aus der Kiste, werden die Gelben nicht mehr viel sagen, nur die Hände werden sie heben!«

»Japaner geben sich nicht gefangen«, unterbrach der Captain, »so was ist gegen ihre Ehre.«

»Diese blöden Hunde...! Sind dann selber schuld, wenn man sie allesamt in die Pfanne haut!«

Hank Fortier war fest dazu entschlossen, doch Allan überhörte ihn. Mit dem Funktrupp hätte man auf jeden Fall den Sender, fuhr er fort, also den eigentlichen Zweck des Unternehmens erfüllt. Den Apparat müßte man gleich zerschlagen, das wäre am wichtigsten.

»Wenn's mit dem Funktrupp zu einer Schießerei kommt, werden die anderen Kerle aus dem Lager heraufstürmen, das ist klar. Aber sie kommen zu spät. Das Gerät ist schon kaputt, die dazugehörigen Leute sind gefangen oder gefallen. Wir sind also doppelt so stark wie der japanische Rest und können das Häuflein entsprechend empfangen. Werden wir ohne Lärm mit der Sendegruppe fertig, umstellen wir danach das Lager am Teich. Bin fest überzeugt, sie werden dann doch Vernunft annehmen und sich ergeben. Ohne ihren Meldekasten können sie ja nichts mehr anfangen!«

»Ist ihnen ganz egal«, widersprach der Captain, »aus Prinzip lassen sich diese Leute nicht gefangennehmen, das wirst du sehen! Aber sonst finde ich ganz richtig, was du gesagt hast... wir sind hier, damit die Wetterberichte aufhören. Und dafür ist am besten, wenn wir erst mal über den Funktrupp herfallen.«

Er sah auf die Uhr.

»Viertel nach drei, Gentlemen, zwischen vier und fünf dürften sich die Herrschaften auf den Weg machen.«

Da Captain und Chiefscout der gleichen Meinung waren, gab es keine Einwände mehr. Außerdem war das ein guter Plan, auf den verfluchten Sender kam es an, der Feind selber war weniger wichtig als sein Gerät.

Der Überfall wurde mit größter Sorgfalt vorbereitet. Am besten war dafür eine Stelle im Bachbett geeignet, bei der die Japaner beide Hände benutzen mußten, um über eine Felsstufe nach oben zu gelangen. Die Scouts verteilten sich im Halbkreis, keiner weiter als zwanzig Schritt von diesem Platz entfernt. Hinter Gesträuch und Steinen war nichts von ihnen zu sehen. Sollten sich die Japaner, wider Allans Erwarten, doch zur Wehr setzen, waren sie dem Kreuzfeuer ihrer vierzehn Gegner ausgeliefert.

Schon um vier Uhr war der Hinterhalt fertig eingerichtet und jeder Scout vollkommen getarnt. Die Waffen entsichert, die Nerven gespannt, warteten die vierzehn auf das Erscheinen des Feindes.

Sie warteten eine halbe Stunde, eine ganze Stunde und anderthalb Stunden. Ihre Spannung erschlaffte, und die totale Bereitschaft ließ nach. Die Sonne sank tiefer, mehr Zeit und noch mehr Zeit verstrich ohne das geringste Ereignis. Die Dämmerung brach herein, die übliche Sendezeit der Japaner war längst vorbei.

Captain William stand auf und rief die Scouts zusammen.

»Hat keinen Zweck mehr, Leute... haben uns verrechnet.«

Am schmerzlichsten war der Mißerfolg für den Chiefscout, dessen wohldurchdachter Plan so gänzlich versagt hatte. Mißmutig und voller Zorn gegen die Japaner, deren Ausbleiben ihre schönsten Hoffnungen getäuscht hatte, schoben sich die Scouts tiefer in die Weidenwildnis hinein, um dort für die kommende Nacht zu bleiben. Auf Feuer mußte man verzichten, doch im daunengefüllten Schlafsack waren auch viel kältere Nächte als diese gut zu ertragen.

»Wenn die Kerle heute keine Lust hatten zu senden, kann man halt nichts machen«, meinte Jeff Pembroke.

»Nein, Jeff«, erklärte ihm der Captain, »es ist ja Sinn der Sache, daß sie täglich ihr Wetter melden, dafür sind die Leute hier! Man kann nur annehmen, daß sie über einen anderen Weg hinauf sind. Wir haben uns auf Vermutungen eingelassen, die nicht stimmen. Das ist kein Vorwurf gegen dich, Allan, ich war ja selber dafür. Aber morgen, da verlassen wir uns auf die einzige Gewißheit, die wir haben.«

»Auf welche Gewißheit?«

»Auf die Gewißheit, wo sie tatsächlich sind!«

Es war nun so dunkel, daß man einander nicht mehr sah. Die Scouts hockten eng zusammen, um sich besser gegen die nächtliche Kälte zu schützen. Jeder wollte hören, was William zu sagen hatte.

»Morgen überfallen wir ihr Lager... nehmen es mit Schwung und Überraschung!«

»Warum nicht heute nacht, Captain?«

»Man muß sehen, auf wen man losgeht, ich halte nichts von der Schleicherei im Dunkeln!«

Der Chiefscout hatte sich andere Gedanken gemacht.

»Wär's nicht besser, Frank, wir gehen ihnen nach, wenn sie weiterziehen... versuchen sie in günstigem Gelände ungesehen zu überholen und warten dann gut getarnt, bis sie ahnungslos herankommen?«

Bert Hutchinson, von dem man lange keine Äußerung mehr gehört hatte, wurde heftig.

»Hör auf damit, Allan, genug mit deiner Klugscheißerei... jetzt wird dreingeschlagen!«

So war die allgemeine Stimmung, die getäuschte Erwartung am langen Nachmittag hatte die Geduld der Männer erschöpft.

»Bert hat recht, diese ewige Verkriecherei hängt einem zum Halse 'raus.«

»Fang' ja schon an, mich zu schämen«, klagte Randall mit vorwurfsvollem Blick auf den Chiefscout, »richtig feige kommt man sich vor!«

Auch der Captain wollte zupacken und gab dafür seine Gründe.

»Wir dürfen nicht riskieren, daß uns die Kerle womöglich entlaufen. Wenn die auf unsere Fährte stoßen, hat sich der Spieß umgedreht und wir sind die Gejagten. Morgen wird reiner Tisch gemacht!«

Es hatte keinen Sinn, daß Allan widersprach, für seine listenreichen Pläne war niemand mehr zu haben. Er hatte heute falsch kalkuliert und bekam nun die Folgen davon zu spüren. Seine Freunde wollten dringend stürmischen Mut beweisen, die Waldläufer hatten vergessen, was sie eigentlich waren. Des Jägers Geduld galt ihnen nichts mehr, reifliche Überlegung erschien als kraftloses Zaudern. Die Lust zum Dreinschlagen hatte die Scouts gepackt und machte sie auch blind gegen solche Gefahren, die sich gut vermeiden ließen.

»Wir pirschen uns so weit heran, wie's eben geht«, erklärte ihnen der Captain, »dann bricht schlagartig die Hölle los. Handgranaten mitten hinein, Feuer aus allen Rohren, dazu ein Mordsgebrüll aus unseren rauhen Kehlen. Kein Mensch ist solch einem Schrecken gewachsen, das könnt ihr mir glauben. Es muß nur plötzlich über sie kommen. Wer sich von den Gelben noch rühren kann, wirft sich bestimmt in volle Deckung und versucht im Kriechgang zu entwischen. Wo sich was bewegt im Gebüsch... da zischen die MP hinein... wenn alles klappt, kommt keiner davon!«

Die Scouts versuchten sich das vorzustellen. Der Krach und Schwung des Vorhabens berauschte ihre Phantasie.

Allan erinnerte an die ausgestellten Wachen, sicher würden zwei Mann das Camp dauernd umkreisen.

»Um so besser, was sich rührt, kann man erkennen. Die Posten werden mit dem Messer erledigt... wer übernimmt das?«

Harry Chiefson meldete sich am lautesten.

»Kann mit dem Messer werfen, Mister, treff' ein Dollarstück auf zehn Meter!«

»Besser von hinten anspringen, Harry, dabei dem Kerl mit der linken Hand die Kehle zudrücken. Mit der rechten vorne herum das

Messer hinein ... bekommst du so was fertig, ohne daß der Mensch noch schreit?«

»Ich mach's mit dem größten Grisly, wenn's sein muß.«

Der Captain glaubte es ihm ohne weiteres, und Harry strahlte vor Stolz.

»Nimm bloß das Maul nicht so voll«, schimpfte Allan, »bisher hast du noch keinen Menschen erstochen. Bären vielleicht, aber die hatten kein Messer ...«

»Den Japs mach' ich fertig, Boß, das wirst du sehen ... und noch ein paar andere dazu!«

Es hatte nur eines passenden Anlasses bedurft, um bei Harry wieder jene Mordlust zu entflammen, für die einst sein Stamm so berüchtigt war. Kein Wunder eigentlich, noch vor zwei, höchstens drei Generationen war hierzulande die Jagd nach Skalpen ein beliebter Sport gewesen.

William war zufrieden, für ihn ging es nur um die Ausschaltung der Wachtposten. Sie mußten lautlos getötet werden, anders ließ sich das nicht machen.

»Allan, willst du den zweiten Mann übernehmen, die Wache auf der anderen Seite?«

»Nein ... dafür bin ich nicht geeignet.«

Gern hätte er noch hinzugefügt, für ihn sei das Meuchelmord, aber er wollte niemanden kränken, der sich dazu bereit fand. Branson, Stewart und Herrera meldeten sich. Die Wahl fiel auf Mike Herrera, weil er ein guter Judokämpfer war. Solche Handgriffe, wie sie hier gebraucht wurden, hatte er bereits geübt, wenn auch niemals mit dem Messer.

»Wir überfallen sie kurz vor ihrem Abmarsch«, erklärte William das Vorgehen, »dabei sind die meisten Menschen zu sehr beschäftigt, um richtig aufzupassen. Auch die Wachen schauen mehr ins Camp hinein als sonstwohin ...«

»Wenn sie aber gar nicht aufbrechen, Captain?«

»Dann geht's los, sobald uns das klar wird. Mit Handgranaten fängt's an, ich werfe zuerst. Danach spuckt jeder so viel Feuer, wie er nur kann. Mit allem einverstanden ... Chiefscout?«

»Du führst den Angriff, Frank, nicht ich.«

»Na, sag schon, was hast du dagegen?«

»Ich hätte erst mal versucht, ohne Leichen auszukommen.«

»Im Krieg gibt's keine Leichen«, belehrte ihn der Captain, »da gibt's nur Gefallene!«

24

Schon vor Anbruch des Tages hatte sich Enzo Hidaka erhoben und war hinausgegangen, um die Morgenröte zu erleben. Er sah den Rosenstreifen im Osten, die Vergoldung des Horizonts und danach die glühende Erscheinung der Sonne selbst. Sie war das Symbol und die Fahne seiner Nation, die Göttin aller gläubigen Japaner. Wenn ihre strahlende Majestät inmitten der Morgenpracht über der Welt aufging, war das stets ein weihevoller Augenblick.

»Amateras wird mit uns sein, ein Tag des Sieges hat begonnen.«

Auch der Feldwebel Tsunashima verharrte für eine volle Minute in gebührender Bewunderung des Himmelskörpers, besann sich aber dann auf näherliegende Pflichten und las seine Instrumente ab. Der Hauptmann notierte die Angaben.

»Windrichtung Ost 45 Grad... Geschwindigkeit 4 Knoten... Luftdruck 1 012,1... Temperatur 6 Grad... Himmel wolkenlos... Aussichten beständig.«

Hidaka atmete auf.

»So ist es gut... sie werden fliegen.«

Tsunashima übertrug die Angaben in meteorologische Werte. Kurakami verzifferte sie in Kodebuchstaben, während Sinobu schon zu kurbeln begann.

Die Verbindung mit Attu kam sofort, pünktlich um 8 Uhr 15 ging die Meldung hinaus. In einer Spannung ohnegleichen erwartete der Funktrupp Yamadas Antwort.

Wieder kamen nur drei Zeichen zurück.

»X... X... X... was ist das, Taiji-dono?«

Der Hauptmann war so bewegt, daß er zunächst schlucken mußte.

»Unsere Kameraden steigen in die Luft, Kimi-tachi... unser großer Tag hat begonnen.«

Alle erhoben sich und rissen die Mützen vom Kopf.

»Banzai... banzai... banzai!«

Darauf folgte die übliche Reverenz in Richtung des kaiserlichen Palastes.

»In etwa vier Stunden werden sie über uns hinwegbrausen«, schätzte Hidaka.

»Kann länger dauern, Taiji-dono, sie haben Gegenwind.«

»Ich dachte, alles wäre ideal...?«

»Fast ideal... solange hinter dem Wind kein Tief heranzieht...«

»Hältst du's für möglich?«

»Eigentlich nicht, das Barometer steht zu hoch.«

Er solle trotzdem, verlangte Hidaka, die Messungen ständig wiederholen.

Sie hatten das Tarnnetz vor ihrem Felsenloch so weit gehoben, daß sie durch eine Lücke im Gestrüpp hinabsehen konnten. Etwa fünfhundert Schritt unter ihnen begann die Region der Weiden, tiefer noch lag der Wald.

»Es ist nicht leicht, tatenlos zu warten, Omaé-tachi, die Zeit verstreicht so langsam.«

»Drunten wissen sie nicht einmal, daß unsere Vögel in der Luft sind«, erinnerte Kurakami.

Tsunashima hantierte schon wieder an seinen Meßgeräten.

»Barometer ist um ein zehntel Milli gefallen...«

»Und die Windstärke...?«

»Noch die gleiche, Taiji-dono, soweit ist alles in Ordnung.«

Sie verharrten in Schweigen, jeder mit seinen Gedanken bei dem Bombenflug, der nun im Gange war. Große Dinge würden geschehen sein, bevor dieser Tag zu Ende ging. Für die Besatzungen in der Luft war es ihr Todestag. Aber auch für viele amerikanische Familien, die zur Zeit noch nichts von ihrem Schicksal ahnten. Zahlreiche Häuser und Gebäude, wahrscheinlich ganze Stadtteile, in denen jetzt noch das tägliche Leben ablief, würden heute abend nicht mehr vorhanden sein. Schon morgen hatte das Echo ihrer Zerstörung die ganze Welt umrundet, überall würde man wissen, daß nun die übermütigen Yankis in ihrem eigenen Haus getroffen waren. Japans gerechte Rache loderte aus den zertrümmerten Wohnungen seiner Feinde!

Selbst Visionen so stolzer Art hielten den Hauptmann nicht davon ab, das Gelände im Auge zu behalten. Es geschah mehr aus Gewohnheit als im Bewußtsein möglicher Gefahr. Der Funktrupp war unsichtbar und hatte keine erkennbaren Spuren hinterlassen.

Aus dem Dickicht der Erlen und Weiden zog eine Elchkuh mit Kalb heraus. Sie blieb stehen, wandte sich zurück und prüfte den Wind. Die Witterung von drunten gefiel ihr nicht, Mutter und Kind zogen weiter bergauf.

»Taiji-dono, das Barometer ist noch etwas gefallen... um drei Zehntel Millibar!«

Hidaka schaute selbst auf das Instrument.

»Gefällt mir nicht, Tsunashima...«

»Hat an sich wenig zu bedeuten, Taiji-dono. Aber die Wolkenschleier über den Brooks, das sind Stratocumuli, meist ein Zeichen für Veränderung.«

Doch die kleinen hellen Wölkchen schwammen so hoch und fern am klaren Horizont, daß sie Hidaka mehr beruhigten als besorgt stimmten.

»Gib die neuen Werte durch«, ordnete der Hauptmann an, »obwohl ich nicht glaube, daß sie den Admiral beeindrucken.«

»Ich auch nicht, Taiji-dono, da müßte es schon schlimmer kommen.«

Während Tsunashima mit dem Funker an die Arbeit ging und Sinobu das Schwungrad bediente, schaute der Hauptmann wieder den Elchen nach. Ihr Mißtrauen schien geschwunden, sie hielten in einer Mulde und begannen zu äsen.

Geduldig hatte Noboru gewartet, bis sein Herr das Glas sinken ließ.

»Unruhe bei kleine See«, sagte er. »Enten fliegen hoch!«

Als Hidaka hinuntersah, schrak er zusammen. Dort, wo inmitten der Lichtung ihr Teich liegen mußte, flatterten ein paar Dutzend Wildenten über den Wald. Kein Fuchs oder Luchs ging bei hellem Tageslicht auf Raub aus, Menschen mußten die Vögel aufgeschreckt haben. Die Japaner drunten konnten es nicht gewesen sein, sie hatten Befehl, sich vollkommen ruhig zu verhalten.

»Mitkommen«, zischte Hidaka, »schußfertig machen...«

Sein Alarm traf die drei am Sender wie ein Schlag. Sie waren so ganz mit ihrer Meldung beschäftigt, daß sie zunächst nichts begriffen. Aber der Blick ihres Chefs riß sie aus der kurzen Lähmung, ihre alte Fronterfahrung kam blitzschnell zurück. Sie griffen zu ihren Waffen und luden durch.

»Wo... Taiji-dono?«

»Menschen sind am Teich... fremde Menschen, nehme ich an... müssen nachsehen!«

Er ließ die Antenne einziehen und das Netz vor die Höhle hängen.

»Ist die Meldung noch hinausgegangen?«

»Ja, gerade wurde sie bestätigt.«

Sie hasteten durchs Gestein, gelangten auf den Grashang und legten sich nieder, um gedeckt bergab zu gleiten. Dabei rutschten sie aus und überschlugen sich.

»Auf die Beine«, rief Hidaka leise, »gebückt laufen... wir müssen rascher sein.«

Sie sprangen auf, erreichten das Gebüsch und drangen hinein. Zweige schlugen ins Gesicht, die Teufelskolben rissen ihnen die Hände auf. Sie fielen über Wurzeln, rafften sich hoch und liefen weiter.

Sie hetzten aus dem Weidengestrüpp in die Erlen und aus den Erlen in die Dämmerung der Schwarzfichten. Bis zur Brust schlug ihnen das weiche, feuchte Farnkraut entgegen.

»Vorsicht jetzt«, rief Hidaka, »Handgranaten heraus und entsichern!«

Er sah schon den ersten Schimmer der Lichtung und glaubte drunten Bewegung zu erkennen. Trotz allem mochten es die eigenen Leute sein ... man mußte sich erst vergewissern.

»Viel ruhiger«, zischte Hidaka, »tiefer ins Gebüsch ... müssen gedeckt heran!«

Aber dazu kommt es nicht mehr.

Plötzlich krachen Explosionen, Feuerstöße hacken durchs Gezweig ... Schreie, Schüsse, kurze Kommandos ... Blech klirrt und Holz splittert ... Getrampel und tiefes Stöhnen.

Die vier Mann um ihren Chef wollen sich kopfüber in den Wirrwarr stürzen. Hidaka reißt sie zurück, bei dem Oschonen muß er Gewalt brauchen.

»Schon zu spät ... großen Bogen schlagen ... kriechen von unten wieder hoch!«

Den Drang zur raschen Rettung der Kameraden in lautlose Pirsch zu verwandeln ist nicht einfach. Doch es gibt keine andere Möglichkeit, um vielleicht das Blatt noch zu wenden.

Als der Hauptmann seine Leute wieder im Griff hat, huschen sie seitwärts im Farnkraut davon.

Hidaka eilt schnell voran. Das Krachen trockener Äste, das Streifen und Rascheln im Gebüsch ist bei dem schnellen Tempo nicht zu vermeiden. Man kann nur hoffen, daß der Feind jetzt mehr zu tun hat, als auf Nebengeräusche zu achten.

Sie schlurfen durch Schlamm, vor ihnen ragt hohes Schilf und breitet sich trübes Wasser.

»Links um den Teich«, keucht der Hauptmann, »dicht hinter mir her ... ich spring' zuerst, wenn's soweit ist!«

Vom Lager hört man Stimmen.

Hidakas Leute tragen den Karabiner auf dem Rücken, die Handgranaten seitlich im Gürtel, ihre Pistolen in der Jacke. Sie kriechen durchs Kraut und Gras, ziehen sich an Wurzeln und Zweigen kräftig nach oben. Kollernd rollt ein Erdklumpen die Böschung hinab, ein Gewehrlauf klirrt gegen Steine. Aber droben fällt das niemandem auf. Dort wird geflucht und gerufen. Hidaka kann sich denken, daß sie den Sender suchen, aber nicht finden.

Wie Schlangen gleiten die fünf Japaner durchs Gebüsch, durchkriechen eine Mulde und nähern sich dem Camp.

Hidaka preßt sich gegen den Stamm einer Fichte. Er fühlt, wie sich seine Leute nachschieben, ihr Atem bläst an seinen Nacken.

Noch immer suchen die Yankis herum, verteilen sich wieder und wollen scheinbar weiter ausgreifen. Im nächsten Augenblick wird man sie entdecken.

Hidaka zieht ab und schnellt vor.

»Sah ... hajimero!« schreit er gellend und schleudert seine Granate zwischen die Feinde.

Gleichzeitig springen seine Leute ... Handgranaten wirbeln ... Schüsse bellen ...

»Full cover«, schreit ein Yanki, »give it to them!«

Dreckfontänen spritzen, Äste fliegen durch die Luft. Hidaka stürzt und ist geblendet, hört um sich Menschen und scharfe Schreie.

»Gebt's ihnen, Scouts«, ruft derselbe Yanki, »ruhiger zielen, Scouts ...«

Dann bricht seine Stimme ab, endet in Gestöhn.

Stiefel stürmen durch die Sträucher ... noch drei, vier einzelne Pistolenschüsse, dann ist alles vorbei.

Hidaka hat sich den Schmutz aus dem Gesicht gewischt und kann wieder sehen. Tojimoto hilft ihm auf die Beine.

»Bist du getroffen?«

»Glaub' nicht, Yoshi ... haben wir's geschafft?«

»Die Yankis sind weg ... laufen wie die Hasen.«

Also hat der Funktrupp das Lager zurückerobert.

»Was für Verluste, Yoshi ...?«

»Watanabe gefallen, Inoué verwundet ... sonst weiß ich noch nicht.«

»Feldwebel Suda«, befiehlt der Hauptmann, »nimm Noboru und spür den Yankis nach ... Abstand halten, nicht sehen lassen, nicht schießen!«

Die beiden eilen davon.

»Wie ist das gekommen, Yoshi?«

Es ging alles so schnell, daß Tojimoto auch jetzt noch nicht weiß, wie sich der Überfall abgespielt hat.

»Sie haben Watanabe von hinten erstochen, er hatte Wache ... wir haben's gar nicht gemerkt. Aber Inaki, drüben auf der anderen Seite, bei dem ging das Messer haarscharf vorbei. Er hat dem Yanki sein Gewehr über den Schädel gehauen und Alarm geschrien ... da war aber schon die ganze Horde über uns. Wir ... ja, ich glaube, wir alle ... warfen uns einfach hin und krochen weg. Es war eine Panik, Enzo, kopflose Panik, schon im ersten Augenblick waren wir zersprengt ... meist ohne Waffen. Wenn du nicht gekommen wärst ...«

Hidaka zeigte auf einen Amerikaner, der leblos am Boden lag.

»Der ist tot«, gab der Leutnant Bescheid, »Inaki hat ihn erschlagen ... noch zwei Verwundete haben sie dagelassen.«

Der Hauptmann ging zu dem toten Watanabe, salutierte und verbeugte sich vor ihm. Dann ließ er den Körper umdrehen und zog das Messer aus seinem Rücken.

»Geschickter Stoß, genau in die Herzkammer«, stellte er fest, »sie haben geübte Leute.«

Er ließ das rotgefärbte Messer fallen und sah nach Inoué, der sich das Gesicht bedeckte und am ganzen Leibe zitterte. Hidaka kniete neben ihm nieder und zog ihm die Hände fort. Inoués Antlitz war nur noch eine große, blutende Wunde.

Der Hauptmann legte ihm die Hände wieder darüber.

Er sah, wie Tojimoto seine Pistole zog und auf die verwundeten Amerikaner zuging. Dem einen sickerte Blut aus der Hüfte, der andere hatte den linken Fuß verloren und sich selber das Bein mit dem Gürtel abgeschnürt. Beide sahen dem japanischen Leutnant mit schreckgeweiteten Augen entgegen.

»Zurück, Yoshi«, schrie Hidaka, »sofort zurück!«

Tojimoto zögerte.

»Wieso, Enzo, wir haben doch Befehl ...«

»Nicht von mir ... hier befehle ich!«

Er nahm dem Leutnant die Pistole aus der Hand, sicherte und schob sie wieder in seinen Gürtel.

»Versteh mich, Yoshi«, bat er leise, »die können uns doch nicht mehr schaden!«

Hidaka wollte mit den Amerikanern sprechen, aber Tsunashima drängte sich dazwischen und erinnerte an die Bomber in der Luft. Man mußte sich um das Wetter kümmern.

»Nachher ... das hat nachher Zeit.«

Der Leutnant begriff nicht, von was die Rede war. Er wollte wissen, was Hidaka als nächstes vorhatte. Hier konnte man nicht mehr bleiben. Wenn nur einer von den Yankis durchkam, wußte man in ganz Alaska, wo die Japaner waren.

»Ich weiß, Yoshi, aber erst mal sehen, wohin der Feind entlaufen ist. Dann fassen wir Entschlüsse.«

Sinobu hatte einen Streifschuß am Kopf, Suda war schon dabei, ihn zu verbinden.

»Wie geht's, Sinobu, kannst du laufen?« fragte ihn sein Chef.

Der Holzfäller wußte, was die Frage bedeutete, und sprang hastig auf.

»Wie ein Wiesel, Taiji-dono, bin vollkommen in Ordnung.«

Hidaka nickte ihm zu, er hätte diesen tüchtigen Mann nur ungern verloren.

»Ich dachte, unsere Verluste seien größer... die Schießerei klang nach totaler Vernichtung.«

»So wär's auch gekommen, Enzo, wenn sie unsere zweite Wache stumm gemacht hätten. Aber Inakis Gebrüll war uns eine Warnung...«

»Schade um Inoué«, sagte Hidaka etwas leiser, »er ist blind.«

Man konnte ihn nicht mitnehmen, sein Schicksal war besiegelt.

Der Hauptmann mußte es ihm verständlich machen. Er nahm den Verletzten in die Arme und teilte ihm mit, daß er sein Augenlicht verloren hatte.

»Tenno-heika wird für dich beten, und deine Seele wird aufsteigen zu den ewigen Helden.«

Der arme Mensch nickte und sagte die letzten Grüße an seine Familie. Dann bat er Hidaka, ihm aufzuhelfen.

Als dies geschehen war und ihm der Hauptmann seine eigene Pistole reichte, wandte Inoué sein zerfetztes Gesicht nach Osten. Die übrigen Japaner verstummten und senkten ihre Augen. Inaki, der so viele Jahre neben Inoué marschiert, gegessen und geschlafen hatte, begann zu schluchzen.

Der Blinde, seinen Kameraden zur Last und Gefahr geworden, hob die Waffe an seine rechte Schläfe und löschte sich aus.

Sein Freund Inaki fing den fallenden Körper auf und legte ihn sanft zur Erde. Hidaka und die anderen Überlebenden verharrten mehrere Minuten in vollkommenem Schweigen.

Jeff Pembroke und Ted Miller, die Inoués Ende mitangesehen hatten, begriffen nicht, daß sie selber noch am Leben waren. Niemand achtete auf sie.

Feldwebel Suda und der Oschone kamen zurück.

»Die Yankis sind in den Fluß gestiegen und laufen stromab«, meldete Suda, »einen Mann müssen sie tragen, ein zweiter wird gestützt. Wir glauben, der getragene Mann ist ihr Kommandeur.«

Tojimoto war dafür, ihnen sogleich zu folgen.

»Müssen ihre Panik ausnützen, Enzo, wenn's dunkel wird, können wir sie ganz erledigen.«

»Begreif doch endlich«, rief Hidaka wütend, »wir sind keine kämpfende Truppe, wir haben andere Aufgaben... unsere Bomber sind in der Luft.«

»Sie fliegen... Konchikusho, das wußte ich nicht! Aber trotzdem, Enzo, können wir uns erlauben, daß der Feind entkommt?«

»Der kann uns noch immer in eine Falle locken... ich weiß was Besseres...«

Er sah Tsunashima kommen und wußte, was ihn wieder bedrängte.

»Noch gut drei Stunden Zeit«, wehrte Hidaka ab, »hast du den kleinen Barometer dabei, was sagt er?«

»Er fällt weiter, Taiji-dono.«

Für einen Augenblick zögerte Hidaka.

»Wir schaffen's trotzdem«, rief er hastig, »so schnell kann nirgendwo ein Wetter umschlagen.«

Der Leutnant schaute ihn an.

»Sag doch, was du vorhast, Enzo.«

»Das letzte Camp der Yankis suchen, natürlich!«

Er ließ alle Waffen aufnehmen und die Taschen mit Munition füllen.

»Sonst bleibt alles Gepäck hier, wir sind bald zurück.«

Bevor er seinen Leuten folgte, ging Hidaka zu den verwundeten Amerikanern und warf ein Paket Verbandzeug zwischen sie.

25

Der Chiefscout ging als letzter, um die hastige Flucht zu decken. Alle hundert Schritt wich er zur Seite, verbarg sich und blickte zurück. Doch niemand schien ihnen zu folgen.

Der Hang zum Tal hinab war so steil, daß sich die Amerikaner an den Zweigen festhalten mußten, um nicht abzustürzen.

Captain William war schwer verletzt, sein Transport machte

größte Mühe. Auch Charley Stewart mußte gestützt werden, sein rechter Oberschenkel war durchschossen.

Am Talboden angelangt, wurden in großer Hast ein paar Äste geschnitten und mit Gewehrriemen zu einer provisorischen Tragbahre verbunden. Auf diese Weise konnte man William leichter befördern.

Der Captain wollte nicht glauben, daß sie besiegt waren und vor den gelben Ratten davonliefen. Seine Träger hatten Mühe, ihn zu beruhigen. Er befahl Gegenstöße, Umgehungen, wollte den Feind verfolgen. Doch niemand gehorchte. Was er sagte, schien sinnlos geworden. Das Kommando war ohne weiteres auf den Chiefscout übergegangen.

Man war vom Feind geschlagen worden, gerade als man glaubte, ihn selber geschlagen zu haben. Niemand hatte rechtzeitig begriffen, daß nur ein Teil der Japaner im Camp gewesen war, als man es stürmte. Niemand hatte die Möglichkeit vorausgesehen, daß sich der gesuchte Sender mitsamt dem feindlichen Kommandeur auch tagsüber auf dem Bergrücken befand. Schnell und energisch hatte dieser Hidaka gehandelt. Ein schwerer Fehler war es gewesen, daß man so lange nach dem Apparat gesucht hatte.

Die Träger wechselten, Branson und Hank Fortier übernahmen den Captain. Slim Wortley lief neben ihm her und hantierte mit blutbeflecktem Verbandzeug. Charley Stewart versuchte selber zu gehen, fluchte aber bei jedem Schritt.

Chiefscout McCluire lief zur Spitze, die Hamston führte.

»Dick, wir müssen ins Wasser, sonst haben sie uns bei Dunkelwerden!«

Hamston keuchte vor Anstrengung, er hatte es übernommen, den Weg durchs Gestrüpp mit seinem Buschmesser freizuschlagen.

»Unser Gepäck, Allan, was ist damit? Alles, was wir jetzt so nötig hätten, liegt noch oben.«

Für den Überfall hatten die Scouts nur mitgenommen, was sie dazu brauchten.

»Kann's nicht ändern, müssen später versuchen, hinzukommen!«

»Wohin geht's jetzt, Allan, was hast du vor?«

»Weiß noch nicht... erst mal Sicherheit für heute nacht!«

Der Fluß war breit und flach, in viele Arme geteilt, zwischen denen Kiesbänke lagen. Vorläufig reichte ihnen das eisige Wasser nur bis zur halben Wade. Der Boden bestand aus kleinem Geröll, man konnte gut darüber laufen.

Slim Wortley wußte nicht, ob der Captain noch lange durchhielt. Er verlor viel Blut und delirierte.

»Nichts zu machen jetzt«, sagte ihm Allan, »müssen 'rüber auf die andere Seite, wir kommen da schneller in Deckung, wenn sie schießen!«

Aber die Japaner schossen nicht, obwohl sie jetzt die beste Gelegenheit dazu hatten. Ihr Versäumnis war ein Glück, daß sich die Scouts nicht erklären konnten. Vielleicht hatte der Feind größere Verluste, als man ahnte, vielleicht aber hielten die Japaner nur Abstand und warteten mit ihrem Angriff bis zur Nacht.

In der Mitte seines kiesigen Bettes hatte sich der Fluß tiefe Rinnen gegraben. Bis über den Gürtel, sogar bis zur Brust reichte hier das Wasser. Die Bahre mit dem Captain mußte in Schulterhöhe getragen werden, dem hinkenden Stewart wurde von zwei Kameraden geholfen.

Die Strömung war sehr stark und gefährlich. Bert Hutchinson rutschte aus, verlor den Halt und wurde fortgerissen. Zum Glück konnte ihn O'Hara noch greifen und mit Hilfe Bransons wieder auf die Beine stellen. Durchnäßt und zitternd vor Kälte gelangte man drüben wieder ins seichte Wasser. Ohne Aufenthalt hetzte die Kolonne den Fluß hinab.

Dem Chiefscout fiel ein, daß die Japaner alle Verwundeten umbrachten, die nicht mehr laufen konnten. Das war keine Lüge der Propaganda, Captain William hatte es im Dschungel der Philippinen selber gesehen und davon erzählt. Vielleicht taten sie es nicht im Grabenkrieg, wo es leicht war, die Verletzten wegzuschleppen. Aber unter hiesigen Umständen würden sie es tun. Mike Herrera war wohl gefallen, als er versuchte, den Wachposten niederzustoßen. Allan hatte gesehen, mit welcher Wucht ihm der Japaner seinen Gewehrkolben über den Schädel schlug. Aber Pembroke und Miller lebten noch, als man sie zurückließ. Nur den Captain hatte er bei der allgemeinen Verwirrung noch wegziehen können. Er war in ein Gebüsch gestürzt und so weit hineingeglitten, daß ihn die Japaner nicht mehr sahen.

Mit einer Bravour ohnegleichen war William als erster ins feindliche Camp gesprungen. Sein Beispiel hatte die Scouts mitgerissen, sie waren begeistert gewesen von ihrem schneidigen Führer. Dennoch wäre Allan anders vorgegangen, viel kühler und mit vorsichtigen Listen. Die Erstürmung verlangte größeren Mut, das war sicher, aber ebenso sicher mußte sie Menschenleben kosten. Wie gering deren Wert in einem Kriege veranschlagt wurde, hatte Allan bisher noch nicht begriffen.

Fünf Mann der eigenen Truppe waren bei dem kurzen Gefecht ausgefallen, der Rest mit den beiden Verwundeten belastet. Ohne sie hätte man vielleicht zurückschlagen können, sobald die Panik überwunden war. Sicher hatten auch die Japaner gelitten, aber im Augenblick alle Vorteile für sich. Sie entledigten sich ihrer Verwundeten mit gewohnter Brutalität und verfügten noch über ihre gesamte Ausrüstung. Sie konnten unternehmen, was sie wollten. Alle Wege standen ihnen offen.

Der Himmel wurde dunkler, eisige Luft wehte rauschend durchs Tal. Bald würde sich ein Nordsturm über den Schwatkas entladen, ausgesandt von der eisigen Tundra jenseits der Felsenberge. Bis dahin mußten die Scouts einen geschützten Platz erreichen.

»Morgen haben wir erfrorene Füße«, warnte Hamston, »wenn wir nicht bald zu einem Feuer kommen.«

Allan wußte es, Kleider und Stiefel mußten trocknen, sobald die Körper nicht mehr in Bewegung waren. Der Sturm brachte Frost mit und vielleicht auch Schnee. Die Schlafsäcke und Zelte waren im letzten Lager geblieben, so konnte man nur an einem prasselnden Feuer die nächste Nacht überstehen. Auch ein Dach mußte man haben, bevor die geballten Wolken aufbrachen.

»Trotzdem, Dick, solange uns die Gelben noch mit den Augen folgen können, dürfen wir nicht kampieren.«

Jedem Scout war das klar. Wenn der Feind erkannte, wo sie die Nacht verbringen wollten, bot ihnen das kommende Unwetter die beste Möglichkeit zur totalen Überraschung. Nichts würde man hören vom heranschleichenden Feind und nichts von ihm sehen.

Spuren hinterließen die Scouts natürlich keine, aber vom Ufer aus waren sie zu sehen. Sie selber aber konnten Späher, die im Schutze des Waldes blieben, nicht entdecken.

Allans Hoffnung waren die Kiesbänke im Fluß, die nun schon etwas Gebüsch trugen. Weil das Tal und sein Gewässer mit jeder Meile, die sie vordrangen, an Breite gewann, ließ sich voraussehen, daß stromab diese Inseln immer größer und zahlreicher wurden. Dem flachen Strom stand mehr und mehr Platz zur Verfügung, um sich auszudehnen und zu teilen. Zwischen seinen Armen blieb so manches Stück Land auch bei Hochwasser verschont. Dort gab es Wald zwischen den Klippen und dichtes Gestrüpp.

Alles kam darauf an, den Schutz solcher Inseln noch bei Zeit zu erreichen, doch durften sie dabei vom Feind nicht gesehen werden. Die Nacht mußte kommen oder Nebel die Flüchtlinge verhüllen.

26

Es machte den Japanern keine Mühe, den Weg ins verlassene Camp des Feindes zu finden. Hatten doch die Scouts gar nicht versucht, ihre Spuren zu verbergen, so sicher waren sie ihres Erfolges gewesen. Dennoch ließ der Hauptmann keine Vorsicht außer acht. Obwohl Tsunashima zum Sender drängte und Tojimoto eine Wache beim Teich zurücklassen wollte, bestand er darauf, daß sein Trupp geschlossen blieb.

»Neun Mann sind wir noch, die brauchen wir alle, falls wir den Yankis begegnen.«

Deren kopflose Flucht, so rechnete Hidaka, würde zum Stillstand kommen, sobald sich der Gegner in vorläufiger Sicherheit glaubte. Dann mußte sich entscheiden, ob die Yankis weiter fliehen wollten oder den Kampf wiederaufnahmen. Drei Mann hatten sie verloren, zwei Verwundete mitgenommen. Trotzdem waren sie an gesunden Leuten noch ebenso stark wie die Japaner. Suda und Noboru hatten die Fliehenden vorhin gezählt. Allerdings waren sie ohne Gepäck, hatten nur ihre Waffen, Haumesser und einige Spaten bei sich. Vermutlich fehlte es ihnen auch an Munition. Den Kampf konnten sie nur dann fortsetzen, wenn sie an ihre Ausrüstung gelangten. Sonst waren sie gezwungen, so rasch wie möglich die Außenwelt zu erreichen. Und dazu wollte Hidaka sie veranlassen.

Wenn der Gegner fluchtartig verschwand, blieben die Japaner während der nächsten Zeit gänzlich ungestört. Dann war der Faden abgerissen, der zu ihnen führte. Bevor dieser oder ein anderer feindlicher Trupp die Suche wiederaufnahm, hatte Hidaka alle Möglichkeiten, sich mit seinen Leuten in eine weit entfernte Gegend abzusetzen.

Das war wichtiger, als den Feind zu verfolgen und ganz zu vernichten. Jetzt, da die Bomber in der Luft waren, durfte man kein vermeidbares Risiko eingehen. Um sich für die nächsten Tage zum alleinigen Herrn dieser Berge zu machen, genügte es, die Ausrüstung der Amerikaner zu zerstören.

Man konnte rasch vordringen und hatte schon nach einer halben Stunde die obere Baumgrenze erreicht. Am Fährtenbild neben dem Bach war deutlich zu erkennen, wo sich die Amerikaner wiederholt mit Wasser versorgt hatten. Also mußte sich ihr Camp in unmittelbarer Nähe befinden.

Hidaka ließ seine acht Mann ausschwärmen und mit aller gebotenen Vorsicht danach suchen. Bald war das Lager gefunden, seit dem frühen Morgen hatte es niemand mehr betreten.

Die Japaner waren überrascht von den vielen ungewohnten Dingen, die sie hier vorfanden. So kleine und leichte Zelte hatten sie noch nie gesehen. Auch das geringe Gewicht der meisten anderen Dinge erregte ihr Erstaunen. In Japan war die Industrie noch nicht in der Lage, eine gleichwertige Ausrüstung zu liefern.

»Haben keine Zeit, diesen Kram eingehend zu bewundern«, befahl Hidaka, »großes Feuer machen und alles verbrennen!«

Der Leutnant wollte wenigstens einen Teil für die eigenen Zwecke retten.

»Enzo, es sind so praktische Sachen dabei...«
»Aber nicht so praktisch, daß sie von allein marschieren!«
»Wir könnten ja dafür von unserem Zeug etwas aufgeben.«
»Wir behalten, was wir gewohnt sind... jede Umstellung macht Schwierigkeiten.«

Gehorsam trugen seine Männer alles zusammen, was das Camp des Gegners zu bieten hatte. Ohne ihr Bedauern zu zeigen, warfen sie die Schlafsäcke aus kostbaren Daunen ins Feuer. Die Zelte loderten in hellen Stichflammen, alle Stiefel, Kleider und Wollsachen verkohlten. Die Werkzeuge wurden zerschlagen. Nur die Medikamente ließ Hidaka einpacken und ein Teil der Dosen mit dem eisernen Proviant beiseite stellen.

Der Meteorologe hatte die Zeit benutzt, um seine Instrumente zu befragen. Niemandem sonst war aufgefallen, wie stark der Wind jetzt rauschte und wie schnell sich der Himmel bedeckte.

»Taiji-dono... ein Wettersturz...«, schrie Tsunashima, »das Barometer fällt wie noch nie, 33 Milli seit knapp zwei Stunden...«

Für einen Augenblick ruhte alle Tätigkeit.

»Kon shi ku sho... So plötzlich... das kann doch nicht sein«, rief der Hauptmann entsetzt.

»Doch, Taiji-dono, hier soll's das geben. Hab' nur den Taschenbarometer bei mir, kann mich aber sonst darauf verlassen. Wir müssen hinauf,... der Admiral muß die Bomber zurückholen!«

Hidaka wandte sich um. Er mußte nun rasch entscheiden.

»Yoshi, mach hier alles kurz und klein, ihr habt Zeit genug... eßt die Büchsen leer oder nehmt sie mit ins Lager. Nichts darf bleiben, was die Yankis noch brauchen können. Kurakami, Tsunashima und Lonti laufen mit zum Sender. Ihr marschiert nachher an den Teich zurück und bleibt dort!«

Tojimoto salutierte kurz und machte sich wieder ans Zerstörungswerk.

»Hajimero«, rief Hidaka zu seinen drei Begleitern, »mal sehen, was unsere Lungen aushalten!«

Hinter ihnen krachte die Munition der Amerikaner, alles, was Pulver enthielt, flog in die Luft.

Die Lungen der Männer hielten aus, doch das Blut dröhnte im Schädel, als wolle es die Schläfen sprengen. Das Herz pochte wie hundert Hämmer bis zum Hals hinauf, und im Brustkorb schien ein Feuer ausgebrochen. Sie stürzten so oft, daß sie keinen Schmerz mehr empfanden. Ihre Hände und Schienbeine bluteten, aber sie merkten es nicht. Keiner der vier Männer hatte seinem Körper jemals ein so mörderisches Rennen zugemutet. Über Stock und Steine ging es steil bergauf, durch Gebüsch, Geröll und Gestrüpp. Das drohende Unwetter trieb sie an, ungewarnt flogen die Bomber hinein.

Scharfer, eiskalter Wind brauste über die Höhe, von Norden her wälzte sich eine geballte Ladung rabenschwarzer Wolken über die Gipfel. Im Westen war der Himmel gelb wie Schwefel, nur im Süden strahlte noch blaues Wetter.

Hidaka zog sich als erster auf den Grat, stolperte durch die Felsen und sprang über die Spalten. Hinter ihm keuchten seine Gefährten. Das Gepolter ihrer Stiefel verriet die erschöpften Kräfte.

Die Funkstelle war erreicht, sie warfen sich auf den harten Boden und krochen unter dem Netz hindurch zu ihrem Sender.

»Heraus mit der Antenne«, schrie Hidaka mit pfeifendem Atem, »dreh die Kurbel, Lonti.«

Tsunashima hoffte noch immer, sein Tascheninstrument habe ihn getäuscht. Hier lag das richtige Barometer, unter allen Umständen war es zuverlässig. Er griff danach, beugte sich darüber.

»Noch schlimmer, Taiji-dono... tiefer geht's nicht mehr!«

Er konnte sich nicht erinnern, jemals einen solchen Wettersturz erlebt zu haben. Nirgendwo sonst auf der Welt war das möglich, nur die himmelhohe Wasserscheide der Brooks hatte vermocht, den

Nordsturm so lange aufzuhalten. Nun aber mußte er mit um so größerer Gewalt explodieren.

Der Funker bekam keine Verbindung.

»Es kracht wie Trommelfeuer...«, jammerte Kurakami.

»Du mußt durchkommen...«, schrie ihm der Hauptmann in die Ohren, »du mußt... du mußt durchkommen!«

Das Gesicht von Schweiß bedeckt, kritzelte Tsunashima seine Angaben. Selbst hier im Windschatten flatterten die Blätter an seinem Block.

»Dreh die Kurbel, Lonti, nur nicht nachlassen... Kurakami... hast du was gehört?«

Eben hatte er Attu vernommen, aber schon war das schwache Signal wieder im Gekrächze der Störungen untergegangen.

Hidaka stand über ihn gebeugt, um den Wind abzuhalten. Im weiten Bogen hing die Antenne hinaus und vibrierte singend in der Luft.

»Attu ist da...«, rief der Funker, »sie hören uns.«

»Wir senden Klartext... lies das ab!«

Er hielt ihm Tsunashimas Zettel vor die Augen.

»Wieder überdeckt, Taiji-dono... ein furchtbarer Lärm, nichts mehr zu verstehen... gar nichts mehr!«

»Gib durch, Kurakami, gib es zehnmal durch... sie werden's schon schnappen.«

Der Funker hing so tief über dem Sender, daß seine Stirn auf dem Kasten lag. Er hämmerte die Taste ohne Unterlaß, immer die gleichen fünfzehn Zeichen... Windstärke... Windrichtung... Wolkenhöhe... Temperatur... Luftfeuchtigkeit... und nochmals das gleiche... stets in der gewohnten Reihenfolge... Windstärke ... Windrichtung... Wolkenhöhe... Temperatur... Luftfeuchtigkeit.

Kurakami tippte Schnellfeuer, Lonti drehte und drehte, man vergaß ihn abzulösen.

»Halt an, Kurakami... hör jetzt, ob sie antworten.«

Aber der Funker hielt nicht an, er tippte weiter.

Hidaka mußte nach seiner Hand greifen und sie hochreißen.

»Anhalten... abhören...«

Endlich gehorchte der Funker, schaltete zitterig auf Empfang und hantierte an den Knöpfen. Sechs brennende Augen schauten ihm zu.

Lonti kurbelte, dicke Tropfen rannen über seine harte Haut und mischten sich in den Staub seiner Uniform.

Kurakami schloß die Augen, zog seine Lippen hoch und ließ die gelben Zähne sehen.

»Hörst du Attu ... haben sie es?«

»Weiß nicht, Taiji-dono ... kam mir so vor, aber ich weiß nicht.«

»Kono Yaro ... mach weiter«, schrie Hidaka verzweifelt, »tippe weiter, bis deine Finger abfallen.«

Das wurde auf die Dauer so anstrengend für Kurakami, daß sein ganzer Körper im Takt der Taste zitterte. Als habe er heftigen Schüttelfrost, so sah das aus. Immer wieder ging die Warnung hinaus, immer in der Hoffnung, daß sie das schreckliche Wetter doch einmal durchdrang. Denn sie wußten ja, über tausend Meilen weit entfernt hing in Attu der andere Funker am Kopfhörer und lauschte ebenso angestrengt in das Krächzen und Knacken. Ein-, zweimal hatte er sich ganz schwach und kurz gemeldet. Er wußte also, daß man ihn erreichen wollte. Vielleicht ... vielleicht gelang es ihm, einige Bruchstücke zu erhaschen, aus denen sich der Rest erraten ließ.

Kurakami fiel zurück, noch in der Luft morsten seine Finger weiter. Auch Lonti ließ das Schwungrad los, es drehte sich für eine Weile von selbst.

Der Unteroffizier wollte wissen, ob es denn für Attu genauso schwer sei, die Tsurugas zu erreichen.

»Nein, mit ihrem starken Sender kommen sie viel besser durch.«

Die vier Männer blieben am Boden sitzen, ausgepumpt und mit erschöpften Nerven. Das Netz flatterte vor ihrem Unterschlupf, der Wind fauchte hinein.

Nur die Erregung hinderte sie daran, einzuschlafen. So viel war heute geschehen, daß man noch gar nicht alles durchdenken konnte. Inoué und Watanabe hatten ihr Leben gelassen, der Feind war geschlagen, aber der Flug am Wetter gescheitert.

In geschlossener Formation zogen die Wolken über sie hin, nur selten und nur ganz kurz öffnete sich eine blaue Lücke. Wie schwere Säcke sahen die Wolken aus, bis zum Bersten mit Wasser gefüllt. Sie schienen es sehr eilig zu haben und wurden vorwärts getrieben von den grauen Massen, die ihnen folgten. Lange konnte es nicht mehr dauern, bis sich ihre nassen Vorräte über Berg und Tal ergossen.

»Ein Bild furchtbarer Kraft«, meinte Hidaka, »man könnte glauben, daß sich ein wildes Meer über uns wälzt.«

Tsunashima wußte es zu erklären.

»Die Kälte vom Eismeer und von der Tundra, wo nun schon tiefer Winter herrscht, ist gegen die warme Luft aus dem Süden gestoßen ... von beiden Seiten hat sich das am Felsenriegel der Brooks gestaut. So lange, bis es nicht länger ging. Weil der Winter kommt, ist jetzt der Nordwind mächtiger, mit aller Gewalt wird er angreifen. Ein Äquinoktialsturm ist das, Taiji-dono, er beendet den langen Herbst und dann...«

Lonti unterbrach mit einer heftigen Geste.

»Die Tsurugas... ich höre die Tsurugas!«

Alle schwiegen, denn alle vernahmen sie jetzt das Dröhnen der Flugmotore durch den sausenden Wind.

»Sie kommen, Taiji-dono... sie kommen und fliegen in die Hölle.«

Die vier Männer eilten hinaus und schauten nach Süden. Deutlich war das Brummen schwerer Motore zu hören, aber nichts von den Maschinen zu sehen.

»Alles umsonst«, stöhnte Hidaka, »keine Warnung hat sie erreicht!«

Selber konnten sie nichts mehr tun, ihr Gerät war ja nur auf die Station von Attu eingestellt. Der Führer des Bombengeschwaders hielt den befohlenen Kurs, auch wenn er geradewegs ins Unheil führte. Wenn kein Befehl zur Umkehr an ihn gelangte, würde er versuchen hindurchzustoßen. Wie unmöglich das war, konnte er nicht wissen.

Als Hidaka schon glaubte, nun müsse man die Todesvögel sehen, hatten graue Schleier den Grat erfaßt.

Die vier Männer drehten ihre Köpfe nach dem Geräusch, das sich schnell zu Gedonner verstärkte. Eben kam es noch von Süden, jetzt aber fraglos von Westen.

»Was ist los mit ihnen?«

Tsunashima meinte es zu erkennen.

»Glaube, sie weichen vom Kurs ab!«

Das Dröhnen klang entfernter, blieb für kurze Zeit gleich, kam dann aber geradewegs auf sie zu.

Für den Bruchteil einer Sekunde erschien in der blauen Blöße zwischen den gejagten Wolken ein langer, breiter Flügel. Im Gebraus der Motore rauschte die große Schwinge schnell über sie hinweg. Dennoch hatten sie alle im weißen Feld den dunkelroten Ball erkannt.

Sie starrten wie gebannt den Wolken nach, worin das Phantom

verschwunden war. Erst allmählich wurde ihnen klar, daß sie wieder nach Süden schauten.

»Abgedreht haben sie, Kimi-tachi, und fliegen zurück!«

Hidaka knöpfte seinen Kragen auf, um freier zu atmen.

Ihre Warnung war durchgekommen, Attu hatte verstanden und die Umkehr befohlen.

So war denn nichts verloren, nur um wenige Tage hatte sich der große Schlag verschoben.

27

Die Wolken senkten sich tiefer, Schiffen gleich segelten sie an den Männern im Fluß vorüber. Noch boten sie den Scouts keinen vollkommenen Schutz, das graue Geschwader hielt nicht so dicht beisammen. Aber es war ein Anfang, bald mußte sich der Vorhang gänzlich schließen.

Weiter, nur nicht frühzeitig ermüden. Wenn man hielt, um Atem zu schöpfen, erstarrten die Füße im eisigen Wasser. Man mußte sich bewegen, die Kleider waren naß, und der Wind wurde kälter. Ohne wärmendes Feuer durfte man an Rast nicht denken.

Harry und Wortley hatten ihre gefütterten Anoraks ausgezogen, um damit den Captain zu erwärmen. Er rührte sich nicht, sein Bewußtsein war erloschen.

Ein breiter Buckel hob sich aus dem Strom, die erste Insel mit Wald tauchte auf. Doch zogen die Scouts hastig an ihrer Verlockung vorüber. Falls der Feind nach ihnen suchte, würde er dieses erste Versteck bestimmt nicht auslassen. Zu bequem lag es auf dem Weg der Flüchtlinge und mußte die Verfolger anziehen.

»Es kommen noch mehr von der Sorte«, ermunterte Allan die Gehetzten, »die Wolken werden uns schon helfen, auf so einer Insel zu verschwinden.«

Es kam, wie er gesagt hatte. In breiter Front holte sie das neblige Gewoge ein, bedeckte den Fluß und erfaßte die Ufer. Um einander nicht zu verlieren, rückten die Scouts näher zusammen. Nun konnte sie kein Späher mehr in dem grauen Dunst entdecken. Schattenhaft erschien eine andere Insel, dann wieder eine. Sehr breit mußte das Tal geworden sein, mit ausreichendem Platz für den Strom, um sich in viele Arme zu teilen. Ein Labyrinth kleiner und großer Strecken mit bewaldetem Gestein lag dazwischen.

Dick Hamston blieb stehen.

»Hier kann uns kein Gelber mehr finden, Allan, mach Schluß mit dieser verfluchten Rennerei!«

Wie ein gestrandetes Ungeheuer lag vor ihnen der Schatten einer hohen Insel. Dichtes Gestrüpp reichte bis ins Wasser, feuchtes Gestein, schlüpfrig und von Moos bedeckt, säumte das Ufer.

O'Hara und Hank Fortier krochen ins Gesträuch, um zu sehen, ob es dahinter genügend Holz für Dach und Feuer gab. Erschöpft standen ihre Gefährten im Wasser und fühlten den betäubenden Schmerz seiner Kälte. Endlose Zeit schien zu vergehen, bis die beiden wiederkamen.

»Alles in Ordnung...«, rief O'Hara schon von weitem, »gleich haben wir's warm.«

Durch eine Wildnis von Schilf und Weiden zwängten sich die Männer zur Mitte der Insel. Die Bahre mit dem Captain wurde nachgezogen, Stewart auf einen Ast gesetzt und getragen. Erst gelangte man in ein Dickicht aus Wacholder, doch gleich danach war man zwischen alten Lärchen. Dahinter ragte, vier oder fünf Meter hoch, eine glatte Felswand.

»Die kommt uns gerade recht«, meinte Pete Randall, »eine Wand für unseren Kachelofen.«

Die Bahre wurde abgesetzt, Charley Stewart konnte sich legen und das verletzte Bein ausstrecken.

Die ersten Flämmchen knisterten und wärmten die Hände. Trockenes Holz gab es in Menge, das Feuer schlug höher, seine Hitze breitete sich aus.

Man fühlte förmlich, wie die Wolken immer schwerer drückten und zur Entladung drängten. Die Scouts bauten ihr Schutzdach im Wettlauf mit der Zeit.

Zwei starke Gabeläste wurden unten zugespitzt und in den Boden getrieben, danach ein armdicker Stamm quer darübergelegt. Biegsame Weidenzweige dienten zum Festmachen des Firstbalkens. Schräg dagegen lehnte man eine Reihe schlanker Stangen, darüber viele breite Äste und Gezweig. Auch sie mußten mit dem Gerüst verflochten werden. Unterdessen hatten andere Hände große Mengen von Schilfkraut geschnitten. Harry und Jim O'Hara vereinten es zu Bündeln und bedeckten damit die schräge, dem Wind zugekehrte Flechtwand. Sie fingen am Boden damit an, fügten eine Lage halb über die andere und gelangten schließlich bis zum First. Das Ergebnis war eine Halbhütte, an deren dichtem Schilfdach alles

Wasser ablaufen mußte. Die offene Seite war dem Felsen zugewandt, die geschlossene stand gegen den Wind.

Unter diesem Flechtwerk wurde nun in großer Eile ein fußtiefer Graben gezogen und mit Glut aus dem Feuer gefüllt, das man nun draußen nicht mehr brauchte. Die Waldläufer trugen reichlich Fallholz herbei, um es sogleich unter dem schrägen Dach aufzuschichten. Zu Anfang mußte man noch trockenes Holz haben, wenn aber später die gegenüberliegende Steinwand stark erhitzt war und die Wärme kräftig zurückstrahlte, genügten auch feuchte Äste, um den Brand zu erhalten. Sie hatten sogar den Vorteil, langsamer zu verglimmen. Ihr beißender Rauch konnte nicht stören, nach vorn hinaus und zu beiden Seiten war der Abzug frei.

Kaum eine halbe Stunde hatte der Bau dieser Anlage gedauert, sie bot jedoch elf Menschen Wärme und Behaglichkeit. Der Captain wurde hineingetragen und auf eine Schüttung von Laub gebettet. Als er bei der schmerzhaften Erneuerung seiner Verbände zu sich kam, mußte ihm Slim Wortley zweimal Morphium geben. Charley Stewart war besser daran, das eisige Wasser hatte seine Schmerzen betäubt und den Blutverlust gestillt. Bei ihm konnte sich der Hilfsarzt mit einer Tetanusspritze begnügen. Knochen waren nicht verletzt, ein glatter Schuß hatte die Muskulatur durchschlagen.

Die Scouts waren fertig mit ihrer Arbeit, sie konnten sich endlich von diesem schweren Tag erholen. Die Männer warfen ihre nassen Jacken ab, zogen Stiefel und Strümpfe aus. Jeder holte sich einen Haufen Laub, baute sich daraus ein Waldläuferbett und genoß mit ruhenden Gliedern die Wohltat von Wärme und Entspannung.

»Soweit haben wir's geschafft«, sagte Fortier, »das Wetter kann losgehen.«

Aber noch immer barsten die Wolken nicht, obwohl man fühlte, wie sehr die Atmosphäre danach verlangte. An den Brooks im Norden rumpelte schon Gedonner, dicht über den Boden strichen scharfe, schnelle Winde.

Der Chiefscout erhob sich wieder und schaute hinaus.

»Eine halbe Stunde kann's noch dauern, schätze ich ... aber dafür kommt's nachher besonders schlimm.«

Gerade die schwersten Stürme zögerten gelegentlich, um dann desto gewaltiger loszubrechen.

Allan stieg wieder in seine Stiefel und zog sich den Anorak über.

»Zwei Freiwillige brauche ich, um nachzusehen, was die Hundesöhne mit Ted und Jeff gemacht haben.«

Ein harter Vorschlag, aber der einzig richtige. Wenn man überhaupt etwas unternahm, um das Schicksal der beiden Gefährten zu klären, war jetzt die Gelegenheit dafür. Nur im Lärm des kommenden Ungewitters würde es möglich sein, unbemerkt nahe genug ans Camp der Japaner zu gelangen. Im Licht der Blitze konnte man dann sehen, ob die Männer noch lebten. Auch wenn der Feind abgezogen war, die Verwundeten hatte er bestimmt nicht mitgenommen. Die lagen noch dort.

»Aber sie werden tot sein, umgebracht haben sie die Schweinehunde!«

»Schon möglich, Dick, aber nicht ganz sicher...«

»Du hast recht, Allan, natürlich komm' ich mit.«

»Natürlich kommt jeder mit«, rief Randall.

Alle griffen sie wieder nach ihren Sachen. Der Gedanke, wie es einem Menschen zumute sein mochte, den seine Kameraden in der Not verlassen hatten, überwand jede Erschöpfung.

»Ich brauch' aber nur zwei«, beharrte Allan.

»Dann such dir deine Leute aus...«

»Es kommt darauf an, wer sich am besten fühlt... das wird 'ne verdammte Schinderei.«

»Fühlt sich einer nicht am besten?« fragte Hamston.

Man versicherte ihm, daß allerseits die Kräfte noch reichten.

»Also gut, Dick... du kommst mit und Harry natürlich. Für die anderen Helden wird's morgen auch noch was zu tun geben!«

»Was, zum Beispiel...?«

»Unser Zeug holen... die Verwundeten ins Depot bringen... dem Feind nachsetzen...«

Dick Hamston und der Indianer machten sich wortlos fertig.

»Allan, ich meine doch, wir sollten alle miteinander gehen«, schlug Branson vor, »vielleicht sind die Schlitzaugen noch da und wir können abrechnen.«

»Zähl erst mal deine Patronen, Bill, viel werden's nicht mehr sein. Auch unsere Handgranaten sind alle verschmissen... wir können den Captain und Charley nicht alleinlassen... für sie muß das Feuer brennen...«

Er hatte recht, sie sahen das ein.

»Bis morgen sind wir klüger, dann wird beraten, was noch zu machen ist.«

Die drei Männer traten hinaus, eiskalt fuhr ihnen der Sturm entgegen.

Das fürchterliche Wetter Alaskas feierte eine festliche Nacht. Schnee und Wasser rauschten durch die Finsternis. Eng aneinandergepreßt kauerten die Japaner vom Funktrupp in der kleinen Höhle. Keiner von ihnen hatte jemals eine solche Entladung der Elemente erlebt. Sie glich einer großen Schlacht, Donnerschläge aus schwerem Geschütz rollten durch die Täler, gelbe Blitze flammten wie Mündungsfeuer. Hagelkörner, schwer wie eiserne Kugeln, prasselten gegen den Fels. In die Gesichter klatschten nasse Flocken, kaltes Wasser floß in das Versteck. Draußen weichte die Erde auf, und die Hänge gerieten in Bewegung, Lawinen aus Schlamm und Gestein wälzten sich hinab. Alle morschen Stämme brachen zusammen, mit Gepolter riß sie das Wildwasser durch die Schluchten.

Fünf Männer kämpften sich durch das höllische Wetter, Tojimoto und seine Gefährten erzwangen den Anstieg auf den Grat. Sie krochen und sprangen, klammerten sich an Wurzelwerk und stapften durch flüssigen Brei. Ströme aus Schlamm und Gestein rauschten an ihnen vorüber, unter ihren Händen löste sich das Gebüsch aus der Erde, stürzende Stämme drohten sie zu erschlagen.

Nur Sinobu kannte die Richtung, er allein wußte, wo der Unterschlupf des Funktrupps lag. Im Leuchtfeuer der Blitze suchte er nach einem Weg hinauf. Gehölz versperrte das Durchkommen, im Gesträuch verfingen sich die Gewehre und stolperten die Stiefel. Durchtränkt von Schnee und Wasser, zerschunden und zu Tode ermüdet, gelangten die fünf zum Versteck ihres Kommandeurs. Sie fielen dort zu Boden und wurden von den Kameraden hineingezogen.

»Schlimmes ist geschehen«, keuchte Tojimoto, »unser Lager ist leer, die Yankis haben alles geplündert.«

Der Hauptmann löste sich aus seiner Decke und hüllte den Freund darin ein.

»Als wir zurückkamen, Enzo, konnten wir nichts mehr finden, nur einen toten Amerikaner. Den anderen haben sie weggeholt, während wir fort waren...«

Erschöpft schoben sich seine Leute zwischen die Männer vom Funktrupp, wurden mit den Schlafsäcken zugedeckt und vor der Wucht des Windes geschützt.

»Nichts ist mehr da, Enzo... alles verschwunden!«

Der Hauptmann mußte Tojimotos Meldung erst richtig begreifen, bevor er die Folgen übersah.

»Die Yankis werden sich freuen, Yoshi, einen großen Gefallen haben wir ihnen getan!«

Seine Männer verstanden nicht, was er meinte. Sie schwiegen und warteten auf seine Erklärung.

»Dabei war es so leicht, zu wissen, was die Yankis tun würden. Sie mußten nach ihren Leuten sehen... sie hängen ja an ihren Verletzten wie eine Mutter am kranken Kind. Dafür nehmen sie jede Mühe und Gefahr auf sich. Ihre Ausrüstung haben wir vernichtet, damit sie von hier verschwinden. Ein guter Gedanke war's, aber doch ein Fehler, wie sich nun zeigt. Wegen ihrer Verwundeten sind sie in unser Lager gekommen, fanden es verlassen und nahmen die Gelegenheit wahr, sich aufs neue zu versorgen.«

Der Feldwebel Suda kam wieder hoch.

»Nein, Taiji-dono, nichts haben sie für sich geholt... unmöglich, das zu begreifen! Alles haben sie durchs Farnkraut hinuntergezerrt und in den Teich geworfen. Ein paar Sachen gingen ihnen dabei verloren... am Wasser ist das Schilf zertrampelt, dort lag auch noch ein Kochgeschirr von uns.«

»Doch, ich hab's jetzt begriffen«, sagte Tojimoto, »sie wußten eben noch nicht, daß wir inzwischen ihr Camp zerstört haben.«

Also hatte sich für den Feind die Lage gar nicht verbessert. Er mußte auf jeden Fall zurück und vorläufig die Verfolgung aufgeben.

»Wir werden versuchen, das Zeug herauszufischen.«

»Nicht möglich, Enzo, wir haben's schon versucht. Schon beim ersten Schritt versinkt man gleich im sumpfigen Grund. Nun fließt noch von oben Schlamm und Geröll hinein, der kleine Bach tobt wie ein reißender Fluß. Schon längst hat er alles begraben.«

Der Hauptmann nickte gelassen und suchte sich auf die neue Lage einzustellen.

»Wir müssen auskommen mit dem, was wir noch haben...«

Sie hatten noch ihren Sender mit allem Zubehör und waren zusammen neun gesunde Männer. Für ihre weitere Existenz stand zur Verfügung, was der Funktrupp bei sich hatte. Das war ein Zelt, die persönliche Ausrüstung der fünf Leute und ihre Schlafsäcke.

»Außerdem hat noch jeder seine Waffen«, sagte Hidaka, »aber die Patronen bleiben für den Feind reserviert, erst recht die letzten Handgranaten.«

Hundert Schuß pro Mann waren im Lager geblieben und verloren ebenso das meiste Werkzeug. Man hatte nur noch zwei Äxte und die breiten Haumesser. Zum Glück war die amerikanische Medizinkiste gerettet.

»Gegen deine Weisung, Enzo, habe ich beim Lager der Yankis noch ein paar von ihren Pelzwesten versteckt... für den Fall, daß wir sie brauchen.«

Hidaka versuchte zu lächeln.

»Mein Vorwurf entfällt, ich muß dir sogar danken.«

»Dank hab' ich nicht verdient, Enzo, wir haben im Camp der Yankis ein Festmahl abgehalten und die Konserven der Salonsoldaten geleert. Vielleicht wären wir sonst noch rechtzeitig beim Teich gewesen.«

»Ich hatte dich nicht zur Eile gedrängt.«

Er richtete sich auf, um die negative Erörterung abzuschließen.

»Wir haben einen zweiten Schlag erlitten, erfüllen aber unsere Pflicht bis zum letzten Hauch!«

Der Wind schien sich zu drehen, zumindest fuhr er nicht mehr mit der gleichen Wut in die enge Höhle. Es gelang den neun Menschen, sich gegenseitig zu wärmen und vor dem Einbruch weiterer Nässe zu schützen. Aus Furcht, ihre Kleider könnten bis zum Morgen gefroren sein, wagte keiner, sich auszuziehen. Nur die schweren Stiefel wurden abgestreift und die Füße umwickelt. Noch lange konnte das schreckliche Wetter dauern, sie mußten vorläufig hier bleiben. Vom Feind drohte keine Gefahr, der hatte jetzt mit sich selber genug zu tun.

Der Hauptmann unterhielt sich mit Tojimoto, er fand keine Ruhe, ohne vorher die nächsten Pläne zu besprechen.

»Zur neuen Lage müssen wir eine ganz neue Einstellung finden, aus den Nachteilen müssen wir Vorteile ziehen...«

»Vorteile sehe ich dabei noch nicht«, sagte ihm der Leutnant.

»Doch, Yoshi, wir sind so leicht beweglich wie noch nie... Was wir noch haben, ist für niemanden eine fühlbare Last. Alle Stunde wird der Sender seinen Träger wechseln, sehr viel rascher als bisher kommen wir vorwärts.«

»Vorwärts wohin, Enzo?«

»Über die Brooks hinweg oder in einer Schlucht hindurch... neulich glaubte ich eine gesehen zu haben. Wir ziehen so weit weg von hier, wie das nur möglich ist. Unsere Spur hat der Feind verloren, dies Wetter hat sie vollkommen verwischt. Wenn die Yankis... vielleicht ganz andere Yankis... wieder nach uns suchen, müssen sie ganz neu damit anfangen.«

Tsunashima hatte ihm gesagt, daß nach den ersten großen Äquinoktialstürmen noch ein paar schlechte Tage kämen, aber dann würde klirrender Frost hereinbrechen, mit klarem Himmel und stiller Luft.

»Vorläufig brauchen wir das Wetter nicht mehr zu melden. In Attu wissen sie selber, daß während der nächsten Zeit nichts zu machen ist. Also können wir ohne Aufenthalt marschieren, Yoshi, an einem anderen Platz werden wir bleiben, wieder Meldungen herausfunken und warten, bis der große Schlag gelungen ist. Fürs erste werden uns die Yankis nicht dabei stören.«

Alles, was Hidaka sagte, fand Tojimoto vollkommen richtig.

»Und was wird danach geschehen, wenn Yamada keine Tsurugas mehr hat...?«

»Dann wird unser Marsch zu Boris Nichinski beginnen, der zweite Teil unserer Mission. Der Winter und das Gelände werden uns lange aufhalten, fast ein Jahr kann darüber vergehen.«

»Und du glaubst wirklich, daß wir durchkommen?«

»Dem Rest von uns wird es gelingen... auch einer allein genügt, um in Japan zu berichten.«

29

Schon seit Stunden rüttelte der Sturm am Schilfdach der zurückgebliebenen Scouts, konnte es aber doch nicht zerreißen. Zu elastisch war die Unterkunft gebaut, nur scheinbar gab sie den Windstößen nach, bog sich und bebte, hielt aber zäh zusammen und schützte die Menschen. Unablässig rauschte der Regen durch die Nacht. Alle Fluten des Himmels ergossen sich pausenlos über Berg und Tal. Hagel und Schnee waren schon in den Wolken ertränkt worden, nur noch reines, kaltes Wasser strömte über das dichte Dach. Die Männer am Feuer hörten es draußen herabrieseln, aber kein Tropfen drang zu ihnen hinein. Der Graben, den sie um ihre Unterkunft gezogen hatten, ließ die Regenmassen harmlos abfließen. Der Donner hatte aufgehört, und die Blitze waren erloschen. Die eigentliche Front des Unwetters war nach Süden weitergerollt.

Es war wohlig warm unter dem Dach, von der Felswand strahlte die Glut zurück. Man trug wieder trockene Kleider auf dem Leib und fühlte sich gut erholt. Der Schwerverwundete schlief in Ohnmacht, Charley Stewart sah mit offenen Augen zur Decke.

»Glaub' schon, daß ich durchkomme«, meinte er.

»Klar geht dein Bein in Ordnung«, versicherte ihm Slim, »in ein paar Wochen bist du wieder fein auf den Hufen. Aber der Captain... wenn der nicht bald unters Messer von 'nem tüchtigen Chirurgen kommt, wird er kaum noch General.«

»Weißt du überhaupt, wo er's hat?« fragte ihn Branson.

»Durchschuß in der Lunge, aber noch schlimmer ist das zweite Loch... von 'ner Handgranate glaube ich. Die Splitter stecken im Leib. Da kann ich nichts machen... er muß operiert werden!«

Um den Captain wäre es schade, meinten sie. Wie der auf die Japaner losgegangen war, das machte ihm keiner nach.

»Eine Frau und zwei Kinder sitzen daheim«, wußte Fortier, »und die haben noch keine Ahnung.«

»Keiner hat 'ne Ahnung, was sich hier tut. Die denken alle, wie ruhig und friedlich man's in Alaska hat. Der verdammte Krieg tobt sich ganz woanders aus, denken sie!«

»Wenn man nur wüßte, wie's weitergehen soll...«

Zunächst mal hätte wohl jeder mächtigen Hunger, stellte O'Hara fest, seit heute früh gab es ja nichts mehr zu essen.

»Seit gestern früh«, verbesserte Hutchinson, »wir haben schon morgen.«

Sobald es hell wurde, mußte man versuchen, ein paar Lachse zu angeln. Davon gab es ja um diese Zeit genug in jedem Fluß.

Pete Randall sprang auf und warnte.

»Schritte draußen...«

Jeder griff zur Waffe.

Aber schon erschien, triefend naß, die gebückte Gestalt Dick Hamstons. Er hob das Schilf am Dach und schaute mit geblendeten Augen hinein.

»Platz machen, Leute, wir bringen Jeff...«

Zehn hilfreiche Hände streckten sich aus. Dick zog die Bahre hinter sich her, Allan schob von draußen nach. Der Verletzte war bei vollem Bewußtsein und versuchte sogar zu grinsen.

»Wie geht's, Jeff... wo hat's dich erwischt?«

»Unterm Knie ist das linke Bein weg«, gab der Chiefscout die Antwort, »Slim, mach dich an die Arbeit!«

Selbst ein Mann wie Allan McCluire war nun am Ende seiner Kräfte. Er sank am Feuer zusammen, O'Hara und Fortier halfen ihm beim Ausziehen.

»Wo ist Harry?« fragten sie.

»Kommt gleich und kann euch was erzählen... Slim, wie sieht's aus bei Jeff?«

Der Verwundete stöhnte und mußte gehalten werden.

»Geb' ihm gerade 'ne Spritze gegen Blutvergiftung. Durchkommen wird er schon, muß aber in ein ruhiges Bett, so schnell wie möglich.«

»Ja, das muß er wohl.«

Allan hielt die Hände gegen das Feuer, Hamston quälte sich mit seinen Stiefeln.

»Und Ted... was ist mit ihm?«

Wenn der Chiefscout nichts sagte, muß man ihn danach fragen.

»Er ist tot... neben Jeff gestorben, kurz bevor wir kamen«, gab Allan Bescheid, »wir haben ihn dort begraben.«

Man hörte nur das knisternde Feuer und draußen den rauschenden Regen.

»Mein Gott, zwei von uns sind gefallen«, sagte Randall schließlich, »und drei verwundet. Ein trauriger Haufen sind wir geworden.«

»Ja, so ist der Krieg... so geht's dabei zu«, nickte Allan, »nun haben wir's auch mal erlebt.«

Hank Fortier wollte wissen, ob sie die Japaner gesehen hatten.

»Nein, die waren weg und hatten ihr Lager ganz allein gelassen. Ein Glück für uns, sonst hätten wir Jeff nicht so ohne weiteres wegbekommen.«

»Daß sie ihn nicht umgebracht haben...?«

Dick Hamston berichtete vom Gegenteil. Der Hauptmann Hidaka selber hatte es verhindert und den beiden Verwundeten sogar Verbandzeug hingeworfen. Jeff konnte sich damit versorgen, sonst wäre er inzwischen auch verblutet.

»Daß ein Japs so was tut«, meinte O'Hara, »es heißt doch, die erschießen sogar ihre eigenen Verwundeten.«

»Nein, die Verwundeten erschießen sich selber... Jeff kann's dir später mal erzählen.«

Nun kam auch Harry zurück, schwer beladen mit einem Tragbrett und anderen Sachen. Zwei Scouts halfen ihm die Last abzunehmen.

»Sieh mal an, mein Packboard hat er mitgebracht«, freute sich Hutchinson, »das hätt' ich mir auch selber holen können!«

»Freu dich nicht zu früh«, sagte ihm Hamston, »dein Zeug war allein noch übrig... es muß für uns alle herhalten.«

Dick begann zu berichten, was heute nacht geschehen war. Zu dritt hatten sie endlich durch Sturm und prasselnden Regen den Teich erreicht, waren im Lärm des Unwetters ins japanische Camp geschlichen und hatten gleich gemerkt, daß es verlassen war. Jeff selber hatte es ihnen zugerufen, als er sie im Licht der Blitze erkannte. Dann hatten sie erst Ted begraben und waren danach auf den Gedanken gekommen, die gesamte Ausrüstung der Gelben in den Teich zu werfen. Ohne ihr Gepäck konnte sich die Bande ja nicht mehr lange halten.

»Habt ihr prima gemacht«, rief Randall zufrieden, »den Winter überstehen sie nie und nimmer!«

Allan hatte mit dem Gesicht zum Feuer gesessen und sich das nasse Wollhemd aufgerissen. Er wandte sich nun wieder um.

»Ein verdammter Blödsinn war's ... der größte Unfug, den ich machen konnte!«

Alle Augen starrten ihn an.

»Inzwischen waren nämlich die Gelben bei unserem Camp und haben alles verbrannt ... nur was hier ist, haben wir noch, sonst gar nichts!«

Als sie schon die Bahre für Jeff fertig hatten und eben zurückmarschieren wollten, hatte sich Harry erboten, die Sanitätskiste von oben zu holen. Dazu noch Munition und Handgranaten. Allan und Dick hatten so lange mit dem Verwundeten gewartet, zumal sie gerade im Schutz eines vorspringenden Felsens standen.

Im gestrigen Lager hatte dann der Indianer die Zerstörung entdeckt. Zum Glück wußte er noch, daß Hutchinson abseits kampiert hatte, tief in einem dichten Weidenbusch. Und tatsächlich war von den gelben Ratten sein Zeug nicht entdeckt worden. Die Schlitzaugen hatten sich wohl mehr mit den guten Konserven beschäftigt. Auch drei pelzgefütterte Anoraks hatte Harry noch gefunden, in einem Bündel zusammengeschnürt und mit Zweigen bedeckt. Die wollten sich die Japaner wohl später noch holen. Es war schon eine Schinderei gewesen, das Packboard mit Berts ganzer Ausrüstung und noch die nassen Pelze herzuschleppen. Der Fluß ging jetzt hoch, man konnte sich kaum noch gegen die Strömung halten.

Niemand wollte etwas sagen. Es war wohl Sache des Chiefscouts, sich über die neue Entwicklung auszulassen. So erschöpft er auch war, Allan konnte das nicht bis zum Morgen verschieben. Dabei fiel ihm jedes Wort schwer, und er hatte Mühe, sich wachzuhalten.

»Ja... so sieht's aus, Coppers, wir haben uns gegenseitig zu armen Leuten gemacht. Es kann sich jeder denken, was nun vor allem zu tun ist...«

Er zeigte auf die drei Verletzten.

»Ein Funkgerät könnten wir jetzt schon brauchen, um Hilfe herzuholen. Aber hätten wir eins mitgebracht, so wie der Captain wollte, es wär' ja doch in unserem alten Lager geblieben, von den Gelben zertrampelt und verbrannt.«

»Im Depot haben wir einen Sender«, meinte Branson, »es muß halt jemand zum See laufen und damit nach Richardson funken.«

Für diesen Apparat waren Trockenbatterien vorhanden, alles lag gut verpackt im Proviantzelt am Cliftonsee. Das Gerät war leicht zu bedienen und konstant auf die Wellenlänge des Hauptquartiers eingestellt. Tag und Nacht war dort die Station besetzt.

»Hört sich an wie eine wirklich gute Idee...«, sagte ihm Allan, »aber leider lungern hier in der Gegend ein paar Japaner herum! Wenn die erst richtig nach uns suchen, haben sie bald heraus, wo wir stecken. Ohne Feuer kommen wir nicht aus... wegen der Verwundeten meine ich. Der Rauch wird uns verraten. Alle zusammen müssen wir weg von hier!«

Jede Entscheidung überließen sie ihm, dachte Allan, konnten sie denn nicht selber Vorschläge machen? So viel Vertrauen zu tragen war eine Last.

»Hier bleiben wir nur noch ein paar Stunden, bis kurz vor dem Hellwerden«, sagte er müde, »dann geht's los mit Tempo, ständige Bewegung muß uns warm halten.«

Die Scouts hatten keine Anregung beizusteuern. Was ihr Führer sagte, fanden sie vollkommen in Ordnung.

Natürlich mußte man sich abwechseln, um den Captain und Jeff zu tragen, einer von den Gesunden sollte Charley Stewart beistehen. Mit provisorischen Krücken konnte er wohl die meiste Zeit selber gehen. Allan glaubte nicht, daß die Japaner noch sehr weit nach ihnen suchten. Wenn die erst einmal merkten, daß sie vorläufig nichts mehr von den Scouts zu befürchten hatten, waren sie mit ihren eigenen Sorgen hinreichend beschäftigt.

»Schon in der nächsten Nacht«, fuhr Allan fort, »können wir uns wieder ein Feuer leisten, wenn wir weit genug kommen. Es muß nur klein gehalten und gut verdeckt werden. Nach zwei oder drei Tagen haben die Verletzten erst mal Ruhe. Der Rest läuft an den Cliftonsee und verständigt von dort den General. Der soll dann entscheiden, wie am schnellsten Hilfe gebracht wird.«

»Er wird sofort einen Hubschrauber schicken...«, meinte Branson.

Jemand sagte, daß diese Apparate keinen so großen Aktionsradius hätten.

»Wie sie's machen, werden sie in Richardson am besten wissen...«

Es war wirklich nicht mehr Sache des Chiefscouts, sich auch noch damit zu befassen.

»Also seid ihr einverstanden mit meinem Vorschlag«, fragte Allan, weil er betonen wollte, daß er niemandem Befehle gab.

»Natürlich..., so wird's gemacht, anders geht's gar nicht!«

Endlich wollte sich der Chiefscout ausstrecken und schlafen, aber er kam nicht dazu. Jim O'Hara hatte noch eine wichtige Frage.

»Der General wird uns doch nicht einkassieren, Allan? Ich denk' nämlich nicht dran, die Japse anderen Leuten zu überlassen.«

Das wollte keiner von ihnen. Wenn es wieder losging, durfte man auf sie nicht verzichten.

»Natürlich nicht«, meinte Allan, »Erfahrung mit dem Feind hat sich ja nun jeder von uns geholt. Wer wirklich drauf besteht, nachher weiterzumachen, über den wird sich Hamilton nur freuen.«

Er wollte sich abwenden und hinlegen, aber Hamston hielt ihn zurück.

»Du machst doch wieder den Chiefscout, Allan...?«

»Nein, Dick, das mache ich nicht.«

Sie waren enttäuscht, manche sogar empört.

»Was, du willst aufgeben, ausgerechnet du?«

»Im Gegenteil, ich bleib' hier am Feind...«

Pete Randall beugte sich hastig vor.

»Was willst du, Allan... sag das noch mal.«

»Dafür sorgen, daß der Faden nicht abreißt... den Gelben nachspüren will ich, bis man weiß, wo sie für den Winter unterkriechen. Nur so kann man sie schließlich fassen... das könnt ihr dem General ja sagen! Wir machen irgendwo einen Treffpunkt aus, dann kann's wieder losgehen...!«

Hamston rüttelte an seinem Knie.

»Bist du verrückt, Mann, ganz allein dieser gefährlichen Bande nach, jetzt wo der Winter kommt... und ohne richtige Ausrüstung!«

Der Chiefscout war es leid, für alles Erklärungen zu geben. Was er weiter vorhatte, war seine Sache ganz allein.

»Meinetwegen bin ich verrückt, Dick, aber laß mich jetzt in Ruhe!«

»Ich denke nicht daran... so verrückt wie du bin ich schon lange. Wir machen das zusammen, Allan, zu zweit kommen wir besser durch...«

»Drei sind wir«, sagte Harry aus seiner Ecke, »mein Boß und ich und du, das sind drei Männer.«

Allan wollte nicht widersprechen, morgen würde man weitersehen.

Erst fassungslos, dann staunend hatten die anderen Scouts zugehört. Ganz so unmöglich, wie sich das anhörte, war die Sache vielleicht doch nicht. Erfahrene Waldläufer konnten sich auch im Winter durchbringen, dann war die Jagd sogar leichter.

»Versuchen sollte man's schon«, hatte sich Randall überlegt, »wenn die Bande mit ihren verdammten Wettermeldungen weitermacht, bringt sie ja noch allerhand Unheil über Alaska, daran haben wir wohl nicht mehr gedacht, bei allem, was seitdem passiert ist. Allan hat recht, der Faden reißt ab, wenn ihnen keiner hinterherläuft.«

An sich war auch Hank Fortier dafür, hatte jedoch praktische Bedenken.

»Aber unser ganzes Gepäck ist doch futsch... ohne richtige Winterausrüstung wird's kaum gehen!«

Da mußte ihm Allan widersprechen.

»Der Hidaka hat auch keine mehr, und so weit wie der mit seinen Leuten kommt, kommen wir erst recht.«

»Das Wort steht!« rief Bert Hutchinson, der solange gar nichts gesagt hatte. »Und ich stell' mich dazu, mit all meinen Sachen... da haben wir immerhin etwas.«

Der Chiefscout zog sich am Dachfirst auf die Beine.

»Nun aber Schluß mit so viel Freiwilligen... denkt doch an die Verwundeten. Erst mal müssen die in Sicherheit, zumindest fünf Männer werden dazu gebraucht... ich selber brauche niemanden.«

Charley Stewart meinte, wenn er feste Krücken bekäme, würde er ohne Hilfe weiterkommen. Dann genügten vier Mann, um die Verwundeten fortzubringen. Bei schwierigen Stellen könnte er sich ja an einer Tragbahre festhalten.

Der Chiefscout wollte nicht weiter darüber reden.

»Überlegt's euch bis morgen, Coppers... vierzig Grad unter Null oder das warme Bett daheim!«

30

Hauptmann Hidaka und seine acht Gefährten marschierten dem Winter entgegen. Der Boden war hart gefroren, an den Halmen und dem Bärlappkraut hing der Reif. Kalter Wind strich von den Bergen. Der Himmel war verhängt, noch immer bedrohte eine Kavalkade dunkler Wolken die Landschaft.

Noboru trug die schwerste Last, doch nur für kurze Zeit, dann wurde der Sender von einem anderen übernommen. Der Marsch verlief schneller als je zuvor, vorläufig wurde die verlorene Ausrüstung noch nicht vermißt.

Die Chipmunks und Lemminge waren in der Erde verschwunden, die Lerchen längst nach Süden abgereist. Als letzte der Zugvögel folgten ihnen nun die Seeschwalben und Regenpfeifer. Über Nacht hatten sich Teiche und Tümpel mit dünnem Eis bedeckt, das Wollgras und die Moosbeeren waren erstarrt. Nur die späten Weidenröschen blühten noch, sofern sie in tiefen Mulden vom Wind geschützt waren. Erst gegen Mittag schmolz der Reif an den Zweigen, und die weiße Kruste am Boden löste sich auf.

»Schau zurück, Yoshi, unsere Spur ist meilenweit zu sehen!«

Sie hatten den Wald und die Weiden schon lange hinter sich gelassen. Über den freien Hang zogen sie den Steilwänden des Gebirges entgegen, um jene Lücke darin zu finden, die Hidaka seinerzeit gesichtet hatte.

Beim Gehen streiften ihre Stiefel durch das aufgetaute Kraut und hinterließen einen deutlich erkennbaren Strich im struppigen Gelände.

»Können wir uns das wirklich erlauben«, sorgte sich Tojimoto, »bist du absolut sicher, daß niemand uns nachspürt?«

»So bestimmt weiß ich das nicht, aber ich möchte es gerne wissen!«

»Also mit Absicht machen wir das. Aber warum, Enzo... warum soll ein Späher die Spur so leicht erkennen?«

»Damit er sich verrät, Yoshi, deshalb soll unsere Spur so gut zu sehen sein. Da meint doch jeder, wir würden ohne alle Vorsicht drauflosmarschieren. Und das macht ihn selber sorglos. Eigentlich glaube ich nicht, daß uns jemand folgt, nach Lage der Dinge müssen die Yankis schleunigst zurück. Aber diese Sicherheit möchte ich mir verschaffen... es hält uns ja weiter nicht auf.«

Sie überschritten ein Geröllbett, das gestern noch ein reißender

Wildfluß gewesen war. Vom Sturm gestürzte und vom Wasser herabgeschwemmte Bäume lagen darin, Zweige und Wurzeln streckten ihre Arme gen Himmel, als wollten sie um Hilfe bitten. Es war mühsam, sich durch dies Verhau zu zwängen.

Danach ging es zügig weiter, über schräge Flächen mit kargem Heidekraut und durch Rinnen mit losgerissenem Schutt. Der Hauptmann gönnte seinen Leuten keine Rast, nur der Rucksack mit dem Funkgerät wechselte von Zeit zu Zeit die Schultern. Höher ging es hinauf und näher an das Felsengebirge heran. Aus der Nähe betrachtet, waren die Brooksberge nicht mehr jene geschlossene Front, als die sie aus der Ferne erschienen. Die steinerne Mauer teilte sich und zeigte, daß sie von Schluchten und Tälern durchschnitten wurde. Eines davon, zu dem Hidaka hinstrebte, führte auf einen tiefen Sattel und schien begehbar.

»Da oben ist alles weiß«, meinte Tojimoto, »wir werden kaum durchkommen.«

»Nicht so schlimm, Shoji-dono«, sagte ihm der Feldwebel Suda, »wo Schnee liegt, kommt man immer hinauf. Nur wo der Fels im Winter kahl bleibt, ist es wirklich zu steil.«

Suda mußte es wissen, er war einer der besten Bergsteiger in der japanischen Armee und kannte selbst den Himalaya.

Sie stiegen über Gestein und Gestrüpp, immer höher und tiefer hinein in diese nie von Menschen betretene Welt hinauf. Aus jeder Felsspalte stürzte ein schäumender Fall, in tausend Fäden rieselte Nässe herab. All das sammelte sich in einem rauschenden Wildbach, der mit Gepolter durchs Geröll spülte.

Als der erste Schatten fiel, schon früh am Nachmittag, ließ Hidaka den Fluß überqueren. Die Strömung war reißend, und die Steine waren gefährlich glatt. Sie mußten eine Kette bilden, um sich gegen den heftigen Druck im Wasser zu halten. Die Kälte biß mit tausend Zähnen, denn nicht weit von hier schoß der Bach unmittelbar aus dem Eismaul eines großen Gletschers hervor.

Zur Linken öffnete sich ein Hochtal, von allen Seiten geschützt und sehr still. Zwergbirken hatten sich darin angesiedelt und stellenweise auch niedere Erlen.

Drüben angelangt, mußten die Japaner ihre Glieder durch heftige Bewegung wieder erwärmen. Sie stampften den Boden, schlugen mit den Armen und hämmerten sich gegenseitig auf den Rücken. Im Geschwindschritt ging es dann weiter.

Aber bald schon ließ Hidaka halten.

»Überall Losung von Schneehasen... wir werden bleiben. Noboru und Sinobu sollen Schlingen aushängen«, ordnete er an.

Zwischen großen Blöcken fand sich eine Stelle, die mit weichem Moos gepolstert war. Hier wurden die Gummidecken ausgebreitet. Vorhin hatte Tojimoto auch das Krächzen von Schneehühnern gehört, für geschickte Fänger war hier wirklich ein guter Platz.

»Wir werden auch weiterhin leichtsinnig sein«, sagte ihm der Hauptmann, »und ein schönes Feuer machen. Der Rauch streicht zum Fluß, das paßt ganz gut.«

»Du denkst noch immer an die Yankis?«

Noch zwei bis drei Tage werde er an sie denken, erst danach könne man sich ganz sicher fühlen.

»Dann ist unser Feuer wirklich ein Leichtsinn, Enzo!«

»Nur scheinbar, bald werde ich wissen, ob es jemanden heranlockt.«

Er ließ seine Leute das Lager herrichten und eilte die halbe Meile weit zurück ans rauschende Wasser. Seine Füße schienen mit Blei gefüllt, ihn fror am ganzen Körper. Aber dem Drang nach Wärme und Trockenheit konnte er nicht nachgeben. Ein scharfer Trab mußte das Blut wieder in Wallung bringen.

Am Fluß suchte er sich einen Steinhügel und ging dort in Deckung. Ein paar Weidenzweige, darüber Moos und Grasbüschel dienten als Schutz gegen die Bodenkälte. Aus losem Geröll baute er einen kleinen Wall vor sich auf, ließ jedoch in der Mitte einen Ausblick. Dann legte er sich daneben und begann zu warten.

Gab es einen Späher, würde er den Weg bis zum Einstieg der Japaner in den Fluß schon finden. In der Schlucht war die Spur zwar nicht mehr so deutlich zu sehen wie drunten am freien Hang. Doch konnte sie ein erfahrener Mann nicht verfehlen, selbst im Gestein gab es niedergetretene Halme oder Parmeliaflechten, die man zerdrückt hatte.

Eine Bachstelze flatterte um die Pfützen am Ufer, im Gebüsch unterhielten sich zwei Schneeammern. Etwas später erschien ein langbeiniger weißer Hase, um am Bärlapp zu nibbeln. Seine Vertrautheit bewies Hidaka, daß er den Menschen in seiner Nähe nicht ahnte. Doch das stille Liegen war eine Qual für den Wartenden, die Nässe auf seiner Uniform gefror zu Eis, das bei jeder Bewegung knisterte.

Die Ammern erschraken und flogen davon. Unter ihrem Busch glitt ein Nerz geschmeidig durchs schiefergraue Moos. Ein rotbrauner Lachs, der ans Ziel seiner Wanderung gelangt war und sich nun bei lebendigem Leibe auflöste, erregte sein Begehren. Der Fisch lag im seichten Wasser und bewegte kaum noch die Flossen. Mit zwei Sprüngen war der Nerz bei ihm, spannte die Krallen und sprang auf den Schuppenleib. Die spitzen Dolche seiner Zähnchen gruben sich ins rosarote Fleisch.

Der Schneehase verhoffte, hob die langen Lauscher und floh blitzschnell stromauf. Hidaka griff zum Glas. Auch der Nerz hatte etwas vernommen. Erst machte er ein hübsches Männchen, ließ dann vor Schreck seine Beute fallen und war blitzschnell verschwunden.

Hidaka schaute den Fluß hinab, konnte jedoch keine Störung wahrnehmen. Trotzdem entsicherte er die Waffe und schob deren Lauf durch die Lücke im Wall. Die Flucht der Tiere mußte ihren Grund haben, vermutlich nahte ein Raubtier, vielleicht sogar ein Mensch. Eingehender noch als zuvor prüfte der Hauptmann das Gelände stromabwärts.

Dort sah er nun einen grauen Fleck, der sich behutsam bewegte. Die Gestalt drang schattengleich durch die Sträucher und nützte jede Deckung.

Der Hauptmann verschärfte sein Glas auf die entsprechende Distanz und wartete, bis das scheinbar farblose Wesen wieder zum Vorschein kam. Etwa dreihundert Meter betrug nun die Entfernung, außerdem lag noch das rauschende Wasser dazwischen.

Jetzt war die Gestalt wieder zu sehen. Sie machte drei rasche Sprünge und tauchte in einer Mulde unter. Ohne Zweifel war es ein Mensch, mit Pelzmütze und wattierten Kleidern in Tarnfarbe. Hidaka wußte, daß er einen Scout vor sich hatte. Der bewegte sich mit großem Geschick und vollkommener Beherrschung seines Körpers. Zweifellos folgte er der japanischen Spur, doch mit weit größerer Vorsicht, als der Hauptmann vermutet hatte. Jedesmal bevor er weitersprang, prüfte er sorgfältig die Fährte. Hidaka hatte vorhin mit seinen Leuten einen weiten Bogen geschlagen, um ans Ufer zu gelangen. Gleich mußte der Verfolger auf diese Wendung stoßen und beim Nachgehen geradewegs auf den Bach zuschreiten. Dann hatte ihn Hidaka, auf fünfzig bis sechzig Schritt, unmittelbar vor der Mündung seiner Waffe.

Leider wurden nun die Schatten tiefer, früher als vermutet brach die Dämmerung an.

Die beiden nächsten Sprünge brachten den Scout auf Schußweite heran. Er war nun deutlich zu erkennen, ein großer, schlanker Mensch, der sich vorgeneigt hielt. Die langläufige Jagdbüchse hielt er in der Hand, eine prallgefüllte Ledertasche trug er auf dem Rükken und das Fernglas in einer Stoffhülle auf der Brust. Hidaka entsann sich, daß er diesem Mann beim Gegenstoß am Teich eine Handgranate vor die Füße geworfen hatte. Anscheinend war sie nicht richtig krepiert.

Mit dem Schuß wollte er noch warten, bis der feindliche Späher völlig frei stand. Im vergehenden Licht war sonst nicht auszumachen, ob etwa Zweige in der Geschoßbahn hingen.

Die Gestalt verschwand und tauchte wieder auf, sie war kaum noch hundert Schritt weit entfernt. Hidaka sah in ein schmales wetterhartes Gesicht mit buschig blonden Augenbrauen. Der Mann trug hellbraune, weichgegerbte Pirschstiefel, die nach Indianerart erst über dem Knie durch lederne Bänder geschlossen wurden.

Der Japaner legte sein Glas nieder, preßte sich flach auf den Boden und näherte sein rechtes Auge dem Zielfernrohr. Doch gleichzeitig sank der Scout wieder ins Gestrüpp und kam außer Sicht. Im hohen Kraut kroch er weiter, wie dessen Bewegung verriet, und mußte bald die Stelle erreichen, wo sich die Japaner rechtwinklig zum Fluß gewandt hatten. Hidaka beschloß, sich zu gedulden, bis sein Feind dieser Schwenkung folgte und ihm gegenüber ans Ufer kam.

Mit einem Satz von katzenartiger Gewandtheit schoß der Yanki aus seiner Deckung, sprang blitzgeschwind über vier, fünf Meter freier Fläche und warf sich platt hinter einen Büschel Bärlapp, das ihn knapp verdeckte.

Dort blieb er ziemlich lange liegen. Hidaka konnte seine Umrisse wohl erkennen und meinte auch, daß ihn bei der kurzen Entfernung ein Schuß in das kleine Gebüsch treffen würde. Dennoch war es wegen des schlechten Lichtes besser, wenn er die Gestalt wieder frei vor sich hatte. Der Scout mußte ja aufstehen, wollte er den Einstieg finden.

Nach einer Weile schien der Feind befriedigt zu sein, daß ihm keine Gefahr vom anderen Ufer drohte, und erhob sich plötzlich zu voller Größe. Durchs Zielglas schaute Hidaka in ein energisches Gesicht mit stahlblauen Augen. Das kantige Kinn verriet starken Willen, des Mannes Lippen waren schmal und zusammengepreßt. Er trug keine Rangabzeichen, trotz der Kälte war sein Hemdkragen offen und der Anorak nicht bis oben zugezogen. Sein Gewehr hielt er locker in der Armbeuge, die rechte Hand um das Schloß gelegt.

Jetzt hatte der Kundschafter den Einstieg seiner Gegner erkannt und ging darauf zu. Dicht am Ufer blieb er stehen, nahm sein Glas vor die Augen und spähte zur anderen Seite hinüber.

Von oben ließ Hidaka das Fadenkreuz über den Fremden gleiten, hielt auf dem Knopf seiner linken Brusttasche einen Augenblick inne, um dann noch etwas darunter zu gehen. Hier mußte die Kugel mit Gewißheit das Herz durchschlagen.

Hauptmann Hidaka hatte schon seinen Finger um den Abzug gekrümmt und wollte eben durchdrücken, da machte der Mann eine Bewegung zur Seite, stellte seine Büchse ab und winkte zurück.

Der Späher war nicht allein, er hatte noch andere Leute bei sich, die ihm folgten!

Auf diesen Gedanken war der Hauptmann nicht gekommen, so nahe er auch lag. Er hatte den ersten Kundschafter so eingehend und ausschließlich beobachtet, daß ihm seine Begleiter entgangen waren.

Diese sprangen aus ihrer Deckung und eilten herbei. Fünf Männer waren es nun, alle mit langen Büchsen und jeder mit einem Jagdmesser bewaffnet. Ihre locker sitzenden Uniformen waren die gleichen, aber Stiefel, Mützen und Handschuhe verschieden. Bei zwei Mann schaute der Griff einer Axt aus der Tragtasche. Nur ein Packboard war vorhanden, sonst hatten die Scouts kaum das Nötigste bei sich. Noch knapper ausgerüstet als die Japaner, waren sie trotzdem bei der Verfolgung geblieben.

Nun konnte Hidaka nichts mehr unternehmen, er zog seine Büchse zurück und sicherte den Abzug. Er mußte sich mit der Beobachtung des Feindes begnügen. Wenn er schoß, auch schnell hintereinander schoß, mehr als zwei Mann konnte er von denen drüben nicht beseitigen. Man hatte ja erlebt, wie schnell diese Yankis auf einen Überfall reagierten. Sogleich würde der Rest von ihnen weiter oben oder unten den Fluß durchqueren, um den verborgenen Feind einzukreisen. Schon möglich, daß auch noch mehr von ihnen nachkamen. Auf ein Gefecht durften sich die Japaner, wenn es irgend zu vermeiden war, nicht mehr einlassen. Ihre eigentliche Aufgabe ging unter allen Umständen vor.

Der erste Mann war wohl der Anführer, die anderen umstanden ihn wie Leute, die Rat und Weisung erwarten. Hidaka sah, wie sie nun alle fünf mit ihren Ferngläsern herüberschauten, und duckte sich noch tiefer. Den Rauch hatten sie gespürt, konnten aber das Feuer selbst nicht entdecken. Eifrig sprachen sie miteinander.

Dem Anführer schien zu genügen, daß er nun wußte, wo sich der Feind für die Nacht befand. Das reißende Wasser bei anbrechender Nacht zu durchqueren war ihm wohl zu gefährlich. An seinen Gesten glaubte Hidaka zu erkennen, daß der Chiefscout weitere Aktionen erst für morgen plante. Man beratschlagte, wie der Fluß am besten zu überwinden sei, anscheinend standen verschiedene Stellen zur Diskussion.

Schließlich war drüben ein Entschluß gefaßt, die Scouts rückten ab. Hidaka schaute ihnen nach, bis ihre Köpfe und Schultern bergab im Gebüsch verschwanden.

Mit steifen, halb erstarrten Gliedern stand er auf und ging lautlos zu seinen Leuten.

Sinobu hatte zwei Schneehasen gefangen, auch ein kleiner Vorrat schon geschrumpfter Wolkenbeeren war gesammelt worden.

Der Hauptmann berichtete sein Erlebnis in allen Einzelheiten.

»Wir lassen das Feuer brennen, die ganze Nacht hindurch mit viel feuchtem Holz. Aber wir selber verziehen uns tiefer ins Gestein, müssen uns dort gegenseitig wärmen und die Hasen roh verzehren.«

»Werden wir die Yankis morgen abfangen, Enzo?«

»Nein, wir halten uns nicht damit auf, beim ersten Licht geht's schon weiter. Aber ein kleines Geschenk lassen wir ihnen zurück.«

31

Allan McCluire sah keinen Grund, sich und seinen Leuten die Wohltat eines Feuers zu versagen. Über eine Stunde weit waren sie zurückmarschiert, hatten einen guten Platz gefunden und sich niedergelassen. So wie das Fährtenbild der Japaner aussah, hatten sie nur den Wunsch, möglichst rasch über die Berge zu kommen. Bestimmt würden sie mit rückwärtiger Aufklärung keine Zeit verlieren.

»Es läßt sich ja denken, was sie vorhaben«, meinte der Chiefscout zur Lage, »bevor der tiefe Schnee kommt, wollen sich die Japse irgendwo festsetzen. Neun kräftige Leute haben schnell ein Blockhaus gebaut. Nehme an, daß sie auch verstehen, die richtigen Fallen zu basteln.«

Schon bei ihrer Trennung von der anderen Gruppe hatte Allan seinen Gefährten auseinandergesetzt, daß es ihre Aufgabe sein werde, die genaue Lage des feindlichen Winterquartiers festzustellen. Also mußte man den Japanern so lange folgen, bis man wußte, wo sie zu bleiben gedachten.

Allan plante weder einen Überfall noch sonst eine direkte Maßnahme. Mit seinen vier Mann war er dafür viel zu schwach und zu schlecht gerüstet. Sie mußten Abstand halten, auf keinen Fall durften die Japaner merken, daß ihnen die Scouts noch folgten. Hatte man schließlich herausgefunden, wo sich der Feind niederließ, sollten zwei der Scouts auf dem schnellsten Wege an den Cliftonsee eilen, um von dort den General zu verständigen. Allan wollte mit den beiden anderen Scouts einen geeigneten Landeplatz suchen und entsprechend markieren. Mit Schneekufen konnten im Winter auch größere Flugzeuge auf jeder freien Fläche niedergehen. Zu nahe beim feindlichen Winterquartier durfte der Landeplatz nicht liegen, sonst hörte der Gegner die Motorengeräusche.

»Hoffentlich klappt das alles«, meinte Hamston, »bevor sie Unfug stiften mit ihren verdammten Meldungen.«

»Glück gehört immer dazu, müssen ihm aber nachhelfen!«

Sie hatten vorhin im Fluß Lachse gefangen, doch solche Mengen wie vor ein paar Tagen gab es jetzt nicht mehr, und viele der Fische waren kaum noch genießbar. Pete Randall hatte ein halbes Dutzend Nachzügler entdeckt, deren Körper noch fest und hart waren. Sie wurden nun an frischen Weidenzweigen über den Flammen gedreht. Wieder hatten die Scouts ihr Feuer so geschickt angelegt, daß die Felsen seine Hitze aufnahmen und die Rücken der Männer erwärmten. Man sprach vom Wild, das die Japaner vermutlich finden konnten, um sich im Winter davon zu ernähren.

»Komisch ist das«, erwähnte Hutchinson, »die Elche verbreiten sich immer weiter nach Norden. Früher kamen sie knapp bis an die Brooks heran, jetzt stehen sie schon auf der anderen Seite, sind im Sommer sogar in der Tundra.«

Dick Hamston meinte, das hinge wohl mit der allmählichen Erwärmung auf der nördlichen Erdhälfte zusammen, die Gletscher seien ja auch zurückgegangen.

»Von Erwärmung hab' ich nicht viel gemerkt«, widersprach ihm Bert, »vor meiner Hütte am 68. Breitengrad sind die Birkenstämme vor Kälte nur so zersprungen. Hatte persönlich nichts dagegen, denn je kälter die Gegend, desto schöner die Pelze...«

Wunderdinge hätte man von seiner Ausbeute gehört, sagte ihm Allan, die besten Nerze seit langer Zeit sollte er mitgebracht haben.

»Aber keiner Menschenseele hat er was von seinen Jagdgründen geflüstert«, beschwerte sich Hamston, »nur unverschämt gegrinst wenn ihn einer danach gefragt hat.«

Der Trapper grinste auch jetzt.

»Werd' ich denn verrückt sein, Mensch? So was behält doch jeder für sich. Ich find's schon unverschämt, wenn jemand danach fragt.«

Mit Stolz und wachsender Begeisterung sprach er vom Goldglanz seiner Marder, vom Schimmer der Nerze und vom dichten, seidenweichen Fell seiner weißen und blauen Füchse.

»Ein steinreicher Mann hätt' ich dabei werden können, aber diese gottverdammten Pelzfarmen versauen einem ja die schönsten Preise. In jedem Jahr wollen diese verrückten Luxusweiber andere Farben haben, immer wieder dreht sich die verfluchte Mode. An unsereinen denken die feinen Damen nicht... sieben Monate nur Eis und Schnee, bei vierzig unter Null... kein Indianer hält das aus! Nur so ein paar Halbeskimo treiben sich manchmal in der Gegend herum. Aber die kriegt man nicht zu sehen, sie haben höllische Angst vor jedem fremden Gesicht!«

Er meinte die Nunamiut, die einzigen Eskimo des Binnenlandes. Sie waren noch scheuer als wilde Tiere, so gut wie nichts wußte man von ihrer Existenz. Steinzeitliche Menschen sollten es sein, hatte Allan gehört, die noch lebten wie vor tausend Jahren.

»Wie vor zehntausend Jahren«, versicherte ihm Bert, »die haben kein Heim und keine Hütte, sind immer auf der Wanderschaft. Manchmal findest du ihre alten Feuerstellen oder zerbrochenen Schlitten, aber selber triffst du sie nirgendwo.«

Ob er da oben niemals einen vernünftigen Menschen gesehen habe, wollte Randall wissen.

»Einen vernünftigen nicht, aber einen unvernünftigen.«

»Hank Wyndham meinst du...?«

»Ja, den meine ich, den größten Schurken nördlich vom Yukon!«

Das sollte er mal schön der Reihe nach erzählen, verlangte Hamston; über diese Geschichte war seinerzeit viel gesprochen worden.

Auch der Chiefscout und Harry hatten schon manches gehört, aber den wirklichen Hergang doch nicht erfahren. Es paßte recht gut zur Stimmung am knisternden Feuer, wenn Bert nun berichtete, was damals geschehen war.

»Na schön, aber für zarte Nerven ist das Ende recht gruselig...!«

Sein einträgliches Revier hatte Bert gewissermaßen geerbt, von Charles Renondeau, einem französisch-kanadischen Halbblut. Dem waren die Füße erfroren, und Bert hatte ihm geholfen, die nächste Siedlung zu erreichen. Zum Dank hatte ihm der alte Trapper, weil er selbst nicht mehr hinauskonnte, das Geheimnis seiner besten Pelzgegend verraten. Dazu gehörte ein solides Blockhaus von der guten alten Art, mit einem tiefen Fluß davor und endlosen Wäldern dahinter.

Schon im ersten Frühjahr brachte Bert eine Schlittenladung so feiner Pelze zum Händler nach Bettles, daß die gesamte Bevölkerung des Ortes zusammenlief, fast sechzig Leute an der Zahl, um die Qualität seiner Beute zu bestaunen. Darunter war auch Hank Wyndham, ein Trapper üblen Rufes, der mehr zu vertrinken pflegte, als er jemals verdiente. Kein Händler im Norden gab ihm mehr Kredit, der Mann war völlig am Ende. Dem Brauch entsprechend wird ja für gewöhnlich die Ausbeute des kommenden Winters vom Aufkäufer der Felle mit dem sogenannten »Grubsteak« bevorschußt. Darunter versteht man Lebensmittel, Patronen, Petroleum und was dem Trapper sonst noch an Kleidern, Fallen und Werkzeug an seiner Ausrüstung fehlt. Das wird hinterher gegen die angelieferten Pelze aufgerechnet, wobei dem Mann meistens noch genügend Bargeld bleibt, um den kurzen Sommer im nächsten Ort angenehm zu überstehen.

Nicht so bei Hank Wyndham, der weitgehend von Whisky und Gin lebte, überall hoch in der Kreide stand und nun für die nächste Saison kein Grubsteak mehr bekam. Voller Neid und Mißgunst hing dieser Mensch im Laden von Bettles herum und zupfte mit gierigen Fingern an Hutchinsons feinen Fellen.

»Dachte mir weiter nichts dabei«, versicherte Bert, »der Kerl war mir so widerwärtig, daß ich ihn glatt ignorierte. Aber später muß mir der Hundesohn dann nachgeschlichen sein, als ich zum Herbst wieder abmarschierte. Hab's erst bemerkt, als meine Traplines bestohlen waren und daneben die Fährte von zwei dreckigen Stiefeln stand. Da konnte ich mir schon denken, welches Raubtier mich heimsuchte. Aber ich kam und kam dem Schuft nicht auf seine gemeinen Schliche...!«

Die Traplines von Bert waren sehr ausgedehnt und führten durch schwieriges Gelände. Er brauchte eine ganze Woche und noch mehr, um sie abzugehen. Das wußte der Pelzdieb natürlich und konnte sich entsprechend einrichten. Er war nicht zu fassen und nicht aufzuspüren. Bert hatte ja noch anderes zu tun, als ihm ständig aufzulauern. Jeder Schneefall verdeckte wieder des Fremden Fährte.

Eines Tages fand nun Hutchinson beim Aufräumen im Dachboden das alte Bäreneisen seines Vorgängers. Diese ungefügen Dinger wurden jetzt nicht mehr hergestellt, ihr Gebrauch war sogar verboten. Nicht aber im Falle der Notwehr, dachte sich Bert und brachte das verrostete Instrument wieder in Ordnung.

Neben seiner letzten Falle, worin sich ein selten schöner Nerz erschlagen hatte, legte Hutchinson das schwere Eisen aus, stellte es fängisch und streute Laub darüber. Leichter Schneefall während der nächsten Nacht tat ein übriges, um das gefährliche Ding vollkommen zu verbergen. Den schönen Nerz ließ Bert natürlich in der Falle.

»Als Köder für die Kundschaft«, fügte er grimmig hinzu und machte eine Pause, um die Spannung seiner Zuhörer zu steigern.

»Und wie ging's... hat das Eisen zugebissen...?«

Hutchinson mußte erst prüfen, ob der Lachs an seinem Weidenspieß durchbraten war.

»Nun sag doch schon, hast du ihn geschnappt?«

»Nur seinen linken Stiefel, Freunde... mehr steckte nicht in der Falle drin!«

Hamston und Randall waren enttäuscht.

»Hat sich der Kerl aus dem Stiefel gezogen und ist davon?«

»Nein«, sagte Bert mit einem gewissen Genuß, »in dem Stiefel war noch sein Fuß.«

Seine Zuhörer überkam das kalte Grausen.

»Es war nämlich so...«, fuhr der Trapper zufrieden fort, »es war so gewesen, daß ihn die Wölfe entdeckt hatten. Und da er sich nicht richtig wehren konnte, haben sie ihn halt aufgefressen...«

»Bei lebendigem Leibe...?« entsetzte sich Hamston.

»Ja... ist wohl anzunehmen«, meinte Hutchinson in gespielter Ruhe und holte seinen Fisch aus dem Feuer. Der war inzwischen weich genug, um verspeist zu werden.

»Du hast das Gemüt einer Brummfliege«, sagte ihm Randall, »nie mehr könnte ich ruhig schlafen, wenn ich so was auf dem Gewissen hätte!«

Bert meinte nur, die Menschen seien eben verschieden, für Leute vom Schlage Hank Wyndhams würde er kein Mitleid empfinden. Der wäre selber schuld an seinem scheußlichen Ende. Fallenraub sei nun mal das schlimmste Verbrechen im wilden Wald.

»Mich besucht er nicht im Schlaf, und ich werd' jetzt schlafen... sehr gut sogar!«

Harry Chiefson übernahm die erste Wache, Dick wollte ihn später ablösen.

»Können uns Zeit lassen mit dem Aufbruch morgen früh«, erklärte der Chiefscout, »die Gelben sollen ruhig Vorsprung gewinnen, wir haben ja nicht die Absicht, sie einzuholen.«

Den Scouts verging die Nacht sehr schnell, obwohl es nun viel später hell wurde.

Beim Aufbruch übernahm Harry die Erkundung und der Chiefscout die Nachhut. Dort, wo die Japaner in den Fluß gestiegen waren, hielten sie inne. Der Chiefscout prüfte den Übergang und entschied, daß man am besten mit Hilfe der Strömung hinüberkam, also in schräger Richtung flußabwärts. Der Indianer schritt auch hier voran, der nächste hielt sich an seinem Gürtel fest und so weiter bis zu Allan, der Hutchinsons breiten Ledergurt faßte. Drüben mußten sie erst eine Weile suchen, bis die Spur der Japaner wieder gefunden war.

»Noch immer Rauch in der Luft«, stellte Harry fest, »vielleicht sind die Japse noch gar nicht weg.«

»Die sind weg, verlaß dich drauf«, war Allan gewiß, »Hidaka und Genossen haben's eilig in diesen Tagen.«

Sie nahmen die gleiche Ordnung ein wie zuvor. Der Indianer pirschte lautlos voran, die Scouts folgten erst nach, wenn er dafür ein Zeichen gab.

Schließlich blieb Harry stehen und winkte zurück, anscheinend hatte er das letzte Lager der Feinde entdeckt. Seine Gefährten rückten auf.

Vor einem Gesträuch zerzauster Birken zeigte sich ein großer, grauschwarzer Fleck. In dessen Mitte lag noch ein Häuflein verglimmender Holzkohle. Darüber kräuselte dünner Rauch.

»Wollen lieber von hinten heran«, riet Allan.

Der Gegner war schlau, trotz seiner Eile und offenbaren Sorglosigkeit mußte man auf alles gefaßt sein.

Sie teilten sich also, schlugen beiderseits einen Bogen und erreichten die Lagerstelle aus der anderen Richtung.

»Die haben's wirklich eilig gehabt«, meinte der Indianer, »da liegt noch eine Patronentasche.«

Sie war von Moosbeerenkraut halb verdeckt und daher wohl übersehen worden.

Als Harry danach griff, erfolgte eine Explosion, die ihm die rechte Hand vom Arme riß. Auch die Hälfte seines Gesichts wurde aufgeschlitzt, und ein paar Stahlsplitter fuhren ihm zwischen die Rippen.

Das allerdings stellte sich erst später heraus, als man den Verwundeten aus seiner blutbefleckten Uniform schälte. Im Augenblick der Detonation warfen sich die Scouts in volle Deckung. Sie glaubten an einen Überfall und hielten Harry für das Opfer einer eben aus dem Hinterhalt geschleuderten Wurfgranate. Es vergingen Minuten, bis der Chiefscout die wahre Ursache erkannte.

Eine Höllenmaschine hatte der Feind zurückgelassen und mit teuflischer Vorsicht getarnt. Später fanden die Scouts heraus, wie sie gemacht war. Ganz einfach und primitiv. Eine Handgranate hatte, im Moos vergraben und an einer Wurzel festgebunden, gleich neben der Patronentasche gelegen. Von der Tasche lief eine kurze Schnur zur Granate. Sie mußte die Explosion auslösen, sobald daran gezogen wurde. Als Harry das Fundstück aufheben wollte, war das geschehen.

»Diese Hunde«, fluchte Randall, »diese Schweinehunde!«

Die Hand des armen Harry hing nur noch an den Sehnen. Hamston und Randall konnten den Anblick nicht ertragen und wandten sich ab.

»Paßt lieber auf«, schrie Allan sie an, »sichert nach allen Seiten... das Pack hat jetzt die beste Gelegenheit, über uns herzufallen.«

Hutchinson hatte bereits den Armstumpf Harrys mit einer Lederschnur abgebunden.

»Jod und Verbandzeug ist im Packboard«, rief er dem Chiefscout zu, »ganz unten drin!«

Allan leerte das Gepäckstück aus, ergriff den Beutel mit dem roten Kreuz und kniete neben Harry nieder.

Der starrte ihn aus offenen Augen an, er war bei vollem Bewußtsein.

»Wir haben kein Morphium, ... Harry, nichts gegen Schmerzen!«

»Mach schon, Boß ... mach schon los!«

Allan war kreideweiß im Gesicht, mußte sich aber bezwingen. Niemand sonst verstand, was jetzt zu geschehen hatte.

»Zuerst das Gesicht, Allan... ich halte ihn fest.«

Vom Kinn bis unters Auge hing alles frei, Kiefer und Backenknochen lagen offen.

»Harry ... es wird schlimm!«
Der Indianer starrte in den Himmel.

Mit Nadel und Faden, eigentlich zum Stopfen ihrer Kleider bestimmt, nähte Allan dem gepeinigten Menschen die aufgeschlitzte Haut über den Knochen zusammen.

Des Indianers Nervenkraft erlosch, er wurde ohnmächtig.

»Gut so ... jetzt kannst du mir helfen, Bert.«

Mit den Fingern und zugespitzten Stöckchen holen sie, soweit es möglich war, die Splitter aus Harys rechter Hüfte.

»Wenn er diese Behandlung übersteht, wird's ein Wunder sein.«

Hutchinson war nicht so besorgt.

»Es gibt Menschen, die haben Schlimmeres durchgemacht und leben noch, um's zu erzählen.«

Zur Desinfektion hatten sie nichts als eine Tube mit Jod. Allan strich fast den ganzen Inhalt über die Wunden.

Dann fachte er das Feuer wieder an und hielt sein Messer darüber, bis es glühte.

»Jetzt die Hand, Bert, hoffentlich kommt er nicht zu sich!«

Die Sehnen wurden abgetrennt und der Stumpf verbunden. Zur Desinfektion verbrauchte Allan das letzte Jod und warf die leere Tube fort.

»Bleiben uns noch zwei Mullbinden, das ist alles.«

Also ein Grund mehr, meinte Bert, vom Feind gebührend Abstand zu halten.

Allans Hände zitterten, als er sein Messer abwischte. Er hatte Mühe, es wieder in die Scheide zu bringen.

»Wenn er nur keine Blutvergiftung bekommt ... das Zeug wirkt ja nicht nach innen.«

In dieser Hinsicht hatte Bert keine Bedenken.

»Die meisten Indianer sind gegen Dreck immun!«

Der Chiefscout winkte Randall und Hamston wieder herbei. Weil sich der Feind während Harrys Behandlung nicht gerührt hatte, war er bestimmt nicht mehr in der Nähe.

Die beiden schauten auf den Verstümmelten, der wie leblos auf dem Boden lag.

»Ist er ... ist er tot?«

Allan preßte die Lippen zusammen und gab keine Antwort. Hutchinson sagte an seiner Stelle, wie es stand.

»Tot ist er nicht, kommt wahrscheinlich durch. Aber wir ... wir sind erst mal hier festgenagelt ... müssen bleiben! Die Schlitzaugen können lachen, mit ihrem hundsgemeinen Trick haben die Sauhunde erreicht, was sie wollten.«

»Das haben sie nicht!« schrie Allan McCluire in plötzlich ausbrechender Wut. »Dafür werden sie mir büßen! Vernichtet wird das Ungeziefer, sein giftiges Hirn werde ich dem Hidaka austreten. Bis ans Ende der Welt jage ich das Scheusal, bis in die Hölle hinein!«

32

Die neun Japaner hatten das Massiv der Brooks Range durchquert und sich alsdann nach Westen gewandt. Tage voller Mühsal lagen hinter ihnen, tiefverschneite Pässe hatten sie überwunden, gefährliche Gletscher bezwungen. Jene Schlucht, wo man zuletzt den Scouts begegnet war und ihnen die explosive Falle gestellt hatte, lag nun weit zurück.

Das Bild der Landschaft hatte sich verändert. Die Berge waren niedrig geworden und die Wälder lichter. Viel weiter nach Norden durfte man sich nicht mehr wagen, denn dort begann schon die windige, baumlose Tundra, nun im Winter ein Reich der grimmigsten Kälte und der schrecklichsten Stürme. Nirgendwo in den Barren Grounds gab es Schutz vor dem eisigen Blizzard, der alles vor sich niederwarf und kein menschliches Wesen am Leben ließ. Auch das weitverstreute Heer der Karibu, das während des kurzen Sommers die Tundra zu Tausenden und Hunderttausenden durchzog, um dort von Moos, Flechten und Weiden zu leben, hatte die große Einöde längst verlassen und war in den Schutz der Wälder geflüchtet. Nichts lebte mehr in der eisigen Steppe außer jenen Geschöpfen, denen die Natur erlaubte, den Winter zu verschlafen oder sich im Schnee zu verbergen.

Hauptmann Hidaka hatte den Weg nach Westen gewählt, um nicht mehr durch hohe Gebirge in seiner Funkverbindung nach Attu behindert zu werden. Auch lag in dieser Richtung, über 300 Meilen Luftlinie entfernt, die Westküste mit der Insel Igilchik, wo der geheimnisvolle Boris Nischinski den japanischen Wettertrupp erwartete. Hidaka hielt sich mit seinen Leuten im Wald, um genügend Brennholz für das nächtliche Feuer zu finden und frisches Fleisch zur Ernährung. Schneehasen verfingen sich in den Schlingen, einige Elche waren über Nacht in die ausgehobenen

Fallen gestürzt, und Tojimoto hatte zwei Patronen verschossen, um einen jungen Braunbären zu erlegen. Nicht alles Wildbret hatte man verbraucht, ein Teil wurde für mögliche Notfälle mitgeschleppt.

Um kostbare Minution zu sparen, hatte Hidaka Wurfspeere anfertigen lassen. Als tödliche Spitze dienten dazu die Klingen der Taschenmesser. Vor allem Noboru hatte schnell gelernt, mit diesen behelfsmäßigen Waffen umzugehen. Sinobu verstand es, aus den Fadenwurzeln der nordischen Fichte brauchbare Schlingen zu flechten. Sie waren biegsam genug, um damit auch Schneehühner zu fangen, die sich jetzt mehr und mehr am Ufer der Flüsse sammelten. Statt der Lachse, die nun alle ihren natürlichen Tod gefunden hatten, mußte man sich mit Forellen, Elritzen und Graylings begnügen. Sie waren nicht in Massen vorhanden, der Fischfang nahm mehr Zeit in Anspruch als zuvor.

Die Beerenfrüchte waren verdorrt und erfroren, aber noch immer eßbar. Huckleberries und Crawberries fanden sich überall, auch verschiedene Arten genießbarer Flechten, die Leutnant Tojimoto bezeichnete. Zusammen mit Rinden und Wurzelknollen waren sie die notwendige Ergänzung zur Fleischkost.

Auch tagsüber stieg die Temperatur nicht mehr über den Gefrierpunkt, während der letzten Nacht hatte es zum ersten Male ein wenig geschneit. Die Welt, durch die sie zogen, war weiß geworden und viel heller als zuvor. Alle stehenden Gewässer waren schon so weit zu Eis erstarrt, daß man Sümpfe und Seen mühelos überquerte. Nur die schnell strömenden Flüsse hatten bisher noch der Fessel des Frostes widerstanden. Um sich gegen die Kälte zu schützen, trugen die Japaner notdürftig zusammengenähte Hasenfelle unter ihrer Kleidung. Schon zuvor hatte Hidaka dafür gesorgt, daß die Daunen der Eisenten gesammelt wurden, die nun als wärmende Einlage in den Strümpfen dienten. Alle erbeuteten Felle, erst recht den Pelz des jungen Bären hatte man mitgenommen. Mit der Haarseite auf den Boden gelegt, brauchte man sie als Unterlage für Zelt und Schlafsack.

Am vierten Tage nahm Hidaka die Verbindung mit Attu wieder auf. Das Wetter hatte sich gebessert, und im Norden lag blauer Himmel. Seine Meldung war daher günstig, aber die Antwort eine bittere Enttäuschung. Es fehlte dem Admiral Yamada an Flugbenzin, der letzte Konvoi hatte nach starken Verlusten umkehren müssen. Man hoffte zwar auf die Ankunft eines schnellen

Blockadebrechers, doch vorläufig konnten die Tsurugas nicht zu einem neuen Angriff starten. Hidaka sollte während der nächsten Tage schweigen, um dem Feind nicht unnötig seine neue Position zu verraten.

So ungünstig diese Entwicklung für die japanischen Absichten auch war, sie erlaubte es andererseits dem Hauptmann Hidaka, ohne Rücksicht auf die regelmäßigen Wettermeldungen weiteren Raum zu gewinnen. Er marschierte ohne größere Aufenthalte einem Gebirgszug entgegen, der im weiten Westen den Horizont begrenzte. Dort hoffte er ein Tal mit Wald und Wild zu finden, um für den ganzen Winter zu bleiben.

Als aber die Japaner zwei Tage später das namenlose Gebirge erreichten, standen sie vor der geschlossenen Front einer steil aufstrebenden Felsenmauer. Kein Tal und kein Spalt öffnete sich darin. Ein endloser Riegel aus kahlem Gestein stand den Hoffnungen auf windgeschützte Zuflucht entgegen.

Dabei war es nun höchste Zeit geworden, ein passendes Winterquartier zu finden. Sie befanden sich auf der Nordseite des abweisenden Massivs und waren dem Schneesturm aus der Tundra preisgegeben, sobald er nur losbrach. Schon jetzt, zu Beginn des Oktobers, war die Temperatur auf Eiseskälte gesunken, jeder Tag konnte nun das Land unter metertiefem Schnee begraben. Ohne Ski oder Schneeschuhe würden sie dann nicht mehr weit gelangen.

Angesichts seiner bedrohlichen Lage beschloß der Hauptmann, seinen Trupp vorübergehend zu teilen, Tojimoto und vier Mann sollten in südlicher Richtung an der Bergfront entlangmarschieren, während er selber mit dem Rest seiner Leute weiter nach Norden vorstoßen wollte. Beide Offiziere waren der Meinung, daß sich früher oder später das Gebirge öffnen mußte. Die Gesetze der Natur verlangten nach einem Abfluß der Gewässer. Gerade hier in Alaska hatten doch die Schmelzbäche gewiß Täler und Schluchten in die Berge genagt, die irgendwo Einlaß boten. Je seltener diese Zufluchten waren, desto mehr Wild mußte sich während des Winters darin sammeln.

Als äußerste Frist für die Suche bestimmte Hidaka drei Tage. Danach wollte man sich wieder an der gleichen Stelle vereinen, von der man nun in getrennten Gruppen aufbrach.

»Sollten wir trotzdem nichts finden«, erklärte er, »müssen wir im Geschwindmarsch zurück in die Brooks. Aber wir werden irgendwo unseren Einlaß entdecken, es gibt kein Gebirge ohne Täler!«

Sie verbargen den Sender, auch den größten Teil ihres mitgebrachten Proviants und marschierten davon. Der Hauptmann wurde von dem Feldwebel Tsunashima, von Inaki und Noboru begleitet. Dem Leutnant Tojimoto hatte er die Feldwebel Kurakami und Suda, den Unteroffizier Lonti und Sinobu zugeteilt. Schon nach kurzer Zeit verlor man einander aus dem Gesicht.

Hidaka drängte zur Eile, wollte er doch in der knappen Zeit eine möglichst weite Strecke zurücklegen. Das Gebirge zur Linken, zog er mit seinen Begleitern fast immer über flaches Gelände. Der Wald löste sich auf, immer weiter wurde der Abstand zwischen den einzelnen Bäumen. Es gab fast nur noch Birken mit wenigen Rottannen und Espen dazwischen. Der scharfe Nordwind hatte sie arg bedrängt und im Wuchs behindert, nur im Einschnitt der Flüsse zeigten sie noch die gewohnte Form. Wacholder und Zwergbirken hatten es besser, sie waren biegsam und konnten der weißen Last bis auf den Boden hinunter nachgeben. Riedgras und wilde Stachelbeeren, Schneeheide und struppiges Wollgras füllten die Lücken zwischem dem geringer und immer geringer werdenden Baumbestand. Die äußerste Grenze der Wälder war bald erreicht, nun begann die baumlose Weite der arktischen Tundra. Scharfer Wind hatte den dünnen Schnee fortgeweht und am Fuße der Hügel aufgestaut.

Der Hauptmann stieg auf jede Erhebung, um von dort mit dem Fernglas nach einer Lücke in den Bergen auszuschauen. Aber kein Tal und kein Einschnitt war in der grauen Mauer zu sehen. Die einzige Erklärung konnte nur sein, daß diese Berge ihr gesamtes Gewässer zur anderen Seite hin abführten.

»Taiji-dono ... eine Schlittenspur!«

Feldwebel Suda hatte sie entdeckt, es waren nur schwach sichtbare Rinnen im hartgefrorenen Boden.

»Das muß nach dem letzten Regen gewesen sein«, meinte Hidaka, »kurz bevor der Frost kam.«

»Also vor acht bis zehn Tagen«, schätzte Tsunashima, »gleich danach ist der Boden gefroren.«

Sie gingen den Strichen nach und fanden in einer Mulde auch die Spuren von Menschen und Hunden.

»Weiße Jäger waren das nicht«, stellte Hidaka fest, »sie trugen Schuhe aus Fell ... ohne harte Sohle. Ihre Schlitten waren nicht beschlagen, die Kufen sind aus rohem Holz ... ziemlich zersplittert, wie es scheint.«

Aber merkwürdig war, daß man Schlitten gezogen hatte, während der Boden noch schneefrei dalag. Inaki ließ sich nieder und strich mit den Fingern durch die Rinnen.

»Keine Schlitten, Taiji-dono... das sind Schleppen. Diese Leute haben ihre Lasten auf zwei Stangen hinter sich hergeschleift.«

Der Hauptmann kniete nun gleichfalls nieder und mußte Inaki recht geben.

»Ja, eine Schleppe... der Abstand zwischen den beiden Rinnen ist verschieden.«

Es war schwer, sich die Art der dazugehörigen Menschen vorzustellen. Denn nach dem eigenen Rücken des Menschen war die Schleppe das älteste Transportmittel überhaupt. Hidaka konnte sich nicht entsinnen, daß heutigentags noch irgendein Volk diese primitive Methode anwandte.

Das Rätsel war kaum lösbar, wer jene Leute sein konnten, die sich noch mit Schleppen durchs Land bewegten. Wochenweit war man hier von der Küste entfernt, nie drangen Eskimo so tief in das Hinterland ein. Ebensowenig hatten indianische Stämme jemals ihre Jagdzüge bis zum Rande der Tundra ausgedehnt.

»Ich habe die Karten der Amerikaner gesehen«, sagte Hidaka, »jene besonderen Karten des Eingeborenendienstes, worin die Jagdgebiete der Indianer und Eskimo verzeichnet sind. Aber zwischen den Schwatkas und der Nordküste war nichts, von den Brooks bis zur Beringstraße gab es keinen Hinweis auf Menschen...«

Tsunashima zeigte auf die Fußspuren.

»Aber das waren Menschen, Taiji-dono, Menschen mit Hunden und Gepäck.«

Der Hauptmann schloß die Augen und legte seine Hände vors Gesicht, um sich besser zu erinnern. An irgendeiner Stelle in jenen Büchern und Berichten, die er zur Vorbereitung seines Unternehmens damals gelesen hatte, war ein Gerücht erwähnt, eine alte Sage der Eingeborenen, die von seltsamen Menschen sprach, von dem Rest eines Urzeitvolkes, das im tiefsten, noch unerforschten Innern Alaskas umherzog.

»Ich weiß es nicht mehr«, mußte er zugeben, »ich entsinne mich nur, daß auch der Verfasser keine rechte Ahnung hatte. Er wiederholte nur Gerede, das von anderen Leuten stammte... von den Eskimo an der Westküste, wenn ich mich nicht irre.«

Dorthin strömten die großen Flüsse aus diesem Teil Alaskas,

Flüsse waren die Straße der Wildnis, auf ihnen wanderten auch Gerüchte ans Meer.

Bald danach fand Noboru eine zweite Schleifspur und der Hauptmann selber eine dritte. Schließlich hatte man ein halbes Dutzend doppelter Rillen entdeckt, die alle gleicherweise nach Norden führten. Eine Gemeinschaft von mehreren Familien war hier ihres Weges gezogen, Nomaden der Einsamkeit mit all ihrem Hab und Gut. Es war kein Jagdzug der Männer allein, man sah auch die kleineren Fußabdrücke von Frauen und Kindern.

»Eigentlich müßten sie jetzt die Tundra verlassen«, meinte Hidaka, »aber ihre Spuren führen weiter in die Barren Grounds hinein.«

»Aber immer an den Bergen entlang, Taiji-dono, sie kennen vielleicht eine Öffnung, mit Wild und Wald dahinter. Wir sollten den Spuren folgen.«

»Das werden wir auch, aber nur bis morgen mittag.«

Denn nicht zu spät am nächsten Tag mußten sie umkehren, Hidaka wollte auf keinen Fall zu spät am Treffpunkt sein.

Als die Dunkelheit anbrach, lagerten sie in einem Flußtal, hielten jedoch ihr Feuer verdeckt. Es gab ja nun wieder Menschen in dieser Welt. Über Nacht fiel etwas Schnee, und da es völlig windstill war, blieb er allenthalben liegen und verdeckte die Schleifspuren unter seiner weißen Decke. Selbst Noboru hatte Mühe, sie beim Weitermarsch zu erkennen.

»Noch bis zu dem Hügel dort«, zeigte Hidaka nach vorn, »dann geben wir es auf. Die Spuren haben nicht geholfen, das Gebirge bleibt uns verschlossen.«

Der Steinbuckel war weiter entfernt, als man geschätzt hatte. Auch hier mußte man sich wohl erst an die besonderen Verhältnisse der Sicht gewöhnen, weil es in der Tundra an bekannten Größenvergleichen fehlte. Erst als die blasse Sonne im Zenit stand, erreichten sie die isolierte Anhöhe.

Hidaka ließ sich auf der höchsten Kuppe nieder und folgte mit dem Glas der Felsenmauer. Sie war so abweisend wie zuvor und schien sich endlos weit nach Norden auszudehnen.

»Dort sehen«, rief ihm Noboru zu, »dort stehen Zelt!«

Der Hauptmann fuhr herum.

Nur als dunkler Punkt erschien das Gebilde in der Ferne, auf schneefreiem Boden hätte man es gewiß nicht entdeckt. Es stand völlig allein, in seiner Nähe war keine Bewegung zu sehen. Aber natürlich mußte man sich vergewissern, wem es gehörte.

Wieder hatte die Entfernung getäuscht, fast eine Stunde verging, bis man bei dem Zelt anlangte. Niemand kam daraus hervor, nichts rührte sich. Es war aus alten, schon recht verbrauchten Karibufellen zusammengeflickt und wurde von Birkenstämmen gehalten.

Daneben lag eine längst erkaltete Feuerstelle mit verkohlten Knochen und zerbrochenem Holzgeschirr.

»Mindestens zwanzig Leute waren hier«, glaubte Tsunashima, »viel mehr Zelte haben zuvor hier gestanden.«

Er zeigte auf verschiedene Kreise von regelmäßig ausgelegten Steinen. Damit hatte man die herabhängenden Zeltwände beschwert, um sie bei starkem Wind am Boden zu halten.

Noboru wollte gleich in die Fellhütte schauen, die als einzige stehengeblieben war. Hidaka gebot jedoch Vorsicht. Menschen konnten sich darin verbergen, die aus Angst zu ihren Waffen griffen, falls man ihnen zu nahe kam.

Er rief in englischer Sprache, daß Freunde hier seien und sich niemand zu fürchten brauche. Es kam jedoch keine Antwort. Der Hauptmann trat näher und rüttelte an den Stangen. Da bewegten sich die Falten am Boden, und es erschien ein kleiner, elender Hund, der kläglich wimmerte. Tsunashima hob ihn hoch und fühlte gleich, daß er fast verhungert war.

»Für den haben sie das Zelt bestimmt nicht stehen lassen«, meinte Inaki, »die Leute selber wollten zurückkommen.«

Hidaka schlug die Felle auseinander und blickte hinein, wich aber sofort wieder zurück.

»Es liegt jemand darin ... tot oder in tiefem Schlaf.«

Sie rissen einen Teil des Daches herunter, um besseren Einblick zu gewinnen. Aus dem Bündel langhaariger Pelze ragten die Fellschuhe eines Menschen. Hidaka bückte sich und zog daran, doch die Gestalt unter ihren vielen Decken rührte sich nicht.

»Der ist tot, Taiji-dono, steif gefroren ...«, vermutete Inaki.

»Nein, die Gelenke sind noch locker.«

Hidaka kroch tiefer ins Zelt und begann den reglosen Menschen aus seinen Pelzen zu graben. Auch dessen Körper war in Felle gehüllt, die Arme steckten in unförmig großen Fäustlingen, und vom Gesicht war nur ein kleiner Ausschnitt zu erkennen. Alles übrige lag tief in einer Kapuze aus weißem Wolfspelz.

»Ein Junge von vierzehn oder fünfzehn«, schätzte der Feldwebel, »lebt er noch, Taiji-dono?«

Hidaka holte seinen Kompaß hervor, wischte über dessen Glas und hielt es dem Jungen über die Lippen. Er mußte den Versuch mehrfach wiederholen, bis sich ein Ergebnis zeigte.

»Das Glas ist beschlagen ... er atmet noch.«

Hidaka legte die Pelze zurück, der junge Mensch verschwand wieder unter seinem wärmenden Hügel.

»Vielleicht eine ansteckende Krankheit«, warnte Tsunashima, »lieber weg von hier!«

Der Oschone wußte es besser, er hatte sich umgesehen und draußen die Knochenreste geprüft.

»Nicht krank sein, Hidaka-san ... Hunger, viel Hunger!«

Die vorgefundenen Knochen waren alle gespalten und ausgekocht. Es fanden sich auch Weidenäste, die von Menschen benagt waren. Die Japaner erinnerten sich, daß sie während der letzten Tage keine Wildspur mehr gesehen hatten. Sie zehrten ja selber nur noch von dem, was sie bei sich hatten.

»Ja, es kann Hunger sein«, glaubte auch Hidaka, »alles Wild hat die Tundra verlassen. Diese Menschen haben den Anschluß verpaßt ...«

Dennoch war das keine überzeugende Erklärung. Vor allem konnte Hidaka nicht verstehen, warum denn diese hungrigen Menschen nach Norden zogen statt zurück in die Wälder, wo genügend Wild zu finden war. Ihre Marschrichtung konnte nur dann einen Sinn haben, wenn sie weiter nördlich einen Weg wußten, um doch noch in wildreiche Täler zu gelangen.

Aus mancherlei Berichten kannte er den grausamen Brauch primitiver Völker, die bei Hungerszeit ihre Alten und Schwachen zurückließen. Wer nicht mehr laufen konnte, wurde seinem Schicksal preisgegeben. Niemand durfte der weiterziehenden Gruppe zur Last fallen. Vermutlich sollte das Zelt den sterbenden Jungen nur davor schützen, schon bei lebendigem Leibe eine Beute der Wölfe zu werden.

»Lassen wir ihn sterben, Taiji-dono«, drängte der Feldwebel, »dann kann er auch nichts von uns erzählen.«

Sie mußten zurück, so schnell wie nur möglich. Die weite, leere Tundra wirkte bedrückend, jetzt noch mehr als zuvor. Selbst jene wilden Menschen, die hier zu Hause waren, entgingen nicht immer dem Hungertod.

»Inaki, mach ein Feuer«, befahl der Hauptmann, »wollen eine Fleischsuppe kochen.«

Niemand wagte zu widersprechen, obwohl doch ihre nächste Mahlzeit bis zum Abend warten konnte. Hier aber verlor man damit kostbare Stunden.

Einen Topf hatten sie nicht bei sich, man mußte die Eßgeschirre mit Wasser füllen und nebeneinander über die Flamme hängen. Es dauerte lange, bis die Brühe aufkochte, weil kein rechtes Brennholz zu finden war.

Tsunashima hielt den Hund noch immer auf dem Arm. Er konnte sein Gewimmer nicht länger ertragen und schob ihm ein paar Fleischbrocken ins Maul. Das Tier war so entkräftet, daß es Mühe hatte, die wenigen Bissen hinunterzuwürgen.

»Wenn du ihm noch mehr gibst«, warnte Inaki, »müssen wir nachher den Hund schlachten.«

Hidaka hatte keinen Gefallen an dem Spaß.

»Wir haben genug und werden's noch aushalten bis zurück in den Wald.«

Langsam zerkaute er seine Fleischportion, ließ aber die nahrhafte Brühe im Becher. Während seine Gefährten weitersprachen, ging er damit zu dem Zelt und kroch hinein. Dort hob er den Kopf des Verhungernden und ließ Tropfen für Tropfen zwischen dessen Lippen rinnen. Schließlich fühlte er einen leichten Ruck, der junge Mensch begann zu schlucken.

»Inaki, nimm die Zeltstangen auseinander«, rief Hidaka nach draußen, »wir brauchen eine Schleppe. Noboru weiß, wie so etwas gemacht wird.«

Das sei doch gar nicht nötig, meinte Tsunashima, die vorgefundenen Pelze könnte man doch ganz gut zusammenschnüren und auf dem Rücken mitnehmen.

»Wir nehmen diesen Menschen mit... beeilt euch, daß wir fortkommen!«

33

Der Schwerverwundete im Lager der Amerikaner war für Hidaka, ohne daß es dieser wußte, von größerem Nutzen als ein toter Feind. Denn er zwang die Scouts zur vorläufigen Aufgabe der Verfolgung.

Harry Chiefson war nicht transportfähig, bei jeder hastigen Bewegung hatte er heftige Schmerzen, und die Wunde an seiner

Hüfte brach wieder auf. Den Scouts blieb keine andere Wahl, sie mußten bei ihm ausharren. Allans Vorschlag, wonach nur Hutchinson bei dem Verletzten bleiben sollte, während er mit Hamston und Randall dem Feinde nachspürte, war auf die geschlossene Ablehnung seiner Gefährten gestoßen. Eines Tages, sobald der Zustand des Verletzten es erlaubte, mußte man ihn zurückschaffen. Das aber konnte nur gemeinsam gelingen, zumal mit Schnee und scharfer Kälte zu rechnen war. Zwei Mann wurden dann als Träger benötigt, während die beiden anderen vorauseilen mußten, um Nahrung zu beschaffen und ein Schutzdach zu errichten mit dem unerläßlichen Feuer darunter. Die Sorge um den Verwundeten ging allen anderen Überlegungen vor.

Was die Japaner zum Schaden Alaskas womöglich anrichten konnten, wenn man sie nun ganz in Ruhe ließ, lag so weit außerhalb des eigenen, unmittelbaren Bereiches, daß Allans Gefährten jeden Gedanken daran verdrängten.

Nur er selber dachte ständig daran, obwohl gerade ihm Harry so viel näher stand als den anderen Scouts. Aber diesen Konflikt mußte er mit sich selber austragen. Die Welt seiner Gefährten war enger auf die nächstliegenden Dinge begrenzt. Daraus konnte er ihnen keinen Vorwurf machen, denn gerade der Geist kompromißloser Kameradschaft war es ja, der die Alaskan Scouts zusammenhielt und sie gemeinsam alle Härte ertragen ließ. Keiner von ihnen hätte sich selber noch achten können, würde er nicht alles für einen hilflosen Gefährten getan haben.

Die schlecht genähte Wunde in Harrys Gesicht war vereitert, obwohl Allan die Fäden inzwischen entfernt hatte. Dagegen sahen die Verletzungen an der Hüfte nun schon besser aus, aber ihre Heilung durfte nicht durch Bewegung gestört werden. Am wenigsten Sorge bereitete der Stumpf seines Armes. Dort begann sich neue Haut zu bilden, und keine Entzündung hatte sich gezeigt.

Schon am gleichen Tage, als das Unglück geschehen war, hatten sie ein festes Schutzdach gebaut und mit einem Wall aus Gestein umgeben. Dort brannte nun ständig ein gutes Feuer, und heißes Wasser zum Auswaschen der Verbände war immer vorhanden. Die Ernährung war gesichert, nicht nur durch Hasen und Schneehühner, die zahlreich waren, auch durch die Wildbeeren und Steinflechten. Außerdem hatte Randall eine Bergziege erlegt, deren zartes Wildbret dem Indianer besonders gut bekam.

Am dritten Tag schien die Gefahr überwunden, die Schwellung

in Harrys Gesicht ging plötzlich zurück, und die Eiterung hörte auf.

»Da sieht man's wieder«, triumphierte Bert Hutchinson, »so einem Indianer steckt eben noch das Raubtier im Leibe, die erholen sich zehnmal schneller als unsereins.«

Man mußte Harry zwingen, daß er Ruhe bewahrte. Selbst unter Schmerzen wollte er sich aufrichten, um wieder mehr am Leben teilzunehmen. Es behagte ihm nicht, wie ein Säugling umhegt zu werden. Für einen richtigen Jäger war das fast eine Schande. Schließlich wurde ihm erlaubt, das Feuer zu bedienen. Mit dem einen Arm, der ihm noch verblieben war, schichtete er die Scheite und hielt auch den Weidenspieß über die Flammen. Sprechen konnte er nicht, sonst riß die Wunde im Gesicht wieder auf. Alles, was er zu essen bekam, wurde in kleinste Würfel geschnitten, die er sich selber in den Mund schob.

Der nächste Morgen brachte Schnee. Nun waren die Fährten des Wildes auf den ersten Blick offenbar, und man konnte an passender Stelle die Fallen einbauen. Mehr Hasen wurden gefangen, als die Ernährung verlangte. Doch man brauchte ihre Bälge, deren Winterhaar besonders gut wärmte. Die Scouts hatten genügend Zeit, sie mit Sorgfalt abzuziehen und zu spannen. Danach wurden die Felle geschabt und getrocknet, zurechtgeschnitten und mit wenigen Stichen aneinandergenäht. Trug man die weichen Pelze unter dem Hemd, war auch von der grimmigsten Kälte nichts mehr zu befürchten.

Selbst Allan, der so viele Winter hindurch mit Harry gejagt hatte, war verblüfft von der Schnelligkeit, mit der sich dessen Wunden schlossen. Zur angeborenen indianischen Zähigkeit kam noch sein starker Wille, den Gefährten die tägliche Mühe um seine Versorgung zu erleichtern. Als sie vom Fischfang am Fluß zurückkamen, wurden die Scouts vom Anblick Harrys überrascht, der gebückt und mit schleppenden Schritten versuchte, selber neues Brennholz zu sammeln.

»Bist du wahnsinnig«, rief ihm Allan entgegen, »wenn deine Hüfte wieder aufbricht, müssen wir noch wochenlang hierbleiben!«

Fast mit Gewalt schafften sie den braven Kerl wieder auf sein Lager.

»Drei... vier... fünf Tage... dann... kann... ich... gehen«, lallte Harry aus seinem kaum vernarbten Gesicht.

»Einen Tritt in den Hintern kriegst du«, schimpfte Hutchinson, »einen Tritt von jedem, wenn du noch mal aufstehst, ohne daß wir's dir erlauben.«

Harry freute sich über seine Herzlichkeit und wollte grinsen. Aber das ging noch nicht, er konnte gerade nur den Mund verziehen.

»Versuch ja nicht wieder zu reden«, warnte ihn der Chiefscout, »sonst hast du fürs ganze Leben ein schiefes Maul.«

Der Indianer nickte gehorsam.

»Soweit wären wir also«, meinte Randall, »an seinen Transport läßt sich nun denken.«

Auch Hutchinson meinte, Harry werde das ohne weiteres aushalten.

Sie machten sich daran, eine Trage herzustellen. Das Gestänge wurde durch Fellstreifen miteinander verbunden, darüber kam eine Auflage aus elastischen Zweigen und trockenem Moos. In Pelze gepackt und festgeschnürt, konnte Harry auf dieser Bahre weder frieren noch von ihr hinabfallen. Das kleine Zelt und der einzig vorhandene Schlafsack wurden in Hutchinsons Tragbrett verstaut, zusammen mit allen praktischen Dingen, die man gerettet hatte. Wenn das Wetter so blieb, wie es war, wollte man am nächsten Morgen aufbrechen.

»In einer Woche werden wir's schaffen«, meinte Randall, »Hauptsache, wir bekommen nicht zuviel Schnee.«

»Die Gelben haben ihre Chance verpaßt«, war Dick Hamstons Ansicht, »weiß Gott, hier hätten sie uns fertigmachen können, die verfluchten Hunde.«

Darauf käme es ihnen gar nicht an, stellte Allan klar, die Japaner hatten das Wetter zu melden. Für den Hidaka war es verdammt viel wichtiger, anderswo größeres Unheil anzurichten.

»Wir können's nicht ändern, Allan, von jetzt ab muß sich der General um die Giftzwerge kümmern...«

»Nicht mehr so einfach, mit jedem Tag wird der Heuhaufen größer, worin sich die giftigen Nadeln verstecken.«

Seine Gefährten wußten darauf keine Antwort.

»Ist schon ein verfluchtes Pech, daß wir aufgeben mußten. Bis zu ihrem Winterquartier hätten wir ihre Fährte sicher gehalten und... na ja, und das wär's eben gewesen!«

»Hat doch keinen Zweck mehr«, beruhigte ihn Bert, »gegen höhere Gewalt kann man halt nichts machen.«

Allan stocherte eine Weile im Feuer.

»Ich lass' mir's nicht gefallen, Coppers, den Hidaka bring' ich doch noch zur Strecke...«

Er hob den Kopf und schaute in fragende Gesichter.

»Bis zum See komm' ich mit, dann mach' ich mich wieder auf die Socken.«

»Das ist doch nicht dein Ernst?«

»Mein voller Ernst, Dick, ich kann nicht anders ... ich suche nach dem Gesindel, bis ich umfalle.«

»Na schön, Allan«, sagte ihm Randall, »wenn du dir was davon versprichst, komme ich halt mit.«

»Sollte mich freuen, Pete, aber sag das erst am Cliftonsee. Von dort hast du nur einen Katzensprung bis zur Gemütlichkeit von Anchorage...«

»Ich scheiß' auf die Gemütlichkeit!«

»Und ich kotz' noch drauf«, rief Hamston über Harrys Lager hinweg, »solange die sauren Tage dauern, bleib' ich dabei.«

Nun war die Reihe an Bert Hutchinson.

»Na schön, dann bin ich genauso verrückt wie ihr«, sagte er fast böse, »auf mich wartet ja doch niemand!«

Allan war vorsichtig.

»Aber bitte entschließ dich nicht so aus einer Stimmung heraus, am Depot sprechen wir uns wieder!«

Der Indianer hatte sich halb aufgerichtet und zugehört.

»Allan, einer von euch genügt doch für mich ... in zwei, drei Tagen kann ich laufen.«

»Halt den Mund, Harry ... wir wissen schon, was gut für dich ist!«

Aber Harry ließ nicht nach.

»Vierzehn Tage verliert ihr durch mich ... wer weiß, was die Japse derweil anrichten.«

Das könnte man eben nicht ändern, meinte Dick, zunächst wäre seine Reise ins Spital am wichtigsten.

Am nächsten Morgen war der Himmel von grauweißen Wolken verhangen, und Schneeflocken schwebten um das Schutzdach. Das war kein Wetter zum Aufbruch. Man mußte klare Sicht haben, sonst war es nicht möglich, weit voraus den gangbarsten Weg durch die Berge zu übersehen.

»Wollen aber den Tag ausnützen, um mehr Proviant zu beschaffen«, schlug Allan vor.

Von Hasen und Hühnern hatte man genug, saftige Steaks wurden gebraucht. Einer mußte bei Harry bleiben, und Hutchinson war dazu bereit. Allan, Hamston und Randall nahmen nur mit, was sie für einen Jagdtag nötig hatten, und marschierten ab.

Sie drangen weit in das Tal hinein, überschritten die nächste Anhöhe und fanden einen schmalen, noch nicht ganz vereisten Bach, dem sie folgten. Er führte sie hinab in einen Wald aus Schwarzfichten, deren Äste einander berührten. Der Boden war fast frei von Schnee, sie hatten ein gutes Gehen unter den Bäumen.

Gegen Mittag stießen sie auf einen Elchwechsel mit frischer Losung, und gleich darauf hörte Randall, der die Spitze hielt, das Gepolter eines schweren Tieres. Sie umschlugen den Wechsel, um in guten Wind zu kommen, pirschten lautlos durchs Gestrüpp und teilten sich, um aus verschiedener Richtung eine Mulde anzugehen. Dort in dem Weidendickicht mußte der Elch stecken.

Dick sah seine breiten Schaufeln zwischen den Zweigen und pfiff. Das Tier hob sein Haupt und erhielt sogleich die Kugel.

»So viel Fleisch war schon eine Patrone wert«, meinte er, als Allan herankam, »im Depot liegt genug Munition.«

Es war eine harte Arbeit, den großen Wildkörper zu zerwirken. Nur die Keulen und den Ziemer konnten sie mitnehmen, der Rest mußte liegenbleiben. Mit ihrer schweren Fleischlast auf dem Rücken kamen sie erst bei Dunkelheit wieder zum Lager.

»Hey... Bert«, rief Dick schon von weitem, »du könntest ein bißchen helfen!«

Es kam jedoch keine Antwort.

»Der Kerl träumt einen süßen Traum, während wir schuften«, schimpfte Randall.

Allan stapfte schneller durch den Schnee.

»Da ist was passiert... es brennt kein Feuer!«

Niemand erwartete sie, Harry und Bert waren nicht mehr da.

Minutenlang standen sie unter dem Schutzdach und schauten auf den leeren Lagerplatz.

»Die Japaner...?« fragte Hamston nach einer Weile.

Aber der Chiefscout sah einen weißen Zettel an der Rückwand und riß ihn ab. Es war schon so dunkel, daß man erst ein Streichholz brauchte, um ihn zu lesen. Hutchinson hatte die Nachricht geschrieben, sie war nur ganz kurz und ließ sich kaum begreifen.

»Harry wollte unbedingt laufen... ließ sich nicht zurückhalten... wünsche Euch viel Erfolg!«

Das war alles, nichts weiter.
»Der ist wohl wahnsinnig...?« rief Randall.
Anders ließ sich das Verhalten Berts wirklich nicht erklären. Es hätte ihm doch keine Mühe gemacht, den Verletzten hier zu halten. In seinem Zustand war Harry gar nicht imstande, sich mit Gewalt von ihm loszureißen.
»Vielleicht war Bert damit einverstanden«, meinte Hamston, »gewissermaßen uns zuliebe, damit wir gleich den Gelben hinterher können.«
Allan schüttelte den Kopf.
»Deswegen wollte Harry weg, das ist mir klar. Aber nicht Bert... der war doch immer dafür, daß wir nur gemeinsam gehen!«
Pete hatte inzwischen Feuer gemacht und sich umgesehen.
»Eine schöne Bescherung, Allan, das vollgepackte Tragbrett haben sie mitgenommen!«
Auch das konnte niemand verstehen, Bert mußte doch wissen, wie sehr sie die Sachen brauchten.
Sie besaßen nur noch, was sie heute morgen mitgenommen hatten. Hier lag dazu noch eine Axt, etwas Blechgeschirr und Nähzeug.
»Dazu haben wir noch«, führte Allan die Bestandsaufnahme zu Ende, »eine komplette Gesundheit, unseren Willen und die Fähigkeit, von diesem gesegneten Lande zu leben. Was die Indianer zehntausend Jahre lang gekonnt haben, das können wir auch!«
Dick Hamston versuchte zu lachen.
»Bleibt uns auch gar nichts anderes übrig.«
Randall meinte, es bliebe immer noch die Frage übrig, ob man Harry und Bert einholen könnte.
»Kann man nicht«, zeigte Allan hinaus, »es schneit noch immer, alle Spuren sind längst verschwunden. Wir haben keine Ahnung, welchen Weg sie gelaufen sind.«
Beide schauten ihn an, beide dachten das gleiche. Schließlich fragte Dick, ob denn überhaupt Aussicht bestände, daß Harry mit seinen schlimmen Wunden bis zum Cliftonsee durchkäme. Tragen konnte ihn ja Bert Hutchinson bestimmt nicht.
»Ich fürchte«, meinte Pete, »den langen Marsch kann er nicht aushalten.«
Der Chiefscout hatte seinen Entschluß schon gefaßt.
»Eben deshalb darf Harrys Opfer nicht umsonst sein... ich mach' weiter!«

»Das ist doch der größte Unfug, den ich je gehört habe«, schimpfte Dick Hamston, »dann ziehen wir also morgen früh los.«
»Aber ich ziehe nach Westen...«, versicherte ihm Allan.
Hamston grinste ihn an.
»Wie gut sich das trifft, Allan, wir nämlich auch!«
Die drei Scouts verließen ihr Camp bei Anbruch des Morgens. Obwohl die Sonne schien, war es kälter geworden, und der Schnee knisterte unter ihren Füßen. Von allen Zweigen und Halmen glitzerten die Kristalle, jeder Stein trug seine blitzende Haube. Die Ruhe war vollkommen, auch die Schritte versanken geräuschlos im Schnee.

Über ihren Wollhandschuhen trugen sie Fäustlinge aus Hasenfell, hatten auch ihre Köpfe mit Pelzmützen vermummt. Nur die Augen und der Mund waren frei geblieben. Außer ihren Tragtaschen mit den geringen, ihnen noch verbliebenen Dingen hatten sie noch einen Teil des gestrigen Wildbrets mitgenommen. Es war zu Eisklumpen erstarrt und hing schwer auf ihren Rücken.

Der Schnee reichte ihnen vorläufig nur bis knapp über ihre Stiefel, aber wenn später die weiche Decke metertief wurde, mußte man sich Schneereifen herstellen oder sogar kurze, breite Ski. Doch würde das Fortkommen nicht mehr so leicht sein, weil diese Hilfsmittel breitbeiniges Ausschreiten verlangten. Es galt daher, diese guten Tage nach Möglichkeit zu nützen, weshalb sich die drei Männer kaum eine Rast gönnten.

Sie sprachen nur wenig, zumal es keinen Grund gab, sich etwas mitzuteilen. Sie sahen ja alles mit den gleichen Augen und hatten denselben Entschluß gefaßt. Was man sich über Vorhaben und Ziel zu sagen hatte, war schon gestern gesagt worden.

Der Weg der Japaner führte nach Westen, daran war nicht zu zweifeln. Zu weit nach Norden durften sie nicht davon abweichen, sonst verloren sie ihre Funkverbindung nach Attu und gerieten in die Tundra. Der feindliche Wettertrupp brauchte Höhen ohne Hindernisse nach Süden, um für seine Meldungen freie Richtung zu haben. Wegen ihrer Jagd und der Feuerung mußten sich die Verfolgten an den Wald halten. Sie konnten und sie würden nicht endlos in Bewegung bleiben. Sobald sich der japanische Führer in absoluter Sicherheit glaubte, suchte er mit Gewißheit nach einem passenden Platz zur Überwinterung. Wenn man Glück hatte, konnte man dort in der Nähe wieder ihre Spuren entdecken oder Rauch von ihrem Feuer.

Allan ging voran und wählte den bequemsten Weg, denn sicher hatte auch Hidaka dasselbe getan. Die schroffen Wände blieben zurück, und das Gelände senkte sich wieder. Die gletscherglitzernden Felsen der Brooks zur Rechten, zogen die Scouts über eine leicht gewellte Hügelkette den weißen Wäldern zu, die sich in einem langen Tal vor ihnen ausdehnten.

Auf der letzten Höhe blieb der Chiefscout stehen und warf seine Last vom Rücken.

»Sicher ist das noch zu früh, aber ich möchte mich umsehen.«

Er reinigte das Okular seines Glases von Schnee und hob es an die Augen.

»Bei Tage werden sie bestimmt kein Feuer machen...«, glaubte Pete Randall.

»Solange die Hunde noch unterwegs sind, bestimmt nicht«, gab ihm der Chiefscout recht, »aber wenn sie erst seßhaft sind, kommen sie ohne Wärme nicht mehr aus.«

Alle drei schauten sie über das helle, in Frost erstarrte Land.

»Heute müßte man eine Rauchfahne tageweit sehen«, meinte Allan, »bei der ruhigen Luft und der Kälte kommt zum Rauch noch die Kondenswolke. Wie ein weißer Faden steigt sie meilenhoch in den Himmel...«

Randall und Hamston wußten das natürlich auch, doch war es gut, sich an diese Chance zu erinnern.

»Nichts, Allan... später vielleicht.«

Sie halfen sich gegenseitig, die gefrorenen Elchkeulen wieder aufzupacken, und marschierten weiter.

34

Mit dem reglosen Menschen auf der Schleppe, die sie abwechselnd zogen, kamen die vier Japaner nicht so schnell voran. Es war schon dunkel, als sie endlich bei ihrem Treffpunkt anlangten, sieben Stunden später, als ausgemacht war. Ein Feuer brannte dort, das ihnen während der letzten Meilen den Weg wies.

Sie wurden nur von dem Feldwebel Kurakami und Sinobu erwartet, allerdings mit guten Nachrichten.

Schon früh am ersten Tage ihres Marsches nach Süden hatte die Gruppe Tojimotos eine Schlucht in der Felsenmauer entdeckt, aus der ein reißender Fluß hervorschoß. Wegen der bitteren Kälte waren dessen Ränder bereits zu Eis erstarrt und hatten den Menschen erlaubt, tiefer in das Gebirge einzudringen. Der Leutnant war überzeugt gewesen, daß sich früher oder später die Schlucht verbreitern würde.

»Es war wie im Theater, wenn der Vorhang aufgeht«, berichtete Kurakami mit Begeisterung. »Mit einem Male öffneten sich die Wände, und wir schauten in ein weites, flaches Tal. Eine ganze Stadt könnte man da hineinbauen, Taiji-dono ...«

»Gibt es Holz, gibt es Wild?«

Der Feldwebel hätte gerne alle Neuigkeiten in einem Satz berichtet, doch waren dafür der Entdeckungen zu viele.

»Karibu stehen überall in dem Tal, nach jeder Richtung hin sieht man ihre Fährten im Schnee... Äsung haben sie im Überfluß. In der Mitte, wo der Boden ganz eben ist, wächst kniehohes Gras, Taiji-dono, aber ringsherum bis halb hinauf an den Hängen dehnen sich die schönsten Wälder... alles Tannen und Hemlock, das denkbar beste Brennholz. Auch Elche, Wölfe und Bären sind vorhanden. Der Leutnant hat außerdem eine ganze Menge eßbare Pflanzen gefunden...«

Ob es schwierig sei, auf die Höhe zu kommen, wollte Hidaka wissen.

»Gar nicht, Taiji-dono, sicher wird man kaum eine Stunde brauchen bis hinauf. Großes Glück haben wir, Taiji-dono, ganz großes Glück!«

Hidakas erschöpfte Begleiter strahlten vor Freude.

»Warm werden wir es haben... ein schönes Blockhaus werden wir uns bauen!«

Kurakami widersprach mit glänzenden Augen.

»Kein Blockhaus, Omaé-tachi, viel besser noch werden wir wohnen. In einer großen Höhle... es gibt dort viele Höhlen in derselben Wand. Sie ist durchlöchert wie ein Käse... wie ein trockener Schwamm.«

In alle diese Höhlen waren sie eingedrungen, die allerbeste davon hatte der Leutnant für ihr Winterquartier ausgesucht.

»Höhlen sind meistens feucht«, bezweifelte Hidaka den eigenmächtigen Entschluß seines Stellvertreters. »Außerdem hat man Schwierigkeiten mit dem Rauch...«

»Nicht in unserer Höhle, Taiji-dono, da ist alles in Ordnung.«

Dieses große Felsenloch sei vollkommen trocken, versicherte er, darauf habe der Leutnant sorgfältig geachtet. Durch Spalten im

Hintergrund zöge aller Rauch so schön und senkrecht davon wie aus einem wohlgebauten Kamin.

»Es ist ein tiefes Gewölbe mit Winkeln und Nebenhöhlen zu beiden Seiten. Dutzende von Familien könnten bequem darin leben.«

»Scheint wirklich ein ideales Quartier, Kurakami, wir sind sehr dankbar dafür.«

Der Leutnant war mit Suda und Lonti dort geblieben, um Holz zu beschaffen und die Höhle herzurichten.

»Sie tragen auch Tannenzweige zusammen für die Betten, Taijidono, und Sinobu macht eine Baumfalle für die Karibu.«

Bis zu diesem gesegneten Tal war es aber noch ein weiter Weg, die Schleppe mit dem bewußtlosen Menschen behinderte sie sehr. Hidaka hatte wohl gemerkt, daß seine Leute durchaus nicht einverstanden waren mit dieser Belastung. Sie konnten ja nicht wissen, was ihr Chef mit dem Jungen vorhatte. Er gab ihnen keine Auskunft darüber, gerade weil er ihren Widerstand spürte. Eine Erklärung hätte jetzt wie erzwungen gewirkt und widersprach Hidakas Sinn für Disziplin. Das hatte Zeit, bis er wieder mit Tojimoto zusamentraf.

»Alles einsammeln, was brennbar ist«, befahl er, »wir bleiben bis morgen hier.«

Da es völlig windstill war, konnte man auf das Zelt verzichten, zumal darin ja doch nicht genügend Platz für alle war. Der Hauptmann ließ nur die Felle und Schlafsäcke ausbreiten. Sie wurden im Kreis um das lodernde Feuer gelegt, mit einer Flechtwand aus Zweigen dahinter.

Hidaka löste den Jungen aus der Verschnürung und trug ihn neben sich ans Feuer. Um die Fülle seiner Pelzdecken konnte man ihn wahrlich beneiden, sein schmaler Körper verschwand so vollständig darunter, daß kaum noch Mund und Nase hervorschauten.

»Eine Verschwendung von den Leuten«, meinte Kurakami, nachdem er sich das Pelzbündel längere Zeit betrachtet hatte, »eine richtige Verschwendung möchte ich sagen, weil ja das Kerlchen ohnehin sterben sollte...«

»Kann sein, die Leute wollten später zurückkehren«, sagte der Hauptmann, »um sich die Pelze zu holen. Dann werden sie allerdings erstaunt sein, nichts mehr zu finden.«

»Aber sie finden unsere Spur und kommen hinterher.«

Hidaka lachte ihn aus.

»Red doch keinen Unsinn, Mensch, bis dahin liegt meterhoch Schnee...«

Diesmal versuchte er seinem Schützling die Fleischbrühe mit dem Löffel einzuflößen, doch ging dabei zuviel verloren. Er mußte also wieder den Mund des Jungen aufhalten und ihm die Tropfen einzeln hineintrichtern. Dafür setzte nun die Schluckbewegung sofort ein, aber die Augen blieben weiterhin geschlossen, nur die Lider begannen ein wenig zu zittern.

»Der kleine Hund ist nicht so zaghaft, Taiji-dono...«

Inaki hielt dem Tier sein eigenes Eßgeschirr vor die Schnauze. Schon nach wenigen Augenblicken war es geleert.

»Man glaubt's gar nicht, wie schnell sich so ein Vieh erholt«, staunte Hidaka, »aber der Junge wird's auch noch schaffen, in der Höhle liegt er ja ruhig und hat es warm.«

Seine vier Begleiter nickten, sagten aber nichts. Sie mußten dichter ans Feuer rücken, die Nacht war kälter als jede andere zuvor. Das dünne Holz vom Rande der Tundra verbrannte schnell und gab nicht die richtige Wärme.

»Wie kalt ist es eigentlich?« fragte Hidaka.

Tsunashima prüfte sein Instrument.

»Einundzwanzig Grad unter Null, Taiji-dono.«

»Höchste Zeit fürs Winterquartier, bei vierzig minus würden wir's hier draußen nicht mehr aushalten.«

Ein Mann mußte sich ständig um das Feuer kümmern und ein anderer nach dem dürftigen Brennholz suchen. An Schlaf war kaum zu denken.

»Sinobu, du gehst mit Noboru zurück bis an den Bach, da stehen ein paar krumme Tannen. Schlagt die stärksten Äste ab und bringt sie her.«

Die beiden Männer machten sich sogleich auf den Weg. Die Nacht war sternenklar, und auch der Mond zog nun herauf. Die anderen blieben am Feuer und nährten es mit dem Gestrüpp. Immer fühlbarer wurde die Kälte, die Flammen hatten keine Kraft. Aus weiter Ferne kam das langgezogene Jaulen der Wölfe, die den Mond besangen.

Das Trappen eiliger Schritte riß Hidaka aus dem Halbschlaf.

»Achtung... da kommt was!«

Sie griffen zu ihren Waffen und rollten sich aus dem Feuerschein.

Doch war es nur Sinobu, der keuchend heranhetzte.

»Wölfe... Taiji-dono, sie heulen vor Hunger!«
Der Hauptmann faßte seinen Arm.
»Wo ist Noboru?«
»Bei den Tannen... er ist noch bei den Tannen.«
Sinobu ließ sich neben das Feuer fallen, zitternd am ganzen Leibe.
Hidaka rüttelte ihn an der Schulter.
»Was soll das... den Kameraden verlassen?«
Sinobu gab keine Erklärung.
»Wo ist dein Gewehr, Mann... so rede doch!«
Sinobus Gesicht war vor Angst verzerrt.
»Weiß nicht, Taiji-dono... dort geblieben...«
Der Hauptmann ließ ihn nicht los.
»Was ist mit dir, Sinobu... bist du verrückt oder feige wie ein Jammerweib?«
Er schüttelte den Mann, daß ihm die Pelzkappe vom Kopfe fiel.
»Verzeih mir, Taiji-dono... die Wölfe heulen so furchtbar, noch nie habe ich das gehört.«
Hidaka stieß ihn zu Boden.
»Noch keinen japanischen Soldaten habe ich gesehen, der aus Angst gezittert hat... du zitterst sogar vor Tieren. Ein Mann aus den Wäldern... so ein Kraftkerl wie du, ein Wilderer, ein Bärenjäger!«
Sinobu bedeckte sein Gesicht mit den Händen und begann zu schluchzen. Seine Kameraden betrachteten ihn mit Entsetzen.

Hidaka fühlte mehr als nur Entsetzen. Zum ersten Male hatten bei einem seiner Leute die Nerven versagt. Das konnte Beispiel machen und verheerende Folgen haben. Die Wölfe hatte man schon oft gehört, noch öfter ihre Fährte überschritten. Auch Wild war gefunden worden, Elchkälber und Karibu, von gierigen Wölfen blutig zerrissen. Aber niemand hatte viel darauf geachtet, denn nur ganz selten kam es vor, daß sich ein halbverhungertes Wolfsrudel auf Menschen stürzte. Hidaka hatte oft genug darüber gesprochen, auch Sinobu mußte es wissen. Trotzdem war er losgelaufen, hatte seine Waffe vergessen und Noboru einfach im Stich gelassen. Von der jämmerlichen Feigheit abgesehen, hätte er kaum etwas tun können, was noch dümmer war. Unter normalen Umständen gehörte Sinobu eigentlich vor ein Kriegsgericht, das denkbar mildeste Urteil war dann die schimpfliche Verstoßung aus der Armee.

Aber hier gab es keine normalen Umstände, der Hauptmann konnte gar nichts tun. Am besten war es, diesen Fall von Panik und menschlichem Versagen völlig zu ignorieren. Niemand durfte morgen noch davon sprechen, man mußte es vergessen und ganz so tun, als sei nichts geschehen.

So begann Hidaka von anderen Dingen zu reden und machte Pläne für die winterliche Jagd. Bald kam auch Noboru, einen ganzen Baum hinter sich herschleppend. Sinobus Gewehr hatte er auf seinem Rücken.

»Sehr viel schwer...«, sagte er, auf seine Last weisend, »ein Mann gehen damit langsam.«

Er warf einen deutlichen Blick auf Sinobu, den jedoch niemand beachtete.

Gemeinsam wurde der Stamm zerkleinert, und das Holz am Feuer aufgeschichtet. Das Heulen der Wölfe war nun deutlich zu hören. Sie mußten Noboru gefolgt sein und witterten die Menschen. Aber der Rauch, den sie haßten, weil er ihren Instinkt an die Steppenbrände erinnerte, hielt sie in respektvoller Entfernung. Nur Sinobus Schultern zuckten jedesmal, wenn das Klagelied der hungrigen Horden von neuem begann, und er verbarg den Kopf in seinen Armen.

Sie fanden nur wenig Ruhe in dieser Nacht, obwohl das Geheul allmählich verstummte. Schon lange vor Tagesbeginn brachen sie auf. Sinobu erbot sich, die Schleppe zu ziehen, und ließ sich erst nach der kurzen Mittagsrast von Kurakami ablösen. Der Hauptmann sorgte dafür, daß seine Behandlung die gleiche blieb, wie sie vordem gewesen war. Da sie ohne Aufenthalt weitermarschierten, wurde die Schlucht schon vor dem Abend erreicht.

»Jetzt wird es schwierig«, berichtete Kurakami, »mit der Schleppe kommen wir nicht hindurch, man muß den Eskimo tragen.«

Der Hauptmann ließ aus Stangen und Fellen eine Bahre machen, Sinobu ergriff sogleich das vordere Ende, doch dann mußte Hidaka einige Augenblicke warten, bis sich ein zweiter Freiwilliger fand. Es war Inaki, der zugriff.

Nur an wenigen Stellen war der Fluß noch offen, aber man hörte sein Rauschen auch unter dem Eis. Die sechs Männer hielten sich so dicht wie möglich an die Felswände und stiegen sehr vorsichtig über das verschneite Geröll. Wer hier durch die Eisdecke brach, wurde sogleich davongespült und nie mehr gesehen.

Sie umschritten eine Windung des Flusses und hielten vor Überraschung inne. Ganz so wie es Kurakami beschrieben hatte, öffneten sich hier unversehens die Berge und gaben den Blick frei auf eine weite, verschneite Ebene. Im vergehenden Licht war deren Begrenzung durch bewaldete Höhen kaum noch zu erkennen.
»Wo liegt die Höhle...?«
Kurakami zeigte nach links, wo der graue Schatten einer Felswand aus den Tannenwipfeln stieg.
»In einer halben Stunde sind wir dort.«
Sinobu und Inaki nahmen die Bahre wieder auf, mit eiligen Schritten ging es weiter.
Tojimoto stand vor dem Schlund der Öffnung.
»Alles bereit für den Hausherrn... du wirst staunen, Enzo!«
Hidaka staunte wirklich, einen besseren Unterschlupf für das Halbjahr der eisigen Monate konnte man sich kaum denken. Der sandige Boden war so trocken wie in einer Wüste. Im Hintergrund lockte der Loderschein eines Feuers, dessen Rauch kerzengerade zu den Spalten im Gewölbe aufstieg. Der Raum war von schöner Wärme erfüllt und flackernd beleuchtet. Nur der Hintergrund verlor sich im Dunkeln.
»Wir haben Steine zusammengetragen«, erzählte Tojimoto, »um eine Mauer vor dem Eingang zu errichten. Die Höhle scheint nämlich bei den Bären recht beliebt zu sein. Es würde uns stören, wenn sie wiederkommen und auf ihr Hausrecht pochen.«
Sinobu und Inaki trugen die Bahre herein.
»Wohin damit, Taiji-dono...?«
Hidaka wies zum Ende der Höhle.
»Was ist das, Enzo... woher die vielen Felle?«
»Ein Mensch liegt darunter.«
Er ging zum Feuer und ließ sich nieder. Der Leutnant folgte ihm, griff zu einem gefüllten Blechtopf mit zwei Eßstäbchen und reichte ihn dem Freund.
»Was ist geschehen... warum bringst du ihn mit?«
Hidaka erzählte, wie sie den Sterbenden gefunden hatten.
»Ein Eskimo also...?«
»So was Ähnliches, nehme ich an... genau weiß ich nicht, zu was für Leuten er gehört. Aber zu einem Polarvolk mongoloiden Ursprungs, so wie die Eskimo auch. Der Junge hat jedenfalls die Mongolenfalte an den Augen und auch die entsprechende Nasenform.«

Hidaka berichtete von dem primitiven Bau des Zeltes und von der urzeitlichen Schleppe, mit der diese Menschen ihre Lasten zogen. Dann kam er auf jene Gerüchte zu sprechen, von denen er seinerzeit gelesen hatte.

Tojimoto sah zu dem Menschenbündel hinüber, das keinerlei Regung zeigte.

»Und was willst du mit ihm machen, wenn er wieder zu sich kommt?«

Hidaka legte die Eßstäbchen beiseite und hob den Napf an seinen Mund, um ihn auszutrinken.

»Was wir mit ihm anfangen, Yoshi...? Nun, ich glaube, der Junge kann uns später recht nützlich sein. Er kennt das Land und dessen Möglichkeiten... ist ja selber ein Teil davon. Als Führer nach Westen können wir ihn brauchen... auch zum Fischen, zum Jagen, zum Kochen und so weiter. Eben alles nach der Art, wie sein Volk das gewohnt ist. Er kann uns Fellschuhe nähen, Schneeschuhe machen und wird auch wissen, wo die besten Wildwechsel liegen. Im Frühjahr wird's sehr darauf ankommen, daß wir die Wanderwege der Karibu nicht verpassen. Mehr und mehr müssen wir so leben, wie hier die Eingeborenen leben. Dabei wird uns der Junge helfen, das wirst du sehen.«

Tojimoto sah das schon jetzt, er konnte es sich lebhaft vorstellen. Nur die Verständigung würde Schwierigkeiten machen.

»Anfangs schon, aber nach und nach wird er uns verstehen... so wie kleine Kinder lernen, ihre Eltern zu verstehen. Wir haben ja Zeit genug, uns mit ihm zu beschäftigen.«

Aber dem Leutnant kamen noch andere Bedenken.

»Enzo, ich fürchte doch, dein Mitbringsel ist ein Risiko für uns. Sobald der Junge wieder auf den Beinen ist, läuft er davon und sucht seine Familie... seine Stammesgenossen. Wenn die erst Bescheid wissen, dringt die Nachricht durch alle Wälder und landet schließlich bei den Yankis. Wäre es nicht besser gewesen, ihn dort zu lassen... für die Wölfe?«

Hidaka schüttelte den Kopf.

»Nein, Yoshi, er wird bestimmt nicht weglaufen. Seine Leute haben ihn ja aufgegeben und ausgesetzt Wir haben ihn... besser gesagt, ich habe ihn vor dem sicheren Tod gerettet...«

Tojimoto glaubte nicht, daß ein primitiver Mensch so weit überlegen konnte und sich dankbar erwies.

»Wir sind doch Fremde für ihn und damit... das weißt du ja,

Enzo, nach Auffassung aller wilden Völkerschaften dasselbe wie Feinde. Er wird sich fürchten vor uns, wird erschrecken vor unseren noch nie erblickten, unheimlichen Gesichtern...«

»Nein, Yoshi, ganz so fremd sind wir ihm nicht.«

»Wir könnten kaum fremder sein hierzulande.«

Der Hauptmann warf sein leeres Blechgeschirr klirrend zu Boden.

»Schau mich an, Yoshi, schau mir ins Gesicht. Was für Augen habe ich, welchen Mund, welche Nase? Wie sind meine Backenknochen... wie die Haare? Jeder von uns ist ein Mongole, Yoshi, wir sind von gleichem Ursprung wie die Indianer ... wie die Eskimo und Aleuten. Wir haben die gleichen Züge, die gleiche Haut, den gleichen Knochenbau. Im Äußern unterscheidet uns nichts von ihnen. Das wird auch dieser Junge sehen ... er wird fühlen, daß wir Verwandte sind!«

»Wirklich, Enzo, du hast recht... daran habe ich bis heute noch nie gedacht.«

»Aber daran muß man denken, Yoshi, daran müssen wir jetzt immer denken, wenn wir auf Eingeborene stoßen... auf die echten Alaskaner. Wir stehen ihnen näher als die Yankis, sehr nahe sogar... ein Blick in unsere Gesichter genügt, um es zu beweisen! Auch der Junge wird uns für Eingeborene halten... für was denn sonst? Wir sind nur ein anderer Stamm mit anderer Sprache, wir sind nur weiter entwickelt und leben in einem anderen Teil des Landes. Als Freunde sind wir gekommen, als Brüder vom gleichen Blut... natürlich, um zu helfen, um diese Leute von ihrer Furcht und Armut zu befreien. Die Yankis sind fremde Eroberer, Ausbeuter der alteingesessenen Völker Alaskas... so muß man es darstellen! Wir aber sind die Feinde der Yankis und Brüder der Eingeborenen. Wir bekämpfen die Weißen, um das ganze Land und alles Wild darin denen wiederzugeben, die hier die rechtmäßigen Herren sind. Deshalb können wir auf ihre Hilfe zählen, aber natürlich nur, wenn wir uns richtig verhalten. Nicht Furcht werden wir verbreiten, sondern Vertrauen und Freundschaft. Nur deshalb, Yoshi, nur deshalb wollte ich diesen Menschen nicht verhungern lassen. Er soll später, wenn er das alles begriffen hat, seinen Leuten von uns erzählen. Er wird ihnen erzählen, daß wir ihn gerettet haben, daß wir ihn verpflegt und brüderlich versorgt haben. Du wirst sehen, Yoshi, was das für Folgen hat. Es hat Verbündete zur Folge, die uns führen, verbergen und zu anderen Nomaden weiterleiten. Ich verstehe mich auf Umgang mit Wilden, das siehst du ja an Noboru, der unlösbar an mir hängt!«

Tojimoto hatte keinen Anlaß, ihm zu widersprechen. Hidakas Überlegungen hatten ihn ebenso verblüfft wie überzeugt.

»Ja, Enzo, du hast recht. Mit deinen Augen muß man das sehen, wir sind nicht im Lande der Yankis. Den mongolischen Völkern gehört es!«

Hidaka schlug ihm kräftig auf die Schulter.

»Und wir gehören zu den Mongolen!«

Er stand auf, um seinen Anorak und die Pelzweste abzuwerfen. Es war in der Höhle so warm wie in einem geheizten Haus, sogar die Stiefel brauchte man nicht. Der feine Sand, den früher einmal der Fluß hineingeschwemmt hatte, war so weich und angenehm unter den Füßen wie ein tiefer Teppich.

Um ihre Offiziere nicht beim Gespräch zu stören, hatten sich die anderen Höhlenbewohner ihr eigenes Feuer angezündet. Darüber brieten die Lendenstücke eines frisch erlegten Karibu und verbreiteten einen höchst willkommenen Duft. Im Topf daneben brodelte ein Gebräu aus Flechten, Waldbeeren und Wurzelknollen. Der Leutnant hatte es zusammengestellt und für außerordentlich gesund erklärt.

Frische Tannenzweige hinter einem Gitter aus fußhohen Pflöcken dienten als Betten. Mit ihrer Biegung nach oben kunstvoll geschichtet, hatten die elastischen Zweige etwa die gleiche Wirkung wie eine Sprungfedermatratze. Legte man ein Fell darüber oder eine Decke, so konnte es als Nachtlager nichts Besseres geben.

Aber das war nur der Anfang. Während der kommenden Tage wollte man Holzspäne in die Wand schlagen zum Aufhängen der Kleider und Gestelle bauen für die Gerätschaften. Vieles, was man bisher entbehrt hatte, konnte man selber herstellen, für anderes mußte man einen Ersatz finden. War erst die Steinmauer vor dem Eingang aufgeschichtet, würde man in der Höhle fast wie in einem richtigen Haus wohnen.

Der Hauptmann ließ sich von Kurakami einen Becher mit der Kräuterbrühe füllen.

»Hier soll uns der Junge nicht mehr verhungern, Yoshi, das übernehme ich ganz allein. Er weiß dann für immer, zu wem er gehört.«

Tojimoto fand das vollkommen richtig.

»Zunächst sollte er nur mein Gesicht sehen, wenn er mal aufwacht. Glaub mir, das ist wichtig, Yoshi.«

Hidaka ließ sich neben dem Lager des Bewußtlosen nieder und warf die vielen Pelze zurück, deren es in der warmen Höhle gewiß nicht mehr bedurfte. Im Gesicht des Jungen zeigte sich Bewegung. Die Lippen zuckten ein wenig, bei jedem Atemzug vibrierten die Nasenflügel.

Hidaka umfaßte die schmalen Schultern und richtete den Jungen auf. Dabei fiel ihm die Pelzhaube übers Gesicht und verdeckte seinen Mund. Hidaka suchte nach der Verschnürung, löste sie und warf die mit Wolfsfell gefütterte Kapuze beiseite.

Da fiel ein Strom aus schimmerndem schwarzem Haar über seine Hand.

Hidaka stieß gegen den gefüllten Becher, achtete jedoch nicht darauf. Er schaute nur auf das schöne weiche Haar, dessen glänzende Welle fast bis zum Boden reichte.

Er hielt ein junges Mädchen in den Armen, doch hatte sein Bewußtsein diese Wendung noch nicht so ganz begriffen.

Die Augenlider des Mädchens zitterten und öffneten sich.

Hidaka fühlte einen Ruck in der kleinen Gestalt, die Erwachende wollte sich befreien. Aber ihr geschwächter Körper hatte dazu keine Kraft.

Hidaka sah in zwei dunkle Augen, die starr zu ihm aufblickten. Die Pupillen weiteten sich in maßlosem Erstaunen.

»Ikanga deska...?« fragte er leise, obwohl sie seine Sprache gewiß nicht verstand.

Sie öffnete die Lippen, vermochte aber nichts zu sagen.

»Shokudji wa arimas...«

Sie schien ihn zu hören, aber natürlich nicht zu begreifen.

Ihre Züge waren nun wieder durchblutet und gewannen je länger desto mehr an weiblichem Zauber. Genauso konnte ein schönes, junges Mädchen in Japan aussehen, das zu früh am Morgen erwachte.

»Who are you... tell me!«

Doch ihr Blick zeigte deutlich, daß sie nichts verstand.

Hidaka zeigte auf sich selber und nannte seinen Namen. Drei- und viermal wiederholte er die Geste und sagte dazu langsam und mit deutlicher Betonung: »H-i-d-a-k-a.«

Dann glaubte er, daß sie begriffen hatte, und zeigte auf ihr Gesicht.

»Anato no namei... who are you?«

Er half ihr, die Hand zu heben und sich auf die Brust zu legen. Sehr langsam schob sie dann von selbst ihre mageren Finger zum Kinn.

Hidaka sah, wie groß die Anstrengung war, das eine Wort ihres Namens zu bilden, und wartete mit Geduld.

Und dann kam es, nur leise, aber doch verständlich:

»Alatna...«

35

Zwei Wochen schon wohnten die Japaner in ihrer Höhle. Kienfackeln, in Felsspalten getrieben, beleuchteten das Gewölbe mit flackerndem Licht, und der Duft von brennenden Tannenscheiten erfüllte den Raum. Langhaarige Felle von Elch und Karibu bedeckten die Schlafstellen, die Bänke und den Boden. Ein Tisch, so niedrig, wie ihn die Japaner gewohnt sind, stand in der Mitte. Reisigbündel, mit Hasenpelz überzogen, dienten als Sitzkissen. Mancherlei Gerätschaften, aus Holz und Knochen gearbeitet, hatten inzwischen die Einrichtung ergänzt. Peinliche Ordnung herrschte, jedem Ding war sein Platz bestimmt. Die Sachen hingen auf Pflöcken an der Wand oder lagen auf rohgefügten Regalen. Der Eingang war großenteils zugemauert, nur eine türbreite Öffnung hatte man gelassen, sie aber mit einem winddichten Vorhang aus Fellen verhängt.

Niemand war ohne Beschäftigung in der Höhle, es gab für jeden zu tun. Hätte es das nicht gegeben, würde der Hauptmann dafür gesorgt haben. Fallen mußten gerichtet und Schlingen geknüpft werden, Felle wurden geschabt und zum Trocknen aufgespannt. Man brauchte sie zur Kleidung, zur Anfertigung von Taschen und zur Herstellung von Überschuhen nach Art der Eskimo. Der Feldwebel Suda arbeitete an Schneereifen, Sinobu schnitzte an einer Schöpfkelle, und Kurakami bastelte an dem Sendegerät, das beim letztenmal zu wenig Strom erzeugt hatte.

Alatna kaute an der Kante eines Fuchsfelles. Das Leder mußte weich und geschmeidig sein, sonst drang die Knochennadel nicht hindurch. Zwei Paar Mukluks hatte sie schon angefertigt, Pelzschuhe der feinsten Art, wie sie nur von Frauen gemacht werden. Hidaka saß vor ihr und erteilte Sprachunterricht.

»Ichi... ni... san...«, hob er ein, zwei, drei Finger, und sie mußte wiederholen. Für Alatna war das nicht so einfach, weil sie doch eigentlich Mund und Zähne für das Leder brauchte. Aber sie tat alles, was er wollte, und lächelte noch dazu.

Die Zahlen hatte sie schnell begriffen und auch die Bezeichnung für alle Gegenstände, die man handgreiflich vorweisen konnte. Schwieriger war es schon, ihr bestimmte Eigenschaften zu erklären.

Hidaka streckte die Handfläche zum Feuer und machte ein erfreutes Gesicht.

»Atsui...«

Er hielt die Hand näher an die Flamme und zuckte mit dem Ausdruck des Schmerzes zurück.

»Taihen atsui...«

Ob sie nun wirklich verstanden hatte, daß er damit »warm« und »sehr warm« sagen wollte, konnte man noch nicht wissen. Das mußte sich allmählich ergeben, wenn sie nach und nach in seine Sprache hineinwuchs. Bis man zu rein gedanklichen Begriffen vorstoßen konnte, würde es noch lange dauern.

Dennoch war Hidaka sehr zufrieden mit dem Beginn. Alatna wurde nie müde zu lernen, ihr Kopf war noch frei von Belastungen. Er hatte kaum zu hoffen gewagt, daß sich dies Geschöpf der Wildnis so schnell in die seltsame Gemeinschaft einfügte, die es nun umgab. Offenbar war Alatna gewohnt, ständig an irgendwelcher Kleidung zu arbeiten. Sie hatte selber die Läufe der Karibu abgetrennt, das Fell gelöst und in bestimmte Form geschnitten. Durch Zeichen hatte sie verständlich gemacht, daß die Fußbekleidung ihrer Gastgeber nichts taugte und sie dafür besseres wußte. Weil seine Schuhe in Fetzen hingen, hatte Tsunashima die ersten Mukluks bekommen. Er war sehr zufrieden. Mit Alatnas Fellschuhen sank man nicht so tief in den Schnee, und sie paßten mit der breiten, weichen Sohle auch viel besser auf die Schneereifen als hartkantige, benagelte Stiefel.

Man hatte es ganz dem Mädchen überlassen, die Schlingen für Wildhühner zu legen. Die lebten nun unter verschneiten Büschen, hatten sich Tunnel geschartt und waren kaum noch an der Oberfläche zu sehen. Alatna jedoch hatte ein untrügliches Gefühl dafür, wo diese Gänge lagen, hängte die Fangfäden hinein und ging dann, mit einem Zweig auf den Schnee klopfend, von oben die Gänge ab. Sie kam nie ohne Beute von ihren Ausflügen zurück. Bei ihrem Volk schien diese Art der Jagd eine Aufgabe der

Frauen zu sein, denn sie übernahm das aus eigenem Antrieb. Als sich die Höhle durch Abschließung des Eingangs verdunkelte, brachte Alatna Kienfackeln aus dem Wald. Kein Japaner verstand es so schnell, die richtigen Hölzer dafür zu finden. Nur ganz bestimmte Äste waren tief genug von Harz durchtränkt, um eine Stunde lang flackernd zu brennen.

Das junge Mädchen hatte sich gut erholt, war flink in allen Bewegungen und rasch zu jeder Handreichung bereit. Es schien Alatna nicht zu stören, das einzige weibliche Wesen unter neun Männern zu sein. Wie Hidaka gelesen hatte, nahmen die Eskimo bei ihren langen Jagdzügen immer eine Frau mit, deren Aufgabe es war, die Felle zu versorgen, die Kleidung aller Jäger instand zu halten und die Mahlzeiten zu kochen. Auch sonst teilten sich die Männer in die gemeinsame Frau. Alatna aber schien nichts dergleichen zu erwarten, sie war freundlich zu jedem, suchte aber stets, in der Nähe Hidakas zu bleiben. Er war ihr Gebieter, ihr Lehrer und vor allem ihr Retter. Deshalb gehörte sie ganz selbstverständlich zu ihm.

Gleich am ersten Abend hatte er dafür gesorgt, daß Alatna eine Kammer für sich allein bekam. Eine Nische war ihr zugeteilt worden, durch einen Vorhang aus Fellen verhängt und von der übrigen Höhle abgeteilt. Dorthin hatte sie ihre Pelze getragen und sich darin ihr Lager zurechtgemacht. Der kleine Hund wich nicht von ihrer Seite und schlief in ihren Armen.

»Kinmek« nannte sie ihn, was Hidaka für seinen Namen hielt. Später stellte sich heraus, daß es nichts weiter bedeutete als »Hund«. Sie freute sich, wenn Hidaka ihn auf den Arm nahm und streichelte.

Am schönsten fand er ihre Augen, mit denen sie fast immer lächelte. Sie hatte sehr lange Wimpern und hübsch geschwungene Brauen. Ihre Haut war kupferbraun mit einem rosaroten Schimmer darin. Die blitzendweißen Zähne standen dazu in einem seltsamen Kontrast. Ihr rabenschwarzes Haar, das so lebhaft glänzte, als sei es eingeölt, hatte sie zu einem Knoten verschlungen, der über den Rücken hinabhing. Ob sie knochig oder zierlich gebaut war, konnte man nicht sehen. Die weite Pelzhose und die lose Jacke aus dem Fell eines Elchkalbes ließen keine Formen erkennen. Hidaka meinte bei sich, es sei wohl besser, daß unmittelbare Reize nicht von ihr ausgingen.

»Taiji-dono, ich glaube, es geht wieder«, rief der Funker.

Hidaka stand auf.

»Gut, dann werden wir's versuchen... macht euch fertig!«

Sinobu nahm das Schwungrad und Tsunashima den Kasten, Kurakami sollte ihn ablösen. Tojimoto und Hidaka trugen nur ihre Gewehre Alatna ließ ihren Fuchsbalg fallen und wollte mitkommen.

Lieber sollte sie Schneehühner fangen, meinte Hidaka und zeigte auf das Bündel mit Schlingen, die sie selber geknüpft hatte. Das Mädchen gehorchte sofort, hielt aber noch den Vorhang für die Männer auf, die hinaustraten. Der Schnee reichte ihnen bis zu den Knien. Es wurde Zeit, daß allmählich jeder seine Schneereifen bekam, denn so war das Gehen zu beschwerlich geworden.

Fast eine Stunde brauchten sie, um in den Wald zu gelangen, dessen breite Äste einen großen Teil der weißen Last übernommen hatten. Vor der Fährte eines Bären blieben sie stehen.

»Was denn...«, rief Tsunashima, der zuerst die Tatzenspuren gesehen hatte, »ich dachte, die Bären sind jetzt im Winterschlaf!«

Aber die Fährte war frisch, noch von heute morgen.

»In Hokkaido habe ich das oft erlebt«, erklärte Sinobu, »manchmal bleiben die Bären bis zum November draußen. Wenn's im Freien noch viel zu holen gibt... so wie hier die gutgenährten Karibu, verschieben sie ihren Winterschlaf auf später.«

»Vielleicht haben wir ihm seine Höhle genommen...«, meinte Kurakami, »als wir damals kamen, lag haufenweise Losung darin. Ich glaube, sogar im Sommer war das ein Treffpunkt der Bären.«

Hidaka stellte seinen Fuß in den Abdruck einer Tatze.

»Gewaltiger Bursche... viel größer als in Sachalin und der Taiga!«

Mit dem Leben der Bären kannte sich Sinobu aus, er hatte so manches ihrer Felle heimlich zu Markte getragen.

»Die größten gehen immer zuletzt schlafen, Taiji-dono, das hier wird der Herr des Tales sein. Zur Zeit der Paarung duldet er keinen anderen Bären in seinem Bereich... nur Frauen sind natürlich willkommen und Kinder geduldet. Den hier schätze ich auf gut und gerne drei Meter.«

Der Funker Kurakami staunte.

»Es wäre ein schöner Teppich für unsere Höhle und ein Berg aus fettem Fleisch.«

»Zu seinem Fleisch würde ich nicht raten«, warnte Tojimoto,

»solch alte Bären haben oft Trichinen. Wenn sie einer von uns mitbekommt, geht er auf schreckliche Weise zugrunde... jedenfalls hier, wo man gar nichts dagegen machen kann!«

Von Trichinen hatte Sinobu noch nie gehört.

»Dann müßte ich schon lange tot sein, Shoji-dono, monatelang habe ich nur von Bärenfleisch gelebt.«

»Die Schwarzbären von Hokkaido haben keine Trichinen!«

»Na, dann ist es ja gut«, meinte Sinobu und nahm sein Schwungrad wieder auf. Hidaka konnte sich vom Anblick der mächtigen Fährte nicht so leicht lösen.

»Schade, daß wir nur so wenig Patronen haben...«

»Reiß dich los, Enzo, wir müssen hinauf!«

Es war ein schweres Durchkommen in dem verschneiten Erlengestrüpp, bis zum Gürtel sanken sie ein. Die Augen wurden vom Schnee verklebt, und überall riß der verbrauchte Stoff ihrer Uniform.

»Alatna wird das reparieren«, tröstete Hidaka, »sie hat geschicktere Finger als wir.«

Über eine Stunde brauchten sie bis zur Höhe. Hidaka wischte den Schnee von einem flachen Steinblock und ließ den Sender dort absetzen. Tsunashima nahm seine Messungen vor, und Kurakami richtete das Gerät. In der bitteren Kälte war das nun nicht mehr so einfach wie zuvor. Man mußte ja die Fäustlinge ausziehen, um an den Schrauben zu drehen.

»Sind wir soweit...?«

»Ja, Taiji-dono... müssen aber sehr vorsichtig sein mit der Kurbel, sie faßt nicht mehr so richtig.«

Sinobu begann nur langsam zu drehen, es dauerte über zehn Minuten, bis das rote Lämpchen glühte. Hidaka kniete neben dem Funker, mit seinem Ohr an Kurakamis Kopfhörer.

»Hast du Attu noch immer nicht?«

»Doch, Taiji-dono, aber nur ganz leise.«

Kurakami begann die Taste zu tippen, die Augen fest auf Tsunashimas Notiz geheftet. Dann wartete er auf die Bestätigung, wartete aber sehr lange. Sein Gesicht war wieder so konzentriert wie seinerzeit, als die Tsurugas dem Sturm entgegenflogen.

»Sie hören, Taiji-dono, verstehen aber nichts... unser Strom ist zu schwach.«

Sinobu sollte schneller drehen, befahl der Hauptmann. Aber gleich begann das Gewinde im Gerät wieder zu knirschen.

»Vorsicht, Sinobu... das war zu schnell.«

Der Holzfäller wußte wirklich nicht, was er eigentlich tun sollte. Der Funker biß sich auf die Lippen.

»Attu kommt... bitte ganz ruhig.«

Tsunashima hielt ihm den Block, aber bei dieser Kälte konnte der Funker kaum schreiben. Nur unter Schmerzen brachte er die Zahlen aus dem fernen Attu zu Papier.

Sinobu hielt das Schwungrad in die Luft.

»Aus, Taiji-dono... der Zapfen ist abgebrochen!«

»Kono yaro... das hat uns noch gefehlt. War Attu fertig?«

»Ich glaube nicht.«

Tojimoto nahm den Block und half beim Entziffern. Die Weisung aus Attu war verstümmelt, doch ging aus ihrem Zusammenhang hervor, daß es dem Admiral noch immer an Flugbenzin fehlte. Wann er Nachschub zu erwarten hatte, ließ sich aus den Wortfetzen nicht entnehmen. Von Hidakas jetziger Position hatte Attu keine Ziffer verstanden, ebensowenig die Wettermeldung. Dort schien man anzunehmen, daß von seinem Gerät und überhaupt von seinem Trupp nicht mehr viel zu erwarten sei. Denn ganz zum Schluß kam noch ein verständlicher Satz, der die Anweisung enthielt, sich bei endgültigem Ausfall des Senders nach Nischinskis Insel durchzuschlagen.

»Dann wäre alles umsonst gewesen, Enzo...«

Hidaka preßte seine Fäuste vor die Stirn.

»Nein... nein, nicht umsonst, wir machen noch lange nicht Schluß! Das Ding wird repariert... es muß wieder gehen, wir melden wieder... melden so oft und deutlich bis... nun bis eben unsere Bomben dorthin krachen, wo sie sollen!«

Er blieb unbeweglich sitzen, während seine Begleiter wieder alles verpackten.

»Du kannst doch den Schaden reparieren, Kurakami, das kannst du doch?«

Der Funker stand mit hängenden Armen vor seinem Chef.

»Taiji-dono... wenn es noch jemand kann, werde ich das können. Es geht um Bruchteile von Millimetern, die man nicht sehen kann... nur fühlen, Taiji-dono, nur fühlen.«

»Tu dein Bestes«, bat der Hauptmann inständig, »wir brauchen dich, Kurakami.«

Er ging als letzter hinab, blieb jedoch auf halber Höhe des Hanges plötzlich stehen und rief Tojimoto zurück.

»Yoshi... komm her! Seit Tagen sehen wir dieses Geschenk der Götter und begreifen es nicht!«

Er breitete seine Arme aus, als wollte er die ganze Landschaft umfassen.

»Was hast du, Enzo...?«

Tojimoto war allen Ernstes besorgt. Bei niemandem waren die Nervenkräfte noch so stark wie zu Anfang des Unternehmens. Es konnte schon sein, daß die soeben erlebte Enttäuschung die Sinne seines Freundes gestört hatte.

»Siehst du denn nicht selbst, Yoshi, was ich habe...?«

Aber der Leutnant konnte nur sehen, was man nun schon seit zwei Wochen alle Tage sah, nämlich das »Tal der Karibu«.

Dennoch stand Hidaka weiter mit ausgestreckten Händen und lachte hinunter auf die weiße, von Bergen eingerahmte Ebene.

»Da haben wir den besten Flugplatz, der sich für unsere Bomber nur denken läßt!«

Tojimoto riß nun selber die Augen auf. Was Enzo eben gesagt hatte, stimmte wirklich. Die schwersten Maschinen konnten hier landen und starten... viele Maschinen gleichzeitig!

Von allen Seiten gegen Wind und Sicht wunderbar geschützt, können hier, im Sommer mit dem Fahrwerk und im Winter mit Kufen, jederzeit die schwersten Maschinen landen. »Wo hat die Natur dergleichen noch einmal geschaffen?« schwärmte Hidaka.

»Sieh nur, Yoshi, wie ein ausgebreitetes Tischtuch liegt das Flugfeld vor uns, fix und fertig für die mächtigen Tsurugas... Unsere Transporter bringen den Brennstoff heran, und man lagert die Fässer in den Höhlen. Dann kommen die Bomber, tanken auf und fliegen weiter nach Süden. Aber sie werden nicht mehr am Ziel sich selber zerstören... nicht mehr in ihren eigenen Flammen aufgehen. Bis zurück in unser Tal reicht der Brennstoff. Die Kamikazé brauchen nicht mehr zu sterben, wenn sie den Feind getroffen haben. Sie kommen wieder und wieder und wieder... viele Male fliegen dieselben Menschen und dieselben Maschinen zu den feindlichen Städten. Niemand weiß, woher sie kommen, weil niemand weiß, wo ihr heimlicher Flugplatz liegt...!«

Er ließ sich nieder im Schnee, verschränkte die Arme und spann seine Pläne weiter.

»Unter bemalten Zelten verborgen und im Wald getarnt, können die abgestellten Maschinen von keinem Aufklärer entdeckt, werden. Der Wind verweht ihre Radspuren. Die Menschen, die

Werkstätten und Vorräte verschwinden in den Bergen. Dieses naturgeschaffene, niemandem sonst bekannte Flugfeld im Rücken des Feindes ist die ideale Tankstelle für unsere Fernbomber... sogar von Japan selbst können sie nach einer Zwischenlandung in Attu herbeifliegen. Wenn Yamada das erfährt... wenn sie davon in Tokyo erfahren, dann schaffen sie auf Biegen und Brechen jede Menge von Flugbenzin nach Attu... notfalls wird es faßweise eingeflogen oder kommt mit U-Booten. Alles hängt nur von unserem kleinen Kasten ab... von den sensitiven Fingerspitzen eines Mannes... von der richtigen Funktion eines winzigen Teilchens in unserem Sender!«

Er stand auf und lief in einem Schneewirbel den Hang hinunter. Die anderen Männer waren schon vorausgegangen, erst im Wald konnten Hidaka und Tojimoto sie einholen. Sie standen dort, wo man auf dem Hinweg die Bärenfährte gekreuzt hatte.

»Er ist zurückgekommen, Taiji-dono, an unseren Fußspuren hat er herumgeschnüffelt.«

Tatsächlich sah Hidaka sogar den Abdruck der breiten Bärenschnauze im Schnee.

»Ich fürchte, wir müssen ihm doch eine Patrone opfern... niemand darf mehr ohne Gewehr aus der Höhle!«

Er dachte an Alatna, die täglich nach ihren Schlingen sah und dabei meist allein war.

»Da sind seine Markierungen«, zeigte Sinobu auf den nächsten Fichtenstamm, »er hat uns gewarnt, daß hier niemand außer ihm etwas zu suchen hat!«

Die abgekratzte Rinde hing in langen Fetzen von dem Stamm, jedoch so hoch, daß keiner von den fünf Männern hinaufreichen konnte. Auf diese Weise hatte der Grisly, nach alter Bärenart, deutlich genug angezeigt, mit welch großmächtigem Gegner man zu rechnen hatte. Gleichzeitig war das ein »Claim«, das Zeichen seiner exklusiven Herrschaft in diesem Gebiet. Wer diese mit harter, scharfer Kralle verbrieften Rechte nicht respektierte, konnte sich auf einiges gefaßt machen. Kein Bär von geringerer Größe wagte es nach dem Anblick einer solchen Markierung noch, in der Nähe zu bleiben.

»Na, Sinobu, was meinst du?«

»Vor Bären graut mir nicht, Taiji-dono, ich würde ihn schon gerne schießen. Nur wenn die Wölfe heulen, bin ich... da werde ich ganz anders.«

»Also meinetwegen, du kannst morgen losziehen und sehen, ob du ihn findest. Vielleicht komme ich mit.«

Sinobu bedankte sich und wartete, bis die anderen vier einen Vorsprung hatten. Er wollte als letzter gehen, um nach rückwärts zu sichern. Es konnte ja dem Bären einfallen, hinterherzukommen.

Als sie noch hundert Schritt von der Höhle entfernt waren, meldete der kleine Hund ihre Rückkehr. Schon jetzt war er ein guter Wächter.

Alatna lief ihnen entgegen, mit blitzenden Augen und wehendem Haar. Sie beachtete nur Hidaka, blieb vor ihm stehen und drückte ein schmales Stück Fleisch in seine Hand. Es war die gekochte Zunge eines jungen Elches, vermutlich eine Gabe, die bei ihrem Volk als besonderer Leckerbissen galt.

Diese allzu deutliche Bevorzugung war Hidaka peinlich, besonders vor Tojimoto. Er lächelte vor Verlegenheit.

Da hob sich Alatna auf die Fußspitzen und tupfte ihre Nase gegen die seine.

Die anderen Japaner lachten, nach Art der Eskimo war das ja ein Kuß. Aber nach japanischer Art eine Ungehörigkeit. Denn niemals zeigt man seine Gefühle vor Dritten, erst recht gehörte sich eine solche intime Geste nicht für einen Offizier vor seinen Untergebenen.

Daher schob der Hauptmann Alatna brüsk von sich ab und schickte das Mädchen zurück in die Höhle. Alatna erschrak, gehorchte aber sofort. Von ihrem Hund gefolgt, verschwand sie mit hängenden Schultern zwischen den Fellen des Eingangs.

»Sie ist ein Kind«, entschuldigte sich Hidaka, »sie ist ja noch ein Kind.«

»Genau das Gegenteil hat sie eben bewiesen, Enzo.«

Hidaka steckte Alatnas Geschenk in seine weite Tasche und sagte nichts.

Drinnen herrschte lebhafte Tätigkeit. Noboru hatte ein Elchkalb eingebracht, das soeben zerlegt wurde. Hidaka überließ es seinem Stellvertreter, zu berichten, was man von Attu gehört und auch nicht gehört hatte. Er selber kümmerte sich um den schadhaften Sender. Kurakami sollte ihn auseinandernehmen und jedes Teil sorgfältig prüfen.

»Vielleicht liegt's nicht an einem Fehler allein«, meinte er, »da kann verschiedenes zusammenkommen. Ich denke immer, es gibt noch einen Wackelkontakt.«

Kurakami war nicht seiner Ansicht.

»Es ist schon der Kondensator, Taiji-dono, der macht nicht mehr richtig mit.«

»Lonti soll dir helfen, wozu hat er seine Ausbildung?«

»Die hat er, Taiji-dono, aber nicht das rechte Gefühl in den Fingerspitzen. Ich muß das schon allein machen, er kann's nicht!«

Nun gut, Hidaka wollte ihm da nicht hineinreden. Kurakami konnte sich Zeit lassen, soviel er nur brauchte, und war von jeder anderen Arbeit befreit.

Hidaka schaute sich nach Alatna um, konnte sie aber nicht entdecken. Sie sei in ihre Kammer gelaufen, sagte ihm der Feldwebel Suda, und habe den Vorhang hinter sich zugezogen.

Der Hauptmann sah alle Blicke auf sich gerichtet und wußte, worüber sie nun hinter seinem Rücken sprachen. Tojimoto brachte ihm ein Eßgeschirr mit gekochtem Fleisch, das in einer grünlichen Brühe schwamm. Er reichte ihm auch die Eßstäbchen.

»Alatna hat das zurechtgemacht, es muß was ganz Besonderes sein und ist nur für dich bestimmt.«

Hidaka stellte das Geschirr neben sich, warf die Stäbchen hinein und verschränkte die Arme.

»Enzo, man muß darüber sprechen...«, fing Tojimoto an.

»Dann sprich doch!«

»Die Männer machen große Augen, so als hätten sie erst dieser Tage entdeckt, daß Alatna... na ja, daß sie eben eine Frau ist.«

Er wartete auf eine Antwort, mußte aber lange warten.

»Vermutlich hat auch Alatna das erst in diesen Tagen entdeckt!«

»Man weiß so wenig von ihren Leuten«, meinte Tojimoto, »und wie das bei ihnen ist... zwischen Mann und Frau.«

Nein, das wüßte man nicht, meinte auch Hidaka.

»Sie hat natürlich nur Augen für dich, das merkt auch ein Blinder.«

»Dann müßte auch ein Blinder verstehen, Yoshi, warum das so ist! Ich habe sie doch gerettet, ich habe sie wieder aufgepäppelt... anfangs gegen den Willen von euch allen. Wenn sie das nicht weiß, hat sie's gespürt. Ich bin nun mal ihr Beschützer. Sie möchte sich dankbar zeigen, eben auf ihre Art, wie das so bei ihrem Volke üblich ist.«

Tojimoto wurde deutlicher.

»Du bist mehr als ihr Beschützer, Enzo, du bist ihr Besitzer.«

»Ich besitze niemanden...«

»Doch, Enzo, genauso ist das! Aber auf die Dauer kannst du eine Frau nicht vor so vielen Männern beschützen. Dafür mußt du sie schon besitzen... ich meine, von ihr Besitz ergreifen.«

Hidaka sah zu Boden.

»Du hast den ersten Anspruch auf sie, das ist klar«, bedrängte ihn der Freund, »dies Recht wird dir niemand bestreiten. Aber du mußt es geltend machen, Enzo. Jeden von uns verlangt nach einer Frau. Anders kann's ja gar nicht sein bei der Ruhe und Behaglichkeit, in der wir nun leben. Mit der Zeit wird das immer fühlbarer. Und da ist nun eine Frau zwischen uns, eine junge, sehr reizvolle Frau, die jeder spürt und von früh bis spät vor Augen hat. Wenn du nicht haben willst, was dir von Rechts wegen gehört, mußt du sie anderen überlassen.«

Hidaka riß den Kopf hoch.

»Du bist verrückt, das gäbe Mord und Totschlag!«

»Mit Sicherheit, weshalb du die Pflicht hast, dies Unheil zu verhindern. Du mußt Alatna für dich nehmen!«

Der Hauptmann schaute ihm voll ins Gesicht.

»Aber, Yoshi, das geht doch nicht! Wie sieht das aus vor unseren Leuten, wie sieht das hinterher aus in den Geschichten, die sie erzählen? Mitten im Feindesland vergreift sich der Kommandeur an einer fremden Frau... wohnt monatelang mit seiner Geliebten in einer Höhle, zusammen mit seiner Mannschaft... während ein ganzes Bombengeschwader auf seine Meldungen wartet. Wie stellst du dir das vor?«

»Als die einzig mögliche Lösung stell' ich mir das vor. Du bist der Chef, Enzo, du hast die absolute Befehlsgewalt. Die kannst du auf die Dauer nur behalten, wenn du sie ausübst; auch in dieser Hinsicht, gerade in dieser Hinsicht! Jeder wird sich deiner Entscheidung beugen, die Frau gehört dir ja ohnehin. Also nimm dir Alatna oder... bestimme einen anderen für sie.«

Für kurze Zeit nur blieb der Hauptmann still, sprang dann auf und ging mit großen Schritten hinüber zu der Nische des Mädchens.

Er zog Alatna aus ihren Decken und brachte sie in die Mitte der Höhle, wo sie beide im vollen Schein des Feuers standen. Im Gefühl, daß etwas Entscheidendes geschah und sie selber betraf, schmiegte sich Alatna an ihren Beschützer.

»Hört zu... hört alle zu«, rief Hauptmann Hidaka, lauter, als nötig war, »diese Frau gehört mir... sie gehört mir ganz allein!

Für mich hab' ich sie mitgebracht aus der Tundra. Keiner rührt sie an, keiner kommt ihr zu nahe! Hat das jeder verstanden?«

Die acht Männer starrten ihn an, mit weit aufgerissenen Augen.

»Shoshi itamishata...«, kam es von allen Seiten, »zu Befehl, wir haben verstanden.«

So war das richtig, damit war alles klar. Der Taiji-dono behielt also, was ihm gehörte, und machte davon Gebrauch. Die einzige Frau in der Höhle war Eigentum des Befehlenden, ihr Platz war auf dem Lager des Mächtigsten, wie es von alters her den natürlichen Gesetzen entsprach.

Hidaka brachte sie zurück in ihre Nische. Alatna hatte begriffen, was geschehen war, und stand gehorsam vor ihm.

Seine Spannung ließ nach, als er den Blick sah, mit dem sie ihn anschaute. Ihre Beglückung bewegte ihn tief, er beugte sich vor und tupfte ihre Nasenspitze. Diese zarte Berührung und sanfte Reibung der Haut war ein erregendes Gefühl.

Aber es war nicht der Augenblick für solche Dinge. Hidaka ließ sie los, strich ihr kurz über die Haare und zog sich zurück. Seine Leute beugten sich wieder über ihre Arbeit.

»In Ordnung, Yoshi?«

»Vollkommen in Ordnung.«

»Wir werden hier etwas umbauen«, sagte Hidaka, »den hinteren Teil der Höhle absperren und verhängen. Man wird sich daran gewöhnen.«

»Sicher, Enzo, nun ist ja alles klar.«

Der Hauptmann ging zu Kurakami. Dieser hatte eine Decke vor sich ausgebreitet und darauf das Sendegerät in all seine Teile zerlegt. Über ihm steckte eine Kienfackel in der Felswand und beleuchtete seine Arbeit.

»Und wie steht's bei dir, Kurakami?«

»Es ist so, wie ich dachte, Taiji-dono, aber ich hoffe...«

Der Hund versuchte zu bellen, was ihm wegen seiner Jugend nicht so recht gelang.

»Was hat er plötzlich?«

Das Tier lief winselnd durch die Höhle und verschwand bei Alatna.

Im gleichen Augenblick wurde von draußen der Vorhang geteilt, und der große Bär trat ein.

Als erster faßte sich Noboru, griff ins Feuer und warf dem Koloß ein brennendes Holzscheit vor die zottige Brust.

Damit hatte das Tier einen bestimmten Feind erkannt und stürzte sich auf den Oschonen. Beide wälzten sich sogleich am Boden.

Zwei, drei Mann griffen zur Schußwaffe, mußten sie aber erst laden. Kurakami nahm die nächste Axt und hieb sie dem Bären in die Seite.

Suda feuerte auf den breiten Schädel, hundertfach stärker als draußen krachte der Schuß. Jedoch ohne sichtbaren Erfolg. Er hätte Noboru treffen können, der in den Pranken des Bären lag.

»Nicht schießen...«, schrie Hidaka, »mit dem Messer!«

Sein eigenes hatte er dem Bären schon in den Rücken getrieben, zog es heraus und stieß nochmals hinein.

Das Riesentier fuhr herum, hob sich brummend auf die Hinterbeine und schlug mit beiden Pranken um sich.

Noboru stöhnte, der Hund bellte sich heiser, Alatna stürzte aus ihrem Verschlag. Der verwundete Bär drehte sich im Kreis, von allen Seiten blitzten die Messer und Äxte.

»Zurück, Omaé-tachi... laßt euch nicht fassen.«

Der Bär faßte aber Kurakami und drückte ihn gegen die Wand.

Die Kienfackel fiel funkenstiebend herunter, versengte den Bären und steigerte seine Wut.

Hidaka schlug ihm den Gewehrkolben übers Kreuz, doch ließ das Untier nicht von dem Funker ab. Sinobu schleuderte ihm das Schwungrad zwischen die Hinterpranken, Inaki hieb einen Knüppel auf seinem Schädel in Stücke. Es nützte nichts, Kurakami wurde von dem Bären erdrückt und schrie schrecklich durch den Lärm.

Alatna glitt durch die Männer und stach ihr kleines Knochenmesser genau ins Rückgrat des Riesen.

Der ließ von seinem Opfer ab, wandte sich herum und brüllte.

Da traf ihn Sinobu mit dem messerbestückten Holzspeer tief ins Herz.

Alle wichen weit zurück, um nicht mitgerissen zu werden.

Der Bär schwankte, fiel dann vornüber und streckte sich aus.

Kurakami starb noch am gleichen Abend, bei Noboru waren der rechte Arm und die Schulter mehrfach gebrochen. Sonst hatten nur Suda und Lonti Fleischwunden davongetragen. Bei Tsunashima war ein Kniegelenk ausgekugelt, doch konnte es gleich gerichtet werden.

Der Bär wies siebzehn Stiche auf, er hatte ein zähes Leben gehabt.

»Wenn die Yankis wüßten, was gerade jetzt der Tod Kurakamis für uns bedeutet, die Meldung über das Flugfeld kann nicht mehr weg«, sagte Hidaka später, als man den zerbrochenen Körper des Funkers hinaustrug, »sie würden dem Bären ein Denkmal setzen ... im Ehrenhof des Pentagon!«

36

Die drei Scouts lebten in einem Loch, das sie in den Schnee gegraben hatten. Es war von innen mit Ästen abgestützt und der Boden mit Zweigen ausgelegt. Feuer konnten sie darin nicht entfachen, ihre Behausung wäre sonst geschmolzen. Mit allem bekleidet, was sie besaßen, lagen die Männer zwischen den Fellen von Elch und Schwarzbär, beide eine Beute der letzten Tage. Die Enge des Raumes, der nicht einmal erlaubte, aufrecht zu sitzen, hielt ihre Körperwärme gefangen und machte die Kälte erträglich. Sie konnten sogar ihre Finger gebrauchen und an den Schneereifen arbeiten, ohne die es kein Fortkommen mehr gab.

Biegsame Weidenäste bildeten dazu den Rahmen. Sie wurden in Form eines Tennisschlägers zusammengebunden und dann kreuz und quer mit den Sehnen des Elches bespannt. Es war eine mühsame Arbeit, die viel Zeit und Erfahrung verlangte. Sie mußten die Sehnen erst am eigenen Körper auftauen, um sie wieder geschmeidig zu machen. Das grüne Holz der Weiden wurde mit Fett eingerieben, an den Spitzen geschlitzt und sorgfältig ineinandergefügt. Die breiten Teller mußten nicht nur das Gewicht eines Menschen tragen, sondern auch Hindernissen widerstehen und sollten wochenlang halten. Auch die Bindung wurde aus Tiersehnen angefertigt. Da es an Schnallen fehlte, mußte man zum Gebrauch die Schneereifen an den Stiefeln festschnüren. Man konnte sie also nicht so schnell wieder ablegen.

Zwei Tage lagen sie schon in dem Schneeloch beisammen. Über ihnen tobte ein Sturm durch die Wälder, wie ihn nur der hohe Norden entfesseln kann. Sausend und brausend fuhren die weißen Wellen durchs Gehölz, die Äste splitterten unter der Wucht des Windes, und manch mächtige Tanne brach polternd zusammen. Bis über die Wipfel stiegen die Schneewirbel, bis in die schmalsten Spalten trieben die eisigen Kristalle. Es war eine Gewalt am Werk, als wollte der eisige Zorn die ganze Welt verschlingen. Die Stämme stöhnten unter dem Sturm, viele hielten seine furchtbare Kälte nicht aus und barsten mit dem Knall einer Kanone.

Alle Tiere der Wildnis hatten sich verkrochen, kein warmblütiges Geschöpf konnte im Freien überleben. Die Erde oder tiefer Schnee war ihre Zuflucht. Er war auch für Allan und seine Gefährten das rettende Versteck. Zwar hörten sie das Toben über sich, spürten aber nichts von dessen verheerender Kraft. Die weißen Wände umschlossen sie wie die Mauern eines Bunkers. Wie hoch die Decke über ihnen geworden war, wußten sie nicht, es gab keine Öffnung nach draußen. Aber der Schnee ließ genügend Luft hindurch, um frei zu atmen.

Wochenlang waren sie unterwegs gewesen, aber ihre Hoffnung, die Japaner wiederzufinden, war tief gesunken. Wenn der Sturm aufhörte, ging es nur noch darum, zu überleben. Bei der bitteren Kälte und dem tiefen Neuschnee waren so weite Märsche wie bisher nicht mehr möglich, mit den Reifen an den Füßen konnte man nur wenige Meilen täglich marschieren. Ohne die Reifen aber keine einzige.

Bevor sie der Blizzard tief in den Schnee zwang, hatten sie voraus einen Fluß gesehen, der sich in verschlungenen Schleifen durch die Wälder zog. Auf seinem Eis würde das Gehen leichter sein, und irgendwo an seinem Ufer, wo die Wildfährten eine ergiebige Jagd versprachen, wollten sie ihre Blockhütte bauen und bis zum Frühjahr bleiben. Fand man in der Nähe das rechte Holz, würde es möglich sein, behelfsmäßige Skier herzustellen, um bei klarem Wetter wieder auf die Suche zu gehen. Aber immer nur für wenige Tage im Umkreis. Denn länger konnte kein Mann dem tiefen Winter ohne die Wohltat seiner warmen Hütte widerstehen.

Die Augen der Scouts hatten sich an den schwachen Lichtschimmer gewöhnt, den die Schneedecke gerade noch hindurchließ. Was sie bei ihrer Arbeit nicht sehen konnten, mußte der Tastsinn erfühlen. Es war gut, daß sie überhaupt eine Beschäftigung hatten. Jeder kannte nun schon die Lebensgeschichte des anderen bis in alle Einzelheiten. Die Geschichte von Freunden, die Abenteuer von Unbekannten und die Probleme der Welt mußten neuen Stoff für ihre Gespräche liefern. Dabei wurden die Schneereifen allmählich fertig und das Verlangen immer stärker, die bedrükkende Schneehöhle zu verlassen. Aber sie mußten sich in Geduld fassen, noch eine Nacht und fast der ganze nächste Tag verging, bis der Blizzard draußen allmählich verebbte.

»Das Schlimmste scheint vorbei zu sein«, sagte Randall.

»Scheint so, es ist viel ruhiger geworden.«

Allan entschloß sich hinauszukriechen und begann mit beiden Händen zu schaufeln. Dick beschwerte sich, daß ihm der Schnee ins Gesicht flog.

»Dann wird's mal gewaschen!«

Drinnen waren von Allan nur noch die abgetretenen Sohlen seiner Stiefel zu sehen, als sein Kopf endlich ans Tageslicht gelangte.

Draußen schneite es in schrägen Strichen, und es war entsetzlich kalt. Aber der große Sturm war verrauscht, nur die Nachhut zog noch vorüber.

»Soweit nicht schlecht«, rief Allan in das Loch hinab, »aber für den Aufbruch zu spät, es wird bald dunkel.«

Dick und Pete krochen hinaus, um sich die steifen Beine zu vertreten.

»Jetzt erst mal ein Feuer, Allan, und ein heißes Stück Fleisch in den Magen!«

Überall lagen abgerissene Äste, das nötige Brennholz hatte man also schnell beisammen. Weil der Schnee zu tief war, um ihn wegzuräumen, mußte für das Feuer erst eine halbmeterhohe Plattform aus grünem Holz gebaut werden. Etwa eine Stunde würde es dauern, bis sie nach unten durchgebrannt war. Darüber legten sie nun die trockenen Äste, mit kleinen Zweigen und Rindenstücken vermischt. Mit einem der kostbaren Streichhölzer entzündete Allan das erste Flämmchen und beugte sich darüber, um es zu schützen.

Der Funke fraß sich weiter, gewann an Kraft, und der Holzstoß loderte auf. Dick Hamston grub das Fleischpaket aus dem Schnee, Pete Randall schnitzte die Spieße. Bald konnten sie die erste warme Mahlzeit nach drei Tagen genießen.

Am nächsten Morgen brachen sie auf, stapften durch den zerzausten Wald an den Fluß und erreichten ihn gegen Mittag.

»Wohin auf dieser Straße, nach rechts oder links?« wollte Randall wissen.

»Kommt nicht darauf an, bei den vielen Schleifen weiß man ja doch nicht, wohin der Strom eigentlich will.«

Dick Hamston schlug eine Marschpause vor, um Fische zu fangen.

»Kommt auf die Zeit nicht mehr an«, sagte Allan, »mir wäre 'ne Abwechslung auch mal recht.«

An manchen Stellen hatte der Sturm das Eis des Flusses blankgefegt, an einem solchen Fleck sollte das Eisloch entstehen. Allan holte ein halbes Dutzend armdicker Knüppel aus dem Wald und hieb mit seiner Axt die passenden Kerben hinein. Dann fügte er die Hölzer, Kerbe über Kerbe, kreuz und quer zusammen. Ein kleines Floß entstand, nicht größer als der Deckel einer Truhe. Auf ihm wurde ein Feuer entzündet, das mit seiner Hitze die eisige Fläche darunter langsam, aber sicher einschmolz. Eine wässerige Mulde bildete sich, die immer tiefer und tiefer sank. Das kleine Floß sank mit und begann auf dem Tauwasser zu schwimmen. Eben deshalb blieb seine Unterseite immer feucht und konnte von den Flammen darüber nicht zerstört werden. Das aufgetaute Becken weitete sich mehr und mehr, denn nun strahlte die Hitze auch gegen die Ränder und ließ sie schmelzen. Immer tiefer sank das schwimmende Feuer, die drei Männer mußten darangehen und schöpfen. Denn je mehr Wasser sich in dem Loch sammelte, desto geringer wurde die Wirkung des Feuers auf den Eisboden am Grunde. Man konnte mit bloßen Händen arbeiten, weil ja an seiner Oberfläche das Tauwasser leicht erwärmt wurde.

Etwa einen Meter stark war die Eisdecke, in die sich das Feuer allmählich hineinfraß, dann erst kam das dunkle Flußwasser zum Vorschein. Allan hob das flammende Floß aus dem Loch und trug es zum Ufer. Er wollte kein weiteres Streichholz verschwenden, das Feuer mußte weiterbrennen für die erhofften Fische.

Zwei Angelschnüre und einige Haken besaßen sie noch. Die wurden nun durch das Loch gehängt und in dauernder, ruckender Bewegung gehalten. Die unerwartete Öffnung im Eis, dieser helle Schein im verdunkelten Gewässer hatte für alle Fische, die darin lebten, eine magische Kraft der Anziehung. Schon nach wenigen Minuten zog Dick den ersten Grayling heraus, dem schnell die nächsten folgten.

Wer es versteht, an einem tiefen Eisloch zu fischen, hat fast immer guten Erfolg. Doch es ist eine sehr kalte Arbeit, weil sich nur der rechte Arm bewegen darf und man sich niemals die Füße vertreten kann. Denn alle Fische sind gegen Erschütterung der Eisfläche sehr empfindlich. Die Scouts zwangen sich zur Ruhe, ertrugen mit Verbissenheit die eisig in sie eindringende Kälte. Dafür hatten sie schon nach einer knappen Stunde einen so reichlichen Vorrat an Graylings, Dally-Wardens und Forellen neben sich liegen, daß sie aufhören konnten. Sogar zwei Hechte hatte man gefangen.

»Der Fluß ist gut«, freute sich Randall, »an dem werden wir bleiben!«

Sie brieten einige Forellen an dünnen Weidenspießen und waren gerade mit dem Verspeisen fertig, als sie alle drei gleichzeitig die Köpfe hoben.

»Ein Schuß...?«

Niemand war sich dessen sicher, aber gehört hatte man etwas.

»Vielleicht ist irgendwo das Eis gesprungen«, vermutete Pete, »oder ein Baum ist geplatzt.«

Allan befahl, ganz ruhig zu sein. Wenn das der Schuß eines Jägers gewesen war, konnte vielleicht noch ein Fangschuß folgen. Die Luft war sehr still, wie meist nach Tagen starken Sturms, und es herrschte die Ruhe des tiefen Winters. Es gab keinen Bach mehr, der murmelte, und kein Gesumme der Insekten. In diese absolute Stille hinein lauschten die Männer mit angehaltenem Atem.

Es puffte ein zweites Mal und gleich danach noch ein drittes Mal.

»Schüsse... ganz bestimmt!«

Darüber waren sich die drei Männer einig.

»Soviel Munition traue ich den Gelben nicht mehr zu«, sagte Allan.

»Wenn's nicht anders geht, schießt jeder... der Hunger zwingt dazu!«

»Ist aber bei dem tiefen Schnee nicht nötig, schweres Wild bleibt auf seinem Wechsel und läuft mit Sicherheit in jede halbwegs ordentliche Falle.«

Über die Entfernung gingen die Ansichten auseinander, bei solch totenstillem Wetter hallte ein Knall unendlich weit. Aber die Richtung war nicht zu verkennen, die Schüsse waren im Südwesten gefallen.

Für die Scouts war es keine Frage, daß sie dies Rätsel lösen mußten. Sie waren überzeugt, früher oder später auf die Spuren des Schützen zu stoßen, wenn sie nur dem Lauf des Flusses folgten. So wie sie es selber getan hatten, würde sich auch jeder andere Wanderer in der Wildnis die hindernisfreie Bahn des gefrorenen Stroms zunutze machen. Um sich aber nicht durch die eigene Fährte auf dem Eis zu verraten, stapften sie trotz der Beschwerlichkeit durch das Gehölz am Ufer. Allan hastete voran, zwei lange Stöcke in den Händen. Er trug sein Gewehr auf der linken Schulter, um es bei Bedarf möglichst schnell zu fassen. Auf dem Rücken hing ihm die schwere Tragtasche mit dem Fleisch und den Fischen. Hamston und Randall hatten sich dazu noch die Schlafpelze aufgeladen. Von jedem Zweig, gegen den sie stießen, rauschte der Schnee herab. Die Reifen verfingen sich im Gestrüpp, und das breitbeinige Schreiten war äußerst anstrengend, wenn man dabei noch schnell sein wollte.

An einer Biegung des Stromes blieb Allan stehen und riß sein Glas aus der Brusttasche.

»Da vorn haben wir's schon...!«

Ein Strich kam dort aus dem Wald und zog sich weiter den Fluß hinauf.

Sie brachen durchs Gesträuch, wühlten sich durch die Schneewehen an der Böschung und standen gleich danach mit keuchender Lunge vor einer Skispur.

Sie war teilweise verwischt, der Mann hatte einen Tierkörper hinter sich hergezogen. Es gab Blutflecken im Schnee und vereinzelt dunkle Haare. Die drei Scouts beugten sich über die Fährte, um sie genau zu lesen.

»Einen Wolf hat er geschossen«, stellte Dick nach Prüfung der Haare fest.

»Er trägt richtige Skier, kein selbstgemachtes Zeug. Sogar mit Stahlkanten... man sieht's an den scharfen Einschnitten...«

Allan erhob sich wieder.

»Wenn das ein Japaner war, hat man die Bande inzwischen aus der Luft versorgt...«

»Die könnten doch auch 'ne Trapperhütte gefunden und sich bedient haben«, meinte Pete.

»Wo soll's denn hier eine Hütte geben?«

Das konnte Pete nicht sagen, aber möglich war doch alles.

»Ein Japs, der so ganz allein am hellen Tag herumzieht und durch die Gegend knallt... ich kann's mir einfach nicht denken!«

»Und ich frag' mich, wozu der Kerl einen Wolf schießt«, meinte Dick, »auch die Japse können so was nicht fressen!«

»Woher weißt du, was denen schmeckt oder nicht?«

Allan wollte es gar nicht wissen.

»Aber den Wolfspelz brauchen sie... was gibt's denn Besseres für die große Winterhaube bei so kaltem Wetter!«

Randall war noch immer nicht überzeugt, daß man einen Japaner vor sich hatte.

»Sie waren doch immer so vorsichtig, Allan... aber der hier läuft herum, als gäb's sonst niemanden auf der Welt!«

»Es war stets meine Hoffnung, daß sie mit der Zeit ganz sorglos werden... haben doch lang und breit darüber geredet, Pete. Das kommt doch ganz von selber, wenn man von seinem Feind so lange nichts gesehen und gespürt hat.«

Es hatte nun keinen Sinn mehr, die eigene Fährte zu verbergen. Die stand deutlich genug im Schnee, und wer des Weges daherkam, konnte nicht übersehen, daß Fremde auf dem Fluß waren.

»Bleiben wir also dran«, schlug Allan vor, »am Ende werden wir klüger sein...«

»...oder auch nicht mehr sein«, ergänzte Hamston mehr zu sich.

Allan bestand darauf, als erster zu gehen, der Abstand voneinander sollte so weit sein, daß man sich gerade noch sah. Die Skispur folgte allen Windungen des Flusses. Über Land hätte man gewiß so manche Meile abkürzen können, aber es war dem fremden Jäger zu mühsam gewesen, den toten Wolf durchs Gestrüpp zu ziehen. Auf der glatten Schneefläche war das viel leichter.

Erst nach Stunden, als es schon zu dunkeln begann, wandte sich die Spur wieder dem Walde zu. Sie traf hier eine andere Skifährte, die Allan sorgfältig prüfte. Sie stammte vom gleichen Tage und von den gleichen Skiern wie die erste. Der Chiefscout wartete, bis seine Gefährten heran waren.

»Beide Spuren vom selben Mann«, sagte er zu ihnen, »aber trotzdem kann an ihrem Ende ein Wespennest hängen, mit sämtlichen Japanern gespickt!«

Auch Hamston und Randall wußten, daß sie zu dritt keine Chance hatten, alle Gegner zugleich außer Gefecht zu setzen, selbst wenn die Überraschung gelang. Der Skifährte noch weiter nachzugehen war ein riskantes Unternehmen.

»Bis jetzt haben wir's gemacht, Allan, ich möcht' wissen, was am Ende dabei herauskommt«, versicherte Dick.

Pete war der gleichen Ansicht.

»Außerdem wird's in einer halben Stunde dunkel, wir haben dann immerhin die ganze Nacht vor uns, falls wir schleunigst zurück müssen.«

Hatte man den Feind vor sich, so verfügte er jedenfalls über Skier und war gewiß in der Lage, Männer auf Schneereifen sehr bald einzuholen. Einer Verfolgung konnten die Scouts nur dann entgehen, wenn Neuschnee ihre Spuren verdeckte.

»Vielleicht sind die Kerle nicht alle beisammen...«, meinte Dick.

»Erstens das«, pflichtete ihm Randall bei, »und zweitens brauchen's ja gar nicht die Gelben zu sein. Warum nicht Indianer... ein Indianer allein?«

Allan zuckte mit den Schultern.

»Alles ist möglich... aber laßt mich vorgehen und wartet hier.«

Seine Gefährten waren nicht damit einverstanden, sie wollten zusammenbleiben, und der Chiefscout mußte sich fügen.

Bald hatten sie entdeckt, daß die Skispur einer Trapline folgte. Die Eisen hatte man aus dem Schnee genommen und in die Bäume gehängt, wahrscheinlich wegen des Sturmes in den letzten Tagen. Es waren keine Fallen für schweres Wild, nur für Pelztiere, vom Luchs herab bis zum Hermelin.

»Wüßte nicht, was die Japse mit dem kleinen Hermelin wollen«, flüsterte Dick.

»Vielleicht braucht ihr Kaiser einen neuen Mantel.«

Sie kamen nur langsam durch den Schnee voran, weil es jetzt völlig dunkel war. Allan mußte sich des öfteren bücken, um nach der Skispur zu tasten.

Nach einer Weile spürten sie Rauch in der Luft.

»Ein Hund, der draußen ist, würde schon anschlagen«, wisperte Hamston, »aber die Gelben haben ja keinen.«

Dagegen waren Eingeborene nie ohne ihre Hunde, und die mußten auch bei tiefstem Frost im Freien bleiben.

»Besser, wir legen unser Zeug ab und laden durch«, befahl Allan, »weit kann's nicht mehr sein!«

Sie verbargen ihre Tragtaschen und die Felle in einem Schneehügel und schlichen behutsam weiter. Eine Spannung hatte sie erfaßt, wie seit langem nicht mehr. Auf jeden Fall stand ein großes Ereignis bevor, die Begegnung mit Menschen in einer menschenleeren Welt. Da man von niemand anderem wußte, der jemals hiergewesen war, sprach die größere Wahrscheinlichkeit für den Feind.

Ein Schimmer von Licht blinkte durch den Wald.

»Sorglose Leute«, flüsterte Allan, »ganz langsam jetzt!«

Hunde waren also nicht vorhanden, die hätten schon längst die fremde Witterung gehabt und lauthals gemeldet. Demnach konnte von Indianern keine Rede mehr sein. Der Chiefscout verließ die Spur und pirschte sich seitwärts an das Licht heran. Es fiel aus einem schmalen Fenster, und man konnte die Umrisse einer Blockhütte erkennen. Sie näherten sich bis auf dreißig Schritt.

»Zu klein für alle Japaner«, wisperte Randall.

»Allan, das ist 'ne alte Hütte«, meinte Hamston ebenso leise, »ich sehe Moos am Fensterladen.«

Bei besserer Sicht hätte man das Blockhaus erst einmal umkreist, eine Prüfung der Spuren ringsum würde ergeben haben, wie viele Menschen in der Hütte lebten. Jetzt war das nicht mehr möglich. Sie versuchten mit dem Glas durchs Fenster zu sehen, aber leider war es von innen verhangen.

»Also Aufklärung durch die Tür«, schlug Allan vor, »Pete reißt sie auf, Dick und ich stehen mit der Knarre im Anschlag.«

Wer in der hellen Hütte war, mußte sich bei geöffneter Tür so klar präsentieren wie auf einer Schießscheibe.

»Wenn's die Gelben sind, wird sofort geknallt«, verstand Dick Hamston die Sache.

»Ganz klar«, bestätigte Allan, der seit Harrys Verstümmelung keine Rücksicht mehr kannte.

Sie setzten die Reifen behutsam in den Schnee und schoben sich Schritt für Schritt an den Eingang heran. Von drinnen hörte man das Geknister im Ofen und blechernes Klappern von Geschirr. Gesprochen wurde aber nicht.

Pete prüfte, von welcher Seite die rohgefügte Tür aufging, und suchte nach ihrem Griff. Durch Zeichen bedeutete Allan, wo sich jeder aufstellen sollte.

Allan und Dick streiften die Handschuhe ab und hoben die Büchse. Randall faßte den Türgriff.

»Achtung jetzt, Pete... bei drei reißt du auf... ganz weit auf!«
Pete Randall nickte.

In der Hütte planschte Wasser, und gleichzeitig klirrte wieder Geschirr. Anscheinend war man dort beim Abwaschen.

»Pete, wir sind soweit... eins... zwei... drei!«

Die schwere Tür schlug krachend auf, hellgelbes Licht strahlte heraus.

Der Mann am Waschtrog ließ seinen Teller fallen, öffnete vor Schreck den Mund und hob seine nassen Hände über den Kopf.

Er war allein und war ein Weißer.

»Bert...«, schrie Dick Hamston, »das ist ja Bert Hutchinson!«

Allan setzte die Büchse ab und griff nach seinem Messer, um sich durch schnellen Schnitt von den Schneereifen zu befreien. Dann fuhr er auf den Trapper los.

»Wo ist Harry...?«

Hutchinson war viel zu verstört, er konnte nicht antworten.

»Sag's mir, oder ich schlag' dir den Schädel ein!«

Er packte Bert an den Schultern und warf ihn krachend auf sein ungemachtes Bett. Dick und Pete waren hinterhergepoltert und konnten nicht fassen, wie Bert hierherkam. Hutchinson, das Gesicht vor Angst verzerrt, klammerte sich an den Bettpfosten.

»Was wollt ihr ... was hab' ich denn getan ... was überfallt ihr mich?«

»Sag, wo Harry ist, oder ich bring' dich um!« schrie Allan schon zum dritten Male.

»Weiß ich doch nicht ... hab' doch nach den Fallen gesehen ... als ich wiederkam, war er weg!«

Dick und Pete holten den Kerl von seinem Bett und stellten ihn gegen die Wand.

»Du bist gar nicht mit Harry weg?«

»Nein ... nein ...«

»Aber das hast du doch geschrieben ... auf dem Zettel?«

»Ja, das hab' ich ... das hab' ich geschrieben ... konnte aber nicht mitgehen, er war ja weg, ganz von alleine weg ... es hat doch geschneit, nichts mehr zu sehen von seinen Fußstapfen.«

»Warum bist du nicht geblieben ... wir waren ja auch noch da?«

Aus Hutchinson brach nun die helle Wut.

»Weil ich es satt hatte, Allan, weil ich genug hatte von deiner verfluchten Menschenjagd, weil ich mir nichts mehr sagen lasse von dir! ... Weil ich ein freier Mensch bin ... weil ich keine Lust hatte, mit dir zu erfrieren!«

Erst nach einer Weile wurde den drei Scouts der Zusammenhang klar. Es schien wirklich so, als habe der Indianer Berts Abwesenheit benutzt, um heimlich zu verschwinden. Nur seine eigene Tragtasche, zwei abgezogene Hasen und ein Paket Elchfleisch hatte Harry mitgenommen. Dazu sein Messer, die kleine Axt und eine Schachtel Streichhölzer. Einarmig und mit kaum verheilten Wunden war er zum Cliftonsee aufgebrochen. Selbst den harten Scouts schien das Wagnis unerhört. Hutchinson, der nach seiner Behauptung erst Stunden später zurückkam, hatte ihn seinem Schicksal überlassen. Angeblich war ja doch nichts mehr zu machen, weil Wind und Neuschnee die Spuren verweht hatten.

Da schien ihm die Gelegenheit günstig, sich auf eigenem Wege davonzumachen. Und dieser Weg führte zu seiner alten Hütte in seinem alten Pelzrevier. Keinem Menschen hatte Bert jemals verraten, wo das lag, keiner der Scouts konnte ahnen, daß Bert in erreichbarer Nähe ein festes Heim besaß. Nur vier Tage hatte der fahnenflüchtige Trapper gebraucht, um dorthin zu gelangen. Er wußte sein Blockhaus mit allem versehen, um solange zu bleiben, wie ihm das nötig schien. Einen vollbeladenen Schlitten, von zwölf Hunden gezogen, hatte er zu seiner Hütte geschafft, bevor er sie das letztemal verließ. Jahrelang konnte sich Bert in der Einsamkeit halten, so lange jedenfalls, bis die Umstände seines Verschwindens halbwegs vergessen waren. Wenn er dann eines Tages wiederauftauchte mit einem großen Vorrat der besten Felle, würde man ihm schon die Geschichte glauben, die er sich bis dahin ausdenken wollte.

»Du Lump, du idiotischer Lump«, schrie Allan wieder los, als Berts Bericht zu Ende war. »Nie hätte ich aufgehört, nach dir zu fragen, und andere Leute auch nicht... im Stich gelassen hast du uns! Sogar Harrys Schießprügel hast du mitgenommen, du dreckiges Schwein! Wenn du dem General in die Finger fällst, kommst du als Deserteur vors Kriegsgericht und wirst erschossen oder kriegst mindestens zehn Jahre Zuchthaus... ich kann dir nur ein paar in die Schnauze hauen!«

In seiner hemmungslosen Wut schlug Allan auf ihn ein, bis es Dick und Pete gelang, ihn wegzureißen.

»Hör auf... davon wird Harry auch nicht mehr lebendig!«

Vielleicht hatte es der zähe Indianer doch geschafft, hoffte Pete.

»Bei Harry ist alles möglich«, meinte auch Dick.

Allan mußte hinausgehen, um sich zu beruhigen.

Die beiden Scouts folgten ihm.

»Tut mir leid, Coppers, aber ich mußte ihn schlagen, sonst wäre ich geplatzt.«

»Klar, Allan, klar... noch viel mehr hat er verdient. Aber wir müssen ja nun sehen, wie's weitergeht.«

»Ja, natürlich... alles geht weiter. Wenn nicht gerade Bert in der Hütte gesessen hätte, wär's ein unglaubliches Glück gewesen, die Bleibe zu finden...«

»Es ist ein unglaubliches Glück, Allan!«

»Ja, du hast recht... der Kerl hat absolut alles, was wir brauchen... nur ihn selber brauchen wir nicht.«

»Müssen aber mit ihm auskommen, Allan.«

Der Chiefscout wandte sich ab, ging hinein und wollte von dem schlotternden Menschen wissen, ob er die Japaner gespürt habe.

»Nichts. Keine Spur, kein Rauch –, kein Schuß weit und breit.«

Allan sagte zu ihm, er könne sich beruhigen. Nichts würde ihm geschehen, wenn er sich anständig benähme.

Hutchinson dankte ihm auf devote Weise.

»Bis zum Frühjahr werden wir deine Gastfreundschaft genießen, nur zwischendurch ein paar Ausflüge machen.«

37

Eines Morgens waren bei den Japanern die Karibu verschwunden, über Nacht hatten sie das Tal verlassen und waren über die Berge nach Süden gezogen. Man sah im Glas die Straße ihrer Fährten, die den Hang hinaufführte und sich dort verlor. Es bedurfte nicht langer Nachsuche, um zu wissen, daß sich kein einziger der Karibu mehr im Tal befand, denn nur gemeinsam setzen sich die wilden Rentiere zu einer weiten Wanderung in Marsch. Jedes Tier zieht mit, von dem Gesetz seiner Natur wird es dazu gezwungen.

Aber welches Gesetz der Natur die hiesige Herde mitten im Winter gezwungen hatte, den Schutz ihres angestammten Tales so plötzlich zu verlassen, das wußte niemand.

»An unserer Jagd kann's kaum liegen, wir haben nicht zu viele von ihnen erbeutet«, meinte Tojimoto. »Auch die Wölfe bejagen sie, die Wolverine und Luchse stellen ihnen nach, erst recht die Bären, wenn sie nicht gerade schlafen.«

»All das sind keine Menschen, Yoshi, sie riechen auch nicht wie Menschen.«

Der Feldwebel Suda meinte, der Rauch habe sie vielleicht gestört. Mitunter wurde er vom Wind niedergedrückt und zog über den Talboden.

Tsunashima sprach von den Axtschlägen, die womöglich den Abzug bewirkt hatten, die Karibu waren ja nichts dergleichen gewohnt.

»So leicht wie bisher werden wir's nicht mehr haben ohne unsere Haustiere«, meinte Hidaka.

Alatna war hinzugekommen und hörte, was geschehen war.

»Weshalb sind sie fortgezogen«, fragte Tojimoto, »über die Karibu weißt du doch alles?«

Das Mädchen machte runde Augen.

»Arshakpuluk haben rufen ... Karibu sie gehen.«

Hidaka erklärte, was sie damit meinte. Arshakpuluk war der große Erdgeist, dem alles Getier gehorchte. Alatnas Volk glaubte an sein umfassendes Walten in der Natur und jedes Ereignis, das man nicht sogleich verstand, wurde als besondere Maßnahme Arshakpuluks hingenommen.

»Das erspart den Leuten jedes Kopfzerbrechen«, stellte er fest.

Alatna hatte ihre Steinschleuder bei sich und war für einen Jagdgang gerüstet. Mehr als einen Raben oder Tannenhäher brachte sie von diesen kurzen Ausflügen nicht nach Hause. Aber nach längerer Zubereitung entstand daraus, wenn bestimmte Kräuter hinzukamen, eine kräftige Vogelfleischsuppe.

»Geh nicht zu weit fort«, warnte Hidaka, »Sinobu hat wieder Wölfe gehört.«

Alatna freute sich über seine Sorge.

»Wölfe nicht machen Angst mich... nur Sinobu Wolf machen Angst sehr viel.«

Zehn Wochen hatten genügt, um sich miteinander zu verständigen. Von Tag zu Tag begriff Alatna schneller. Ihre offene Intelligenz nahm alles auf, was die Japaner sagten und taten. Das kleine Volk der Nunamiuten, zu dem sie gehörte, war durch eine harte Auslese entstanden und vermochte sich in dem trostlosen Lande nur zu halten, weil es die Gabe entwickelt hatte, sich allen vorkommenden Umständen anzupassen. Die Fähigkeit der Nunamiuten, sich mit ihren stets selbst gefertigten Hilfsmitteln auch unter den schwierigsten Bedingungen zu erhalten, setzte eine Beobachtungsgabe voraus, die moderne Völker längst verloren haben. Der zivilisierte Mensch kann sich alles, was er benötigt, im Laden kaufen. Alatna aber war gewohnt, daß man sich sämtliche Notwendigkeiten, vom natürlichen Rohstoff angefangen, selber beschaffen und herstellen mußte. Wie das zu geschehen hatte und wie man sich bei der Jagd verhielt, das ließ sich nur durch unablässige Beobachtung der geschicktesten Mitglieder ihres Stammes erlernen. Mit der gleichen Selbstverständlichkeit hatte sie nun jede Handreichung der Japaner beobachtet und auf jedes Wort ihrer Gespräche gelauscht. Sie lernte durch Nachahmung ebenso wie durch die Anleitung Hidakas. Sie fühlte sich schon längst als ein Teil ihrer neuen Gemeinschaft, vor allem natürlich als Teil Hidakas. Er war ihr Mann und ihr Herr. Sie glaubte sich für alle Zukunft ihres Lebens fest mit ihm verbunden.

Noch nie war ein Mann so gut zu seiner Frau gewesen! Noch niemals hatte ein Nunamiut die Lasten vom Rücken seiner Frau genommen und selber getragen, kein Mann ihres Volkes hatte jemals einem weiblichen Wesen so viele gute Worte gesagt. Bisher hatte sie weder Tritte noch Schläge bekommen, was doch eigentlich zum täglichen Umgang mit einer Frau gehörte. Ihr Mann bedankte sich, wenn sie ihm das Essen brachte, und lobte es sogar. Wo hatte man dergleichen jemals gehört?

Nur einmal war ihr Mann zornig gewesen, sie hatte aber den Grund dafür nicht verstanden. Inaki hatte wohl schuld daran. Aber weil das ein Mann war, hatte Hidaka nicht mit ihm geschimpft, sondern nur mit ihr.

An jenem Tag war es sehr heiß gewesen in der Höhle, weil Alatna die Schenkelknochen eines Elchs röstete, um das Mark herauszuschmelzen. Da hatte sie natürlich ihre Felljacke abgelegt und sich mit bloßem Oberkörper über ihre Arbeit gebeugt. Bei den Nunamiuten tat man das immer, wenn es in der engen Behausung zu warm wurde. Da legte man überhaupt alle Kleidung ab, wenn draußen eine Sommernacht war und drinnen alle Steinlampen flackerten. Aber Inaki, vom Anblick der bloßen Brüste erregt, hatte sie angestarrt wie ein Gespenst und so heftig geatmet wie beim Tragen einer schweren Last. Im gleichen Augenblick war Hidaka hereingekommen und hatte Alatna fortgerissen. Aber erst hinter den Vorhängen begann er mit ihr zu schimpfen. Sie hatte nicht alles verstanden, mußte jedoch annehmen, daß sie von ihrem Körper nicht mehr enthüllen durfte als das Gesicht und die Hände. Bei seinem Stamm war das eine strenge Vorschrift, hatte Hidaka gesagt, dort wurden die anderen Männer gefährlich, wenn sie eine Frau ohne Kleider sahen. Für den Rest des Tages durfte sie die Kammer nicht verlassen, in der sie mit Hidaka wohnte, und wurde von ihm ohne Freundlichkeit behandelt.

Es war sonst niemand dabeigewesen, als sich Inaki so ungehörig benahm. Aber er sprach von dem, was er gesehen hatte, zu seinen Kameraden. Und so hatte man begonnen, die junge Frau mit anderen Augen zu betrachten. Welch aufregende Brust sich unter ihrer formlosen Pelzjacke verbarg, konnte man sich nach Inakis glutvollem Bericht deutlich vorstellen. Nur der Hauptmann und Leutnant Tojimoto ahnten nicht, wovon nun so oft geredet wurde.

Alatna lief durch den Schnee, die Reifen an ihren Füßen behinderten sie kaum. Von Kind an war sie gewohnt, sich damit ohne Mühe zu bewegen. Nahe der Schlucht gab es ein lockeres Gehölz aus Schwarzfichten, mit dichtem Weidengestrüpp dazwischen. Dort lagen die Gerippe und Eingeweide zweier Karibu, die Sinobu während der letzten Tage gespeert hatte. Außer den Fährten eines hungrigen Fuchses hatten sich auch die Raben an dem Luderplatz gezeigt, um von den Resten zu zehren.

Alatna wollte versuchen, ein oder zwei der großen Vögel zu erlegen. Bis auf zwanzig Schritt etwa konnte sie mit ihrer Schleuder treffen. Auch ohne Schleuder würde ein Stein, von ihrer Hand geworfen, einen größeren Vogel nicht verfehlen, hatte aber nicht genügend Kraft, um zu töten.

Schon lange vor dem Luderplatz legte sie die Schneereifen ab, um auf Händen und Füßen durchs Gestrüpp zu kriechen. Der Schnee setzte sich im Pelz ihrer Parka und an der Kapuze fest, so war sie in der tiefverschneiten Umgebung kaum noch zu sehen. Gleich einem Schneewiesel, das seine Beute lautlos beschlich, glitt sie durch die weißen Verwehungen, gelangte zu einer mächtigen Fichte und richtete sich dahinter auf.

Die blutkrustigen Gerippe lagen noch an ihrer Stelle, aber die verstreuten Eingeweide waren von zahlreichen Kostgängern längst verzehrt. An den Spuren konnte Alatna sehen, wer alles hiergewesen war. Vom zierlichen Hermelin über den Nerz und Iltis bis zum Luchs, auch von den Schneeammern, Eulen und Raben hatte niemand gefehlt. Die Knochen selber waren säuberlich abgenagt und großenteils zerknackt. Auf eine Vogelfleischsuppe war also kaum zu hoffen, dennoch blieb Alatna stehen und wartete.

Sie wartete mehrere Stunden mit der üblichen Geduld eingeborener Jäger, die ihr Wild meist erwarten, statt ihm zu folgen. Endlich huschte ein Schatten aus dem Gestrüpp, ein dicht und schimmernd behaarter Blaufuchs. Mit der spitzen Schnauze voraus und dem buschigen Schweif ausgestreckt hinter sich, schnürte er durch den Schnee.

Alatna hatte noch nie versucht, einen Fuchs mit ihrer Steinschleuder zu erlegen. Aber sein Pelz würde sich gut als Kragen für die Parka eignen, mit der sie seit Wochen so emsig beschäftigt war. Für ihren Mann natürlich. Aber es mußte ihr gelingen, den Kopf des Fuchses zu treffen, nur dort war er nicht so sehr durch sein prächtiges Fell geschützt.

Der Blaufuchs hatte sein Ziel erreicht und begann zu nagen. Weil kaum mehr Fleischfetzen an den Rippen hingen, mußte er die Knochen zerbeißen. Bei dieser harten Arbeit, die ihn ganz in Anspruch nahm, vergaß er seine Vorsicht und bemerkte den Schatten nicht, der sich lautlos von dem Fichtenstamm löste.

Der Stein traf genau die kleine Stirn des Tieres, das sofort erschlaffte. Alatna sprang hinzu, ergriff den Fuchs und zog ihm das Messer durch die Kehle.

Die Aufregung war groß gewesen, aber noch größer war ihr Stolz über den Erfolg. Sie legte den Blaufuchs auf die Schneehaube eines Gebüschs und trat zurück, um ihre schöne Beute zu bestaunen.

Da langte aus dem Dickicht eine fremde Hand, ergriff das tote Pelztier und zog es fort.

Alatna erstarrte vor Furcht. Es war völlig still im Wald, nicht die geringste Bewegung hatte sie vorher gemerkt. Nun aber teilten sich die Büsche, und zwei Gestalten traten hervor. Sie waren von Kopf bis Fuß in Felle gehüllt, selbst die Augen sahen nur durch Schlitze. Der größere trug einen Speer, der kleinere Pfeil und Bogen.

»Wir haben dich gesucht, Alatna«, sagte der Mann mit dem Speer und ging auf sie zu.

Da er neue Winterkleider trug, erkannte Alatna ihren Vater erst an seiner Stimme. Der andere Mann war Sissuk, ihr ältester Bruder.

»Komm fort, Alatna, wir müssen schnell sein ...«

Aber sie hatte Angst vor ihrem eigenen Vater und Bruder, schrittweise wich sie vor ihnen zurück.

»Wir haben die fremden Menschen gesehen, die meine Felle und meine Tochter geholt haben«, knurrte Tunak, der Tonjon und Chef aller Nunamiuten, »wir werden sie töten und ihren Besitz an uns nehmen.«

Seine Drohung gab Alatna den Mut zum Widerstand.

»Diese Menschen sind gut! Ohne diese Menschen wäre ich tot, deine Felle hätten die Wölfe geholt ...«

Tunak und Sissuk schauten sich an. Noch nie hatte ein Weib gewagt zu widersprechen, erst recht nicht ein so junges Weib dem Tonjon und eigenen Vater.

Alatna führte noch andere Gründe ins Treffen.

»Diese Menschen haben Geisterwaffen ... damit töten sie aus weiter Entfernung. Arshakpaluk lacht dazu mit hellem Blitz und lautem Donner.«

Die beiden Männer hatten schon lange in der Schlucht gelauert, gemeinsam mit anderen Nunamiuten. Zweimal hatten sie dabei einen kurzen Donnerschlag vernommen, für den sie keine Erklärung wußten, außer der Stimme ihres Erdgeistes. Deshalb wurden sie nun vorsichtiger.

»Wo kommen diese Fremden her ... was wollen sie hier?«

Alatna erinnerte sich an die Erklärung ihres Mannes.

»Sie kämpfen gegen die Kablunas, sie wollen die Weißen vertreiben aus unserem Land!«

Von diesen weißen Menschen hatte der Schaman des Stammes berichtet, der in seinen jungen Jahren bis zum endlosen Wasser gereist war. Nichts gab es unter der Sonne, das schlimmer war als diese Kablunas. Ohne um Erlaubnis zu fragen, drangen sie in fremde Jagdgründe ein und waren gierig nach der Pelzbeute, die ihnen gar nicht gehörte. Sie brachten keine von ihren eigenen Frauen mit, sondern nahmen sich Weiber jener Leute, die am endlosen Wasser wohnten.

»Diese hier sind keine weißen Menschen«, versicherte Alatna eindringlich, »sie haben unsere Gesichter. Nur eine andere Sprache und andere Sitten. Ihre Macht ist sehr groß, Tunak!«

Das mußte wohl so sein, wenn sie es wagten, die Weißen zu bekämpfen.

»Ich bin die Frau ihres Tonjon«, erklärte Alatna mit großem Stolz, »mein Mann ist sehr mächtig... aber sehr gut zu mir.«

Eigentlich paßte das nicht zusammen, wer mächtig war, konnte nach Tunaks Ansicht nicht gleichzeitig gut sein!

»Diese Menschen sind durch die Luft geflogen«, erklärte Alatna, »Arshakpaluk hat ihnen einen großen Vogel gegeben, auf dem durften sie alle reiten.«

Jetzt war es an Tunak und seinem Sohn, sich zu fürchten.

»Du gehörst wirklich dem Tonjon dieser Fremden?«

Alatna fühlte sich gesichert und lächelte.

»Ja, Tunak, er hat mich zur Frau genommen und schon befruchtet.«

Für die Nunamiuten war das entscheidend. Denn erst wenn eine Frau von ihrem Manne schwanger wurde, erlosch die Befehlsgewalt des Vaters, und sie wurde endgültig ein Mitglied der anderen Familie. Demzufolge gab ihr Tunak den Fuchs zurück.

»Trag die Beute zu deinem Mann.«

Alatna nickte und legte sich das tote Tier über die Schulter. Sie dachte keinen Augenblick daran, den Vater und Bruder in die Höhle zu führen, um sie Hidaka zu zeigen. Tunak und Sissuk würden ihrem Mann gewiß nicht gefallen. Es war überhaupt viel besser, wenn er gar nichts von dieser Begegnung erfuhr.

»Wir haben die Spuren dieser Fremden gesehen, die am grauen Berg entlangliefen, und dachten gleich, daß sie ins Tal der Höhlen zogen. So sind wir gekommen und wollten wissen, was sie hier machen... Sissuk hat sich über dem tiefen Loch ihrer Wohnung verborgen und alles beobachtet. Du bist hinausgegangen, und wir sind gefolgt.«

Alatna hatte nur noch den Wunsch, sie loszuwerden.

»Nun wißt ihr alles... die Fremden werden das Tal der Höhlen im Frühjahr verlassen und weiter gegen die Kablunas kämpfen. Bis dahin dürft ihr nicht mehr wiederkommen, bis dahin liegen hier die Jagdgründe meines Mannes und seiner Leute. Geht jetzt weg. Es gibt nichts mehr zu sagen.«

Die beiden Nunamiuten traten noch eine Weile unschlüssig im Schnee, aber nun war ja Alatna die Frau eines fremden Tonjon, und es gab wirklich nichts mehr zu sagen.

Alatna zog einen kleinen Beutel aus Hermelinpelzen hervor, den sie eigentlich für Hidaka gemacht hatte. »Brink das Babuk«, sagte sie ihrem Vater, »dann weiß sie, daß es mir gut geht.«

Babuk war Alatnas Mutter, der einzige Mensch ihres Stammes, mit dem sie ein wirkliches Gefühl verband. Wenn sie der Mutter etwas schenken durfte, ohne ihren Mann zu fragen, mußte es ihr wirklich sehr gut gehen.

Tunak steckte den Beutel in seine Parka, grußlos wandten sich die beiden Männer ab und verschwanden. Hinter ihrem Rücken schloß sich das weiße Dickicht, als sei gar nichts gewesen.

Alatna verlor keinen Gedanken daran, daß sie ihren Vater und Bruder wahrscheinlich zum letzten Male gesehen hatte. Sie stapfte zu ihren Schneereifen, band sie wieder unter die Füße und machte sich auf den Heimweg.

In der Höhle waren große Vorbereitungen im Gange. Hidaka wollte mit Tojimoto und drei anderen Leuten den Karibu nachgehen, um zu erfahren, wohin sie gezogen waren. Vielleicht gab es schon hinter den nächsten Höhen ein weiteres Tal, in dem sie jetzt ihren Einstand hatten. Dann war ein großes Problem gelöst, man konnte auch weiterhin von ihnen zehren. War jedoch diese Herde in unerreichbare Ferne gezogen, ließ sich vielleicht eine andere finden.

Bis zum Fuß der Berge, ganz am Ende des Tales, sollte der Rest von Hidakas Leuten sie begleiten. Es gab dort einen schmalen See, der sicher eine große Menge von Fischen enthielt. Der Feldwebel Suda verstand sich auf die Kunst, Löcher ins Eis zu brennen. Wenn es nicht gar zu stark war, ließ sich aus der Tiefe ein reicher Segen heraufholen. Nur Noboru mußte in der Höhle zurückbleiben, er konnte immerhin Feuerholz sammeln und leichte Arbeit verrichten. Alatna hatte mit der Anfertigung einer zweiten Serie von Mukluks genug zu tun. Es war nicht leicht, so viele Männer stets mit den nötigen Fellschuhen zu versorgen. Während des Winters verbrauchte jeder Mann drei Paar davon.

Der Hauptmann teilte seine Mannschaft ein. Tojimoto, Inaki und Sinobu sollten ihn bei der Suche nach den Karibu begleiten. Zum Fischzug am Ende des Tales wurden Suda, Lonti und Tsunashima bestimmt.

Als sein Trupp schon abmarschbereit stand, zusammen mit Noboru, der sie verabschieden wollte, ging Hidaka noch einmal zurück. Alatna war allein in der Kammer geblieben. Von ihrem eigenen Volk an grußlosen Abschied gewöhnt, hatte sie ihn nicht mehr erwartet.

Da kam er wieder und zog sie in seine Arme, legte sogar sein Gesicht an das ihre und sprach mit weichen Worten.

»Alatna-kimi ... nicht zuviel arbeiten, lange schlafen mußt du, bald werde ich zurück sein.«

Seit es Menschen auf Erden gab, war noch nie ein Mann so gut zu seiner Frau gewesen! Vor Glück über dieses Wunder weinte sie zum ersten Male, seit sie kein kleines Kind mehr war. Hidaka rieb zärtlich seine Nase an ihrer feuchten Wange.

»Ich komme ja wieder, Kimi, vielleicht schon morgen oder übermorgen.«

Er riß sich los und eilte hinaus. Auch ihm selber waren solche Gefühle ganz ungewohnt, voller Schuldbewußtsein wurde ihm klar, daß sein Leben nicht mehr allein den soldatischen Pflichten gehörte.

Draußen hatten die Männer schon ihre Schneereifen unter die Füße gebunden. Hidaka beeilte sich, das gleiche zu tun, dann rückten sie ab. Alle sieben stapften hintereinander in derselben Spur, um sich das Gehen leichter zu machen.

Droben über der Höhle saß Sissuk, Sohn des Tonjon, in einem verschneiten Gebüsch und schaute den abziehenden Männern nach. Als sie weit genug entfernt waren, stand er auf und signalisierte deren Zahl durch Handzeichen an seine Gefährten, die beim Eingang der Schlucht darauf warteten.

Bald danach machte sich auch Noboru auf den Weg. Des ständigen Herumliegens überdrüssig, war ihm der Gedanke gekommen, jene Fallenstrecke abzugehen, die er noch vor der Lähmung seines linken Arm und der Schulter angelegt hatte. Es waren Baumfallen, für Karibu und Elche bestimmt. Eine dünne Schnur aus Tiersehnen war in halber Höhe über deren Wechsel gespannt und ließ bei Berührung einen droben lose aufgehängten Baumstamm hinabstürzen. Wenn das glatt vonstatten ging, was gewiß nicht jedesmal geschah, wurde dem Stück Wild das Rückgrat gebrochen. Seitdem hatte meist Sinobu die Fallen kontrolliert und in Ordnung gehalten, aber nicht während der letzten drei Tage. War inzwischen ein Tier erschlagen worden, mußte man es zumindest mit Tannenzweigen verblenden, damit die großen und kleinen Raubtiere nicht mehr davon bekamen als die Menschen.

Alatna half ihm beim Anlegen der Schneereifen und gab ihm noch einen Streifen Rauchfleisch mit auf den Weg.

Zum erstenmal war sie nun völlig allein in der Höhle und hatte niemanden zu versorgen. Es konnte ihr auch niemand zuschauen, wenn sie nun ein Bad nahm, ein stärkendes Dampfbad, wie es von Zeit zu Zeit bei den Nunamiuten üblich war, um die Haut zu beleben und die Glieder gelenkig zu halten.

Zu diesem Zweck holte sich Alatna ein Bündel starker Weidenzweige vom Waldrand und schnitt deren unteres Ende zu Spitzen. Gleich neben dem Eingang der Höhle, wo man das warme Waschwasser auszuschütten pflegte, gab es einen schneefreien Fleck. Hier trieb sie die Weidenzweige in den Boden. Dabei entstand ein kreisförmiges Gatter von etwa zwei Schritt Durchmesser. In dessen Mitte hackte sie mit der Axt ein fußtiefes Loch in den Boden und warf die lockere Erde hinaus. Danach wurden die Enden der Zweige oben zusammengebunden und mit einigen Karibufellen bedeckt. Was davon herabhing, beschwerte Alatna mit Steinen und ließ nur eine kleine Öffnung frei, gerade groß genug, um hineinzukriechen. Das Ganze glich nun einer Halbkugel, worin man zwar stehen, sich aber nicht ausstrecken konnte. Danach nahm sie glimmende Scheite vom Herdplatz in der Höhle und entfachte vor dem Eingang ihres Badezeltes ein neues Feuer. Als es lodernd brannte, warf sie ein Dutzend Steine hinein und bedeckte sie reichlich mit anderem Holz.

Zur Aufbewahrung des Wassers diente den Japanern ein Sack aus dem Fell des unlängst erlegten Elchkalbes. Er hatte dort seinen Platz, wo es in der Höhle am wärmsten war. Alatna nahm ihn von seinem Pflock und lehnte das prall gefüllte, elastische Gefäß an die Innenwand ihres kleinen Zeltes. Ein Ast, vorne gespalten, und die Schöpfkelle ergänzten die Einrichtung.

Es war nun soweit. Alatna konnte sich aus ihren Fellkleidern schälen, warf die Sachen auf den Schnee und kroch nackt in das kugelige Gebilde. Von dort holte sie mit dem Gabelstock die ersten, glühend erhitzten Steine aus dem Brand und ließ sie in die Grube rollen. Als sie nun die erste Schöpfkelle darüber ausgoß und das Wasser verzischte, füllte sich der enge Raum sogleich mit heißem Dunst. Das eskimoische Dampfbad war in Betrieb.

Bald wurde die Luft darin so heiß, daß der Schweiß in nassen Fäden an ihrer Haut hinablief. Der feuchte Dampf hüllte sie ein und tropfte aus ihrem langen, aufgelösten Haar. Sie rieb ihren Körper von Kopf bis Fuß mit einem Ballen Moos. Die Haut rötete sich und begann zu schmerzen. Aber sie hielt nur inne, um andere Steine aus dem Feuer zu holen und mit Wasser zu begießen.

Indessen war bei Noboru einer der Schneereifen gebrochen, und der Oschone mußte umkehren, weil er mit seinem lahmen Arm nicht in der Lage war, die Bruchstelle zu umwickeln. So blieb ihm nichts anderes übrig, als auch den zweiten Reifen abzuschneiden und mühsam durch den tiefen Schnee wieder heimwärts zu stapfen.

Dabei wurde er von Inaki eingeholt, den Hauptmann Hidaka abgeschickt hatte, um den Hund nachzubringen. Oben am Hang waren die Fährten der Karibu verweht und nur noch an geschützten Stellen zu erkennen. Kinmeks gute Nase sollte bei der Suche helfen.

Beim Anblick der dampfenden Halbkugel, die sich in so kurzer Zeit neben dem Höhleneingang gebildet hatte, blieben die beiden Männer stehen. Unheimlich sah das Gebilde aus, wie ein fauchendes Ungeheuer, das zusammengerollt im Schnee lag. Weder Inaki noch Noboru hatten jemals dergleichen gesehen.

Sie überlegten lange, was das sein konnte. Nach reiflicher Überlegung dachte der Soldat an einen Kohlenmeiler unbekannter Bauart und Noboru an das Werk böser Geister. Inaki nahm sein Gewehr vom Rücken und entsicherte, der Oschone hielt sich geflissentlich hinter ihm.

So rückten sie Schritt für Schritt dem rauchumwehten Geheimnis näher und erkannten, daß seine Hülle aus Fellen bestand. Doch wie es dann zischte in dem winzigen Zelt, fuhren beide erschrocken zusammen.

»Kein Mensch ist zu sehen...«, flüsterte Inaki.

»Wir besser holen die Kameraden vom See«, schlug Noboru vor.

Aber Inaki wollte nicht feige erscheinen und wagte sich noch ein wenig näher. Die Öffnung in der Halbkugel und davor das kleine Feuer konnten sie nicht sehen, weil beides auf der anderen Seite lag.

Bis auf zehn Schritt waren sie nun heran.

»Noboru, geh hin und reiß das Fell vom Dach...«

Der Oschone hatte dazu nicht die geringste Lust.

»Dir kann nichts passieren, ich halte mich schußbereit...«

Noboru dachte an seinen Hauptmann und wollte auf keinen Fall, daß der einen schlechten Bericht über ihn bekam.

»Gut, ich werde machen... aber du müssen aufpassen!«

Eisige Angst im Herzen, setzte der Oschone zaghaft einen Fuß vor den anderen. Aber selbst mit so zögernden Schritten gelangte er schließlich zu dem umwölkten Zelt. Er schaute sich um, ob Inaki auch wirklich zum Schuß bereitstand, griff alsdann entschlossen ins nächstliegende Fell und riß es mit heftigem Ruck zu Boden.

Sogleich fiel das ganze Gerüst in sich zusammen, und eine gewaltige Dampfwolke schoß ins Freie.

Als sie schnell verpuffte, war Alatna in ganzer Nacktheit den Blicken beider Männer preisgegeben.

Sie selber sah zunächst nur Inaki und dachte mit Schrecken an das Verbot ihres Mannes, mehr als nur Gesicht und Hände zu enthüllen. Hastig versuchte sie ihre völlige Blöße hinter dem Rest der Badehütte zu verbergen. Dort aber stieß sie gegen die Brust Noborus, der sie mit seinem gesunden Arm sofort umschlang.

Vom Anblick Alatnas und von der engen Berührung entflammt, verlor der Oschone jede Besinnung und hielt den so lange schon begehrten Körper der nackten Frau fest an sich gepreßt.

Alatna trat gegen seine Knie, befreite ihre Hände und schlug ihm mit beiden Fäusten ins Gesicht.

Inaki lief hinzu, sich selber nicht klar darüber, ob er helfen oder sich an der Vergewaltigung beteiligen wollte.

Seines gelähmten Armes wegen konnte Noboru seine Gefangene nicht halten. Alatna riß sich los, stolperte über das zusammengefallene Gerüst und stürzte in den Schnee. Als sie aufspringen wollte, wurde sie von Inaki niedergehalten.

Alatna schaute in sein verzerrtes Gesicht und begriff, daß er zu einem bösen Tier geworden war. Keuchend kniete er auf ihrem Leib und riß an seinen Kleidern.

Im gleichen Augenblick durchfuhr ihn ein Schlag, er warf seinen Kopf zurück, schrie gellend auf und fiel vornüber.

Alatna entwand sich der schweren Last, kam auf ihre Beine und sah einen wippenden Speer im Rücken des Sterbenden.

Sissuk, von einer Horde anderer Nunamiuten gefolgt, kam heran.

»Schlecht sind diese Menschen«, rief er schon von weitem, »schlechter als Ratten und Wölfe...«

Alatna nahm schnell ihre Parka und zog sich das Fellkleid über den Kopf. Nicht wegen der Männer ihres eigenen Volkes, nur aus Gehorsam gegen Hidaka. Als sie in die Mukluks stieg, fiel ihr Blick auf Noboru, der leblos im Schnee hockte. Ein langer Pfeil ragte aus seinem Hals.

»Wir haben alles gesehen«, sagte Sissuk, »alles haben wir gesehen von Anfang an. Dann sind wir gekommen und haben sie getötet...«

Er legte seinen Kopf in den Nacken und brüllte den Siegesruf der Nunamiuten zu den Geistern empor. Seine Gefährten folgten dem Beispiel, und ihr wildes Geheul drang bis zum Ende des Tales. Es wurde von Suda, Lonti und Tsunashima gehört, die dort beim Fischen auf dem Eis saßen. Sie warfen sogleich ihre Angelschnur beiseit und machten sich im Geschwindmarsch auf den Rückweg.

Als die Japaner nicht mehr fern der Höhle waren, fielen sie in einen Hinterhalt der Nunamiuten. Alle drei wurden erschlagen.

38

Der Hauptmann und seine beiden Begleiter hatten lange auf Inaki gewartet und verstanden nicht, warum nun der Hund allein kam. Die Zunge hing ihm weit heraus, Kinmek zitterte vor Aufregung am ganzen Leibe. Er sprang an Hidaka hoch, versuchte japsend zu bellen und zerrte an seiner Parka. Danach lief das Tier ein Stück zurück, blieb jedoch stehen, als ihm niemand folgte.

»Wir sollen heimgehen«, verstand Tojimoto, »der Ausflug gefällt ihm nicht.«

»Das ist oft so bei Hunden«, sagte Hidaka, »die möchten immer, daß die Menschen beisammen sind, zu denen sie gehören. Es liegt an ihrem Herdentrieb.«

»So war er aber noch nie, Enzo...«

»Weil er bisher zu jung war, nun hat sich dieser Instinkt entwickelt.«

Kinmek wollte etwas erzählen, meinte Sinobu, der sich besser als sein Hauptmann mit Hunden auskannte.

»Hat vielleicht einen Hasen gesehen, für Kinmek ist das wichtig genug.«

Hidaka mußte den Hund streng zur Ordnung rufen, weil er schon wieder zurücklief. Nur zögernd gehorchte das Tier und blieb bei seinem Herrn.

»Wir gehen weiter«, befahl der Chef, »Inaki muß eben nachkommen.«

Die drei Männer setzten sich wieder in Marsch und überschritten die Höhe. Auf Hidakas Weisung lief der Hund voraus und verstand sogleich, was von ihm verlangt wurde. Zwar hatte der Wind die Fährten verweht, aber Kinmek spürte noch ihre Witterung, zumal seit dem Abzug der Herde nur ein Tag und eine Nacht vergangen waren.

Der Schnee lag jenseits der Höhe fest gefroren, und das Gehen wurde sehr viel leichter. Das erhoffte Tal war jedoch nicht vorhanden, nur eine weite, freie Hochfläche, die sich kaum merklich nach Süden senkte. Gegen Mittag sahen sie einzelne Fichten in der Ferne, und Hidaka war der Meinung, dort müsse die eigentliche Waldzone wieder beginnen. Auch Alatna hatte davon gesprochen, als er sie nach der Lage des Landes befragte.

»Sicher werden wir dort auf brauchbares Wild stoßen«, sagte er zu Tojimoto, »auch wenn's nicht unsere Karibu sind.«

Er wandte sich zurück, um nach Inaki Ausschau zu halten, doch war von ihm nichts zu sehen.

»Vielleicht hat er dich mißverstanden«, vermutete der Leutnant, »und sich damit begnügt, den Hund abzuschicken.«

Es hatte derlei Mißverständnisse während der letzten Zeit schon öfter gegeben. Der Hauptmann wußte, daß die geistige Wachheit seiner Leute mehr abgestumpft war als ihre physischen Kräfte. Die ständige Einsamkeit, in der sie lebten, begann sich allmählich auszuwirken.

»Soll er wegbleiben, wir brauchen ihn ja nicht unbedingt...«

In einer weiten Mulde, die sehr tief zugeschneit war, verlor Kinmek die Witterung der flüchtigen Herde und konnte sie trotz eifrigen Suchens nicht mehr finden. Hidaka rief ihn zu sich, dankte seinem Eifer und behielt das Tier in seiner Nähe. Sicher würde es im Wald wieder Arbeit für Kinmek geben.

Den einzelnen Fichten folgten bald größere Gruppen von Hemlock-Tannen. Die baumlose Fläche lag hinter ihnen, sie zogen wieder durch eine bewaldete Welt und fühlten sich darin wohler. Hier gab es keine Verwehungen, die Fährten der Tiere lagen offen zutage. Doch waren sie meist mehrere Tage alt und lohnten nicht die Verfolgung. Selbst der Hund mußte das einsehen und ließ von ihnen ab. Doch dann, als die Schatten schon länger wurden, hob er die Nase in den Wind und blieb reglos stehen. Ein sicheres Zeichen, daß Wild ganz in der Nähe war.

»Darf geschossen werden?« fragte Tojimoto.

Der Hauptmann war in der letzten Zeit mit der Munition äußerst sparsam gewesen.

»Nur auf starkes Wild, nicht auf Kälber... ein Schuß muß aber genügen.«

Sie machten ihre Gewehre fertig und hielten sie in der Hand. Kinmek stelzte auf steilen Pfoten etwa hundert Meter weiter, tat sich dann nieder und spitzte die Ohren. Voraus lag ein dichter Bestand breiter Tannen, darin mußte sich allem Anschein nach das Wild befinden. Der Hauptmann schickte Tojimoto nach rechts und Sinobu nach links. Sie sollten das Gehölz umgehen, während er selber mit dem Hund hineindrang.

Kinmek pirschte nach Art der Wölfe, von denen er sicher einige zu seinen Vorfahren zählte. Er drückte sich so tief in den Schnee, daß kaum noch sein Rücken zu sehen war. Hidaka blieb zwanzig Schritt hinter ihm und achtete besonders auf die schneebeladenen Äste, weil ihm deren Schwanken ziehendes Wild verraten würde.

Es kam jedoch anders, die Elche hatten Wind von Tojimoto oder Sinobu bekommen und brachen mit Getöse aus ihrer Deckung hervor. Ein schwerer Bulle mit gewaltigem Schaufelgeweih stürzte dem Hauptmann geradewegs entgegen. Hidaka riß die Büchse hoch, zielte kurz auf den Stich und schoß im selben Augenblick. Der Elch sackte zusammen und verendete schlegelnd im Gesträuch. Fast gleichzeitig wurde von rechts geschossen. Ein dumpfer Fall bewies, daß auch der Leutnant tödlich getroffen hatte. Der Rest des Rudels machte kehrt, stob mit Gepolter in das Waldstück zurück und auf der anderen Seite hinaus. Dort stand Sinobu, seine beiden Schüsse fielen kurz hintereinander.

Zunächst kam Tojimoto herangestapft und meldete die Erlegung eines jüngeren Bullen. Leider war es bei dem dritten Jäger nicht so gut gegangen. Obwohl zweimal getroffen, war die Elchkuh Sinobu entkommen. Ein schmaler Streifen aus braunroten Tropfen begleitete die Fährte des angeschweißten Tieres.

»Leberschuß«, stellte Hidaka fest, »das kann noch eine Weile dauern.«

Es dauerte über eine Stunde, bis sie das zusammengebrochene Wild endlich erreichten. Da die Elchkuh noch nicht verendet war, mußte ihr Sinobu das Messer ins Genick stoßen.

»Eine schöne Schweinerei hast du angerichtet«, fluchte Hidaka, »und dafür noch zwei Patronen verbraucht!«

Sinobu gab zu, daß er in seiner Aufregung wohl zu früh und auch zu schnell geschossen hatte.

Die Beute wurde ausgenommen, abgestreift und sogleich zerwirkt. Da sie alle diese rote Arbeit gewohnt waren, ging das verhältnismäßig schnell. Viel mühsamer war danach der Transport des gewonnenen Wildbrets zurück an den Abschuß der beiden anderen Elche. Weil man die großen Fleischpakete nicht alle gleichzeitig tragen konnte, wurden sie in die große Elchdecke gebunden und durch den tiefen Schnee hinterhergezogen. Auch der Hund mußt mithelfen, aus Fellstreifen hatte ihm Tojimoto eine Zugleine um Hals und Brust gelegt. Durch zwei Schnittlöcher war sie mit der Elchhaut verbunden.

Es war Nacht geworden, als man wieder bei den zuerst erlegten Bullen ankam, doch die harte Arbeit war noch nicht zu Ende. Erst mußten die beiden Tierkörper neben einem Feuer wieder aufgetaut, zerlegt und versorgt werden. Sonst bestand Gefahr, daß sich über Nacht die kleinen und vielleicht auch die großen Raubtiere darüber hermachten.

Als auch diese Arbeit getan war, stieg Sinobu in eine Fichte mit besonders breiten Ästen und erhielt von den beiden Offizieren Stück für Stück die Beute hinaufgereicht. Mit Streifen ihres eigenen Felles band sie der Holzfäller dort oben fest. Damit war die reiche Beute vor dem hungrigen Getier des Waldes sicher und konnte später von den Japanern geholt werden.

Gleich unter diesem Vorratsbaum ließ Hidaka das Camp für die Nacht herrichten. Sinobu trug Holz zusammen, während der Hauptmann und Tojimoto aus schlanken Stämmen und Tannenzweigen das Schrägdach aufbauten. Mit den Schneereifen schaufelten sie den Lagerplatz frei, breiteten die frischen Felle auf den festgefrorenen Boden und entfachten ihr Feuer.

»Bald müssen wir auf den Luxus von Streichhölzern verzichten«, mahnte Hidaka, »wenn's im Frühjahr nach Westen weitergeht, werden wir uns das Feuer reiben.«

Er selber und Sinobu waren in dieser Kunst geübt, die anderen Männer mußten das erst noch lernen. Weil in der Höhle ständig ein

Feuer brannte, hatte man bis heute die letzte, wasserdicht verpackte Schachtel noch nicht aufgerissen. Es waren sogenannte Sturmhölzer darin, die auch der stärkste Wind nicht ausblasen konnte.

»Zwanzig Stück sind es nur, das reicht nicht weit...«

Da erhob sich Kinmek und knurrte in den Wald, die Haare auf seinem Rücken sträubten sich.

Der Hauptmann und Tojimoto wußten, was seine Warnung zu bedeuten hatte, und schauten auf Sinobu.

Schrittweise schob sich Kinmek zurück in den Schutz seines Herrn und begann furchtsam zu winseln. Auch die Menschen vernahmen nun das Geheul der Wölfe. Von weit her drang es durch die windstille, bitterkalte Nacht und endete mit einem langen, schrillen, sehr hohen Ton. Ein unheimliches Signal, der Ruf des Leitwolfs nach seiner Horde.

»Meine Schuld ist es, Taiji-dono«, klagte sich der Holzfäller an, »die Reste von meinem Elch haben sie gefunden.«

»Los jetzt«, befahl Hidaka, »wir brauchen mehr Holz, und zwar schnell, die Meute wird bald hiersein.«

Die frische, blutige Schleifspur war der denkbar beste Wegweiser für hungrige Wölfe. Sobald sich das gierige Rudel von dem Gerippe und Aufbruch geholt hatte, was sich nur irgend fressen ließ, würden sie in der Hoffnung auf weitere Beute sogleich der rot punktierten Fährte folgen. Dann war das Feuer für die Menschen der beste Schutz und mußte ständig versorgt werden. Schon jetzt war Sinobu nicht mehr willens, dessen Nähe zu verlassen. Der wiederholte Befehl des Hauptmanns stieß nur auf sein stumpfes Schweigen. Zu weit konnten sich auch Hidaka und Tojimoto nicht entfernen, da es im Dunkel kaum möglich war, sich einer Rotte anspringender Wölfe zu erwehren. Das Fallholz lag tief unter dem Schnee verborgen, es gelang ihnen nur, drei kleine, längst abgestorbene Stämme umzubrechen und hinter sich her bis ans Lage zu schleifen. Als sie noch ein zweites Mal gehen wollten, schien es Tojimoto, als sei das Wolfsgeheul sehr viel näher gekommen.

»Zu riskant, Enzo, die Bestien sind schon auf der Spur.«

Hidaka mußte ihm recht geben, sie durften den erhellten Umkreis des Feuers nicht mehr verlassen.

»Es müssen viele sein, weil sie so schnell mit den Resten fertig wurden.«

Der Holzfäller zitterte am ganzen Leibe, für seinen Chef und den Leutnant ein kläglicher Anblick. Aber mit Vorwürfen und scharfen

Worten war nichts mehr dagegen zu machen, Sinobu hatte jede Gewalt über sich verloren. Kinmek drängte sich neben seinen Herrn, und Hidaka fühlte, wie schnell das Hundeherz klopfte.

»Heute nacht werden wir nicht schlafen«, sagte er zu Tojimoto. An Stelle des Leutnants antworteten die Wölfe. Es waren Hetzlaute, das Rudel verfolgte die Fährte und glaubte sich auf der Spur eines wunden, aber noch lebenden Tieres.

Schon erschienen die grauen Schatten, der Widerschein des Feuers glühte in ihren Augen. Es wurden mehr und immer mehr, gebannt standen die Wölfe vor dem Lichtkreis und fürchteten sich vor seinem flackernden Schein. Aber nicht für lange, dann heulten sie auf und verlangten nach ihrer Beute. Ein paar Fetzen Gedärm hatten sie soeben verschlungen, ihr Hunger war gereizt, aber noch lange nicht befriedigt. Sie witterten das Fleisch droben im Baum, spürten die ausgeschlachteten Gerippe nicht weit von dem Feuer und rochen auch das warme Blut der Menschen.

Sinobu, Augen und Mund weit aufgerissen, bebte so heftig, daß sein Hauptmann die Fassung verlor und ihn heftig anschrie. Aber nur die Wölfe reagierten darauf und wirbelten durcheinander. Eine menschliche Stimme hatten sie noch nie gehört. Hidaka griff zum Gewehr und legte es über seine Knie, Tojimoto sah es und tat das gleiche.

»Noch kein Grund zum Schießen...«, warnte Hidaka vor einer Verschwendung der Patronen.

Die Wölfe, gewiß schon lange von grimmigem Hunger geplagt, wagten den Sprung ins Licht und stürzten sich auf die Überreste der beiden Elche. Kaum zwölf Schritt vom Schrägdach entfernt lagen die vor einem verschneiten Gestrüpp. Knurrend schlangen die Bestien an den Eingeweiden, rissen an den Rippen und bissen sich gegenseitig vor Gier in die Flanken. Die drei Männer am Feuer starrten in ein Gewoge wilder Tiere, hörten ihr heißes Keuchen und sahen das Blitzen ihrer reißenden Zähne. Zwischen den Menschen und der ausgehungerten Meute war nur das Feuer.

»Wenn sie damit fertig sind...«

Tojimoto brauchte es nicht auszusprechen. Die unersättlichen Wölfe würden das Lager so lange umkreisen, bis die Flammen niederbrannten oder die Sonne wieder schien.

Bald waren die Gerippe von all ihren freßbaren Teilen befreit, wurden aber noch immer hin und her gezerrt. Einzelne Wölfe, von stärkeren Tieren abgedrängt, kamen nicht mehr an die Knochen heran und begannen auf der Suche nach weiterer Nahrung das Feuer zu umschleichen. Hidaka hörte sie hecheln, roch ihren stinkenden Atem. Als eine der Bestien nahe genug stand, warf ihr Tojimoto einen brennenden Knüppel entgegen. Funkenstiebend prallte das Holz gegen den Schädel des Tieres und ließ es heulend verschwinden. Tojimotos zweiter und dritter Versuch hatten den gleichen Erfolg.

»Hör auf damit, Yoshi... wir haben nicht genug Holz.«

Da erst wurde dem Leutnant klar, wie gefährlich ihre Lage schon war. Was an Nachschub für das Feuer noch blieb, konnte kaum für den Rest der Nacht reichen.

»Wieviel Patronen hast du noch?«

Tojimoto zählte elf Stück. Da Sinobu nicht mehr fähig war, selber eine Antwort zu geben, mußte der Hauptmann seine Tasche durchsuchen.

»Er hat noch sieben... hoffentlich reicht's für den Notfall.«

Dieser Notfall kam schon bald, denn um Holz zu sparen, hatten sie das Feuer nicht mehr so reichlich beschickt wie zuvor, und die Wölfe rückten näher. Im Halbkreis standen sie, kaum sechs oder sieben Schritt entfernt, um die sinkenden Flammen und heulten den drei Menschen ihr Verlangen entgegen. Im geöffneten Rachen waren die starken, scharfen Gebisse deutlich zu sehen.

Tojimoto hielt das nicht länger aus, er schoß genau hinein in eines der heulenden Mäuler. Sofort stüzte sich die gesamte Horde auf den Getroffenen und riß seinen zuckenden Leib in Fetzen.

Da stieß auch Sinobu ein Geheul aus, das jenem der Wölfe zum Verwechseln ähnlich war. Den Kopf im Nacken, den Mund weit aufgerissen, schrie der wahnsinnig Gewordene mit den Bestien um die Wette.

Hidaka schlug ihm die Faust ins Gesicht und holte, als er trotzdem nicht verstummte, zum zweiten Schlage aus. Doch Sinobu glitt blitzschnell zur Seite, sprang mitten durchs Feuer und warf sich der Meute entgegen.

Tojimoto schoß in die Wölfe, repetierte und leerte sein ganzes Magazin. Der Hauptmann zielte ruhiger, konnte aber Sinobu nicht mehr retten. Schon hatten ihn die mörderischen Tiere zu Boden geworfen, das ganze Rudel kämpfte um die Beute. Nur für einen kurzen Augenblick kam der Unglückliche noch einmal hoch, zwei Bestien hatten sich in seinem Rücken verbissen, eine andere hing an seiner Kehle.

Da schoß Hidaka dem verlorenen Mann durch den Kopf.

Schon vieles hatten die beiden Überlebenden durchgemacht, nun aber mußten sie mit ansehen, wie vor ihren Augen ein Japaner zerrissen und gefressen wurde. Sie schossen hinein in dieses gierige Gewimmel, bis abermals die Magazine geleert waren. Dann erst faßte Hidaka sich so weit, daß er der Verschwendung kostbarer Patronen Einhalt gebot.

Was nach diesem Gemetzel von den Wölfen noch übrig war, würgte seine sterbenden Genossen ab und sättigte sich an ihren Kadavern. Erst als der graue Morgen kam, schlich sich das grausige Gesindel davon.

Hidaka und Tojimoto packten wortlos zusammen und machten sich auf den Heimweg. Kinmek blieb zwischen ihren Beinen, das Fell noch immer gesträubt.

Schweigend schritten sie durch den Wald, Tojimoto voraus und Hidaka dahinter. Der Hund hatte sich allmählich beruhigt und machte sich mit wachsendem Eifer wieder ans Geschäft der Spurensuche.

Sie waren nicht auf dem gleichen Wege wie am Tage zuvor. Hidaka hatte einen großen Bogen vorgeschlagen, der sie weit nach Süden führte. Noch immer hoffte er eine Karibuherde auszumachen. Erst gegen Mittag erreichten sie den ersten Hügel und stiegen hinauf, um Ausschau zu halten. Der Hauptmann hatte noch nicht das Glas am Auge, als er in der Ferne einen grauweißen Streifen sah, der steil aus den Wipfeln stieg.

»Rauch, Yoshi... Rauch dort hinten!«

»Indianer oder die Yankis...?«

»Eher die Nunamiuten...«

»Wie kommst du auf sie, Enzo?«

»Weil es sonst niemanden gibt in dieser Einöde und weil ich meine, daß sie jetzt in den Wäldern sind... in der Tundra würden sie umkommen.«

Ob man den Kontakt aufnehmen sollte, fragte Tojimoto.

»Ja, ich bin dafür, Yoshi. Wenn es im Frühjahr weitergeht, können wir ihre Hilfe gut gebrauchen. Alatna wird uns ihren Leuten bestens empfehlen. Wir müßten sie nur zu einem Besuch in unserer Höhle bewegen. Ich hoffe, meine paar Brocken ihrer Sprache reichen dazu aus.«

Hidaka peilte seinen kleinen Kompaß auf die genaue Richtung des Rauches ein. Danach stapften sie den Hügel hinab und wieder in den Wald hinein. Der ferne Rauchfaden war nun nicht mehr zu sehen, er wurde von den Baumkronen verdeckt. Die beiden Japaner folgten allein der Weisung des Kompasses. Kaum eine halbe Stunde war vergangen, da schoß Kinmek vor und meldete eine Fährte. Sie war verschneit und für die Menschen nicht mehr zu sehen, aber der Hund konnte ihr mit seiner Nase folgen. Sie hielt etwa die gleiche Richtung ein, die auch der Kompaß wies.

»Sicher eine Spur der Nunamiuten«, vermutete Hidaka, »vielleicht kann sich Kinmek noch an sie erinnern.«

Die Spur und der Hund führten über einen weiten Weg, durch den stillen Wald und über freie Flächen bis zu einem großen Fluß. Hier stießen sie auf frische Spuren von Menschen, die sich auf handgemachten Laufbrettern bewegt hatten.

»Drei Mann sind es gewesen«, stellte Hidaka fest, »ich schätze auf gestern vormittag.«

Die Abdrücke der breiten, etwa anderthalb Meter langen Bretter kamen den Fluß herunter.

»Viel haben sie nicht getragen«, meinte Tojimoto, »ein paar Jäger vermutlich, die gerade abmarschiert waren.«

»Von hier aus kann ein Blinder ihr Lager finden.«

Sie gingen stromauf und gelangten bald zu einer Stelle, wo die dreifache Fährte aus dem Wald herauskam. Tojimoto ging wieder vorn, dichtauf von Hidaka gefolgt.

Schon war der Rauch zu spüren, und die beiden Japaner bedachten den großen Schrecken, den ihr Erscheinen bei diesen Menschen der Steinzeit auslösen mußte. Doch waren die Nunamiuten nach Alatnas Schilderung friedfertige Leute, und Hidaka hoffte, daß schon seine ersten Worte in ihrer Sprache genügten, um sie zu beruhigen. Er legte sich bereits die passenden Sätze zurecht, als der Leutnant rasch zurücksprang.

»Eine Hütte ... eine richtige Blockhütte!«

Beide warfen sich in den Schnee und preßten auch Kinmek zu Boden.

»Keine Nunamiuten ... Yankis sind das!«

Für eine schnelle Umkehr war es schon zu spät. Durch die Abdrücke ihrer Schneereifen hatten sich die Japaner bereits verraten. Wer diese Fährte irgendwo kreuzte, würde sofort Alarm schlagen. So blieb nur die Flucht nach vorn, also ein geschickter, sofortiger Überfall.

»Wieviel Patronen noch, Yoshi?«

»Nur vier Stück ...«
»Eine mehr als ich, es muß genügen!«
Tief gebückt schlichen sie durch die herabhängenden Zweige und gelangten zu einer kleinen Lichtung, in deren Mitte nun auch Hidaka die Hütte sah.
»Vielleicht doch nur Trapper, Yoshi?«
Es war ein altes, sehr solide gebautes Blockhaus, nur der Anbau schien neuerdings errichtet. Das kleine Fenster darin war mit Tierhaut bespannt, während der ältere Bau ein Glasfenster besaß. Der Rauch aus dem rohgemauerten Kamin zeigte an, daß die Hütte bewohnt war.
Mit ihren Ferngläsern suchten die beiden Männern weitere Einzelheiten zu erkennen, vor allem einen Hinweis auf die Zahl der Bewohner. Neben dem Eingang lehnten ein Paar lange Skier, zweifellos die Serienarbeit einer Fabrik. Also mußten zumindest vier Leute für gewöhnlich hier hausen. Nämlich jene drei, die gestern auf ihren Laufbrettern zur Jagd gezogen waren, und ein vierter, dem die Skier an der Hüttenwand gehörten.
»Unsere Yankis sind das ...!«
»Bist du sicher?«
»Sieh die Jacke am Türpfosten, Yoshi, mit dem Abzeichen der Scouts am Ärmel!«
Sie besprachen leise, was zu machen sei. Keinesfalls konnte man sich darauf verlassen, daß der Skiläufer ganz allein in der Hütte war. Bei der letzten Begegnung mit dem Feind hatte Hidaka noch fünf Scouts gezählt, ohne sie vielleicht alle gesehen zu haben. Tojimoto wollte geradewegs zur Tür hineinstürmen, aber der Hauptmann hielt das nicht für gut. Bevor man im Halbdunkel sein Ziel so recht erkannte, hatten die Yankis womöglich noch Zeit, ans Messer zu greifen.
»Wir erschießen den ersten Mann, der von selber herauskommt ... bestimmt springt dann der Rest gleich hinterher, um zu sehen, was los ist!«
Sein Plan konnte kaum fehlschlagen, da man selber in Deckung lag und vor sich freies Schußfeld hatte. Die Schrecksekunde des Gegners mußte ausreichen, um blitzschnell zu repetieren.
Sie warteten lang und litten sehr unter der barbarischen Kälte. Das Licht wurde blasser und die Schatten länger.
Endlich ein Geräusch in der Hütte. Es klang, als fielen Holzscheite zu Boden. Dann hörte man das Klappern der Ofentür, und der

Schornstein qualmte heftiger. Gleich darauf wurde hinter dem Fenster eine Lampe entzündet.

»Die haben geschlafen und stehen jetzt auf«, flüsterte Tojimoto.

»Dann werden sie gleich austreten«, folgterte Hidaka.

Im selben Augenblick wurde die Tür aufgestoßen, ein bärtiger Mann trat hinaus und rieb sich die Augen. Die beiden Männer im Anschlag warteten auf eine Wendung, um in die Brust oder den Rücken zu feuern.

Da sprang Kinmek hoch und jagte mit heiserem Gebell über die Lichtung. Beide Schüsse kamen zu spät, sie krachten nur noch in die schnell zugerissene Tür.

»Kono Yaro ... schieß durchs Fenster, Yoshi, schieß in die Lampe!«

Wenn die Yankis Verstand hatten, würden sie das Licht sogleich ausmachen, damit von draußen kein Schatten in der Hütte zu sehen war. Schoß man jetzt in die Lampe, konnte man auch gut einen Mann dabei treffen.

Schon wurde das Licht aufgehoben ... Hidakas Schuß zersplitterte die Scheibe und gleichzeitig auch die Lampe.

Sofort danach erschien ein Gewehrlauf im Fenster und spuckte Feuer.

»Weg von hier ... er weiß, wo wir stecken!«

Sie warfen sich zur Seite und krochen ins nächste Gebüsch.

»Scheint nur einer drin zu sein ...«

»Weiß nicht ... paß auf!«

Die Waffe des Yanki stieß jetzt aus dem linken Fensterwinkel, feuerte aber ins gleiche Gebüsch wie zuvor. Dabei sah Tojimoto eine Schulter hinter dem Gewehr, zielte und zog ab. Fluch und Gerumpel bewies, daß er getroffen hatte.

»War auch mein letzter Schuß, Enzo.«

»Kann eine List sein ... bleib in Deckung!«

Kinmek stürmte mit japsendem Gebell rund um die Hütte, man konnte nicht mehr hören, was darin vorging. Dafür schien nun rotglühendes Licht durchs Fenster.

»Die Lampe, Enzo ... das Petrol brennt!«

Sie sprangen beide auf, erreichten den letzten Strauch in der Lichtung und warfen sich wieder in den Schnee. Auf diesen Vorstoß hatte der Feind nur gewartet. Er ließ blitzschnell seine Büchse sehen und schoß zweimal kurz hintereinander.

Was hinter ihm geschah, hatte der Amerikaner wohl nicht bemerkt. Seine ganze Spannung war ja nach draußen gerichtet. Erst jetzt, da schon die Flammen hochschlugen, wollte er löschen. Hidaka konnte sehen, wie sein Schatten hin und her hüpfte. Aber das knisterdürre Feuerholz war wohl schon erfaßt, der Mann wurde des Brandes nicht mehr Herr.

»Jetzt muß er 'raus...«, rief Hidaka triumphierend, »er ist erledigt!«

Seine Waffe vor sich haltend, stürzte der Yanki ins Freie und wollte in Deckung springen. Hidaka schoß ihm seine letzte Kugel in die Brust.

Der Getroffene griff um sich, hielt sich kurz am Türpfosten und fiel dann zurück in die brennende Hütte.

»Komm, Yoshi, müssen versuchen, noch was 'rauszuholen...«

Hidaka lief vor, es war keine Zeit zu verlieren. Vieles, was die Yankis bei sich hatten, konnte man dringend gebrauchen.

Doch hatten inzwischen die Flammen Bert Hutchinsons Pulverkiste gefunden, und mit gewaltigem Krach flog das Blockhaus in die Luft.

In Funkenwolken gehüllt, kamen die Balken herunter und wurden von den Flammen verzehrt. Dazu knatterte eine Unmenge explodierender Patronen, ihre Blitze zischten nach allen Seiten.

»Namuami Daibutsu...«, rief der Hauptmann hingerissen, »mit zehntausend Teufeln fährt dieser Mensch zur Hölle!«

Allem Anschein nach hatte man auch Dynamit in der Hütte aufbewahrt, um für die Goldsuche das Gestein zu sprengen.

Erst als Tojimoto keine Antwort gab, sah sich Hidaka nach ihm um.

Er fand den Freund an der gleichen Stelle, von der sie geschossen hatten. Er lag seitlich im Schnee und krümmte sich vor Schmerzen.

»Was ist... was ist mit dir, Yoshi?«

Der Leutnant legte sich auf den Rücken und faßte mit beiden Händen an sein rechtes Knie.

Hidaka trennte mit schnellem Schnitt die Fellhose auf, zerteilte darunter den Hasenpelz und erkannte, daß Tojimotos Kniescheibe hoffnungslos zerschmettert war.

»Sag die Wahrheit...«, keuchte der Verwundete, »bitte die Wahrheit!«

Hidaka atmete schwer, mußte ihn aber belügen.

»Es wird heilen... in ein paar Tagen bist du wieder auf den Beinen.«

»Viel zu spät, Enzo... du mußt weg. Sofort mußt du weg!«

Hidaka wußte selber, daß man keine Minute mehr bleiben durfte. Die anderen Yankis, die hier wohnten und auf der Jagd waren, mußten unter allen Umständen die Explosion gehört haben. Also waren sie schon auf dem Rückweg, so schnell die Laufbretter sie nur trugen. Wenn sie kamen, war man ihnen ausgeliefert. Es gab keine einzige Patrone mehr für Hidaka, seine und Yoshis Büchse waren nur noch wertloses Gerümpel.

»Leg mir den Arm um den Hals... dann wird's schon gehen.«

Aber Tojimoto weigerte sich. Mit seiner Last hatte der Freund keine Chance, zu entkommen.

»Laß mich, Enzo, lauf los!«

Der Verletzte zog sein Messer aus der Scheide, und Hidaka wußte, daß er sich entleiben wollte. Nach der alten, schmerzhaften Art ehrbewußter Samurai. Hastig riß er ihm die scharfgeschliffene Klinge aus der Hand.

»Oh, Enzo... hilf mir doch, schneid mir die Kleider auf... gib mir mein Messer!«

Diese Hilfe konnte der Verwundete von seinem Freund verlangen, das entsprach durchaus den Regeln des Bushido. Nur das Messer mußte sich ein Mann, der Seppukku beging, mit eigener Kraft durch den Leib ziehen.

»Schneid mir die Kleider auf«, schrie Tojimoto, »und dreh mich nach Osten.«

Aber Hidaka steckte das Messer in die eigene Tasche, riß seinen Freund vom Boden hoch und warf sich dessen Last über die Schulter. Dabei verlor Tojimoto vor Zorn und Schmerz die Besinnung.

Der Hauptmann keuchte davon, zurück auf der eigenen Spur. Mit dem Hund vor seinen Füßen brach er durch die Büsche, wühlte sich durch tiefen Schnee und gelangte an den Fluß. Hier legte er den Bewußtlosen nieder, schnitt breite Äste von der nächsten Fichte und band Tojimoto darauf fest. Mit dieser Schleppe hinter sich gelang es Hidaka, etwas rascher voranzukommen.

Auch in dunkler Nacht war die Bahn auf dem Fluß nicht zu verfehlen, sie schimmerte voraus und gab ihm neue Hoffnung.

Um sein eigenes Schicksal ging es dem Hauptmann Hidaka nicht, dafür war er zu folgerichtig im Geist des Bushido erzogen. In diesem Sinne hätte er jetzt nur noch die Pflicht gehabt, dem Feind vor seinem eigenen Untergang noch möglichst viel Schaden zu tun, also zumindest einen der Scouts in den Tod mitzunehmen. Das konnte aus einem geschickt gelegten Hinterhalt heraus sogar mit dem Messer gelingen. Aber wenn ihn dann die beiden anderen Scouts niedermachten, was mit Sicherheit geschehen würde, gab es niemanden mehr, der die Kunde von dem großen Flugfeld im Kaributal der Führung zu melden vermochten. Seine Gefährten in der Höhle wußten nichts von Nischinski und der Insel Igilchik. Wie der Admiral befohlen hatte, war das ein Geheimnis zwischen ihm selber und Yoshi Tojimoto geblieben. So wichtig war der geheime Flugplatz im Rücken des Feindes, daß jeder andere Gedanke dagegen verblaßte.

Dennoch kam Hidaka nicht auf den naheliegenden Gedanken, den Verwundeten seinem Schicksal zu überlassen. Tojimoto war so sehr ein Teil seiner selbst, daß ihm gar nicht einfiel, sich von ihm zu befreien.

Seine Kleider von Schweiß durchtränkt, mit pochenden Schläfen und schmerzenden Lungen hetzte Hidaka durch die Nacht. Was aus dem Freund werden sollte, wenn es ihm tatsächlich gelang, die Höhle zu erreichen, wußte er nicht.

Um Mitternacht fühlte Hidaka, daß er zu weit nach Osten kam. Auch der Hund drängte zur Linken und wollte wieder durch den Wald. Der Hauptmann mußte den Fluß verlassen und löste Tojimoto von den Zweigen. Als er ihn aufhob, kam Yoshi zur Besinnung und verlangte selber zu gehen. Doch beim Versuch, sein verletztes Bein aufzusetzen, knickte er zusammen.

»Tritt nur mit dem rechten Fuß auf den Boden, Yoshi, leg mir deinen Arm um die Schulter.«

Nach einer Weile erst vergeblicher Versuche hatten sie beide den Rhythmus dieses dreibeinigen Ganges verstanden und kamen langsam voran. Beim Anbruch des Tages war der Rand des Waldes erreicht, und es begann der Aufstieg zur ersten Anhöhe. Normalerweise hätte ihnen der nur sanft geschwungene Hang nicht die geringste Schwierigkeit gemacht, aber nun verausgabte Hidaka seine letzten Kräfte, um den Freund hinaufzuschaffen. Droben mußte er sich in einer Schneewehe niederlegen und warten, bis er einem weiteren Stück des Weges gewachsen war.

»Du bringst dich um, Enzo... nur allein kannst du den Rest noch schaffen!«

Die Kälte hatte Tojimotos Schmerzen betäubt, er fühlte nichts mehr von seinem durchschossenen Bein.

»Heute abend mach' ich dir ein Feuer und hole die Kameraden... sie tragen dich, und morgen abend bist du in der Höhle. Alatna wird dich pflegen, sie versteht sich darauf.«

»Du vergißt die Yankis, Enzo... die werden schneller sein.«
Tatsächlich hatte Hidaka den Feind vergessen. Während der letzten Stunden hatte er überhaupt nichts gedacht. Er war nur noch getaumelt, nur noch dem Hund gefolgt, der ihm zu Alatna voranlief.
Tojimoto lag auf seiner rechten Seite im Schnee und schaute zurück.
»Enzo, es wird Zeit... kaum noch eine halbe Stunde hast du Vorsprung. Mach, daß du wegkommst!«
Hidaka war zu müde, um sich zu streiten.
»Verdammt, Enzo! Ich brauche mein Messer... sie kommen!«
»Was ist?«
»Eben haben sie den Wald verlassen und kommen den Hang herauf. Mein Messer... gib's mir endlich!«
Hidaka raffte sich auf, griff zum Glas und sah über die Schneewehen hinab. Die drei Scouts waren deutlich zu erkennen, schon größer als Ameisen. Alle waren sie mit langläufigen Büchsen bewaffnet und glitten auf ihren Laufbrettern schnell voran.
»Da gibt's auch für mich keine Chance mehr, Yoshi... ihre Bretter sind so viel schneller als meine Reifen... und sie können schießen... haben ein weites Schußfeld!«
Er schaute verzweifelt nach einer Deckung, die ihn bis zu einem Messerstoß gegen die Yankis verbergen konnte. Aber erst am Rande der nächsten Mulde, gut eine halbe Meile weit entfernt, lag ein verschneiter Geröllstreifen mit schützendem Buschwerk.
»Also... machen wir ein Ende«, drängte der Verletzte.
Hidaka gab ihm keine Antwort.
»Willst du den Yankis lebend in die Hände fallen?«
Hidaka rührte sich nicht.
»Du... ein Offizier...«, schrie Tojimoto in hellem Zorn, »du läßt dich gefangennehmen!«
Hidaka packte ihn an den Schultern.
»Nein, du gibst dich gefangen! Yoshi, dich müssen sie lebend bekommen!«
Tojimoto warf sich zurück und entglitt ihm.
»Niemals... niemals... niemals!«
Bevor es Hidaka verhindern konnte, hatte er sein Messer wieder an sich gerissen.
»Zu spät für Seppukku... nicht zu spät für einen guten Stich.«
Er riß sich die Parka vom Hals und legte seine Kehle frei. Doch Hidaka warf sich auf ihn und drückte ihm die Arme in den Schnee.

»Verbot! Strenges Verbot!« schrie er dem Freund ins Gesicht. »Ich befehle dir zu leben!«

Der Verwundete keuchte unter seinem Griff.

»Laß mich... du bist wahnsinnig... kannst nichts mehr befehlen!«

»Rette mich doch!« flehte Hidaka. »Nur du kannst mich retten, Yoshi... sie holen mich sonst ein. Anders habe ich doch keine Chance!«

Sein Atem überschlug sich, seine Augen brannten.

»Gar keine Chance hast du... mach Schluß mit dir, Enzo. Bring sie um den Triumph.«

»Ja... ja, ich bringe sie um den Triumph!« schrie der Hauptmann in plötzlichem Jubel. »Aber du mußt leben, Yoshi, dann komme ich durch, und Tokyo erfährt von dem Flugplatz!«

Tojimotos Schmerzen schossen zurück, die schreckliche Erregung ließ sie wieder glühen.

»Du kommst nicht mehr durch... sie holen dich ein, schießen dich nieder...«

»Nein, du hältst sie auf, Yoshi, du hinderst sie zu folgen! Du sorgst, daß sie umkehren und ganz von hier verschwinden. Dann komm' ich durch, dann muß ich durchkommen... mit der Meldung, Yoshi, mit der brennend wichtigen Meldung!«

Tojimoto wandte den Kopf und schaute zum Feind hinab.

»Keine zwanzig Minuten mehr, dann stehen sie hier!«

Hidaka war hell verzweifelt, der Freund begriff ihn nicht.

»Hast du gehört, Yoshi! Yoshi, hast du denn nicht gehört?«

»Aber nichts verstanden... das Ende schon so nahe...«

Hidaka rüttelte an seinen Schultern.

»Dein Tod nützt niemandem, danach kommt meiner und alles ist verloren. Aber ich muß durch! Deshalb mußt du leben, wenn sie ankommen. Sie dürfen dich nicht töten, bei ihnen ist das verboten. Sie müssen dich versorgen und mitnehmen, bei ihnen ist das Befehl. Begreif doch! Begreif doch, Yoshi, wir werfen deine Last den Yankis vor die Füße. Wir drehen einfach alles um, ich kann nicht weiter mit dir, sie aber müssen umkehren mit dir... ich bin frei, und die Yankis sind belastet. Sie müssen zurück, aber ich komme durch mit der Meldung. Ich versprech' dir, sie kommt durch! Hast du's begriffen, hast du's endlich begriffen?«

Yoshi hatte ihn jetzt begriffen, plötzlich sah er die große, die ganz große Möglichkeit für den Freund. Amateras hatte einen Funken in

Hidakas Hirn gezündet, selbst aus dieser verzweifelten Lage hatte sie ihm noch einen Weg gewiesen.

»Mein Name wird ehrlos sein, Enzo! Von den Yankis gefangen und deshalb verdammt bis in alle Ewigkeit!«

»Auf meinen Befehl geschieht das. Für Japan mußt du leben!«

»Wenn du nicht durchkommst, weiß niemand...«

»Dann gib Japan auch deine Ehre, Yoshi, die Götter werden's wissen!«

Beide schauten sie hinab, tief in den Schnee gedrückt und vom Feind noch nicht entdeckt. Die drei Yankis stiegen mühelos hinan und schienen bei guten Kräften. Sie wußten die Japaner ohne Waffen, den einen schwer verletzt und den anderen sicherlich zu Tode erschöpft. Keinen Schuß aus dem Hinterhalt hatten sie zu befürchten. Nichts blieb mehr übrig, als nur den Schlußstrich zu ziehen.

»Lauf los, Enzo, ich tue, wie du willst.«

Hidaka nahm den Kopf des Freundes zwischen beide Hände.

»Arrigato gozaimas... leb wohl, Yoshi.«

Er sprang auf, salutierte vor dem Zurückgelassenen und lief in weiten Sprüngen in die Mulde hinab. Hinter ihm verklang das dreimalige Banzai des Leutnant Tojimoto.

Auf der festgefrorenen Schneedecke kam der Flüchtende schneller als gedacht hinüber zur nächsten Höhe, warf sich hinter dem Geröll zu Boden und nahm sein Glas an die Augen. Den Hund holte er zu sich und band ihn fest, sonst hätte Kinmek womöglich das Auftauchen des Feindes lauthals gemeldet.

Im gleichen Augenblick wuchsen drüben die drei Köpfe der Yankis über die Schneewehe. Ihre Gewehrläufe richteten sich auf Tojimoto, der die Hände zögernd hob.

Mit schmerzhafter Spannung folgte Hidaka dem Geschehen auf der anderen Höhe. Es konnte ja dennoch sein, daß die Feinde, so unendlich fern aller Zeugen, den Verwundeten kurzerhand erschossen. Sie mußten gleich erkennen, daß dieser Gefangene für sie ein Rückschlag war, daß sie durch ihn gezwungen wurden, ihr ganzes Unternehmen vorläufig aufzugeben. Allerdings konnten sie nicht wissen, daß der feindliche Führer noch in erreichbarer Nähe war.

Drüben sprach man erregt durcheinander. Aber jener lange Scout mit dem schmalen Gesicht drängte seine Kameraden von dem Gefangenen ab. Schon zweimal hatte Hidaka diesen Mann gesehen, bei dem Überfall am Teich und später am Wildbach in den Brooks. Damals war es ihm fast gelungen, diesen Yanki zu erschießen.

Nun hatte sich der Anführer dort drüben offenbar durchgesetzt. Alle drei Amerikaner beugten sich über Tojimoto und prüften seine Verletzung. Danach setzte man Tojimoto auf zwei zusammengebundene Gewehre und trug ihn davon.

39

Während Hauptmann Hidaka die Höhle noch in der gleichen Nacht erreichte, um von Alatna zu erfahren, daß von all seinen Leuten nur er allein noch übrig war, trugen die drei Amerikaner den Leutnant Tojimoto nach Süden.

Sie hatten sein zerschossenes Knie mit Schnee gewaschen und mit weichen Fellen umwickelt. Sie hatten ihren Gegner unter mancherlei Flüchen warm verpackt und ihm eine Tragbahre gemacht. Darauf lag er nun und überließ seinen Feinden alle Mühe, ihn fortzuschaffen. Wie weit deren Weg bis zu ihrem nächsten Stützpunkt war, wußte Tojimoto nicht. Er wollte auch nicht danach fragen. Je länger man unterwegs war, desto größer wurde die Chance für Enzo Hidaka, seine letzte Aufgabe zu erfüllen. Der Gefangene glaubte so fest an die beispiellose Energie und Tüchtigkeit seines Freundes, daß er im Geiste schon jetzt dessen Eintreffen auf der fernen Insel Igilchik voraussah.

Tojimoto durfte sich nicht anmerken lassen, daß er in der Lage war, auf einem Bein zu stehen und sogar mit fremder Hilfe zu gehen. Nichts durfte er tun, was das Vorankommen der Yankis erleichtern konnte. Er hatte wohl bemerkt, wie gering ihre Ausrüstung war, und daß sie in jeder Hinsicht vom Lande leben mußten.

Dies und so manches andere verzögerte ihren Marsch durch die Wildnis. Mit großer Aufmerksamkeit achtete der Leutnant auf alle Kniffe und Kunstkniffe, mit denen die Yankis ihrer Schwierigkeiten Herr wurden. Manches war dabei ganz anders, als es die Japaner machten. Das mußte man sich merken, um es nach dem Kriege den eigenen, hieran interessierten Stellen zu melden.

Tojimoto war nun ganz zufrieden mit der Entwicklung aller Dinge. Hidaka würde durchkommen, ganz bestimmt, und sogleich erklären, warum er ihm befohlen hatte, sich auf scheinbar so schändliche Weise zu ergeben. Es war ja wirklich ein Sieg für die japanische Sache. Durch ihre eigenen Gebote und Verbote hatte man die Yankis gezwungen, von Hikada und seiner so unerhört wichtigen

Mission abzulassen. Alle Mühen, Gefahren und Verluste waren nun für die Feinde umsonst gewesen. Im letzten Augenblick hatte Hidakas genialer Einfall ihnen den sicheren Erfolg vor der Nase weggeschnappt und ins Gegenteil verkehrt.

Ganz so selbstverständlich, wie Tojimoto meinte, hatten sich die Scouts allerdings nicht zu dieser Umkehr entschlossen. Im Gegenteil, es war ihnen sehr schwergefallen. Im nächsten Camp, außer Hörweite des Gefangenen, kamen sie wiederum darauf zu sprechen.

Es sei doch widersinnig, meinte Dick Hamston, wenn man hier einen bösartigen Feind am Leben ließ, um andererseits durch die Luftangriffe gegen Japan so vielen Menschen das Leben zu nehmen, die selber am Kriege gar nicht beteiligt waren.

»Da find' ich mich auch nicht durch«, räumte Allan ein, »aber zum Glück brauchen wir das nicht zu entscheiden. Wir selber haben's nur mit diesem Mann zu tun, und bei ihm war der Fall ja klar. Man darf nun mal keinen Gegner umbringen, der verwundet vor einem liegt.«

»Er hätte es mit jedem von uns sofort getan«, empörte sich Pete, »bei den Schlitzaugen ist das so üblich.«

»Nicht immer... damals am Teich haben sie's nicht getan. Der Hidaka selber hat unseren Leuten Verbandzeug hingeworfen.«

Dick Hamston lachte vor Wut.

»Und so schleppen wir nun dieses Miststück im Schweiße unseres Angesichts bis zu einem gutgeheizten Lazarett!«

»Was bleibt uns anderes übrig?«

Pete Randall wußte, was man hätte tun sollen. Nämlich nichts, den Menschen einfach liegenlassen und dem anderen nachlaufen.

»Einen Verwundeten könnt' ich auch nicht fertigmachen«, betonte Dick Hamston, »... nicht mal so einen. Aber die andere Ratte laufenlassen ... das geht mir schon verdammt an die Nieren.«

Er sei sicher, daß jener andere der Hauptmann Hidaka selber war, gab Allan zu.

»Warum bist du so sicher?«

»Weil ich solch eine verdammte List nur dem Hidaka zutraue. Uns seinen Leutnant hinzuwerfen, war für ihn die einzige Möglichkeit, sich zu retten.«

»Das feige Aas...!«

»Der kluge Teufel«, verbesserte Allan, »er ist wieder frei für seine Aufgabe, uns aber hat er die Hände gebunden.«

»Gar nicht beachten sollen hätten wir den angeschossenen Japs. Liegenlassen und weiterlaufen, das wär' richtig gewesen!«

»Nein, das wär' nicht richtig gewesen, Pete. Bis zum Abend hätte ihn die Kälte umgebracht, oder die Wölfe. Vergiß nicht die roten Tropfen im Schnee.«

»Na wennschon. Wir hätten's nicht auf dem Gewissen gehabt.«

»Eigentlich doch«, sah sogar Hamston ein, »wenn man's richtig überlegt, wäre das Liegenlassen sozusagen aufs gleiche herausgekommen wie direktes Umbringen. Kann sein, Allan, du hast doch recht...«

Der Chiefscout nickte ihm zu.

»Davon bin ich überzeugt, es ging nun mal nicht anders, auch wenn mich hundertmal die Wut zerreißt. Der Hidaka hat uns in den eigenen Saft getunkt, und darin müssen wir nun schwimmen. Aber gerade damit liefern wir ja den Beweis, daß wir auf der rechten Seite stehen!... Wozu wird denn dieser ganze verfluchte Krieg geführt? Wenn wir selber genauso brutal sind wie die Schlitzaugen, die wir doch angeblich wegen ihrer Brutalität bekämpfen, dann fällt doch aller Sinn der blutigen Geschichte überhaupt ins Wasser. Besser hundert Gelbe entkommen, als daß wir selber nur eine Schandtat begehen... Nur im kleinen Ausschnitt betrachtet, stinkt's nach totalem Blödsinn, daß wir unsere kranke Ratte hier über alle Berge in Sicherheit schleppen. Wenn man's aber mit dem gebührenden Abstand sieht, bekommt das doch einen Sinn, eben genau den Sinn, worum es jetzt in aller Welt zu gehen scheint.«

»Bist du plötzlich fromm geworden?« fragte Pete.

»Ich wüßte gar nicht, was das ist. Aber mir wär' nicht wohl bei dem Gedanken an mein verratenes Gewissen. Und dir auch nicht, Pete, wenn du später mal dran zurückdenkst!«

»Vorläufig denk' ich nur an den Mr. Hidaka und wie sich der in sein dreckiges Fäustchen lacht!«

»Daran denk' ich auch«, gab Allan zu, »und an seine versteckte Handgranate. Mir kommt dabei die Galle hoch!«

Aber damit war dies Thema erledigt, und man sprach von ganz anderen Dingen. Mit Tojimoto aber sprach niemand. Nur Allan hatte zu Anfang einige Worte mit ihm gewechselt und dabei gehört, daß er die englische Sprache fast vollkommen beherrschte. Doch hatte der Gefangene nur seinen Namen und den Dienstgrad genannt, sonst nichts.

Die Scouts brauchten für ihren Rückmarsch viel mehr Zeit als für den Hinweg. Der Schnee machte ihnen große Mühe, noch mehr Mühe machte ihnen die Fortbewegung Tojimotos. Sie hatten sich aus Fell zwei breite Tragriemen geschnitten, die sich nun über Schulter und Brust spannten, um das Gewicht der Bahre besser zu verteilen. Einer von ihnen mußte ständig vorausgehen, um den gangbarsten Weg zu erkunden und schon eine Bahn für die Laufbretter zu ziehen. Mitunter blieben sie tagelang im gleichen Lager, um von dort aus zu jagen. Weil der Gefangene zu geschwächt schien, um selber das Feuer zu versorgen, mußte einer der Scouts bei ihm bleiben. Keiner tat dies mit Vergnügen, aber jeder kam umschichtig an die Reihe.

Am elften Tag ihrer Wanderung erreichten sie wieder jenes kleine Tal, wo Harry auf so heimtückische Weise seine Hand verloren hatte. Weil man hier die Umgebung wie auch die Wildverhältnisse recht gut kannte und das Schutzdach noch in gutem Zustand war, beschlossen die Scouts, einige Tage zu bleiben, um neuen Proviant zu beschaffen. Zunächst war Allan an der Reihe und mußte neben dem Gefangenen das Feuer versorgen. Dick und Pete waren schon bei Tagesanbruch losgezogen, um einem Rudel Schneeschafe nachzupirschen, dessen frische Fährte man drüben am Hang gesichtet hatte. Tojimoto ruhte auf einem Lager aus Fichtenzweigen und sah mit halbgeschlossenen Augen in den Himmel. Vor ihm flackerte die kleine Flamme, und daneben saß der Chiefscout, mit der Erneuerung seiner Schneereifen beschäftigt.

Allan wollte nicht den ganzen Tag wortlos verbringen und beschloß, das ewige Schweigen zu brechen.

»Was macht Ihr Knie, Leutnant?«

Tojimoto war von der höflichen Anrede überrascht.

»Es ist steif geworden... danke.«

Das war alles, der Japaner sank wieder zurück.

»Haben Sie eine Frau... haben Sie Kinder?«

»Nein, Mr. Allan, nur Eltern und vier Brüder... alle sind Soldaten.«

»Wo ist Ihre Heimat, Leutnant?«

»In Japan...«

Damit war man schon wieder am Ende.

So kam denn Allan auf eine Frage, die der Japaner bestimmt etwas ausführlicher beantworten mußte.

»Warum hat eigentlich Japan diesen furchtbaren Krieg angefangen?«

Sofort richtete sich der Gefangene wieder auf und war ganz bei der Sache.

»Wir kämpfen für eine gerechte Zukunft unserer Nation und den Lebensraum, den wir und die nach uns kommenden Generationen brauchen ...«

»Auf Kosten anderer Völker?« unterbrach ihn Allan.

»Sie brauchen die japanische Ordnung... ein großes Reich der Aufgehenden Sonne wird entstehen, das allen seinen Untertanen Schutz gewährt.«

»Wenn aber diese anderen Völker das gar nicht wollen; ich meine unter japanischem Schutz leben?«

»Dann werden sie es gegen ihren Willen tun, Mr. Allan, das japanische Volk muß sich entfalten. Das ist unsere göttliche Bestimmung, niemand kann uns daran hindern!«

»Wir Amerikaner suchen es zu verhindern«, sagte Allan, »wir und die Engländer und alle freien Staaten, die auf unserer Seite stehen.«

»Mit welchem Recht? Was hat Ihr Volk in unserem Raum zu suchen? Wer gibt ihm die Befugnis, sich überall einzumischen?«

»Die Pflicht, denke ich. Ganz einfach die Pflicht, freie Menschen vor der Unfreiheit zu beschützen.«

»Deshalb bombardieren Ihre Kameraden Frauen und Kinder, Mr. Allan?«

»Wer hat damit angefangen, mitten im Frieden und ohne Kriegserklärung? Wer hat sich aus heiterem Himmel auf Pearl Harbor gestürzt? Wie war das vorher in China, in der Mandschurei und so weiter?«

Tojimotos Augen blitzten vor Empörung.

»Japan hat in rechtmäßiger Notwehr gehandelt, ihr Amerikaner habt uns bedroht!«

Was zuvor in der großen Politik gespielt hatte, wußte Allan nur von ungefähr.

»Wir sind nun mal ein freies Volk, Leutnant, und wollen, daß auch die anderen Völker in Freiheit leben. Sie wissen ja, wir haben keine Kolonien und wollen auch keine. Ganz bestimmt werden wir auch nichts von dem behalten, was wir vorübergehend besetzen.«

»Das weiß ich besser, die ganze Welt weiß es besser!« unterbrach ihn der Japaner, lodernd vor Zorn, »Länder und Inseln ohne Zahl hat Amerika schon geraubt und behalten, durch List und Betrug, durch Krieg und Überfall!«

Das war zuviel für Allan, er konnte sich das nicht bieten lassen.
»Nie haben wir solche Verbrechen begangen! Wir haben eine saubere Geschichte, zumindest nach außen. Keinen räudigen Hund locken Sie mit verlogener Propaganda hinterm Ofen hervor. Aber ich seh' schon, mit Ihnen kann man eben nicht reden!«

Aber Tojimoto redete doch. Über die schändliche Geschichte der Vereinigten Staaten, so wie man ihn diese gelehrt hatte, wußte er ganz genau Bescheid.

»Haben die Inseln von Hawaii schon immer zu den Vereinigten Staaten gehört, oder wurden sie den Hawaiianern gestohlen? Warum regieren die Amerikaner in Puerto Rico, Guam und Upolu? Etwa auf Wunsch der Farbigen dort? Wie ist denn Ihr Volk zu Texas und Kalifornien gekommen? Doch nur durch einen Raubzug gegen das schwache Mexiko! Oder etwa nicht? Nevada, Arizona und Neumexiko... alles habt ihr zusammengeraubt, Mister, andern Leuten mit Gewalt entrissen. Nicht, daß ich die Spanier verteidige. Das waren genau solche Unterdrücker. Aber welches Recht hatte Amerika, ihnen die Philippinen und Kuba wegzunehmen? Ein jämmerlich feiger Krieg war das, Mr. Allan, die überwältigende Macht Amerikas gegen die Ohnmacht Spaniens.«

Er schrie so laut und schnell, daß keine Unterbrechung möglich war. Allan mußte noch lauter schreien.

»Gegen Sklaverei und Ausbeutung haben wir eingegriffen, für die einfachsten Menschenrechte sind wir eingetreten. Nennen Sie mir eines dieser Gebiete, denen's jetzt nicht bedeutend besser geht als zuvor. Alle diese Leute sind jetzt Amerikaner mit allen Rechten freier Menschen, keiner möchte es mehr anders haben. Denn wir Amerikaner...«

»Sie bezeichnen sich als Amerikaner?« Tojimoto lachte voller Hohn.

»Was denn sonst? Gebürtiger Amerikaner bin ich von gebürtigen amerikanischen Eltern!«

»Und weiter... weiter...«, drängte sein Gegner, »wo kamen die Großeltern und die Urgroßeltern her?«

»Aus Schottland natürlich, das sagt schon mein Name, und geht Sie nicht das geringste an!«

»Na also«, triumphierte Tojimoto, »ein Schotte sind Sie, ein Europäer! Ein Mitglied der sogenannten weißen Rasse, ein Mensch von der anderen Seite dieser Welt!«

Allan begriff nicht, worauf er hinauswollte.

»Das ist nun mal so in Amerika. Wir stammen alle von Einwanderern ab und sind stolz darauf, verdammt stolz!«

»Noch stolz darauf!« schrie der Japaner. »Ihr seid noch stolz darauf, daß ihr die rechtmäßigen Herren dieses großen Landes vertrieben und vernichtet habt, bis auf wenige Reste. Mit Pulver und Blei, mit Schnaps und Betrug habt ihr die wirklichen Amerikaner um ihre Heimat gebracht. Nichts anderes sind doch in Wahrheit die Vereinigten Staaten als eine Raubkolonie der Weißen, bewohnt von weißen Rebellen, die sich gegen ihren rechtmäßigen König empört haben, um die Frucht ihrer Plünderung alleine zu genießen. Und zum Hohn der Geplünderten nennt ihr euch noch Amerikaner! Hergelaufene Europäer seid ihr! Nur die Indianer, die Eskimo und Aleuten sind echte Amerikaner, niemand anders! Und das sind samt und sonders Mongolen, Mister, von der gleichen Herkunft wie alle Japaner, wie alle Chinesen. Ganz Amerika gehört von Rechts wegen den Mongolen. Wir sind alle zusammen vom gleichen Stamm, die Eskimo, Indianer und Japaner. Ein Volk ist das alles zusammen, eine Rasse, die Weißen haben nichts verloren auf diesem Kontinent, gar nichts!«

Allan hatte es aufgegeben, seine wilde Polemik zu unterbrechen. Stoßweise kam das alles heraus, mit glühender fanatischer Überzeugung. Gar nichts war mit Vernunft und guten Gründen dagegen zu machen. Das also wurde aus einem Menschen, den man jahrzehntelang auf raffinierte Weise verhetzt hatte!

»Noch nie bin ich einem solchen Geist begegnet wie bei Ihnen«, sagte er, als Tojimoto endlich Schluß machte.

Der Japaner lächelte zufrieden.

»Ich dachte mir schon, Mr. Allan, Sie würden dankbar sein, einmal die Wahrheit zu hören. Sonst haben Sie ja keine Gelegenheit dazu.«

Im Gefühl, auch hier seine patriotische Pflicht erfüllt zu haben, legte sich der Japaner wieder zurück und schloß die Augen.

Als die beiden Scouts erfolgreich und schwer bepackt von ihrer Jagd zurückkamen, erzählte ihnen Allan von den wirren Reden des Gefangenen.

»Wenn er weiter so seine Giftspritze aufreißt«, meinte Dick Hamston, »steckt ihn der nächste Arzt in die Klapsmühle.«

»Wissen möchte ich nur«, meinte der Chiefscout, »ob auch der Hidaka so ist?«

»Bestimmt, Allan, die sind doch alle gleich!«

»Hidaka ist ein gerissener Bursche, eigentlich viel zu klug für so blinden Fanatismus.«

»Um so schlimmer, Allan, dann wird er noch manches fertigbringen, was unser Kerl hier mit seiner Verrücktheit niemals könnte!«

»Eben daran denke ich die ganze Zeit. Solange der Hidaka mit seinen Teufelskünsten frei herumläuft, habe ich einfach keine Ruhe. Der ist zu allem fähig, putscht uns vielleicht noch die Eingeborenen auf. Die sehen ja wirklich aus wie Mongolen, und da gibt's schon welche, die vielleicht auf sein giftiges Gerede hereinfallen.«

»Wennschon, Allan, viel könnten sie doch nicht machen. Aber wir machen uns jetzt am Bratspieß ein paar saftige Steaks vom wilden Hammel!«

Eigentlich hatte der Gefangene nach ihrer Meinung nichts davon verdient, aber hungern lassen konnte man ihn ja auch nicht.

»Hier... füll dir den Bauch«, reichte ihm Dick ein fetttriefendes Lendenstück, »damit du noch schwerer wirst, Giftbeutel, und wir uns noch mehr plagen müssen mit dir.«

Allan lieh ihm sogar sein Messer, weil der Japaner erst zu essen begann, wenn er zuvor sein Fleisch in kleine Stücke zerschnitten hatte. Die pickte er dann mit zwei Hölzchen auf, so lang und dünn wie Stricknadeln, und führte sie geschickt in den Mund.

»Warum einfach, wenn's auch kompliziert geht?«

»Er kann halt nicht anders, so haben sie's ihm schon in der Wiege beigebracht.«

Etwas später fragte dann Allan, ob sie es auch zu zweit fertigbrächten, den Japaner bis an den Cliftonsee zu schaffen.

»Allan, das hab' ich kommen sehen!«

»Na schön, aber ihr schafft's doch?«

»Das schon... es geht ja über keinen Berg mehr, und wir können uns Zeit lassen. Aber du... hast du noch immer nicht genug?«

»Nein, erst wenn der Hidaka erledigt ist!«

Dick und Pete schauten sich an.

»Dagegen ist wohl nichts zu machen, wie?«

»Nein, Dick, besser, ihr versucht's erst gar nicht.«

»Aber wo wir doch schon so weit auf dem Rückweg sind. Bis zum Depot kannst du doch noch mit.«

Doch der Chiefscout hatte guten Grund, wieder kehrtzumachen.

»Wenn ich erst am See bin, muß ich mich durch Funk beim General melden und berichten. Dann fängt dort gleich der ganze Laden an zu brummen, und ich zapple wieder im Netz der Militärs.«

Das waren schwerwiegende Bedenken, für die Hamston und Randall volles Verständnis hatten.
»Warum hast du das nicht gleich gesagt?«
Allan lachte.
»Weil ich gemeint habe, ihr könntet euch das von selber denken!«

40

Es war dem Hauptmann Hidaka nicht möglich, ein großes Grab zu schaufeln, die Erde war zu hart gefroren. So mußten sich die Toten mit einem Steinhügel begnügen, den ihr Chef und Alatna in mühevoller Arbeit zusammentrugen. An sich war es Brauch in der japanischen Armee, die Gefallenen zu verbrennen und ihre Asche mit in die Heimat zu nehmen, wo dann erst die eigentliche Totenfeier stattfand. Das war nun ausgeschlossen. Aber eine kleine Tafel mit ihren Namen würde im Yaskuni-Schrein zu Tokyo vom tapferen Leben und tragischen Tod der Gefallenen künden, und der erhabene Tenno würde die Sonnengöttin bitten, ihre Söhne in Ehren aufzunehmen.

Als der letzte Stein gesetzt war, trat der Hauptmann zurück, verbeugte sich dreimal sehr tief und salutierte sodann vor dem Hügel der Toten. Eine volle Viertelstunde stand er reglos davor, den rechten Handschuh an seiner Pelzhaube. Alatna hielt das für eine allgemeine Sitte seines Stammes und tat genau das gleiche.

Für Hidaka war unbegreiflich, daß ihm die Mörder seiner Kameraden Alatna gelassen hatten. Doch sie selber fand das ganz natürlich, sie gehörte ja nicht mehr zu ihrem Stamm. Auch hatte ihr Volk gegen Hidaka selber gar nichts einzuwenden. Der war ja ihr Mann und hatte sie erstaunlich gut behandelt. Was Alatna als seinen persönlichen Besitz bezeichnet hatte, war von den Nunamiuten nicht berührt worden. Nur, was sie für das Eigentum der Erschlagenen hielten, galt ihnen als rechtmäßige Beute. Auch war der Überfall ohne Wissen und Willen des Tonjon geschehen. Tunak hatte sich mit allen älteren Männern auf den Heimweg gemacht. Die jungen Leute waren es gewesen, die sich, von Neugier, vielleicht auch von Raublust getrieben, die fremden Menschen etwas mehr aus der Nähe hatten ansehen wollen. Dabei war es dann ihre Pflicht gewesen, Alatna von ihren Bedrängern zu befreien und auch gleich die anderen drei Männer niederzumachen, die mit offenbar den gleichen bösen Absichten vom Ende des Tales herbeieilten.

Für Hidaka gab es keine andere Wahl, er mußte die Höhle verlassen und aus dieser Gegend verschwinden. Einmal konnten die Amerikaner, sobald die Scouts wieder Kontakt mit der Außenwelt hatten, aus der Luft einen neuen Suchtrupp absetzen. Zum anderen glaubte er Alatnas Beteuerung nicht, daß ihm selber die Nunamiuten freundlich gesinnt seien.

Mit einem spitzen Stock zeichnete er die Umrisse des nördlichen Alaska in den Sand der Höhle, mit allen Gebirgen und größeren Flüssen. Es sollte ihm helfen, von Alatna zu erfahren, was von hier bis zur Küste noch vor ihnen lag. Aber sie erkannte nicht, was die Striche und Punkte im Sand bedeuteten. Die Nunamiuten malten keine solchen Bilder, sie wußten von selber, wie ihr weites Reich beschaffen war.

Ja, es gab einen großen Fluß, sagte sie ihm. Er lag in Richtung der sinkenden Sonne und war so breit wie ein See, vielleicht noch breiter. Aber viele Tage, viel mehr Tage, als man Finger an Händen und Füßen hatte, mußte man laufen, um an sein Ufer zu gelangen. Sie selber war nie dort gewesen, hatte nur davon gehört. In den ganz alten Zeiten, als noch keine weißen Menschen an das endlose Wasser kamen, waren die Nunamiuten auf diesem mächtigen Strom bis zu seiner Mündung gefahren, um mit den Eskimo Felle und Geräte zu tauschen. Aber das hatte schon lange aufgehört. Nur der Schaman war noch einmal dort gewesen und hatte schlimme Dinge berichtet. Drei weiße Männer hatten sich bei den unglücklichen Eskimo niedergelassen. Sie gaben Befehle und trugen blanke Sterne an der Brust. Jeder Mensch mußte ihnen gehorchen, ob er wollte oder nicht.

Angalik nannte sie diesen großen Strom, doch war das eine Bezeichnung, die Hidaka noch nie gelesen hatte. Der *Noatak* war es, den er unbedingt erreichen mußte, um auf seinem Rücken bis an die Westküste und zur Insel Igilchik zu gelangen. Aber wer mochte wissen, wie ein Fluß oder Berg von den Nunamiuten genannt wurde, der auf der Landkarte ganz anders hieß. Er konnte nur hoffen, daß sich am Ende jener Angalik als der gesuchte Noatak herausstellte.

Hidaka wollte nur mitnehmen, was man in zwei Felldecken verpacken und ohne allzu große Mühe tragen konnte. Alatna jedoch bereitete ein Gepäck vor, das auch für sechs Männer zu schwer gewesen wäre. Der ganze Vorrat an gefrorenem Fisch gehörte dazu, auch alle selbstgefertigen Geräte und die wärmsten Pelzdecken, selbst das Fell ihrer großen Bären. Hidaka erklärte ihr, daß sie zu zweit doch niemals imstande seien, so viele Sachen zu tragen.

»Mich machen Ding für Ziehen ...«

»Im tiefen Schnee kommen wir mit einer Schleppe nicht durch!«

»Mich machen ... du sehen.«

Sie nahm eine der zuletzt erbeuteten Elchdecken und begoß sie so lange von beiden Seiten mit Wasser, bis sie völlig durchfeuchtet war. Dann ging sie hinaus und trat mit ihren kleinen, flinken Füßen eine Grube in den Schnee, etwa zwei Meter lang und einen halben Meter breit mit glattem, flachem Boden. In diese Form wurde nun, mit dem Haarkleid nach außen, das nasse Fell gelegt und von innen mit Weidenästen versteift. Schon nach einer kurzen Stunde war das Gebilde bretthart gefroren und zu einem Schlitten geworden. Hidaka löste das seltsame Gefährt aus seinem Schneebett und war verblüfft von dessen Beweglichkeit. Ein normaler Schlitten, mit allen Hilfsmitteln moderner Technik fabriziert, war gewiß noch leichter zu ziehen, aber im Vergleich zur Traglast auf dem eigenen Rücken war die fahrbare Elchhaut eine wirklich wunderbare Erfindung. Man mußte nur täglich vor dem Aufbruch den Schlitten umdrehen und seine dichtbehaarte Unterseite aufs neue mit Wasser begießen. Schon beim Zusehen wurde daraus blankes Eis, und der Schlitten glitt wieder leicht über den Schnee. Alatna schnitt das Geschirr zurecht, davon eines für Kinmek, dann wurde der Schlitten mit allem gefüllt, was sie zurechtgelegt hatte. Am nächsten Morgen brachen sie auf.

Die wohnliche Höhle blieb zurück. Auch der Steinhügel, worin für immer die erstarrten Leiber von Suda und Tsunashima, von Lonti, Inaki und dem Oschonen Noboru bestattet lagen, versank in der Einsamkeit. Die beiden Wanderer durchzogen die ganze Länge des Kaributales und mühten sich schräg an seiner Flanke nach oben, bis die Hochfläche erreicht war. Hatte sich Hidaka bei seiner Suche nach den abgewanderten Karibu in südöstliche Richtung gewandt, ging es nun fast genau nach Westen. Über den vereisten Schnee glitt der Schlitten so leicht dahin, daß ihn auch Kinmek allein hätte ziehen können. Gegen Abend senkte sich die Fläche nach Westen, und sie mußten sich hinter ihren Schlitten hängen, um seine flotte Abwärtsfahrt zu bremsen. Eine Landschaft lag nun vor ihnen, die einem wogenden Meere glich, das eingefroren war. Ein

Wellenkamm folgte dem anderen in eintönigem Gleichmaß. Droben auf diesen Wogen war der Schnee festgebacken, und die Elchhaut fuhr fast ohne Reibung darüber hin. Doch in den Wellentälern dazwischen lag weicher, ganz lockerer Schnee, der das Nachziehen der Last sehr schwierig machte. Fast waagerecht lagen Alatna und Hidaka im Geschirr und stemmten ihre Schneereifen tief in den Boden. Auch der Hund keuchte vor Anstrengung.

Als der Abend des kurzen Tages kam und noch immer kein Feuerholz zu finden war, hielten sie nur kurze Rast, um ein Stück Rauchfleisch zu verzehren. Da es steinhart gefroren war, mußte die Mahlzeit erst mit der Axt in kleine Würfel geteilt und am Körper aufgetaut werden. Dann ging es weiter in die Nacht hinein. Der Himmel war von tiefstem Violett, auf dem Schnee schimmerte das sanfte Licht des Mondes, und alle Sterne blitzten. Außer dem Knirschen des Schlittens und ihrer Reifen war nichts zu vernehmen. Die leblose Einöde schien ohne Ende zu sein, selbst auf dem Mond konnte es keine Landschaft geben, die fremder und feindlicher war als diese.

Dann jedoch, als sie kurz innehielten, um sich von ihrer schweren Arbeit zu erholen, sahen sie ein wunderbares Bild. Nur im hohen Norden wird dergleichen bisweilen sichtbar, nur wenige Menschen haben es je mit eigenen Augen erblickt.

Über den Wellen des vereisten Landes hing ein Vorhang aus feinstem Silberstoff, er kam aus unendlicher Höhe herab und bedeckte die ganze Breite des violetten Himmels. Durchsichtig und dünn war dieser feine Schleier, kunstvoll drapiert und leicht gebauscht, als spiele der Wind damit. Nordlicht nennt man diese Erscheinung, eines der wunderbarsten Gebilde aus Luft und Licht, in die Nacht gezaubert von geheimnisvollen Vorgängen in der Atmosphäre. Das helle Gewebe, in zarten Streifen gemustert, hing nicht gleichmäßig herab, schlug vielmehr Falten und war an beiden Seiten nach außen gewandt, wie Gardinen an den Fenstern eines Schlosses. Kein Lüftchen rührte sich, alles war vollkommen still.

»Arshakpuluk gehen durch Himmel«, flüsterte Alatna und schien tief ergriffen. Auch dem Japaner wurde feierlich zumute. Welche Götter es auch waren, die solch Wunder vollbrachten, sie standen seinem Herzen nahe.

Nach einer halben Stunde etwa löste sich das Phänomen wieder auf und zerfloß in seidigen Fäden, die blasser und blasser wurden, bis sie endlich ganz verschwanden.

Die beiden Menschen, der Hund und der Schlitten setzten sich wieder in Bewegung. Erst am späten Morgen gelangten sie an einen gefrorenen Fluß, an dessen Ufer sich ein kleines, vom Sturm zerzaustes Wäldchen befand. Hier bauten sie ein Zelt aus ihren Fellen, entfachten darin ein bescheidenes Feuer und blieben bis zum nächsten Tage.

Weiter ging es dann und weiter und weiter. Ein Reisetag glich dem anderen, doch schien der Ungeduld Hidakas, als kämen sie kaum voran. Das Bild des weißen Landes änderte sich nicht. Hinter jeder Bodenwelle folgte die nächste, jeder Mulde eine andere. Keine Wildspur kreuzte ihren Weg, kein Vogel schwirrte durch die Luft, und kein Windhauch regte sich. Es war die Stille des tiefen Winters. Denn nur in den ersten und in den letzten Wochen der weißen Zeit regen sich die Elemente mit aller Gewalt. Die Monate dazwischen sind meist vollkommen ruhig. Die Kälte sinkt bis zu vierzig, ja bis zu fünfzig Grad unter den Gefrierpunkt. Der Hauch des Atems formt sich zu einer Wolke winziger Kristalle. Nur für wenige Stunden scheint das kalte Licht der Sonne und blendet, vom glitzernden Schnee zurückgeworfen, schmerzhaft in die Augen. Um sich dagegen zu schützen, trugen die beiden Wanderer Schneebrillen nach eskimoischer Art, die Alatna sehr einfach aus Holz gefertigt hatte. Es waren dreifingerbreite Brettchen mit einem schmalen Schlitz zum Hindurchsehen. Eine Lederschnur hielt sie vor den Augen fest.

Die Vorräte an Fleisch gingen zu Ende, nur ein Bündel der eisenhart gefrorenen Fische war noch vorhanden. Sie genügten nicht, um die beiden Menschen und den Hund bei Kräften zu halten, die täglich mehr von ihrer Energie verbrauchten. Viel früher als zuvor drang nun die Müdigkeit in ihre Glieder, und der Wunsch nach einer längeren Pause machte sich geltend.

Als sie wieder einen Fluß erreichten, der mit seinem breiten Bett tief ins Gelände einschnitt, beschloß Hidaka, für mehrere Tage zu bleiben. Es gab Gestrüpp und Zwergbirken am Ufer, sicher auch die Möglichkeit der Schlingenjagd. Hinter einer Mauer aus Schneeblöcken, die Alatna kunstfertig geschnitten hatte, errichtete Hidaka ein solides Gerüst und bespannte es mit den Fellen. Danach versuchten sie, ein Loch durchs Eis zu brennen, fanden jedoch zu ihrer Enttäuschung, daß die frostige Decke bis zum Grund hinabreichte. Aber es gelang Alatna, die Gänge der Wildhühner unter dem Schnee zu finden, und sie hängte ihre Schlingen hinein.

Hidaka selber gab die Hoffnung nicht auf, irgendwo im Flußbett den Wechsel stärkeren Wildes zu entdecken. Falls sich eine Herde Karibu über den Winter in dieser Einöde aufhielt, dann sicher nur im geschützten Einschnitt des Flusses, dessen Ufer ihnen die nötige Äsung bot. Als Waffe besaß er nur noch den selbstgemachten Speer, seine Axt und sein Messer. Um damit ein Stück Wild zu erbeuten, mußte er sich bis auf wenige Schritte heranschleichen. Gelang ihm das nicht, blieb noch die Möglichkeit, eine Falle zu bauen und darauf zu vertrauen, daß die Karibu stets den gleichen, ausgetretenen Wechsel begingen. Doch so weit er auch dem erstarrten Gewässer folgte, es war keine Fährte zu sehen.

Schon wollte er kehrtmachen, um Alatna beim Legen der Schlingen zu helfen, als er ein weißes Wölkchen sah, das an der Uferböschung emporstieg. Eine unglaubhafte Erscheinung war das, für die Hidaka keine Erklärung wußte. Von einem Feuer konnte es gewiß nicht stammen, denn die winzige Wolke kräuselte sich unmittelbar über einer Schneewehe. Vielleicht gab es tief unter der vereisten Erde vulkanische Tätigkeit, die hier eine Fumarole bis nach oben entsandte.

Er ging näher und hielt die bloße Hand in das Wölkchen, konnte aber keine Wärme verspüren. Es war nur Dunst, der einen halben Meter hoch aufstieg, um dann zu gefrieren und wieder zu sinken. Rings um das augengroße Loch hatte sich eine feste Eiskruste gebildet. Des Rätsels Lösung konnte nur ein Bär sein, der unter dieser Schneewehe seinen Winterschlaf hielt. Der vermeintliche Rauch war sein Atem und die Ausdünstung seiner Körperwärme.

Der Jäger befreite sich von den Schneereifen und begann den weißen Hügel abzutragen. Je tiefer er dabei gelangte, desto vorsichtiger wurde seine Arbeit. Wenn der Bär zu früh erwachte, würde er äußerst gefährlich sein. Hidakas Axt und Messer waren gewiß nicht die rechten Waffen gegen den Zorn eines aufgestörten Grisly.

Anderthalb Meter war Hidaka bereits in die Schneewehe eingedrungen, als sich darin die erste Bewegung zeigte. Risse öffneten sich, und der weiße Hügel erbebte. Hidaka trat beiseite und griff zu seiner Axt, aber das Tier schien sich wieder zu beruhigen.

Für geraume Weile blieb der Jäger völlig reglos. Nur mit großer Vorsicht machte er sich danach wieder an die Arbeit. Auf breiten Beinen stand er vornübergebeugt und grub sachte mit beiden Händen, als ganz plötzlich das mächtige Haupt des Bären vor ihm erschien.

Zwar sprang der Mann sofort zurück, fiel aber über seinen Speer und rollte den Hügel hinab. Bis er sich wieder aufraffte, war der Grisly in seiner ganzen Größe aufgetaucht. Zum Glück blendete ihn das gleißende Licht, und er konnte seine Umwelt noch nicht so recht erfassen.

Hidaka warf seine Parka ab, um beweglicher zu sein. Als er sich nach seinem Speer bückte, wurde er von dem Grisly erkannt, der sogleich mit erhobenen Pranken auf ihn zuging. Hidaka holte aus und schleuderte das Wurfgeschoß gegen seine linke Brust. Doch traf der Speer, weil sich das Tier im gleichen Augenblick zur Seite wandte, nur dessen Tatze. Von dem stechenden Schmerz gereizt, erwachte der Bär zu vollem Bewußtsein und stürzte dem Angreifer entgegen. Der Mann wich blitzschnell aus, ergriff seine Axt und sprang beiseite.

Noch von der plötzlichen Helligkeit geblendet, hielt der Bär die dunkle Parka im Schnee für seinen Feind und fiel mit großer Wut über sie her. Er biß in den Pelz und zerfetzte ihn mit seinen Tatzen.

Der Jäger nutzte diese Ablenkung, schlich sich von hinten an den Grisly heran und schlug ihm mit einem mächtigen Hieb die scharfe Axt in den Schädel.

Das Ungetüm schoß ein kurzes Stück nach vorn, rollte sodann auf seine Flanke und starb unter heftigem Zucken.

Sein Bezwinger konnte nicht sogleich zurückeilen, um Alatna von der so glücklich erlegten Beute zu berichten. Erst mußte er dem gefällten Riesen die Decke abstreifen und seinen Leib zerteilen, bevor der Fleischberg zu einem festen Block gefror. Nur mit der Leber des Bären und den Tatzen bepackt, machte sich Hidaka sodann auf den Weg zum Lager.

Für lange Zeit waren sie nun von den Sorgen für ihre Ernährung befreit und hatten zudem noch einen zweiten Bärenpelz gewonnen. Die Zukunft sah wieder besser aus, so weit auch der Weg noch sein mochte. Als die Nacht herankam, prasselte ein prächtiges Feuer vor dem Zelt, und darin steckten die Spieße mit der Bärenleber und den schmackhaften Tatzen.

Erst am nächsten Tag schafften sie den Rest der willkommenen Beute zu ihrem Lager, reinigten das Fell, und Alatna nähte mit den Sehnen des Bären Hidakas zerfetzte Parka wieder haltbar zusammen. Das Wildbret wurde zu handlichen Paketen verschnürt und im Schlitten verstaut. Hidaka bestand darauf, alles mitzunehmen, was eßbar war, so schwer sie auch ziehen mußten. Würden die täglichen

Etappen nun kleiner sein, mit dem Vorrat auf ihrem Fahrzeug konnten sie lange durchhalten und schließlich den großen Strom erreichen.

Doch fühlte Hidaka sich nicht voll bei Kräften, als die Reise weiterging. Gegen Mittag begannen auch seine Augen trotz der Schneebrille zu schmerzen. Er hielt das für eine vorübergehende Schwäche und strengte sich nur um so stärker an. Alatna sollte nichts davon merken. Am folgenden Tage jedoch verstärkten sich die Beschwerden, ergriffen den Hinterkopf und zogen sich über den Rücken hinab. Sein Herz klopfte zum Zerspringen, er konnte sich kaum noch auf den Beinen halten und schob den Schlitten statt ihn zu ziehen. Er mußte sich darauf stützen, um nicht den Halt zu verlieren.

Alatna fühlte, daß die Zuglast immer schwerer wurde, wandte sich zurück und erkannte, daß ihn alle Kräfte verließen. Sie schützte eigene Erschöpfung vor, um frühzeitig haltzumachen und bereitete an diesem Abend die denkbar beste Mahlzeit für ihren Mann. Aber Hidaka erholte sich nicht. Als sie am Tage danach ihr schweres Gefährt wieder über eine der vielen Dünungen gewuchtet hatten, brach er bewußtlos zusammen.

Alatna überließ sich nicht der Verzweiflung, sondern zog den reglosen Mann auf den Schlitten, bedeckte ihn mit Pelzen und warf sich mit aller Kraft ins Geschirr. Kinmek schien ihre Not zu verstehen und half mit verdoppelter Anstrengung. So schnell wie nur möglich wollte sie zu einem Platz gelangen, wo man bleiben konnte. Hier auf der freien, baumlosen Höhe war das nicht möglich.

Ihr Blut glühte in den Adern, und ihre Lungen waren dem Platzen nahe. Noch niemals hatte sie eine so schwere Last gezogen. Oft schien sich der Schlitten überhaupt nicht mehr zu bewegen. Doch Arshakpuluk half, das Gelände wurde flacher und begann sich nach Westen zu senken. Fast von selber glitt nun der ungefüge Schlitten hinab und erreichte schließlich ein breites Tal, in dessen Mitte ein kreisrunder See lag. Am jenseitigen Ufer sah sie einen Birkenwald, von Felsen eingefaßt, der Mengen an Brennholz bot und gewiß auch eßbare Pflanzen. Sie zog ihre Last über das Eis, gelangte schrittweise die Böschung hinauf und suchte sich einen freien Platz zwischen den Stämmen. Sie glaubte nicht, daß ein Zelt für den Kranken genügte, er brauchte ein richtiges Haus, auch wenn es nur aus Schnee gebaut war.

Sie hatte oft mitgeholfen, ein Iglu zu errichten, es aber noch nie allein getan. Erst mußte sie mit dem breiten hölzernen Messer aus festgewehtem Schnee die quadratischen Blöcke schneiden, dann folgte die Aufstellung der ersten Schicht nach dem uralten Grundriß der Eskimo. Er hatte einen Durchmesser von fünf Schritt und war vollkommen rund. Die nächste Lage darüber wurde leicht nach innen geneigt und jede weitere Schicht ein wenig mehr. Schließlich berührten sich die Wände von allen Seiten und formten eine Kuppel. Sie wurde mit einem runden Schneeblock geschlossen und zur Lüftung mit einem Stock durchstoßen. Mit weichem Schnee verstopfte Alatna die Fugen und glättete die Außenwände. Vor der Öffnung, die man nur durchkriechen konnte, wurde noch aus Schneeblöcken ein Tunnel gebaut, dessen Krümmung keinen Windstoß hindurchließ. In dem Iglu selber entstanden nun die Schlafbänke und der Tisch aus festgestampften Schnee, Nischen wurden in die Wand geschnitten zur Aufbewahrung aller Sachen, die man für die Haushaltung brauchte. Auf die Bänke legte Alatna zuerst eine Schicht von Weidenzweigen und darüber die Felldecken. Sie drückte Steine vom Flußufer in den Tisch als Unterlage für die Lampe.

Schon im Kaributal hatte Alatna diese Quelle des Lichtes und der Wärme angefertigt. Es war eine Schale, aus Speckstein geschnitten, die mit zerlassenem Bärenfett gefüllt wurde. Ein Büschel Rentiermoos ersetzte den Docht. Es kam sehr darauf an, die Flamme klein zu halten, damit nicht deren Wärme die Schneewände auftaute. Stellte man aber den Blechbecher über die Lampe, so genügte deren Flämmchen doch, um darüber eine kräftige Suppe zu kochen. Auf den Schlafbänken stieg die Temperatur bis auf etwa null Grad, was für Polarmenschen ausreicht, um sich behaglich zu fühlen. Auch für Hidaka war das sehr viel besser, als bei bitterer Kälte im Zelt zu liegen.

Alatna zog ihn vom Schlitten und durch den Tunnel hinein ins Krankenzimmer. Seit ihrer Ankunft waren bis dahin kaum drei Stunden vergangen.

Hidaka war noch immer ohne Bewußtsein, er lag zwischen den Fellen und atmete in heftigen Stößen. An was er litt, wußte sie nicht, hatte jedoch schon mehrfach erlebt, daß Menschen in diesen Zustand verfielen. Wenn es geschah, war immer eine Bärenjagd dieser Krankheit vorausgegangen, weshalb die Nunamiuten glaubten, die Seele des getöteten Tieres wolle damit am Jäger Vergeltung üben. Frauen und Kinder wurden nur selten von diesem Leiden heimgesucht. Auch nicht alle Männer, die einen Bären getötet hatten. Es gab wohl nur einige, recht seltene Exemplare des Bärenvolkes, die sich nach ihrem Tode noch rächen konnten.

In einem Beutel aus Karibuleder, den sie schon immer bei sich getragen hatte, bewahrte Alatna die wichtigsten Heilkräuter der Nunamiuten. Sie war als Tochter des Tonjon dazu verpflichtet, denn nach altem Brauch oblag es den Frauen der Häuptlingsfamilie, die Kranken und Verletzten des Stammes zu betreuen. Die rote Steinflechte gehörte zu den Medikamenten, gehackte Weidenwurzeln, winzige Blättchen verschiedener Moospflanzen und zerriebene Wurzelknollen der arktischen Wasserkresse. Sie traf sorgfältig ihre Auswahl und verrieb die Medizin so lange, bis sie völlig pulverisiert war. Damit bedeckte sie den Boden des Bechers, tat Schnee hinein und ließ das Gebräu über der Lampe mehrmals aufkochen.

Als sie den heißen Trank an seine Lippen hielt, öffnete Hidaka die Augen. Über sich sah er die Kuppel aus Schnee und neben sich die Wände aus dem gleichen Baustoff. Mit blaßblauem Schimmer drang das Tageslicht hindurch.

»Du krank... du trinken... du bald gesund!«

Er sog die Brühe in sich hinein und schauderte vor deren bitterem Geschmack.

»Ein Iglu... wem gehört es?«

»Gehört dir, Enzo... ich machen für dir.«

Er faßte nach ihrer Hand und legte sie auf seinen Kopf.

»Sehr heiß dort, Kimi?«

»Feuer brennt in Stirn... du viel schlafen... du werden gesund...«

Aber der Kranke wußte nun, was ihm widerfahren war. Erst jetzt fiel ihm Tojimotos Warnung ein, niemals Bärenfleisch zu genießen.

»Fehlt dir nichts, Alatna-kimi, hast du gar keine Schmerzen?«

Nein, sie war bei bester Gesundheit und fühlte sich gut, obwohl doch dieser Tag so anstrengend für sie gewesen war wie kaum ein anderer zuvor.

»Nicht wahr, du hast von der Leber des Bären nichts gegessen?«

Sie schüttelte den Kopf.

»Leber von Bär gehören Jäger... Frauen nicht dürfen essen das.«

Soviel Hidaka wußte, saßen die Trichinen meist in der Leber. So war nicht schwer zu begreifen, mit was er sich infiziert hatte. Ohne Behandlung durch einen sachkundigen Arzt führte fast jede Trichinose nach vier bis acht Wochen qualvollen Leidens zum Tode. Nur wenn der Kranke sogleich in eine Klinik gebracht und dort die Infektion sofort erkannt wurde, gelang es in den meisten Fällen, ihn zu retten.

So war denn alles umsonst gewesen, der Tod seiner Gefährten und die gewaltigen Anstrengungen auf Attu. Nur Tojimoto würde eines Tages aus der Gefangenschaft heimkehren, doch ohne die Möglichkeit, eine gerechte Beurteilung zu finden. Dem Admiral mochte es gelingen, einen zweiten und vielleicht noch einen dritten Wettertrupp im Hinterland von Alaska abzusetzen. Aber die Kenntnis von dem großen Flugplatz im Kaributal ging für Japan verloren. Nur die Götter wußten, was aus Alatna werden sollte, die im Sommer sein Kind zur Welt brachte. Hoffentlich konnte sie den Rückweg zu ihrem Volk noch finden.

Der Kranke verdämmerte die Tage und verschlief die Nächte. Für Wochen verdunkelten sich seine Gedanken. Alatna mußte ihn füttern, mußte die Medizin zwischen seine Lippen träufeln. Sonst war sie meist draußen mit ihrem Hund, stellte Steinfallen auf und hing ihre Schlingen in die Gänge der Schneehühner. Es gelang ihr auch, ein Loch ins Eis des runden Sees zu brennen und mit Erfolg zu fischen. Sie schabte eßbare Flechten von den Felsen, grub nach Wurzeln und schälte die gefrorene Rinde von den Weidenspitzen. Ein Tag verging wie der andere, ohne daß sich der Zustand Hidakas änderte. Schon erhoben sich wieder die Stürme und brausten mit eisiger Gewalt über Land und See. Doch das Iglu bot ihrer Gewalt weder Dach noch Kante, um es richtig anzupacken. Seine vollkommene Rundung ließ sich nicht greifen, es versank nur tiefer und tiefer im herangeführten Schnee.

Als dann eines Tages Alatna von ihren weit verstreuten Fallen zurückkam, mit einem Weißfuchs und zwei Hasen als Beute, hatte sich Hidaka auf seinem Lager aufgerichtet und lächelte ihr entgegen.

»Ein Wunder ist geschehen, Kimi, es geht mir besser.«

Aber seine Beine waren noch gelähmt, er hatte kein Gefühl darin.

»Wie lange hat es gedauert?« fragte er sie.

Die junge Frau hatte die Tage nicht gezählt.

»Du liegen viel lange... du viel lange sagen keine Worte.«

Die Heilkunst der Nunamiuten, seit undenklicher Zeit von einer Generation zur nächsten vererbt, hatte selbst die tödliche Trichinose besiegt. Geheime Kräfte in jenen Kräutern, um deren Wirkung nur die Frauen aus dem Geschlecht des Tonjon wissen durften, belebten den Körper des Kranken. Aber Wochen vergingen noch, bis Hidaka die ersten Schritte im Schneehaus gelangen. Sein Kopf war wieder klar, und er nutzte die Zeit erzwungenen Wartens, um Alatnas Kenntnisse seiner Sprache zu vertiefen. Bald konnte sie auch abstrakte Begriffe erfassen, und er begann ihr vom Leben draußen in der weiten Welt zu erzählen, besonders natürlich von Japan. Selber lernte er mehr und mehr Worte der nunamiutischen Sprache, erfuhr die Legenden ihres steinzeitlichen Volkes und ließ sich sagen, wie es lebte und jagte.

Erst viel später kam er auf den weiteren Fortgang der Reise zu sprechen. Man mußte den großen Strom oder einen anderen Fluß, der zu ihm führte, noch vor Anbruch des Tauwetters erreichen. Sonst wurde die Tundra zu einem grundlosen Sumpf und ließ sich erst im trockenen Hochsommer überschreiten.

Die Tage waren länger geworden, die Jahreszeit drängte zum Aufbruch. Auch die fortgeschrittene Schwangerschaft Alatnas drängte dazu, obwohl sie keine Beschwerden empfand und gar nicht wußte, daß die Frauen anderer Völker während dieser Zeit auf Schonung bedacht waren.

Monate waren vergangen, als Hidaka zum erstenmal wieder ins Freie kroch, um seine Füße kräftiger zu bewegen, als das in dem engen Iglu möglich war. Auf Alatnas Schulter gestützt, machte er seinen ersten Gang an den See. Von seinem eisernen Willen gestützt, schritt er allein langsam zurück. Eine Woche später belud er selber den Schlitten, und sie machten sich wieder auf den Weg.

Der Wind fegte über das Land und trieb den Schnee in Wolken vor sich her. Aber sie mußten hindurch, mußten den großen Strom noch vor der Schneeschmelze erreichen.

Er hatte Alatna vom großen Kampf der Japaner gegen die Yankis erzählt, vom Aufbruch der mongolischen Rasse gegen die Gewaltherrschaft der Weißen. Sein mächtiger Häuptling in der Heimat, der mehr Krieger hatte als Bäume im Wald standen, wartete mit Ungeduld auf seine Rückkehr. Denn er wollte seine eisernen Vögel ins Land der Nunamiuten schicken, um sie zu schützen und ihnen reiche Gaben zu bringen. Diese Vögel verlangten aber nach einem ganz besonderen Rastplatz, wie er nur im Kaributal zu finden war. Hierüber mußte Hidaka dem großen Kaiser berichten, keinen Tag länger durften sie deshalb verlieren.

Davon hatte er Alatna völlig überzeugt. Ohne ihre Hilfe konnte er die Küste und seinen dortigen Freund nicht erreichen, das wußte sie selbst. So hing von ihr nicht nur das künftige Schicksal der Nunamiuten ab, sondern auch das Glück des Stammes, zu dem ihr Mann gehörte. Das war am wichtigsten, dafür war sie zu allem bereit.

Das Kind lag nun schon schwer in ihrem Leib, doch war es bei den Nunamiuten nicht üblich, auf eine Frau in diesem Zustand auch nur die geringste Rücksicht zu nehmen. Keine Arbeit wurde den schwangeren Weibern erlassen, unablässig war der Stamm auf Wanderschaft, und bis zum Tage der Niederkunft mußten die Frauen ihre Lasten ebenso schleppen und ziehen wie jedes andere Mitglied der nomadischen Gemeinschaft. Nur zwei oder drei Tage Rast wurde ihnen gegönnt, wenn das Kind zur Welt kam, dann ging es weiter.

Alatna begriff deshalb nicht, warum sich Hidaka allein mit Kinmek vor den Schlitten spannte und ihr nur erlaubte, durch Mitschieben etwas zu helfen. Während der ersten Tage mußten sie tief gebückt gegen den Wind ziehen und kamen nur langsam voran. Doch schlug alsdann die Richtung des Windes um, er drückte gegen ihren Rücken, und sie holten die verlorene Zeit wieder ein. Am Ende der Woche wurde ein Fluß erreicht, breiter als jeder andere, den Hidaka bisher im Lande gesehen hatte. Alatna war der Ansicht, es sei der Kiliok und er würde ganz bestimmt in den Angalik fließen. Von einem solchen Wasser hatten ihr Vater und der Schaman oft gesprochen. Über diese Ströme verlief der einstige Handelsweg der Nunamiuten zur Küste. Hidaka hoffte, daß sie den Flora River vor sich hatten, der fünfzig bis hundert Meilen weiter westlich in den mächtigen Noatak mündete. Er beschloß daher, bis zum Aufbruch des Eises hier zu bleiben. An Fischen konnte es nicht fehlen, ebensowenig an Hasen, Hühnern und Füchsen.

Als sie jedoch darangingen, ihr Feuer zu entfachen, zeigte sich trotz eifrigen Suchens, daß kein Fallholz von der Art zu finden war, wie man es zum Reiben der ersten Funken unbedingt brauchte. Die scharfen Winde der letzten Tage hatten den Schnee an beiden Flußufern meterhoch gestaut. Nur die höchsten Äste der Birken ragten aus der weißen Decke. Zum Reiben des Feuers war aber außer einem harten, unten halbrund geschnitzten Stab noch ein Stück halb vermodertes Weichholz erforderlich. Aber keine abgestorbene Hemlocktanne, keine trockene Fichte war zu sehen.

»Du bleibst hier und sorgst für das Zelt«, schlug Hidaka vor, »ich gehe so lange den Fluß hinab, bis ich das richtige Holz finde«.

»Du nicht muß gehen... ich machen Feuer mit Eis.«

Vieles hatte er schon gelernt, gelesen und gehört von der Kunst primitiver Völker, aber niemals war dabei die Möglichkeit aufgetaucht, Feuerfunken durch Eis zu erzeugen. Nichts vertrug sich schlechter miteinander als gerade diese beiden Elemente. Doch Alatna bestand darauf. Es sei zwar recht langwierig, sagte sie ihm, und nicht alle Nunamiuten beherrschten die rechte Vorbereitung, aber der Schaman Anaktot, mit allen Geistern des Himmels und der Erde verbündet, hatte sie das Geheimnis gelehrt.

Hidaka ging mit ihr bis zur Mitte des Stromes, wo das blanke Eis zutage lag. Dort wählte sie eine klare, durchsichtige Stelle, die weder Risse noch Blasen zeigte. Sie hieb mit der Axt in die glasharte Masse, nahm einen Splitter heraus und schnitt ihn mit dem Messer zu einem faustgroßen Klumpen. Den nahm sie zwischen ihre Hände und begann ihn von beiden Seiten her eifrig zu reiben.

»Du machen kleinen Hügel mit Blätter sehr viel trocken«, bat sie Hidaka.

Er verstand, daß sie Zunder brauchte und sammelte knisterdürre Blätter von den Weidenspitzen. Er zog einer Birke die papierdünne Zwischenrinde ab, fand dazu ausgetrocknetes Moos zwischen dem Gestein und zerkleinerte all dies Zündmaterial zu winzigen Krümeln. Dafür baute er eine Unterlage aus Reisig und stellte ringsum Zweige als Windschutz auf.

»Warten wir müssen ein wenig viel«, bat Alatna um Geduld, setzte sich neben die gerichtete Feuerstelle und fuhr mit großer Energie fort, den Eisball flach und flacher zu reiben.

Noch war es so kalt wie im tiefsten Winter, obwohl die Sonne blendend hell vom Himmel schien. Um die gleiche Zeit hatte man in Japan schon längst die Sakura gefeiert, das Fest der Kirschblüte, und die Frauen trugen ihren leichtesten Kimono.

Alatna hatte die Politur ihres eisigen Werkzeuges beendet, es war daraus eine kreisrunde, auf beiden Seiten gewölbte Scheibe geworden. Die junge Frau stand auf, schaute zum Stand der Sonne und hielt dann ihr blinkendes Eisstück über das Zündhäufchen. Hidaka beobachtete mit größter Spannung, was geschehen würde. Tatsächlich geschah das scheinbar Unmögliche, in der Scheibe aus Eis sammelten sich die Strahlen der Sonne und trafen mit konzentrierter Kraft einen Punkt in dem dürren Zunder. Dort begann es zu knistern, ein winziger Rauchfaden löste sich, und dann glühte wirklich der erste Funke. Das geschliffene Eis hatte als Brennglas gedient und Feuer entfacht.

Hidaka war ebenso verblüfft wie begeistert. »Du bist die klügste Frau der Welt, Alatna-kimi, ein wirkliches Wunder hast du vollbracht.«

»Nicht immer kommen Feuer gleich«, schränkte sie ein, »Arshakpuluk haben geholfen.«

Diesmal baute Hidaka das Zelt aus Fellen und starken Ästen sehr solide auf, denn wahrscheinlich mußte man noch wochenlang warten, bis das Eis des Flusses aufbrach. Am Morgen danach fand er einen verirrten Elch, den Kälte und bittere Not so geschwächt hatten, daß es leicht war, bis zu einem Stoß mit dem Speer an ihn heranzukommen. So zäh sein Fleisch auch sein mochte, es diente als willkommene Beigabe zur eintönigen Kost, die Alatna aus ihren Schlingen holte.

Über Nacht kam dann endlich der warme Wind aus dem Süden, den sie erst gefürchtet, aber seit ihrer Ankunft an diesem Fluß sehnlichst erhofft hatten. Die Luft roch nach Frühling, und der Schnee löste sich auf. Die Weiden belebten sich schnell und trieben frische Knospen. Am Himmel zogen in Scharen die Wildgänse und Kraniche nach Norden. Mehr und mehr Büsche kamen zum Vorschein, begrünten sich und brachten junge Blätter hervor. Überall hatte die Natur nun große Eile, den kurzen Sommer nach Kräften zu nutzen.

Erst als der Schnee gänzlich geschmolzen war und sich die Zweige schon belaubt hatten, erwachte auch der große Fluß und sprengte seine Fesseln unter gewaltigem Getöse. Ein Donnerschlag kündete den ersten Sprung im Eis. Wie eine Kanonade aus hundert Geschützen klang es, als sich nun allenthalben die Risse öffneten. Das strömende Wasser schoß aus den Lücken hervor, flutete zu den Ufern und zerriß die schwankende Decke in tausend große und kleine Fetzen. Die Schollen türmten sich übereinander, wurden gegen die Böschung gepreßt und schoben sich zu blitzenden Hügeln empor. Zwei Tage und Nächte währte das Bersten und Brechen, dann war der Kampf vorüber und die Befreiung gelungen. Von schimmernden Schollen bedeckt, strömte der Fluß wieder mächtig dahin. Nur drei bis vier Monate war ihm die Freiheit vergönnt, etwa von der Mitte des Juni bis zum Ende des September. Dann schlug ihn schon wieder die kalte Zeit in eisige Fesseln.

Der Schlitten wurde aufgelöst und alle Bündel geschnürt. Hidaka wählte eine große, meterdicke Eisscholle, die am Ufer gestrandet war, als Fahrzeug für die Weiterreise. Zum Steuern und Staken schnitt er zwei lange Stangen. Mit allem Gepäck und dem Hund bestiegen sie die Scholle, stießen vom Ufer ab und ließen sich treiben.

Es war die denkbar bequemste Art der Fortbewegung, mühelos ging es stromab. Sie hatten nur darauf zu achten, daß ihr Gefährt nicht gegen die Ufer oder auf andere Schollen trieb. Dazu genügte ein Stoß mit den Stangen. Die Ufer glitten vorbei, der Himmel schien sommerlich blau, und im Schilf brüteten die Enten. Bei Dunkelwerden legten sie an, schliefen am Feuer und setzten am Morgen die Reise fort. Die Scholle wurde täglich kleiner und mußte mit einer größeren vertauscht werden. Selbst während der Fahrt wurden Fische gefangen und über Nacht am Feuer geräuchert.

In der Ferne tauchten blaue Berge auf, Wälder erschienen am Ufer des Flusses, und die Gegend belebte sich mit Wild. Scharenweise stoben die Enten und Singschwäne auf, Füchse schnürten am Ufer, mitunter zeigte sich auch ein schwarzer oder brauner Bär. Doch vergeblich hielten sie Ausschau nach den Karibu. Die Zeit ihrer großen Wanderung zur Tundra war längst gekommen. Spätestens Ende Mai vereinigten sich die Herden zu einer meilenlangen Marschkolonne, die zehntausend, ja bis zu hunderttausend Tiere umfaßte. Geschlossen bewegte sich dieser Heerwurm durch die Täler und Wälder bis zu den Weidegründen der Barren Grounds, um sich dort wieder aufzulösen. Wenn man diesen Tieren begegnete, würde es Hidaka auch mit seinen primitiven Waffen gelingen, in wenigen Tagen allen Fleischproviant für die Reise bis nach Igilchik zu erbeuten.

»Enzo... viel großes Wasser vorne!«

Hidaka nahm sein Glas und erkannte die Mündung ihres Flusses in einen mächtigen Strom. Wenn es der Noatak war, wie er zuversichtlich hoffte, konnte man die Westküste und Boris Nischinski in zwei, höchstens drei Wochen erreichen. Allerdings nur auf einem Floß, das er in mühevoller Arbeit erst bauen mußte. Bis ans Meer konnte keine Eisscholle tragfähig bleiben.

Als zur Linken eine Hügelkette auftauchte, mit Tannenwäldern davor und flachem Strand, legten sie an und brachten alles Gepäck ans Ufer. Während sich Alatna daran machte, die Funken für das Feuer zu reiben, erstieg Hidaka die nächste Anhöhe, hatte aber nur nach Süden freie Sicht. Dort folgte ein gewölbter Bergzug dem anderen, tief eingeschnittene Täler lagen dazwischen.

Um den Verlauf des großen Stromes zu erkennen, den sie nun erreicht hatten, mußte Hidaka erst eine noch höhere Kuppe gewinnen. Er zog sich durch dorniges Gestrüpp hinauf und erlebte, oben eingetroffen, eine bittere Enttäuschung. Allen schönen Hoffnungen entgegen zog dieser mächtige Strom fast in gerader Linie nach Norden. Weil das Land dort völlig flach wurde und in die weite Tundra überging, ließ sich mit dem Fernglas das schimmernde Band bis an den Rand des Horizontes verfolgen.

Nur der *Colvill* konnte das sein, der sich später ins nördliche Eismeer ergoß, aber niemals in die erreichbare Nähe von Igilchik führte. Hidaka schloß die Augen und versuchte, sich das Bild seiner verlorenen Landkarte vorzustellen. Darauf waren die namenlosen Nebenflüsse des Colville und des Noatak miteinander verzahnt, jeweils durch Bergrücken getrennt. Der Oberlauf beider Ströme, des nutzlosen Colville und des ersehnten Noatak, war auf dem großen Kartenblatt nur handbreit voneinander entfernt gewesen. Übertrug man diese sechs bis sieben Zentimeter auf den Maßstab der wirklichen Welt, so konnte hier am Oberlauf die Entfernung von der einen zur anderen Wasserstraße nicht mehr als hundert bis hundertfünfzig Kilometer ausmachen. Selbst bei schlechtem Gelände, überlegte er sich, war diese Strecke in etwa zehn Tagen zu bewältigen. Dabei gab es immer noch die Hoffnung, daß man schon vorher auf einen Nebenfluß stieß, der breit und auch ruhig genug war, um ein Floß zu tragen. Das Gepäck allerdings mußte auf das geringste Gewicht beschränkt werden. Alatna durfte keine Last mehr tragen, das war jetzt ausgeschlossen.

Er stieg wieder zu ihr hinab und berichtete von seiner enttäuschenden Entdeckung. Sie nahm es mit jenem Gleichmut hin, den ihr Volk allen natürlichen Ereignissen entgegenbrachte. War dieses nicht der richtige Strom, den ihr Mann suchte, so würde man ihn anderswo finden. Wegen ihres Kindes machte sich Alatna keine Sorgen, es würde zur Welt drängen, wenn dafür die Zeit gekommen war. Danach trug sie es nicht mehr in ihrem Leib, sondern auf dem Rücken. So war das bei allen Frauen, die ein Kind bekamen.

Die Felle wurden zurückgelassen, während des Sommers konnte man leicht darauf verzichten. Nur die wenigen Waffen, das selbstgemachte Holzgeschirr und die Steinlampe, die Schlingen, Nähzeug und Alatnas Medizin wurde mitgenommen. Hidaka allein konnte dies geringe Gepäck in seinem Fellsack tragen. Sie stiegen über den ersten Bergrücken, über den nächsten und alle folgenden. Danach senkte sich das Land wieder, und sie zogen durch lockere Wälder. Alle Büsche und Beerenkräuter standen in voller Blüte. Hier war die

Jahreszeit schon weit fortgeschritten, weil die Südwinde freien Zugang hatten, der Nordwind aber von den Bergen behindert wurde. Dem knappen Frühling war schon der Sommer gefolgt. Seit Wochen hatte es nicht mehr geregnet, die Bäche führten nur wenig Wasser. Aus dem ganzen Bild der Landschaft entnahm Hidaka, daß sie auf den Höhen, die nun hinter ihnen lagen, eine wichtige Wasserscheide überschritten hatten und daß von nun an jeder Bach und Fluß den Noatak suchen mußte. Einen anderen Strom, der alle Gewässer sammelte, gab es in diesem Teil Alaskas nicht.

Im Schutze einer Felswand machten sie halt. Ein breiter Streifen aus Lärchen und Hemlocktannen dehnte sich zu beiden Seiten, und davor lag ein schilfumsäumter See, auf dem viele hundert Wildenten schwammen.

Alatna machte von sich aus den Vorschlag, daß man einige Tage hierbleiben sollte. Während sie fischte und ihre Schlingen für die Enten auslegte, konnte Hidaka auf größeres Wild ausziehen. Er war gern bereit, ihr ein paar ruhige Tage zu gönnen. Leider hatte er während seiner langen Krankheit die Zeitrechnung verloren und auch sonst nicht genug Erfahrung, um zu wissen, wann etwa sein Kind zur Welt kommen mußte. Bis dahin, so hoffte er zuversichtlich, würden sie am Noatak sein, und Alatna konnte sich pflegen, während er mit dem Bau des Floßes beschäftigt war. Am Morgen half er ihr noch, ein festes Schutzdach herzustellen und das Lager für mehre Tage einzurichten.

»Vielleicht finde ich die Karibu auf ihrer Wanderung«, hoffte er, »dann bringe ich dir schöne, weiche Felle von jungen Tieren mit. Wir werden sie brauchen.«

Sie riet ihm, er solle sich nur an feuchte Täler halten, die von Süden kamen und nach Norden führten. Dort gab es gute Äsung für die Karibu, und diese Richtung lag auf ihrem Wanderweg.

»Nunamiut haben immer so gemacht bei warme Zeit... immer haben sie Karibu gefunden.«

Er ließ ihr die Axt und das Knochenmesser, auch den Hund, damit sie nicht völlig allein war. Nur mit seinem japanischen Messer und seinem Speer ausgerüstet, machte er sich auf die Suche nach dem Wild der Wälder.

Alatna aber machte sich bereit, sein Kind auf die Welt zu bringen.

Allan McCluire, nun der einzige Mensch auf hundert und noch mehr Meilen im Umkreis, hatte bei seiner Rückkehr an den Rand der Tundra das große Glück gehabt, auf eben jene Karibuherde zu stoßen, deren Wanderung Hidaka, Tojimoto und Sinobu vergeblich zu folgen versucht hatten. Diese Tiere waren, nachdem sie ihr angestammtes Tal verlassen hatten, bis in die nördlichen Vorberge der Brooks gezogen und in den dortigen Wäldern geblieben. Der Chiefscout hatte die Gelegenheit wahrgenommen, auf diese Weise für den Rest des Winters versorgt zu sein und war gleichfalls dort geblieben. Dabei hatte er noch die Hoffnung, daß eine Jagdgruppe der Japaner, von den frischen Fährten angezogen, bei der Herde auftauchte. Weil sich der ungewöhnlich tiefen Temperaturen wegen die Elche noch weiter nach Süden abgesetzt hatten, blieben an starkem Wild, das größere Fleischmengen liefern konnte, jetzt nur noch die Karibu übrig. Sie hielten sich im Umkreis einer Tageswanderung zusammen und mußten für jeden Menschen, der vom Lande zu leben hatte, eine große Verlockung sein.

Allan sparte den Rest seiner Patronen für dringende Fälle. Es machte ihm keinerlei Schwierigkeit, seinen Bedarf an Fleisch und Fellen mit Hilfe einer Baumfalle zu erlangen. Zwischen zwei großen Felsblöcken, die ihm beide Längswände ersparten, hatte er sich seine Behausung eingerichtet. Dazu genügte ihm die Axt allein. Erst wurden die Stämme für den Hüttenbau von ihren Ästen befreit und danach mit tiefen Kerben versehen. Übers Kreuz dieser Kerben paßte er die Balken ineinander und schichtete sie bis zur genügenden Höhe auf. Die Dachsparren wurden erst mit Rinde, danach mit Zweigen und Moos, danach wieder mit Baumrinde bedeckt. Der beste Kälteschutz, nämlich der Schnee, legte sich ganz von selbst darüber. Ein offenes Herdfeuer sorgte drinnen für die Erwärmung, für die Beleuchtung und diente auch zur Bereitung der Mahlzeiten. Durch ein Fenster aus abgeschabtem Karibufell fiel das Tageslicht nur als mattgelber Schimmer. Die Tür, aus Zweigen geflochten und beiderseits mit Fellen bespannt, hing in zwei ledernen Angeln und wurde durch einen Pflock geschlossen. Allans Bett bestand aus Tannenzweigen, Tisch und Stuhl waren aus armdicken Knüppeln gezimmert. Die beiden Längswände der Hütte, aus nacktem Fels von der Natur geschaffen, wirkten vom Feuer bestrahlt wie zwei Kachelöfen, die imstande waren, die Wärme eine ganze Nacht über zu halten. Doch ließ Allan die Glut nach Möglichkeit nie ganz erkalten, da es doch recht mühsam war, die Funken für ein neues Feuer mit Messer und Stein zu schlagen.

Das Alleinsein bedrückte ihn nicht, im Gegenteil fühlte er sich sehr wohl dabei und fand stets eine Beschäftigung, die ihn ganz in Anspruch nahm. Bei gutem Wetter zog er durch die Wälder, stieg auf die Höhen und hielt Ausschau über das Land. Sein Feuer blieb über Tag so klein, daß es ihn kaum verraten konnte. Die Japaner aber würden jetzt vollkommen sorglos sein. Sie waren gewiß davon überzeugt, daß sich außer ihnen niemand mehr in diesem unbekannten Teil Alaskas aufhielt. Immer hoffte er, ihren Rauch zu entdecken oder die Spuren ihrer Jagd. Wenn er herausfand, wo sie ihr Winterlager besaßen, war es immer noch Zeit, in Eilmärschen an den Cliftonsee zu wandern, um von dort den General Hamilton zu verständigen. Vor Ende des Winters würde der Feind bestimmt nicht weiterziehen.

Doch Tag um Tag, Woche um Woche verging, ohne daß sich der geringste Hinweis auf das Verbleiben des Feindes ergab. Es kamen die großen Stürme und kündeten das baldige Frühjahr. Die Karibu schlossen sich erst zu kleinen, dann zu immer größeren Gruppen zusammen. Ihr Wandertrieb war wieder erwacht und mit ihm die Sehnsucht nach der saftig grünen Äsung auf der unendlichen Tundra. Allan beschloß, seine Herde auf dem größten Teil ihres Weges zu begleiten. Noch nie hatte ein Gamewarden so lange die winterlichen Einstände mit den Karibu geteilt wie er. Weil kein Schuß fiel, und weil die Herde ihre geringen Verluste durch die Baumfallen nicht mit dem Menschen in Verbindung brachte, hatten sich die Karibu an die stille, zweibeinige Gestalt in ihrer Nähe gewöhnt. Allan beobachtete viele Eigenheiten ihres Verhaltens, die bisher der Wissenschaft nicht bekannt waren. Mehr noch würde er vom Gemeinschaftsleben der Karibu erfahren, wenn er sich ihrer großen Wanderung anschloß. Auch das hatte bisher noch kein wildkundiger Mann unternommen.

Die Wanderzüge der Karibu lagen seit undenkbaren Zeiten fest, stets folgen sie dem gleichen und bequemsten Weg. Das Heer der Tiere hatte Jahr für Jahr eine Straße durch die Wildnis gezogen, die während der schneefreien Zeit weithin sichtbar war. Das hatten sich die eingeborenen Jagdvölker schon immer zunutze gemacht, um den Wanderstrom der Karibu irgendwo an seinem Weg, möglichst an einem Engpaß zu erwarten. Auch mit ihren primitiven Waffen vermochten die Nomaden dort so viele Tiere zu erbeuten, wie sie nur brauchten. Die Masse der Herde ließ sich von diesen Verlusten an ihrem Rande gar nicht beeindrucken.

Auch die Japaner mußten das wissen, weshalb für Allan durchaus die Möglichkeit bestand, sie an diesem Wanderweg zu treffen. Da sich alle Herden der weiten und weiteren Umgebung bei Beginn der Schneeschmelze zu einem einzigen, viele Meilen langen Heerzug vereinigten, gab es gewiß keine andere Karibustraße in diesem Teil Alaskas.

Allan hatte sich schon lange überlegt, daß sein Feind wahrscheinlich die Küste der Beringsee erreichen wollte. Das ergab sich schon aus der westlichen Richtung, die der Hauptmann Hidaka seit Verlassen der Schwatkaberge ständig einhielt. Ob der japanische Wettertrupp nicht mehr senden konnte oder aus einem anderen Grund Befehl hatte, sich nach Westen abzusetzen, wußte der Chiefscout natürlich nicht. Aber er war davon überzeugt, daß die Japaner zum Noatak strebten, weil er der einzige Strom des Landes war, der zur Westküste führte. Allerdings hatte es für Hidaka nur dann einen Sinn, diesen großen Fluß hinabzufahren, wenn er an der Küste von einem japanischen Schiff oder Flugboot erwartet wurde.

Traf Allan die Japaner nicht am Wanderweg der Karibu, so fand er sie vielleicht auf dem Strom oder an seinem Ufer. Einmal so weit gelangt, gab es auch für ihn keinen besseren Weg zurück in die Außenwelt als den mächtigen Noatak. Als Gamewarden wußte er natürlich über die Robbeninsel Bescheid, die vor der Mündung des Stromes im Meere lag. Dort saß sein Kollege Nischinski mit ein paar eingeborenen Gehilfen, um die Träger der kostbaren Pelze vor allgemeiner Wilderei zu schützen. Allan kannte diesen ehemaligen Russen zwar nicht persönlich, hatte aber schon viel von ihm gehört. Nischinski verfügte über eine Funkstation und konnte jederzeit ein Patrouillenboot oder Flugzeug herbeirufen. Ebenso konnte Allan von dort aus, falls er die Japaner auf dem Strom entdeckte, den General verständigen.

Er war sehr zufrieden mit diesem Plan, weil er seine lang gehegte Hoffnung, den Wanderweg der Karibus zu erforschen, mit der Chance vereinte, die Japaner doch noch aufzuspüren.

Als nun der Südwind durch den Wald rauschte und der aufgetaute Schnee von allen Bäumen rieselte, machten sich die Karibu auf den Weg, und Allan folgte ihnen nach. Zuvor hatte er gar nicht gewußt, wie sehr das sein eigenes Fortkommen erleichterte. Die wilden Rentiere bereiteten ihm nämlich einen gut begehbaren Weg durch den schmelzenden Schnee. Ihre vielen tausend Hufe zertraten die wäßrige Masse und legten den feuchten Boden bloß. Da sie zudem aus vererbter Kenntnis des Geländes den bequemsten Weg wählten, also Berge und Sümpfe vermieden, gab es auch für den Menschen nirgendwo Schwierigkeiten zu überwinden. Des Jägers Ernährung war so einfach wie nie zuvor. Ständig blieben geschwächte Tiere zurück, die nur noch eines Messerstiches bedurften, um seine Beute zu werden.

Schon längst trug der Chiefscout keine Stiefel mehr, sondern selbstgefertigte Mokassin aus weichem Karibuleder. Den Rest seiner Kleider hatte er mit Fellstreifen geflickt. Er besaß noch seine langläufige Büchse mit achtzehn Patronen, die kleine Pistole Gwen Hamiltons mit gefülltem Magazin, dazu die übliche Axt der Scouts, sein großes Jagdmesser und das Fernglas. Weil die Streichhölzer längst verbraucht waren, benutzte er zum Anzünden ein Stück Feuerstein und den Rücken seiner Messerklinge. Das Kochgeschirr war ihm während eines Schneesturmes abhanden gekommen. Seitdem mußte er zum Kochen von Fleisch und Kräutern ein frisches Stück Tierfell benutzen. Es wurde, mit der Haarseite nach außen, in eine topftiefe Grube gelegt und mit der Brühe gefüllt. Ein paar Steine, im Feuer daneben stark erhitzt und dann in die Flüssigkeit gerollt, brachten sie zum Kochen.

Die große Herde wurde täglich größer. Wie sich Nebenflüsse in einen Strom ergießen, so zogen von beiden Seiten aus Tälern und Wäldern andere Herden herbei und vereinigten sich mit dem riesigen Heerwurm. Dessen Länge war nicht mehr zu übersehen, die Zahl der Tiere nicht zu schätzen. Ein Wald von Geweihen wogte vor Allan einher, in den Engpässen marschierten die Tiere Leib an Leib. Ihre Gehörne klapperten aneinander, und die Gelenke knackten bei jedem Schritt, eine seltsame Eigenart der Karibu. Ständig schwebte eine Wolke aus Atemdunst über der Masse pelziger Leiber. Niedergebrochene, sterbende und schon verendete Tiere säumten den Weg. Die Wölfe machten sich darüber her und waren so gesättigt von dem Überfluß an Nahrung, daß sie den einsamen Menschen kaum beachteten.

Die Karibu ließen sich Zeit auf ihrem weiten Weg. Als der Schnee fortgetaut war, blieben sie oft tagelang bei guter Äsung stehen und zogen erst weiter, wenn alles kahlgefressen war. Die Nächte wurden kurz und die Tage warm. Fast ohne Übergang folgte der Sommer dem kurzen Frühling. Für Allan hatte es keinen rechten Sinn mehr, der Herde noch weiter zu folgen. Das geruhsame Tempo der Tiere hielt ihn zu lange auf. Wenige Tage später durchquerten seine unzähligen Begleiter ein träge dahinziehendes Gewässer, dessen Richtung nach Westen wies. Mit großer Wahrscheinlichkeit mündete dieser Fluß in den Noatak, weshalb Allan beschloß, sich hier ein Fellboot zu bauen.

Die hierfür benötigten Karibu waren bald erbeutet, doch sie lagen zu weit auseinander, erst am nächsten Morgen wollte er sie abziehen. Nur eine kleine Menge Fleisch nahm er mit und bereitete sich sein Lager in der Nähe des Flusses. Weil das Gras und Gestrüpp wegen der langen Trockenheit schon so dürr war, daß die Gefahr eines Waldbrandes bestand, trug Allan ein Dutzend großer Steine zusammen und legte sie im Kreis um die Feuerstelle.

Am Morgen war von dem großen Heerzug nichts mehr zu sehen, völlige Ruhe und Verlassenheit lag wieder über dem Land. So lange Zeit an die Gesellschaft der Tiere gewöhnt, fühlte sich Allan zunächst recht einsam. Ein Grund mehr, sich schnell an die Arbeit zu machen. Er wanderte zu seiner weit verstreut liegenden Beute, streifte die Felle von den Kadavern und löste so viele Sehnen aus ihren Körpern, wie zur Vernähung der Bootshaut gebraucht wurden. Eines der Felle füllte er mit Fett, ein anderes mit den besten Stücken des Wildbrets und gelangte gegen Mittag wieder an seine Feuerstelle. Es war noch ein wenig Glut darin, die er wieder anfachte und mit sehr viel Holz bedeckte, um für die kommende Reise einen Vorrat an Fleisch über dem Feuer zu räuchern.

Zu seinem Glück war er wieder aufgestanden, um sich geeignete Äste für die Weidenspieße zu holen, als mit gewaltigem Krachen die Steine um sein Feuer explodierten.

Die Trümmer und Splitter flogen nach allen Seiten. Sie hätten einen Mann, der noch am Feuer saß, zweifellos schwer verletzt, wenn nicht gar getötet.

Ein Werk Hidakas war dieser Anschlag, daß wußte Allan sofort. Niemand sonst war zu dieser Tücke fähig, kein anderes Hirn konnte sich auf so teuflische Weise die gefährliche Eigenschaft nasser Steine zunutze machen.

Während der Nacht hatte wohl sein Feind den Schimmer des Feuers gesehen und seit dem Morgen jeden seiner Schritte beobachtet. Während Allan bei seinen Karibu war, hatte der Japaner den Steinkranz der Feuerstelle durch andere Steine vom Flußufer ersetzt. Nur deren äußere Schicht war von der Sonne getrocknet, sie hatten aber noch bis vor wenigen Tagen unter Wasser gelegen und waren innen mit Feuchtigkeit vollgesogen. Also mußten sie bei starker Erhitzung in tausend Stücke zerspringen. Jedem Waldläufer war das bekannt, aber noch nie hatte jemand an die Möglichkeit gedacht, auf solch raffinierte Weise einen anderen Menschen umzubringen.

Allan fand die Fährte seines Feindes ohne jede Schwierigkeit, Hidaka hatte sich keinerlei Mühe gemacht, sie zu verbergen. Doch nahm Allan nicht sogleich die Nachsuche auf, sondern ging zunächst auf der Spur zurück, um festzustellen, ob sein Gegner allein war. So fand er schon bald zwei erlegte Karibu und konnte an den Verletzungen erkennen, daß sie Hidaka mit einem Speer getötet hatte. Mit großer Wucht geschleudert, hatte die einfache Waffe fast den ganzen Leib der Tiere durchschlagen.

Nur eine menschliche Fährte war zu sehen, der japanische Hauptmann hatte keinen seiner Leute mehr bei sich. Was nur bedeuten konnte, daß sich Hidaka für dauernd von seinen Gefährten getrennt hatte, oder daß sie nicht mehr lebten. Denn sonst wird ja die einmalige Gelegenheit, sich aus dem großen Wanderzug der Karibu für lange Zeit zu versorgen, immer von allen verfügbaren Jägern gemeinsam wahrgenommen.

Das Attentat mit den Steinbomben war dem vielgewandten Japaner mißglückt, schlimmer noch für ihn, er hatte sich damit verraten. Wieder hielt der Chiefscout einen Faden in der Hand, an dessen Ende sein Feind zu finden war. Das gleiche galt allerdings auch für Hidaka, jeden Augenblick mußte Allan auf einen weiteren Anschlag gefaßt sein.

So begann nun ein lautloses Gefecht zweier Männer, die sich gegenseitig umschlichen. Jetzt fand die Menschenjagd nur noch zwischen ihnen beiden statt. Sie wurde zum Zweikampf auf Tod und Leben, mit raffinierter List geplant und gnadenlos durchgeführt. Der Hauptmann und der Chiefscout, beide jagten und beide wurden gejagt.

Die Spur des Japaners war so klar, daß für Allan vorerst noch keine Gefahr bestand, wenn er ihr ohne weiteres folgte. Hidaka konnte seinen Gegner nicht für so dumm halten, daß er auf der deutlichen Fährte geradewegs in seine Falle lief. Eben deshalb hatte er auch bestimmt keine angelegt. Allan mußte nur darauf achten, daß er keinem Dickicht zu nahe kam, aus dem heraus ihn ein Speerwurf erreichen konnte. Der Japaner war ohne Schußwaffe, sein Gewehr hatte Allan bei der verbrannten Hütte Bert Hutchinsons gefunden.

Wie erwartet führte Hidakas Fährte zu einem Bach und kam drüben nicht mehr zum Vorschein. Da es in jedem fließenden Gewässer leichter ist, stromab zu waten, zog Allan stromaufwärts. Denn genau das und nichts anderes hatte gewiß auch sein raffinierter Gegner getan. Ebenso gewiß war es für Allan zwecklos, unmittelbar am Ufer nach dem Ausstieg des Feindes zu schauen. Der würde schon dafür gesorgt haben, daß er dabei kein Anzeichen hinterließ. Dagegen achtete Allan auf überhängende Äste. War davon einer genügend stark, um die Last eines Menschen zu tragen, stieg Allan aus und suchte am Boden neben dem dazugehörigen Stamm nach Fußabdrücken. Denn ein Mann, der seine Spur verwischen wollte, zog sich an einem solchen Ast empor und hangelte über die Böschung hinweg.

Beim vierten Ast, der für solches Manöver geeignet schien, fand Allan zwar keine Spuren am Boden, aber kleine Brocken frisch abgestreifter Rinde. Gleich danach sah er auch ein paar winzige feuchte Stellen im trockenen Laub. Also waren hier Wassertropfen von Hidakas Schuhen gefallen. Der Mann selber war aber, wie es schien, durchs dichte Geäst von einem Baum zum anderen noch ein gutes Stück weitergeklettert. Schließlich entdeckte Allan die Stelle im Moos, wo er hinabgesprungen war. Es sah so aus, als sei von hier aus Hidaka sicher gewesen, daß schon längst niemand mehr seiner Spur zu folgen vermochte. So hatte er keinen Versuch mehr gemacht, seine Fährte zu verwischen.

Trotzdem war der Chiefscout vorsichtig, und er schritt nicht bedenkenlos dahin. Als die Fährte durch kniehohes Gras führte, riß er einen langen Zweig vom nächsten Baum und hielt dessen Spitze vor sich in die hohen Halme. Noch keine hundert Schritt war er auf diese Weise gegangen, als er einen Widerstand spürte und sich sofort zurückwarf. Da kamen auch schon mit Gepolter ein halbes Dutzend Stämme von oben herab.

Die Falle war bewundernswert geschickt angelegt, mußte Allan zugeben. Der Japaner hatte die Hölzer droben im Laub so gut verborgen, daß es unmöglich gewesen war, sie von unten zu sehen. Doch mußte ihn das Hinaufschaffen der Fallbäume viel Zeit gekostet haben, sehr groß konnte sein Vorsprung jetzt nicht mehr sein.

Über kurz oder lang würde Hidaka zurückkommen, überlegte

Allan, um festzustellen, ob sein Gegner nun tot, verletzt oder gar beiden Anschlägen entkommen war. Dabei war es möglich, ihn nun seinerseits in einen Hinterhalt zu locken.

Der Chiefscout wählte dazu einen Felsspalt, gerade groß genug, um einen Menschen hindurchzulassen. Dorthin trug er seine Sachen und legte dann seine äußeren Kleider ab. Die füllte er mit Moos und Grasballen, bis sie die Form einer menschlichen Gestalt annahmen, und lehnte die Puppe gegen das Gestein. Aus seiner abgetragenen Pelzmütze formte er den Kopf und steckte ihn auf die prallgefüllte Jacke. Dieser künstlichen Gestalt gab er nun die Haltung eines Mannes, der bei seiner nächtlichen Wache im Sitzen eingeschlafen und etwas nach vorn gesunken war. Allan schob einen Knüppel zwischen die ausgestopften Ärmel, der ein Gewehr vortäuschen sollte. Damit war der Anschein erweckt, als habe dieser Mann den engen Weg zu seinem Ruheplatz mit der Waffe decken wollen und sei dabei vor Erschöpfung eingenickt.

Die wirkliche Waffe befestigte Allan als Selbstschuß zwischen dem Gestein, tarnte sie gegen Sicht und verband den Abzug durch schmale Fellstreifen mit einem biegsamen Zweig, der in scheinbar ganz natürlicher Weise durch den Felsspalt wuchs. Wenn nun der Japaner hineinkroch, um den offenbar schlafenden Gegner zu überwältigen, mußte er diesen Zweig berühren und damit den Schuß auslösen. Es war unmöglich, daß Hidaka nicht getroffen wurde. Die Mündung der Waffe zielte ja genau auf den Zweig, auch war rechts wie links kein Platz, um auszuweichen.

Auf bloßen Füßen suchte sich Allan ein Versteck am Waldrand und wartete auf die Nacht.

42

Hidaka hatte seinen Gegner unterschätzt. Auf geradezu wunderbare Weise war der Yanki beiden Anschlägen entkommen. Aber irgendwo mußte er ja die Nacht verbringen und konnte sich dabei nicht nach allen Seiten sichern. Ein Meister in der Kunst geräuschlosen Anschleichens, hoffte der Japaner, ihn nach Dunkelwerden zu überrumpeln.

Als der Mond heraufkam, machte er sich auf die Suche nach dem Nachtlager seines Feindes. Nur die halbe Scheibe war am Himmel erschienen, doch genügte deren Schimmer, an einigen Stellen die

Spur des Yankis zu erkennen. Was die Augen des Fährtenlesers nicht erfaßten, verrieten ihm die Fingerspitzen. Sogar der Geruchssinn konnte helfen, denn Allans Fellschuhe waren durch die Losung auf dem Marschweg der Karibu angefault und hinterließen einen säuerlichen Duft.

Erst gegen Mitte der Nacht hatte Hidaka die enge Schlucht erreicht und erkannt, daß die Duftspur hinein, aber nicht mehr hinaus führte. Er folgte ihr nicht sogleich, sondern stieg seitwärts davon den Felsen hinauf und versuchte, von oben den Lagerplatz seines Gegners zu erspähen. Erst nach längerem Bemühen, sich an die Dunkelheit in der Felsspalte zu gewöhnen, glaubte er die Umrisse einer Gestalt wahrzunehmen, die dort in sitzender Stellung zu schlafen schien. Er griff nach einem schweren, kantigen Stein, zielte sorgfältig und warf ihn hinunter.

Es gab nur einen weichen Aufprall, die Gestalt teilte sich in zwei Hälften. Nichts anderes hatte Hidaka vermutet, zu gut war diese schmale Schlucht für eine Schußfalle geeignet. Er stieg wieder hinunter, kroch behutsam in den Spalt und tastete mit den Fingerspitzen nach einem Hindernis. So hatte er bald den Zweig und daran den Fellstreifen gefunden.

Mit der einen Hand hielt er den Zweig in gleicher Stellung fest und schob mit der anderen ein Häuflein Steine vor sich zusammen. In deren Schutz preßte er sich an den harten Boden und löste durch einen heftigen Ruck an der Leine den Schuß.

Noch im Widerhall sprang der Japaner auf und lief zu der Waffe. Leider war keine andere Patrone mehr im Magazin, für ihn selber hatte also die Büchse keinerlei Wert. In großer Eile schob er einen fingerdicken Zweig in den Lauf und trieb dessen Ende so weit hinein, daß es von außen nicht zu sehen war. Danach glitt er wieder ins Freie, stieg am Waldrand auf einen dicht belaubten Baum und band sich dort fest, um den Rest der Nacht zu verschlafen.

Als der enttäuschte Amerikaner seine Suche wieder aufnahm, sprang Hidaka hinab und lief im Unterholz davon. Der Yanki hörte das Brechen der Büsche und eilte ihm nach. Hidaka sorgte dafür, daß ihn sein Feind beim Durchqueren einer Lücke erblickte.

Sofort riß der Yanki seine Waffe hoch, zielte kurz und drückte ab.

Da platzte der Büchsenlauf, und seine Mündung wurde zu einem weiten Trichter. Wäre auch das Schloß zersprungen, wie Hidaka gehofft hatte, so hätte der Yanki wahrscheinlich seine Augen verloren.

Sofort warf der Chiefscout das zerstörte Gewehr in die Büsche und eilte seinem Gegner nach. Der hatte indessen Vorsprung gewonnen und sich über das Kiesbett eines trockenen Baches davongemacht.

Im Gegensatz zu Allan hatte der andere Mann nicht die Absicht, das Duell zu entscheiden. Ihm lag jetzt nur daran, den Verfolger loszuwerden und aus der Richtung abzulenken, wo er möglicherweise Alatna entdeckte.

Alle nur denkbaren Listen wandte er an, um seinen Feind in die Irre zu führen. Er band sich Grasbüschel unter die Füße, stieg durch die Bäume und hielt sich an steinigen Boden. Er verschlief die Nacht zwischen kahlem Fels und gelangte am folgenden Morgen zu einem großen Windbruch. Er wand sich durch das Gesperr der gestürzten Äste, wo er fast sicher sein konnte, daß auch nicht die Spur einer Spur von ihm hinterblieb. Endlich kam er auf einem weiten, knisterdürren Grasfeld wieder ins Freie.

In der Ferne lag Tannenwald. An dessen Rand wollte der Japaner in einen der höchsten Wipfel hinaufsteigen, um das Gelände nach rückwärts zu überschauen. Wenn sich bis zum Abend der Amerikaner nicht sehen ließ, durfte Hidaka gewiß sein, daß sein Gegner nicht verstanden hatte, ihm weiter zu folgen. Dann wollte er sogleich mit Alatna davonziehen, auf einem Umweg natürlich, damit sie auf keinen Fall mehr dem Yanki begegneten. Man konnte sich denken, daß auch er an den Noatak wollte. Allerdings war der Feind ohne seine Schußwaffe nicht mehr so gefährlich wie zuvor. Das immerhin hatte Hidaka erreicht.

Bis zur Brust reichte ihm das trockene Riedgras und raschelte bei jedem seiner Schritte. Von den ungewohnten Geräuschen wurde eine Schwarzbärin mit ihren beiden Jungen aufgescheucht, die hier nach Erdhörnchen gruben. Von Angst und Schrecken gepackt, stürmten Mutter wie Kinder davon und alarmierten alle Lebewesen der näheren und weiteren Umgebung.

Der Mensch ließ sich nicht davon stören, eilte nur schneller dem Wald entgegen.

Aber dieser Waldrand war nicht so leicht zu erreichen. Denn plötzlich öffnete sich vor Hidakas Füßen eine tiefe, steile Schlucht und trennte ihn von dem Nadelwald auf der anderen Seite. An den glatten grauen Wänden führte kein Weg hinunter. Der Abgrund mußte umgangen werden, aber auch im Glas ließ sich dessen Verlauf nicht übersehen. Tief unten strömte ein reißendes Gewässer.

Es schien mitsamt der Schlucht die flache Steppe, auf der sich Hidaka droben befand, im Halbkreis zu umgeben.

Schwärme von Brachvögeln verließen flatternd das Gestrüpp und flogen davon, Hasen huschten eilig vorbei, und anderes Getier geriet zwischen dem Riedgras in Bewegung.

Es war Rauch in der Luft.

Als sich Hidaka zurückwandte, sah er graue Wolken am Rande des Windbruchs.

Konchikusho mattaro... der verfluchte Yanki hatte die Steppe angezündet!

Es war windstill. Aber das Feuer brauchte keinen Wind, es fraß sich von selber durch die Steppe. Nach vorne konnte der Japaner nicht entfliehen. Er mußte umkehren, solange ihm der Brand noch erlaubte, seitwärts zu entkommen.

Er eilte am Rande der Schlucht entlang, doch sie wich immer weiter zurück, und die ersten Flammen hatten sie schon erreicht. Hidaka machte kehrt, hetzte durch die raschelnden Schachtelhalme in der anderen Richtung, fand aber auch dort seinen Fluchtweg bereits von der Feuerwalze versperrt.

Er war auf einer Insel gefangen, die auf drei Seiten von der Schlucht und auf der vierten von dem Feuer begrenzt wurde. Vor ihm gähnte dunkle Tiefe, hinter ihm knisterte die rauchende Wand.

So hatte der verdammte Yanki die Partie gewonnen! Er ließ seinem Gegner nur die Wahl, lebendig zu verbrennen oder sich hinab in die Schlucht zu stürzen.

Hidaka wußte ein besseres Ende. Er warf sein Glas zu Boden, riß sich die Felljacke und auch das zerschlissene Hemd vom Leibe. Der strahlenden Sonne wandte er sich zu, die sich nach Westen senkte, und legte das Messer vor sich ins Gras. Dann kniete er nieder.

»Kagugo no maeda... ich bin auf den Tod gefaßt.«

Das entsprach der Wahrheit. Ein Japaner vom Schlage Hidakas hatte keine Furcht vor dem Ende, wenn es unentrinnbar erschien.

»Amateras...«, rief er zur Sonne, »du hast mich geschützt bis zum heutigen Tage... sieh nun meinen Tod und laß meine Seele aufsteigen zum ewigen Heer der Gefallenen...«

Dreimal mußte er nun den Boden mit der Stirn berühren, um dem fernen Kaiser und seinen göttlichen Ahnen die herkömmliche Reverenz zu erweisen.

Da sandte die Sonne einen Strahl in sein Fernglas und ließ es funkelnd blitzen.

Dieser Blitz traf Hidakas Augen, als er seine Stirn wieder vom Boden erhob.

Der Todgeweihte hielt inne und empfand einen Schauer unsagbaren Glücks. Amateras hatte ihm ein Zeichen gesandt.

Abermals warf er sich nieder und erhob sich wieder. Aus beiden Linsen des Glases sprangen ihm nun die Leuchtfunken der Göttin ins Gesicht. Sein Übergang ins nächste Leben würde nicht schwer sein, da ihn Amateras so offensichtlich erwartete.

Als er zum drittenmal wieder den Kopf hob, zündete die Allmutter Japans auch den Funken in seinem Hirn.

Der Hauptmann Hidaka fuhr hoch, ergriff das Fernglas und zerhieb mit aller Kraft dessen Gehäuse auf der Felskante.

Die Fassung brach auf, die Linsen rollten ins Gras.

Schon war die Hitze des Feuers zu spüren, züngelnd und raschelnd rückten die Flammen näher.

Hidaka riß um sich herum alle Gräser mit ihren Wurzeln aus dem Boden und legte mit hastigen Händen die Erde bloß. Als zwei Meter im Geviert von allem Wuchs befreit waren, schichtete er die dürren Halme zu einem Hügel und hielt eine der Linsen aus seinem zerbrochenen Glas darüber.

Noch war die Sonne frei, aber in wenigen Augenblicken mußte sie der heranwallende Rauch verhüllen.

Mit all seiner Energie zwang sich Hidaka zur Ruhe, gerade jetzt durfte seine Hand nicht zittern.

Der grellhelle Punkt aus seinem Brennglas stand auf einem dürren, hauchdünnen Halm. Der Rand des Punktes wurde braun... schwarzbraun... schwarz. Er begann zu knistern... zu glühen... zu brennen.

Das Fünkchen breitete sich aus, erfaßte den nächsten Halm und noch andere. Das Häuflein rauchte, eine Stichflamme schoß empor.

Hidaka breitete das brennende Gestrüpp rings um den nackten Erdfleck aus, den er sich geschaffen hatte, und überließ alles Weitere den Flammen.

Eilfertig griff das Gegenfeuer um sich, faßte nach rechts, nach links, nach hinten.

Nur vorne die Schlucht begrenzte seine Ausbreitung. Auch der nackte Boden, in dessen Mitte sich Hidaka ausstreckte, bot dem Brand keine Nahrung.

Das rote Geflacker zog in einem Halbkreis davon und loderte dem großen Brand des Yanki entgegen. Nichts, was brennen konnte, blieb verschont. Von Minute zu Minute wurde die schwarzverkohlte Fläche größer, die Hidakas Gegenfeuer in die Steppe fraß.

Endlich trafen die beiden Flammenwände zusammen und verzehrten ihre Kraft in einer gewaltig aufschießenden, glühend roten Wolke. Himmelhoch stoben die Funken und versengten beim Niederfallen das Haar und die Haut des Geretteten. Seine zerschlissene Felljacke fing Funken und verbrannte, Hidaka konnte nicht darauf achten, weil er sich in den Boden krallte und mit loser Erde bewarf.

Die ganze Nacht blieb er in tiefem Schlafe liegen.

Als er sich bei Tagesanbruch erhob und die Schicht warmer Asche von sich schüttelte, stand noch immer beißender Rauch über der einstigen Steppe. Falls der Yanki noch in der Nähe war, konnte er in diesem grauen Nebel nichts und niemanden sehen. Noch glühten die Wurzelstöcke im alten Windbruch, der völlig verbrannt war. Der gestern noch dunkelgrüne Wald dahinter war zu einem Gesperr rauchender Skelette geworden. Doch hatte sodann ein sumpfiges Tal den Waldbrand gebändigt.

Als Enzo Hidaka spät abends, rußgeschwärzt und mit Brandblasen bedeckt, wieder zu Alatna gelangte, war sein Sohn bereits auf der Welt.

Er fiel vor ihm nieder und küßte die winzigen Hände des Neugeborenen.

»Nammjo Horen Gekjo...«, dankte er seinen Göttern, »welch ein Tag... welch ein Tag!«

Alatna wusch ihm die Asche aus dem Gesicht.

»Kind kommen und Rauch fliegen durch Luft... ich viel Angst haben... aber jetzt alles gut... alles sehr schön.«

Er sah den neuen Glanz in ihren Augen.

»Alatna kimi... du bist meine Frau..., die beste von allen Frauen, die es gibt.«

Er nahm seinen Sohn auf den Arm und betrachtete dessen kleines, zerdrücktes Gesicht im Schein des Feuers. Dunkle Augen hatte er, mit den echt mongolischen Falten an der Seite. Ein Flaum zarter, schwarzer Haare lag auf dem kleinen Kopf. Genauso wie alle japanischen Kinder sah das Neugeborene aus. Nur noch viel hübscher natürlich.

»Bald wird er die Kirschblüten von Japan sehen«, sagte sein Vater, »die Gärten von Nikko und den heiligen Schnee des Fuji!«

43

Allan McCluire empfand keine Freude über seinen Sieg, nicht einmal Befriedigung. Gewiß hatte er nun seinen Todfeind vernichtet und Alaska von dem gefährlichsten Menschen befreit, der jemals in diesem Land aufgetaucht war. Kein Mittel hatte der Hauptmann Hidaka gescheut, seine Feinde zu verderben. Die heimtückische Handgranate und Harrys abgerissener Arm waren dafür der erste Beweis gewesen.

Aber der Japaner kam aus einem fanatisierten Volk und tat ja nichts für sich. Ohne den Krieg und ohne die kriegerische Diktatur in Japan hätte es für einen Mann von seiner Intelligenz und Energie sicher ein besseres Leben gegeben. Mit solchen Gaben gelangte man im freien Amerika zu den größten Erfolgen. Nun hatte ihn die brennende Steppe verzehrt, oder er war in der Schlucht zerschellt. Hätte Allan nicht die flüchtige Bärin mit ihren Jungen gesehen, der Japaner wäre ihm abermals entkommen. Sein Unglück war gewesen, daß er die steile Wand vor sich nicht rechtzeitig erkannte, und Allans Glück, daß er von einem Hügel herab das Gelände so weit und so gut hatte übersehen können.

Er ging am Rande der Schlucht entlang, auf der Suche nach den Resten Hidakas. Bei jedem Schritt löste sich eine Aschenwolke vom Boden, kein Tier und kein Grashalm lebte mehr in der verbrannten Steppe. Hin und wieder hielt er inne, um mit dem Glas in das Flußtal zu schauen. Wenn sich der Japaner hinabgestürzt hatte, mußten nun Raubvögel die Stelle anzeigen, wo sein zerschmetterter Körper lag. Der Chiefscout war entschlossen, die Gebeine seines Gegners nicht dem Getier zu überlassen. Einen Steinhügel hatte der japanische Offizier immerhin verdient.

Allan war schon fast bis zum äußersten Vorsprung der Hochfläche gelangt, als er neben der Felskante einen Flecken sandbrauner Erde sah. Diese Erscheinung war so auffällig in der aschgrauen Umgebung, daß er seine Schritte beschleunigte.

Dort fand er nun Hidakas verbrannte Jacke und daneben das zertrümmerte Fernglas. Allan prüfte, was von dessen Optik noch übrig war, und erkannte bald, daß eine der großen Linsen fehlte. Mit der Suche danach brauchte er sich keine Mühe zu geben, er würde sie doch nicht finden. Die Zusammenhänge waren klar. Mit der Linse hatte Hidaka ein Gegenfeuer entzündet und sie danach als brauchbares Brennglas mitgenommen.

Allan McCluire stand lange inmitten der sandigen Stelle, auf der sein Gegner nun doch den Brand überlebt hatte. Dieser Mann war nicht zu schlagen, abermals hatte er einen Ausweg gefunden, um der sicheren Vernichtung zu entkommen.

Der Chiefscout mußte ihn bewundern, wider jede Vernunft fühlte er sich sogar erleichtert. Noch immer war also die große Jagd nicht zu Ende und der listenreiche Mann wieder auf dem Weg zur Küste.

Allan ging zurück in sein altes Lager am Fluß und begann mit dem Bau seines Rundbootes. Jetzt blieb ihm nur noch die Hoffnung, den Feind am Noatak abzufangen.

Das Gerüst des Fahrzeuges bestand aus Weidenzweigen. Sie wurden auch hier wieder in den Boden gesteckt, als sollte ein kleines Zelt entstehen. Aber diesmal waren die biegsamen Stangen stärker und standen dichter beisammen. Die Karibufelle, die Allan darüberzog, mußten einander überlappen und mit Tiersehnen festgenäht werden. Alle Fugen und Nahtstellen bestrich der Bootsbauer reichlich mit Fett, rieb auch die Verknotungen damit ein. Als dies mit aller Sorgfalt geschehen war, entfachte er daneben ein kleines Feuer, hob die Halbkugel vom Boden und stülpte sie darüber. Nun sorgte die Hitze dafür, daß sich die frischen Häute und die eingefetteten Sehnen fest zusammenzogen. Das gab dem Ganzen nicht nur einen elastischen Zusammenhalt, es schloß auch alle Ritzen und Löcher wasserdicht ab. So leicht war dies Boot, daß es ein Kind hätte tragen können.

Allan brachte es zum Wasser, um eine erste Probefahrt zu unternehmen. Damit sich sein Fahrzeug nicht ständig drehte, befestigte er daran einen dichtbelaubten Ast. Zwei schnell gebundene Reisigbesen dienten als behelfsmäßige Ruder, um die Mitte des Stromes zu halten oder das Fahrzeug wieder ans Ufer zu bringen.

Der Erbauer konnte mit seinem Werk zufrieden sein, auch im Fluß blieb es wasserdicht und war spielend leicht zu manövrieren. Er kehrte ans Ufer zurück, um vor der Abfahrt noch das Wildbret der erlegten Karibu zu räuchern. Darüber verging die Nacht, erst am folgenden Morgen begann die Flußreise.

Sie führte durch ein herrliches, völlig unbekanntes Land. Grüne Hügel und dunkle Wälder zogen vorbei, weite Grassteppen tauchten auf, und in der Ferne erschienen blaue Berge. Tagelang glitt das Boot am schilfigen Ufer entlang, es trieb durch Schwärme von Eisenten, viele hundert Singschwäne lagerten auf dem Wasser. Kormorane tauchten nach flinken Fischen, am Ufer tummelten sich die Strandläufer und Bachstelzen. Schneegänse brüteten im Schilf, Kraniche standen an seichten Stellen, und Eistaucher warfen sich blitzend in die Flut.

Doch der Fluß wurde immer träger. Er teilte sich in viele Arme, und schließlich zerfloß er in unzählige Adern, die ein weiter Sumpf in sich aufnahm. Allan mußte das Boot herausheben und durch saugenden Morast von einem Tümpel in den nächsten tragen.

Nach einigen Tagen kam er an den Fuß einer Hügelkette und verließ das Boot. Als er auf die Höhe gelangte, sah er, daß dieser Landrücken unendlich weit nach Süden reichte. Wahrscheinlich hätte er den Sumpf zu Fuß umgehen können und wäre schneller vorwärts gekommen als bei der umständlichen Wasserfahrt.

Jenseits der Hügel stieß er nach so langer Zeit wieder auf die ersten Anzeichen von Menschen. Es waren Steinringe am Boden, die zum Niederhalten der Zeltwände gedient hatten. Wer sie errichtet hatte, war schon vor sehr langer Zeit weitergezogen, denn inzwischen war wieder Gras über die Ringe gewachsen, und Schneeheide bedeckte die alten Feuerstellen. Früher, als noch keine weißen Tauschhändler den Eskimo an der Küste das Leben leichter machten, waren sie während des Sommers auf den großen Flüssen bis weit ins Hinterland vorgestoßen, um Karibu zu jagen. Sie hatten auch Holzstämme, zu Flößen vereint, aus dem Innern an die baumlose Küste gebracht. Weil stets die Ströme ihre Straße waren, hoffte Allan nun bald auf einen dieser Wasserwege zu stoßen. War es nicht der Noatak selber, dann eben einer seiner Nebenflüsse.

Auch am nächsten Tage fand er wieder die alten Zeltringe der Eskimo und sogar eine zerfallene Erdhütte. Er sah die Reste hölzerner Palisaden, durch die eine Treiberkette die Karibu zu den wartenden Speermännern gejagt hatte. Danach entdeckte er zu seinem Erstaunen sogar eine Feuerstelle, die erst vor wenigen Tagen gebrannt hatte. Im weichen Boden fanden sich die Fährten eines Mannes, einer Frau und eines Hundes. Sie hatten ein kleines Kind bei sich gehabt, denn gleich daneben stand noch das vierbeinige Gerüst, an dem während jeder längeren Rast die Felltasche mit dem Kind aufgehängt wird.

Also hatten die Eskimo ihre Jagdausflüge ins Hinterland wiederaufgenommen! Das war völlig neu für Allan und würde auch die Beamten vom Eingeborenendienst überraschen. Man wünschte schon lange, daß die Eskimo zur Erschließung des Hinterlandes beitrugen.

Der Chiefscout überstieg einen Höhenzug und sah in der Ferne das graue Band eines großen Flusses. In vielen Schleifen zog er nach Westen und verlor sich am Horizont. Seine Ufer waren von dunklen Wäldern eingefaßt. Weiter südlich schlossen sich Berge an, nach Norden begann wieder die Tundra. Nichts anderes konnte dieser Strom sein als der so lang ersehnte Noatak.

Da die Sonne schon im Versinken war, ließ sich Allan am Hang des Hügels nieder, um hier die Nacht zu verbringen. Er trug trockenes Laub zusammen und schlug mit Stein und Messer die Funken für sein Feuer. Als es stark genug brannte, legte er frische Zweige und feuchtes Moos darüber. Er brauchte soviel Rauch wie nur möglich, um sich der Myriaden von Moskitos und Mücken zu erwehren, die gegen Abend in flirrenden Wolken aus jedem Sumpfloch stiegen.

Als die Nacht kam, sah er das Glimmen eines anderen Feuers. Der Richtung nach mußte es am Ufer des Noatak brennen.

Allan McCluire konnte kaum den Morgen erwarten. Er kannte die Eskimo als das freundlichste Volk auf Erden und freute sich, ihnen zu begegnen. Hatte sich ein Fremder in der Gegend gezeigt, mußten sie von ihm wissen. Sicher waren sie auch bereit, ihm bei der Suche nach Hidaka zu helfen.

Allan vermutete, daß jene kleine Familie dort an ihrem Feuer saß, deren Lagerplatz er heute gesehen hatte. Vielleicht waren sie mit anderen Jägern zusammengetroffen und rüsteten sich nun gemeinsam zur Heimfahrt. Wenn sie alle bei der Suche mitmachten, war der flüchtige Japaner fast mit Sicherheit zu finden. Den landeskundigen Eskimo konnte der flüchtige Feind weder auf dem Strom noch an dessen Ufern entgehen.

Schon beim ersten Morgengrauen machte er sich auf und eilte so schnell ihn die Füße trugen dem Noatak entgegen. Am Waldrand stieg eine Rauchsäule empor, gegen Mittag konnte er mit dem Glas eine Erdhütte ausmachen. Etwas später erkannte er auch Menschen, die sich vor der Hütte bewegten.

Er war noch eine halbe Meile vom Erdhaus entfernt, als der Hund die fremde Witterung spürte und Alarm schlug. Obwohl Allan winkte und freundliche Grüße rief, verschwanden die beiden Gestalten furchtsam in ihrer Hütte. Sie hatten ja niemals andere Menschen hier gesehen. Ein fremdes Wesen, das so unvermutet in ihrer Einöde auftauchte, mußte sie zunächst erschrecken.

Keine andere Behausung war zu erkennen, auch nirgendwo eine zweite Rauchwolke. Die Hoffnung, hier eine vielköpfige Mannschaft für die weitere Suche zu finden, erfüllte sich nicht. Die Hütte am Wald schien sehr alt zu sein, auf dem Dach gediehen Büsche, und die Erdwände waren dicht bewachsen. Nur das Fenster hatte man neu eingesetzt und mit Tierhäuten bespannt, auch die Tür war aus frischem Holz. Allan war gewiß, daß er sich mit den Bewohnern verständigen konnte. Als er seinerzeit, zum Schutze und Studium der Moschusochsen, für ein Jahr auf der arktischen Insel Nunivak gelebt hatte, war er viel mit den Eskimo zusammengekommen und hatte die wichtigsten Worte ihrer Sprache gelernt. Zwar besaß jeder Stamm seine eigene Ausdrucksweise, aber es gingen doch alle Dialekte auf eine gemeinsame Wurzel zurück.

In höflicher Entfernung blieb er vor der Hütte stehen.

»Hier ist Freund«, rief er den üblichen Gruß, »Freund ist gekommen.«

Er hob die Handflächen nach außen, um auch damit seine friedlichen Absichten zu bekunden. Doch nur das heisere Bellen des Hundes kam aus dem Erdhaus und ein Kind begann zu weinen. Allan schritt näher und wiederholte die Begrüßung, doch die Bewohner wagten sich nicht heraus.

So ging der Chiefscout zur niedrigen Tür, bückte sich und trat lächelnd ein.

Wie erwartet, saß vor ihm die kleine Familie, ein Mann von etwa dreißig Jahren und seine junge, sehr hübsche Frau, die ein winziges Kind an sich drückte. Nur mit Mühe konnte der Hausherr seinen zottigen Hund beruhigen, der die größte Lust hatte, den Fremden anzuspringen.

Die Frau schien zu Tode erschrocken, hatte ihre Hände schützend vor das Baby gelegt und zitterte am ganzen Leibe. Ihr Mann schien nicht so ängstlich, aus seinen schmalen, schwarzen Augen schaute er forschend in das fremde Gesicht. Als der Weiße abermals versicherte, er käme als Freund, entblößte der Mensch sein prachtvolles Gebiß und grüßte mit breitem Grinsen.

Der Chiefscout hockte sich auf den Boden, um die kleinwüchsigen Polarmenschen nicht durch seine Größe zu verwirren.

»Nutarak hoki kutnit«, sagte er zu der jungen Mutter mit seinem schönsten Lächeln. Ihr Kind sei sehr fett, hieß das und galt nach den Regeln der eskimoischen Etikette als das denkbar beste Kompliment.

Es wirkte auch sogleich, Alatnas Züge entspannten sich. Aber nicht sie antwortete dem Fremden, sondern ihr Mann.

»Kavnik kaije garluavna...«

Viel Fleisch werde sein Sohn erbeuten, meinte er damit. Verständlicher ausgedrückt, sollte ein großer Jäger aus dem Säugling werden. Außerdem hatte der stolze Vater auf diese Weise klargestellt, daß es sich bei dem Kind um einen Jungen handelte. Des Mannes Aussprache war hart und abgehackt, sehr verschieden von dem weichen Idiom der Eskimo auf Nunivak.

»Von was Volk du bist?«

»Nunamiut sein wir«, gab ihm der Hauptmann Hidaka Bescheid, »wir haben noch kein Kabluna sehen.«

Zum erstenmal war nun der Chiefscout Menschen von diesem sagenhaften Stamm begegnet. Niemand hatte bisher gewußt, daß die Nunamiuten recht eng mit den Eskimo verwandt waren, obwohl sie doch so fern von ihnen lebten. Aber des Mannes Sprache bewies, daß sie von gleicher Herkunft waren, ein versprengter Splitter des großen Polarvolkes.

»Allein du sein hier mit Frau und Kind?«

»Wir sein allein, Kabluna.«

Da keiner von beiden Männern die Sprache wirklich beherrschte, fiel es dem Amerikaner nicht auf, wie stockend und gebrochen sich der vermeintliche Nunamiut ausdrückte. Das lag wohl am ganz verschiedenen Dialekt seines Volkes, das sich so lange schon von den Stämmen der Küste getrennt hatte.

»Was dein Name?«

»Sissuk«, erwiderte Enzo Hidaka, »mein Frau heißen Alatna und mein Sohn heißen Toklat.«

Das Wort bedeutet Bär und ließ erkennen, welch große Taten der Vater eines Tages von ihm erwartete.

Das Innere der Hütte hatten die beiden Leute sorgfältig instand gesetzt. Es herrschte Sauberkeit und Ordnung in dem kleinen Raum. Die Schlafbänke waren mit frischen Fellen bedeckt und die Herdstelle von einem neuen Steinkranz umgeben. Das Paar machte einen tüchtigen und gewinnenden Eindruck. Beide waren viel sauberer, als es Allan von den Eskimo an der Küste gewohnt war.

»Ich können bleiben bei dir, ich viel müde?« fragte Allan der Form halber.

»Das sein dein Haus, Kabluna... wir freuen.«

Zögernd reichte Alatna dem Gast eine Holzschüssel mit Fischsuppe, der Hausherr wies auf eine Karibukeule, die über dem Feuer briet.

»Du machen dich satt, Kabluna, deine Füße sein müde und dein Bauch sein leer.«

Die Frau stand auf und legte den Säugling in eine Wiege aus Pelz, die vom Dachfirst herabhing. Sie holte noch mehr Fleisch aus dem Rauchabzug und schob es über die Holzspieße am Herd.

Allan begann sich recht wohl zu fühlen bei diesen freundlichen Menschen und gewöhnte sich auch an die rauhe Aussprache des Mannes. Sie sprachen über die Wanderung der Karibu und über den besonders langen Winter in diesem Jahr. Oft mußte Allan erraten, was der Mann meinte. Aber dem ging es wahrscheinlich genauso. Erst nachdem sie fertig gegessen hatten, kam Allan auf sein eigentliches Anliegen zu sprechen.

»Ich suchen ein fremder Mensch, der wollen zu Noatak. Du gesehen ihn, Sissuk, oder gerochen sein Feuer?«

Hidaka schüttelte den Kopf.

»Nur dein Rauch wir haben sehen gestern und dein Feuer in Nacht.«

»Der Mann ich suchen, kommen von junge Sonne und gehen nach alte Sonne... er suchen große Fluß Noatak, vielleicht haben schon gefunden.«

Hidaka hörte ihm aufmerksam zu.

»Was sein der fremde Mensch, Kabluna?«

Die Frau ließ das Holz fallen, das sie eben hereintrug. Allan half ihr geflissentlich, es wieder aufzuheben.

»Fremder Mensch sein sehr böse«, erklärte der Weiße, »er kommen von große Insel in warmes Meer, wo viele böse Menschen sind. Der Mensch ist Teufel... er schon viele gute Mensch töten. Aber ich werde schützen euch...!«

Die Augen seines Gastgebers hatten sich bis auf einen schmalen Spalt zusammengezogen.

»Wir dir danken, Kabluna, aber wir nicht fürchten.«

Das war gewiß ein stolzes Wort, aber zumindest die Frau schien sehr ängstlich zu sein. Ihre Lippen waren blaß, und sie verbarg wieder das Gesicht vor dem Fremden.

Allan erhob sich und ging hinaus, seine Tragtasche zu holen. Um der Hausfrau gefällig zu sein, wollte er gleich einen Arm voll Brennholz mit hineinnehmen. Dabei kam ein langes, schon ziemlich verbrauchtes Stahlmesser zum Vorschein. Also hatten die Nunamiuten doch eine Verbindung zur Außenwelt! Sie waren nicht allein auf ihr primitives Werkzeug aus Stein und Knochen angewiesen. Er hielt das Messer ins Licht, um zu sehen, ob sich die Herkunft erkennen ließ.

Gleich unter dem Griff trug es, in den Stahl gestanzt, einen kleinen Kreis, der von Strahlen umgeben war... das Kennzeichen der japanischen Armee! Genau das gleiche Messer hatte Pete Randall seinerzeit dem Leutnant Tojimoto abgenommen.

Sissuk war nach draußen gefolgt und hatte Allan zugeschaut.

»Arshakpuluk haben Messer vom Himmel werfen...«, sagte der Mann mit seiner harten Stimme, »viel scharf Messer... viel, viel gut...!«

»Wo du finden, Sissuk... wo hat liegen Messer.. wo hat Arshakpuluk hinwerfen? Mir sagen, mir zeigen das...«

Sissuk konnte nicht gleich verstehen, Allan mußte wiederholen.

»Viel, viel weit, Kabluna... viel langer Weg.«

»Wie lange Weg, Sissuk, wie vielen Tage?«

Dem Nunamiuten schien die Antwort schwerzufallen. Doch dann belebten sich seine Züge und gewannen ohne Übergang den Ausdruck wacher Intelligenz.

»Sonne kommen wieder, ich dich führen Bach, wo finden Messer... wenn Sonne viel hoch, wir sein dort.«

Also war es gar nicht weit, und der Mann wußte noch genau die Lage der Fundstelle.

»Nicht Arshakpuluk haben werfen Messer...«, erklärte ihm Allan, »böser Mensch haben verloren Messer. Wir finden Spur von Mensch... nachher finden Mensch... du helfen, Sissuk, wir töten müssen Teufel oder fangen.«

Er holte seine Axt aus dem Fellsack.

»Wenn wir haben böser Mensch, Sissuk, dann ich schenken dir mein Axt... ist viel, viel mehr gut als Axt von Stein.«

Sissuk nickte zustimmend.

»Ich wissen, Kabluna, böser Mensch müssen totmachen.«

Allan konnte nicht ahnen, daß er selber damit gemeint war.

44

Zunächst konnte sich Hidaka nicht erklären, warum er den Amerikaner in aller Ruhe schlafen ließ. Der hatte sich zur Wand gedreht und fühlte sich vollkommen sicher. Seine Decke war von der Schulter geglitten und hatte sie bloßgelegt. Im Schimmer des Feuers ließ sich die Kante des linken Schulterblatts deutlich erkennen, knapp eine Handbreit darunter mußte ein Messerstoß mitten ins Herz treffen.

Nichts konnte einfacher sein als das. Aber Hidaka war zu sehr Soldat und noch fest jener alten Tradition verbunden, die selbst dem schlimmsten Feind gegenüber keinen Meuchelmord billigte. In der heutigen Armee hatte gar mancher von den jungen Offizieren solche Bedenken nicht mehr. Gehörte es doch zum Sinn der neuen Lehre, daß jedes Mittel recht war, wenn es nur der japanischen Sache nutzte. Hauptmann Hidaka jedoch fühlte sich noch immer als Samurai, so lange Zeit auch vergangen war, seit Japans Kriegsadel seine beherrschende Stellung in der Nation verloren hatte. Aber im Schoß der alten Familien lebte der Geist des Bushido weiter, noch immer waren sie einer gewissen Ritterlichkeit verpflichtet. Als deren Symbol trug auch Hidaka normalerweise noch das geschwungene Schwert seiner Vorfahren zur Uniform. Die Erlaubnis dazu war das einzige Privileg, welches man den Enkeln der Samurai gelassen hatte. Der schlafende Yanki war wehrlos und zudem noch sein Gast. Zweimal also hätte sich Hauptmann Hidaka um seine Ehre gebracht, wenn er beides vergaß und die Gelegenheit wahrnahm, sich von seinem hartnäckigen Gegner zu befreien.

Alatna schlief noch immer nicht. Sie lag auf der Seite und schaute mit halbgeschlossenen Augen auf ihren Mann. Als die Zeit verrann, ohne daß etwas geschah, schob sie sachte die Felldecke von sich und zog ihre Hände hervor. Neben ihr auf dem Tisch lag das Messer, blitzend im Widerschein des Feuers. Sie richtete sich langsam auf, griff danach und wollte es ihm bringen.

Als er den Kopf schüttelte, legte sie es mit sichtlichem Bedauern zurück. Da erhob sich Hidaka lautlos und bedeutete ihr, mit ihm hinauszugehen. Im Mondlicht standen sie einander gegenüber und flüsterten.

»Ich kann es nicht tun, während er schläft.«

»Warum nicht? Er dein Feind ist sehr viel.«

»Er muß sterben, Alatna, aber nicht im Schlaf ... nicht als Gast in meiner Hütte.«

»Dieser Mensch hat wollen dich verbrennen!«

»Aber mir blieb dabei noch eine Chance. Es war ein Kampf trotz allem!«

Alatna verstand ihn nicht. Dieser Kabluna war doch eine große Gefahr. So schnell wie nur möglich mußte man ihn beseitigen.

»Morgen werde ich es tun, Alatna, auf dem Weg an den Bach.«
»Jetzt ist sehr leicht... er nichts merken.«
»Morgen auch nicht, er wird zu überrascht sein.«

Was dabei der Unterschied sein sollte, konnte sie nicht begreifen. Es gab schon recht sonderbare Sitten bei seinem Stamm.

»Wo hast du meine Axt versteckt und den Becher?« fragte er, denn nun durfte der Yanki wirklich nichts mehr finden, was japanischer Herkunft war. Schon während der letzten Nacht, als sie im Osten das fremde Feuer sahen, hatte Hidaka alles verborgen, was irgendwie verraten konnte, daß er kein Eingeborener war. Aber leider hatte Alatna das Messer nur zwischen die Holzscheite geschoben.

»Axt und Becher in Boden begraben«, versicherte sie ihm.

Als sich die beiden Männer früh am Morgen auf den Weg machten, wollte die junge Frau sie begleiten. Sie hatte ihr Kind samt der Pelzwiege auf dem Rücken und einen Beutel mit Zunder in der Hand.

»Ich werde Feuer und Essen machen«, schlug sie vor.

Hidaka schob sie unfreundlich zurück.

»Nein... du bleiben hier. Ich brauchen neue Schuhe, geh an die Arbeit!«

Allan war gewohnt, daß die Frauen der Eskimo so rauh behandelt wurden, und mischte sich nicht ein.

»Wir nicht brauchen Hund, du ihn nehmen!«

Er wandte sich grußlos von ihr ab und ging dem Kabluna voran. Alatna schaute ihnen so lange nach, bis beide hinter einer Bodenwelle verschwanden. Dann schickte sie Kinmek in die Hütte, hängte die Wiege mit ihrem Sohn an den Firstbalken und verschloß die Tür, indem sie einen Stein davorlegte. Weit genug zurück, um nicht erblickt zu werden, folgte sie ihrem Mann und dem Fremden.

Es war ein trüber Tag, mit grauen Wolken am Himmel und warmer, feuchter Luft. Hidaka ging sehr schnell. Allan wunderte sich ebenso über seine Eile wie über das beharrliche Schweigen. Sissuk schien heute recht mißmutig zu sein, trotz der Aussicht, Besitzer einer Stahlaxt zu werden. An sich waren doch sonst alle Eskimo meist bei guter Laune und sehr gesprächig. Aber vielleicht bildeten die Nunamiuten eine Ausnahme von dieser Regel.

Wie hätte der Chiefscout auch ahnen können, daß er sich für die Suche nach dem Hauptmann Hidaka den Hauptmann Hidaka selber zum Führer genommen hatte!

Es ging über viele Hügel und durch zähes, sumpfiges Gelände. Man mußte hier sehr auf seinen Weg achten und konnte nur von einem Wollgraskopf auf den nächsten springen. Hidaka hatte sich sein Messer vorn in das Lederhemd geschoben, wo er blitzschnell danach greifen konnte, sobald sich eine gute Gelegenheit bot. Jetzt war sie eigentlich gekommen. Wenn er sich nun umdrehte, während der Yanki eben sprang, hatte sein Feind die lange Klinge in der Brust, bevor er wahrnahm, was geschah.

Mehrfach war Hidaka schon dazu entschlossen, hatte auch mehrfach die geeignete Stelle ins Auge gefaßt. Aber immer wieder verschob er die Ausführung, sicher gab es später noch bessere Gelegenheiten. Schließlich gelangten sie an den Bach. Vor drei Tagen hatte Hidaka hier gefischt und einige Forellen nach japanischer Art gleich in rohem Zustand verzehrt.

»Hier du haben Messer finden, Sissuk?«

»Nein, Kabluna, wir gehen müssen weiter an Bach.«

Allan schritt nun selber voran, denn von hier aus mußte ja Sissuks Spur folgerichtig zur Fährte des Gesuchten führen. Hidaka blickte auf den Rücken seines Feindes. Er umfaßte den Griff seiner Waffe und lief etwas schneller. Es mußte nun ein Ende gemacht werden mit diesem Mann!

Nur noch auf Armeslänge war das Schulterblatt des Yanki entfernt. Den Todesstoß konnte er kaum noch spüren, so schnell würde er sterben.

Aber gerade jetzt kam ein Gestrüpp, das man nur mit beiden Händen teilen konnte, und wieder war die beste Gelegenheit verpaßt.

Das dornige Gebüsch blieb zurück, ohne Hindernis ging es weiter. Hidaka atmete hastig, Schweiß lief von seiner Stirn. Länger durfte er nicht mehr warten. Abermals griff er ums Messer, faßte die tödliche Stelle fest ins Auge.

Da blieb der Yanki stehen und wandte sich um.

»Was sein mit dir, Sissuk, du sein müde schon?«

Hidaka wischte sich die Nässe vom Gesicht.

»Sein krank gewesen, Kabluna...«

Allan sah es ihm deutlich an. Er schlug vor zu rasten.

»Hier sein viel Fische«, zeigte er auf den Bach, »ich werden holen uns Fische für essen.«

Allan legte sich hin, schob seinen Kopf und die Arme über das murmelnde Wasser. Die meisten Forellen standen nahe der

Böschung und hielten sich mit dem Schlag ihrer Flossen gegen die Strömung.

»Machen Feuer, Sissuk, kommen Fische gleich.«

Dabei war es jetzt wieder so leicht, den liegenden Mann zu durchstoßen. Aber Hidaka mußte ja Feuer anzünden, sonst kam dem Yanki sicher ein Verdacht. Also suchte sich der Japaner die richtigen Hölzer und begann mit dem langwierigen Geschäft des Reibens. Keine Sekunde durfte er dabei innehalten, das Verstummen des Geräusches wäre dem Amerikaner sofort aufgefallen.

Indessen näherte sich Allans Hand der ersten Forelle. Langsam zog er seine geöffneten Finger durchs Wasser und brachte sie von hinten unter die schuppige Beute. Dann ein blitzschneller Griff, schon flog sie zappelnd ans Ufer.

»Da sein erstes Fisch, Sissuk, wie machen dein Feuer?«

»Nicht viel schnell sein, Kabluna.«

Als endlich die ersten Flammen knisterten, lagen schon ein halbes Dutzend verendeter Fische im Gras. Allan schlug ein paar Weidenäste zurecht und zog sie durch die Forellen.

»Wenn sein nicht genug, ich fangen mehr Fisch.«

Der Nunamiut schien noch immer nicht ganz erholt, seine Hände waren recht ungeschickt, und er ließ seinen Spieß ins Feuer fallen. Gestern hatte er nicht diesen fahrigen Eindruck gemacht.

»Du müssen mehr ausruhen, Sissuk!«

Der Mann versuchte zu lächeln.

»Ich sein gesund sehr bald, Kabluna.«

Die Forellen wurden braun, ihre Haut platzte auf und ließ das schmackhafte Fleisch schon sehen.

»Gut sein, wir essen«, entschied Allan und nahm sein Messer heraus, um den ersten Fisch abzuschaben.

»Essen das sein viel gut«, sagte er zu seinem Begleiter, als der Fisch vertilgt war.

Auch der Nunamiut aß mit Behagen. Allan sah ihm zu und... erstarrte.

Sein Atem setzte aus, sein Herzschlag hielt inne.

Dieser Mann gebrauchte Stäbchen zum Essen!

So geschickt zupfte er mit zwei langen, dünnen Hölzchen die Brocken aus dem Fisch und führte sie an den Mund, daß ihm auch nicht einer entglitt.

Da wußte Allan, wen er vor sich hatte.

Sein Blut schoß ihm wieder durch die Adern und drängte zum

Handeln. Langsam glitt seine Hand in die Tasche. Er suchte nach Gwen Hamiltons Pistole, zog sie behutsam hervor und verbarg die winzige Schußwaffe in seiner Hand. Der Mann ihm gegenüber bemerkte davon nichts.

»Captain Hidaka...«

Augenblicklich wurde der Japaner zu einem Steinbild. Mitten in der Bewegung blieb seine Hand mit den Eßhölzchen stehen.

»Captain Hidaka...«, erklärte der Chiefscout auf englisch, »ich muß Sie gefangennehmen.«

Der Japaner rührte sich nicht. Allan zog ihm schnell das Messer aus der Jacke.

Der Japaner wehrte sich nicht. Allan zeigte mit der Pistole auf seine Stäbchen.

»Das da hat Sie verraten.«

Der Japaner öffnete die Finger und ließ die Eßhölzer fallen.

»Ich bitte, Captain, sich umzudrehen. Legen Sie die Hände auf den Rücken.«

Der Japaner war so abgrundtief beschämt über seinen unverzeihlichen Fehler, daß er in dumpfer Willenlosigkeit gehorchte. Allan riß eine Lederschnur von seinen Mokassins und schnürte die Handgelenke seines Gegners zusammen.

»Es ist gut so ... jetzt können wir sprechen.«

Der Japaner wandte ihm weiter den Rücken zu, Allan mußte um ihn herumgehen.

»Die lange Jagd ist vorbei, Captain Hidaka. Sie waren ein großer Gegner.«

Der Japaner hob seinen Kopf nicht vom Boden.

»Ich bin sehr glücklich über dieses Ende, Captain, weil wir beide noch leben.«

Der Japaner schaute nun auf.

»Ich bin schuld«, sagte er sehr leise, »schießen Sie doch!«

»Nein. Leutnant Tojimoto wurde auch nicht erschossen.«

Das Gesicht des Japaners war ohne jeden Ausdruck.

»Dann bitte ich um Gelegenheit, durch eigene Hand zu sterben.«

Allan schüttelte den Kopf.

»Nein, das erlaube ich nicht. Was Sie vorhaben, ist ohne jeden Sinn!«

»Ich habe versagt, nichts mehr hat Sinn.«

»Darüber denken Sie anders, wenn erst einige Zeit verstrichen ist. Gehört die junge Frau zu Ihnen, ist das Ihr Kind in der Hütte?«

Hidaka nickte.

»Alatna ist meine Frau, Toklat mein Sohn.«

»Also haben Sie noch Pflichten auf dieser Welt. Wir werden die Frau und das Kind mit zur Küste nehmen. Wir lassen sie dort bei einer Mission. Nach dem Kriege können Sie die beiden abholen, wenn Sie das wirklich wollen.«

Hidaka ließ nicht erkennen, was er dazu meinte.

»Ich mag Sie nicht mit gebundenen Händen sehen, Captain Hidaka, das ist so – so unwürdig. Geben Sie mir Ihr Wort, daß Sie weder fliehen noch selber Hand an sich legen. Ihnen und mir würde das sehr viel Mühe sparen. Wir haben noch einen weiten Weg, wie Sie wissen!«

Der Japaner schüttelte langsam den Kopf.

»Ich darf es nicht ... ich kann es nicht.«

Damit sah sich Allan in einer schwierigen Lage. Wochenlang mußte er einen gefesselten Gefangenen mit sich schleppen. Die Frau mit dem Kind konnte er dabei auf keinen Fall brauchen. Bei erster Gelegenheit würde sie den Gefangenen befreien.

Das sagte er dem Japaner ganz offen.

»Also ist es leider unmöglich, daß wir Alatna mitnehmen. Sie können sich nicht mal von ihr und dem Kind verabschieden. Die Frau wird überhaupt nicht wissen, was mit Ihnen geschehen ist. Ich muß Sie auf einem andern Weg an den Strom bringen, dort ein Floß bauen und mit Ihnen bis zur Mündung fahren. Alles wäre doch so viel einfacher, wenn ich Sie losbinden könnte ... nicht so würdelos und viel menschlicher. Die Frau und das Kind könnten mitkommen. Nehmen Sie doch Vernunft an, Captain Hidaka. Wenn Sie mir Ihr Wort verweigern, kann ich Sie wirklich nicht begreifen.«

Der Japaner schaute ihm voll ins Gesicht.

»Das werden Sie niemals können, kein Amerikaner hat uns jemals begriffen!«

Allan mußte es aufgeben.

»Das ist schlimm für mich und schlimm für Sie, aber noch schlimmer für die arme Frau. Sie scheint sehr an Ihnen zu hängen!«

Der Japaner beugte den Kopf fast bis zur Erde, der Yanki sollte nicht sehen, daß er nasse Augen bekam.

»Gehen wir jetzt, Captain, bestimmt führt dieser Bach an den Strom.«

Er wollte seinem Gefangenen auf die Beine helfen, doch Hidaka war schon von selber aufgestanden.

»Gehen Sie voran, achten Sie jetzt auf jedes Hindernis, sonst haben Sie einen schweren Sturz mit gebundenen Händen.«

Als sich der Yanki bückte, um seine Tragtasche aufzunehmen, sah Hidaka drüben eine Bewegung im Gebüsch. Schnell wechselte er die Richtung seines Blicks.

Etwa eine Meile weit folgten sie dem Bach, dann wurde das Gestrüpp so dicht und sperrig, daß Allan seinen Gefangenen zum anderen Ufer wies. Aber auch dort war das Gelände nicht viel besser, sie kamen in Fichtenwald, den vor kurzem ein schwerer Sturm durchtobt hatte. Mit gebundenen Händen konnte der Gefangene die gestürzten Stämme nicht übersteigen. Man verlor viel Zeit damit, sie zu umgehen. Sooft der Amerikaner in dem sperrigen Geäst mit sich selber beschäftigt war, nutzte Hidaka die Gelegenheit, um nach hinten zu schauen.

Der Chiefscout wies den gebundenen Mann auf einen Elchwechsel, der durch dichtes Gestrüpp führte. Hidaka sah eine Wurzel am Grund und gab vor, darüber zu stürzen.

Gleich sprang der Yanki hinzu und wollte beim Aufstehen helfen.

»Es geht nicht«, keuchte der Gefangene, »das Hüftgelenk.«

Er stöhnte bei dem Versuch, sich umzudrehen. Allan warf seine Tragtasche ab und beugte sich über ihn.

»So mußte es ja kommen; ohne Hände geht's eben nicht!«

Er wollte den Japaner auf die Seite legen, kam aber nicht dazu.

Alatna war schon heran und trieb ihr Knochenmesser so tief in den Rücken des Kabluna, daß es ihrer Hand entglitt.

Allan brach zusammen und rollte ächzend ins Gestrüpp.

Hidaka war schnell von seiner Fessel befreit, stand auf und riß die Frau in seine Arme.

Minuten vergingen, bis sie wahrnahmen, daß ihr Feind noch lebte. Keuchend stützte er sich auf beide Fäuste, die knöcherne Waffe steckte noch tief im Rücken. Bei jedem Atemzug sprühte ihm Blut aus dem Mund.

Alatna zog ohne Zaudern Hidakas Messer aus dem Gürtel des Stöhnenden und reichte es ihrem Mann.

»Du jetzt machen ihn ganz tot!«

Hidaka steckte seine Waffe ein und besah sich, wo Alatna den Yanki getroffen hatte. Zu hoch und zu weit nach rechts, um das Herz zu durchstoßen. So war nur die Lunge durchbohrt, keine unbedingt tödliche Verletzung.

Er umfaßte den gelben Griff und riß blitzschnell das Messer aus dem Rücken des Schwerverletzten.

Allan schrie auf und fiel zu Boden. Sein Gegner zog ihm das Lederhemd vom Leibe. Nur wenig Blut sickerte aus der Wunde. Hidaka legte trockenes Moos darüber, preßte es mit einem Rindenstück fest auf die Haut und band Allans Leibriemen darum.

»Warum?« fragte Alatna.

»Wir machen eine Schleppe und nehmen ihn mit.«

»Warum mitnehmen?«

Mit der Axt des Verwundeten trennte Hidaka ein paar breite Zweige von der nächsten Fichte und warf sie zusammen.

»Er sein dein Feind, Enzo... du ihn mußt töten schnell.«

»Nein, du siehst doch, er kann sich nicht wehren.«

Wieder diese unbegreiflichen Sitten seines Stammes, aber sie selber war nicht daran gebunden.

»Ich... mache ganz tot... ich Nunamiut.«

Sie forderte entschlossen sein Messer, wollte es ihm sogar entreißen.

»Alatna, du hast zu gehorchen... laß die Hände von dem Kabluna.«

Sie wich einen Schritt zurück.

»Hilf mir jetzt, daß wir ihn fortbringen!«

»Nicht fortbringen«, beharrte sie noch immer, »wir fortgehen. Er sterben allein, dann sein alles gut.«

Hidaka schob sie beiseite und fügte die Schleppe zusammen. Nur zögernd begann Alatna zu helfen. Die Männer aus dem Stamme Japan waren ebenso unbegreiflich wie die Kablunas. Erst versuchen sie monatelang mit aller List und Kraft einander zu vernichten, aber wenn dann schließlich die beste Gelegenheit kommt, tun sie es doch nicht. Auch der Kabluna hatte ihren Mann nicht erstochen, als dessen Hände gefesselt waren. Allem Anschein nach hatte bei ihren beiden Völkern der gefangene Feind einen großen Wert, daß man sich so viel Mühe mit ihm gab, einen noch viel größeren Wert als der tote Feind.

»Du wollen ihn verkaufen... zu deinem Freund von Insel Igilchik?« fragte sie deshalb und wollte wissen, was so ein Kabluna dort einbrachte.

Hidaka hielt das für die einfachste Erklärung.

»Ja, Alatna-kimi, er wird verkauft, für zehnmal zehn Pelze vom blauen Fuchs. Hilf mir also, daß er nicht stirbt.«

Damit hatte alle Sorge um den Feind ihren praktischen Sinn, zumal Blaufüchse bei den Nunamiuten als das schönste Pelzwerk galten, das man sich nur denken konnte. Alatna griff nun mit bestem Willen zu und half ihrem Mann, den großen Kabluna auf die Zweige zu legen.

Allan McCluire war bei vollem Bewußtsein und litt große Schmerzen.

»Wir werden versuchen, Sie durchzubringen«, sagte Hidaka zu ihm, »Alatna ist eine gute Pflegerin!«

Der Verwundete wollte den Kopf heben, brachte es aber nicht fertig.

»Alles zwecklos, laßt mich doch in Ruhe!«

Hidaka band ihn fest und ergriff das vordere Ende der Schleppe. Alatna sollte sie hinten anheben, wenn es über Gestein und scharfkantige Hindernisse ging. Der Yanki umklammerte das Geäst und suchte sich auch selber mit schwindender Kraft daran zu halten.

Erst bei tiefer Nacht erreichten sie das Erdhaus. Kinmek winselte vor Freude über ihre Rückkehr, das Kind weinte vor Hunger. Seine Mutter nahm es aus der hängenden Wiege und reichte ihm die Brust. So lange hatte Toklat warten müssen, nur wegen des Kabluna!

Der Chiefscout war so groß und schwer, daß ihn Hidaka nicht tragen konnte. Er mußte ihn auf die Schlafbank hinaufziehen. Dabei fand er auch die kleine Pistole, sah, daß noch fünf Patronen im Magazin waren, und steckte sie zu sich.

Alatna hatte indessen ihr Kind gestillt und wieder in seine Wiege gelegt. Es gefiel ihr nicht, wie ungeschickt Hidaka an der Wunde hantierte. Felle durften damit auf keinen Fall in Berührung kommen, feuchte Steinflechten und frische Rinde waren viel besser. Hidaka überließ ihr gern die weitere Behandlung. Wenn es überhaupt möglich war, den Yanki wieder auf die Beine zu bekommen, würde es Alatna gelingen. Aber wie man ohne jedes Medikament die Blutvergiftung verhindern konnte, wußte er nicht. An dem Knochenmesser hatte bestimmt noch geronnenes Tierblut geklebt, seiner Meinung nach mußte das zu einer Sepsis führen.

Ob man wirklich zehn mal zehn Blaufuchsfelle für den Kabluna bekam, vergewisserte sich Alatna.

»Ganz bestimmt, und dazu noch eine schöne Frau für Kinmek.«

45

Das Floß war fertig. Hidaka hatte eine volle Woche dazu gebraucht, es für die Stromschnellen haltbar zu machen, denen man unterwegs vielleicht begegnete. Am Heck befand sich ein Steuerruder und in der Mitte eine erhöhte Plattform für die Menschen und ihr Gepäck. Dort stand auch eine breite Sandkiste aus Ästen und Zweigen geflochten, worin man während der Fahrt ein Feuer unterhalten konnte. Es fehlte nur noch genügend Proviant. Auf keinen Fall wollte Hidaka die Floßfahrt durch Jagdausflüge unterbrechen. Das hätte ohne richtige Schußwaffe zuviel Zeit gekostet. Hier, wo er nun jeden Wildwechsel kannte, war das viel einfacher. Er richtete Baumfallen her, erbeutete zwei Elche und überließ es Alatna, das Wildbret zu zerwirken und zu räuchern.

Leider war es nun der Yanki, dessen schlechter Zustand die Abfahrt verzögerte. Die erwartete Blutvergiftung war eingetreten. Der Kranke delirierte, ständig versuchte er sein Lager zu verlassen. Er wollte hinauslaufen und sich in den Fluß werfen. Alatna konnte ihn allein nicht halten, man mußte ihn festbinden. Die Wunde selbst hatte sich zwar geschlossen, umgeben von einer roten Schwellung. Doch im Zustand des Fieberwahns konnte der Yanki die Floßfahrt kaum überstehen. Man wußte ja nicht, wie ruhig oder wie reißend der Noatak später würde. Ein delirierendes Menschenbündel an Bord war dabei nicht zu gebrauchen.

Aber die Zeit drängte, schon kamen die ersten Nachtfröste, und alles Laub begann sich zu verfärben. Die Goldregenpfeifer, die immer das erste Zeichen zum Aufbruch gaben, waren bereits abgereist. Mit jedem Tag, der verging, wuchs die Ungeduld des Hauptmanns Hidaka. Wenn erst die Zeit der schweren Herbststürme kam, war es mit der Reise auf dem Strom vorbei und man mußte hier überwintern. Doch das Kaributal mit seinen großen militärischen Möglichkeiten duldete keinen weiteren Aufschub! So schnell, wie es Floß und Fluß nur erlaubten, mußte diese Meldung bei der japanischen Führung eintreffen. Es war unverantwortlich, sie wegen eines kranken Yanki zu verzögern. Mehr und mehr kam Hidaka zu dem schweren Entschluß, allein nach Igilchik zu fahren. Alatna mußte hierbleiben und den Schwerverwundeten weiter versorgen.

Das war die einzig vernünftige Lösung aller Probleme. Ohnehin hatte Hidaka sich schon Sorgen gemacht, wie er Alatnas Mitnahme bis nach Attu oder gar nach Japan vor der Strenge militärischer Vorschriften begründen sollte. Die ersten Schwierigkeiten mußten schon in Igilchik auftauchen, vor dem Flug nach Attu. Der Kommandant der Maschine würde sich zunächst wohl weigern, eine Frau und ein Kind an Bord zu nehmen. Es war fraglich, ob Hidaka sich dagegen würde durchsetzen können. Wenn es von einer Anfrage bei Yamada abhing, war mit dessen Rücksicht auf private Gefühle und Verpflichtungen kaum zu rechnen. Für den Admiral war Alatna nur eine Eskimofrau, mit der ein Offizier während seines militärischen Einsatzes zusammengelebt und ein Kind gezeugt hatte. Was sie bei der Rettung und der Rückkehr des Hauptmannes wirklich bedeutet hatte, war nur in einem persönlichen Gespräch mit Yamada zu erklären.

Eben deswegen hatte Hidaka schon vorher daran gedacht, sie auf der Insel zu lassen, bis der Krieg vorüber war. Dort lebten als Gehilfen des Wildhüters ein paar Eskimos mit ihren Familien. Sicher waren Alatna und Toklat gut bei ihnen aufgehoben. Wenn also eine Trennung nach Lage der Dinge ohnehin nicht zu vermeiden war, konnte sie ebensogut auch hier in dem warmen Erdhaus überwintern und sich des Yanki annehmen. Der würde gewiß so viel Anstand haben, sie hernach bei einer Mission an der Küste unterzubringen. Sollte wider Erwarten der Kranke sterben, war Alatna durchaus in der Lage, selber eine Siedlung an der Küste zu erreichen. Ein kleines, solid gebautes Floß würde er ihr natürlich zurücklassen und auch genug Rauchfleisch, um sich ohne besondere Mühe zu ernähren.

Das waren schwere Gedanken, und er trug sie tagelang mit sich herum, ohne mit ihr darüber zu sprechen.

Aber dann war Allan McCluires Fieber etwas zurückgegangen, und er hatte sich aufgerichtet.

»Ich dachte, Sie wären ein richtiger Japaner, Captain«, sagte er mit klarer Stimme, »aber ich muß mich wohl getäuscht haben.«

Hidaka glaubte, er rede noch im Fieber, war also von seiner Feststellung nicht sonderlich betroffen.

»Was sollte ich anderes sein?«

»Ein richtiger Mensch...«

»Sind Japaner keine richtigen Menschen?«

Allan überhörte die Frage.

»Ich bin doch eine große Belastung für Sie, Captain Hidaka. Ohne mich wären Sie schon seit Tagen unterwegs. Diese zarte

Rücksicht auf einen besiegten Feind ist doch sonst nicht üblich bei japanischen Offizieren.«

Sein Vorwurf kränkte Hidaka.

»Sie sollten nicht alles glauben, was die Propaganda Ihrer Presse verbreitet, Mr. McCluire! Die Genfer Konvention gilt auch für uns. Es ist verboten, einen Verwundeten hilflos seinem Schicksal zu überlassen.«

»Auf dem Papier, Hidaka. Aus der Wirklichkeit haben Augenzeugen das Gegenteil berichtet. Der Captain William zum Beispiel hat selber gesehen, wie die Japaner auf den Philippinen...«

»Alles kommt mal vor«, unterbrach ihn Hidaka, »manchen Leuten gehen die Nerven durch in der Hitze des Kampfes. Aber nicht hinter der Front, wenn alles vorüber ist, da werden keine Unmenschlichkeiten geduldet!«

Allan hatte den Eindruck, er sei fest davon überzeugt.

»Na schön, Captain, aber hier geht's doch gegen Ihre eigenen Interessen. Alles ist fertig zur Abreise. Warum lassen Sie mich nicht einfach liegen und machen sich auf den Weg? Niemand würde es sehen, niemand würde es wissen!«

Hidaka erhob sich.

»Doch! Ich würde es wissen.«

Er ging hinaus und suchte Alatna. Sie war beim Fluß an den Fischreusen. Toklat hing in seiner Wiege an einem Ast, Kinmek saß darunter und bewachte ihn.

Hidaka erklärte ihr, was er in diesen Tagen überdacht hatte. Für sie und für ihn und auch für das Kind war es am besten, wenn er alleine nach Igilchik fuhr. Vor dem Ende des Krieges war ja doch nicht an ein gemeinsames Leben zu denken. Er mußte wieder an irgendeine Front, also war die Trennung auf jeden Fall unvermeidlich. Da sei sie schon in Alaska besser aufgehoben als in einem völlig fremden Land, unter völlig ungewohnten Verhältnissen. Um sich in Japan einzuleben, brauchte sie ihren Mann. Sonst war das alles viel zu schwer für sie. Lange würde der Krieg ja nicht mehr dauern, überall siegten die japanischen Soldaten. Ganz bestimmt schon im nächsten Jahr würde er sie holen. Seit heute morgen ging es dem Kabluna etwas besser, die Krise war offensichtlich überwunden, bei guter Pflege würde er bestimmt wieder gesund. Alatna konnte sich fest darauf verlassen, daß der Yanki sie zu guten Menschen brachte, wo sie mit Toklat wohlgeborgen war, bis er selber wiederkam, um sie nach Japan zu holen.

Die junge Frau hörte sich alles geduldig an und widersprach mit keinem Wort. Ihr Verständnis rührte Hidaka und befreite ihn von seiner schwersten Sorge. Er begann sogleich ein zweites Floß zu bauen.

Abends in der Hütte, als er müde von dieser Arbeit zurückkam, berichtete er dem Amerikaner von seinem Entschluß, den Alatna gebilligt hatte.

»Es ist sicher das beste, Captain, vor allem für Alatna.«

»Das hängt von Ihnen ab, McCluire.«

Der brauchte nicht lange zu überlegen.

»Ich werde sie und das Kind nach Talikoot bringen«, schlug er vor, »dort leben zwei katholische Missionsschwestern, die ein kleines Spital unterhalten. Sie werden Alatna mit offenen Armen aufnehmen, eine so tüchtige Pflegerin kann man immer brauchen. Es wird für Sie nicht schwierig sein, Weib und Kind dort abzuholen... wenn es soweit ist.«

Der Hauptmann Hidaka trug seine Sachen auf das Floß. Dann ging er zurück, um von Alatna Abschied zu nehmen. Sie war sehr gefaßt, äußerte keine Klage und keinen Vorwurf, ja fast kein Wort. Toklat schlief in seiner Wiege und wußte von nichts. Nur Kinmek ahnte die Trennung und heulte jammervoll.

Er bat Alatna, beim Haus zu bleiben. Sie unten am Fluß zu verlassen, wo dann die Entfernung zwischen ihnen allmählich immer größer wurde, bis ihre schmale Gestalt ganz aus seiner Sicht verschwand, hätte er nicht ertragen. Lange hielt er sie wortlos in seinen Armen, riß sich dann los und ging zu dem Kranken.

Allan McCluire hatte sich aufgerichtet, als Hidaka zu ihm trat.

»Ich weiß nicht, was Ihr Ziel ist, Captain, aber ich hoffe..., gegen meine patriotische Pflicht hoffe ich, daß Sie es erreichen.«

Er streckte seine Hand nach dem Japaner aus, der sie gerne nahm.

»Für Alatna werde ich sorgen, als wäre sie meine Schwester.«

Hidaka nickte nur.

Er sah seine Frau und das Kind nicht mehr, als er wieder hinaustrat. Sie verbarg sich gewiß im Wald, allein mit ihrem Schmerz. Ganz so, wie es eine gute japanische Frau auch getan hätte. Mit großen Schritten lief er hinab zum Ufer des Stromes, um eilig abzustoßen.

Auf dem Floß saß Alatna mit dem Kind im Arm, Kinmek zu ihren Füßen.

»Wir fahren mit...«, sagte sie.

Hidaka ließ die Arme hängen.

»Aber Alatna-kimi, das ... geht doch nicht!«

»Wir kommen mit ...«, wiederholte sie.

»Du mußt hierbleiben, Alatna, wir haben doch alles besprochen.«

Sie schaute ihn nur an, aus ihren schönen, schrägen, schwarzen Augen.

»Der Kabluna wird sterben, wenn du mitkommst... Alatna-kimi. Ich bitte dich, geh wieder zu ihm, pfleg ihn gesund ... bestimmt im nächsten Jahr werde ich dich holen.«

Sie schwieg beharrlich.

»Du mußt zurück in die Hütte, Alatna. Bitte gehorche!«

Er machte ein strenges Gesicht und sprach sehr rauh. Doch Alatna gehorchte ihm nicht.

»Du fahren allein, dann ich werde töten Kabluna.«

Sie mußte ihre Drohung zweimal wiederholen, bis Hidaka sie ganz begriff. Dann aber war ihm vollkommen klar, daß sie es wirklich tun würde.

Er sprang ans Ufer, lief zum Erdhaus hinauf und riß den Yanki von seinem Lager. Keuchend brachte er den großen Mann hinunter ans Ufer, zog ihn auf das Floß und stieß ab.

Erst viel später, als sie schon tagelang unterwegs waren, erholte sich der Kranke von diesem Schock und begriff, daß man nun doch die Fahrt gemeinsam unternahm. Der Japaner gab ihm dafür keine Begründung.

Sie glitten auf der Mitte des Stromes dahin, das Wasser gurgelte zwischen den Stämmen, und ein kalter, frischer Wind reiste mit. Zu beiden Seiten lagen dunkle Wälder. Kiesbänke tauchten auf und verschwanden. Ein Elchbulle mit gewaltigem Schaufelgeweih erschien am Ufer, um zu schöpfen. Odinsenten, mit braunem Kopf und dunklem Rücken, begleiteten eine Weile das Floß. Die Singschwäne zogen wieder nach Süden. Große grauweiße Möwen kreisten über dem Fahrzeug, um alles aufzuschnappen, was man über Bord warf. Alatna saß am Heck und hielt ihre Fangleine in den Strom. Einen großen Hecht hatte sie schon gefangen. Auch mehrere Lachse, deren Zug vom Meer zu den Quellbächen wieder begonnen hatte. Toklats Wiege hing zwischen drei Stangen, die Hidaka gleich nach der Abfahrt aufgerichtet hatte. Der Chiefscout lag inmitten warmer Felle auf der Plattform, den Kopf auf seine alte Tragtasche gestützt. Kinmek leistete ihm Gesellschaft, daneben brannte mit wehender Rauchfahne ein Feuer in der Sandkiste.

Hauptmann Hidaka stand neben Alatna und hielt das Steuer. Bisher hatte er keine Mühe damit gehabt, man war weder Klippen noch Stromschnellen begegnet. Der Noatak war ein ruhiger, maßvoller Strom. Wenn er sich in verschiedene Arme teilte, konnte es der Steuermann rechtzeitig sehen und sich darauf einrichten.

Dennoch wollte er nicht wagen, auch bei Nacht in Fahrt zu bleiben. Der Himmel war bedeckt, weder Mond noch Sterne ließen voraus die Sandbänke ahnen. Er steuerte den Bug seines Fahrzeuges gegen eine flache, bewaldete Insel und legte an. Mit zwei Stangen wurde das Floß verankert. Alatna ging sogleich an Land, um Brennholz einzusammeln, Hidaka nahm seinen Sohn und trug ihn neben das Feuer.

»Sagen Sie, Captain«, rief der Kranke von seinem Lager, »was haben Sie eigentlich mit mir vor?«

Der Japaner setzte sich neben ihn und fragte nach seinem Ergehen.

»Soweit ganz gut, aber wohin geht die Reise? Bis zum Ende werden Sie mich doch nicht mitnehmen. Sonst käme ich ja Ihren Geheimnissen auf die Spur.«

»Welchen Geheimnissen?«

»Nun, Sie haben doch irgendeine Vorstellung, wie Sie von der Küste weiterkommen, eine Verabredung, wo und wann man Sie abholt?«

Hidaka hatte sich schon überlegt, was er darüber sagen wollte.

»Nein, McCluire, ich werde nirgendwo abgeholt. Für mich gibt's weder eine Hoffnung noch die Möglichkeit, wieder nach Attu zu gelangen, oder gar nach Japan. Zuviel Wasser liegt dazwischen.«

»Ja, aber was dann?«

Der Japaner zuckte etwas hilflos mit der Schulter.

»Offen gesagt, ich weiß es noch nicht.«

»Aber natürlich wissen Sie es, Hidaka! Sie wollen bei den Eskimo untertauchen, bis der Krieg vorüber ist, mit Alatna und Toklat, getarnt als nette kleine Familie der artverwandten Nunamiuten. Doch das wird nicht gehen, Hidaka, glauben Sie mir! Nur mich konnten Sie damit glänzend betrügen, aber schon der erste Eskimo wird bestimmt den Schwindel sofort durchschauen. Ein fremder Mann, der wie ein Eskimo aussieht, aber keiner ist und auch kein Indianer, eine so interessante Nachricht läuft mit Windeseile durch alle Wohnplätze an der Küste und erreicht sehr bald die nächste Polizeistation.

Eigentlich dürfte ich Ihnen das gar nicht sagen, aber bestimmt wären Sie besser im Hinterland geblieben!«

»Um niemals zu erfahren, wann der Krieg zu Ende geht. Nein, das ist ausgeschlossen!«

Bei einem Mann wie Hidaka war das nur zu begreiflich. Diese Ungewißheit würde er nicht lange ertragen.

»Erst mal muß ich Sie loswerden, McCluire, an irgendeinem Platz, wo Sie gut versorgt sind.«

»Warum denn nicht im tiefen Noatak, mit einem Stein beschwert.«

Für diese Bemerkung hatte Hidaka kein Verständnis.

»Ich sagte Ihnen schon, daß mir so einfache Lösungen nicht behagen. Irgendwo am Strom muß es doch einen Polizeiposten geben, in dessen Nähe ich Sie bei Nacht absetzen kann?«

»Das würde ich Ihnen auch dann nicht sagen, wenn ich es wüßte.«

»Natürlich nicht«, lächelte der Japaner, der immerhin erfahren hatte, daß es eine solche Station offensichtlich nicht gab. Als Regierungsbeamter hätte Allan zweifellos davon gewußt.

»Hören Sie zu, Captain, ich mache Ihnen einen besseren Vorschlag. Bin Ihnen ja schließlich zu einigem Dank verpflichtet. Also es gibt vor der Mündung des Noatak eine Robbeninsel, Igilchik mit Namen. Die Strömung des Flusses reicht noch bis hin. Haben Sie je davon gehört?«

»Wie hieß die Insel?« fragte Hidaka sehr zufrieden.

»Igilchik.«

»Kann mich nicht entsinnen. Sie muß wohl sehr klein sein, diese Insel. Sonst habe ich das Kartenbild recht gut im Kopf.«

»Sie ist nicht groß«, nickte Allan, »hat aber einen großen Wert für uns, weil eine Unmenge Pelzrobben Igilchik bevölkern. Weshalb auch der Wildschutz dort vertreten ist, durch einen weißen Beamten. Nischinski heißt mein Kollege, ein ehemaliger Weißrusse. Habe ihn zwar noch nie gesehen, soll aber ein guter Kerl sein. Er muß auf die kostbaren Robben aufpassen, sonst kommen die Pelzpiraten und schlagen sie mit der Zeit allesamt tot. Dieser Nischinski hat ein paar Eskimo mit ihren Frauen bei sich und soll recht komfortabel eingerichtet sein.«

Von der Funkstation, die dem Gamewarden jener Insel zur Verfügung stand, sagte Allan nichts. Sicher konnte man damit gleich ein Patrouillenboot heranrufen und Hidaka wurde zum Kriegsgefangenen. Hinter dem Stacheldraht hatte der Japaner gewiß nicht zu leiden, würde wohl auch Tojimoto dort wiedersehen. Er selber hatte damit seine Pflicht getan und den Landesfeind ordnungsgemäß abgeliefert. Für Alatna und das Kind wollte er schon sorgen.

»Ja, ich verstehe, McCluire, auf dieser Insel wären Sie bestens aufgehoben«, führte Hidak das Gespräch listig weiter, »aber meinen Interessen ist damit durchaus nicht gedient!«

»Doch, sehr sogar!« erklärte Allan voll Eifer. »Sonst würde ich Ihnen den Vorschlag bestimmt nicht machen. Kollege Nischinski hat nur ein Versorgungsschiff pro Jahr. Das kommt erst im August wieder nach Igilchik, im August nächsten Jahres, meine ich. Und bis dahin ...«

Hidaka gab sich den Anschein, als müsse er sich den Vorschlag erst überlegen. Dabei war das eine geradezu ideale Lösung, vor allem, was den Yanki betraf. Von Igilchik aus konnte man ihn gleich nach Attu mitnehmen, vielleicht sogar nach Japan. Mit einem so interessanten Gefangenen aus dem Herzen Alaskas in der Heimat einzutreffen, würde eine Sensation bedeuten. Was konnte die Propaganda nicht alles daraus machen, um das japanische Ansehen in der Welt noch weiter zu heben!

»Ja, ich glaube, Sie haben recht, McCluire, bis zum nächsten Jahr wird sich so manches geklärt haben. Streben wir also Ihrer Insel entgegen.«

»Sie können nichts Besseres tun«, wiederholte Allan.

Ja, das stimmt wirklich, dachte Hidaka und nickte ihm zu.

Der Strom wurde bald so breit, daß er einem langgestreckten See glich. An beiden Ufern war das Land völlig flach, und die Wälder hörten auf. So hatte man die Tundra wieder erreicht, wo schon längst die kurze Sommerzeit vorüber war. Nur wenige Wochen noch, dann verschwand auch alles Getier, und die Sümpfe erstarrten wieder zu Eis.

Alatna lebte auf dem Floß in derselben Zufriedenheit wie damals in der Höhle und versorgte den Kranken mit der gleichen Ruhe wie ihr Kind. Als Tochter eines Wandervolkes war sie nichts anderes gewohnt, als auf Reisen zu leben. Sie hielt für selbstverständlich, daß es ihre Aufgabe war, das Feuer an Bord zu unterhalten und bei jeder Landung neues Holz heranzuschaffen. Nun, da die Wälder zurückblieben, wurde das immer schwieriger. Unter Hidakas Händen war eine Schutzhütte an Bord entstanden mit der Feuerkiste in der Mitte und drei Schlafbänken an den Seiten. Es war zu kalt und regnerisch geworden, um noch länger im Freien zu bleiben. Auch die Windstöße nahmen an Stärke zu, und der tiefe Teil des Floßes wurde oft überspült.

»Riechen Sie schon die Meeresluft, Hidaka?«

»Ja, sehr deutlich sogar. Wie weit liegt die Insel draußen im Meer?«

Allan wußte es nicht.

»Weit kann es nicht sein, in Nischinskis Berichten habe ich gelesen, daß die Karibu manchmal hinüberschwimmen.«

Alatna hatte das offene Meer noch nie gesehen und fürchtete sich, als die Ufer des Stromes außer Sicht kamen. Doch dafür tauchte nun ein dunkler Strich vor ihnen auf.

»Igilchik ist das, Alatna. Wir sind gleich am Ziel unserer Reise.«

Das getreue Floß schwankte auf den Wogen der See, noch immer von der Strömung des Noatak getrieben. Erst weit draußen mischte sich das graugrüne Flußwasser mit der tiefblauen Flut des Beringmeeres. Die lange Insel hob sich über den Horizont. Ein flacher, gelber Hügel zog sich durch ihre Mitte, aber der Strand war dunkel, besät mit noch dunklerem Gestein.

»Was ich noch sagen wollte, Captain, bevor wir ankommen. Meine Verletzung stammt natürlich von Ihnen. Wir beide haben uns gerauft, wobei es Ihnen leider gelang, mir Ihr Messer in den Rücken zu stoßen. So zwischen uns beiden war das ja ein legaler Kampf.«

Hidaka verstand nicht, was diese Darstellung sollte.

»Die zivilisierte Welt kommt auf uns zu, Captain Hidaka, mitsamt ihren Gesetzen. Nach deren Buchstaben ist Alatna ... ja tatsächlich, Captain, danach ist sie eine Bürgerin der Vereinigten Staaten. Also durfte sie nicht zugunsten eines Japaners in den Kampf der beiden Weltmächte eingreifen. Darauf steht normalerweise der Strick oder der elektrische Stuhl oder sonst eine Scheußlichkeit.«

Der Japaner war zu Tode erschrocken.

»Aber sie weiß doch gar nicht, sie hatte doch überhaupt keine Ahnung!«

»Natürlich nicht, Hidaka, alle mildernden Umstände werden ihr zugebilligt. Vermutlich kommt zum Schluß auch gar nichts dabei heraus. Aber erst mal beginnt die ungefüge Maschine der Justiz zu arbeiten, mit all ihrem nervenzermürbenden Zubehör. Deshalb meine ich, es wäre besser, wenn eben wir beide ...«

»Ja, viel besser, sehr viel besser, McCluire; und sehr gutherzig! Ich bitte zu danken!«

Vom Strande der Insel erscholl nun ein Gebrüll aus hunderttausend rauhen Kehlen. Die Pelzrobben von Igilchik hatten ein fremdes Ungetüm erblickt, das über die Wogen des Meeres heranschwankte. Ihr lebendiges Band säumte die flache Küste, so weit man nur sehen konnte. Sie lagen Leib an Leib zwischen den Felsbrocken, sie schwammen Kopf an Kopf in der Brandung. Eine unvorstellbare Menge der amphibischen Pelztiere drängte sich am Ufer zusammen. Jede freie Fläche war von ihnen bedeckt, jeder Steinblock von einem Wächter besetzt.

»Sie uns werden fressen«, ängstigte sich Alatna.

»Es sind die friedlichsten Tiere der Welt«, versicherte ihr Hidaka, »nicht einmal Toklat würden sie weh tun.«

Nun kamen auch die Blechhütten der Robbenwächter in Sicht, vier oder fünf flache Gebäude. Sie waren mit Drahtseilen verankert, damit die Stürme der Arktis sie nicht davontrugen. Aus ihrer Mitte stieg ein dünner Funkmast, an dessen Spitze ein rotes Licht glühte.

»Haben Sie das gesehen, McCluire? Ihr Kollege verfügt über einen Sender!«

»Ja; er hat eine Funkstation.«

»Ich nehme an, McCluire, Sie wußten das?«

Allan war ehrlich genug, zu bejahen.

»Aber Sie werden's nicht schlecht haben als Kriegsgefangener, Captain Hidaka, mein Bericht wird dafür sorgen. Alatna kann hier bei den Eskimo bleiben, bis Sie wiederkommen!«

»Ein schlauer Betrug«, lächelte Hidaka recht freundlich.

»Was hätten denn Sie an meiner Stelle getan, verehrter Captain?«

»Genau dasselbe, McCluire, ganz genau dasselbe!«

Das hatte er ja auch getan. Gleich würde der Yanki eine große Überraschung erleben.

»Captain, die kleine Pistole hätte ich gerne zurück. Sie gehört mir nicht, sie wurde mir nur geliehen.«

Hidaka hatte jetzt anderes zu tun.

»Ich lege sehr großen Wert auf das Spielzeug«, forderte der Yanki hartnäckig, »ich muß es einer jungen Dame wiedergeben.«

Der Hauptmann griff in die Tasche und warf ihm die Waffe zu.

»Spotten Sie nicht über das Spielzeug, McCluire. Damals war es Ihnen sehr nützlich, als ich mit Stäbchen aß!«

Allan öffnete das Magazin und schüttete die Patronen ins Meer.

»Die sind nun überflüssig.«

Der Japaner lachte laut und griff fester ums Steuer.

Von der Station hatte man das Floß bereits gesehen, drei Leute liefen aus der Blechbaracke und winkten. Hidaka verstand, daß sie zu einer Stelle wiesen, wo der Strand frei war von großen Steinen.

»Festhalten jetzt ... gleich stoßen wir an!«

Alatna hatte ihr Kind auf dem Rücken und klammerte sich an die Plattform. Der Chiefscout hielt sich an einem Pfosten der Hütte. Auch der verängstigte Hund hatte darin Zuflucht gesucht.

Am Strand rauschten Brandungswellen, mit aller Kraft stemmte sich Hidaka gegen sein Steuer. Das Floß hob sich wie zu einem Schwung in den Himmel, kippte nach vorn in ein Wellental, schoß durch weiße Gischt, hob sich wieder, glitt durch hundert Robbenköpfe und krachte ans Ufer. Die nächste Woge griff unter die Stämme und schob sie weit den Strand hinauf.

Hidaka sprang an Land, rammte die Stangen durch sein Floß und atmete auf.

Der Befehl war ausgeführt, Igilchik war erreicht.

Die wimmelnde Masse der Robben wich zurück, ihre Bestürzung über die Ankunft fremder Menschen entlud sich in einem gewaltig anschwellenden Gebrüll.

Vor den drei Männern, die über den Hang herabkamen, öffneten die aufgeregten Tiere eine breite Gasse. Der König von Igilchik schritt durch das Spalier seines Volkes wie ein wirklicher König. Zwei Eskimo folgten ihm als Eskorte.

Der Wildschützer war breit gebaut und schlecht rasiert, in Ölzeug gekleidet und trug hüfthohe Gummistiefel. Schon von weitem streckte er dem Gelandeten die Hand entgegen.

»Was führt Sie zu meiner Insel, Fremdling, hat Sie der Strom nicht mehr losgelassen?«

Er sprach einigermaßen gutes Englisch, mit rauhem Baß und großer Lautstärke. Hidaka ergriff seine Hand.

»Wir haben einen kranken Amerikaner bei uns. Bitte, helfen Sie ihm.«

»Ja gewiß, gewiß!«

Er gab seinen Begleitern einen Wink, den weißen Mann vom Floß zu holen.

»Wo kommen Sie her, was ist passiert?«

Hidaka trat beiseite, um Platz zu machen für Allan McCluire, den die beiden Eskimo aufhoben und davontrugen.

»Wo wir herkommen, das ist eine lange Geschichte«, gab Hidaka ausweichend Antwort.

»Na ja, Sie können mir das alles nachher erzählen. Frau und Kind haben Sie auch dabei, wie ich sehe?«

Alatna zögerte, an Land zu kommen.

»Meine Frau fürchtet sich vor den Robben.«

»Keine Angst, sie tun nichts.«

Hidaka ging zu ihr hin und zog sie an den Strand.

»Bitte, geh mit den anderen Leuten hinauf, ich komme gleich.«

Er wandte sich wieder an den Beschützer von Igilchik.

»Wie viele Tiere leben hier so ungefähr, Mister?«

»Nischinski ist mein Name, Boris Nischinski«, erklärte der Mann zunächst. »Ich hüte dieses Volk friedlicher Pelztiere.«

»Wie viele sind es?« wiederholte Hidaka die entscheidende Frage.

»Ja, ich verstehe, das muß Sie interessieren, nicht wahr?«

»Deshalb fragte ich!«

»Nun gut, alles in allem sind es ... 319 156 Stück.«

Hidaka lächelte.

»So genau wissen Sie das, Mr. Nischinski?«

»Ja, gerade diese Zahl habe ich mir sehr genau gemerkt.«

Der Japaner trat einen Schritt zurück, legte die Hand an seine Pelzmütze und verbeugte sich.

»Hauptmann Enzo Hidaka von der Kaiserlich Japanischen Armee«, stellte er sich vor.

Nischinski umarmte ihn mit großer Herzlichkeit.

»Endlich sind Sie gekommen. Über ein Jahr habe ich auf Sie gewartet.«

Hidaka entzog sich der allzu innigen Begrüßung, dergleichen war nicht nach seinem Geschmack.

»Meine tapferen Leute sind alle gefallen«, erklärte er dem Geheimagenten, »bis auf Leutnant Tojimoto, der sich auf meinen ausdrücklichen Befehl gefangengab ... sehr gegen seinen Willen.«

Nischinski äußerte tiefes Bedauern, so ein Krieg brachte schon schmerzliche Verluste mit sich.

»Wie ist die allgemeine Lage?« wollte Hidaka wissen.

Aber Nischinski wich aus.

»Das hat noch Zeit, Hidaka-san, aber ich glaube, wir können zufrieden sein. Gehen wir erst mal hinauf in die gute Stube.«

Als Gamewarden von Igilchik lebte man nicht schlecht, fand Hidaka, als sie sein Haus betraten. Ein großer Ölofen füllte den

Wohnraum mit behaglicher Wärme. Gepolsterte Sessel und ein breites Sofa, bunte Bilder an der Wand und Regale mit Büchern, weiche Teppiche auf dem Boden und Gardinen am Fenster. Schränke, Spinde und überall ausgestopfte Vögel. In der Ecke stand ein russischer Samowar.

Alatna bestaunte all diese ungewohnten Dinge aus weiten, etwas angstvollen Augen. Nischinski mußte sie mehrmals auffordern, bis sie zögernd auf dem Sofa Platz nahm. Sie holte Toklat vom Rücken und schützte ihn mit ihren Händen. Auch den Hund zog sie an sich, damit ihm kein Leid widerfuhr in dieser unheimlichen Umgebung. Für den Kranken hatte man schon ein Feldbett neben den Ofen geschoben. Er hatte sich aufgestützt darin und war womöglich noch erstaunter als Alatna. Denn Captain Hidaka war hier die Hauptperson, er selber wurde kaum beachtet. Zwischen dem Gamewarden von Igilchik und Hidaka herrschte ein geradezu freundschaftliches Einvernehmen.

Eine Eskimofrau kam herein und brachte dampfenden Kaffee. Nischinski verteilte selber die Tassen, den Japaner bediente er zuerst. Dabei hatte ihm doch Allan gleich gesagt, wer das war.

»Sie trinken keinen Tee als ehemaliger Russe?« fragte Hidaka und zeigte auf den Samowar.

»Ach so. Nein, das hab' ich mir inzwischen abgewöhnt. Bitte greifen Sie zu, meine Herrschaften, hier ist auch noch Gebäck. Das große Festmahl folgt später.«

»Wie Sie sehen, Captain«, rief der Chiefscout aus seiner Ecke, »werden bei uns die Kriegsgefangenen mächtig verwöhnt. Für mich hat mein Kollege kaum einen Blick.«

Hauptmann Hidaka ging zu ihm hin.

»Das hat seinen Grund, McCluire. Ihr vermeintlicher Kollege steht auf japanischer Seite.«

Allan hatte schon geahnt, daß es bei Nischinski nicht mit rechten Dingen zuging.

»Ja, Mr. McCluire, unser Gastgeber hier steht in japanischen Diensten, schon immer war diese Insel und Boris Nischinski mein Ziel, vor allem seine Funkstation. So bald wie möglich wird uns ein japanisches Flugzeug abholen, je nach Lage des Wetters schon in den nächsten Tagen. Sie werden die Liebenswürdigkeit haben, mich zu begleiten. Auch hinter unserem Stacheldraht läßt sich der Krieg überleben. Ich werde sehen, daß Sie nach Karuizawa kommen, in unser Musterlager.«

Allan McCluire brauchte einige Zeit, um das völlig zu begreifen.
»Gratuliere, Hidaka, das haben Sie großartig gemacht. Mein Kompliment!«

Er zog sich am Bettpfosten hoch, um Nischinski besser zu sehen, der in seinem Schreibtisch nach Papieren suchte.

»Dreckiges Schwein!« schrie er ihm zu, »Verräter! Verdammter Lump, verfluchtes Stinktier!«

Der Hausherr ließ sich nicht davon stören.

»Schon gut, Mann. Sie können sich ruhig erleichtern, bald geht's Ihnen dann wieder besser.«

»Wird es Schwierigkeiten machen«, forschte Hidaka mit Besorgnis, »daß Alatna... daß meine Frau und mein Sohn mitfliegen?«

Nischinski konnte ihn beruhigen.

»Überhaupt nicht, Hidaka-san. Ich habe alle Vollmachten, nur der ganz große Chef kann mir Vorschriften machen. Meinetwegen nehmen Sie auch Ihren Köter mit!«

Hidaka übersetzte seine Antwort für Alatna, die jedoch nie im Ernst geglaubt hatte, man könnte sie von ihrem Manne trennen.

»Endlich hab' ich's, Hidaka-san!« rief Nischinski von seinem Schreibtisch. »Eine Nachricht für Sie von Admiral Yamada, eine sehr gute Nachricht sogar, fix und fertig entziffert. Hat schon monatelang hier herumgelegen, für den Fall, daß Sie tatsächlich durchkommen.«

»War das nicht unvorsichtig, Nischinski-san?«

»Gewiß nicht. Hier schnüffelt niemand herum, meine Eskimo können nicht lesen.«

Hidaka trat unter die Lampe, um besser zu sehen. Er mußte mehrmals die Nachricht durchgehen, bis er seinen Augen glaubte.

»Major... Major der Kaiserlichen Garde!«

Er schluckte vor Bewegung, eine größere Ehre konnte es gar nicht geben! Dreimal verbeugte er sich tief in Richtung des Kaiserlichen Palastes zu Tokyo. Weil dabei der große Ofen vor ihm stand, sah es aus, als würde er diesem seine Reverenz erweisen. Alatna glaubte, das gehöre hier zu den höflichen Sitten, glitt vom Sofa und folgte seinem Beispiel.

»Muß ich das auch?« rief Allan, »wird das auch von Kriegsgefangenen erwartet?«

»Bei Ausländern«, gab ihm Hidaka ernsthaft Bescheid, »wird das nur vor der geheiligten Person Seiner Majestät selbst verlangt.«

»Das beruhigt mich. So weit wird's ja wohl nicht kommen!«

Nischinski schlug vor, daß man sogleich einen kurzen Bericht für den Admiral verfaßte. Den wollte er umgehend chiffrieren und nach Attu durchgeben, zusammen mit dem Ersuchen, bei passendem Wetter ein Flugboot zu senden.

»Es kann hier auftanken«, fügte er hinzu, »dafür wurde schon gesorgt.«

Obwohl sich Hidaka so knapp wie nur möglich ausdrückte, bedeckte sein Text doch eine volle Seite, denn er wollte, daß die Kenntnis von dem Flugfeld im Kaributal die japanische Führung sofort erreichte. Auch für den immerhin denkbaren Fall, daß man beim Flug nach Attu verunglückte. So nannte er schon jetzt die genaue Lage des Tales, die Breite und Länge der natürlichen Rollbahn und erwähnte auch die großen Höhlen. Er hatte sie pflichtbewußt gezählt und eingehend vermessen.

»Ein halber Roman«, meinte Nischinski, »bis ich damit durch bin, dauert's eine Weile.«

»Ich werde Ihnen gerne helfen«, schlug Hidaka vor.

»Geht leider nicht, verehrter Major, ich habe einen anderen Kode. Damit kommen Sie nicht zurecht. Nur in Attu gibt's dafür einen Fachmann. Aber ich werde mich beeilen!«

Er beeilte sich jedoch nicht und blieb fast eine Stunde fort. Allan drehte sich indessen zur Wand und lehnte es ab, mit seinem Gegner zu sprechen. Hidaka war das nur recht. Alatna hatte ja so viele Fragen, die er lediglich mit Umschreibungen beantworten konnte, denn jeder Gegenstand in diesem Raum war völlig neu für sie. Noch nie hatte die junge Frau ein Bild gesehen, noch nie ein durchsichtiges Fenster und auch keine Feuerstelle, die ganz mit Eisen umgeben war. Als die Eskimofrau nun gar eine Flüssigkeit brachte, um den Brand zu nähren, der daraufhin nicht gleich erlosch, war das Wunder dieser neuen Welt für Alatna nicht mehr zu fassen.

Endlich kam Nischinski zurück und schien sehr zufrieden.

»Ihr Funkspruch ist schon heraus, Major Hidaka! – Allerdings nicht nach Attu, sondern nach Washington!«

Er stützte sich mit beiden Fäusten auf den Schreibtisch und genoß des Japaners Verblüffung.

»Ja, nach Washington, mein Herr! Genauer gesagt, unmittelbar ins Pentagon! Ihre eingehende Mitteilung über den famosen Flugplatz im Herzen Alaskas wird die zuständigen Generale herzlich freuen. Auch für zivile Zwecke scheint mir Ihr schönes Kaributal eine sehr wertvolle Bereicherung für unseren Flugverkehr zu sein.«

Hidaka ging langsam auf ihn zu.

»Lassen Sie das, Major! Ich bin bewaffnet.«

Er holte eine Armeepistole aus der Schublade und legte sie auf den Tisch.

»Also ein Doppelagent!« zischte Hidaka. »Die satten Yankis haben Sie noch besser bezahlt!«

Der breitgebaute Mann hinter dem Schreibtisch verbat sich diese Bezeichnung.

»Auch Ihrem Freunde Nischinski tun Sie damit unrecht, Major, obwohl es mir keinen besonderen Spaß gemacht hat, seine Rolle zu spielen. Schon seit einem halben Jahr ist der bärtige Boris eine Zierde des hochummauerten Zuchthauses von Alcatraz. Nicht eigene Fehler bei der Ausübung seines geheimen Amtes haben ihn dorthin gebracht. Vielmehr war es uns gelungen, ein wohlerhaltenes Exemplar des japanischen Marinekode zu erbeuten. Damit genossen wir die hochwillkommene Möglichkeit, unter anderem auch die Funksprüche zwischen dem Admiral Yamada und Ihnen zu entziffern. Darin tauchte der Name Nischinski auf, und es fiel nicht weiter schwer, einen Mann dieses bei uns recht seltenen Namens örtlich wie persönlich festzustellen. Allerdings wollte der böse Boris nicht sogleich heraus mit der Sprache, doch angesichts des heißen Stuhles... Man gab ihm Gelegenheit, einer solchen Hinrichtung beizuwohnen; da verließen den Boris nun doch die Nerven, und er rettete seine schlechte Haut durch ein umfassendes Geständnis. Wobei er auch die Kennziffer nicht vergaß, unter deren Tarnung man Sie auf Igilchik erwarten durfte. Diese Aufgabe, bis heute eine höchst langweilige Warterei, wurde mir zugewiesen. Na ja, und so habe ich nun das Vergnügen, Sie hier zu begrüßen.«

Er lachte laut vor Freude über seine wohlgelungene Rede.

»Nur jener Fehler mit dem Kaffee statt Tee aus dem summenden Samowar hätte mir nicht passieren dürfen«, fügte er noch hinzu.

Der Japaner zeigte gute Haltung bei dieser Eröffnung, obwohl eine ganze Welt für ihn zusammenbrach. So hatten ihn die verfluchten Yankis doch überlistet und in eine perfekte Falle gelockt. Ohne die geringste Gegenwehr hatten sie einen Major der Garde gefangen. Noch nie hatte eine solche Schande die japanische Armee befleckt.

Dem Chiefscout war es gelungen, sich auf die Beine zu stellen.

»Tragen Sie es mit Fassung, Captain, kein Mensch hat sich jemals besser geschlagen als Sie.«

Der Hausherr wehrte ab.

»Wir müssen auf alle Fälle korrekt bleiben«, tadelte er. »Dieser Gentleman ist jetzt Major.«

Er nahm eine Flasche aus dem Schrank und schenkte ein.

»Stärken wir uns, Major Hidaka! Ein ausgezeichneter Wodka, noch aus den reichen Beständen Ihres Freundes Boris.«

Er reichte die Gläser herum und drückte eines davon Hidaka in die Hand, der es willenlos nahm. Nur Alatna lehnte ab, ihr graute schon vor dem Geruch des scharfen Getränkes.

»Also denn, Major Hidaka«, lachte Allan McCluire und hob sein Glas, »auf eine gesunde und nicht zu lange Gefangenschaft!«

Wieder verbesserte ihn der Hausherr.

»Irrtum, mein Lieber, dieser ehrenwerte Herr ist kein Kriegsgefangener, er kann ungehindert heimreisen.«

»Von mir aus gerne«, gab Allan zu, »aber warum sind wir so großzügig?«

Für einen Augenblick war es vollkommen still.

»Weil seit sechs Wochen der Krieg zu Ende ist!« –

46

Zwanzig Jahre später hatte sich die Vision Hidakas im Tal der Karibu erfüllt, wenn sie auch nicht ganz seinen damaligen Vorstellungen entsprach. Das weite Flugfeld diente lediglich zivilen Zwecken. Auf ihrem langen Luftweg zwischen Nordamerika und Ostasien landeten hier die großen Verkehrsmaschinen, um aufzutanken. Das dauerte jeweils nur eine knappe Stunde, ohne daß Passagiere zurückblieben oder neue Fluggäste einstiegen. Caribou Valley war nur eine technische Station, außerdem sichere Zuflucht bei starkem Sturm und Schneetreiben. Daß man die Entwicklung des Wetters jetzt etwas früher voraussehen konnte, dafür sorgten viele neue meteorologische Stationen.

Hallen und Schuppen säumten die Rollbahn, ein Drahtzaun von vielen Meilen Länge schützte das Flugfeld vor dem Betreten durch Unbefugte, womit die Karibu gemeint waren, die nicht aus freien Stücken auf ihr angestammtes Tal verzichten wollten. Sie standen unter dem Schutz des Wildlife-Service. Dessen Chef hatte ihre Bejagung ausdrücklich verboten.

Für die Fluggäste war es von besonderem Reiz, daß sie während ihres kurzen Aufenthaltes in einer Höhle bewirtet wurden. Allerdings hatte man diese Höhle vollkommen ausgebaut, sehr komfortabel eingerichtet und mit einer Klimaanlage versehen. Man betrat sie durch eine Doppeltür, die sich beim Näherkommen, durch ein Lichtauge gesteuert, ganz von allein öffnete. Gleich dahinter gelangte man in eine geräumige Halle mit tiefen Sesseln und weichen Teppichen. Auf der rechten Seite lagen die Büros der Flugleitung, dahinter ein gutgeführtes Restaurant und ganz am Ende die mattbeleuchtete Bar. In die linke Wand des Vestibüls hatte man eine Glasvitrine eingelassen, worin Waffen und Gerätschaften der Höhlenmenschen zur Schau gestellt waren, die einst den Berg bewohnt hatten. Sie stammten noch aus der Steinzeit und waren beim Ausbau der großen Höhle gefunden worden. Steinbeile und Faustkeile waren darunter, Messer und Fischhaken aus Knochen; ebenso holzgeschnitzte Schalen und Schüsseln, zum Teil recht hübsch verziert. Ein außergewöhnlich großer Bärenschädel erregte besonderes Interesse, und man fragte sich mit Recht, wie es wohl den primitiven Höhlenmenschen gelungen war, ein solches Ungetüm zu erlegen.

Draußen stand eine viersitzige Cessna auf dem Rollfeld, schon durch ihre Bemalung als Regierungsmaschine kenntlich. Ihr Pilot und zugleich einziger Passagier hatte sein Gepäck in der Halle gelassen und sich selber an die Bar zurückgezogen. Er war ein bekannter Mann in Alaska, Chef des Wildschutzes und auch der beste Jäger des Landes. Seine großartigen Trophäen bereicherten die Museen der Vereinigten Staaten. Die lange Büchse, das schwere Packboard und die breiten Skier ließen darauf schließen, daß er wieder einen seiner nun schon berühmten Alleingänge vor sich hatte. Dabei war der Mann schon über fünfzig Jahre alt und hatte im Krieg viel durchgemacht. Wie es hieß, sollte ihm damals ein Japaner im Nahkampf sein Messer durch die Brust gestoßen haben, haarscharf am Herzen vorbei.

Davon war Allan McCluire nichts mehr anzumerken. Er hatte ein frisches, tiefgebräuntes Gesicht und eine kräftige, noch immer schlanke und sportliche Figur, hielt sich jedoch meist etwas nach vorn geneigt. Seine Haare waren schneeweiß, aber noch voll und ein wenig gewellt. So wie er aussah und wirkte, konnte er gut und gern hundert Jahre alt werden.

Eben rauschte die Maschine aus Tokyo heran, rollte mit gedrosselten Triebwerken über die Piste und kam etwa hundert Schritt vor der Doppeltür zum Stillstand. Die Gangway wurde herangefahren, die ovale Tür in dem langen Flugkörper glitt zurück, und die ersten Passagiere tauchten auf. Die bevorstehende Mahlzeit in einer Höhle einzunehmen, worin früher Kannibalen oder etwas Ähnliches gehaust hatten, war eine recht amüsante Unterbrechung des langen Fluges.

Hendrik Henley, pensionierter Oberst und nun Leiter des Flugplatzes in Caribou Valley, begrüßte, gemäß erhaltener Weisung, einen der japanischen Passagiere mit besonderer Höflichkeit. Dieser war ein verhältnismäßig kleiner Mann von betonter Bescheidenheit, trug eine schwarze Aktenmappe, einen schwarzen Mantel und schwarzen Hut. Sein Gesicht war ausdruckslos, abgesehen von jenem typischen Lächeln, wie man es von Asiaten gewohnt war. Das graumelierte Haar einerseits und die elastische Haltung andererseits erlaubten bei einer Schätzung des Alters jede Möglichkeit zwischen vierzig und sechzig Jahren.

Hendrik Henley ließ im Namen des Gouverneurs von Alaska die üblichen Redensarten abrollen. Alsdann bat er den hohen Gast zu dem bei solchen Anlässen gebotenen Imbiß in einen separaten Raum. Doch zu Henleys nicht geringem Erstaunen lehnte der Japaner die Einladung ab, in der höflichsten Form natürlich und aus gesundheitlichen Gründen.

Nach vergeblichen Bemühungen, ihn vielleicht doch noch umzustimmen, und viel liebenswürdigem Lächeln beiderseits mußte sich der Leiter des Flugplatzes zurückziehen und traf in der Halle mit Allan McCluire zusammen.

»Ein komischer Kauz«, beschwerte sich Henley, »der will überhaupt nichts essen. Hätte schon an Bord zuviel gehabt, sagt er, legt scheinbar Wert auf seine schlanke Linie.«

»Find' ich sehr vernünftig von ihm. Daran sollten Sie auch mal denken.«

Henley ging zu dem großen Aussichtsfenster, um nachzusehen, was denn sein Gast noch immer dort draußen machte.

»Schauen Sie mal, Allan! Da drüben zu dem Steinhaufen ist er gegangen und verbeugt sich davor bis fast auf den Boden. Muß wohl 'ne japanische Gymnastik sein oder so was.«

Als er sich umwandte, weil keine Antwort kam, war Mr. McCluire nicht mehr da.

Schon nach wenigen Minuten kam der Japaner in die Halle und blieb vor der Glasvitrine stehen, um deren steinzeitliche Sammlung zu betrachten. Der Leiter des Flugplatzes beeilte sich, mit Erklärungen zu dienen.

»Alle diese Sachen wurden hier an Ort und Stelle gefunden, Sir... wenn man bedenkt, mit was sich die armen Höhlenbewohner damals behelfen mußten! Da wird einem erst so richtig klar, was für Fortschritte die Menschheit seitdem gemacht hat.«

Der Passagier aus Tokyo nickte.

»Gewiß, die Zivilisation hat manches für sich. Allein schon die strahlende Beleuchtung; bedeutend heller als Kienfackeln oder Steinlampen.«

Davon war auch der ehemalige Oberst fest überzeugt.

»Wenn Sie mir erlauben«, fuhr der Japaner sehr höflich fort, »und wenn es Ihnen passend erscheint, würde ich gerne Ihre kleine Sammlung durch eine Steinlampe ergänzen.«

Henley war natürlich sehr überrascht.

»Aber gewiß, ein so hochherziges Angebot würden wir dankbar begrüßen! Arbeiten aus der Steinzeit sind ja äußerst selten, soviel ich weiß.«

Der Japaner bestätigte das.

»Ja, ich glaube, meine bescheidene Stiftung wäre hier am rechten Platz«, lächelte er. »Für die Echtheit der Steinlampe kann ich mich verbürgen. Meine Frau hat sie selber gemacht; übrigens auch hier an Ort und Stelle.«

Hendrik Henley trat betroffen zurück, war völlig sprachlos und wußte nicht, wie er sich verhalten sollte.

In diesem Augenblick trat Allan McCluire hinzu, gab Henley einen freundschaftlichen Stoß in die Rippen und riet ihm dringend zur schleunigen Annahme der Stiftung.

»Was Ihnen der Gentleman sagte, Hendrik, entspricht durchaus den Tatsachen.«

Der Japaner wandte sich um.

»Allan McCluire...!«

Die beiden Männer drückten sich die Hand, wortlos und zunächst auch etwas verlegen.

»Kommen Sie, Hidaka, kommen Sie. Ich habe schon Saké für Sie bestellt und einen stillen Tisch reserviert.«

Der Japaner lächelte nicht mehr, sondern strahlte vor Freude.

»Ein glücklicher Tag, ein stets erhoffter Tag, Mr. McCluire.«

Allan zog ihn fort, denn ein Kreis von Neugierigen begann sich zu bilden.

Der Tisch, zu dem er Hidaka brachte, lag am äußersten Ende der Bar, nur selten drangen Fluggäste bis dorthin vor. Er war von tiefen Sesseln umgeben, an der Wand dahinter hing eine große bunte Karte von Alaska. Der breite Rahmen war mit dem Fell verschiedener Tiere des Landes bespannt.

Sogleich brachte der Barmann die Porzellanflasche mit dem bestellten Reiswein; wie es sich gehörte, stand sie in einem Kübel mit heißem Wasser. Auch die kleinen Trinkschalen fehlten nicht.

Sie hatten nur wenig Zeit, um zwanzig Jahre zu überbrücken. Allans erste Frage galt dem Ergehen Alatnas, weshalb Hidaka sogleich die Fotos seiner Familie auf den Tisch breitete. Denn ohne diese begibt sich kein Japaner auf Reisen.

Aus dem Mädchen der nordischen Wildnis war eine Dame der Tokyoter Gesellschaft geworden, gepflegt und elegant, noch immer so schön und liebenswürdig wie ehedem. Sie hatte sich dem modernen Leben in Japan vollkommen angepaßt, Hidaka war stolz auf die Gewandtheit, mit der sie all ihre vielseitigen Verpflichtungen wahrnahm.

Toklat studierte Medizin. Er hatte seinem Namen Ehre gemacht und war so stark wie ein Bär geworden. Nach Hidakas Erklärungen zählte er zu den besten Baseballspielern des Landes. Ihm waren zwei reizende Mädchen gefolgt, die vorerst noch zur Schule gingen. Sie trugen unverkennbar Alatnas Züge und lächelten auf dem Foto mit gleicher Innigkeit. Ein Bub, nunmehr zehn Jahre alt, bildete den Abschluß der glücklichen Familie. Enzo Hidaka durfte wirklich zufrieden sein.

Ebensowenig konnte sich Allan McCluire über sein weiteres Schicksal beklagen. Er war, wie eigentlich nicht anders zu erwarten stand, mit Gwen Hamilton verheiratet. Die beiden hatten eine achtzehnjährige Tochter. Der General selber war leider noch kurz vor Kriegsende bei der Erstürmung von Okinawa gefallen.

Ohne sonderliche Bemühungen Allans um seinen beruflichen Aufstieg hatten seine außerordentlichen Fähigkeiten ihn doch bis zur Leitung des gesamten Wildschutzes von Alaska geführt. Es war ihm gelungen, die Einrichtung sehr ausgedehnter Reservate für die großartige Tierwelt seines Landes durchzusetzen.

Als sich Hidaka etwas später nach dem Schicksal Harry Chiefsons erkundigte, konnte ihm sein einstiger Gegner versichern, daß es dem zähen Indianer tatsächlich gelungen war, sich bis ins Depot am Cliftonsee durchzuschlagen. Seitdem verzehrte Harry nicht nur eine ansehnliche Rente und galt als großer Kriegsheld, er war auch Mitglied des Parlaments von Alaska, wo er mit großer Beredsamkeit die indianischen Interessen vertrat. Was den Captain William betraf, so war es den Ärzten in Fort Richardson zwar gelungen, ihn am Leben zu erhalten, doch nicht seine Gesundheit wiederherzustellen. Er konnte sich nur im Rollstuhl bewegen.

Der einstige Leutnant Tojimoto dagegen war schon bald von seiner schweren Verletzung genesen. Er hatte sich nach seiner ehrenvollen Entlassung aus dem Heeresdienst zum Lehrfach entschlossen und war Dozent für neuzeitliche Geschichte an der Universität Kyoto geworden. Wie Hidaka zugeben mußte, hatte ihm diese Umstellung einige Schwierigkeiten bereitet. Das nunmehr auch in Japan geltende Geschichtsbild stimmte ja nicht mehr mit Tojimotos vorherigen Ansichten überein.

Allan McCluire wußte es wohl und wechselte das Thema. Er fragte Hidaka, ob ihm noch Zeit verbliebe, auf Jagd zu gehen.

»Es gibt nicht mehr viel zu jagen auf unseren engen Inseln«, bekannte der Japaner mit Bedauern. »Sie haben es besser, Allan, für Sie hat das Jagen nie aufgehört! Im Zoologischen Museum von New York habe ich Ihre fabelhaften Trophäen neidvoll bestaunt. Aus Ihrer praktischen Kleidung darf ich entnehmen, daß Sie auch jetzt wieder...«

Allan beugte sich vor und sprach sehr leise. »Ein schneeweißer Elch ist aufgetaucht, Hidaka... allem Anschein nach ein echter Albino. Kein Museum der Welt hat dergleichen aufzuweisen!«

Der Lautsprecher über ihnen knackte, die Flugleitung meldete sich. »Passagiere nach New York... bitte an Bord.«

Aber Hidaka hörte nicht hin. »Was ist mit dem Wundertier, Allan, glauben Sie daran... haben Sie den Elch selber gesehen?«

»Nur von der Luft aus... er ist tatsächlich vollkommen weiß und hat enorme Schaufeln. Hier war das ungefähr...«

Er stand auf, zog den Japaner eifrig vor die Karte und zeigte auf eine Stelle am Westhang der Brooks.

Der Lautsprecher wiederholte, daß die Passagiere nach New York gebeten wurden, an Bord zu gehen.

Hidaka ergriff seine schwarze Aktentasche.

»Meine Gedanken werden Sie bei diesem Ausflug stets begleiten, Allan...«

»Begleiten Sie mich doch selber, Hidaka, versuchen Sie doch, sich frei zu machen!«

Der Japaner zuckte mit den Schultern und zeigte auf seine Tasche.

»Der neue Handelsvertrag steht in Washington zur Debatte... für mich leider ein wichtigeres Thema als die Jagd auf weiße Elche!«

Eine Stimme aus dem Lautsprecher gab ihm recht.

»Exzellenz Hidaka... bitte an Bord... Exzellenz Hidaka... bitte gehen Sie an Bord!«

Allan McCluire begleitete seinen Gast bis hinaus auf das Rollfeld.

»Wann sind Ihre Besprechungen zu Ende, Hidaka... wären Sie dann frei?«

Der Japaner blieb am Fuß der Treppe stehen. »Erst in vierzehn Tagen, dann allerdings könnte ich Urlaub nehmen. Doch so lange dürfen Sie nicht warten... erst recht nicht meinetwegen!«

Aber Allan McCluire sah das Aufleuchten in seinen schmalen Augen. »Unsere Verabredung ist klar, Hidaka, heute in vierzehn Tagen stehe ich hier und erwarte Sie aus New York zurück. Wenn der weiße Elch fällt, dann haben nur wir beide ihn erbeutet.«

Der Japaner sagte mit Freuden zu.

»Wenn später einmal die Leute auf dem kleinen Schild im Museum lesen, wie die beiden Männer hießen, die das seltene Wild erlegt haben«, sagte Allan beim Händedruck, »wird niemand mehr wissen, daß wir zwanzig Jahre zuvor nach Kräften bemüht waren, uns gegenseitig zu erlegen.«

Hidaka war tiefer bewegt, als er sich anmerken ließ.

»Glücklicherweise ist uns das nicht gelungen.«

»Dennoch sind wir zu dem schönsten Erfolg gelangt«, antwortete der ehemalige Chiefscout, »den es zwischen Feinden von einst nur geben kann.«

Droben in der Kabinentür verbeugte sich Hidaka noch so lange, bis sie geschlossen wurde. Erst hinterher bemerkte Allan McCluire, daß er unwillkürlich dem Beispiel seines Freundes gefolgt war.

Von einem zischenden Schneewirbel gefolgt und schnell ihre Geschwindigkeit steigernd, fegte die lange Maschine durch das Kaributal, hob sich vom Boden ab und brauste über die weißen Berge davon.